JN297533

論創ミステリ叢書――76

金来成探偵小説選

論創社

金来成探偵小説選　目次

創作篇

評論・随筆篇

凡例

一、「仮名づかい」は、「現代仮名遣い」（昭和六一年七月一日内閣告示第一号）にあらためた。

一、漢字の表記については、原則として「常用漢字表」に従って底本の表記をあらため、表外漢字は、底本の表記を尊重した。ただし人名漢字については適宜慣例に従った。

一、難読漢字については、現代仮名遣いでルビを付した。

一、極端な当て字と思われるもの及び指示語、副詞、接続詞等は適宜仮名に改めた。

一、あきらかな誤植は訂正した。

一、今日の人権意識に照らして不当・不適切と思われる語句や表現がみられる箇所もあるが、時代的背景と作品の価値に鑑み、修正・削除はおこなわなかった。

一、作品標題は、底本の仮名づかいを尊重した。漢字については、常用漢字表にある漢字は同表に従って字体をあらためたが、それ以外の漢字は底本の字体のままとした。

創作篇

楕円形の鏡

一、懸賞募集

京城《けいじょう》で発刊される探偵小説雑誌「怪人」は、その十月号に次ぎのような懸賞募集広告を掲載した。

1. 出題者の言葉

本社発行の「怪人」は、創刊以来僅か一週年足らずして、かくの如き長足の発展を見たるは、実に読者諸兄の厚き御後援と撓まざる御鞭撻の賜物にして、社中一同感謝措く能わざる次第に存じます。ここにおいてか、本社は些かなりとも読者諸氏の御厚志に酬ゆるべく、来る一九三五年の新年号、即ち「怪人」創刊一週年記念号に発表すべき懸賞募集をし、甚だ僅少なる憾みを免れないが、正解者に左記賞金を進呈せんと企つるものでありま す。因に、該懸賞問題は所謂出題者の想像的出案に非ずして、当局で迷宮事件として有耶無耶に葬ってしまったかの「桃英《とうえい》殺害事件」であります。あの事件は皆さんも御承知の通り、今から五年前、平壌の一隅で行われた惨劇であって、未だに誰が犯人なるや、そしていかなる方法で殺人が行われたか、全く未解決のまま残されているのであります。探偵小説愛読者は勿論、探偵諸氏及び江湖一般の御応募あらんことを切望する次第であります。

2. 桃英殺害事件の内容

(イ) 犯罪地　平壌

(ロ) 犯罪時　一九二九年五月二十五日午前一時二十五分頃。

(ハ) 関係人物

毛賢哲《もうけんてつ》（三八歳）小説家。

桃英（二八歳）毛賢哲の妻。

劉光影《りゅうこうえい》（二七歳）新進詩人。
清葉《せいよう》（五一歳）下婢、中風の老婆。
桂玉《けいぎょく》（一九歳）女中、清葉の娘。

（二）犯行現場及び附近の模様

便宜上犯行現場たる毛賢哲氏の屋敷の見取図を掲げることにする。図が示すように、北は往来に、東は往来を隔てて大同江《だいどうこう》に面し、南と西とは生垣を隔てて他人の屋敷に続いている。生垣の周囲には、ポプラの木が行儀よく並び庭の真中ほどに花壇がある。まず門から入って玄関、玄関から廊下伝いに各部屋に通ずるようになっている。寝室から台所に至るまでの上が二階造りになっていて、寝室と玄関の上が毛賢哲氏の書斎、階段を隔てて居間の上が劉光影氏の部屋、台所の上は空間になっている。

この屋敷は建物全体が煉瓦造りで、階下の各部屋が温《オン》突《ドル》（朝鮮式暖房装置）になっている外には、全体が西洋式になっている。そこで、桃英が殺害された部屋というのは、玄関続きの六畳ほどの寝室で、南は全体が硝子窓であり、東は壁の中ほどだけが硝子窓になっていて、両方とも水色のカーテンがかかるように出来ている。その東壁の窓の下にダブル・ベッドが横わっていて、そのベッドの上には、世界文学全集中の「椿姫」が半分ほど開けたまま伏せてある。そしてベッドの頭《かみ》の方に衣桁が立ててあって、チマ（スカートのこと）とゾゴリ（上衣のこと）、そして肉色の絹靴下が片一方だけタラリとぶら下っている。西側に扉、北側の壁の真中には、楕円形の中型鏡を間に挟んで梅と竹とをものした二枚の墨画が両側に立掛けてある。その他、置時計や婦人雑誌を載せてあるテーブルと籐椅子等の調度があるが、その位置については前掲見取図を参照してもらいたい。

毛賢哲屋敷の見取図

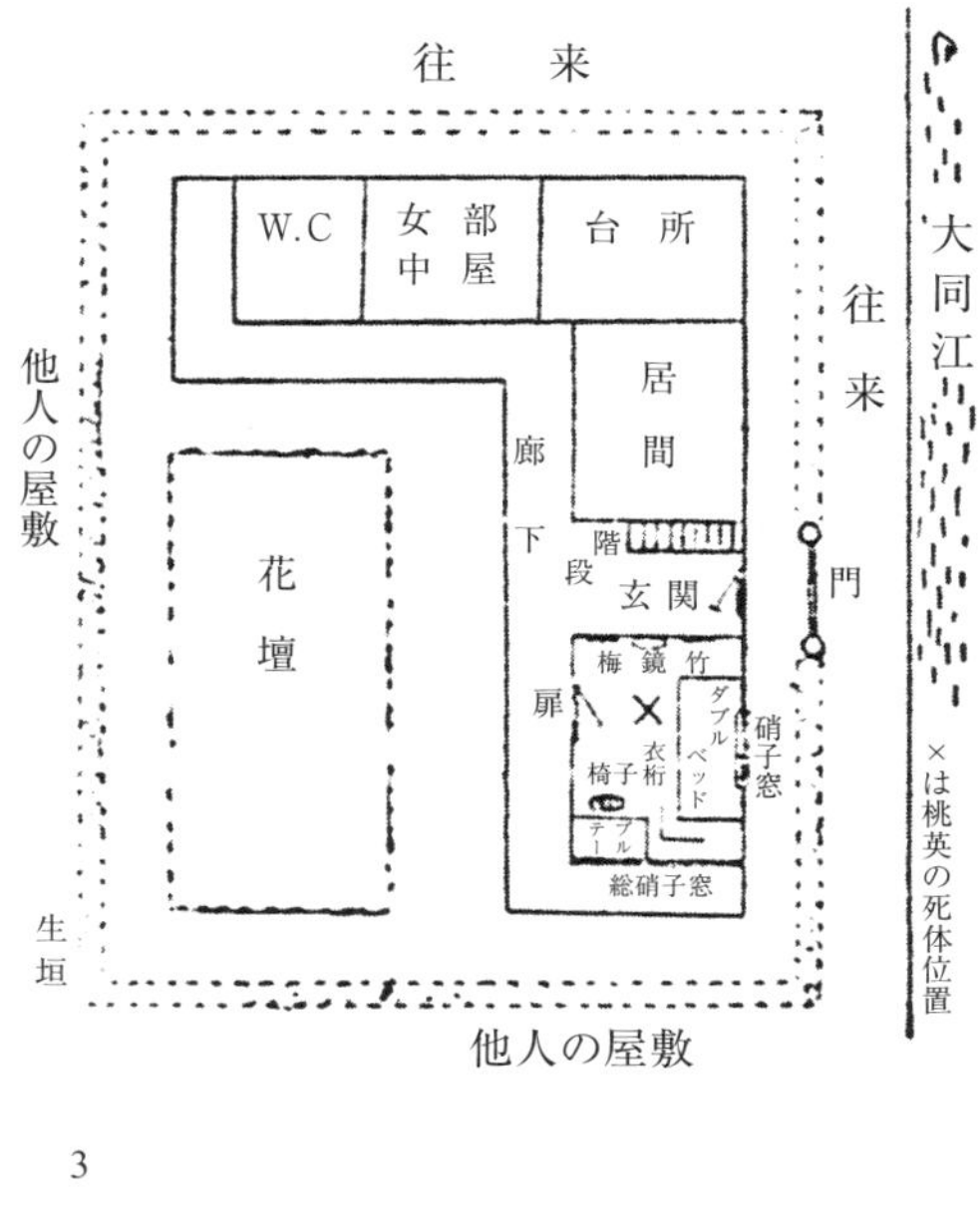

さて、毛賢哲氏の愛妻桃英の死体が横わっていたのはこの部屋の真中で、死体は仰向けになっており、その頸部は被害者の所持品である絹製肉色靴下で絞められているが、それは衣桁にぶらさがっているのと一対をなしている。顔一面充血していて約五分間の窒息死であり、殺害の時刻は一時二十五六分頃と判明された。被害者は小柄繊弱な方で、強く抵抗した形跡もなく、物的証拠としては兇器たる被害者の靴下以外には皆無にして、他に金品の紛失もなかったとのことである。

（ホ）供述

正確を期せんがために、予審廷における訊問調書を適宜に抄掲する。

桂玉の供述

×証人はいつから毛賢哲方に雇われているか。

△二年前から母と一緒にで御座います。

×毛賢哲と何か親戚関係はないか。

△御座いません。

×劉光影はいつから、どういう訳で毛賢哲方に居候しているか。

△昨年の御正月からで御座いますが、何んでも先生の御弟子さんだそうで御座います。劉さんには身寄りが一人も御座いませんそうで、先生がお拾上げになったのではないかと存じますが、詳しいことは存じませんで御座います。

×毛賢哲は常時も二階の書斎で寝るか。

△いいえ、お仕事をなさる時だけで御座います。

×ではあの晩も二階で寝る予定であったか。

△はい、その二三日前からお仕事がお急しいとみえて、ずーとお二階でお寝《やす》みになっていらっしゃいました。

×兇行当夜の模様を詳しくお話しなさい。

△はい、あの晩、五月二十五日の晩で御座いました。六時頃夕飯を済し十時頃まで母の傍で縫物をして、十時半頃奥様の寝室に行って、お玄関を締めましょうかとお伺いしますと、締めてお休みと言われましたので、私は門と玄関に錠をかけて自分の部屋に戻って休んだので御座います。

×その時桃英は何をしていたか。

△ベッドの上で御本をお読みになっておられました。

×宜しい。話を続けなさい。

△はい、それから何時間経ったかはよく存じませんが、隣に寝ている母に起されましたので御座います。母は何んだか心配そうな顔で、奥様のところへお伺い

してみろ、どうも変だと言われましたので寝巻のまま奥様の寝室へ行ったので御座います。灯りが扉の隙から洩れていました。奥様奥様と二度ばかりお呼びしたので御座いますがお返事が御座いませんので、ソーと扉を開けたので御座います。そして本当に吃驚《びっく》り致しました。奥様が桃色のパジャマ姿で部屋の真中に仰向けになって倒れていたからで御座います。私はかけ戻って母にそのことを告げました。すると、母が早くお二階の先生を起していらっしゃいと言いますので、大急ぎで階段をかけ上り毛先生の書斎の扉を叩いて先生をお起ししたのです、そしてお隣りの劉さんをも起したので御座います。

×ちょっと待った。その時二階に灯が点《つ》いていたか。

△いいえ、先生の部屋も劉さんの部屋も真暗でした。

×毛と劉とはどっちが先きに出て来たか。

△先生がお先きで御座いました。先生が出ていらしてから劉さんを起したので御座います。

×それからどうしたか。

△先生がお先きに階段をかけ下りて行き、私と劉さんとは先生の後からかけ下りて行きました。私と劉さんとが奥様の寝室に、入るや否や、先生は奥様の上体を半ば抱き上げながら、「死んでいる」とおっしゃいましたので御座います。その時劉さんは奥様の傍にかけ寄って、ジッと死体の顔を覗き込んで、「絞殺だ」と呟くと、今度は先生のお顔をグッと睥《にら》んだので御座います。はい、思い出しただけでも恐しゅう御座います。お二人は黙ったまま暫くの間睥み合いをなすっていらしたので御座います。お二人共それはそれは恐しいお顔つきで御座いました。今に摑み合いでもしかねない御様子でしたから。それから毛先生が奥様を寝台の方へ抱き上げようとなすった時、劉さんも奥様を抱き上げようとしたので、お二人はまたも死体を挟んで睥み合ったので御座います。その後のことは存じません。私は交番へかけつけましたから。

×その時玄関は締っていたか。

△いいえ、開いておりましたので御座います。私は確かに締めたはずで御座いましたが。

×門は締ってあったか。

△はい締っておりました。

×劉光影と桃英とは近しくしていたか。

△私は存じません。

×近頃夜分桃英を訪問する人はなかったか。
△御座いませんでした。
×毛賢哲と劉光影は平常何時に就寝するか。
△お二人共十二時頃にはお寝みになっていらっしゃるようで御座います。
×今度の兇行につき何か思当ることはないか。
△御座いません。

清葉の供述

×証人は中風だそうだが歩くことは全然出来ないか。
△はい、昨年の暮から全身不随になってしまいましたので御座います。
×毛賢哲はその妻桃英を愛していたか。
△ええ、それはそれは愛しておられました。
×桃英はその夫毛賢哲を愛していたか。
△ええ、御二人共愛し合っておられましたので御座います。
×劉光影の居候を毛賢哲は心よく思っていたか。
△さあ、それは存じません。
×劉光影と桃英とは情交関係があったか。
△御覧の通りいつも寝てばかりおりますのでさようなことは存じませんで御座います。
×兇行について知っていることを話しなさい。
△はい、桂玉が十時半頃私の隣りに床を敷いて寝入ってから、私はいつもの通りいろいろな事を考えながら寝ておりましたので御座います。私は夜明方になってほんの一睡する位のことで、夜は殆んど眠れないので御座います。そうしている中に、さようで御座いますね、確か一時に間もない時で御座いました。奥様の寝室で話声がひそひそと聞えてまいりましたので、私はお二階の先生が降りていらしたとばかり思込んで別に気にも留めずにいたので御座います。私の部屋と奥様の寝室とは大部離れておりますので、話の内容なんどは少しも聞き取れないので御座います。そうしている中に、ものの十五分も経った頃で御座いましょうか、段々話し声が高くなってまいりました。そして相手の男の声からして、それが先生でないことが判りました。先生の音声ではなかったからで御座います。すると劉さんかなあと思いました。何しろ宅には先生と劉さんの外には男っていらっしゃいませんもの、そうしている中に、次第に二人の声が高くなったので御座います。チ切れチ切れに話の内容が聞えるようになっ

たのです。最初は、何か存じませんが、奥様に哀願するような調子でしたが、突然話が一段と高くなって男の方がカラカラと笑い出したので御座います。それからまた話が低くなりましたので、私は変だな、今頃誰だろうといろいろ考えている中に今度はこう言うのです。もっとも始めの方は聞き取れませんでしたが「……………………一体、あなたはなぜ私を愛したのです……なぜ私を……したのです……………」と男が非常に怒ったような声だったので御座います。勿論、耳をよく澄さないと聞き取れないほどでは御座いましたが。すると奥様の方で「劉さん、出て行って下さい………を呼んでも構いませんか…………………ホホ………馬鹿ね、あなたは」底力の蒙った声でそう言ったかと思うとホホとお笑いになったので御座います。すると今度は「ナニッ………」と男の方の声が聞えたきりで後はシーンとなってしまいました。そこで私は寝たまま変なこともあるものだと思いながら、何んで今頃、劉さんと奥様は口論みたいなことをしているか、そして劉さんと奥様とは何かしら秘密な関係があるに違いないと思ったので御座います。私がこんな不自由な身体でさえなければ、直ぐ奥様のお部屋へ行って見るのでしたけれども、別に大した事もないのに娘を起すのも億劫だし致しますので、娘を起さずに放っておきましたので御座います。それから約二十分も経った頃で御座います。玄関の開く音がかすかに聞えましたので、始めてビックリして桂玉を起し出したので御座います。ところが桂玉はなかなか起きてくれませんで、ええ、あれはなかなかの寝坊でうんうんと言うだけでどうしても早く起きないので御座います。ようやく起き上ったのはあれから暫く経ってからで御座います。

×誰か二階へ上って行く気配はしなかったか。

△玄関の開く音がするまでは、そういった気配はしませんでした。その後のことは存じません。

×桃英は確かに「劉さん」と言ったか。

△はい、それはもう確かで御座います。

×そして相手の男は確かに劉であったか。

△奥様が「劉さん」とおっしゃいましたから、それはもう間違いは御座いません。

×もしその時桃英が「劉さん」と言わなかったとしたらどうだ。

△さようで御座いますね。そんなことは考えてもみなかった事で御座いますが、とにかく私は劉さんだと思いました。
×李《り》さんと言ったのを証人は劉さんと聞き違えをしたのではないか。
△いいえ、確かに奥様は劉さんとおっしゃいました。
×毛賢哲や桃英の知人で他に劉という人は居なかったか。
△私の存じます範囲では御座いませんでした。
×劉光影に兄弟はいないか。
△劉さんには両親も御兄弟もいらっしゃらないと聞いております。
×劉光影が桃英を殺したと証人は思っているか。
△いいえ、劉さんは人を殺すようなそんな悪い方では御座いません。非常におやさしいお方で御座います。でも劉さんが奥様のお部屋に入っておりましたので御座いますから。
×毛賢哲が桃英を殺したとは思わないか。
△とんでもないお言葉で御座います。先生は奥様をそれは愛しておられました。

毛賢哲の供述

×証人と劉光影との関係は。
△親戚関係はありません。昨年の正月から私が世話しております。
×その以前も劉光影と交際していたか。
△劉君の学校時代から知っております。
×いかなる交際をしていたか。
△主として文芸上の交際でした。劉君の処女作が私の推選に依って発表されて以来交際しております。
×証人の妻桃英と劉光影とはいつから交際しているか。
△やはりその頃からです、今から丁度三年前の冬、劉君が私のところへ訪ねて来て、自分の作品を推選してくれというので、私はその作品がかなり優秀だったからある雑誌に紹介したのですが、その時妻とも最初の対面でありました。
×いかなる理由で証人は劉と同居するようになったか。
△桃英が頼んだからです。劉君は未だ独身で身寄りもないし、それに家には空間があるしするから桃英の頼みを受入れてやっただけであります。
×殺害当夜の証人の挙動を闡明《せんめい》にしなさい。
△六時頃夕飯を済して、劉君と妻と私、三人で居間で九時半頃まで雑話して、劉君と私は二階に上りまし

た。それから十二時まで仕事をして直ぐ書斎で床に就いたのです。それから桂玉に起されるまでは何も存じません。

×それまで階下へ下りて来たことはないか。
△寝に就く直前に一度便所へ下りました。そして帰りに桃英の寝室へ行って、「お寝み」の言葉を与えて直ぐ書斎に戻りました。
×その時桃英は何をしていたか。
△ベッドに仰向けになって何か本を読んでおりました。
×その時桃英は何も言わなかったか。
△「お寝みなさい」と言って、自分は今「椿姫」を読んでいるから終りまで読み終らん中は眠らないと言っていました。桃英は時々、小説では夜を明かすことがあるのです。
×劉光影の部屋に灯がついていたか。
△ついておりました。
×証人はいつも書斎で一人で寝るか。
△仕事の関係上、創作の時は一人で書斎で寝ることにしております。
×証人は桂玉に起されて桃英の寝室に行き、そこで劉光影と睥み合をしていたそうだが、それはいかなる訳か。
△睥み合ではありません。私はただ茫然として劉君の顔を見詰めていただけなのです。脳裏に浮んでくるいろいろな疑惑をまとめようと努力していただけです。
×いろいろな疑惑、例えば？
△例えば…………
×例えばいかなる疑惑であったか。
△その疑惑は桂玉が交番から帰って来て、玄関が開いていたということを告げてくれたことに依って氷解してしまったのです。それまでは…………
×それまではいかなる疑惑が浮んできたか。
△…………
×それではよろしい。証人は桃英を結婚当時と同じく愛していたか。
△結婚当時よりももっと強く愛していた積りです。
×証人の妻桃英は証人を愛していたか。
△はい。しかし昔ほどは愛していないようでした。
×それはいつ頃からか。
△…………
×いつ頃からか。昔ほど愛しなくなったのは。

△……劉君が私共のところへ来てからであります。
×証人は桃英が劉光影を愛していた事実を承知しているか。
△…………はい、知っております。
×劉光影も証人の妻桃英を愛していたか。
△愛していたと思います。
×すると証人は桃英を憎んでいたか。
△憎んでおりました。その代り桃英に対する私の愛はより強くなって行ったのです。
×証人はかかる事実を知りながらなおも劉光影を証人の家に寄宿させていたのはいかなる訳か。
△桃英を完全に自分の手元から失いたくなかったからであります。劉君を私共のところから退去させることとは、取りも直さず、桃英を失うことになってしまうでしょうから。
×証人は劉光影を憎んでいたか。
△憎んでおりました。と同時に自分の無力をも憎みました。
×劉光影を殺してしまおうと考えた事はないか。
△事実、殺そうかとも考えました。もし今度の事件が起らなかったらどうなったか解りません。
×桃英を殺そうとは思わなかったか。
△そんな事はありませんでした。
×いや、ずーと継続して桃英殺害を考えていたかを訊くのではない。ただ断片的に、一層の事殺してやろうかというような考えが、ヒョックリ念頭に浮んできたことはないかと訊くのだ。
△そう言われれば、さようなことも一二度はありました。しかし、そうした考えは、仮令、ヒョクリ念頭に起ってくるにしても、桃英に接することに依って直ぐ消えてしまうのでした。桃英は未だ私の手から完全に離れてはいないのです。桃英はただ迷っていただけなんですから。それは彼女の態度がよく示していたのです。私が桃英の死体を見た瞬間に浮んだ疑惑、それは現在の情況の下において、もし桃英を殺す者がこの世にいるとすれば、正しく私自身でなければならない。しかるに桃英が絞殺されている。実はこれが私の疑惑だったのです。
×すると証人は桃英殺害事件に何んの関係もないというのだね。
△…………………とにかく、私が桃英殺し事件に関係があるかないかは、今の私にとってどうでもよ

いことです。私に最も重大な関係を有するのは桃英の死そのものです。そして犯人を捜すのは貴君方の御仕事です。私は貴君方の御訊ねに御答えする気力を持っておりません。私を帰らせて下さい。私の身体は今安静を要求しておりますから。

×感情を害してもらっては困る。我々は忠実に事件を審理する義務があるのだから。

△そして権利もお持ちでしょう。

×いや、この場合、証人が感情を害するのも無理はない。然れども、我々は司法官として一応事件を審理する必要がある。そしてその審理を進めて行く上においては、是非証人の証言が必要となってくるから止むを得ない。だから一応否定の宣言をして欲しい。それ位の理窟は証人も知っているはずだがね。

△いや、少し昂奮しております。私は殺した覚えはありません。

×よろしい。これは清葉の訊問調書だが証人はどう思うか。

△…………それが私には判らないのです。一応氷解した私の疑惑は清葉の言葉に依って再び呼起されたのです。

×詳しく話しなさい。

△私は桃英の殺害事件に接した時、異様な疑惑を抱きました。というのは、桃英に重大なる関係を有しているのは、私と劉君です。しかも劉君は桃英を殺すだけの動機を持っていないことです。桃英殺害の可能性を有する客観的事実は私の方に、むしろ存しなければなりません。だがこの疑惑は玄関が開いていた事実に依って消えてしまったのです。しかし後になって清葉の言葉を聞いた時、また判らなくなったのです。

×劉光影が殺したとは思わないか。

△思いません。何故殺したのか判らないのみならず、劉君は人を殺すような性質ではないと思います。清葉の供述を信ずることは出来ません。

×すると証人は桃英殺害の犯人に付き全然見当はつかないか。

△つきません。外部の者ではないかと思います。物盗りとか……。

×証人と桃英との結婚は恋愛結婚であったか。

△媒酌結婚でありました。

劉光影の供述

×被告が被害者桃英を知ったのはいつ頃か。
△学生時代からです。
×桃英と最初の対面をしたのはどこでか。
△平壌劇場の楽屋口です。
×桃英は女優であったか。
△歌劇女優でありました。
×被告との関係は。
△恋愛関係でありました。
×桃英は何故に毛賢哲と結婚したか。
△私は貧乏書生であり、毛先生は裕福な身分でした。それに毛先生はその頃既に朝鮮文壇の中堅作家だったのです。桃英は私の反対を退けて嫁《い》ってしまったのです。
×毛賢哲を知ったのはいつ頃か。
△三年前です。桃英が結婚した冬、一目桃英に逢いたかったので、作品推選の口実を造って毛先生を訪問してからずーと交際しております。
×すると被告が毛賢哲方に身を寄せるまで、桃英との関係はどうであったか。
△二人の恋が復活しました。しかし、桃英は二度と人を裏切るまいと宣言したのです。桃英は一度私を裏切りました。今一度毛先生を裏切れば二度人を裏切ることになる。桃英は貞淑な女でした。私と彼女とは魂で結ばれており、毛先生と彼女とは肉体で結ばれていたに過ぎません。そういうような生活を二年間続けました。満ち足らない心を抱いて二人はしばしば外で逢っておりました。その中桃英が自分の家へ来るようにすすめたので、心をとがめられながらも、一つ釜の飯を食べ、同じ棟を戴くことを考えた時、私は桃英の言葉を拒めなかったのです。
×毛賢哲の家へ来てからも二人の関係は清かったか。
△はい。さようで御座います。
×毛賢哲は被告と桃英との清い関係を承知していたか。
△いいえ、誤解しているようでした。それは毛先生の態度で察せられます。
×被告は毛賢哲を憎んでいたか。
△さようなことはありません。済まないと思っておりました。
×被告は兇行当夜九時半頃まで居間で三人で雑談をした後、二階へ上って何をしていたか。
△ハイネの詩訳をやっておりました。
×何時に就寝したか。

△十二時二十分頃です。

×その時毛賢哲は起きていたか。

△十二時頃便所へ行ってきたような様子でしたが、私が床を敷いて便所へ下りしなに見ると灯が消してありました。

×被告が便所へ下りた時、桃英の寝室の灯はついていたか。

△はい、ついていました。

×その前には下へ下りて行かなかったか。

△はい、下りませんでした。

×被告は桃英の死体を挟んで、毛賢哲と暫らく睨み合っていたそうだが、どういう訳か。

△毛先生が殺したと思ったからです。

×いかなる理由でさように思ったか。

△別に理由はありません。死体を見た瞬間、直感的にそう思ったのです。即ち先生は、我々二人の間を誤解していたのです。表面は冷静を装いながらも、心の中では二人を憎悪していたからです。私は幾度か、自分の心中を打明けて、先生の誤解を解こうと思ったのですが、私はその結果を恐れました。先生は決して淡白な性質の持主ではないのです。陰険な方です。こう言えば、自分の罪を毛先生になすりつけるように聞えるかも存じませんが、私はただ真実を申上げているのです。もし立場を換えて、私が毛先生であったとすれば、私は見て見ぬ振りをすることが出来ません。毛先生は桃英と私との関係に疑を抱きながら、しかも桃英にすら一言の厭味も言わなかったのです。あまり不自然過ぎることです。

×これは清葉の訊問調書だ。被告はどう思うか。

△はい。私はこの清葉の証言に対して、どういう風に自分を弁解してよいか迷っております。私は十二時二十分頃から桂玉に起されるまで、自分の床の中で眠っていたはずです。その私が桃英の寝室へ下りて行って、彼女とヒソヒソと語り、口論し、その挙句彼女を殺したと仰有《おっしゃ》るんですね。私が、この私の手が桃英を殺した。絞め殺した。それは虚偽《うそ》です。清葉は虚偽の証言を為しているのです。清葉は夢を見ていたに違いありません。私が桃英を殺すだけの動機がどこにあるのですか。私は神に誓って真実を申上げているのです。一体、清葉は何故にかかる無実な証言を為しているか、私には解せないのであります。

×清葉は被告を怨んでいはしなかったか。
△そんな事はあると思いません。
×桃英は被告と毛賢哲といずれを余計に愛していたか。
△勿論、私です。彼女は毛先生を愛するというよりもむしろ信じていました。
×被告は毛賢哲を殺そうとは思わなかったか。
△さようなことは絶対にありません。ただ、自分以外の原因行為でこの世の中から、姿を消してくれればいいなあと思ったことはあります。
×被告は桃英を殺そうと思ったことはなかったか。
△桃英は私の生命でした。
×すると被告は飽くまで、桃英殺害を否定するか。
△…………………判事さん、私が否定しても肯定しても、その結果は私にとっては同一なものであります。清葉の証言に依りて、貴君方はいかなる心証を得るかは存じませんが、私は甘んじて相当な刑罰を受けましょう。ただこの際一言申しておきたいのは、そうすることに依って貴君方は、一無辜な人を罰する結果となり、従って貴君方御自身が天下御免の殺人者となることです。いいえ、何んの遠慮も致しません。思うようなことを言わして下さい。しかし、私はその無実な罪に依って受ける刑罰を恐れているのではないのです。桃英との神聖な愛が無実の罪に依って汚されることを恐れているのです。私は今桃英の殺害を考えているのではない。桃英の死という事実を考えているのです。
×被告は先ほどから桃英を殺すだけの動機がないと言っていたが、被告にも桃英殺害の動機は充分に認められるではないか。即ち、あの夜、被告は今までの関係に満足せず、被害者桃英に肉体関係を求めた。然れども桃英は稀に見る貞操観念の強い女であったが故に、被告の要求を言下に斥け、かつ大声で人を呼ばんとし、のみならず、被告を嘲笑し馬鹿呼わりをした。そこで被告は侮辱と怒りをおさえ切れず、遂にかくの如き兇行に出でたではないか。
△なるほど、つけば理窟はつくものですね、とにかく、私はその時刻には二階で眠っていました。あるいはフラフラと起き上って桃英の寝室に入り、そして桃英を絞め殺したかも存じません。ただ覚えがないだけです。

3. 附記

以上が所謂「桃英殺害事件」の内容であります。この犯罪は兇器たる被害者の絹靴下以外には、何等物的証拠のないことにその特徴ともいうべきものが存するとでも申しましょうか。のみならず、兇器が被害者の所持品なる点は、該殺害が謀殺なりや故殺なりやの区別に困難を与うべく、従って裁判所は物的心証獲得の望みを抛棄せざるを得なかった次第であります。裁判所は勢い外部犯人説を支持するの止むなきに至り、事件のあった翌年四月、証拠不充分として劉光影氏は無罪とされ、一方毛賢哲氏は事件の翌年二月十九日、悲観の極桃英夫人の後を追う旨の遺書を残して、名所海金剛《うみこんごう》に身を投じたのであります。因に劉光影氏は現に、××新聞紙上において、「現代朝鮮詩調の再吟味」なる論文を発表されておりまず。

かくして「桃英殺害事件」は謎のまま残されている次第であるのですが、紙上探偵としての我々が、この事件を再考察するに当り、果して一つの謎として世の中から葬るべきでありましょうか。

4. 募集規定

問題　（イ）犯人　（ロ）殺害動機　（ハ）殺害方法
賞金　最正解者一人ニ限リ金五百円也
選者　出題者である怪人主宰王竜夢《おうりゅうむ》
匿名　誌上匿名自由
締切　十月三十一日
発表　一九三五年新年号
宛名　京城府桂洞《けいどう》〇〇番地怪人編輯部

二、劉光影の応募

一週間経った。

二週間経った。

そして遂に三週間経ってしまった。

劉光影が、「怪人」主宰者の胸倉を摑んで、イヤというほど張り飛ばしたい衝動を押えて、ここに応募の決心をしたのは、実に三週間も前のことであった。この絶好の機会に際して今一度あの事件を考えてみよう！　自分に注がれていた世間の嫌疑を完全に晴らしてやるのだ。桃英に代って復讐してやろう！　少くとも自分は一般の応募者に比してある特典を有している。関係人物中劉光影が犯人でないことを知っているのは、自分と毛賢哲とそして桃英だけである。そして後の二人は既に死んでいる。世人をして劉光影が犯人でないことを信じさせるのだ。そして毛賢哲が犯人であったことをも信じさせるのだ。石に噛りついても、毛賢哲犯人説を確立して劉光影犯人説を抹殺してしまうのだ。締切まではまだ三週間と三日はある。

　その三週間も遂に経ってしまった十月二十八日の宵である。彼は焦った。

　冷気を吸うために、平壌アパートを飛出した劉光影は、今度は精神を麻痺させるために、カフェー「桃源」の扉を押した。彼がその扉を中から押して出て来た時は、無数の灯が煤煙の中で乳色に明滅する頃であった。千鳥足だった。自動車が怒鳴りながら走って行った。彼は無茶苦茶に歩いた。街の雑閙《ざっとう》が遠くの方へ消えて行くのを感覚した時、始めて自分が緩い勾配の並木路を牡丹台《ぼたんだい》の方へ向っているのに気がついたのであろう、オーバの襟を立て直すと、ポケットから莨《たばこ》を取出して点火《つ》けた。北鮮の十月は寒かった。奉天行の急行が、疳高い警笛を発しながら、月下の普通平野《ふつうへいや》を北に向って横切った。

　それから何分ほど経ったか、乙密台《おつみつだい》の欄干に凭れて、脚下を流れる大同江の銀波に、朦朧《もうろう》とした視線を投げていた劉光影は、その時思わず身慄した。――するとこの俺が殺したのか⁉　そうだそうだ。劉光影犯人説は成立するが、いかにこじつけても、毛賢哲犯人説は成立しないではないか？　桃英を殺したのは自分かも知れない。しかもそれを自分は知らずにいるのだ。夢遊病⁉　夢遊病⁉　この両手が桃英を絞め殺したのだ。自分は最愛の恋人を殺した。そうだ。キットそうだ、劉光影犯人説を是認する時、総ての疑問が解決するではないか？　清葉の証言は決して虚偽ではなかった。ああ！　この俺が――。

　劉光影は背中に冷汗を感じた。満ち足らない自分の慾望を、夢遊中に彼女に求めたに違いないと彼は思ったのである。

　月下の大同江は美しかった。

　その時、酔から覚めかけた彼の瞳に不思議なものが映じた。綾羅島《りょうらとう》の南端、鬱蒼と茂った垂楊の下に青白い二条の光を見出したのである。その光の周囲には真黒い影法師の一群が蠢《うごめ》いているではないか。果てな？　とそれを意識しただけであるのに、彼の足は既にその方へ向って歩いていた。長い石の階段を危げな足取で下り切ると、凡そ三十度もあるような急勾配を、お牧の茶屋の方へと下りて行った。水道局の橋を渡って、すすきの生茂っている綾羅島の原っぱに足を踏み入れた時、彼は行手に当って喧しい人々の話声を聞いた。今時分こんな処で何をしているんだろう、と呟きながら、彼は群衆の背後から覗き込んで見て、チェッと舌鼓をした。

夜間撮影である。二人の男女が顔一面に光を浴びながら立っている。二条の白線帽を冠って肩にマントをかけた男が、凝《じ》っと天空の月を仰いでいるではないか。怨むが如く、呪うが如く、森羅万象の哲理を吾のみが解し得る者の如き体《てい》である。そう思ったせいか、間貫一に扮している俳優の顔が、何んだかエマヌエル・カントに似ているように劉光影は感じた。そしてこの三週間、殆んど忘れかけた笑いの味を、始めてシミジミと味わされてしまったのだ。それを耐えることが出来ずに、ウフフッと吹出してしまったから、カイゼル髯の監督に叱られたのも無理はなかったのである。一方また、女は女で、さも胸の苦痛に堪えられないかのように、首を垂らして、かすかに肩を波打せながら手帛《ハンケチ》の端を泥鼠のように噛っていたから、劉光影は勿体ないと思って、もう一度笑ってもう一度叱られてしまったのである。何んでもないのに、笑が下腹の底で躍っているのをどうすることも出来なかった。桃英殺害事件は、もうケロリと忘れてしまったかのように。

金色夜叉はいよいよクライマックスの場面に入って、金色夜叉に変った貫一が、銀色《ぎんじき》の月に向ってお宮の変心を歎きつつ、縋付くお宮の弱腰をハタと蹴飛して、姦婦、姦婦と罵りながら遠い彼方の岡の方へと姿を消して行くあの絶頂的場面であった。「お前が僕を介抱してくれるのも今夜限り」の場面は順調よく行ったが、いよいよ「もし妾が彼方へ嫁ったら貴君はどうする？」のアクションが終るや否や、貫一は極度の忿怒に満ちた顔でお宮を突放し、「それではいよいよお前は嫁く気か」と、でもいわんばかりに、右足を挙げて女優の弱腰を蹴る真似をしたのである。

その時カイゼル君が叫んだ。

「駄目駄目、もっと強く蹴るんだ。まるでなってないじゃないか。やり直し」

名優諸君、面目なさそうに頭を掻き掻き微苦笑したから、劉光影はやっと三度目の笑いを笑ってしまったのである。今まで泣いていたはずのお宮さんがニッコリ笑ったのだから堪らない。しかしせっかくの熱涙を拭おうとはしなかった。

一回やり直してまた呶鳴られた。

二回やり直してまた駄目だった時、カイゼル君とうとう癇癪玉を起したのだ。口も悪い。「一体、それでもスターの積りでいるのか。三回もやり直さなければならないスターを使うのは御免だ、もっと実感が伴うように本当らしく蹴るんだ。まるで芝居みたいじゃないか」

貫一君、大いに自尊心を傷けられてしまったのである。

「勿論、芝居です。貴方は映画監督ではなくまるで人殺し監督じゃないか」

「何っ、人殺し監督だと?」

その時既に、劉光影は走っていた。一目散に橋をかけ渡って、清流壁《せいりゅうへき》の河伝《かわつたい》の道路にかかると、通りかかりの空自動車を拾って、平壌アパートへ、と叫んだ。

万歳!!! 万歳!!!

毛賢哲犯人説確立! 万歳!

三、劉光影当選

十二月十五日、遂に「怪人」新年号が発行されたのである。

1. 選者の言葉

既刊十月号誌上において募集したる懸賞応募は実に机上山積の観を呈しております。今一つ一つに付ての検討はこれを避けるも、概括的にこれを評しますと
(一) 外部犯人説、この説は大体において当時の裁判所の見解と同じく、清葉の証言を虚偽に非ずんば錯覚なりとし、従って物盗りの兇行であると断じておりますが、この説は極少数であります。しからば玄関が開いていた事実はこれをいかに解すべきか。
(二) 劉光影氏犯人説、この説は劉光影氏を夢遊病者なりと断定しております、一応もっともな説であるが、果して劉光影氏を夢遊病者なりと仮定すれば、兇行後二

階へ上る時の足音は、少くとも通常時における足音と同じでなければならない。夢遊病者が故意《ことさら》に足音を忍ばせて上ったとは考えられないことではありますまいか。しかるに清葉は該足音を聞かぬと言っているが、これをいかに解すべきか。

(三) 毛賢哲氏清葉共犯説、謀殺にして動機は嫉妬、以上の二つの説と比べてより妥当な説であると思います。しかし、彼が謀殺を企てながら、即ち犯罪を隠秘に行わんとする者が、女性である清葉と語らって、これを従犯に持つということが、主犯の立場をいかに危くするかを、毛賢哲氏は果して勘定に入れなかったでありましょうか。単独で殺害することを考えなかったのでありましょうか。

以上の点から推して、選者は当選者劉光影氏の如く、毛賢哲氏単独犯説に加担するものであります。因に、当選者は、問題の「桃英殺害事件」の関係者である劉光影氏その人であることは、実に興味深いことでありまして、事件以来、同氏に注がれていた嫌疑は、この際完全に消滅されたと言わねばなりますまい。なお、一般の応募者に比して同氏はある程度の特典が与えられることになりますが、募集規定に別段の定めなかった故に、これを採用したのであります。更めて、本誌のために敢えて御執筆なされた同氏に対して、満腔の感謝を惜まざる次第であります。

2. 解答の内容

事実は小説よりも奇なりということばを私は聞いております。小説においては、いかに周到なる犯人といえども、必ずや、ある手抜りを仕出《しでか》すのを普通とされております。換言すれば、作者が犯人をしてある手抜りをさせておいて、それを読者なり探偵なりをして推理発見せしめる手段を取っているのでありますから、我々は探偵小説を安心して読むことが出来るのであります。終いまで読みさえすれば、必ず疑問は氷解してしまうのでありましょう。

しかしながら、事実に関する限り、それは不確定と言わねばなりますまい。あるいは小説よりも容易に解決する場合もありましょう。あるいはまた小説にさえ残しておくべき手抜りをも残さずに犯罪を遂行する場合もあるに違いありません。後者を所謂完全犯罪とでも申しますか、私が体験したあの「桃英殺害事件」は、正に後者の範疇なりと申さねばなりますまい。

果して、毛賢哲氏が以下述べるような方法で、桃英を殺したかどうか、それは私の保証する限りではありません。ただ、彼が犯人なりと仮定するならば、それ以外の方法は取り得なかったであろう、という私一個人の空想に過ぎないのであります。

毛賢哲氏と同居すること約一ケ年半、彼は善良な、どちらかと言えば、あまり物事に動じない沈着な人でありました。その沈着な彼が、酷く厭世的になったのは、事件前約五ケ月ほど前のことであって、恐らく、自殺を考えていたのではないかと思います。敢然と立って私と戦うだけの力を持合せていない自分の立場に気づいたのでしょう。ところが、この厭世的状態が二ケ月ばかり続いたかと思うと、今度は再び以前の彼に復したのです。思うに、彼はその時から桃英殺害の計画を謀んでいたに相違ないのです。

しからば、彼毛賢哲氏はいかなる手段で桃英を殺したか、彼の思付いた方法は甚だ簡単なものであったのであります。

彼は次の如き一幕物の戯曲を脳裏に描いて、それを彼自身が実演したに過ぎません。題を附したかどうかは不明ですが、便宜上「戯曲の魅力」とでもつけておきましょう。

戯曲　戯曲の魅力（一幕物）
時　春宵も更けた午前一時頃
処　大同江沿岸、小文化住宅の寝室
人　A夫　小説家
　　B妻　Aの妻

舞台面――寝室。桃色パジャマ姿のBがベッドの上に腹匐《はらばい》になって読書。ベッドの頭《かみ》の方に衣桁。それにBの衣服がかかっていて、特に肉色絹製靴下が目に立つ。北側の壁に二枚の墨画、その墨画の間に楕円形の中型鏡。テーブルの上の置時計一時十五分前。以下略す。その時、A左手に原稿紙らしいものを持って寝着のまま忍足に登場。

A　まだ寝ないのか。（低声）

B　（書物から目を放して）マルゲリットが今血を吐いているところなの。

A　もう一時近くだ、身体に毒だよ。（ツカツカとベッドの方に進みよる）

Ｂ　（顰蹙）何か御用？　いやよ、今時分やって来ちゃ。（再び読書）

Ａ　いや、それじゃないんだよ。ちょっと用があって来たんだがね。

Ｂ　だから御用って何ですの。

Ａ　（手にしていた原稿紙をいじりいじり、相変らず低声）実は今ね、ちょっとした戯曲を書いているんだが、どうしてもシックリ来ないんだ。（ベッドの端に腰を掛け、チラリと衣桁の方に眼差をやる）

Ｂ　で、それがどうしたと仰有る。

Ａ　つまりこうなんだ。ある会社員の新妻が、昼間独りぽっちで夫の帰りを待ちあぐんでいるところへ、昔馴染の大学生が、突然訪問する。そこで新妻はビックリするのだが、仕方なしに座敷に通す。大学生は再び自分のところへ帰って来るように哀願するのだが、女はすげなくそれを拒絶する。そこで男は女の足下に跪いて愛情の切なさを訴えるが、女は気が気でない。夫の帰って来る時刻が迫っている。女は思切って冷静な言葉で、早く帰ってくれという。すると男は非常に怒って口論が始るんだ。結局、大学生は帰って行くんだが、そんなことはどうでもいい。その時の新妻の態度が問題なんだ。そこだよ。私が今書けなくて苦んでいるのは。（Ａ凝っとＢの顔色を伺う）

Ｂ　それで？（やや興づいたらしく、起き直る）

Ａ　それでね、わしにはどうも、その時の新妻の表情なり、身振なりが明瞭に掴めないいんだ。わしもとうとう耄碌《もうろく》したよ。幾ら書直しても実感が出ない。（溜息）そこでね、お前には気毒だけだが、その新妻のアクションを演《や》ってもらいたいんだ。あの頃の腕を一つ見せてくれないか。締切は明後日だ。さあ、時間が経つから早く演ってみておくれ。今晩もまた徹夜か。（せき立てるように言うと、ツとベッドから立上って、持っていた原稿紙をＢに渡しながら）これが、その下書なんだ。出来るだけ真剣に演ってもらいたい。なに、訳ないさ。短いからこの辺から読んでみてくれ。新妻の台詞《せりふ》だけ覚えてくれれば沢山だからね。さあ、わしが相手の学生になってあげるから。

Ｂ　つまんないわ、明日になすったらどう？

Ａ　明日どころの騒ぎじゃないよ。今晩は徹夜だというのに。

B（つまらなさそうに原稿を受け取って、しかも昔日の舞台を懐しむように、黙って読みはじめる）

A（Bの白い項《うなじ》から、眼差を静かに衣桁の靴下に移す。暫し沈黙）

B（読終って擡頭）この続きは一体どうするの。

A 先も言ったように、学生はすごすご帰って行くんだが、そんなことは問題じゃない。服装《なり》はそのままで構わないよ。台詞覚えた？

B いいわ、これ見ながら演るから。

A あ、その方がいいや。お前が采月《さいげつ》という新妻になるんだ。わしは大学生の柳《りゅう》になるから。（そう言ってちょっと不安そうにBの顔色を伺う）

B（柳という発音に、一瞬間ドキッとしたが、次には素知らぬ態で）この最後の二枚だけでいいんでしょう。（ベッドから下りる）

A そう、二枚だけでいいんだ。なるべく、その括弧の中の説明に注意してその通りやるんだ。さあ、演るぞ。一二三！（役者が舞台で演るように、床に跪き、哀れぽく両手をBに指出す。感激に満ちた静かな声）――采月さん！　僕は逢いたかったのです。貴女なしには淋しくて淋しくて……貴女の幸福のためには僕はどんなことでもします。僕の心が貴女にはお判りになりませんか。もう一度僕のところに帰って下さい。――

B（何ものかを決心したらしい顔付。底力のある低声）――いけません。妾の幸福のためなら、どうぞ、妾をこのままにさせておいて下さい。柳さんは、妾が人妻であることを御承知のはずです。妾は良人《おっと》を愛しております――この位の調子でいいんですの。

A あ、大体いいがもっと真剣に。

B ――貴方との関係は遠の昔に切れているはずです。今更、妾を責めるなんて卑怯です。早く帰って下さい――（そっぽを向く。やや高声）

A（白痴のような洞空《うつろ》な表情。静かに起き上る。踹《くびす》を廻して扉の方へ二三歩歩み行く）

B 貴方なかなか上手ですわ。妾の方が顔負する位よ。

A（扉を向いたまま）勿論、うまいさ。さあその次だ。無駄な話は止めて、音声の高低に注意するんだ。

B（原稿をちょっとのぞいて、普通の音声）――さあ、早く早く、良人が帰る時刻です。良人に露見《ばれ》れば二人共不幸になります。それこそ……――

A（徐々にBの方へ向き直る。うつろな瞳が衣桁にぶらさがっている靴下を通過して、Bの顔面に止る。再びその瞳が動いて、衣桁の上部の天井を睥む。そして気の抜けた人のように、その方へ進みよる。衣桁まで来ると、支えるようにして右手を衣桁の端にかけたまま、クルリッとBの方向へ向き直る）――貴方の幸福を破壊してはいけない。僕の幸福は破壊されても構わない。（その時、突然カラカラと笑い出す。Aの地声ではない）なるほど、貴女はそれでいいかも知らないが、（完全にAの地声は消えて、声は一段高くなる）一体。貴女は何故私を愛したのです。なぜ私を愚弄したのです。その訳を聞かして下さい。（その表情、その動作が恐しいほどの現実味を帯びて来る。既に狂言の域を脱している。現実だ）

B　（Aのあまりの真剣さに、ある種の暗示を受けたらしく、一瞬間、躊躇《ため》らう様子。しかし、腕を見せるのはこの時とばかり、巧みなアクションで扉を指しながら、一段と高声）――柳さん、出て行って下さい。人を呼んでも構いませんか。（次の瞬間は、カラリと態度を更め、甚だコケッティッシュな笑いと台詞で）ホホホ………馬鹿ね、あなたは――

（そう言って、甚だ嘲笑的な動作で、クルリとAに背中を向ける）

A　ナニッ（と口走ったかと思うと、素早く衣桁に掛っていた片方の靴下を摑むや否や、飛鳥の如く背後からBに飛びかかり、その繊弱な頸部を力一杯絞めつける。原稿を握りしめたBの右手空中にもがく。Bの身体は崩れてAに凭れる。A床にBを仰向けに臥かせ、馬乗になってなおも絞めること五六分。A静かに立上り、Bの手から原稿を叮嚀にもぎ取る。忍足に寝室を出て、玄関に下りこれを開けておく）

――幕――

かくして彼は、桂玉を起している全身不随の清葉の声を聞きながら、悪魔の如く自分の書斎へ忍び上ったと考えることに依って、私はあの事件を解決したいのであります。清葉が、夜は殆んど眠らない事実、しかも全身不随である事実及び桂玉が非常な寝坊である事実は、彼の犯罪計画中、最も重大なる役割をなしていると思います。しからば、何故に彼は玄関を開けておいたか、それは、万が一、犯人の嫌疑が私から彼自身に移った場合における逃避工作でありましょう。なお、彼の遺書には、彼の自殺の原因を桃英恋慕にあると書いてあったそうですが、これも私から見れば自責のためではないかと思うのであります。

四、楕円形の鏡

「なるほど、するとあの晩、夜間撮影を見ている時、俳優というものが、いかに、監督の操り人形的存在であるか、また一方において、被害者桃英がもと歌劇女優であったこと及び毛賢哲氏が小説家であった事実等を、無意識的に考えていたところへ、人殺し監督という言葉が君をしてあのような方法を聯想させたという訳だね」

「そうだ。桃英があの晩、何故に私の名前を口にしたか、いや、彼女をしてかく叫ばしめたか、今から考えると実に子供瞞しみたいな工作だが、その時の私にはどうしても思付かなかった。勿論、彼が、果してあのような方法で殺したかどうか、それは判らないさ。単なる私の空想に過ぎないのだからね。しかしね、彼が犯人だと仮定するならば、その以外にどんな方法があると思うかね。彼が腹話術でも体得していない限りさ」

「うん、それにしても、兇器として被害者の靴下を選んだことは、ちょっといい思付だね」

「そうだ。その以外の兇器を選ぶことは、仮令、それを現場に残さないとしても、その処置が非常に困難だからな」

平壌一流の料理屋長春館の奥まった一室。長鼓《チャンゴ》の音、伽倻琴《カヤグム》の旋律、剣舞《けんぶ》を踊る妓生《キーサン》連。師走の大同江を眺めながら、陶然として乱痴気騒ぎを始めたのは、些《ささや》かな劉光影当選祝いの日のことであった。

恰度、その時である。壁にかけてあった楕円形の鏡を取りはずして、化粧の崩れを直していた一人の妓生が、どうした弾みでか、鏡を手から滑らしたので、食卓の食器の上に落ちて、「ガチャン」と音がして壊れてしまった。劉光影は、それまでぼんやりと、その妓生の立姿を眺めながら話していたのであるが、その鏡の破壊する音を聞いた刹那、脳裏に刻まれていた過去のある一つの印象が、文字通り電光石火のように閃いたのである。

「果てな⁉」

何ものかを思出そうとするもののように、劉光影は両眉を蹙めた。

「どうかしたのか」傍の者が不審げに訊ねた。

「いや、何でもない。みなの者、ちょっと静かにしてくれ。…………それから………あ、そうだ。………すると?? するとどうなる?? 不審《おか》しいぞ? ………」

彼は独言のように呟きながら、破壊された鏡の片々を凝っと睥んだ。

「劉君、一体、何を考えているんだ」

「待ってくれ。不審しいぞ? 不思議だ不思議だ。………アッ、そうか?? そうか??………そうであったか?」

劉光影の顔は、見る見る真蒼に変って行った。盃を持った手が箕《み》のように慄え出した。両眼を張裂るほど大きく見張った彼の顔、それは既に疑惑の域を脱している。恐怖そのものではないか。

「おい、劉君、どうしたんだ? 何を考えているんだ?」

「信ずべからざることだ! そんなことがあってなるもんか。…………俺がどうかしているんだ。いやいや。どうもしてない。俺の意識はこんなに明瞭《はっきり》しているではないか。するとすると、あれをどうするんだ? あれをあれを」

「あれって、一体何だい?」

「あれだ」

劉は慄える手を指しのべた。

「先ほど、壊れた鏡じゃないか。それがどうしたんだ?」

「鏡だ鏡だ。楕円形の鏡だ。俺は帰る」

そう言って劉は仁王立ちに起上った。すると皆も一斉に総立ちになった。

「劉君、落着いて訳を話せ。楕円形の鏡が一体どうしたというのか」

「そうだ。訳をいわんけれゃ判らないじゃないか。君は何を恐れているんだ。落着いて話してみろよ」

すると劉光影は唇を慄わせながら叫んだのである。

「俺は今実に恐しいことを考えている。………俺は、俺は殺されるかも知れないんだ。彼奴に殺されるんだ。彼奴は俺の行動を、どこかで見守っているに違いない。どこかで、あるいは? ………」

そう言って彼は、自分を取巻いている友人達の顔を、一々吟味するかのように見廻したのである。すると一同が同時に訊ねた。

「彼奴って、誰のことだ?」

「毛賢哲だ。桃英を殺した毛賢哲だ」

「なに? 彼は四年も前に死んでいるじゃないか。一体、どこにいるというんだ」

一同の声。

「京城に居る。あるいはこの平壌に居るかも知れない。いや、この、部屋のどこかに………」

「馬鹿なことをいうなよ。しっかりしろよ」

「とにかく、俺は帰る。いや、一人じゃ危険だ。誰か、早く警察に電話を掛けてくれ給え」

五、恐しい錯誤

平壌警察署捜査課の一室。

「……そこで、私が聯想した過去の印象というのは、次ぎのような事実であります。ある朝のこと、私は歯ブラシを使いながら、庭をぶらついておりますと、寝床から起上ったばかりの桃英が、楕円形の鏡と櫛とを持って寝室から出てまいりました。そして、縁側に立って、乱れた頭髪を櫛づけしていたのです。ところが、誤って鏡を庭の敷石の上に落してしまったので、鏡は千切になって粉砕されました」

劉光影は、幾分落着いた態度になってK警部の瞳の動きを、凝っと見詰めたのである。

「粉砕された？　それはいつのことです」

早口に反問したK警部は、劉光影の口元に烱々《けいけい》人を射るような瞳を送った。

「桃英が殺害された日のことです」

「ナニッ？　桃英が殺された日？」

「そうです。詳しく言えば、桃英が殺されたのは五月二十五日の午前一時二十分頃ですから、二十四日の朝です」

「それは事実ですか」

警部は畳かけるように訊ねた。

「事実です。何んでしたら、一つお調べになって下さい」

「今となっては調べる術がない。………あ、そうだ」

K警部は、そう言って素早く卓上電話の受話機を取上げた。

「あ、モシモシ、覆審法院のS判事殿ですか、私捜査課のK警部です。今、お忙くなかったら、一つ頼まれて下さいませんか。いや、長くは御手間を取らせませんから。はあ、そうですか。では、ええと、五年前の桃英殺害事件に関することですがね、はあ、そうです。あの事件に関する検証調書をちょっとお調べ願えませんか。桃英が殺害された寝室の北側の壁に、梅と竹を描いた二枚の墨画がかかってあるはずです。その二枚の墨画の間に、楕円形の中型鏡が掛けてあるか、どうか、それをちょっと調べて下さいませんか。はあ、さようです。では御願致します」

受話機を掛けておいて、警部は巻煙に火をつけながら静かに口を利いたのである。

「それが事実ならば、犯人は確かに生きている。実に恐るべき錯誤ですね。世の中に所謂完全犯罪というやつは、まあ、絶無と言っても過言ではありますまい。あのように立派な、自然過ぎるほど自然な陳述をなした彼が、あのような縮尻《しくじり》をするとは、誠に天網恢々ってな、うそじゃないですね」

「自業自得です。自ら墓穴を掘ったのです」

ありし日を追憶するように、彼は眼を閉じた。西日が、射るように差込んで、警部の口からは、紫煙が線香のように立上るのであった。

「全くですね。証人や被告の陳述は、ちゃんと訊問調書から抄録しながらも、現場の模様を記する際には、正確なる検証調書に依ることを怠ったとは、実に馬鹿馬鹿しい失策だ。いや、彼は自分達夫婦の寝室を、あまりによく知っていたんだからな、フン、知っていると思ったのだ。その実、知っていなかった。寝室の北側の壁に、常時《いつ》も掛っていたはずの楕円形の鏡が、兇行の日の朝粉砕されているとは彼氏夢にも考えなかった事実だからな、フウン、致命的な錯誤だ。それにしても、彼毛賢哲は、何故あのような挙に出たか、一旦自殺した振りをしてから、『怪人』の主宰などになって、あのような懸賞を募集した意向が、わしには判りませんね」

「それが私にも不審《おか》しいんです。始めから計画的にやったか、それとも、本当に自殺する積りで海金剛まで出掛けて行って、どうしても死にきれず、生ける屍となって世を忍んでいる中、自分の行った犯罪を、もう一度世間の人々に問うてみたくなった。そうするには、自分という真の犯人が現存している限り、それは非常に危険な芸当である。そこで王竜夢という仮面の下に『怪人』を主宰したと、そう思うのですが、もっとも、私は彼に一度も会ったことがありませんから、どんな変装で世を忍んでいるか、一度逢ってみたいような気もしますが、やはり逢わない方が……」

その時、卓上電話のベルがけたたましく鳴り響いたのである。

「あ、そうです。K警部ですが………S判事さんですか。調べた、それで？ ………懸けてなかった、墨画が二枚ある限り、いや、どうも御苦労様でした。さようなら」

暖炉の中で、威勢よく石炭が燃える。窓越の白楊の蔭が、三尺ほど長くなっていた。日も暮れんとする師走の街は、人生にいかなる犯罪を、また提供することか。

探偵小説家の殺人

（上）探偵劇「二発の銃声」

その夜、海王座《かいおうざ》第――回の公演プログラムの中の大呼物である探偵劇「二発の銃声」の第一幕と第二幕とが終った時、観客達は空恐ろしい疑惑と嵐のような昂奮の渦巻の中に捲き込まれてしまったのである。もし、海王座座長殺しの犯人がその夫人でないとすれば一体誰なのであろう。この劇の中の犯人が、原作者が想像する如く果して現実事件の真犯人であろうか。殊に観客達にとって現実と劇との判断に苦しむのは、原作者である探偵小説家劉不乱《りゅうふらん》氏自身が出演していることであり、その他の出演俳優諸氏も殆ど座長朴永敏《ぼくえいびん》殺害当夜の座長邸に居合せていた人々であることだ。即ち、この「二発の銃声」は単なる劇ではなく、現実問題たる座長殺害事件をそっくりそのまま観客に見せているのである。そして既に第二幕において劇中の素人探偵役をつとめる劉不乱は、ある一つの恐ろしい空想を組立たというのである。それを第三幕において警察の人々に実験して見せようとするのだから、観客達はただ戦々兢々《せんせんきょうきょう》として第三幕のベルを待ちあぐんでいるのも無理のないことであった。

探偵劇「二発の銃声」について、プログラムは次のようなことを観衆に教えている。

探偵劇「二発の銃声」…………（三幕）

原作…………探偵小説家　劉　不　乱

出　演

海王座長朴永敏（40）…………………………洪

同夫人で座員李夢蘭（24）……………………楊

同座員羅雲鬼（29）………………………羅雲鬼

同座員陳大成（28）………………………陳大成

同座員金英愛（23）………………………金英愛

探偵小説家劉不乱（30）…………………劉不乱

その他・朴永敏邸の女中二人。警察当局の人達。

…………………………

探偵劇「二発の銃声」は、先般世間を騒がした当海王座の座長朴永敏氏殺害事件に取材したもので座長の友人であり探偵小説界の惑星である劉不乱氏の原作に成るものである。作者は該事件についていかなる見解を有しているか。果して当局の意見の如く朴永敏夫人を犯人と見るかどうか。否、作者はこの劇において、断乎として夫人の無罪を主張しているのだ。しからば犯人は誰か。作者は当座俳優の中に犯人があると断言している。しかもその俳優は敢然として舞台に立つことを許諾したのだ。

諸君！　こんな素晴しい劇を見たことがあるか。作者は今恐しい情熱を持ってこの劇に臨んでいる。その証拠に、当時の光景をそのまま諸君に示すために作者は自ら進んで舞台に立ち、自分の組立てた恐しい考を諸君の前に投げ出そうとしているのだ。そして諸君の公平なる判断を期待しているのである。作者と作中の犯人は今舞台の上において暗中の一騎討ちを試みようとしている。そして座長と夫人、及び警察の人々と女中に扮する以外の俳優諸君は、悉く犯行現場に居合せた人々である。諸君は必ずや惑星劉不乱氏の奇想天外の頭脳に酔うであろうと同時に、怪奇劇界の鬼才羅雲鬼の真に迫る好演技を讃えるであろう。

海王座敬白

観客達は「二発の銃声」の第一幕と第二幕とにおいて、世に伝えられている座長殺害事件の外貌と、劉不乱がこの事件に対して疑問を抱くようになり遂に一つの仮想を組立てて犯人に実験させようとするまでのことを知ったのである。筆者は、極簡単に第一幕と第二幕での出来事を述べておこう。

第一幕の第一場——

朴永敏邸の二階。八畳位の座敷。晩の九時頃。座長朴永敏（洪《こう》某扮するところ）、その夫人李夢蘭《りむらん》（楊《よう》某扮するところ）、陳大成《ちんたいせい》、劉不乱、羅雲鬼《らうんき》、金英愛《きんえいあい》の六人が、晩餐後の雑談に興じている。彼等の談話によって、海王座がこの頃休演中であることが判る。その時まで李夢蘭

を中心にしていた一同の談話が、美貌の女優金英愛に移って行く。すると座長が彼女に向って、冗談とも真面目ともつかぬ語調で、

「英愛さんの瞳は実に美しいね。惚れ惚れするよ。宝だ。海王座唯一の宝だ。どうかその瞳で、京城《けいじょう》市民四十万の人間を悩殺してくれ給え。そのためならどんな犠牲をも厭わん積りだ」と言って一同を見廻す。すると英愛の隣りに座を占めていた夢蘭が、顔を座長の眼の前に突出して、

「ちょっと、あなた、私の瞳はどう?」と、女特有の嫉妬に燃えた顔をする。

「ナニ、お前の瞳か。豚ならどうだか――」

しかし、座長の言葉に何一つ報いることなく、暫く無言でいた夢蘭、ツと座を外して階下に降りて行く。座が白ける。座長は、

「奴、怒ったのかな」と呟きつつ階下へ降りて行く。座が余計に白ける。暫くして今度は羅雲鬼が、便所へ行くと言ってまた降りて行く。そこで劉不乱、陳大成、金英愛三人は、夢蘭を怒らせたのは座長ではなく英愛の瞳だなどと話しているうちに、ものの五分も経つか、経たないうちに轟然と一発の銃声が階下で鳴る。一同はびっくりして顔を見合せる。と今度は、座長と夢蘭の争う声が聞える。

「馬鹿な真似をするなッ。夢蘭! 俺を殺す積りか」

「殺します。殺します。人を侮辱するにもほどがあるわ」

と続いて第二発の銃声が邸内を揺がす。そこで三人は、大変だ大変だと叫び合いながら階下へ降りて行く。

第一幕の第二場――

階下の書斎。向って右手が庭に面し、閉め切った硝子《ガラス》窓にカーテンが掛かっている。正面は真白い壁、右側にテーブル、テーブルの上に数十冊の書籍が積み重ねられてい、金魚鉢に二匹の金魚が泳いでいる。その他、鏡、インク壺などが置かれてある。テーブルの上部三尺位の処に柱時計、下部の硝子戸が破壊され、振子が次第に振幅を縮めて行って終いに停止する。九時三十四分。柱時計の真下に掛暦《かけごよみ》がかかっていて、二十三日(十一月)を示している。舞台の左手が廊下に続く扉で、その直ぐ傍に総硝子張りの本箱、本箱の下部の抽斗《ひきだし》が半分ほど引

出されている。朴永敏がテーブルの前、椅子の傍らの絨氈《じゅうたん》の上に俯伏して仆れていて、その傍にピストルが冷たく光る。

廊下を走る人々の騒々しい足音と共に、どこだどこだ、書斎らしいぜと、叫びながら人々は扉を勢よく排して入る。劉不乱、陳大成、金英愛、女中二人、李夢蘭、羅雲鬼の順で、各々驚愕の顔、顔、顔。

そこで人々は座長の屍体を抱上げてみるやら、警察に電話をかけるやらの大混雑が起るが、劉不乱の忠言でピストルには絶対に手を触れないようにする。一同の視線が夢蘭の上に集中され、夢蘭は狐に憑かれたような顔をするのだが、詳しく描写することを止め、約五分間（実際は一時間以上）ばかりして駆けつけた警察の人々の綜合的調査結果を述べよう。

一、弾丸《たま》は二発とも同じピストルから発射された。第一弾は目標を外れ、時計の下部の硝子戸を破り、振子に当ってこれを停止させ、時計は九時三十四分で止った。第二弾は被害者の左胸部に命中し致命傷となった。

二、ピストルは被害者の所有物で、扉の傍の本箱の下の抽斗に常にあったもの。指紋は綺麗に拭い取られている。抽斗の把手《とって》にも指紋なし。

三、劉不乱、陳大成、金英愛の陳述。「それは確かに座長と夫人との口論だったのです。口論の内容ばかりでなく、声色も確かに二人のものです。絶対に聞き違えなどはしませんでした。しかし、あれ位の冗談で殺すなどとは夢にも思っていません。私達が一階の廊下を書斎に向って走っている時、反対側の方から女中と夫人が走って来、便所へ通ずる廊下から羅雲鬼君が出て来るのを見ました」

四、女中二人とも右と同様な陳述をした。確かに座長と夫人との声だと言った。

五、羅雲鬼の陳述。「私も同様な問答を聞いたのです。私は座長の後から便所へ降り、小用を済まして裏庭に降りて風に当っていました。座長が夫人に与えた侮辱の言葉を独り静かに憤っていたのです。私は彼女を愛しているのです」

六、李夢蘭の陳述。「私は何が何だかさっぱり判りません。私は寝室に下りて、あの人のあまりの侮辱の言葉に女としての、いいえ、女優としての誇りを傷けられた胸を撫で静めていたのです。そして私も聞きました。それは確かに私自身の声であり、あの人の声であったのです。私は主人を愛しておりません。そして羅雲鬼さんをも愛していないのです。私は劉不乱さんを愛しております」

そして李夢蘭は勾引されて行った。

第二幕――

劉不乱が自宅の書斎で、椅子に腰かけたり立ったり、狂わしそうに部屋の中を歩き廻ったり止ったりしながら、叫んでみたり呟いてみたりする。

「犯人はどうしても彼奴《あいつ》だ。夢蘭が犯人であるものか。夢蘭、夢蘭、お前はどんなことがあっても、犯人であってはならない。お前は決して人殺しをするような悪い女ではない。僕はお前を信ずる。お前が犯人でないことを僕は信じ切っているのだ。そして僕はお前を獄窓から救い出してみせる。石に噛じりついても真犯人を突き止めるのだ。犯人は彼奴だ。あの憎むべき悪魔だ。それは恋する者のみが感ずる不思議な霊感だ霊感だ。だが、証拠がない。証拠がない」

そして凝《じっ》と腕組をしながらまた呟く。

「まず彼奴が真犯人なりと仮定するならば、彼奴はどうしてあの殺人を行ったろう。勿論、動機は充分にある。彼奴は夢蘭を愛しているのだ。そして座長からは蛇のように嫌われていた。夢蘭からも肘鉄砲を喰らった。そうだ、どうあっても彼奴が殺したのだ。彼奴が、彼奴が、あ、そうだ！　やはり彼奴だったぞ！」

劉不乱は狂気の如く叫びながら、隅っこに堆《うずたか》く積ってある古雑誌の山を、ドシンと崩して、貪るように一冊の古雑誌を捜し出すと、

「これだ、探偵雑誌『ぷろふいる』三月号、これだ。この中に何とかいう人が書いた『楕円形の鏡』という作品があったはずだ。この雑誌を僕は彼奴の書斎で見かけたことがあるのだ。この作品の中には、自分の妻を殺すために、小説家である夫が自ら一幕物の戯曲を作った。その小説家の恋敵の姓が『劉』某で、作品中の男の姓を『柳』某にして全く同一発音にした。その戯曲を自分の妻と演ずることに依って、恋敵の『劉』某が殺害直前まで被害者と談話していたように隣室の人に見せかけた。だが、彼はただ自分の地声をようやく消すことが出来たに過ぎない。そして相手に恋敵である『リュウ』という姓を呼ばしめたに過ぎない。もし、ここに一人の立派な擬声可能者があるとしたらどうだろう。そうじゃないか。

彼奴がそうでないと誰が断言しよう。殊に彼奴は名優なんだ。そしてこれと同じ雑誌が彼の書斎にあったのだ」

彼は有頂天になって喋り散らした。

「だが、待てよ。それはお前一人の空想に過ぎぬではないか。彼が自白しない限り、法律はお前の空想を認めはしないだろう。そうだ。僕も劇を書こう。そして彼に演《や》らせてみるのだ。そして僕の考えた通り、彼が本当の犯人であったらどうなる。彼はこの劇に出演することを快く承諾するであろうか。いや、意地になっても承諾するかも知れない。とにかく、書こう」

原稿紙に噛じりつく。

第二幕の第二場――

二日後、前場と同じ場面。劉不乱は彼の仮想犯人から来た手紙を読む。

「君から送られた原稿を早速ながら読んでみた。そして君の果てしない空想を尊敬する。と同時に、僕は自分の取るべき態度について考えてみた。君はあまりにあからさまな挑戦を僕に向けた。僕は今怒っていいやら笑っていいやらを知らない。だが、それも結局、夢蘭を愛する君の炎の如き心から生じたものと思えば大して腹も立たない。僕も君に劣らざる程度において彼女を愛しているのだ。この劇において、結局真犯人が現われて彼女が無罪となるようだったら、僕は喜んで君の挑戦に応じようではないか。だが、劉不乱、自惚《うぬぼ》れるな。君のみが彼女を愛する権利を持っており、君をのみ彼女が愛していると思ったら大真違いだぞ。なるほど、僕の容貌は怪人のように醜く獣人のように穢い。だが、劉不乱、僕は獣《けだもの》ではない。こんな醜い面《つら》をしていても一箇の人間だ。だから僕にも自尊心というものがある。盲目《めくら》が盲目と言われて怒る心理は君に解せないようだ。僕に彼女を愛する資格がないと定《き》め込むには早過ぎる。かくして君は、精神的にも肉体的にも言外の侮辱を僕に与えてくれた。甘受しよう。だが、夢に忘れるでないぞ。心から今日の侮辱を甘受していないということを。では君のペン先の醜い傀儡《かいらい》となって舞台へ立つことを堅く約束する。それに依って蒙る世間態などはもう僕の眼中にないことだ。

追白　今また君からの第二信を受けた。よろしい。総べてを世間に曝け出せ。君と僕との私的関係までも、一つ残さず全部、あの『二発の銃声』なる劇の中に取入れておけ、今書いているこの手紙までも、必要だったら劇に織り込むがいい。そうでなければ観衆は公平なる判断が得られまい。では――右返事まで」

読み終った劉不乱は、手紙を机上に投げ出して凝っと何かを考える。

「よしッ、乗り出した船だ」

幕下りる。

×　×　×　×

以上が探偵劇「二発の銃声」の第一幕と第二幕との梗概である。作者劉不乱は、彼自身がこの劇を生むに至るまでの経路をも劇中に取入れたので、劉不乱と劇中犯人として目せられる俳優との私的関係は今や白日の下に曝け出されてしまったのである。恋とは果して人をかくまで熱狂させる魔力を持っているであろうか。恐ろしい限りであるといわねばならない。

かくして観客達は第三幕のベルを心待ちに待ったのであるが、それは実に劇離れのした一箇の現実そのものであったが故に、彼等の胸底には恐ろしい迫真力と渦巻くような疑惑とが好奇と恐怖との間を飛来するのであった。犯人は誰であるか、いかにして殺したか、そのような探偵的興味よりも、探偵小説家劉不乱と彼が犯人として目している海王座の俳優との間の、底気味悪い暗闘であり、露骨過ぎる恋愛合戦であった。劉不乱は愛人李夢蘭のためにこの劇を作り、それにもまた飽き足らずして彼自身が劇に出演している嵐のような情熱、友人から恐ろしい殺人犯人として取扱われながら、しかも敢然として舞台に立った人の死に物狂いの応戦、しからば誰が犯人と目せられているのか。先刻の手紙に依れば、醜い容貌の持主であるという。そうだとすれば、出演俳優のうちで最も怪人のような顔をしているのは、怪奇劇の鬼才として売り出した羅雲鬼ではないか。果して彼であるならば、彼は次の一幕においていかなる態度を取ることか。彼は果して擬声可能者であるだろうか。否々、これは単なる劇に過ぎないのだ。劇に迫真性を与えるための作者の悪戯であるのだ。

終に「二発の銃声」の第三幕は開いた。

舞台面は、第一幕の第二場と同じく座長朴永敏の書斎。調度その他は殆んど前場と同様であるが、四つほど前場と異った点がある。第一は、扉の傍の本箱の抽斗がきちんと閉まっていること、第二は、柱時計が九時三十分を指してい、振子もしきりと動いているし、硝子戸も破れていない。第三は、絨氈にピストルの見えないこと。第四は、朴永敏がテーブルに向ってぼんやりと思索に耽っていることだ。

場内は水を打ったように静まり返って、咳払い一つ聞えない。時計は今九時三十四分を目指して一秒々々と進んでいる。その時刻にこの舞台に忍び込む者は一体誰であろう。

九時三十一分！　この四分間の黙劇《パントマイム》こそ、実に素晴らしい効果を観衆の脳裏に刻みつけるのだ。後三分で劉不乱と犯人との世にも恐ろしい愛慾合戦の勝敗は決定するのだ。

九時三十三分！　舞台では神に死を宣告された朴永敏が、相変らず腕組をして、扉に背を向け、夢蘭を怒らせたことを悔いるかのように、テーブルに凭《よ》りかかったまま何事かをしきりに考えている。時計の振子は、永久無限の歳月の一点々々を無心にも、そして義務的に刻みつけて行くのだ。途端、右手の扉がパッと開かれ、飛鳥の如く飛び込んだ一人の男、扉の傍の本箱の抽斗からピストルを摑み出すが早いか、不意の闖入者に驚いて振向いた朴永敏の胸部目がけて、轟然と一発を放ったのである。それがあまりにも凄い早業であったので観衆はその闖入者が何者であるかを始めは見極めなかったのであるが、濛々と立ち登る白煙の中に仁王立ちに立っているのは、羅雲鬼の闘牛のように怒った物凄い姿であったのだ。それは決してかりそめの怒りではなく、彼の骨髄から迸《ほとばし》り出た恐ろしい激怒であるかのように見えた。一方朴永敏は、マリヤの聖像の前に祈禱する者の如く両手を腕に当て、骨抜き人形のように崩れて絨氈の上に仆れてしまった。と、観衆はハッと息を呑む暇もあらばこそ、

「馬鹿な真似をするなッ、夢蘭、俺を殺す積りか」

観衆はハッとして総立ちになったのだ。ああ、それは実に恐ろしい奇蹟であった。彼等は羅雲鬼自身の声を聞く代りに、そしてまた、朴永敏に扮している洪某の声を聞く代りに、今は逝《な》き海王座座長朴永敏氏その人の声であったのだ。

観客よりも驚いたのは警官席のK警部、椅子からハタと飛び上ると、隣席のH検事の腕を夢中になって揺ったのである。「恐ろしいことだ！」「静かに静かに」「あの顔を見ろよ、あの夜叉《やしゃ》のような面相を」「静かに静かに」「殺します。殺します。人を侮辱するにもほどがあるわ」

李夢蘭に扮している楊某の声ではなく、海王座の花形

李夢蘭の声を再び観衆は舞台に聞いた。好奇とか疑惑とか、そういったものは既に通り越して、人々はただ両手を握りしめて膝を慄わせた。そればかりではない。自分の犯罪を自ら数千の観衆の前で曝露させた彼羅雲鬼は、激情的な捨鉢気分で今にも観衆に向って無茶苦茶に発砲しはしないか。そしてその手に握られたピストルは果して玩具《おもちゃ》物でしかないのであろうか。朴永敏に扮している俳優は今、舞台の上に仆れている。空砲か実砲か。誰が空砲であることを確証し得ようぞ。それはあまりに真実らしい仆れ方であり、もがき方であった。彼の胸部から流れ出る真紅《まっか》な血は果して一種の染料水でしかないのであろうか。鷲のように絨氈を摑んでいる両の手。

と、ズドンとまた一発、柱時計の下部の硝子戸が木葉微塵に破れ、振子がブランコのように揺れている。実弾だ！　だが演劇的トリックかも知れない。誰かが背後でパチンコでも放ったに相違ないのだ。九時三十四分！

その時、羅雲鬼は観衆に向って、ニヤッとばかり笑って見せた。そして素早くハンケチでピストルの指紋を拭いとって床上に投げると、今度は抽斗及び扉の把手《ハンドル》を拭った。そして再び後を振り返り、遠く警官席に皮肉とも嘲笑ともつかぬ甚だ見苦しい笑いを投げて扉から姿を消したのである。

それは実に一瞬間の早業であった。

× × × ×

海王座の楽屋である。場内ではまだ観客達が帰らぬとみえて、蜂の巣を突いたような騒ぎだ。

今しがた舞台から戻って来た羅雲鬼を中心に、K警部、H検事、劉不乱等に取り囲まれたテーブルの上には、骨張った羅雲鬼の両手が中風患者のそれのように慄えている。

「熱演だったですね。羅さん、貴方にそんな奇特な音声が潜んでいるとは夢にも思わなかったですよ。私は劉不乱さんから劇の内容を聞き知った時は、そのあまり小説家的な空想を嗤《わら》ったのですがね」

H検事の語を次いで、K警部は、

「全くです。貴方の真に迫った演技振り、それに貴方は、座長や夫人に扮した俳優の声を真似られるのが劇として当然なのですが、どうして座長や夫人その人達の声を出したのですか。何か訳があるように見受けますがね」

だが、羅雲鬼は無言のまま、凝と劉不乱の面を恐ろしく睨《にら》むばかりだ。額には汗さえ滲み出て、両眼は火のように充血していた。

「羅君、僕は探偵でも何でもない。僕は空想を弄ぶ人間だ。それが僕の生命だ。そして君が心よく僕の空想を実験して見せてくれた。それだけのことだ」

「黙れ！」

千斤の重みと万斤の憎しみとを盛った一言であった。

「なるほど、君は今晩の成功を贏《か》ち得た。その証拠には僕は今嫌疑をかけられている。いや、何千人という観衆が僕に忌まわしい白眼を向けた。そして君は一躍探偵小説家から名探偵の名誉ある名を頂戴した。君は完全に僕を社会から葬ってしまったはずだ。劉不乱、嬉しいだろう。嬉しいだろう。嬉しくないと言うのか？」

そして、ツと立上った羅雲鬼の醜悪なる面には、怒濤のような激怒が爆発して行った。

「劉不乱、だが、僕は立派に演《や》って退《の》けたんだぞ。君が欲しがっていた音声は、彼等に扮した俳優のものではなく、彼等朴永敏と夢蘭その者の音声であったはずだ。僕は完全に君の要求に応じたのだ。観客が総立ちになって驚きの眼を瞠《みは》ったほど僕の擬声は完全なものであった。それが一体、どうしたというんだ。明晩もまた立派に演る積りだ。今晩と同様に観客を総立ちにさせてみせる」

そう言って、帽子とオーバを採ると楽屋から出て行った。K警部はH検事に向って、

「そのまま放っておきますか」

「そうですね、今一晩演らせてみようじゃありませんか。それに彼を勾引するための、どんな証拠を我々は持っていますか。今に尻尾を出しますよ。今に証拠を摑んでみせます。勿論、彼が座長殺しの犯人であるならばです」

すると、劉不乱は躍起になって言った。

「それはあまり不公平なことではないのですか。そんなら貴方達は何の証拠があって夢蘭を勾留したのです。夢蘭と羅雲鬼とは、丁度同等の条件の下において疑われていいはずじゃありませんか。もし羅雲鬼が尻尾を出さないとしたら、貴方達はどうなさる積りです。永久に勾引しないというのですか。そんな馬鹿なことがあるものですか。座長を殺したのは彼奴です」

「劉不乱さん、急《せ》くといけない。彼を今勾引して行って、彼が絶対に自白しなかった場合にはどうします。それよりは、自由にさせておいて何か証拠を摑んだ方がいいじゃありませんか。何も夢蘭さんが犯人だと決った訳

でもないのですからね。とにかく、夢蘭さんへの嫌疑は、貴方の御蔭で大分緩和されたことは事実です。ですから明晩の成行を見ようじゃありませんか」

×　×　×　×

探偵劇「二発の銃声」は、市民の嵐のような歓呼の下に翌晩もその翌々晩も上演されたのであるが、K警部は何一つ有力な証拠を握ることが出来なかった。各新聞は、「二発の銃声」に対する記事で一杯となり、劉不乱と羅雲鬼との対立はジャーナリストにとって素晴らしい好餌であった。いつまで羅雲鬼は、世間の恐ろしい疑惑の的となってあの忌まわしい劇を続けることが出来るか。劉不乱の空想はただ空想にとどまらねばならないか。あの怪奇劇の寵児が観衆に投げかける意味ありげな嘲笑は一体何を意味するか。それはあたかも、世間を愚弄し警察を皮肉る悪魔の微笑ではなかろうか。警察は何をしているか。何故羅雲鬼を逮捕しないのだと、当局を非難する者があるかと思えば、天才的名優羅雲鬼万歳を唱える者もあった。

かくして喧々囂々《けんけんごうごう》の中に、第四日目の晩を迎えたのであるが、丁度それは、「二発の銃声」の第三幕の終り頃のことであった。羅雲鬼が例の如く悪鬼のような面相で舞台に躍り込み第一発で朴永敏を仆した後、あの人々の聞き馴れた座長の声色で台辞《せりふ》をいうのであるが、どうしたものか、彼は彼自身の地声で台本にない台辞を使ったのである。K警部はハッとして椅子から立上った。

「悪かった悪かった。夢蘭、お前を苦しめて済まない。だが、お前を憎む心の底に潜んでいるこの灼熱の愛慾をお前は知らないのだ。夢蘭、偽りでもいい。偽りでもいいのだ。ただ一言の愛の言葉をお前の口から聞きたかった。だが、お前はいつも冷やりとする侮蔑の眼《まなこ》で、この醜い顔をキッと睨むのだ。夢蘭、その度毎に僕の胸の中には、恐ろしい殺意がムラムラと起るのだ。あの晩、この僕を蛇のように嫌っていた座長がお前に甚だしい侮辱を与えた。チャンス、だが、何故僕は正々堂々と座長を殺し、お前を殺すことを考えなかったのだろう。浅墓《あさはか》な心だ。どうぞ、憎まずに憐れんでくれ給え」

そして今度は観衆に向き直ったのである。

「帰ってくれ、皆様、早く帰ってくれ。僕はもうこれ以上、この忌まわしい劇を続けることが出来ない。僕が殺した。僕が座長を殺したのだ。これで諸君は満足だろう。これ以上君等は僕に何を要求するのか。帰らぬとこのピストルを打放《ぶっぱな》すぞ」

ワッと喚きながら観衆は立上った。警官達が舞台へと走って行く。

場内は一瞬にして修羅場と化してしまったのである。

かくして探偵劇「二発の銃声」は、前代未聞の戦慄的エピローグと共に永久に幕を下ろしたのであった。

（中）怪奇劇「殺人遊戯」

「さようなら」

「さようなら」

夢蘭をタクシーに乗せて帰らすと、劉不乱は千鳥足で華やかな本町の方へ向って歩き出した。心臓が胸の中からスーッと跳び出して、風船玉のようにフワリと空中を翔《かけ》る。朧《かす》んだ両眼に映る物は凡てが幸福でかつ夢幻的であった。自己感情が無暗に高まって来て、自己への価値づけが無限の喜びを以て彼の心を躍らせた。小説家の空想として一笑されんとしていた「二発の銃声」は見事に功を奏して、羅雲鬼はとうとう苛責の念に堪え切れずして自白した。夢蘭は出獄して自分の腕の中に抱かれることを厭わなかった。彼女の瞳は、劉不乱の献身的な労力に対して限りなき感謝と愛の表示に満ち満ちていた。どこに彼は、自己を卑下しなければならぬ理由があろう。愛人のために、最高の努力を払って報いられた時の喜びよ！

劉不乱は人生の最大の幸福を浴びるように感じながら、酔い疲れた体軀《からだ》を愉快そうに運ぶのであった。それにしても、いささか気がかりでならないのは今別れたばかりの夢蘭の一言である。「私何だか、彼が可哀想でならないわ。自分があれほどにも愛されていたと思えば——。本当に彼が殺したのでしょうか」馬鹿な、馬鹿な、夢蘭、お前は何故そんなことを言うのだ。もし、（そんなことはあろうはずがないんだが）お前の愛が僕から離れて行くようなことがあるとしたら、自分は一体どうすればいいのだ。と劉不乱は、そんな些細な未来のことまでも想像するのだった。すると、なァに、ドン・ホセがカルメンを殺したように、自分も殺してしまえばいいさと、そんな荒唐無稽な空想までもめぐらさねばならないほど、彼の麻痺された精神は、耽美的な、限りなきロマティシズムのヴェールに蔽わされてしまったのである。

それは丁度、海王座の「二発の銃声」が最後の幕を下ろしてから、約二週間も過ぎ去ったある寒い晩のことであった。

　果しない空想の翼を拡げながら賑やかな本町をぶらついていた劉不乱は、古本屋鮮映閣《せんえいかく》の前まで来た時、彼の足はフラフラ店内に吸われて行った。別に古書を漁ろうとしたのではない。用もないのにフラフラと入って行く、それが彼の癖でもあり趣味でもあった。

　暫くの間、背中一杯に幸福と平和を感じながら、ずらりと並んだ汗牛充棟《かんぎゅうじゅうとう》の前に立っていたのであるが、その時、彼は隣りにヒヤリとした冷たい風を感じて、ヒョイと横を向くと、一人の男がしきりと本棚を物色している。闖入者は鳥打帽を真深く冠り、茶褐色の厚っぽいオーバの襟を顋《あご》のところまで立てて、その上に大形マスクをかけているので、目のあたりが小さな半円形になって露われているだけだが、しかしそれだけでは別に不思議でも何でもない。劉不乱自身もマスクをかけ襟を立て帽子を真深に冠っている。いや、酷寒十二月のことで、店内のお客は殆んど皆大同小異の服装をしている。彼が押え切れぬ好奇心を起したのは決してその覆面ではないのだ。

　男は遂に本棚から一冊の全集物を抜き取ったのであるが、劉不乱はその時チラとそのケースの表題を見たのだ。

黄金仮面　外五篇　江戸川乱歩　全集第十巻

　あの金色燦然《こんじきさんぜん》たる全集物だ。しかし、それだけなら別に注意も惹かなかったのだが、その男は、大抵の人がするようにまず序文なり目次なりに目を通すことをしないで、バラバラとある頁《ページ》を開いたのである。ところが不思議なことには開いたと思ったら直ぐまたパタと閉じて、元の場所に挟んでそそくさと出て行くのだ。その時、劉不乱のぼんやりと拡がった視野に映じたのは、男が本を閉じる際に何かシオリのようなものを挟んでおく光景であった。しかし、さようなことは、立読みでもする人には有り勝ちなことなのだが、一頁も読まずにシオリを挟んでおくのも、考えてみれば訝《いぶか》しくないこともないのである。殊に「黄金仮面」という表題から発散する強烈な妖怪的魅力が、酔中の探偵小説家劉不乱の心臓を怪しきまでに揺って、遂に彼は「黄金仮面」を本棚から抜いて開いた。

　シオリがある。だが、それが単なるシオリとしての使命以外のある役目を担っていることを知った時、劉不乱の好奇心は頓《とみ》に沸騰した。それは化学方程式のようなもので、符号と数字とを以て記された一種の暗文記号、確かにエドガア・アラン・ポウの小説「ゴールド・バッグ」に出てくるそれであったのだ。だが、悲しいことには、それを容易《たやす》く判読することが出来ないのである。そこで劉不乱は、ひどい焦躁に駆られながら、それが挟まれていた頁にサッと目を通した。二六九頁――。「人々は黄金仮面が異国の兇盗アルセーヌ・ルパンであることを薄々知っていた。だが、ルパンだからとて油断は出来ぬ。この国では彼は血を見ることを恐れぬのだ。平気で人殺しをしているのだ。ルパンの性格は一変した。……」

これとて別に変ったことはない。しかし、劉不乱は一つの小さな発見をした。それは、暗文記号の尾末《びまつ》に漢字で、「二」と書いてあることだった。この洋式暗号文に漢字の「二」は、一体何を意味するものか。

そこで、彼は電光石火の如く一つの仮想を組立てた。このシオリが通信の役目をしている以上、当然相手方の存在を予想しなければならない。劉不乱は、書物を元の場所に挟んで置くと、何か大きな奇蹟を待つ者の如く、第二の覆面の士を待ったのだ。

店内は相変らず込んでいた。外は吹雪らしい。彼は実に愉快だった。彼の仮想は、探偵劇「二発の銃声」において犯人を突き止め、羅雲鬼を獄裡にぶち込んだ。彼の名声は単に探偵作家としてのみではなく、今や名探偵として赫々《かくかく》たるものとなった。彼は、自分の仮想にかなり確信を以て実現の予想に胸を躍らせたのである。と、十時三十分!

果せるかな、第二番目の怪紳士が店内に現われたのだ。彼は一目見て、それと察することが出来た。土耳古《トルコ》帽に黒眼鏡、大形マスクに襟巻だ。男は少し慌て気味に店内に入ると、今度はゆっくりと本棚に進み寄って、案に違わず、甚だ自然な身振で、件の書物「黄金仮面」を抜いたのである。そして、オーバのポケットから鉛筆を取り出すと、何かしら一筆シオリに書き込んで置いて出て行った。

劉不乱は、急いで書物を引き出して見た。暗号文に変りはない。だが、最後の「二」の下に、「二」という漢字が記されているではないか。彼が第二番目に見たというのだ。尾行!

×　×　×　×

土耳古帽の怪紳士は、三越前の広場へ出ると、東大門《とうだいもん》行きの電車に乗ったので、劉不乱も続いて飛び乗ったのであるが紳士は黒眼鏡越しにしきりと腕時計を覗きながら、窓外のネオン・ライトを送迎する。

劉不乱は愉快だった。本当に探偵にでもなったような気がする。古今の探偵小説に出てくる数多の名探偵の名前が次から次へと浮んでくる。その中でも彼の一番好きなのは何と言ってもホームズだった。

電車が終点東大門へ着くと、怪紳士は郊外清凉里《せいりょうり》行きの電車に乗替え、暗い田圃道を箕《み》のように走って大学予科前に着いた時、紳士は下車した。外はひどい吹雪である。

やがて紳士は、ちょっとの間躊躇《ためら》った後、懐中電燈を光らせながら、予科校舎の西側の並木路を西北に向って歩き出したので、劉不乱は、ハテなあと思ったのである。そこは昼間でも寂しい処で人家とては殆どなく、それにその並木路を真直ぐに行くと、北漢山《ほくかんざん》続きの山路になるからだ。それにこの吹雪この暗闇である。一瞬、劉不乱の心に何かしら怖気《おじけ》のようなものがさして、ある不吉な予感が彼の足取りを停止させたのであるが、それもほんの束の間、無暗と駆り立てる好奇心と強烈な酒気のために、朦朧《もうろう》とした眼に映る弱い懐中電燈の光を頼りに歩き出した。

電車線路から遠ざかって行くにつれて、道路は次第に細くかつ嶮しくなって、漆のような真暗闇を躓きながら追って行った。小高い峠を越えたかと思うと、また羊腸のような緩勾配に出る。ヒュッヒュッと猛り募る吹雪の音、京城市の街燈が遥か後方で夢のように瞬いていたが、それも暫くすると完全に見えなくなった時、劉不乱は何だか自分が夢の中を彷徨しているかに思われ、自分の尾行の目的をも忘れてしまうほど肉体も精神も綿のように疲れ切ってしまった。しかし、そうした極度の疲労の中にも、あの怪紳士の持っている弱い電燈の光が、無限の魅力を以てぐんぐんと劉不乱を引張って行くのだった。いかなる種類の集りかは知らないが、彼等の秘密を根こそぎ露《あば》いてやるのだと思った。

かくして、一体どの位歩いたのであろう。いつの間にか、怪紳士の電燈の光がピタと止ったのである。劉不乱は懈《だる》い瞼を一生懸命に瞠ってその方を透かして見た。そこに天空を衝かんばかりの巨木が入道のように聳えている。その傍にかなり大きな古城みたいな建物が立っているのだ。件の紳士は、その大木の下を通って石塀に沿い寄ると、ライターを擦って煙草に火をつける。スパスパ吸ったかと思うと三度ばかり空中に円を描いて、くぐり戸らしいものを開けて中へ吸い込まれて行った。

と、その時、彼は後方に人の気配を感じ、凝っと垣根に蹲って息気《いき》を殺した。すると、跫音《あしおと》と共に一点の煙草の火が彼の傍を通り過ぎて行く。そしてやはり三回の火円を空中に描いて入って行くのだ。

「よしッ」

とばかり、くぐり戸の前に進み出た劉不乱は、彼等の如く三度の火の円を描いて見せた時、中から戸が静かに開いたのである。

「ようこそ、この吹雪の中を――。後三人で会員は全部揃います。どうぞ、ここでこの仮装をお召しになって下さい。その中庭を横ぎると玄関に出られますから――」

暗闇でよく見えないが、何でもそれは大きな袋状を呈していた。劉不乱は無言のままにそれを受取り、ソフトを取って頭からスッポリと冠った。庭らしい処を横ぎると玄関へ出る。そこにも案内役がいて、

「帽子を預けさせて戴きます」

そして、かなり長い廊下を通ってある部屋の前へ来た時、「さあ、どうぞ」と言いながら扉をサッと開けてくれた。一歩を無意識に踏み入れた劉不乱は、その時、「ハッ！」と、微《かす》かながらも声を発してしまったのだ。それは実に奇怪なる光景であった。

薄暗い蠟燭のユラユラ燃える燭台の周囲に、全身真黒い二つの影法師が身動きもせずに立っている。それが劉不乱の姿を認めるや、さも慇懃《いんぎん》に上体を曲げたのだ。その時始めて、劉不乱は自分の仮装に目を落したのであるが、それは彼等と寸分違わない服装だった。胸には「X5」と真白い文字が浮立っているのだ。なるほどよく見ると、彼等の胸部にも各々「X3」、「X4」という番号がついていた。

劉不乱は招ぜられるままに、暖炉を囲んで置かれてある一脚の椅子に腰を下ろした。薪《たきぎ》がかんかんに燃えている。テーブルには種々雑多の洋酒瓶が並べてある。部屋は相当広かったが、これと言って目立った調度はなく、何となく空家のような感じがした。

劉不乱は次第に怖気がして来た。この異様な雰囲気、眼だけをパチパチさせながら無言のまま腰かけている怪

人達、一体どんなことが起るのだろう。自分はどういう風に処して行かねばならないか。会員同志でさえお互の顔を見せることをしないこの会は、全体いかなる目的を持っているか。この吹雪の中を、この山の中で開かれねばならぬ会、ポーの暗文記号を易々と解読する会員達――

劉不乱の思考作用はそこでピタと停止した。噫々、何という迂闊千万なことであろう。会には定員があるはずだ。定員よりも会員が一人だけ増した事実が露れた時は？　恐しい危険の切迫を彼は感じた。眼が眩んだ。早鐘のような動悸を制しながら、生命の強奪から逃れようと焦った。そうだ、逃げるなら今のうちだ。どこから逃げる。どうして逃げる。庭に面した窓にはカーテンがかかっていた。西と東は壁だ。入口はただ北側の扉だけである。彼は時計を出して見た。十二時二十分過ぎ――。逃げるなら今のうちだ。窓を壊して庭へ飛び出ればいいではないか。

そして椅子からツと立ち上った時、彼は心の中で絶望を叫んだ。扉が静かに開いて、三人の怪人達がまた入ってきたのである。

×　×　×　×

劉不乱は実に愉快だった。強烈な酒をやたらに飲み乾した。一旦覚めかけた酔いが再び廻って、五人の怪人達がスピード・アップのダイヤのようにぐるぐる廻るのだ。

――チェッ、俺を誰れだと思っているんだ。ホームズだぞ。明智だぞ。ルパンが何んだ。面白い面白い。今夜は欠席員が二人もいるんだと？　馬鹿な奴等だ。本当は三人なんだよ。オブザーヴァーが一人居なさるんだ。露われて堪るものか。愉快だ愉快だ、何でも持って来い。ナニ？　素晴しく面白い遊戯があるんだと？　そうか、こいつは素敵だ。さあ、早くやって見せろ。判ったよ、会長さん！　いつまで喋っている積りだ――

「……では諸君、今晩は素晴しく面白い遊戯をお目にかけましょう。それは、この『刺戟増進会』始まって以来の、最も刺戟的な、最も怪奇的な、そして最も戦慄的な遊戯であります。恐らく人間にとって最高の刺戟であることを確信して疑いません。では夜も大分更けましたから、これから遊戯にかかることに致しましょう。殺人遊戯です」

胸に「X1」のマークをつけた会長は、そう言って周囲を見廻したのであるが、一体、誰が誰を殺すのであろう。

劉不乱の酔いは一瞬にして醒めてしまった。いや、醒めたのではない。醒まそうとしたのだ。健全な意識を取り戻そうとしてもがいた。頭を振ってみた。無暗に横腹をつねってみた。だが、それは甲斐なき努力であった。集中させようとする理性は、いつもいつも花火のように散ってしまうのだ。

一瞬間、居並ぶ怪人達はざわめく。だが、直ぐその後から恐怖に満ちた鉛のような沈黙が、刺戟欠乏者達の周囲を廻って重苦しく流れた。灯が揺れる度毎に、魔像のような影法師が壁の上で踊った。外は相変らず吹雪らしい。ガタガタと窓が揺れるのだ。

「殺人遊戯ですが――」

会長「X1」の厳かな声が、怪人達の頭の上で再び凛として響き渡った。劉不乱は凝っと息を殺した。

「そこで問題は、何人《なんびと》が何人を殺すかということです」

会長の射るような魔視が、居並ぶ刺戟欠乏者達を一人一人点検し始めた。その魔視が自分達の上に注がれる毎に、真赤な心臓がハタと止るのであろう。彼等はその視線を真正面に受けることが出来なくて、頭を深く頷かすのだった。そして会長の恐しい視線が次の人に移って行った時、その者はホーッと太息《たいそく》をつくのだ。

しかし、彼等は運命の前に従順であった。誰一人として、会長の邪視に反抗する者はなかった。否、彼等はむしろ、それを、その血に餓えた残忍な眼差《まなざし》を望んでいたかも知れない。彼等は刺戟欠乏者達であるのだ。いや、それのみではなかったに相違ない。それに反抗することは、即座に生命の強奪を結果するのであろう。

「しかし、今晩の遊戯において、既に私は殺されるべき者を定めております」

劉不乱は、ハッと頭を擡上《もちあ》げた。会長の視線と彼の視線とが、恐しい勢で空間に縺れ合った。だが、劉不乱は直ぐ頭を下げて、唇を強く噛みしめた。反抗するためではない。悪夢から一刻も早く覚めるためだ。――夢だよ、夢だよ、自分は今、恐しい悪夢を見ているのだ。こんなことがよくあるじゃないか。歓喜の絶頂から絶望のドン底へ落ちて行くようなことが。神在《かみお》さば、神よ！　早くこの悪夢から醒まさせ給え――

「問題は殺すべき者です」

会長「X1」は、そう言って六枚のカードをテーブルの上に並べた。

「勿論、この貴い経験を我々は公平に分配すべきであるが、合憎《あいにく》、殺さるべき人間が一人ですから、殺すべき人間をも一人に決めることにしましょう。不幸にして籤《くじ》にお洩れになった方は、甚だ御不満ではありましょうが、この血塗《ちまみ》れな闘争の見物を以て満足して戴きたい。もっとも、殺すべき人間が果して殺すか、あるいはその反対の結果となるか、それは、敢て予想の許されざることであります。で、ここに六枚のカードがありますが、御覧の通り、五枚のカードには何も記されていないのです。ただこの一枚のカードに『幸運の殺戮』と記入してあります。そこで、このカードを伏せて置きますから、どうか、一枚ずつ取って戴きたい。この『幸運の殺戮』をお取りになった方が、殺す方の役割を演じて欲しいのです」

　会長は、カードを裏返して何度も何度も掻き廻した後、一同を凝っと見渡した。「幸運の殺戮」はどこにある。六枚のカードは、吾れが背負っている恐しい役目を知ってか知らないでか、薄暗い燭台の下で青白く微笑《ほほえ》んでいる。彼等刺戟欠乏患者達は、運命のカードを希《ねが》うかの如く、あるいは希わざるかの如くカードを睥んだ。

「さあ誰方《どなた》でも御自由にお取り下さい」

　しかし、テーブルの上には誰の手も延びなかった。ただ、瞳、瞳、瞳である。

「私が先きに取るのは不公平のようですから、どうぞ、御遠慮なく――」

　その時、「Ｘ３」の手が静かに延びて、指先がカードの上で微かに慄えた。

　次に、「Ｘ６」の手が延びて一番右側のカードを取り上げ、三番目に「Ｘ２」の手が左側のを、四番目に「Ｘ４」の手が真中のを摑んで引込んだ時、

「さあ、『Ｘ５』番、どうぞ！」

と、会長は慇懃に薦《すす》めた。

　しかし、劉不乱の手は延びなかった。ただ、黙々として二枚のカードを睨んだのだ。カードの上には健全な意識の花火が躍っているように思われた。それを掻き集めようとし焦った。だが、それはいつも、敏捷極まる蚤のようにするりと指の間から逃げてしまうのだ。――夢だよ、夢だからこんな不可思議なことが起るのだ――

「さあ、どうぞ！」

　再び薦められた時、劉不乱の手は無意識的に延びて行って右の方のカードを鷲のように摑んだのだ。

「では、これは私が――」

そう言って会長は、残る一枚を取り上げると、

「残念だ」と叫んで、白紙のカードをテーブルの上に投げ出した。次に、「Ｘ６」番が投げたカード、それもやはり白紙であったが、何故か彼はホーッと溜息を吐いた。次に「Ｘ４」、「Ｘ２」、「Ｘ３」が、同時にカードを投げ出した時、彼等は残念だとも、よかったとも言わなかった。

「『Ｘ５』番、万歳、万歳、万歳！」

劉不乱は、ひどく遠い処で歓呼の声を聞いたような気がし朦朧とした瞳に無数の祝盃が映った。

× × × ×

——闘牛場にしてはひどく狭いなあと思った。それに見物人がただの五人ではないか。可笑しくって、バカバカしくってこれでも西班牙《スペイン》一流の闘牛師だぞ。ホセともあろう者が、五人の観客を贔屓《ひいき》に戦えるかってんだ。だが、待てよ。彼奴は俺を裏切ったんだ。俺の体から血も肉も、そして魂も啜り取ってしまった恐しい妖婦だ。貴様の美しい愛の囁きが今だにこの耳底に残っている。カルメン！　あの久遠《くおん》の契が、凡て偽りであったのか。カルメン！　恋愛が遊戯でないことを貴様に見せてやるのだ。この愛憎の刃《やいば》で——

ムクッと立上った劉不乱は、テーブルの上に置かれてある二挺の短刀を摑んだ。そして、胸に「Ｘ７」のマークをつけて先ほどから部屋の隅っこに蹲っている覆面のカルメン目がけて、ツと一歩を進めた時、「Ｘ７」は、まるで唖《おし》か何かのように「キャッ」と疳高い悲鳴を上げて一歩退いたのだ。一歩、二歩、三歩——、四歩退いた時、闘牛場は尽きていた。すると「Ｘ７」は、アッと叫んで両手で眼を掩《おお》うのだ。

劉不乱はいつの間にか、自分を、「曲芸団」のエミール・ヤーニングスだと思った。そして、ヒョロヒョロの恋敵を殺す場面だと思った。だから、自分の表情はヤーニングス酷似《そっくり》だと思った。しかし次の瞬間、自分はやはり闘牛師ドン・ホセで、怨恨溢《た》ぎる刃をカルメンに向けるのだ。そのホセが、実をいうと探偵小説家劉不乱で、覆面をしているから彼女は自分をホセだと思い込んでいるのだと、彼は考えた。

その時、「Ｘ７」は、「アーッ」と叫びながら、居並ぶ覆面の見物人の前に転ぶように走って行くと、両手を合せて跪いた。そして助けを乞うのだ。

だが、五人の見物人は無言だった。裁判官のようにず

らりと居並んで、眼尻に微笑をさえ浮べながら、叩頭《こうとう》平伏して拝む「X7」に、一点の同情も与えることなしに虫ケラのように見下ろすだけである。当り前だと劉不乱は思った。彼等は刺戟欠乏患者でも何でもなく、権威ある恋愛裁判官達であったのだから――。

劉不乱は、「X7」の前に一挺の短刀を投げ与えた。「X7」はそれを見た。吸取紙に落したインクのように拡がって行く眼。遂に劉不乱の両脚に縋りついて頭を垂らした。物は一言も言わずに、彼の腰の辺りを強く抱きしめたり軽く撫で廻したりしながら、恐しいほどに啜り泣いたのだ。

劉不乱の心に小さな憐憫の情が芽萌《めば》えて来て、波打つ彼女の肩に手をかけた。恋とは何か。恋に裏切られた者は、一体全体自分をどういう風に処置しなければならないかと、彼は考えた。彼女は悔いているではないか。いや、そうではない命が惜しいのだと、考えた時、彼は「X7」を床上に突っ放すと、青く光る短刀を無言のまま指差した。「X7」の瞳が、彼の指先の方向を追うて短刀の上に止った時、もう生への愛着を抛棄したかのように、凝っとそれを見詰めた。と、短刀を掴むや、立ち上ってキッと身構えをした。身構えをして一歩退いた。一歩退いて二歩、二歩退いて三歩、……だが、部屋には壁があった。壁を横に伝わってまた一歩二歩三歩、しかしそこにも壁があった時、最後の身構えをして、振りかざして迫る劉不乱の短刀をグッと睨み上げた。

その時、窓がガタガタと鳴って、隙間から吹き込む冷たい吹雪がサッと劉不乱の顔面を撫で去った。彼は続けざまに幾度も幾度も瞬きをしてみた。夢か、現《うつつ》か、そして、彼の右手が虚空を切って下ろされる前に、彼は後方を振り返って見た。刹那、劉不乱は、「ハッ」と息気《いき》を呑んだ。「X1」の握っているピストルが、彼の心臓を狙っていたのだ。途端、

「キャーッ」という断末魔の叫びが、耳元で鋭く鳴った。そして無数の乾杯を受取ったことを朧《おぼろ》に記憶している。

(下) 一枚の写真

翌日の午後五時頃、H検事は羅雲鬼を獄窓に訪ねると、叮嚀な語調で訊いた。

「羅さん、是非お訊ねしたいことがあるのですが、貴

方は、劉不乱氏が創作した『二発の銃声』そっくりその方法で座長を殺したといっていますが、何故、第二弾を時計の振子に打ったのですか。何か理由のあることですか」

H検事は微笑を浮べながら、憔悴した青白い羅雲鬼の面を眺めた。

「別に、これといった理由がある訳じゃないんです。擬声の詭計を行った後、第二弾をどこかへ放ってやろうと思ったのですが、何の目標もない白壁に漠然と打込むのが何だか無意味のような気がしたのです。それに、あのカチカチと刻む振子の音が、俺はお前の恐しい犯行を、この通りちゃんと見下ろしているのだぞ、とでもいうように聞えたので、変に気がかりになって打止めたんです。別に、それ以外の理由があってのことではないのです。どうして、そんなことをお訊ねになるのですか」羅雲鬼は怪訝な顔で検事を見上げた。

「すると、今の言葉は絶対に嘘ではないんでしょうね」

「絶対に偽りは申しません」

「よろしい。それで貴方は無罪だ」

「エ？　僕が無罪ですと？」

羅雲鬼は、びっくりして面を上げた。

「そんなことありませんよ。僕自身が殺したと自白しているではありませんか。僕が殺したのです」

すると、H検事は微笑を浮べながら、羅雲鬼の肩を親しそうに叩いた。

「羅さん、貴方の献身的な愛の心には同情するが、法律は罪人の身代りを許しません。貴方は、劉不乱氏から『二発の銃声』の劇を引受ける時から、既に愛人のために一身を犠牲にしようと覚悟してかかった。その上に、貴方には都合よく立派な擬声術があったのです。何故貴方が、被害者に扮した俳優の音声を真似ずに、被害者その者の声を真似たか、もしくは夢蘭自身の声を出して、人々から嫌疑を受けるような挙に出たか、そしてあの大袈裟な自白、貴方はどこまでも、劉不乱氏の創作劇『二発の銃声』に自分を嵌《はめ》ようとしたのです。これを見なさい。貴方が犯人でないことは雄弁に物語っているのです」

そう言って検事は、一枚の写真をテーブルの上に置いた。

「貴方の自白に私は、前々から疑いを抱いていたのですが、その偽自白を覆えすほどの証拠がない。そこで私は、昨夜も被害者の家を訪問しました。夢蘭は外出して留守だったのですが――」

するると、羅雲鬼は飛びつくように、

「夢蘭は、この頃どうしているのですか。幸福そうに見えますか。どうぞ、聞かして下さい。やはり劉不乱と親しくしているんですか」

検事は微に笑って見せ、

「お察しにまかせます。劉不乱氏との間柄はよく存じませんので――」

そう言って検事は話を続けた。

「そこで私は、被害者所有の写真機のサックの中にある一枚の現像されていない原板を発見したのです。それを早速持ち帰って現像して焼いたのがこの写真です。これは被害者が撮影したもので、その証拠に、他の何人《なんぴと》も撮影した覚えがないという。御覧の通り、これは被害者が生前、自分の書斎を撮影したものですが、不思議でならないのはこの柱時計です。左と右とが反対にはなっているが、この写真に撮られた時計は、今九時三十四分を示している。そして、それが進行停止状態にある証拠には、下部の硝子戸を透かして見える振子が垂直になっているのです。――もっとも進行中の時計においても、かかる現象はあり得るのですが、この時計が撮影時において停止していたことを物語るものに、今一つの証拠があるのです。――女中や夢蘭は時計が停止していたか、進行していたかを記憶していないのです――で、それは、時計の真下に掛けてあるカレンダーで、この通り十一月二十三日を示している。十一月二十三日は即ち、朴永敏氏が殺害された日です。もし、被害者が時計進行中に撮影したとするならば、当日の午後九時三十四分には殺されていたのだから、当然、当日の午前九時三十四分に撮影しなければならないはずです。ところが、当日の午前九時三十四分には、朴永敏氏は夫人同伴でK倶楽部に行っていたことが判明しました。すると、こういうことになるではありませんか。即ち、朴永敏氏は、二十三日には午前にも午後にも、九時三十四分には絶対に撮影不可能な状態にいたと言わねばなりません。しかも、この写真は、九時三十四分を示しているのですから、撮影時に該時計は止っていたことに一点の疑いも挟めないのです。(ゼンマイの関係も調べましたが、捲いてやった時日が不明でよく判りません。それに、次のような疑問が起る余地はあるのです。朴永敏氏が撮影をしたのち――光線の工合から、その他女中達の証言に依り、当日午後三時から五時までの間ではないかと思いますが――時計の停っていることに気がついて、これを正確な時間に間に合せておいたと考えることです。しかし、数字盤の硝子戸の縁を調べたところ、何人の指紋も附着していないのです。故意に指紋を残さなかったとは常識の許さざる所であり、時計の針をいじくる時は、通常手袋を脱ぐのが普通であります）すると結局、次のような結論が生れます」

若干間を置いて、検事はまた続けた。

「即ち、劉不乱氏が考える如く、貴方が擬声のトリックを行って、その第二番目の弾丸で振子を打ったという時刻には、この時計は決して進行していなかったのです。止っていたのです。ただ止っていた時計の示した時点が、偶然にも打った時刻と一致していたに過ぎません。判りましたか。通常時における時計の機能を想像して疑わなかった劉不乱氏の探偵劇『二発の銃声』の舞台面と、現実問題たる朴永敏氏殺害現場のそれとは、以上の如き重大なる差異があったのです。故にもし、貴方があの時の舞台装置を全部的に肯定し、時計のカチカチする音が気になって打ったと言っている限り、貴方の自白は結局虚偽であることが判明するのです。貴方は、その時の時計が進行していたか停止していたかを知られない。劉不乱氏の如く、貴方も時計は普通進行しているものと思ったのです。だから、貴方の自白はこの客観的な事実とは矛盾しています」

H検事は、憐れむように羅雲鬼を眺めた。

すると羅雲鬼は、骸骨のような醜い顔に悲憤の色を浮べながら、H検事の顔を睨んで、

「僕はこうしているのが、幸福なんだ。僕は、彼女を肉体的に愛しようとは毛頭思っていないのです。この暗い牢屋の中で、彼女の幻影を抱きしめることが満足なんです。ただ僕は夢蘭の幻を抱き得るだけの努力を払っただけなのです。それだけの精神的資格を自分につけたかったのです」

「判りました。しかし、もうその必要はなくなったのですよね、羅さん」

「それは、それはどういう意味なんです」

「まあ、私について来て下さい」

そう言ってH検事は、典獄に何事かを耳打ちすると、羅雲鬼を伴って外へ出た。

街は夕暗に包まれて、街燈がぼんやりと靄の中でチラホラする。二人を乗せた署用自動車が、やがて、大学附属病院の前で停まった。

その時、丁度反対の方からもまた一台の自動車が走って来て停ると、中からK警部が劉不乱を伴って下りた。

「やあ、Hさん。早いですね」

「いや、別に――、Kさん、どうしました」

「劉不乱さんが是非、連れて行ってくれと頼むものですから――」

「そうですか」

それから四人は、無言のまま階段を登って行った。長い廊下を通って右に曲ると、病院の係員が屍体室の扉をサッと開けてくれた。

一同無気味に横わっている屍体の中の一つを取り囲んで立った時、K警部が白布をパッと取り退けた。途端、

「アッ！」

「エッ？」

羅雲鬼と劉不乱は同時に叫んで、同時にまた夢蘭の屍体に飛びついて行った。猿轡《さるぐつわ》の跡を紫色に残して、極度の恐怖に襲われた夢蘭の死顔――

×　×　×　×

劉不乱は今、××署の一室で、K警部、H検事、及び羅雲鬼その他多くの警察官達に取り捲かれて、昨夜の魔夢のような奇怪極まる物語を終えると、ほーっと太息を吐いて一同を見廻した。

「しかし、それが自分の最愛の恋人夢蘭であるとは、一体これはどうしたことです。こんな残虐な、こんな悲惨なことがどこにあるでしょう。僕はこの手で、この手で愛する人を殺したのです」

劉不乱は、そう言いながら両手をテーブルの上に展《ひろ》げた。しかし、それに答えたK警部の言葉はあまりにも皮肉過ぎたのである。

「劉不乱さん、探偵小説のようなことを言っちゃいけません。貴方の頭脳がいかに我々より卓越していようとも、貴方は結局空想家でしかなかったのです。貴方が名声を博した探偵劇『二発の銃声』にしても、貴方の一人よがりの空想だったのです。お蔭で我々の捜査方針は、すんでの所で誤るところだった。『二発の銃声』は犯人を獄裡から救い出して、却って無辜な人を獄内にぶち込んだ結果を生んだのです。そして今また、貴方の夢のような怪奇物語を我々に信ぜしめようとするのですか」

「何ですと？　するとやはり夢蘭が犯人――」

劉不乱はそう言って、テーブルを挟んで向い合った羅雲鬼の顔を見上げた。すると羅雲鬼は、徐《おもむろ》に口を開い

た。

「劉君、事情はよく知らないが、君はあまり残酷なことをしてくれたものだ。自分の恋人を殺したのならまだいい。君は他人の恋人をも殺してしまったぜ」

そして、憎悪に燃える眼を相手に投げた。すると、劉不乱は狼狽《あわ》てて相手の眼を避け、

「待ってくれ、羅君、僕は本当に脅迫されて殺《や》ったことなんだ」そしてK警部に向い、

「現場に大勢の靴跡があるですよ。靴跡が――」

「作家劉不乱氏は、靴跡を現場に残すようなヘボ作家ではないです」

「椅子が六つとテーブルが一つ、それに暖炉があるはずです」

「テーブルや椅子などがあって堪るもんですか。暖炉は元からあったのです。寒かったと見えて薪を焚いたらしい」

「路にも大勢の靴跡があるはずです」

「劉不乱さん、狂言はいい加減にして下さい。わざわざ吹雪の晩を選んだのは、貴方御自身じゃありませんか」

「すると、僕が計画的に彼女を殺したという意味ですか」

「勿論です」

劉不乱は、眼がぐらぐらとするのを感じた。一体、あの刺戟欠乏患者達は何者であろう。それはあまりに用意周到な恐しい計画的遊戯であったのだ。

「しかし僕が、計画的にあのような犯罪を行ったと仮定すれば、何故に僕は自動車などを拾って、このように自分の犯行の足取りを曝露させねばならなかったのですか」

「自分の帽子を現場に置き忘れるほど、犯行後の精神状態が攪乱されたとでも説明しましょうか。大学予科前で貴方を拾った運転手は、貴方を狂人ではないかとさえ思った位ですからね。ペン先で千万人を殺してみたところで、作家も所詮は人間ですよ」

劉不乱は今、抜き差しならぬ恐しい破目に陥って行く自分の運命を凝視して、ブルッと身慄いをした。嵐のような反抗心と義憤の情が、猛然として彼の身心を襲い始めた。

「馬鹿な、そんな馬鹿なことがありますか。僕はこれでも相当な社会的地位にある作家です。貴方は探偵作家の現実上の殺人行為を見た試しがありますか。探偵作家、

彼等は殺人の出来る人種ではない。ただ空想するだけです。彼等は臆病な人種だ。内気な、善良な人達ばかりです。ちょっと他人を担ぎ上げておいて、子供のように喜ぶ罪のない人間です。人を殺すなら正々堂々と殺します」

そう言って、K警部を睨みつけた。

「なるほど、そうかも知れません。しかし、這般《しゃはん》の事情をよく存じている貴方が、その逆を行ったとすれば、どんなもんでしょう」

「ナニ、逆?」――の言葉が続かなかった。

「そうです。貴方は『まさか』という言葉の価値をよく存じているのです」

その時、H検事が静かに言った。

「劉不乱さん、貴方はどこまでも夢蘭殺しを否定しようとするようですから、判るように私からお話ししましょう。貴方は夢蘭が座長殺しの犯人であることを、始めから知っていたのです。だが、貴方は彼女を愛していた。何とかして彼女を救い出そうと焦った。幸に貴方には素晴しい想像力があったのです。それに、一方羅雲鬼さんがいかに純情な愛を夢蘭に捧げているか、そして身を以て彼女を救い出そうと焦っている事実を貴方は知ったのです。羅さんにはアリバイがない。それに羅さんが、立派な擬声可能者であることをも知ったのです。かくして創作されたのが探偵劇『二発の銃声』なんですよ。そして見事に成功しました。とうとう羅さんは偽りの自白をしたのですから――」

「どうして、偽りの自白であることが貴方に判ったのです」

そこで検事は、先刻羅雲鬼になしたように、例の写真を出してかなり長い間説明した。

「判りましたか、劉不乱さん、今説明したように、殺人現場の柱時計は前から九時三十四分を示したまま停っていたのです。それが丁度犯行時刻と一致していたので、貴方はそれが、犯行の際に停まったものと思込んだのですが、無理な想像だと考えます。ですから、羅雲鬼さんが、どれほど自白をしても、停まっている時計からセコンドの音を聞いたと言って、『二発の銃声』を承認している限り、羅さんの自白は客観的に偽りであることが判明されます。羅さんも貴方も、時計が進んでいたか停っていたかを知らないのです」

劉不乱は、更に返す言葉を知らなかった。ただ黙々として羅雲鬼の顔を眺めていたが、

「すると結局、座長殺しの犯人は李夢蘭だった。それはそれでいいのです。だが、僕は何故夢蘭を殺したのですか。いかなる動機があるのです」

「是非、私の口から言ってもらいたいのですか。言いましょう」

H検事はそう言って、ちょっとの間、劉不乱と羅雲鬼を交代に眺めて、

「夢蘭はなるほど、貴方を余計に愛していたかも知れない。いや彼女自身も——羅さんの面前で甚だ失礼ですが——羅さんは愛していないと言っていましたからね。ところが、彼女の心境は一変したのです。彼女は、自分を救うために『二発の銃声』を創作した貴方の努力と、自分を助けるために偽りの自白をして獄裏に繋がれて行った羅雲鬼さんのそれとを、冷静な頭で比較してみたのです。羅さんにとってはまた失礼な言葉ですが、女性にとって、外形美などは愛の最大条件にはなりません。骨身にこたえるのは親切です。夢蘭は悩みました。彼女は自分が犯人であることをよく知っていると同時に、決して羅さんが犯人でないことをもよく知っていたのです。そして彼女の心は結局、貴方からは離れて行かねばならないようになったのです。舞台でなした羅さんの悲痛な愛の訴え——」

その時、劉不乱は椅子から飛び上って、狂人のように叫んだ。

「嘘だ、嘘だ、真赤な嘘だ。そんなことがあるものか。夢蘭は昨夜の十時まで僕を愛していたのだ。別れる時まで彼女は僕に唇を許してくれた。僕は彼女を信じている。仮令、客観的に時計が停まっていたにしろ、羅雲鬼が犯人でないにしろ座長を殺したのは決して夢蘭ではないのだ。僕はそれを信じている。彼女が羅雲鬼を愛するようになったなんて、そんなことがあってなるものか。彼女は金輪際羅雲鬼を愛してはいなかった。僕を愛していたのだ。そして僕のみを愛していたんだ。羅雲鬼なんて、あんな悪魔を誰が愛するものか。あいつが犯人なんだ。あの悪魔面をした羅雲鬼が殺したのだ！　あの……」

「何だと！」

大喝一声、羅雲鬼の怒りは遂に爆発して、テーブルの上を彼の拳が飛んで行った。

×　×　×　×

「羅君、怒るにはまだ早いぞ！」

H検事の雷のような声がそれに重なって響いたのだ。

検事に腕を摑まれた羅雲鬼の拳が、テーブルの上で空しく躍っていた。

「なぜです？」

羅雲鬼の怪人のような顔が見る見る歪んで行って、嵐のような疑惑がサッと面を走った。

「手を引き込み給え。腰かけ給え」

H検事の一変した態度に、羅雲鬼ばかりでなく、劉不乱もすっかり度胆を抜かれてしまった。

「羅君、君のような悪人を私は今まで見たことがない」

H検事は、驚く相手の顔を暫く眺め、気が静まるのを待って徐に口を利いた。

「君は、自分が悪魔であることを認めるだろうね」

「貴方は一体、どうしてそんな独断的な言葉を使うのですか」

羅雲鬼は、ムッとして言返したのである。

「よし、独断でないことを話してやろう」

「よろしい。伺いましょう。貴方は僕のことを悪魔と言った。僕が悪魔であることを貴方が証明しない限り、今晩の侮辱は必ずお返ししますぞ」

「よく言ってくれた。ではまず結論から言おう。君は海王座座長朴永敏氏を殺害した犯人である。方法は、劉不乱氏の探偵劇『二発の銃声』そのままそっくりだ。動機は、君が夢蘭に求愛して拒絶されたこと、それが座長の耳に入ってひどく忌み嫌われたことだ。君は自身の容貌について、他人の想像を許さないほどのひねくれた感情を抱いていたのだ」

「貴方は一体、何を言うのです。以上の方法を以て、以上の動機に依り、海王座座長を殺したと、ちゃんと前から正直に自白しているんじゃありませんか。それを貴方は、写真がどうとか時計がどうとか、変な詰らぬ詮索をして僕に生への希望を持たせたじゃありませんか」

「うん、確かに君は役者が一枚上であった。だが、駄目だぞ。君は結局、空威張りで終るだけだ。羅君、君は劉不乱氏から探偵劇『二発の銃声』を頼まれた時、君はその想像推理の的確さに飛び上ったに違いない。劉不乱氏は嵐のような情熱を以て、明々白々に君に挑戦した。だが、君も劉不乱氏に劣らざるほどの大胆さを持っていた。そして君は遂に舞台に立ったのだ。劇の条書《すじがき》通りに、君は第一弾を以て朴永敏氏を打った。いや、彼に扮している俳優を打った。そこまではいい。そこまではいいのだが、君はそこで思いも拠らざる致命的な縮尻《しくじり》を仕出《しでか》したのだ。君は擬声術を覚えているから、朴永敏氏に扮している俳優の声を真似れば、別段差支はなかったはずである。それに君が擬声可能者であることを知っている者は君一人しか居ない。劉不乱氏も知らなかった。だから君は、その俳優の音声を下手に真似る真似をすればいいのだが、君はあまりに忠実な芸術家であったのだ。演っているうちに、君自身も抗することの出来ない真剣な迫真性に襲われたのだ。それに君の曝露的興味も手伝って、捨鉢的な気持になり無我夢中に演り出した。嫌疑とか入獄とか、さういった凡ゆる桎梏《しっこく》から逸脱して劇に忠実過ぎたのだ、君の咽喉《のど》から迸《ほとばし》り出た音声、それは座長その人の音声であり夢蘭その者の声色であった。羅君、潔よく認めてくれ給え、私の推理は真違っているだろうか」

検事は促すように相手を見詰めた。

羅雲鬼は暫く黙って相手を凝視していたが、H検事の鋭い洞察を否定することが、来るべき結論に対し別段利するところのないことを知ってか、

「認めます。なるほど僕は、始めから自白する積りではなかったのです。それが結論といかなる関係があるのですか。僕の自白の齎《もたら》す影響には、別段の差支はないはずです」

H検事はいささか得意の面差で、

「そうは行かない。大いに影響があるのだ。君が舞台から楽屋に戻ってきた時、君の理性は現実に立ち返って思わざる自分の失策を後悔した。だが、既に遅い。君はしかし、自分の失策を易々と乗り越えることが出来た。劉不乱氏に反抗するために、自ら進んで演った挑戦であるように繕うたのだ。我々が君を勾引する何等の証拠を持っていないことを君は承知していた、だが一晩二晩演っているうちに君は次第に怖気がして来た。色濃い嫌疑の眼を以て社会は君を睨み始めたからだ。その中でも、最も君が忌み嫌ったのは信じて更に疑うことを知らない劉不乱氏の蛇のような瞳がそれだ。あの時社会には君を犯人と見る者と見ない者との二派に別れていた。君を犯人と見ない一派は、『まさか』という言葉に憑かれた人々であり、君を犯人と見る人々は『まさかの逆』の効用を知っている者であった、勿論、後者は極く少数でしかなかったのだが、その中で劉不乱氏の二つの瞳はますます自信に満ちてきた。いかにすれば彼の眼から自信力を奪うことが出来るか、かくして君は、とうとう四晩目にドラマティックな自白の狂言をしたのだ」

「何、狂言ですって？」

羅雲鬼の顔色が、サッと変った。

「驚くことはないよ。君の狂言自白には今一つの重大なる原因があった。愛の表現技巧がそれだ。献身的な愛の表現、それに依って、劉不乱氏に注がれている夢蘭の愛を君自身に奪いたかった。だが、それは結局失敗に終ったのだがね」

「矛盾推理だ。どうしてそういうことになります。僕が自白したら彼女は喜ぶじゃありませんか」

「そう、誰もがそういう考え方をするのだ。自分に罪を着せようとした君を、彼女は心から憎むに違いない。だが、君に対する彼女の憎悪の程度が深刻であればあるほど、君にとっては好都合なんだ」

「何故です。あまり名論で僕には解せません」

「判らんことがあるものか。夢蘭が君を呪い憎むことが出来るのは、君が獄窓に繋がれている間だけのことだ。判ったか、君は結局において無罪となり白日を仰ぐようになった時、彼女は憎悪の程度に正比例して君に同情しなければならないようになるのだ。彼女は自分が犯人でないことを知っているだけで、君が真犯人であることを知らないからだ。自分の身代りになろうとした男を、それも結局は出来ずに、法律を呪って再び娑婆《しゃば》へ投げ出されねばならなかった男を、彼女は決して見捨てはしないということを君は心得ていたのだ」

「すると、僕は予め無罪放免になることを承知していた訳ですね」

H検事は、憎らしげに相手を眺めながら、

「白っぱくれるのはいい加減にしてもらおうじゃないか。この写真は一体誰が撮った」

怒声と共に、写真を掴んだ検事の拳がテーブルを打ったのである。

「僕が撮ったとでもおっしゃるようですね」

羅は意外らしく面を上げた。

「勿論のことだ。この一枚の写真は、劉不乱氏の探偵劇『二発の銃声』をそのまま承認した君の自白を、客観的に拒否するに充分なる役目をした。この一枚の写真に依って利する者は一体誰だ。しかもこの写真は、朴永敏氏がその生前に撮ったものではない。彼が殺害されてから幾日も経って撮ったことが判ったのだ。君が自白する前日に、君自身の手で撮影したものだ。参ったか、参ったなら素直に降参し給え」

「参るも参らぬもないじゃありませんか。貴方は先刻からこの写真を持って来て、時計が客観的に止っていたから僕の自白は偽りだなどと、貴方一人で推理し貴方一人で結論したじゃないですか」

「そのように推理させ結論させようとしたのが君自身だということだよ。この写真を見給え、時計の真下のカレンダーはなるほど、十一月二十三日、即ち座長が殺害された日にちを示している。当日午前九時三十四分には、座長はK倶楽部に行っていたのだから、撮影時にこの時計が少くとも停まっていたことを証明し、同時に朴永敏氏が殺害される際にも時計が停っていたことを証明している。だから、時計のカチカチする音が気になって打ったという君の自白は虚偽となる。だが君、この写真が殺害当日に撮影したことを物語るところのこのカレンダーは、他の同型のものを使って日にちだけを二十三日にしておけばいいのだよ」

「なるほど、すると、時計はやはり正確に進んでいたというのですね」

「無論、正確に進んでいた。君の第二弾のために停止されたのだ。それを停まっていたように見せかけるために、君はこの写真を撮っておいて当局を騙そうとした。だが、君もやはり人間だった。神様ではなかったのだよ。この拡大鏡で細密に覗いて御覧、テーブルの上に金魚鉢がある、金魚鉢の中には二匹の金魚がいる。一匹は普通の金魚で、他の一匹は出目金《でめきん》だ。朴永敏氏が殺害される以前から、この鉢には二匹の金魚が居たことを君は知っているに違いない。だが、それは二匹共普通の金魚であったよ。そのうち一匹が死んで出目金がそれに取って代ったのは、君が自白をした日から二日前のことだったのだ」

羅雲鬼は、ハッとしたらしく、拡大鏡を今一度写真の上に当てた。

「君は、時計とカレンダーばかりに夢中になってしまって、金魚鉢の中の変動に気づかなかったのだ」

その時、羅雲鬼は徐に、かつ自信ありげに言った。

「金魚の変動如何《いかん》が、どうして僕が撮影者であるということになりますか」

莞爾《にっこり》として答えたH検事――

「なるほど、君が朴永敏氏の書斎に忍び込んで撮影しているところを見た者は誰も居ない。女中達も気がつかなかったのだから。だが、一人居る。君自身が見ていたのだ」

「どういうことです」

「壁上の時計とカレンダーばかりを見て撮った君自身

の顔が机上の、この鏡の中に映っているのだ」

「エッ?」

と羅雲鬼は、一旦椅子から飛び上った腰を徐に据えながら拡大鏡を眼に当てた。

「そう、肉眼では解らない。拡大鏡でよく見ると、君の悪魔面が朧に見えるはずだ。私もこれからは偽自白だとは言わない積りだし、君にも言わせない積りだ」

H検事の語《ことば》が終るか終らないうちに、卓上の電話のベルが消魂《けたたま》しく鳴り響いた。飛びつくように受話機を耳に当てた。K警部――

「あ、A君か、うん、Kだ。ナニ? 摑まった! 吐いたか。エッ? ○○復讐団の残党? うーん、羅雲鬼もその一員? そうだったか、何だか手口が変だと思ったら……うん! 二週間以内にか、あ、そうか、畜生、悪魔だなあ、どこまでも――」

興奮の口振りで電話を切ったK警部は、早口に言った。

「劉不乱さん、今朝、貴方を乗せた運転手、昨夜、貴方が夢蘭を乗せて帰した自動車の運転手、彼奴がとうとう本音を吐いたんです。どうも怪しいと思ったから、跡をつけさせてやったのです。あの空家に殺人事件があったことを投書で密告したのも彼奴です。しかし、十年前の、あの○○復讐団の残党とは思わなかったのですよ。みなさんも御承知の通り、あの団体は、個人の力では不可能な復讐を協力してやり遂げるのです。AはBのために、BはCのために、という風に――だから、表面的に復讐動機がいかに濃厚であっても、ちゃんと本人はアリバイを持っている。どうすることも出来ないのです。羅雲鬼がその団体に加入したのが、自白する前日だったそうです。二週間以内に自分が放免されない場合は、夢蘭を殺してくれ、しかも劉不乱さん、貴方御自身の手で殺害させるようにとね。そして貴方に殺人嫌疑は負わせようと企てたのです。いや、実はね、私達も貴方の昨夜の行動を、心では是認していた。貴方には甚だ気の毒な思いをさせましたが、だからと言って、悪夢のような貴方の物語をそのままそっくり承認する何の証拠もない。そこで一方あの運転手をつけさせておき、羅雲鬼の前でワザと彼等の拵えたワナの中にかかったような訊問をしたのです」

その時、劉不乱の激怒の顔と、羅雲鬼の嘲笑に満ちた悪魔の顔とが、恐しい勢で睨み合ったかと思うまに、劉不乱の体が飛石《ひせき》の如く羅雲鬼の体に縺れて行った。

狂乱の劉不乱の叫びを縫うて、突然、白痴のような無気味な笑い声が、さも愉快そうに羅雲鬼の口から流れ出た。

「ハハハハ、ハッハッハッハッ……自分の手で自分の愛する女を殺して、劉不乱、嬉しいだろうよ。満足だろうよ。ハハハハ、痛快だ。ハハハハ……」

思想の薔薇

自序

一つの作品が一旦作者の手を離れたなら、その瞬間からその作品は作品自体の力で読者と読者の間を往き来するのである。作者が作品の後を追いながら補足的な説明や内容の敷衍を試みることは、その作品が帯びている文学的価値（表現価値）とは何ら関連性のない無意味で拙劣な行動に他ならない。それはあたかも成年になった息子の後についてまわりながら、息子の未熟な行動を補い、後始末をする父親の決まり悪さを意味するためだ。

しかしながら、その作品がどんな動機から、そしていかなる環境のもとで創作されたのかという読者の疑問に答える程度の説明は、むしろ作品史的、あるいは文学史的意味においても決して無意味なことではない。そうした観点から本作品の刊行に際し、いくつかの点を書き記しておく必要性を作者は感じている。

なぜならば、本作品『思想の薔薇』がその分類史的な立場から見て、探偵小説と見るべきか、文芸小説と見るべきかという問題について、明確に分類してしまうことのできない形式と内容を備えているからだ。その形式から本格探偵小説と分類する人もいるだろうし、その内容から文芸小説と見る人もいるだろう。

それなら作者としての創作態度はどうだったのか、という質問も出そうなので、自序の形式を借りて敢えて書いてみたのである。

『思想の薔薇』は今から二十年前の一九三六年（この年の春に大学を卒業し、結婚をした）に、日本語で書いた作品で、日本語で書いた『運命の鏡』（『楕円形の鏡』の原題で本書に収録）と『仮想犯人』（『探偵小説家の殺人』の原題で本書に収録）につづいて執筆した最初の長編小説だ。したがって、創作順序からみると三番目の作品になる。

結婚はしたものの就職はできず、嘉會洞《カフェドン》（現ソウル市鍾路区嘉會洞）のはずれで借家暮らしをしながら、妻と二人で朝な夕な三清洞《サムチョン》の公園（北岳山の山麓に整備された森林公園。現在三清公園）で散歩ばかりしていた。少しは遺産もあったけれども学業を終えるのに使ってしまい、結婚すると千円（現在の二百万円程度）足らずの金しか残らなかった。だからといって他の人みたいに懸命になって就職活動に励むのも嫌だった。親しい中学時代の同級生の叔父が鍾路《チョンノ》で大きな商事会社を経営しており、その同級生も大学を卒業して叔父の会社に就職していた。彼に頼みさえすれば就職問題は簡単に解決するのだろうが、同級生に食い扶持を得るための世話を頼むことは自分の潔癖性に似合わず、一年半もの間履歴書をポケットに入れたまま通りをうろうろしながらも、ただの一度だって彼を訪ねはしなかった。その履歴書はとうとうぼろぼろになってしまったのである。生活に対する不安と自尊心とのジレンマの中で、私は小説を書くことにした。それが『思想の薔薇』なのだ。

当時の私の環境と心境がこの作品の主題になっているという解釈は、いかにももっともらしく聞こえる話だ。繰り返しになるが、就職活動のために駆けずり廻るのをよしとする常識的な現実主義者と、一年半もの間履歴書をポケットに入れたまま放っておいた非現実的な理想主義者との人生観の対立を最後の一線まで掘り下げてみたい衝動を当時の私は強く感じていた。そこで私はとびきり善良な常識人である司法官試補劉準《ユジュン》を対照的な相手役に設定し、貧困のどん底でさまよう自称天才作家白秀《ペクス》という若い主人公の自尊心の限度を描いてみたくてペンを執ることにしたのである。

ところで、ここに問題が一つあった。当時、私は探偵小説を書くことに情熱を注いでいたからだ。どうにかして探偵小説への情熱と探偵小説がもつ雰囲気を失わずに、この主題を活かす方法はないものか？……出来得れば、純文学的な情熱と探偵小説的な情熱をともに手放したくはなかったのだ。

しかしながら、それはとてつもなく困難なことであった。なぜならば、純文学的情熱を主眼にすると探偵小説が宿命的に有する三要素（犯罪、推理、意外な結末）が破壊され、探偵的な興味や雰囲気が希薄になり、そうした効果を発揮できなくなるためだ。

もう少し具体的に言うと、探偵小説が有する以上の三要素は犯人の行動に対する客観描写だけを必要とするため、主観描写（内面描写または心理描写）をその生命とする文芸作品になるには、まず条件的にとうてい不可能なことだったのである。だから百年の歴史を有する古今東西の探偵小説はどれもみな犯罪を推理し、犯人を捜す過程においてただ皮相的な客観描写以外に書けなかったのであり、犯罪者の内面生活、すなわち心理を掘り下げることができなかった。犯罪者の心理に深く立ち入ったとたん、犯人の正体はたちまちわかってしまい、探偵小説が有するあの独特な探偵味（スリルとサスペンス）は無くなってしまうからだ。

これは外国の良心的な探偵作家が常に頭を痛める、実に探偵小説の存亡に関わる重大な問題だ。だから彼らがある犯罪者の心理に深く立ち入ろうとする作品を書く際には、探偵小説という不便な軛《くびき》を取り払い、犯罪小説として執筆するのである。犯罪小説は普通小説のような演繹的叙述方法を使えばよく、探偵小説の帰納的叙述方法を必要としないからだ。仏蘭西のシムノン（Georges Simenon）のような作家の作品は、その一つの好例だ。

だが、私はその困難な試みをせずにはいられなかった。その相反する形式と情熱を一つの作品に具象化してみたかったのだ。探偵小説はどこまでも探偵が犯人を捜し出す過程だけを描くことで事足れりとし、皮相的な客観描写だけで済ますわけにはいかない。従来の探偵小説はそれでよかった。そして現在でも各国で続々と生まれる探偵作品の大半はその類のものだ。作品の主題はどこまでも犯人と探偵の奇抜なトリックにばかり重きを置き、文学作品的な主題の人間性の奥妙《おうみょう》にはことごとく目を閉じているのである。

しかし、それではあまりにもわびしくて、やりきれないではないか！　人間性が除去された探偵文学の将来を考えると、あまりにも悲しい。探偵小説として人間性を主題にした作品を書くことはできないものか？　……これが私のめらめらと燃えさかる野望なのだった。

そうするには形式から制限される条件的な狭隘《きょうあい》と難関をいかにして克服すればよいのか？　……探偵小説のあらゆる条件を遵守しながら文芸的な主題による作品を書くことはできないものか？　……。

こうして私は探偵小説の手法である客観描写によって、文芸作品の手法である主観描写の機能と目的を達成できる巧妙な構成法を用いることに決心した。とくに探偵小説的な雰囲気を失わないため、主人公白秀の外貌と性格を外面から見て、どこか悪魔的な臭いを漂わせるようにした。とはいえ、彼のそうした性向は極度に強い自尊心の持ち主であることからみると、両刃の剣のごときものでいささかも矛盾するものではないためだ。

そんな次第なので、作品『思想の薔薇』は探偵小説の条件をどこまでも墨守しながら、人間性を描くことを唯一の主題としているのである。この作品に探偵小説的な恐怖があり、サスペンスがあるにしても、どこまでも主人公等の人生観もしくは性格から生じる心理的なものであって、拳銃や覆面、追撃戦などからくるものではないことをあらかじめ断っておこう。

こうした点からみて『思想の薔薇』は私の作品目録の中で、少なくとも作家本人にとっては他の作品とはカテゴリーを異にする画期的な作品であることを意味している。そして最後に一言。過去の私の探偵小説の読者からは、多少文章が難しく思えるところがあるかもしれないが、どこまでも探偵小説の形式を踏襲した作品であるため、最後まで読みすすむ読者には自然に探偵小説によって得られるものと同質の満足を覚えるものと信じている。初めのうちは何の意味もないようで読み流していった題目があるかもしれないけれど、再読してみれば、とくに気に留めることもなく読み流していった一つ一つの題目が、実に重要な意味を内包していることに改めて思い至るであろう。

一九五五年八月十四日

著者識

第一章　自称天才作家

第一節　薔薇病患者

(もしや白《ペク》君は精神に異常をきたしたんじゃあるまいか？……)

蒸し蒸しする夜だった。京城の目抜き通り、鍾路《チョンノ》の四つ角は、さながら白魚が群れるごとく人波が流れてゆく。劉準《ユジュン》は路面電車の吊革を摑みながら窓外を流れる通行人の、ネオンの灯かりを受け、赤や青や黄色に光る灯火の行列みたいな顔の森をぼんやりと眺めながら、風邪で寝ているからと何度もことわった自分をとうとう引っ張り出すに至った白秀《ペクス》の興奮した声がなおも耳について離れない。

劉準は電話が掛かってきたとき、また例の遠廻しのお金の無心だろうと受話器を取ったのだが、

「劉準君か？　おれだ。白秀なんだけど……君は本当

に劉準なのか？　間違いなく劉準なんだな？」

　この最初の口ぶりからして白秀が平常心じゃないことを悟ったのだ。

「むろん、おれだよ。劉準だよ。偽の劉準がいてどうするんだい？　おれの声がわからないのか？　……だけど、なぜそんなに興奮してるんだい……」

「いや、なんでもないんだけど……どうしても君に話しておきたいことがあってね……今夜、暇はないかな？　さっき裁判所へ電話を掛けたら、風邪だって？　さしてひどいようじゃなけりゃ、今夜ちょっと会ってくれないか」

「そんなにひどいというほどじゃないけれど……一体どんな話なんだい？　……なんなら君がこっちへ出て来ればいいじゃないか？　……」

「あ、それなんだけど。君の家じゃちょっと具合が悪い、重大な話なんで……できれば君がこっちへ出て来てくれよ。……場所は漢江人道橋《はんがんじんどうきょう》（現在の漢江大橋）の向こうにある明水臺《ミョンスデ》なんだけど、坂道を左廻りに昇っていくと漢江を見おろせる崖の上に小さなベンチが一つあるよな？　……あっ、そうだった、去年の秋、君と一緒に紅葉見物に行っただろ、あそこのことさ。自殺をするにはおあつらえ向きなところだって、君が崖の下を覗き見ながらそう言わなかったかい？　そこなんだけど、来てくれよ。今夜九時ぐらいには来てくれるよな！」

　白秀は一息にそこまで言うと、哀願するように幾度も幾度も来てくれなくっちゃいけない、どうしても話しておきたいことがある、来てくれさえすればいい、そんな言葉を繰り返すのだった。

　劉準は体調が芳しくないし、ましてや夜のさなかにあんな淋しい所でどんな話をしようというのか、そのことについて何度も思いをめぐらせてみたものの、

「ともかく何も言わずに来てほしい。来ればわかるから……一生にたった一度の頼みだから一晩犠牲にするつもりで来てほしい！」

　こんなにくどくど言われると間柄からして無碍《むげ》に退けるわけにもいかず、いやいや承諾したのである。でも、実際に夕食をすませ洋服に着替えて家を出るまではよかったものの、どう考えても白秀の何かしらあまりにも落ち着きを欠いた様子が次第次第に気になりはじめた。

（もしかすると、暑さにやられて精神に異常を来たしたんじゃ？　……）

　電車は立錐の余地なく満員だ。むんむんむせ返る人々

の体臭に劉準《ユジュン》はたまらずハンカチで鼻を押さえた。

南大門から大きくカーブした路面電車は一路漢江を目指して矢のように走っていく。そのとき劉準はまた、ふとつぶやいた。

（そうだ。やはり白君《ペク》は頭がおかしくなったのかもしれない）

確信があるわけではないが、そんな結論を出すに至ったのは、ある程度の根拠があってのことだった。そこで劉準は、最近白秀《ペクス》の身辺で立てつづけに起こったおかしな出来事を時間の順序を追って一つ一つ思い浮かべてみた。

何よりもまずおかしな出来事の一つは、一か月余り前から白秀はほとんど病的といってもよいほど薔薇の花を偏愛するようになったことだ。

往来を歩いているときでも垣根越しに真っ赤に咲いた薔薇の花が目に留まると、何かしら高貴な宝物でも見つけたかのごとくあからさまに欲しがった。蒼白な顔にある種興奮の色さえ浮かべつつ、時間の経つのも忘れて薔薇の花を眺めながら微動だにせず立ち尽くすのである。

薔薇といっても白秀が物欲しそうに見る薔薇は、決まって赤い薔薇の花だった。それも燃えるような明朗な赤ではなく、焼け残った炎にも似た暗く翳りのある、さながら暗赤色の血を思わせる薔薇なのだ。そんな薔薇を花瓶に挿しておいては床に寝転んで一日中眺めるのであった。見ることに厭きてくると、花に頬を擦りつけさえした。薔薇の匂いを嗅いでみたり、花弁の真ん中に舌先を伸ばして舐めてみたりもした。

それは普通、人々が草花を愛でるときのような、清楚な趣味からではなく、白秀のそれはあたかも何か動物的な愛撫への郷愁のようなものがあるかのようだった。

こうした白秀の薔薇病もしくは薔薇熱は先にも触れたように、なんとも突然に生じた現象なので、一体何に起因するものなのか劉準にはとんと見当もつかなかったし、本人にそのわけを問い質してみたとて白秀はただ、

「趣味に理由なんてないだろ」

と答えるかと思えば、ときにはえらく蒼ざめた顔で悲痛でもなく嘲笑でもない、ある種とらえどころのない奇妙な表情を見せながら、えらく淋しげな口調で、

「実を言うとおれにとっちゃ致命的な趣味なのさ。いや、趣味を越えた一種の思想なのかもしれない」

第三者にとってはとうてい理解不能な言葉を発し、劉準を煙に巻いてしまうのだった。だが、そんなことを言

うところをみればそれは趣味の一つというよりも、赤い薔薇にひどく惹かれるのには余人の窺い知れない何らかの秘密がひそんでいるようでもあったが、そのことについて訊いてみたとて白秀はいつも曖昧に独り言をつぶやくように嘆いてみせるばかりなのだ。

ところで、そんな白秀の薔薇熱が次第に嵩《こう》じて極端にまで至ったころ、もう一つ原因不明の事件が白秀の身辺で起こった。

ある日のこと、黄金町《こがねまち》（現在の乙支路）界隈にある外科専門のS病院から裁判所の劉準に突然電話が掛かってきた。

「あなたの友人で白秀という方がひどい怪我をされて入院中なんですけど、是非来てもらってほしいと患者さんご自身が頼むんです」

愛嬌のある感じの看護婦からの電話を受けた劉準は、そそくさと裁判所を出て病院へ駆けつけた。

果たして白秀は熟れた石榴《ざくろ》模様に血の染みた包帯を頭に巻き、ベッドに身を横たえていたのだったが、劉準が入ってくる姿を認めるなり、待ちかねていたにしては唐突に白秀はにたにた笑うのだった。

「どういうことなんだい？」

だがその問いには答えず、依然薄気味悪く笑いつづけるばかりで、繰り返し同じ問いを発しても何がそんなに可笑しいのか、ただ笑ってばかりいる。

「一体、どうしたというのですか？」

仕方なく横にいる看護婦に訊ねると、看護婦も思いなしか、しかめた顔で、

「なんだかおかしいですわね？　今朝、ようやく意識が回復したんですけれど、だれを見てもあんな感じで変に笑うばかりなんですの。先生が容態を訊ねても何の返事もないんです」

と説明したあと、

「ただ劉《ユ》さんだけを呼んでくれって……そうしてくれりゃいい……それしか言わないんですから」

それで再び前後の事情をくわしく訊いてみたところ、昨晩十一時ごろ、黄金町のとあるビルの裏通りにある暗いコンクリート壁の際に人が倒れているのを通行人が見つけ、すぐに近くの交番に知らせたのだという。そして警官がその怪我人を人夫《にんぷ》に負わせて病院に連れてきたということだ。

「なるほど、交番からはその後何も言ってはこなかったのかね？」

「昨夜《ゆうべ》来た巡査が今朝もやって来て、一体どういうこ

とだったんだって訊いてたわ。それで酒に酔って倒れたときにコンクリートの壁に頭を打ちつけてしまった。それしか言わないの。それで、身元の確認もしていったわ」

二人の会話を面白そうににやにや笑みを広げながら聞いていた白秀《ベクス》が、

「実を言えばだね」

と初めて口をきいた。

「それだけ聞けばおおよその事情は察しがついたようだから、それ以上の説明は必要もなかろう……忙しいだろうにわざわざ君を呼び出したりしたのは、実はその……つまり入院費のために……」

そう言いながら、いささか照れ臭そうに、またもにやにや笑った。

「あ、そんなことなら気にしなくったって……」

劉準《ユジュン》は白秀の頼みを快く引き受けた。

そんなことがあってから一週間後、まだかまわないからもう少し入院していろよと言う劉準に、変に迷惑をかけてしまってすまないといって、白秀は退院した。

だが、枯れ枝のように痩せこけ、白蠟さながらに蒼白な白秀の顔から、他人を嘲っているかに見える、あの奇妙な薄笑いは一向に収まる気配はなかった。家の中にいるときでも、街中を歩いているときでも、他人の顔を目にするたびに狂人みたいに、にたにた笑った。そのさまは面と向かった相手に不快感を与える下品で卑屈な笑い顔だった。

それが次第に極端なものとなり、次には人間のみならず動物を見ても笑った。街を歩いているとき、牛馬に曳かれる車なんかを見かけると、牛や馬の頭をしげしげと見ながらにやにや笑うのだ。犬を見ても笑い、鳥を見ても笑った。さらにはショーウィンドーのガラスに映る自分自身の顔を見てさえ笑うのである。

「ちっ、おかしな子がいるもんだ。このごろ寝ながらでもにやにや笑ってるんだから。どうみたって、少々頭《おつむ》がいかれちまったんじゃないのかね?」

白秀の母は心配しているのだか、面白がっているのだか、とんと判別のつかない顔つきでそんなことを口にするかと思えば、あるときには息子に聞かれるのを警戒してか、声を低めて、

「あのね、お医者さんに聞いたんだけど。年頃になっても結婚できなけりゃ、頭がおかしくなっちまうこともあるんだってね」

そう言いながら、今年四十六歳になる女にしては稀に見る艶《つや》のある顔にほんのり淫蕩の色を滲ませ、くっくっと吹き出すまいと骨折っていたのだったが、劉準はそのとき、あっ、いいことに気がついたと心の中ではたと膝を打った。

お医者さんというのは、むろん毎晩この母の部屋にやって来て好き放題にふるまっては翌朝早く帰っていく年輩の漢方医のことだろうが、襖《ふすま》一枚隔てただけの隣室で昼となく夜となくぼんやり天井に目を向けながら、血のような赤い薔薇を愛撫する白秀の鬱屈した生活になんらかの影響を与えただろうことは想像に難くない。

(なんと、そこに思い及ばなかったとは、大きな見落としだった!)

劉準も一時は白秀の精神状態を疑ったこともあったが、話をするときなどは理路整然としており、この不幸な友人を一人の狂人とみなすことのできない何かがあるようで、劉準はなんとも奇妙な気持ちでしばらく白秀の態度を傍観していたのだ。

ところが、どういうわけか、一週間ほど前から白秀の薔薇熱はすっかり醒め、花瓶に挿していた薔薇はどこかへ消えてしまった。

「君のあの薔薇熱はどうなった?」

と訝しげに訊くと、

「あ、あんなものは一時的な熱病さ……薔薇の花なんてもう見たくもない!」

嘆くようにそう答える白秀の蒼白い、こけた頬に薄く赤みが差し、はれぼったい目にいつしか生気のある光彩が宿っていた。といっても、あの得体の知れない卑屈な笑いだけはなかなか消えそうもなく、依然彼の顔を覆ったままなのだ。

そんな白秀だった。

そんな白秀から、今あの人気《ひとけ》なく薄気味悪い明水臺《ミョンスデ》へと呼び出されたのである。

(重大な話って、一体なんだろう? ……)

理由を考えてみるために、劉準は橋を渡る前に電車を降りた。そして、人っ子ひとりいないうら淋しい漢江の大橋を何かの魔物にでも取り憑かれたかのように渡りはじめた。

四方は静寂に包まれている。コンクリートを踏む自身の靴音だけが異様な響きとなって頭の先まで伝わってくる。にわか雨でも降りそうな空模様だったが、黒い雲の隙間から十五夜の月がしばし顔を覗かせていた。きれぎれに月光を浴びながら川面をボートが行き交っている。

その月明かりの中で巨大な陰影を描いて蕭然《しょうぜん》と聳《そび》える明水臺《ミョンスデ》の山影を目にした刹那、にやにやしながら自分を待ち構える自称天才作家白秀《ペクス》の痩せ細った姿が、司法官試補劉準《ユジュン》の眼前に不意に浮かび上がるのであった。

（薔薇病と頭部への負傷、それに意味不明なにやにや笑い——このなぞなぞみたいな三つの事象は果たして何らの関連もなく生じたものなのか？……）

第二節　司法官と小説家

若い司法官試補劉準はその日も風邪気味で裁判所を休み、一日中寝床の中で身を横たえていた。天井の花模様を縦に、あるいは横にぼんやりと数えてみながら、もう一年もすれば堂々とした一人の検事として法曹界に登場する自身の華麗な姿をその花模様の上に描いてみるのだった。

父親が警部を務める劉準は学生時代から秀才と謳《うた》われながらも、一時は官吏になろうとする自分自身に対し、いかにもどこかの詩人が抱きそうな嫌悪感にとらわれたこともないわけではなかった。だが、それはいつも彼に対し文学的衝動をかき立ててくれる親友白秀の影響であったろう。しかしながら、それは次第に習慣と化し、今では自分が歩こうとする道にとりたててどうという懐疑もなく、その日その日の仕事に忠実に励めるようになった自分の人生をさしてさもしいこととは思わなかった。

「なるようにしかならない」

この一言は学業を終えて一年が過ぎれば、若者たちが必ずや思い知る堅固な常識だった。そして、この若い司法官試補に貧しい小説家白秀のような友人がいなかったなら、そうした常識に対してもう少し自信をもって人生の舗道を闊歩できたのかもしれない。

「よお、将来の検事の旦那。おれがどうしようもなく飢えちまって人を殺すようなことにでもなりゃ、そのときはよろしく頼むぜ。おれはただそんな理由だけから君の友人になってるのさ」

性に合わず、すぐ足抜けはしたのだが、一時は無産運動に熱を上げたこともある白秀は、そんな言葉を口にして司法官試補に不快な気分を味わわせたこともあった。

ところがそんなとき、管鮑《かんぽう》の交わり（春秋時代の管仲と鮑叔のような厚い友情によって結ばれた関係）を大切なものとみなす劉準は、

「そんな不愉快な話はやめろよ。おれが食うに困らずに生きている限り、君が飢えたりなんかするのかな？　そりゃ、人間というやつはなんにせよ食べてこそ生きていける動物なんだから……」

と食べることの重大性を口にすると、白秀はやにわに、

「とんでもない！　おれは食わなくたって生きられるぜ。ほんとうさ、三日間水だけ飲んで過ごしたことだってある」

「ほう、本当に？　どうしてまた、そんな無謀なことをするんだい？」

「そうするとだね、それでなくともくぼんだ目がいっそう落ちこんだみたいなんだな。おふくろがやって来ておれの枕元にぺたりと腰をおろしていうには、莫迦なことを言うもんじゃないよ、お前は食べなくたって生きられるのかしらないけど、あたしは生きちゃいけないよ。こんな暮らしをよく知ってるくせに……だれが好きこのんでこんな妾暮らしをやってると思ってるの？　莫迦！　何でもいいからおやんなさいよ！　何のために大学を出たの、とそれこそ物凄い剣幕なんだ。でもそいつは真っ赤な嘘さ。あの老いぼれた漢方医の令監《ヨンガム》（普通は老年男性を敬う呼称）を好いてることだけは事実だからね、おれのおふくろはどうにも血の気が多くて困ったもんさ。元が元だけに仕方がない……妓生《キーセン》だったんだから……」

「君、そこまで言う必要はないよ……いずれにせよ君はその母親に飯を食わせてもらっているんじゃないのか？」

「うむ、食ってるさ」

「それなら多少は有難く思わなけりゃならんのじゃないのかい？」

「だれが？　……とんでもない！」

「なら食うな」

「食わなきゃ腹が減るじゃないか」

「あまりにも気の毒だよ……」

「そんなにひどいことを言ってるのかな？」

そんな白秀だった。

だから常識人である劉準の目には白秀が非常識な人間として映るほかなかったのだが、劉準の方から「親友、親友」と言いながら大学時代と変わりなく親しく接していったのは、白秀に備わる何物かに対して何がしかの価値を認めていたからだ。

と言っても、そう考える劉準にとって少なからず物足りなく思えるのは、今までただの一度も白秀の口から

「親友」という言葉を聞いたことがないことだった。そのことについて劉準《ユジュン》は、あるとき訊いてみたことがあった。すると白秀《ベクス》は、

「君の口からしきりにそんな言葉を聞かされていりゃ、おれだって知らないうちに君のことを『親友』と呼ぶようになるかもしれん」

とすました顔で言うのである。

だが劉準は別段感情を害することもなく、この不遇の友人をなんとしてでも見守っていってやろう、そう心の中で深く思い定めるのだった。

新進作家白秀は短編を一年に二、三編ずつ発表してはいるものの、原稿料が一枚につき二十銭では煙草代にも足りないぐらいであり、生活の足しになるはずもなく、だからといって、もう少し書く量を増やすように勧めると、

「おれは食うために世に生れ出たわけじゃない。死ねというなら今すぐにでも死んでみせるぜ」

というのだ。

恋愛に対しても同じで、白秀は女性軽蔑論者《アンチフェミニスト》であり、その訳を訊くと、

「莫迦は女の代名詞さ。だれが莫迦と恋愛なんかするる！　おれは徹頭徹尾女を軽蔑するんだ！」

「そんなこと言ったって、小説家が恋愛を知らなくて書けるのかい？　君の作品は歓迎してくれる人には受けがいいけど、その反面ある種の人から酷評されるのも、そういう点に原因があるんじゃないのか？」

「おれは歓迎してもらおうと小説を書いているんじゃない。どれだけ歓迎されないのか、それが知りたくて書いているのさ。おれの作品の本当の価値を知ってる評論家は、この国にはただの一人だっていやしない。賞賛してくれるやつだって、実のところ理解できていないか、ただ褒めているだけだ。この世に恋愛を軽蔑する作家が一人ぐらいいたっていいじゃないか？……」

食欲と性欲――この二大本能に抗《あらが》いながら生きてみせようとする白秀の超人的な意欲を初めのうちは幾分圧迫感を感じながら眺めていた劉準だったが、じっくり考えてみると自己の薄弱な意志を隠そうとする一種の見てくれのよい虚勢とも取れる。これまで白秀を一種の超人と思いなし、ひたすら彼を「親友」と呼びながら高く評価していたのだが、心なしか次第次第に彼の仮面が剥がれていくかのようだ。してみると、自分の人の好さにいささか自己嫌悪を覚え、自分に対してただの一度も「親

友」という言葉を口にすることのない白秀が恨めしくさえ思われた。

（そうだ。虚勢にちがいない。その証拠に彼はまだ食べることを止めていやしないじゃないか？　そもそも、銭の出処《でどころ》が気に入らなくて、ありがたいとも思っていないくせに、いまだに母親から飯を食べさせてもらっている。おれと会うたびに、何か美味いものでも食わせてくれないか、といった卑屈な目を見せ――もっとも自分では貴族的な目つきだと思っているのかもしれないが……そんなことぐらいは次第にわかるようになってきた）

そんな疑惑の目で白秀をじっくり観察してみると、劉準にとってあれもこれもとさまざまな点でうなずけることが少なくない。

たとえば金を借りに来る。むろん一度も満足に返してもらったことのない金だったが、そんなとき白秀はなんら挨拶めいた言葉もなく、ぼさぼさの髪にぼっこり落ちくぼんだ目と平たい鼻、ぶ厚い唇、それに白蠟のように蒼白な皮膚に覆われた骸骨さながらの顔をして幽霊みたいにぬっと現れては、まず書斎の窓框《がまち》に腰かけた。それが晴れた日なら黙々と青い空を眺めるのである。

そんな白秀の態度を友情の証《あかし》だと信じていたため、劉準は別に不愉快とも思わず受け入れる。そしてあまりにも沈黙が長引くと、なぜか劉準は自分の方からまず口を開かなくては耐えられない心情となり、

「どうした？　ずいぶん憂鬱そうだけど……いくら青空を眺めていたってお金の雨が降るわけじゃなし」

とそんな頃合でお金の話を持ち出せば、

「お金なんてなんに必要がある？」

と意外なことを言われたみたいにぼさぼさの頭を振る。

「必要がないなんて、そうかな？　君の憂鬱の根源はそこにあるのさ。新品の札束を手に街中へ出かけて湯水の如く使ってみろよ。メランコリーみたいなものは跡形もなく消えてしまうさ」

「ふん……そんなメランコリーとは種類が違う。今おれの目にはあの果てしのない青空の彼方に、素晴らしい芸術の妖精たちの裸踊りが見えるのだ。あの玲瓏な青空を背景に揺蕩《たゆた》う水草よろしく並び立つ美しい身体が妖艶なリズムに乗って陽炎《かげろう》のようにゆらゆら踊りを踊っているのだ。あっ、一斉に脚が上がった！　嗚呼、そして……」

「やめろよ。もうたくさんだ。君も美しい身体に陶酔することができるのか？　……君の持論とは距離がある

んじゃ……」

「いや。誤解をしてもらっちゃ困る。おれは今、地上の肉体を賛美しているんじゃない。そんなものは悪魔の餌食にでもなるがいい！　おれは今、天使を愛しているんだから……」

劉準《ユジュン》は白秀《ベクス》が相当なオナニストであることをよく知っていたので、いつだったか忠告すると、

「あ、それはだな、どれだけおれが地上の女性を軽蔑しているかに関する一つの証《あかし》なんだ。君はおれの貧困と結びつけようとしてるのかもしれないけど……」

それが必ずしも貧困のせいばかりじゃないという言辞に、幾ばくかの真実味が含まれていることに劉準が気づいていていないわけじゃなかった。

だが、それらのことは本人の怠慢と無能と意志の薄弱さを隠そうとする、いわば仮面をかぶった言辞以上のものではないんじゃないか？　……彼は恋愛をしない人間ではなく、恋愛のできない人間じゃないのか？　……いくら恋愛に成功できたとしても街娼の冷たい蔑視の目を恐れる人間じゃないのか？　……。

そう考えを進めていくと、天才作家白秀の心の中が透けて見えるような気がした。金と容貌と名誉――現代の軽薄な恋愛思潮の重要な条件になるこれら三要素の中でどれ一つ満足に備えていない白秀、そして精神病の遺伝とともに貴族の血が体内に流れていると自称する白秀の唯一の武器は何なのか？　……彼の高貴な心はぶ厚い唇を借りて現実への反逆を叫び、薄弱な意志は心中に隠れて現実からの逃避をはかっているのではあるまいか？　……彼の青白い血管の中には厭世あるいは虚無的なものが流れていて、その影響が断食を選ばせずオナニズムへ追いやったのではないのか？　……。

そう考えた劉準は結局、金を借りに来て一時間、二時間と取りとめのない話をしたあと、入って来たときと同じく素っ気ない顔で帰ろうとする白秀の手に幾らかの金を握らせると、

「いらないって！」

と強い口調で一度虚勢を張ったあとに紙幣を握ったままの手をそのままポケットに滑り込ませるのである。

（金が欲しくて仕方がないくせに金を軽蔑する男！　女が欲しくて仕方がないくせに女を軽蔑する男！）

司法官試補劉準は依然として縦横に花模様で彩られた天井をじっと眺めながら、そんなことを考えていると、

「若旦那、電話です」

そういう使用人の声に、

「どこから？……」

と半身を起こした。

「あのう、白《ペク》さんの声みたいでしたけど。ずいぶんお急ぎの用事がおありだとおっしゃってまして、早く電話に出てほしいそうです」

劉準は寝床から出て電話のある書斎に向かい、ゆっくりと歩を運ぶ。こうして、とうとう明水臺《ミョンスデ》へ引っ張り出されるはめになったのだ。

第二章　犯罪の告白

第一節　暴風前夜

（もしや自分が自殺する光景を見せようという肚《はら》じゃないのか？……）

ふと、そんな思いが劉準の脳裏をかすめていく。

実際、思えばあの小さなベンチがある待ち合わせの場所は、自殺をするにはお誂え向きだった。雑草の中に隠れるようにして朽ちかけた木製のベンチが一つ置かれている。

本当に白秀が自殺するところを劉準に見せようというつもりなら、そこに腰かけ愉快に話をしながらも充分に飛び降り可能な急峻な崖の上にベンチがあったからだ。

「じゃ劉準君、あばよ！」

そんな科白を残して飛び降りるには、確かに打ってつけの場所だった。

劉準はそんな類の妄想を脳裏に描きながら長い漢江の大橋を渡ってから左に折れ、ゆるやかな坂道をいささか引っ掛かりを覚えながらも中腹まで登っていった。

左手に漢江を擁する豆粒みたいな京城の街に電灯の明かりが遠くに煌いているのが見える。草叢の中で名も知らぬ虫が鳴いている。青白い蛍の光が道をさえぎるかのように劉準の前で幾度か飛び交っているかとみるや、いつしか見えなくなってしまう。九時までにはまだ十分《じゅっぷん》残っていた。

（あっ、来てるんだな！）

生い茂った松の枝の間をふと窺うと、崖っ縁近くのベンチにじっと腰かけたままの黒い人影が月光の中にほのかに浮かんで見えた。何かしら理由のない不安が瞬時、劉準《ユジュン》の歩みを止めた。

「あ、やっぱり来てくれたんだ!」

感慨がにじむ白秀《ペクス》の声が、立ち上がる人影とともに近づいてくる。今まで抱いてきたあらゆる妄想がみるみる消えていくよ
うな、そんな嬉しさを劉準は感じた。

「うん、来たよ。そうするしか……あんなに君がせがむのなら、来なかったら困るんだろ?」

「すまないね。で、風邪気味なんだって?」

「身体がだるいんだ」

「ともかく、すまないね」

「でも何のため、こんな人気《ひとけ》のない淋しい場所へ呼び出したんだい?」

「あ、それなんだけど。一人でも人がいたら、ちょいと具合が悪い」

劉準がベンチまでやってくる間に、そんな会話が交わされたのだった。

「具合が悪いって、そんなに秘密を要する話なのか?」

劉準はステッキで上半身を支えながら白秀の横にそろりと腰かけ、初めて顔を上げて白秀の横顔を間近に見て驚いた。いつも帽子をかぶらない白秀の顔が青白い月明かりの中で鋭角的な陰影を、その半面に映し出していた。その恐ろしいまでに強張った顔から、劉準は何か不可避なある種の切迫感みたいなものを見出し、胸がどきりとした。

「君、いつからあのにやにや笑いを廃業したんだい?」

にやにや笑っているものとばかり思い込み、そうした無気味な笑いに対してある程度の心の準備をしてきた劉準としてはいささか意外だった。

「てことは、おれを見たって可笑しくはないってことなのか? かえっておかしい気がするな。君の顔はやっぱり、にやにや笑っている方が似合ってるよ」

むろん冗談でいった言葉だが、白秀からは返事がない。

「どうして黙ってばかりいる?」

だが、にやりともしなければ、返事もない。劉準は再び不安が頭をもたげた。風邪気味のせいもあったろうが、ぞくっと身の毛がよだつ。劉準の視線が自ずと三、四尺(約一メートル)ほどしか余裕のない崖縁へと向けられる。苔むした岩の間から控え目に幹を伸ばした棗《なつめ》の木はさして丈夫そうにも見えないものの、何か不吉な事が突発的に起こった場合、幾らかは盾として役立ってくれる

かもしれない、ふとそんな思いを浮かべながら、

「白《ペク》君、どうしてそんなに黙ってばかりいる？　わざわざ人を呼び出しておいて……どういうつもりなんだ？　重大な話って……」

　できるだけ内心の動揺を面《おもて》に出すまいと、そんな軽い口調で話しかけてみたのだが、嵐の前の静けさにも似て、いつまでも沈黙を守っているところをみると「重大だ」という白秀の話を知らないことが、次第次第に怖くなっていく。

「白君、寒いのか？　なぜそんなに震えているのかな？」

　ベンチに手をついた白秀の一方の腕が月光の中でぶるぶる震えていた。

「そうか？　おれが震えているのか？」

　白秀はようやく口を開き、自分の目の前で両手を伸ばして見ながら、

「震えているって……どこが……」

と否定するのだった。

「自分じゃ見えないのか？　震えているのが……ほら、ぶるぶるしてるじゃないか……」

「うむ、ちょっと……ちょっとばかり震えているみたいだな」

「ちょっとなもんか。どこか調子でも悪いのか？」

「いや、……うむ、ちょいと体が……」

　そう言いながら白秀は膝の上に伸ばした両手をするりと引っ込め、恐怖に満ちた目で洋服のポケットに差し入れるのであった。

「妙だな、本当に！　何をそんなに怖がっているのかな？」

「ちがう、ちがう。なんでもない」

　しゃがれ声でそう言い、白秀はしきりに頭《かぶり》をふった。

「なんでもない。なんでもないさ」

「なんでもなくはないだろ……一体何がなんだか？　声まで震えているのに……」

「えっ、おれの声……おれの声が？」

「震えているとも。わけはわからないけど、君はえらく興奮してる。それにその顔は……」

　そう言いかけて劉準はぷっつり口をつぐんでしまった。疲れ切ったような腫れぼったい白秀の目を覗き見た瞬間、雷に打たれたような戦慄が背筋を走ったからだ。何かがある。その何かはとろんとして生気のない目の中にひそんでいるのだ。それは決してなんらかの思想のような観

念から生じたものではなく、もっと現実的で、肉体的なことを意味しているのではあるまいか。

そのとき白秀《ベクス》はぐるりと周囲を見廻し、劉準《ユジュン》の耳に口を寄せ、ささやくような低声で言う。

「劉君、正直に言ってくれ。おれの顔が……おれの顔色がそれほど悪いのか？」

そう言いながら頭蓋骨に皮をかぶせたかのごとく頬のこけた顔を、にゅっと劉準の眼前に突き出した。その刹那、劉準はぎょっとして身を縮め、スッポンみたいに首をすくめずにはいられなかった。

「どうしてそんな気味の悪い顔をするんだ？　なぜそんなに睨《にら》む、うん？　……おれだ、おれ！　友だちがわからないのか？」

狼狽を隠すため、劉準はほとんど叫ぶようにそう訊いた。すると白秀は面食らったような顔で、

「劉君、声が高すぎるよ。そんな大声を出すなよ。よくわかってる。おれの親友であることはよくわかっているんだから！　だいいち、おれは君を睨んだりなんかしてないし……」

白秀の息吹が熱い水蒸気さながら劉準の顔にかぶさってくる。

「じゃ、その話とやらを聞かせてくれないか。実はな、体が少しだるくって……」

「あ、そいつはすまない」

そしてまたしばらく口をつぐんでいるかとみるや、おもむろに顔を上げ、やはり低い語調で口を開いた。

「劉君、君は本当におれの親友だよな？　……それに司法官だし、だろ？」

「ことあらためて何故そんなことを訊くんだい？　……君、本当に気は確かなんだろうな？」

四囲の静寂がにわかにさまざまな意味を帯び、若い司法官試補の心と体を締めつけた。ベンチの横に立つ栗の木の枝を夜風がかすめ、葉擦れの音がする。背後には鬱蒼とした森が広がり、前方は足を伸ばせば届くほどの距離に急峻な断崖が深淵を覗かせている。朧月夜の中で夢幻の風景が広がっているかのようだ。

「……確かだとも、実はそれをまず聞いておく必要があるのでね。君はまぎれもない司法官試補だろ！　それに君の親父さんは名の知れた警部さんだし……それは確かなことだから……そして……いや。これは何より一番重要なんだけど、君がおれの親友であることに変わりはないんだろうな？　……」

「むろん、変わりはないとも。だけど、それが君の話となんらかの関係があるとでも?」

「あるさ。あるとも!」

「うーむ、ともかく君の話とやらを聴こうじゃないか」

「ありがたい。本当にそうしてくれるんなら、実にありがたい! なら話そう。心置きなく安心して話すよ。……万が一、万一おれが……もしもだよ……」

白秀のぺこんとへこんだような両頬がぴくりと痙攣し、それまで強張っていた表情が幾分やわらいでいくように見えた。

「……万一の話だよ。万一おれが……おれが……ひ、ひ、人を……人をころ、殺した犯罪者ならどうなる? ……君ならどうするかな? ……」

その刹那、劉準は自分の耳を疑いたくもある一方、(とうとう来るものが来たな!)

そうぴんとくるものがあった。さっきからおぼろげながらも、そんな不安な何かを予期し得ないわけではなかったとはいえ、白秀のあまりにも挑戦的な一言に、暴風のごとき衝動を受ける劉準であった。

「君、そりゃあ……そりゃあ本当なのか?」

「本当なら君はちょいと困ったことになるよな?」

劉準の顔が次第に強張って行けば行くほど、それとは正反対に白秀の痩せこけた顔の緊張はゆるゆるとほぐれていくのであった。

「なんだって、確かに君は気が変になってるとしか思えないが……」

劉準はそんな異常な話を聴いているのが怖くて、自分でも本当はそうではないことを知っていながら無理にでも相手を精神病者とみなしてしまわなければいたたまれなかった。

「意識は……意識はこんなにはっきりしてるのに……ほら、見ろよ。もう手は震えていないし……君に、君にあのことを……おれの無二の親友である君にあのことを自白してしまったからにゃ……なんか心のつっかえが下りたよ。すっとするぐらいに! 実際もうおれにとっちゃ何も……何も怖いことなんかない! 嗚呼! ……」

一言一言を噛みしめるかのようにゆっくりと口にする白秀の話を、なかば夢うつつのうちに聞き流しながら、

「いや、だれがなんと言ったって君は気が違ったとしか思えない! そんな精神異常者の話を聞いていたってしようがない。さあ、行こう。家に帰ろう」

そう言いながら劉準は暴風のごとき恐怖に追い立てら

れるかのように、ついとベンチから腰を浮かせかけたそのとき、やにわに白秀《ベクス》は手を伸ばし劉準《ユジュン》の腕を摑むと興奮した声で言う。

「だめだ！　行くのは、行くのはよせ！　今このまま君を帰らせたりなんかしたら、た、たいへんなことになる！」

瞬間、劉準はふーっと大きく息を吸い込んだ。頭がくらくらし、目の前が真っ暗になった。

第二節　殺人犯

逃がしたらおしまいだ、そう言わんばかりに白秀は劉準の腕をぐいと引き寄せ、はあはあと息を吹きかけながら、

「行くのはよせ。今帰すわけにはいかない。あとちょっと……あとちょっとだけおれの話を聴いてくれ。精神異常者なんかじゃないんだから……ほら、意識ははっきりしてるだろ。意識が鮮明だからこそ自分の犯罪を告白しようという気になれるんじゃないか？　まぎれもない精神異常者なら、どうしてそんなことを思いつくだろう。おれは、おれはだな、ここ何日間か言葉では言い表せないほど、もがき苦しんでいたのさ。その間、この森の中から一歩も出られなかった。さっき君に電話をかけようと大橋の入口付近にある交番まで降りていく以外には。交番の連中はおれのことを、さもうさん臭そうに見ていたろうが、まだ気にすることはあるまい。おれが犯人であることを知っている者はこの世に一人だっていやしないんだから！」

　劉準はそのとき、本当に白秀の頭がおかしくなったと思い、つかの間何かしら安堵感らしきものを覚え、緊張が解けていくかのようだった。人を殺し、何日間か下界との関係を断ってしまった白秀が、電話をかけるためにわざわざ交番を訪ねて行ったという言い種を一体だれが信じるというのだ。

「いずれにしろ、君が明晰な精神の持ち主でないことだけは確かだな。君が実際に人を殺め、身をひそめているのだとしたら、どうして交番を訪ねて行ったりするんだね、えっ？」

　と劉準は問い質すかのように訊いた。

「そりゃ……そりゃ……そのぅ……」

　と白秀は苦しそうに呻《うめ》きを洩らし、

「君には犯罪者の心理がわからないのさ。おれは三日間、一編の新聞記事すら読めていないんだよ。何が言いたいのかわかるかな？　おれの方こそやつらの様子を探ってみたわけだ、いいかい？」

「探ってみる？……」

劉準は再び驚かないわけにはいかなかった。

「実は最初からそうするつもりじゃなかった。橋の入口近くの交番から数えて三軒目に雑貨屋があるんだけど、そこで電話を借りようと思ってたのさ。で、交番の前を通り過ぎようとしていると門前で番をしていた巡査がおれの顔から怯えを読み取ったのか、じっとこっちを目で追っているんだな。まずい、おれはそう考えた。こいつは危険だ！　不審尋問を受けるかもしれない……そう思ったとたん、おれの足つきが乱れ、まるで磁力に引き寄せられるみたいにまっすぐ交番のドアに向かっていったというわけだ。頭を下げて、すみませんけどちょっと電話を貸してもらえないですか？……って訊いてしまったのさ。すると、やつは今度はどうかというと、おれの見てくれから貧困だけを読み取ったものか、しばらくじろじろ見たあとで、じゃあ中の方へ、と断りはしなかった。やあ、こいつは本当に面白い。窮すれば通ずというやつで、堂々と交番に入って受話器を取り、聞こえよがしに大きな声で、××××番、あのう、検事局でしょうか？　劉準君を呼んでください。なんです？　風邪のために欠勤ですって？　あ、そうですか——と電話を切り、ぺこりと頭を下げて、どうもありがとうございました、と見かけはみすぼらしいけど検事局に友人のいる人間なんだぞ、そう言わんばかりに肩をそびやかしながら交番を出ていったというわけさ。本当に、痛快だったね。そのあとで雑貨店に入ってまた電話を借りたんだ」

聞いてみると、それなりの理屈は通ってはいたが、

「ともかく君を狂人とみなすよ。だからもうこれ以上、狂った人間の話を聞く必要はない。それよりも、また熱が出てきたみたいだから、おれは行くよ。さあ、一緒に下りて行こう」

劉準は勇気を奮い起こしながら、とうとうベンチから腰を浮かせた。

「よせ！　行くのはよせ！　今君を帰すわけにはいかない。おれが狂人じゃない証拠を見せてやるから、まあ坐れ。坐ってゆっくりとおれの話を聴いてくれ！」

そういうと首を垂れ、哀願するかのように劉準の腕を摑んで、無理矢理坐らせた。

「いや、だれがなんといったって君はまともな人間じゃない。狂人と一緒にこんな山の中で話をするのはごめんだね」

「だからこそじゃないか。狂人じゃないってことを話すよ。そんな性急に決めつけないでおれの話を聴いてくれ。それがだめだというのか！　君は……君はおれの親しい友だちじゃないのか！　無二の親友じゃないのか！」

嗚呼、「親友」という一言が、このときほど劉準《ユジュン》の心を悩ませたことはなかった。「親友！」嗚呼、この呪われた「親友」よ！

「それなら早く話せよ。実際、今、とても体がだるいから――」

劉準はほとんど呻くようにつぶやいた。

白秀《ペクス》はまたしばらくの間、何か思いめぐらせていたものか、劉準の顔をまじまじ見つめていて、ついに何かを決心したのか、口を開いた。

「君がしきりに確かめようとするもんだから仕方があるまい。その証拠についてしゃべるしか。――それなんだが。劉君、おれが気狂いでないことは……しっかり聴いてくれ。それは今夜、君をこんな淋しい場所、こんな人気のないところへ引っぱり出したことを……とくと考えてみりゃわかるだろ！」

「……？」

劉準ははっとした。あっ、そうだったのか！　あまりにも恐ろしい一言だった。

「おれは……おれは今君に恐ろしい……恐ろしい告白をしようというのだ。いや、もう告白したんだ！　してしまったんだ！」

「……」

劉準は目の前が真っ暗になった。

「秘密はもうおれの口から漏れてしまった！　君はそれをはっきりと聞いている！」

「……」

「……」

二人の会話はそこでぴたりと止まってしまった。もはや友人と友人の間柄ではない。妖白色の月光と深まりゆく静寂、そして息詰まるような沈黙が、いつまでも二人の若者の周囲を覆っているだけだ。

劉準は幼いころから敏感な少年だと言われてきたものだった。

劉準は白秀の顔からまぎれもない切迫感を読み取った

瞬間から、自身の立場を切実に思い知ったのだ。

（白秀がおれをこんな淋しげな所に呼び出し、告白をするのにはきっと何か最悪の場合を前もって計算に入れていたものにちがいない。万一、おれが白秀の殺人犯としての鳥肌立つような告白をすんなり受け入れようとしない場合、白秀の採り得る道は果たして何だろう？……）

人一倍職務に忠実な司法官試補劉準が最後の最後で、単なる友情に引きずられて白秀の犯罪を黙認するのだろうか？……そして、もしも黙認しない場合には？……。

白秀はすでに告白をしてしまった人間だ。そして、この広い世界で白秀が殺人犯だという秘密を知っている者は劉準一人だけではないか。

そうなのだ。白秀の立場としては、劉準をこの世から消してしまえばおしまいなのだ。殺人犯としての、あの恐ろしいまでの孤独を、胸を抉《えぐ》るような凄まじいまでの孤独を、友人のやさしくも温かい慰撫の中で一瞬間だけでも追いやろうとした白秀の切実な欲求が無残にも拒絶された刹那、白秀の立場として採り得る唯一の手段は劉準の存在をこの世から永遠に抹殺してしまうこと以外にないではないか。


だからこそ今夜こんな人気のない場所へ呼び出したんだ、と劉準の想念がそこまでおよんだとき、大声で叫びたい、そんな追いつめられた衝動を全身に感じた。

白秀のしゃがれ声が再び、哀願するような語調で口を開く。

「おれは……おれは本当に淋しくて耐えられなかった。この世でおれ一人だけが除け者にされているかと思うと、どうしようもなく耐えられなかった。話し相手でもいたらいいんだけど……そんな相手というのも極端に限られてしまっているんでひとりぼっちなのさ。牛は牛連れ、馬は馬連れ、という諺にあるとおり、類は友を呼ぶというやつで悪い事をしたやつは知らぬ間に悪党同士が行動をともにするようになるっていう寸法だ。ここだってときおり散策に来る人もいれば、樵《きこり》が往き来するけど、そんな人たちがおれとどんな接点がある？　強盗か殺人犯か――いや、できることなら、おれよりももっとよくないことを仕出かしたやつらと胸襟を開いて一晩語り明かしたい。今のおれに最もありがたくて、最も親密感を抱かせてくれるのは、親友と呼んでくれる君よりも強盗や殺人犯なんだから！」

白秀は絶壁の下をじっと見おろしながら、嘆きをこめて話すのだった。

「そんな感傷は後廻しにして、まず事実の方から聴かせてくれ。本当に具合がよくないんで……」

　劉準《ユジュン》はもうそれ以上我慢できなくなり、中途で言葉を途切らせた。

「うん、本当にすまないと思ってる。でも、こんな無理を頼むのも実を言うと、君が『善』の世界でのたった一人の友人だからなのさ。君が自由に呼吸し、いつだってなんの気兼ねもなく往き来できる、その所謂『善』の世界におれはもはや永遠に入っていけなくなってしまったのだ。その言い知れぬ憧憬に満ちた不可侵の世界から君みたいな珍客を迎えるこの喜びを、もう少し温かい気持ちでわかってくれてもよくはないか？……むろん君にも事情というものがないわけじゃなかろうが、風邪引きぐらいなことなら今のおれの境遇に較べりゃなんでもないんだから――それでもやはりそんなわけにはいかないって、自分の立場ばかりにこだわるのなら、それはそれで仕方のないことだけど、そうなるとこれまで君がいつも好んで口にしていた、『親友』という一言がまったく無意味になってしまうからね。本当にそういうことなら、たいへんなことになる！　すべてを告白してしまったおれとしては後悔ばかりが先に立っちまう。違うか？　おれが殺人犯であることを知ってる者なんてだれもいないんだから。君以外には……」

　劉準はいささかまごついて、

「あっ、白君、誤解しないでくれ。……でも実のところ、こんなうら淋しい場所なんだから、なんだか薄気味悪く感じたっておかしくはないだろう？」

　劉準は思っていたことを、とうとう口にした。いざ口に出してみると多少はすっきりしたような気になれたものの、次の瞬間、しまった、しくじったと思うのだった。自分の心の中がありありと透けて見える言葉をなぜ声に出して言うのか？　なんでもないようなふりをしながらぐずぐずしてたらよかったものを、つまらないことを口走って友情の弱点を摑まれる必要がどこにあるというのか？　案の定、

「フン、やはり……やはりそうなのか？　やはり気味が悪いんだな？」

　白秀《ペクス》の口から識らずに洩れた呻《うめ》き声――それはまごうかたなくこの世の友情の正体を見抜いた本質主義者としての白秀が、絶望の壁にごつんとぶつかりながら叫ぶ悲痛であると同時に唾棄すべき現実への呪詛《じゅそ》であり、人間

否定の哲学の号泣でもあったろう。

「うむ、そうなんだ！　やはり薄気味悪いんだよな！」

第三節　親　友

さりとて、前途洋洋たる司法官試補劉準はいつまでも感傷にひたっているわけにはいかなかった。月明かりに照らして見たところ、はっきりとはわからないが、白秀の顔にはとくにどうという変化はないものとみえる。だが、それだけに何かしら一層恐ろしい気がした。白秀の顔にはただ絶望的なまでの孤独が色濃く影を落としているばかりだった。

「そりゃ、そうじゃないか？　親子の間柄だとしてもこんな所でこんな状況の下で顔を合わせたとしたら、とうてい普段通りの心理状態じゃいられないだろうからな」

いったんそれを口にしてしまったからには、劉準としても自分の言葉をどこまでも強調しないわけにはいかなくなった。

「うむ、よく、よくわかるぜ。……おれがこれまで『親友』という言葉を使わなかったのは、その言葉がもつ親密さの度合いをおれ自身で正確に測定できなかったからだけど……でもそれがその程度の意味合いでしかなかったのなら、おれだってもっとその言葉を使って君を喜ばせればよかったわけだ！」

「そんなふうに当てこすられるとちょっと困ってしまうんだけど……とにかくおれとしてもできることならなんだってしてやるさ。だから、どうか事件について話を聞かせてくれないか。けっこう夜も更けてきたからね――」

劉準は焦燥に駆られていた。早く話を一段落させてしまいたくてたまらなかった。白秀と長々と向かい合って坐っていたら、必ずや何か恐ろしいことを二人のうちの一人が仕出かしてしまうような気がしてならなかったからだ。

「それじゃ、あんまりだ！　事件に関して事実の報告をするつもりだけなら、わざわざこんな所に君を呼び出す必要なんかあるもんか。事実についての報告書を一枚作成して郵便ででも君に送れば済むことだから。あえてここまで君に来てもらいたかったのは、おれのこの淋しさを少しでも分かち合ってもらえたらな、と思ったからだ。君は今なんであれ、できることをやってやろうと言ってくれたけど、おれは別にやってもらいたいことなんてない。君はたぶんお金の問題なんかを念頭に置いて言ったみたいだけど……むろんそういう問題もあるのかもしれないけど、単にお金の問題だけだったら君でなくったってかまわないさ。おれのおふくろでもパンを買う金ぐらいはあの漢方医の老いぼれからせしめることができるんだから……」

しんみりした顔で言葉をつぐ。

「怖いというよりは淋しくて死にそうだ。鳥というのはなんともかわいい動物だな。おれは一日に何度も何度も木の枝を見上げながら鳥と話をした。といっても返事はない。反応がないんだな。こんなふうに君と向かい合って話していると、昔と少しも変わらず心が安らぐよ。でも君は俗にいう『善』の世界からやって来た人間だから、どこか物足りないところがある。できることなら、君をおれと同じ犯罪者に仕立て上げたい！　君から『善』の矜持をなくしてやりたい！　これが今のおれにとって偽らざる心情なのさ。それさえできるなら、少しでも君に同情してもらえるだろうから。それにこれほど後悔することもなかったろう……」

そこで劉準《ユジュン》はまたびくっとした。

「なら君は今、後悔しているとでも？」

「後悔してるとも！　実際、えらいことになっちまった！」

いつしか白秀《ベクス》の顔から感傷の色が次第に薄れ、月の光の中で両目がぎらついてきた。次第次第に表情が強張っていく。

「えらいことになったって？　……」

そう訊いてから思いをめぐらせていて、劉準はぞくっとした。つまらない問いかけだった。訊かなくたってわかることじゃないか。白秀は今、自分の秘密を知ってしまった相手をどう処理するかについて考えをめぐらせているのにちがいない。

「うむ、こいつは弱ったぞ！　秋薔薇《チュチャンミ》を殺した犯人がおれだと知っている者は君だけなんだからな！」

「えっ、チュチャンミ……？」

劉準ははっとして、

「女優秋薔薇を殺した犯人が君だって？　……」

「劉君、声が高すぎるよ！」

白秀はさっと周りに目を走らせた。

「おい、そりゃ、そりゃ本当なのか？　……」

その瞬間までも、もしや白秀が自分を驚かしてやろうとしているのじゃないかと、かすかな希望を抱いていた劉準は、もはやそんな望みは完全に放棄しなければならなくなった。

　金剛映画社の女優秋薔薇殺害事件は今からちょうど四日前、奨忠壇《チャンチュンダン》公園に隣接する秋薔薇の自宅で起こった悲劇で、劉準は新聞紙上のみならず、この事件を担当する父親劉《ユ》警部と検事局の張《チャン》検事からある程度までは詳細な経過を聞いている、あまりにも記憶に新しい事件ではないか。

「白君、君はおれのこと……からかってやろうという魂胆なんじゃないのか？　……当局の捜査が五里霧中であるのをいいことに……ウン？　そうじゃないのか？　……だろ？　白君、それならそうと早いとこ白状してくれ！」

　そう言いながら劉準はこの不遇な友人の腕を鷲掴みにし、振り立てた。だが、劉準の方で興奮すれば興奮するほど、それとは正反対に白秀は次第に落ち着きを取り戻していく。じっと劉準の顔色を窺いながら、白秀は何事かをつらつら考えているのであった。白秀の細い手首をぎゅっと掴んで揺さぶりながら、劉準はもう一方の手で懐中時計を取り出し、月の光に照らして見た。

　短い夏の夜は、いつしか十一時になろうかという頃合になっていた。月光は雲にかすみ、遠くあちこちの川面に小さく浮かんでいたボートの影も一つ二つと消えてゆき、チチッ、チチッと草叢にひそむ虫の音《ね》だけが四囲の静寂を乱していた。

　しかしながら、いくら腕を振り立てても、この殺人犯の口から洩れてくるのは、

「まずいぞ！　……えらいことになっちまった！」

という重苦しい一言と次第に勢いを増していく彼の吐息の音だけだった。「えらいことになった」という一言を聞くたびに、劉準は深い穴の中にまっさかさまに落ちていく自分自身を幻想しないわけにはいかなかった。劉準はにわかに白秀のポケットの中身が怖くなった。いや、さっきからポケットの中で何かをさわっている白秀の右手が恐ろしくなったのだ。

「えらいことになったというばかりじゃなく……それが事実なら白君、君は……君は一体これからどうするつもりなんだい？」

　深刻な苦悩と焦燥の中で醜くゆがんだ白秀の顔を、とうてい正面から注視できない心苦しさとぞっとするよう

な恐怖におそわれる劉準《ユジュン》であった。

「どうするって……それを……それをたった今、君に訊ねているんじゃないか？　……本当に大変なことをしちまった。君をこんな所へ……こんな人気のない所へ呼び出したのがそもそも間違いだった。やはり、自分を過信していたのがそもそもの間違いなのさ！」

理性の弱化――白秀《ベクス》は今、自分自身が信じられないほど弱くなっていく理性をぎゅっと握りしめながらもがいているのだと思えたとき、劉準は眩暈《めまい》を覚えた。一言一言呻吟《しんぎん》するように絞り出される白秀の苦しげな声に、劉準は固唾《かたず》を呑んで耳を傾けていたのだったが、

「……ならおれをこんな淋しげな場所へ引っ張り出すのには、そのう、やっぱり何か……そのう、何か別の目論見があったという意味なのか？　……」

とうとう劉準はその恐ろしい一言を自分の方からまず口にした。気懸かりだったことの最後の一語までも劉準は、はっきりと口に出してしまった。

「――うーん、もしかして……そんな心情にとらえられやしないか、おれだってすごく引っ掛かりはしてたけど……でもまさか、そんなことを言うなんて――そんな考えを先に立たせて……ところで劉君！」

白秀はそう言いながら突然ベンチからついと身を起こした。げっそり頬のこけた蒼白な白秀の顔が、凄まじい恐怖によってわなわなと痙攣を起こしているのだ。とたんに劉準は本能的に握っていたステッキで防御の体勢を取りながら、すばやく一歩後ろに身を引いた。

「劉君、君はおれの……おれの親友だったよな！　親友に間違いないんだろ？　……」

しゃがれ声が荒い息づかいとともに覆いかぶさってくる。危機一髪の状態におちいった自分自身を直感した劉準は、さっと周囲を見廻しただけ。白秀の意味深長な一言の念押しを無条件に承認しようとする自分の舌先を嚙むことによって沈黙を守ることのできた一人の理性人だった。

「……親友！　君はおれの無二の親友だろ！　おれとつき合ったことを後悔するような、そんな友人じゃないことぐらいおれはちゃんと知ってるぜ。だろ、劉君？　……君がおれの親友であることは、朝《あした》に日が昇り、夕べに日が沈むのと同じく明明白白なことだろ。劉君、ちがいないよな？　……劉君、どうしてそう黙ってばかりいるんだ？　……なんとか、なんとか返事をしろよ。そうだと一言、答えてくれさえすればいいんだ。あ、劉君！

震えているんじゃないのか？　おれよりも君の方がもっと震えているなんて、いったいどういうことなんだ？……劉君、何か一言ぐらいあってもよくはないのか？……君が……君がそんなにいつまでもむっつりしているんならおれは……おれはだんだんおれ自身が怖くなってて……劉君！　これを見ろよ。劉君！　……」

劉準は覆いかぶさんばかりに近づいてくる白秀の、泣いているのか笑っているのか判然としないほどくしゃくしゃになった顔から目をそらさず、上半身をわずかに引き、両足をベンチの脚にからませながら、

（嗚呼、今釜山行の列車が鉄橋を渡っているのだな！）

そんなどうでもよいつまらないことを考えている自分に気づき、

（さあ、いよいよ窮地におちいったぞ！）

と、あらためてそんなことを思った。

さりとて劉準は白秀の言う「親友」という一言が何を意味するのか、痛いほどわかり、この場でもう一度同じことを言って、この孤高の殺人犯に言質を取られたくはなかったので、最後の瞬間まで「沈黙」という戦術で対抗しようと決心した。

そのとき、突然月が雲の間に姿を隠してしまった。幾重にも重なった黒雲がにわかに広がっていく。ざあっと一雨来そうな空模様だ。この墨を流したような暗黒の帳《とばり》の中から恨みがこもりながらも哀願するかのような白秀の繰言《くりごと》が深夜の半鐘さながら、前途洋洋たるこの若い司法官試補の心臓をどきりとさせた。

「劉君、君はいつまで黙りつづけるつもりなんだね？……その無気味な沈黙が何を意味しているのか、おれにはよくわかるぜ！　だからこそおれは自分自身が怖くてならない！　本当にえらいことになっちまった！　おれには、おれにはもう自制心がほとんど残っていないみたいなのさ！　こらえる気力なんてもう爪の垢ほども残っていないらしい！　――」

劉準は大きく息を吸ってベンチの脚にからめた自分の足の力をゆるめた。白秀の不意の一撃によって断崖から転がり落ちていくのを防ごうとしてとった体勢だったのだが、それよりも眼前の切迫した危険――さっきから白秀の右手がポケットの中で何かをさわっていた、あの危険がいっそう緊迫の度を高めて劉準の脳裏をかすめたからだ。

第四節　殺　意

「……？」

劉準《ユジュン》はステッキを握りしめ、さっと立ち上がった。

そして三、四歩あとずさり、暗闇の中で本能的に防御の姿勢を取った。

「白君《ベク》、君は今、何か恐ろしいことを考えているんじゃあるまいな？ ……白君、きっとそうなんだろ？ ……ならそうだと言ってくれ！ 返事が……なぜ返事ができないんだ？ ……ねじけてるよ！ そいつは卑怯な行動だぞ。暗闇に乗じて……なんらの防備もない者に危害を加えようなんて……」

劉準の声はひどく震えていた。それでもベンチを間に挟んで向き合っていることもあってか、切羽詰った状況にあるわけではなかった。

ところが、いくら待っても白秀《ベクス》からの声は聞こえてこないのだ。とっさに自分があとずさった刹那、白秀はさっと断崖から飛び降りてわが身をこの世から清算してしまったのではあるまいか？ ……そう思いを駆け巡らせながら、かっと目を見開いて闇の中を凝視した。

「白君！」

だが、返事はない。

「君は……君はどこに立っているんだ？ ……おれの前なのか？ 後ろなのか？ ……返事をしろよ！ ……返事をしないなんて卑怯者のすることだ！」

夜風がヒューッと吹いてきた。松の枝がかさかさ揺れる。四方は眠りに落ちたかのごとく静かで……聞こえるものとて虫の音ばかり。蛍の光が飛び交っている。遠く漢江の上流からポンポン、ポンポンと蒸気船の音が夜風に乗って飛んでくる。

恐怖が劉準の全身を貫いていく。背中からあるいは横っ腹から研ぎ澄まされた匕首《あいくち》が刺し込まれてくるかのようだ。それにしても、いくら待っても一向に白秀の声は聞こえてはこない。

劉準は顔を起こして空を見上げた。幾層にも積み重なった黒い雲が一面を覆っている。当分の間、雲間から月が顔を覗かせることはないだろう。今にも雨が降りそうだ。

劉準は握りしめたステッキで足元の地面を確かめながら、ベンチ近くの崖縁のそばまで恐る恐る歩を運んでいく。ついさっきまで白秀が立っていた辺りだ。

「白君、そこにいるのか？　いないのか？　……」

　自分の声だけが断崖の下へとむなしく吸い込まれていく。

「おかしいぞ！」

　そうひとりごちると、劉準はステッキで前方を確かめ、さっき見た棗《なつめ》の若木を認めると、その根元を手探りしながらほどよい部分をぎゅっと摑んだ。

　そして腰を曲げ、崖下へ向けて上半身を傾《かし》げながら大声で
「白《ペーク》、君《くーん》！　白《ペーク》、君《くーん》！　――」

と呼んでみた。さっきよりも間延びした反響がうわーん、うわーんと下から這い上がってくる。

「ペーク、スー――」

　劉準はもう一度呼んでみた。遠く崖下からぴしゃぴしゃとかすかな川のさざなみとともに、うわーんという響きばかりがむなしく返ってくる。

「本当に飛び降りてしまったんだな！」

　思えば現在の白秀の状況ではそうするほかに、とり得る道はなかった。劉準の方で恨めしくも口をつぐみつづけている以上、殺人犯白秀としては親友の仮面をかぶった劉準の口を永遠にふさいでしまう手段をとるか、それができないのなら自分自身の命をこの世から永遠に抹殺してしまうか――この二つのうちの一つしかなかった。

「自殺したんだ！」

　弓弦《ゆづる》のごとく張りつめていた胸の中が軽くなっていく一方、あの不遇な友人の最期があまりにも悲しくてやりきれなかった。朝露さながらの人生の末路が切々と胸を衝いてくる。若い司法官試補劉準の胸の中には、詩のような一条の感傷が波のように湧いてくるのである。

「ふーっ――」

　劉準は深く息を吐き出しながらつらつら考えてみるに、残忍にも最後まで沈黙を守りとおした自分の方が殺人犯白秀よりもいっそう恐ろしい罪人に思えた。

「ペーク、スー――」

　劉準は中腰の姿勢で断崖を見おろしながら、感傷的な声でもう一度そう呼んでみたそのときだった。

「おれ……おれ……こっち……こっちだ！」

　と、すっかり落ち着きを失った白秀のしゃがれ声が、中腰で崖下を覗いている劉準の真後ろから雷みたいに落ちてきた。

「うぐっ？　……」

はっとしながら劉準《ユジュン》は息を一杯に吸った。一気にのしかかってくる死の恐怖！

「お、押さないでくれ！……押さないで……」

全身の血がいっときにぐっと頭の天辺に昇ってくる。目の前がぐるぐる廻る。そのぐるぐる回転する真っ暗な虚空の中に青白い燐光の線で描かれた「死」という大文字が鬼火のようにちろちろと揺らめいていた。

「た、たすけてくれ！　押さないでくれ！」

死の瀬戸際に立たされた若い司法官の恐怖に満ちた声が、暗黒の帳《とばり》を突き抜けて崖下へと吸い込まれていく。

そのとき、白秀《ベクス》の平常心を欠いた震える声が背後から聞こえてきた。

「な、――なんて……なんてことを……そっ、そりゃ……そりゃ……君の、君の……ご、誤解だ！……」

「あっ、白君！　どうかおれを押さないで……」

「そ、――そりゃ……それは君の誤解なんだ！……さあ、早く……早くこっちを……こっちを……向けよ！……」

「あっ、――白君！　そばに寄らないでくれ！　こっちへ来るな！」

「――か、かんちがいさ……ば、莫迦なことを……さあ、さあ……そんなところで、いつまでもぐずぐずしていちゃいけない！　こっちがつい、ゆ、誘惑を……さあ、手を、手を出せよ。手を摑んでやるから、片方の手で、そ、その棗《なつめ》の木をしっかり摑んでいなきゃいけない！……いいかい？……さあ、手を差し出せって……」

背後から聞こえる白秀の声はひどくいらだっている。自分でもはっきりした結論を下せないでいる語調であることは明らかだ。その決断力を欠いた白秀の言葉は自らの心の声を率直に代弁してはいなかった。

「……早く手を差し出さないか！……うーむ、早く手を、だ、出せないのか？……」

「だいじょうぶだから、君はちょっと離れていてくれ！　近くに来ないで……ちょっと離れていてくれないか！」

「こいつ！　いつまでそうやってぐずぐずしてるつもりなんだ？……えい、つまらない真似は……」

「ともかく、離れていてくれないか！　自分の足で……自分の足で歩いて戻るから……」

「こいつ、どこまでも他人《ひと》を疑いやがって……えいっ、こうやって……こうやってドンと押しやってしまうぞ！」

と、わめくように大声を上げると同時に、白秀の手が劉準の襟を鷲のようにむんずと摑むなり、力任せに引き寄せた。劉準の体は後ろ向きに、白秀の胸元へ抱かれるように倒れていった。白秀の細い腕が、劉準の重い体をしっかり抱き留め、石塊《いしくれ》を踏まないように足場を確かめながらベンチの前まで三、四歩退いた。

「あっ、白君……は……はなさないで……しっかり摑んでいてくれ！……ああ……」

劉準は白秀の痩せた体をぎゅっと抱きしめ、放そうとしなかった。二人の体はわなわな震えていた。震えながらも二人の若者は互いの体を抱き合って、頰と頰をこすり合いながら熱い息を吐いた。

「さあ、劉君！　早く……早く降りよう！　場所が悪い！……どう考えたって場所が悪い！……場所が……場所が人を……人をしきりに、ゆ、誘惑するからな！」

うわ言みたいな白秀の声だった。

「あ、白君！」

「さあ、ぐずぐずせずに早く降りよう！」

白秀は劉準の腕を引っ張った。

「でも君は？……君も降りるのか？」

劉準は闇の中で白秀の顔を見つめた。だが、何も見えるわけがない。

「うん、おれも降りるよ！　ぐずぐずしてたら、おれひとりで降りて行くぜ！」

「でも君は……」

「えーい、面倒なことを言うやつだ……」

そう言いながら白秀は劉準の腕を振りほどき、自ら先に立って暗い坂道をよろよろくだりはじめた。

「一緒に行こう！　白君、一緒に！」

劉準も石ころを蹴り、木の枝をこすりながらも、ためらいなく駆け降りていく白秀のあとを追った。暗くて険しい道だった。

やがて広い道に出た。前方を見ると、白秀はずいぶん先をマラソン選手よろしく走っていた。暗くてはっきりとはしないが、通りがかりの外灯の明かりの下で波のように白く揺れる白秀の後ろ姿がぼんやりと見える。

「白君、一緒に行こう！」

劉準も気力を振り絞って駆けだした。

「場所が悪い！　どう考えたって場所が悪い！」

白秀が洩らしたその一言が、劉準の耳から離れなかった。

「恐ろしい瞬間は過ぎ去った！」

劉準《ユジュン》は心の中でそう叫びながら、なかば放心状態で白秀《ペクス》のあとを追っていった。雨滴《あまだれ》がポツポツと落ちはじめた。

第三章　黒白の人生観

第一節　もう少し生きていたい

雨滴がぽたぽた落ちてくる坂道を、白秀は一度も振り返ることなく一目散に橋のたもとまで駆け降りていった。

「おーい、白君、ここらでタクシーを捕まえて乗っていこう」

息を喘がせながらついていく劉準は後ろから大声でそう呼びかけたが、白秀は聞こえたような素振りも見せず、そのまま大橋を渡ろうとする。

「さあ、白君、タクシーが止まってるぞ」

劉準はどうにか追いついて自動車に乗るように勧めたのだが、

「だめだ！　君と二人きりでいるのはよくない！　橋を渡って電車に乗ろう。それから、ちょっと賑やかなところへ行こう。人が大勢集まるところがいい！」

そういうと白秀はまた、橋を駆け足で渡っていくのだった。仕方なく劉準もそのあとを歩いて追いかけた。

東大門《トンデムン》行市内電車は空いていた。白秀と劉準は並んで座席に腰かけた。電車がぐらっと揺れるたび白秀はびくついたように首《こうべ》を起こし、劉準の顔をじっと見つめるのだった。

「よけいな告白をしちまったぜ！」

白秀の顔が悔いを表していた。

「白君、だいじょうぶかい？」

こんなに人の多い所へ降りてきてまで、だいじょうぶかと問うのであった。そんな問いかけを劉準は低声《こごえ》で耳打ちするように訊いたのだが、白秀は仏様みたいに黙っている。

「今からどこへ行くつもりなんだい？」

なおもしばらく口をつぐんでいたところ、

「どこだってかまわないから、賑やかな所へ行こう。明るい世界、陽気な世界へ行ってみようや。——ところで劉君、金はあるのか？」

「ああ、いくらかは持っているけど……」

「なら、そんな所へ行こう。酒があって女がいて歌があってネオンのある……そんな所へ案内してくれ」

ややあってから、鍾路《チョンノ》の交差点で二人の若者は電車を降りた。

赤い光、青い光の華麗なネオンが蜘蛛の巣さながらに軒《のき》を装飾する鍾路の裏通りを黙々と進み、バー「歓楽境」のドアをあおって店内に入っていった。

もうもうと立ちこめる煙草のけむりと甘美なレコードの旋律、そして青い酒と赤い唇をした女の世界が室内に充満していた。琥珀色のグラスを高く掲げて腕組みをした男と女が人生を愉しむ乱舞の世界が始まっていたのである。

「歌をうたうのよ。青春の歌を、人生の歌を高らかにうたうのよ！」

「そうさ。だれっ？　この華麗な人生を憂鬱なんかと一緒に過ごしているのはだれなんだ？」

「そうよ。そんなやからは当然、われらの歓楽境から追放すべきよ！」

「そのとおり。異議なし！」

「ごらん。この琥珀色の酒に彩られた人生の美しさを見てごらん！」

「ごらん。この桃色のカクテルにふわりと浮いた桜桃の美しさを見てごらん！」

「さあ、歌をうたおう！　だれなの？　青白い顔でむなしく欠伸しているのはだれなの？」

「追放しろ！　追放を……はっはっは……」

「おほほほ……」

かしましい歓声を縫うようにしてジャズが流れ……酔漢たちは抱きしめ合って互いに頬ずりしながら狂ったように右往左往し……。

歓楽の夜はかくして更けてゆくのだったが、バーの隅に置かれた棕櫚《しゅろ》の葉影が色濃く覆うボックス席では、ジン・カクテルを飲む白秀と向き合い、劉準は話をつづけていた。

「……だから結局のところ当局としては五里霧中なのさ。女優秋薔薇《チュチャンミ》はいかなる動機で殺されたのか、だれが犯人なのか、そういったことはもちろんのこと、事件に関わりのありそうな証拠品一つ見つけられないでいるのだからな。言うなれば、これこそ証拠一つ残さない完全犯罪とみることもできるけど……ただ一つだけわかっているのは、ある男の両手が秋薔薇のか細い首を絞め殺したという事実だけなんだ。——昨日も夜遅く帰ってきた親父に訊いてみたんだけど、結局物盗りの犯行だと説明するんだな。でも物盗りによる犯罪だと仮定すると金品が無くなっていなければならないんだけど、そんな痕跡は全くない。その点を指摘すると、すかさず親父は次のとおり説明した」

「どんなふうに？」

白秀《ペクス》は好奇に満ちた目で訊いた。

「——それなんだがな、先日の土曜日の午後九時半ごろだったんだけど、その家の若い女中は使いに出ていて家を空けていたんだ。そのとき夫人の秋薔薇《チュチャンミ》が外出から帰り、ひとりで書斎に坐っていたというんだけど、その書斎というのは中扉ですぐ横の寝室と通じていて、寝室と書斎はいずれも庭に面しているんだ。物盗りは絶対に玄関から入ったりしないものさ。だから石塀を乗り越えて庭に入ったものと考えるほかあるまい」

「それで？……」

「書斎の窓は中から鍵が掛かっていて、そのうえカーテンが引かれていたんだけど、隣室の寝室の窓の一つがすっかり開いていたため、物盗りはその窓から忍び込み、中扉を通って書斎へ入っていった。ところが、だれもいないものと思っていた物盗りは、外出から帰ってきた秋薔薇が書斎にいるのに気づいて驚いた。そのとき薔薇《チャンミ》は『ドロボー！』と大声を上げただろうし、物盗りは物盗りなりに気が動転してはじめから殺すつもりはなかったにせよ、結果的には身の危険を感じて薔薇の首を手で絞めてしまったのだろう、と——これがこの事件を担当している警察当局の見方、つまりおれの親父の推測なのさ」

「てことは、盗人が侵入した形跡でもあったというのかな？」

白秀は存外落ち着いた声音で訊いた。

「地面が乾いていたんで足跡は確認できなかったろうけど……ともかくそれが当局の想像というわけなんだ」

「でも、想像にしたって辻褄が合わないんじゃないか？　盗人が寝室の窓を乗り越えて侵入するとき、丁寧に靴を脱いで入っていったとでも？　地面が乾いていたにしても、寝室や書斎に盗人の汚れた足跡の一つぐらいあるはずじゃないのか？」

当然の疑問だった。

「だからこそ、そんなあやふやな想像をせざるを得ない当局の苦しい立場が見えてくるというわけさ」

しばらくの間、白秀は何事かつらつら思いを巡らせているかにみえたが、再び視線を戻すと劉準《ユジュン》の顔色を窺いながら、

「てことは、ようするにこの殺人事件におれが……いや、白秀という人物が関係していることを当局はまだ全く知らないでいるってことなんだね？ ……」

「うむ、少なくとも昨夜《ゆうべ》までの捜査結果ではそのとおりだ」

「本当なのか？ ……そいつはおれにとっては実に重大な問題だ。むろんおれを騙してるわけじゃないよな？」

「騙すわけがないだろう？」

と劉準は言って、なおも訊く。

「その重大だというのはどういう意味なんだね？」

そのとき、白秀は周りに目を走らせながらささやくように
「――おれはな……もう少し生きていたい！ もう少し生きていたいんだ！」

そう言うと、哀願するように劉準の顔色を窺うのだった。

あたかも屠殺場へ引かれていく子羊を思わせる不憫な瞳！ そんな不安に慄《おのの》く友人の瞳を見たとたん、劉準は悩ましくなっていく。劉準はつい情にほだされ、

「それなら……それならなぜ君はあんな恐ろしい告白をしたんだい？ うん？ 白君、おれを苦しませるあんな告白をなぜわざわざしたんだい？ 嗚呼、つらいよ！ たまらなくつらい！ あんなことを知らない方がどれだけ幸せだったか知れやしない！ 嗚呼、本当に苦しいよ、白君！」

恐ろしい殺人犯白秀よりも、かえって劉準の方がいっそう悶々としているかのようだ。

「それなんだ、劉君。さっきも話したんだけど、たまらないほど孤独だったし、淋しくてどうにも耐えられなくなって……幼い子どもが愛する母親の懐に抱かれるように、おれは君の寛容で温かい懐に飛び込んでいきたくなって、ただ……肉を切り、骨を削るような凄まじいまでの孤独を君に慰めてもらいたくて、ただ……そうするにはやむなくおれの犯罪を告白するしかないじゃないか？ だけど、いざ告白してみると……」

白秀は劉準の顔を警戒するような目つきで見つめながら、

「……告白してみると、後悔の念が起こるばかりさ。君が、いや劉準という一個の人間性が空恐ろしくなった。

ついに『親友』という一言を口にすることのなかった劉準《ユジュン》という人間性をどれほど恐ろしく思えたことか！　いや、それよりも今度のことでは自分自身が、いや白秀《ベクス》という一個の人間性が怖くなった！　おれの人間性が恐ろしいまでに悪化しようとする瞬間を全身で感じ、闇の中でぶるっと体を震わせたぐらいさ。君が崖の上から上半身を突き出しておれの名前を呼んだ瞬間……あわや君を崖下へ……」

「よせ！　白君、不愉快な話はもうよそう」

と劉準はさも関心のなさそうなふりをしていたが、

「それで、君は本当に当局に自白する勇気はないのか？」

白秀はそう言われて、またしばらく黙然と坐っていたのち、

「おれが自白する方が君にとって面倒がなくっていいいんだな。悩まなくてもすむからいいんだな」

そう言いながら白秀は口許に薄笑いを浮かべた。劉準は黙って相手の顔を見据えていたが、

「そうあてこするような言い方はよせ」

「あてこすっているわけじゃないけれど……事実なんだからしょうがあるまい？」

「それはさておき、被害者秋薔薇《チュチャンミ》とはどういう関係があるのかな？　……それにどんな動機であんな犯行を……」

と劉準は話の矛先を変えた。

「白君、まずそれを聞かせてくれないか」

白秀は穴のあくほど劉準の顔を見つめ、

「そんなことを聞いてどうする？」

「どうするって――ここまで話が進展してきた以上、最も核心となる動機を問うことが間違っているとでも？」

「だからとんだお笑い種《ぐさ》――いや、お笑い種なんていうのは君に対してあまりに失礼だからやめておくが……言ってみりゃ何かの話の種《たね》にちょっと聞いてみようというつもりなのかい？　……」

「話の種だって？　そりゃ、あんまりだ！　白君、立場を替えて考えることはできないのか？　そうすりゃ、君だってやはりそれを聞きたくなるんじゃないか？」

劉準は不快感を露わにしながら言った。あまりにも白秀が相手の立場を無視しているように思えたからだ。

「それを問う以上……なんらかの、なんらかの決意が……なんらかの心積もりがあるものと思われるのだが

……」

「うむ、確かに。――でも、おれとしてはそれは言えない。話を聞いてみないことには、こちらから先になんとも言うことはできない！」

「そんなこと言ったって、聞いたあとじゃ手遅れだ。またもや、後悔するかもしれないからな」

とうとうここで二人の若者の人生観は明確な境界線を引いてしまったのだ。いや、それは人生観の差異というよりも、性格からくる差異であるのかもしれない。

そのとき、白秀は手に持っていたカクテルをぐいっと一気にあおり、突然狂ったように、

「は、は、は、はっ……」

と笑いだし、

「よお、劉君、もうやめよう！　芝居はこの辺で幕をおろそう！」

「なにい、芝居？」

劉準は自身の耳を疑わないわけにはいかなかった。

第二節　悪魔的

自分の耳を疑いながら若い司法官試補劉準は、精神病者のごとくけたたましく笑いつづける自称天才白秀の顔を莫迦みたいに呆然と眺めるほかはなかった。

「劉君、本当にすまない、すまない！　芝居が……芝居の度が過ぎ……効果が出すぎちまって……うふぁ、は、は、はっ……」

口をいっぱいに開けて愉快に笑う白秀を痴れ者のようにぼんやり眺めていた劉準の手が、とっさに食卓のカクテルグラスをぎゅっと掴むなり、白秀の顔に思いっきり投げつけた。

「あっ！」

と呻《うめ》き声を洩らすと同時に白秀は手で額を押さえながらテーブルに突っ伏した。そして狂ったように叫ぶ。

「殴ってくれ。もっと……もっとひどく殴ってくれ！　君に殴られても当然なぐらい残忍な遊びをやったんだから……つい夢中になり……自分の演技に陶酔しちまって……よそう、よそう、そう思いながらもついつい自己陶

酔におちいってしまった！」

　そう言いながら再び顔を上げた白秀《ベクス》の額から鮮血がたらりたらりと流れ落ちた。

　劉準《ユジュン》は口がきけなくなり全身をわなわな震わせながら、それでもポケットからハンカチをそっと取り出し、テーブルの上に投げ出した。白秀はそのハンカチで血をぬぐい、

「劉君、でもそんなに怒らないで赦してくれ。実際、度を過ごしたのは事実だけど……実を言うとおれは親しい友人としてふるまう君の態度に前々から疑念を抱いていたんだ。君がおれのことを『親友』と呼ぶたびに、なんて言えばいいんだろう？……ともかく何かしらよくわからないけど一種の嫌悪の情を感じてきた。むろん、それは君とおれとの性格の違いによるんだろうが……それでもそう感じるんだからしようがない、聞いていて気詰まりなんだな」

「何が言いたいんだ？」

　劉準は鋭い語調で訊き返した。

「何が言いたいのか、はっきりと言ってみろ！　どんなふうに気詰まりなのか、くわしく説明しろよ！」

　相手方の説明いかんによっては今夜の不愉快な事件を境に、永遠の絶交を宣言してもかまわない、劉準は心の底で幾度もそう繰り返すのだった。

　実際、世俗的な意味においてこれまでにも白秀からは、ずいぶん侮辱を受けてきた劉準だったのである。

「あ、それは前から言ってきたことだけど、ようするにわれら二人の人生観の違いからきてるんだよな。一度この点について明確に究明しておく必要を感じていたのさ。——でもその前にちょっと卑怯な態度だったかもしれないけど、実際に君を試してみようという、抑えがたい衝動に襲われたもんで……劉君、赦してくれ！……おれはとうとう今夜それを実地に試してみたんだ」

「ほう、それで試してみた結果は？……」

「うむ、やはりおれが思っていたとおりだった。君とおれとの交友関係において君は君自身を鮑叔《ほうしゅく》（斉の政治家。若いころ管仲（かんちゅう）と共同で商売をしていたが、利益の多くを貧しい管仲に与えた）の地位にまで押し上げていたのさ。だが君は結局のところ、似非《えせ》鮑叔以外の何者でもなかった。管仲と鮑叔の友情が実のところ君とおれとの友情みたいなものだとしたら、そんなものなんぞ西洋風にいうと悪魔にでも食われてしまえ、だね。確かに形の上では故事成語の管鮑《かんぽう》の交わりと似ているところはあるにはあるよ。一人は金を持っていて、もう一人には金

がないのだからね。だけど、形は等しくとも中身が違う。自分にたとえ金がなかったとしても、管仲に対する鮑叔の態度には変わるところがなかったんじゃないか？……実際おれは君から少なからぬ物質的補助を受けてきた人間だ。そして君はただおれに物質的に援助してやるだけでとどまらざるを得ないだろう。君がおれのことを『親友』と呼ぶのは、いわば越権行為なのだから。——さっき明水臺《ミョンステ》でも少し触れたけど、君の所謂『親友』という観念とおれのそれとはずいぶん距離がある。そんなわけだから、まだおれは君を指して『親友』という言葉を使ったことがないのと同じく、おれは今までただの一度も君に物質的援助を求めたことはない。すべて君がそれを強要したに過ぎない」

「強要した？……」

嗚呼、とんでもない侮辱！　どうして人がこんな鉄面皮になれるのか？　劉準にはとうてい白秀の心を推しはかることはできなかった。ただ、腹の底からふつふつと湧き上がる憤怒を全身に感じながら抗議した。

「そんなふうに思っているのなら今まで君はどんな理由で、おれから物質的援助を受けてきたと言うんだ？恥知らずにもほどがあるだろ！　いや、恥知らずというよりも、ずいぶん狡猾じゃないか？　君は一種の悪魔だ！」

白秀はただにやにやしながら、

「うーむ、悪魔なのかもしれない。——でも、おれはやはり人間なのさ。人なんだな。人だからこそ食わなけりゃ腹が減る。もし、君からこれまでみたいに物質的援助を強要されて受け取ることがなかったとしたら、おれとしては自分自身の力でどうにかしてでも生き抜いていく方法を講じてきたかもしれないんじゃないのかな。それなのに君は自分の心を満たすために物乞いに小銭を恵んでやるぐらいの気持ちで、おれに物質的援助を与えることによって善人らしいポーズをとっている間に、おれは次第に乞食根性を持つようになっていったのさ。そういった行為は結果的によくない影響を与えたのにちがいない。君は友人のために金を使ったのじゃなく、自分自身を満足させるために使ったのだから。——にもかかわらず、ともすると君はおれのことを『親友』と呼ぶことで、できるだけ自分を高く評価しようとするんだからな。被害者であるこっちの立場からみたら、実を言うと不快でたまらなかった。君の人生観じゃそれが通用するのかもしれないけど……そうすることで真の友情が得られるとでも？　本当はね、さっき明水臺《ミョンスデ》での君の行動を予想してはいたものの、果たして絶望的な悲しみを感じたんだ」

深く慨嘆するような口調でぽつんといった最後の一言が、とげとげしくなっていく劉準《ユジュン》の心をなだめるように働いた。その最後の一言には淋しいというよりも、悲観のどん底をさまよう白秀《ペクス》の蒼白な霊魂の叫びがひそんでいるかのようだった。

そこまで干渉する権利が白秀にあるのかどうかはさておいて、事実劉準自身が深く反省してみると、この不幸な友人の話を率直に認めないわけにはいかなかった。

どこまでも既成観念を打破し、新しい観念を創造しようとする本質主義者である白秀の目には、あるがままに人生を受け入れようとする劉準の生き方が気に入らなく映ったことも事実であり、軽蔑の目で見たこともそのとおりなのだろう。

そう考えることのできる劉準でもあった。そして万一、白秀が自分のそばから永遠に去ってしまうなら、それこそ人生は甲斐もなく、砂を嚙むような味気ないものになってしまうではないか。あのあまりにも悪魔的な試験にかけられてしまった憤怒よりもむくむくと頭をもたげてくるのは友人としての寛容の情だった。

「白君、とにかく今夜はこれで帰ろう。人生観の違いと言ってしまってはおしまいだけど、おれたちがつき合っている間に互いに歩み寄って、どこかの線上で固い握手を交わすことのできる、そんな愉快な日がくるかもしれないんだからね。そうなるように努力することを、おれはこの場で固く誓うよ」

「劉君。ありがたい！」

「君がもう少し現実的な人間になり、おれの方がもう少し本質的な人間になる日、おれたちは清々しく握手できるだろうよ」

「ありがたいね。そして劉君、今夜の行過ぎた行動を赦してくれたまえ！」

白秀は立ち上がって劉準の手をやさしく握った。

「赦すも何もないだろう？　実際おれはあらゆる点において君と比較すりゃ、一介の平凡な人間にしか過ぎないんだからな」

「何を言うんだい……」

「それに較べりゃ、君は一種の天才的な素質を持った人間だ。白君、自重してくれることを願うよ」

「ありがたい言葉だな」

不夜城さながらの歓楽街も二人がバーを出るころには、大きな欠伸をしながらうつらうつらうたた寝をしているかのように静けさの中にあった。

白秀との間にそんなことがあってからというもの、劉準は憂鬱な気分の晴れることがなかった。実際、思い出すだけでも不愉快でならないのだ。元が生真面目な人間である劉準にとって、白秀のあの悪魔のような残忍な試験が、ある種の大きな脅威でないわけがなかった。愚かにも騙された自分も自分だが、どう考えてみたって白秀はあまりにも悪魔的ではないか。

（あそこまでしなくともいいじゃないか。おれの友情に幾ばくかの虚偽があったとしても、そんなものは人間であるがゆえに生じる欠点じゃないか！）

それを一つ一つ真理であるかどうかを判定するためのまな板に載せるにも等しい白秀の態度は、神でないとすれば悪魔のそれだった。

ところが、白秀に騙されたものとばかり思って憤慨していた劉準の想念が、まるごとひっくり返るような、はっきりした形のない恐ろしい疑惑が再び劉準をとらえだしたのは、そんなことがあってから三日目の夜のことだった。

署から帰ってきた父親を交えて家族みんなで夕食を食べているとき、劉準の父劉警部はだしぬけに息子に向かって訊いた。

「最近、白君に会ったことがあるのか？」

「ええ、二、三日前に会いましたけど」

「うむ、そうか？　そのときも他人の顔さえ見ればにやにや笑っていたのかい？」

「ええ。――いや、その日の夜は別にそんなふうじゃなかったんだけど……あ、いつだったか白君が頭に怪我をして入院したことがあって、そのときからだったかな。他人の顔さえ見ればにやにや笑うのは。でも、そんなこと、なぜ急に訊くんです？」

「さっき署から出て帰ろうとしてるとき、通りで偶然白君に会ったんだけど、最初は本当に気の狂った人間かと思ったよ。だから向こうから挨拶してきても、こっちは知らないふりをしてたんだが、その男が白君だと気づいたときはびっくりしたな。そうだったのか、怪我をしたのは確かに頭なのか？」

「ええ、頭なんです」

「うーむ、やはり精神に異常を来したわけなんだ」

劉警部は箸を置いて頭をこくりと振った。

「それがね、父さん。ぼくだって初めのうちはそう思ってたんだけど、精神には少しもおかしいところはないんですよ」

「いや、そうじゃあるまい。しばらく一緒に歩きながら話をして西大門《ソデムン》の交差点で別れたんだが……家に寄らないかというと、また遊びに行きます、って言いながら行ってしまったんだがね……」

「何かぼくのこと、言ってなかった?」

「いや、事件はどうなったのか、しきりにそのことばかり訊いてくるんだ……」

「事件って?」

劉準《ユジュン》は、はっとして
「あっ、あの秋薔薇《チュチャンミ》殺害事件のこと?」

「うむ、白君のことを詩人だとばかり思っていたんだけど、犯罪事件にもえらく興味を持っているみたいだな。物盗りの犯行なら室内に靴の痕があるだろうに、なぜそれがないのかと訊くんだよ。――実を言うと、今度の事件だけは頭痛の種なんだ。物的証拠が一つもないために、やむなく動機から探っていくほか仕様がないんだが、それさえはっきりしないんだからな。殺害された秋薔薇という女優はいささか傲慢なところがあるとはいっても悪気のあるものじゃなく、いわば愛嬌の一種だろう。だから長くつきあえば、だれにでも好かれるタイプの女だ。ともあれ、この劉警部としては面目ないんだが、捜査が進まないのはわしの罪じゃない。事件が複雑で解決できないとしたら、弁解の余地なく責任はわしにあるけれど、事件が単純過ぎて無に近い材料をもってしては神――言い換えるなら、自然にゆだねるしか仕様があるまいて。被疑者も二、三人いることはいるんだが、今のところはとんと望みはないんだよ」

晩酌を何杯かひっかけた劉警部は上機嫌だった。父の話を茫然と聞きながら劉準は、

(白君は今日、果たして親父と偶然に出会ったのだろうか? ……)

そればかりをつらつら考えた。

(白君が万一、秋薔薇事件の捜査がどの程度進行しているのか、その点が知りたくてたまらず、意図的に親父と出会ったとは考えられないだろうか? ……)

そこまで考えを進めたとたん、劉準はまたもや白秀《ベクス》にまんまと一杯食わされた自身に気づくのだった。

だが、そんな思いに強くとらわれる一方、まさかという気持ちもあった。あまりにも恐ろしいことではないか。

その夜、夢の中で劉準は美貌の女優秋薔薇の首を絞め殺す白秀の醜く歪《ゆが》んだ形相を見た。

第三節　検事代理

翌日は土曜日だった。

裁判所から戻った劉準は書斎にカバンを投げ出すようにして、昇任の辞令を得た興奮を全身に感じていた。そして、明倫洞の白秀の家を訪ねるつもりで劉準が自宅を飛び出したのは、真夏の太陽が頭上からカンカン照りつける頃合だった。

「検事代理！」

酒豪の張《チャン》検事が突然、心臓麻痺で病床に伏してしまったことは後輩として悲しい出来事にちがいないのだが、試補に就いて三年目にしてようやく「検事代理」という名誉ある地位に昇任できたのは、劉準にとって大いに興奮すべきことでないわけがなかった。

それればかりか、迷宮入りに近い状態の「秋薔薇事件」に関する一切の権限を張検事から引き継いだ劉準にとって、重荷を背負ったとも言えるが、生殺与奪の権限が自分の手中に入った今、責任の重さへの戸惑いよりはまず嬉しさが先に立ってくるのである。

それでいったん喜びを噛みしめたのではあったが、そんな浮かれた気持ちはみるみるしぼんでいった。秋薔薇殺害事件に関する一件書類をカバンにしまい、薄暗い裁判所の廊下をそそくさと抜け出ようとしたとき、ふと劉準の目に浮かんだのは狂人みたいにへらへら笑う薄気味悪い白秀の顔だった。

（白秀に会って一体、どうするつもりなのか？　そもそもどんな用件で今白秀に会いに行こうとしているのか？）

わかっているようでもあり、わからないようでもあった。

（白秀と秋薔薇の事件との間に一体どんな関係があるのか、おれは今何かしら両者の間に関係があるとみて恐ろしい想像を抱きながら彼を訪ねようとしているのか？）

ともかく劉準はたまらなく白秀に会いたかった。どれほどその気持ちが強かったのか、検事代理の発令を受けたという吉報をまだ父親に伝えていない一事がありありと物語っている。

劉準は公衆電話に駆け寄り、××警察署の劉警部に電話を掛けた。

「父さん、ぼくです。準《ジュン》です」

「いやぁ、検事代理さん？」

父親は冗談めかしていったん息子を持ち上げた。すでに昇任の話を知っていたのだ。

「もう、父さんったら……」

「それはともかく、検事代理の初仕事としては秋薔薇《チュチャンミ》事件は少々荷が重すぎるぞ！　ともあれ、わしのあとにしっかりついていりゃ、大きな失敗はなかろうて。はっはっは……まだ子どもだと思ってたのに立派になったもんだ」

「父さんのおかげですよ」

「いずれにしろ、まず調書からしっかり読んでみることだな！　新米の解釈が的を射ていることだってないわけじゃないからな、はっはっは……たいしたもんだ！　やはり息子は生んでおくものだね！　はっはっは……」

嬉しくてたまらない、といった父親の声だった。劉準《ユジュン》も晴れやかな気分になって、

「ぼくだって精一杯いろいろと教わって見習いますよ。父さん、しっかり支えてくださいよ」

「うん、うん。成果を上げればおまえの手柄だし、成果が上がらなければわしのせいにするさ！　はっはっは……」

「ははは……」

父と子は楽しそうに笑った。

半時間後、劉準は明倫洞にある白秀《ペクス》の家の粗末な門の前で足を止めた。

襖《ふすま》一枚隔てた奥の部屋に、白秀は垢の染みついた蒲団の中にハリネズミのように寝ころんでいた。

「やはり。来ると思ったよ」

「ほう、そりゃまたどうして？」

と劉準を見るなり言葉をかけてきた。

劉準は寝ころんだままの白秀の蒲団のそばにぺたんと坐りながら煙草を取り出した。

「その理由って、おれよりも君の方がよく知ってるんじゃないのか？」

青白い顔をにこにこさせながら、白秀がそう言った。いつだって白秀は劉準よりも役者が一枚上だった。機先を制するのはいつも白秀なのだ。

「ほう、そうかな？」

核心をついた白秀の言葉に、劉準は仕方なくそう答えた。

「そうでないとしたら、何かほかの用件があって来たのかい？」

白秀はそう言いながら、なおもにこにこしたまますするりと手を伸ばし、劉準の煙草の箱から一本抜き出して火をつけた。この前の夜に負った額の傷跡が、まだ青黒く残っていた。

「実は……」

と劉準はしばしためらっていたものの、

「張検事が心臓麻痺で入院したため……」

と白秀の表情の変化をそれとなく窺った。

「ほほう、張検事ね？……」

「白君、張検事を知ってるのか？」

「あの秋薔薇事件を担当している検事じゃないのかな？」

心地よさそうに煙草のけむりを虚空に吐き出す白秀の表情には、これといった変化は見られない。

「そんなことまで知ってるところをみると、君は秋薔薇事件には相当関心を寄せてるみたいだな？」

「そりゃそうだろ！　例の演劇の重要な台本はあの事件が元になってたじゃないか？」

「あ、それで関心があるわけなんだ！」

「そうとも、それ以外に何があるというんだい？」

「いや、むろんあるわけないよな！　もっとも、あったりすりゃ大変だし……ところで、おれがその張検事の代理になったんだ」

「えっ？……君が検事代理になった？」

白秀は意外だったのか、しばし戸惑ったような顔を見せていたが、すぐに落ち着きを取り戻し、劉準をしげしげと見ながら、

「そうか！　だから君は秋薔薇事件を捜査する権限があるというわけなんだ。うん、そうなんだ！　親父と息子がともに剣を引っさげて登場するという寸法だな。犯人の首を切って落とそうと……おやおや、こいつは面白い！　見物だよ！　なるほど、その吉報を伝えにきたってわけか？」

「うん、そういうことさ。ともかく初めてのことなんで、少々手に余るけどね」

「あ、そうだったのか！　おれはまたほかの用件があってやって来たのかと？」

「ほかの用件だって？……」

すかさず劉準が訊いた。それに対して白秀は、

「あ、そうなんだ、やっぱりほかの用件なんてなかっ

たんだ！　それもそうだな。ふーん、そうだったのか！　直接あの事件を担当する検事代理になったんだからな」

「どういう意味なのか、ちゃんとした言い方で話してくれないか？」

「君こそ、もっとはっきりと言ってみたらどうなんだい？」

「何をだね？」

「その何というか……」

「どうもおかしいよ」

「君の方こそおかしいんじゃないか」

「白君、何か誤解していやしないか？」

「何を言うんだね、劉君、君こそ何か勘違いしているんじゃないのか？」

「だからね。君がそんなふうに考えているものこそ、ある種の誤解だと言ってるのさ」

「あ、そうなのか？　じゃあ、やはり君はなんらかのわけがあって訪ねてきたんだね、だろ？」

「そりゃむろん、おれだって莫迦じゃない限り、何の考えもないなんてことはありえまい？」

ついに話は来るところまで来た。二人の若者が神経を研ぎ澄ましながら交わしてきた対話は、とうとう終着点に至ったのだ。

（君は犯人じゃないのか？）

とする劉準《ユジュン》の考えと、

（君はおれを犯人とみなしているんじゃないのか？）

という白秀《ベクス》の考えがまさに表面化する瞬間だった。

「そんな考えを抱く君が今日当たりおれのところへやって来ると思ってたよ。――でも、検事代理というものものしい肩書きをぶらさげて来るなんて、とんと見当もつかなかった！」

「どうした、怖くなったのかい？」

そう言いながら、劉準は白秀の顔色の変化に注意を注いだ。

「そんな教養のない訊き方をするもんじゃない。たとえ怖いと思っていたにしろ、怖いと告白するやつがどこにいる？　そんなつまらないことを訊いてみたって、自分の人格を自ら傷つける結果をもたらすだけなんだから。――君のその一言の問いかけによって、おれはいたく気分を害したよ。とはいっても、君が想像しているようなおれだったら、怖いというよりも喜ぶべきことじゃないのかな？」

「そうだろうか？」

「そうだろうか、とはね？　……親友に対してなんという言い種なんだ？　君はおれの無二の親友じゃないか！　そんな親友が権限のある検事代理となって直接来たのなら、怖がるよりもまず嬉しく思うのじゃないだろうか？　親友が親友に対して銃を向けるはずはないからな――」

　しまいには、明水臺《ミョンスデ》で用いていた論法が白秀の口から洩れた。

「それに不愉快なんだよね。今日検事代理の発令を受けたばかりの君が事件の内容についてろくすっぽ調査もせず、ただ漠然と一つの想念にとらわれ、おれのところへ駆けつけるなんて、友情の冒瀆でしかないからな。フン、昨夜《ゆうべ》君の親父さんと通りで会ったことがそれほど重要に思えるのかい？　……だれにしたって警察の旦那に会えば、『近ごろ何か面白そうな事件はないですか？』と訊ねるのが一種の挨拶言葉になっている。それをすぐにラスコーリニコフ（ドストエフスキーの長編小説『罪と罰』の主人公）になぞらえるのは、インテリの神経過敏というほかはない」

　劉準は言葉を失った。いつだって、白秀の方が一歩先んじているからだ。いくら地団駄を踏んだところで、この天才的な白秀を言い負かすことは無理だと、劉準は痛切に感じていた。さらに言葉を重ねれば重ねるほど、いっそう相手にやり込められるのがわかっていたためだ。

「確かに神経過敏なのかもしれない。ここへ来る途中、いったいなんのためにこんなにもあせって白君に会おうとするのだろう？　……って幾度も考えてみたんだから――」

「そいつを隠すことなく言うしかなかろう！　君がそんなふうにぐずぐずしてるから、この辺でずばり言うしかないのじゃないか？　今君がそんな恐ろしい想念を抱いてやって来てることだけは事実なんだから。それをはっきりと口に出してくれたらいいわけだ。――むろん、君が黙っていたとてわかってはいるんだが……」

「君がわかっているなら、それでいいじゃないか。わざわざなぜ、そんなことをおれの口から言わなきゃならないんだね？」

「そこなんだ！　問題はまさしくそこにあるのさ！」

　と大声を出しながら、白秀はむくりと半身を起こし胡坐《あぐら》をかいた。

「第一に、おれはそんな君の友情に不満を感じている。そして第二に、おれがまずその問題に触れるとどうなるだろう？　それでなくとも君は今、あからさまに色眼鏡で見ているのに、だよ。君はまたラスコーリニコフを引き合いに出してくるんじゃないのか?」

「何が何だか、おれにはわからんよ」

「おれだって何が何だか、さっぱりだね」

そして白秀《ベクス》は大きく伸びをしながら、

「いずれにせよ、大いに楽しませてもらったよ! 君とつき合ってから、今夜みたいにわくわくする時間を過ごしたことはないね。生きてる甲斐があるって感じだよ。君は実におれにとっちゃ、なくてはならない大切な存在だ。沈滞ぎみの創作欲を搔《か》き立ててくれる存在なんだ! さあ、いよいよ傑作が書けそうだ。この世の愚かな連中が目をむいてあっというような偉大な作品を書いてやる!」

何やら凄まじい激情に駆られて白秀はついと立ち上がった。そして部屋の中を猛獣さながらの身ごなしで行ったり来たりしながら、熱病患者のように叫んだ。

「高きより　飛びおりるごとき　心もて　この一生を終るすべなきか——そうだ。石川啄木はうまいことを言ってる!」

そうして、ぼんやり佇む劉準《ユジュン》に向かい、

「劉君、すまないがこの部屋から出て行ってくれ! 今からおれは書く! すばらしい作品を書くのだ! そして、その作品によってこの世で最も驚くのは劉準! 君だ!」

「えっ、おれだって? ……」

「そういうことさ。検事代理劉準! 親友の仮面をかぶった劉準! さあ、早く帰ってくれ。消えかけていた創作欲の火が熾《おこ》ったのだ。煌々《こうこう》と燃えている!」

劉準はしばし狂人のごとくふるまう友人に視線が吸い寄せられていたが、

「どうしておれが一番驚かなけりゃならないんだ?」

「今は何も言えない。発表される日にわかるだろうから。さっさとおれのそばから消えてくれ! ひとりにしてくれないか!」

こうして検事代理劉準は追い出されるようにして、小説家白秀の家を出た。

焼けるような午後の太陽が目に眩《まぶ》しい。家も道路も樹木も自動車も人も子犬も——あらゆる形をなす物が、劉準の目には白日夢を見ているかのように朦朧として見える。

その朦朧とした物体を背景にして、たった一つ劉準の目に明確な線を描いてくっきり浮かんで見えるのは、怪しげな人物白秀の蒼白な顔だった。

「白秀は果たして秋薔薇《チュチャンミ》を殺した犯人なのか？」

そのようでもあるし、そうではないようにも思える検事代理劉準であった。

「白日夢！」

きっとそうなのだ。劉準は今、自分が荒唐無稽な夢の中の人物であるように思われた。

第四章　秋薔薇殺害事件

第一節　検証調書

（白紙に戻そう！　あらゆる先入観や雑念をすっぱり捨ててしまって、無色透明な頭で秋薔薇事件を検討してみよう！）

そう心に決めながら白秀の家を出た劉準は、焼けつくアスファルトの道を鍾路《チョンノ》へ向かって夢うつつの状態で歩いていった。

××警察署の前を通り過ぎようとしたとき、劉準はなんだか父に会いたくなり、花崗岩の階段をいささか興奮した足取りですたすた上がっていった。

劉警部は大きな事務机に向かって坐り、何かの書類をめくっているところだったが、息子の顔を認めると明るい声で、

「そこに掛けろよ。どうしてそんな沈んだ顔をしているんだね？」

そう言いながら書類をわきへ押しやって、やおら煙草を一本取り出して口にくわえた。そんな余裕のある父親の物腰に、劉準はある種の安堵感を覚え、

「父さん、時間があったら秋薔薇事件について初めから順序だてて話してもらえるとありがたいんですけど。調書はまだ読んでないんです」

「いいとも。でもな、これほど奇妙な事件はそうざらにあるもんじゃない」

「そうなんですか。ともかく一度通して聞かせてください。新米は新米なりに何か新しい発見があるかもしれないですから」

「ふむ、なら事の起こりから話してみよう」

劉警部は腰を浮かせて窓を一杯に開け、

「何よりもまず犯行時間だ。七月十五日——今日から

きっかり一週間前、土曜日の夜九時三十分頃、秋薔薇《チュチャンミ》は何者かによって殺害された。次は犯行現場だ。奨忠壇《チャンチュンダン》公園に隣接した秋薔薇の自宅——いや、これについては話すよりも検証調書を読む方が正確だろう」

劉警部は事務机の引出しから秋薔薇事件に関する調書類をどっさり取り出し、その中から検証調書を抜き出して息子に手渡した。

……………

検証調書

京城府西四軒町《にししけんまち》（現在の中区奨忠洞）××番地

金剛映画社専属俳優

被害者　秋薔薇——本名　秋乙美《チュウルミ》

（享年　二十三歳）

右記秋薔薇殺害現場を検証した結果は次の通り——写真及び見取図を添付

一、京城府西四軒町××番地にある被害者の自宅は、赤いスレート屋根の文化住宅で周囲はブロック塀で覆われ、西側と北側は隣家と接し、南側は大通り、東側は奨忠壇公園に隣接している。自宅の南側には庭が覗いて見える瀟洒な正門があり、正門から足を踏み入れると両側に植木が並び、正門から玄関までは砂利が敷かれていて、秋薔薇が殺害された問題の書斎は玄関の真横にある。

一、平屋建てで玄関を入ると廊下を挟んで西側には女中部屋と内房《アンバン》（秋薔薇の居室）と台所、東側には書斎と寝室がある。

一、書斎と寝室の間には中扉があり、双方から出入り可能。書斎と寝室には東側にそれぞれガラス窓が三つずつあり、書斎にはさらに南側にガラス窓が二つあって、どちらの部屋の窓にもすべて空色のカーテンが掛かっている。

一、寝室には北側の壁際にダブルベッドが置かれており、ベッドサイドテーブルには青い笠のついたスタンドがあり、西側の壁の中央には直径二尺（約六十センチ）の円形の姿見が掛かっている。

一、書斎には西側に本棚、東南の角には机と椅子がある。その机の上には数冊の書籍と映画雑誌が散らばっており、その他には鍵束と卓上電話機があって「太陽写真館」の商標が印刷された大型封筒が置きっぱなしになっており、その封筒の大きさは新聞紙ぐらいである。花瓶が倒れて百日紅《サルスベリ》が何本か床に落ちている。机の下には被害者の所有物であるハンドバッグが落ちていて、その中には現金二十五円六十銭（現在の四、五万円程度）と被害者の花名刺と金剛映画社の男優安文學《アンムナク》のネガフィルムが一枚、それに化粧道具が入っていた。

一、東北の角には電蓄があり、電蓄と机の中間に大きな薔薇の鉢植が置かれている。その鉢には赤い薔薇が植えてある。高さはゆうに三尺（約九十センチ）はあり、そのうち二ヶ所で茎が折れていて、薔薇の花が二つなくなっていた。

一、被害者秋薔薇の死体が倒れていたのは略図に記されているとおり書斎の真中で、両手で首を絞め殺されたものに相違なく、犯行の推定時刻は七月十五日午後九時半頃で、花瓶が倒れ、薔薇の枝が折れているところからみて、かなり争ったものと思われる。

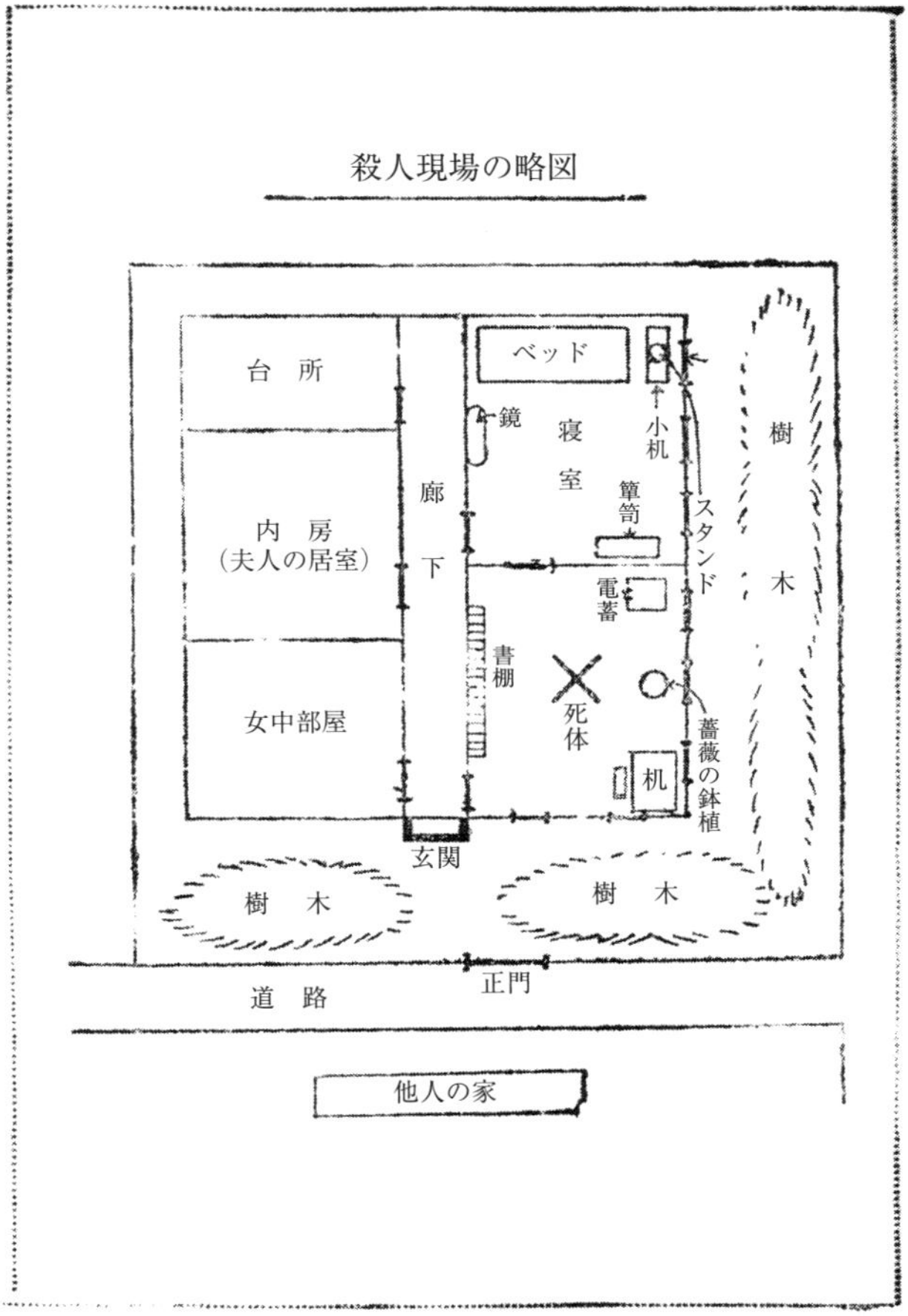

……………

「父さん、薔薇の鉢植が部屋の中に置いてあったんだって？」

検証調書をすっかり読み終えた劉準《ユジュン》は、どうにも抑えられない興奮を全身で感じ、叫ぶように訊いた。

「うん、真っ赤な薔薇だった」

「真っ赤な薔薇？――」

「うん、わかるよ。これほど大きな薔薇の鉢植をどんな理由で書斎の中に入れておいたのか、ってことだろ？」

「ちがうんです。いえ、むろんそれもありますけど……これが赤い薔薇だとしたら？……」

その刹那、劉準の眼前に真っ

赤な薔薇が一輪、夏空を背景にふわりふわり浮かび、消えたかとみるや、また現れたり、消えたりした。

（薔薇！　赤い薔薇！）

そう心の中で劉準《ユジュン》が反芻《はんすう》しているとき、何やら得体のしれない恐ろしい衝撃によって全身がぶるっと震えるのだった。

そんな息子が劉警部には少々物足りなく映り、

「うむ、なかなか想像力が豊かだな！　でもあまり想像力をたくましくしすぎるのは感心できない。現実と探偵小説とでは千里、万里の距離があるのだから。探偵小説なんかだったら、そういった些細な不均衡から複雑な事件をいとも簡単に解決していくのだろうが、それはどこまでも作家が作り出す遊戯でしかない。ところが、現実というものはそれほど均衡がとれているものじゃない。ハンカチがなけりゃ、新聞紙ででも鼻をかむ。帽子が無けりゃ、何もかぶらずに歩くし、箸がなけりゃ匙《さじ》ででも充分に冷麺を食うことだってできる。それが現実なんだ。そんなものにいちいち探偵小説の主人公みたいに気を取られていたんじゃ、まず現実に嘲笑《あざわら》われてしまう。そんなことにでもなったら、司法官の息子の将来を案じるわしは悲しくてたまらんじゃないか……といっても、いったん疑惑の目で物事を見るのはいいことだ」

劉警部はそう言いながら、少なからず緊張している息子に柔和な目を向けつつ、

「だから、この鉢植の薔薇にしたってさほど重要な意味があるわけじゃない。公園で子どもたちがボール遊びをやっていりゃボールが飛んできて塀を越えることだってあるだろうからね。ボールを取り戻そうと子どもたちが庭に入ってみると、見事に咲いた赤い薔薇が無性に欲しくなり一本切り取ろうとしたところ女中に見つかって叱られたというわけだ。ところがその後、隙を見て忍び込んで折っていったものか、薔薇の花が二つなくなっていた。ちょうど書斎に鉢植を一つ持って来ようと考えていた矢先だったので、その鉢植の薔薇を部屋に入れた――これは秋薔薇《チュチャンミ》の夫である映画監督崔樂春《チェナッチュン》の証言なんだよ」

上機嫌で劉警部が説明をつづけている間、劉準は夢でも見ているかのごとくぼんやりと窓外の白楊《ドロノキ》を眺めていた。その暗緑色の白楊を背景に、すこぶる疲れた顔をして血のように赤黒い薔薇の花を舌の先で舐《な》めて愛玩する、一人の薔薇病患者の奇怪な姿が二重写しの映像のようにぼんやりと浮かんでいた。

なんの関係もないと思っていた白秀《ペクス》と秋薔薇との間に、だしぬけに接点が現れた、薔薇という接点が！

「それで、その鉢植の薔薇の花が二つなくなったのはいつごろのことなんです？」

「ふむ、やはり鉢植の薔薇がえらく気になるとみえるな！」

と劉警部は鼻毛を一本抜きながら、

「秋薔薇が殺害される二週間前だというんだが……」

「二週間前なら今月の月初めじゃないですか？」

「うん、三日だといってたな……」

今月の三日ならどうなる？　白秀の薔薇熱が極点に達したころではないか！

その後八日の土曜日に、また白秀を訪ねて行ったときには、もう彼の薔薇熱はすっかり醒め、

「薔薇なんて、もう見るのもいやなこった！」

とぶつぶつこぼしていたのだった。

――白秀の言う薔薇と秋薔薇の書斎にある薔薇とはなんの関係もないのだろうか？　……白秀についてのこうした話を父親に話してしまおうかとも思ったものの、まだその時期ではないようなので、

「で、話をつづけてください」

「うむ、――その夜十時三十分ごろ、この卓上電話がけたたましく鳴ったんだ。受話器を耳に当てると、秋薔薇の夫崔樂春からの通報で、事件前後の事情を手短に話してもらった。われら一行が現場に着いたのが十一時ごろだ。そこですぐ現場検証が始まったのだが、それについてはもう検証調書を読んでいるから省略することにし、次は検屍の結果について簡単に言うと……」

劉警部はそこで書類の束から検屍調書を抜き出し、

「被害者秋薔薇は中肉中背で肌のきれいな女だ。白雪のような肌とは、こんな肌のことを言うんじゃあるまいか？　……疑いようもなく、絞殺によって九時三十分に絶命した。首に扼頸《やくけい》の痕跡があるだけで、それ以外には何の異常もなかった。ただしただ一つ、左の乳房の真下に赤ん坊の握りこぶしほどの赤い痣《あざ》があったんだがな、おかしなことにその痣の形が赤い薔薇の花とそっくりなんだ」

「えっ、赤い薔薇の花に似た痣ですって？――」

劉準はもう一度驚いた。いや、今度ばかりは本当に心臓がどきりと脈打ったのだ。嗚呼、これは一体どういうことなのか？　……。

何の関連もないものと思っていた白秀と秋薔薇。そん

な二人の間に突然介入してきた鉢植の薔薇！　そして白雪のような被害者秋薔薇《チュチャンミ》の乳房の下に、愛欲の象徴さながら華麗に咲いている薔薇の花模様をした赤い痣の秘密！

「薔薇！　赤い薔薇？　……」

第二節　証人聴取書

殺人現場に置かれている鉢植の赤い薔薇の秘密。被害者秋薔薇の乳房に表れた薔薇模様の赤い痣の秘密――この二つの予期せぬ事実に対し、劉準《ユジュン》が息詰まる興奮を覚えているとき、そんなこととはつゆ知らず、劉警部はそのまま話をつづけた。

「そこで崔樂春《チェナッチュン》という男は、捜査のさまたげにならないように現場には一切手を触れなかったと言ってるんだが……これがその聴取書だ。読んでみるのがよかろう。で、気にかかる点があれば、遠慮なく訊いてくれ」

そう言いながら三通の証人聴取書を息子に手渡し、自分は窓辺に佇んだまま煙草を吹かし、窓外の街路樹を見おろしていた。

……………………

聴取書その一

京城府西四軒町《にししけんまち》××番地

崔樂春の同居人呉章玉《オチャンオク》

（当年二十一歳）

右の者は昭和十×年七月十六日、本職に対して次の通り陳述する。

私は今年の正月から俳優になりたくて、同郷の映画監督崔樂春さんの弟子として同居し、食事やほかの雑用を引き受けていますが、昨日（七月十五日）午後一時ごろ、若奥様（秋薔薇）はお勤め先の金剛映画社へ出勤し、先生（崔樂春）は十日前に平壌へお出かけなので、ひとりで留守番していたところ、午後八時四十分ごろに先生の友人と称する知らない男の人から電話が掛かってきて、九時五十分の汽車で平壌から先生が京城駅に帰ってくるので早く迎えに出るようにとすすめてきたので、今若奥様は不在だと言うと、若奥様でなくともかまわない、だれかが早く迎えにくるように、停車場まではかなりの距離があるから今すぐ出かけなきゃ間に合わないと急かされました。私は家が留守になるのを心配して、いったん金剛映画社へ電話を掛けてみたところ、若奥様は六時ごろに男優安文學《アンムナク》と一緒に映画社を出たというので仕方なく、九時五分前に私は家を出ました。（このとき、本職は戸締りについて詳しく訊いてみた）

窓はすべてカーテンを引き、中から鍵を掛けたものとばかり思っていたのですが、時間の関係上あわてていたためか、寝室の北側の窓を開けたままにしていたことを駅から帰ってきたときに初めて気づき、その不注意の原因をじっくり考えてみると、窓の戸締りをする前にカーテンを先に引いてしまったため、部屋の戸口から振り返って確認したところすべて施錠したものと錯覚したのでした。

家を出るとき、玄関と正門も施錠し、家の者がいつもそうするように、白いペンキを塗った正門は隙間が広く、手を差し入れる余裕があるので、門の外から鍵をかけ、鍵束は正門の柱に取り付けた郵便箱に入れておきました。市内電車に乗って駅まで行ってみたところ、予想よりも少々早くホームに入れたものの、迎えの人と降りる人とでかなり混雑していたため、結局先生には会えず、家に帰りついたのは十時三十分でした。

戻ってみると、正門と玄関は開いており、書斎からどこかへ電話を掛ける先生の姿がカーテンに透かして見えるばかりか、途方にくれた先生の声が聞こえるので、部屋に入ってみたところ、書斎の真ん中で若奥様が死人のように倒れているのを見てびっくりしました。警察への電話をすませた先生は真っ青な顔で唇を震わせながら、一体どうしたわけなんだと私に訊くので以上のような話をしたところ、「今夜おれが帰京するという話はだれにもしやせんよ。一体その電話をしてきた男はだれなんだ？」と怒ったように訊いてくるので知らないと答えると、「そんなばかな話があるもんか？　その電話の男がチャンミを殺した犯人だ！」と叫んだあと、悲しみにくれた沈んだ声で、「嗚呼、チャンミが殺された！　チャンミが……愛するチャンミが……」と繰り返し若奥様の名前を呼んだあと、警察が来るまで部屋の物には一切手を触れてはいけないと指示されたので、言いつけに従いました。

陳述人　呉章玉

以上の通り、読み聞かせてやったところ、間違いないと証言し、署名して拇印を押印した。

昭和十×年七月十六日

於　××警察署

司法警察官　警部　劉《ユ》田奉《チョンボン》

……………………

聴取書その二

京城府西四軒町××番地

金剛映画社映画監督　崔樂春《チェナッチュン》

（当年三十六歳）

右の者は本職の前で次の通り陳述する。

金剛映画社は資金難により一年に三本の映画を製作するのも困難な状態であり、この七月五日、平壌に旅行に行ったのも実を言えば資金難を打開するつもりでした。李永觀《イヨングァン》という平壌の財閥を動かして資金を融通してもらおうと思ったからですが、ついに妥協には至らず、去る七月十五日午後三時十二分の釜山行列車で平壌を発ち、その日の午後九時五十分に京城駅に到着し、そのまますぐ電車（当時京城市街地には路面電車が走っていた）で家に帰ったところ、だれも迎えに出てくる者もなく、正門は施錠されていました。家にだれもいないものと思い、そんな場合いつもしているように門の隙間から手を差し入れて郵便箱から鍵束をつまみ出して正門の鍵を開け、玄関の扉も開けました。

書斎には部屋の電灯がついており、隣の寝室には青い笠のスタンドがついたままで、思いもよらず妻秋薔薇《チュチャンミ》が書斎の真ん中で死体となって倒れているのを見つけ、気が動顛《どうてん》しました。妻を抱き起こしてみましたが、すでに息はなく、愛する妻の屍《しかばね》を眼前に見て涙を流し、しばらくの間、天が崩れ、地が裂けるかのような人生の無情を嘆いたのですが、いくら妻の名を呼んでみたとて返事はなかったのです。

仕方がありません。当局に知らせる以外にどうすることもできませんでした。こうして警察に電話を掛けている間に呉章玉《オチャンオク》が入ってきました。どういうことなんだと問いつめましたが、自分は知らないというばかりです。ある怪しい男の電話によって停車場まで私を迎えに行ったという話でした。――以下省略（作者）――

……………………

聴取書その三

京城府安國洞××番地

金剛映画社専属俳優　安文學《アンムナク》

（当年三十三歳）

右の者は昭和十×年七月十六日、通知によって本署に出頭し、本職の面前で次の通り陳述する。

被害者秋薔薇と自分は同じ映画社に勤務し、彼女の夫崔樂春が監督した何本かの映画で共演したことがあり、いつしか二人は愛し合う間柄になりましたが、二人の愛情はどこまでも純粋なものでした。それは愛の幻影を永遠に壊さないための、ロマンチストの美しい夢でした。だが、それを知ってか、知らずにか、彼女の夫崔樂春の瞳はいつも険しく光っていました。ところが秋薔薇は、「心配することなんかないの。あの人はあたしのことを愛してなんかいないから。いいえ、かえって喜ぶかもしれないわ」と言っていました。

　犯行当日、秋薔薇と私は午後六時に映画社を出て、泥《チン》峴《コゲ》（現在の明洞から忠武路にかけての通り。南山の北麓にあり、雨が振るとひどくぬかるむため俗に「チンコゲ＝泥の丘」と呼ばれた）の精乳舎（レストラン名）で夕食を食べ、一時間ほど散歩をしてから太陽写真館へ立ち寄って、三日前に秋薔薇が引き伸ばしを依頼していた肖像写真を受け取りました。それは虚空を凝視している私の上半身を写したものでサイズは新聞紙ほどの等身大。秋薔薇が生前最も好んだポーズでした。そして、再びS文房具店まで行き、その写真を収める大きな額縁を買い求め、「この写真を寝室ベッドの枕元に掛けておきますわ。それでも、あの人は嫉妬しないかしら?」と言うので、「つまり、嫉妬してほしいっていう意味なのか?」とこちらの方がまず嫉妬すると、「そうかもしれない。あたしがあなたを好きになったのも、実を言うとあの人があたしを嫌いになったからなの。怒った?」と言うので、「本当かい?」と訊ねると、「どうなのかしら。人の心って本当のことなんてわからないわ」そう面白おかしくしゃべりながら歩いているうちに、本町《ほんまち》四丁目まで来ていることに気づき、家に帰って写真を額に収めてベッドの上に掛けてみるからちょっと見て行ってと言うのを、「もう九時だ。だいいちこそ泥みたいに夫が留守の間に夫人の家に入るのはいやだ」そう言って秋薔薇と別れ、再び泥峴《チンコゲ》を経て安國洞の自宅に帰り着いたのはすでに十時が過ぎた頃合でした。――以下省略（作者）――

……………………………

　息子が調書から目を離すのを待っていた父親は、再び事務机の前に腰かけて静かな口調で、

「以上で事件のあらましはわかっただろう」

「はい」

「ここでこの三通の聴取書に記載された陳述をいったん真実なものと仮定してこの事件を眺めるとどうなるかね? ――何よりもまず、被害者秋薔薇の生きている姿を最後に見たのが安文學で、被害者秋薔薇の死体を最初に発見したのが崔樂春――言い換えるなら、九時から十時二十分ごろまではだれ一人秋薔薇を見た者はいない。むろん、

犯人を除いての話だが」

「そのとおりです」

「そこで次のような推測が成り立つ――つまり、本町四丁目で安文學《アンムナク》と別れた秋薔薇《チュチャンミ》は並木町にある遊郭街の裏通りを通って奬忠壇《チャンチュンダン》公園に面した自宅まで帰って来た。その距離からみて二十分程度かかったろう。郵便箱から鍵束を取り出して正門と玄関を開け、家に入るとだれもいない。章玉《チャンオク》が何か急用ができて外出したらしいと考え、一刻でも早く安文學の写真を額に入れて寝室に掛けようと写真を封筒から取り出した。それは太陽写真館の商標が印刷してある空封筒が机の上に残っていることからみて、そう推測することが可能なのだ」

「ぼくもそう思います」

「ならどうして封筒だけが残っていて、写真と額縁が見当たらないのか？……それはそのとき押し入った犯人が秋薔薇の首を絞めて殺し、額に収まった写真をそのまま持って行ったと考えるのが当然の推理なのだ」

「犯人の目的が物盗りなら、金品に手をつけず、額に入った写真を持ち去ったとみるのは少々無理があるのじゃないですか？」

「うむ、わしだってそう思うんだが……なら今度は疑惑の目で事件を眺めることにしよう。――第一に崔樂春《チェナッチュン》の弟子だという呉章玉《オチャンオク》という女は稀に見る美人でな、わしでさえ一目惚れしてしまいそうなぐらいだよ。だからこそ呉章玉は崔樂春の寵愛を受けてきたんだろうし、将来は一人前の俳優に出世させるつもりだったという崔監督の言葉もまんざら嘘じゃなかろう。でもここで一つ疑わしいのは、呉章玉は果たしてあの怪しい男からの電話を受けたのかどうか？……それについては何らの証拠もないために呉章玉をいささか疑わしく思うのはいいとしても、彼女を犯人とみなすことはできない。なぜなら、彼女には秋薔薇の首を絞め殺すほどの腕力がないのだから」

「そのとおりですね。呉章玉は犯人じゃないでしょう」

「次は崔樂春だ。今や病に伏してしまった張検事なんかは、崔樂春をほぼ犯人と断定し、被疑者として予審請求書まで準備していたんだが、この張検事の見解というのはすこぶる面白い。むろん、裏付けできる証拠物はないのだがね……」

「で、張検事はどんなふうに考えてるんです？」

「張検事はお前も知ってるように司法官としては珍しい文芸愛好家で、相当深いところまで人間の心理を読み解いていく才能に恵まれておる。今度の事件で崔樂春犯人説を主張したのも、実はその種の心理探偵癖から出発したものなんだな。――ところでお前はごく最近封切られた『妻を殺すまで』という映画界でもかなり評判の芸術映画を観たかね?」

「――『妻を殺すまで』? ……まだ観ていません。新聞広告やポスターでなら幾度か見ましたけど……確か金剛映画社の作品じゃないですか?」

「そのとおり。秋薔薇事件が発生したあと、張検事の勧めでわしもその映画を観てきたが、すこぶるデリケートな作品だな。門外漢のわしには理解し難い部分もあるんだが、話の筋ぐらいはわかるからね。崔樂春という男は今じゃ監督として名が知れているが、元々は俳優なので今でも監督兼主演俳優として出演することが多いのだ。この『妻を殺すまで』という映画もまさにそれで、ここではさらにシナリオまで自らの手で書いている。ここでそうだ、そのときもらった映画の筋書きを紹介したちらしがあったはずだ……」

劉警部はそう言いながら、机の引出しを捜し、映画館からもらってきたちらしを一枚取り出して息子に渡した。それには次の通り、内容が紹介されていた。

……………………………

第三節　映画『妻を殺すまで』

妻を殺すまで

原作…………崔樂春
監督…………崔樂春
出演（便宜上、配役名はＡＢＣと記す）
Ａ（小説家）…………崔樂春
Ｂ（小説家の妻）………秋薔薇
Ｃ（小説家の友人）……安文學

（あらすじ）――Ａは何故Ｂを殺したか? ……結婚生活三年、千年でも万年でも果てしなくつづくと思っていた二人の愛情も次第に冷めていき、妻を見る夫の目にはやりきれない倦怠の色がありありと浮かんでいた。

（こんな状態がまだ少しでもつづくなら、おれは生気を失くした沈んだ雰囲気の中で窒息するかもしれない。こんな息詰まるような倦怠から脱け出せる何かいい方法はないものか? ――）

夫はそんなことを思案しながら青い空を見るともなく

眺め、妻から以前みたいに魅力が感じられるような工夫についてあれこれ想像してみた。

そしてついに見出した方法——それは美男の友人Cを利用しようというのだった。

Aは妻とCをわざと接近させ、横から二人を眺めながら、いろいろと二人の間で始まる愛の場面を想像することで、砂漠のごとく枯渇した自分の感情に泉のように湧き出る愛情を呼び起こそうと努力した。

だが、むしろそんなところから悲劇が始まったのだ。妻は美男のCを愛しはじめ、連日家を空け、どこへやら出かけていった。妻なんて見るのも嫌になっていたAの心の中に炎のように燃え上がってきたのは、暴風さながらの嫉妬だった。ある雨の日の夜、びしょ濡れになってCとの甘美な逢引きから帰ってきた、幸せそうな妻の姿を眼前に見た刹那、猛獣みたいに跳びかかっていく夫Aは果たして如何なる行動に出たのであろうか？　嫉妬の情念にすっかりとらわれてしまったAの両手はとうとう妻Bのかぼそい首を……。


……………………………


これが映画『妻を殺すまで』のあらすじだ。

劉準《ユジュン》は何か得体の知れない恐ろしい感情の虜《とりこ》になったまま、

「それで父さん、張検事はこの映画を観てどう思ったというのです？　おおよその見当はつきますけど……」

すると劉警部は口もとに微笑をたたえ、

「仮にだよ。甲が乙を殺そうと思いつめながら、殺すにいたった動機だの殺人の場面だのを世間に触れ廻っておく。そしてその後、それと全く同じ動機と方法で乙を殺したとすれば、世間の人たちは一体どう考えるだろう？　……果たして乙を殺した犯人を甲だと思うだろうか？　否だ。その逆に甲がそんな殺意を抱いていることを利用して、ある第三者がその同じ手を使って乙を殺すことにより甲に罪を着せたとみるだろう。それを甲がさらに逆手に取ったというのが張検事の読みなのだ。自分がまず世間に触れ廻っておいた方法で乙を殺したとしても、世間の人たちは、まさか甲が犯人とは思わないだろう。これが甲の、いやAの、いや崔樂春《チェナッチュン》の巧妙な殺人方法だというのが張検事の見方なんだね。むろん、いかなる証拠も残ってはいないのだがな」

実に人間の心理を巧みに応用した犯罪だった。

「探偵小説なんかだったら、そんなこともあるだろうけど。現実の世界では、にわかに受け入れがたい大胆な行動ですよね？」

「だからその大胆すぎるという盲点をついたというわけなんだが、お前の言うとおり現実はやはり現実なのさ。張検事は犯罪捜査に天才的な素質を持ってはいるんだが、それゆえにときには子どもみたいなしくじりを仕出かすことだって少なくないからね。もし彼が心臓麻痺で倒れていなかったなら、崔樂春を被疑者としていったん予審を請求しただろうことは想像に難くない」

「それで、崔樂春のアリバイはどうなんですか？」

「いたって確かなアリバイがあるにはあるが、張検事の見方は違う。――崔樂春はひと足早く、つまり平壌発午前六時五十五分、京城着午後一時十分の普通列車で上京し、その夜秋薔薇《チュチャンミ》を尾行していて八時四十分ごろに本町四丁目で安文學《アンムナク》と別れた秋薔薇を確認するなり近くの店に飛び込んで声色を変えて呉章玉《オチャンオク》に電話をかけた。そのうえで家に帰って秋薔薇を殺し、再び京城駅へ戻り、九時五十分の汽車で帰ったかのごとく装おうとしていたところ犯行が意外に長引いたため、京城駅まで戻ることができずに中途で電車に乗って引き返してきた。大勢の人で混雑しているため、呉章玉が駅で自分と会えなかったとしてもよくあることだから、怪しむには足らんというわけさ。――これが張検事の読みだ」

「だとしたら、当日の午前六時五十五分から午後一時十分の間、崔樂春は平壌にいないわけですから、その点は確認されたのでしょうか？」

「うん、その間、崔は平壌の黄山月《ファンサヌォル》という妓生《キーセン》（歌舞音曲で宴席を盛り上げる女性）の家にいたことがわかっている」

「なら張検事の説はどうなるのです？」

「張検事が言うには、それは偽のアリバイだというのさ。黄山月とかいう妓生とはかなり長いつきあいがあるんで、いくらでも嘘をつかせることができると言うんだな」

「かもしれないですけど、安文學の写真が無くなった点についてはどう説明するんです？」

「なんらの説明もない。張検事は少々ムキになるところが弱点だな」

「それはともかく、安文學だって疑おうとすれば疑えるんじゃないですか？」

すると劉警部はみるみる顔に熱を帯びながら、

「そのとおり！　すこぶる怪しい人物だ。まず第一に、彼にはアリバイがない。彼は本町四丁目で秋薔薇と別れ、再び泥峴《チンコゲ》を通って安國洞《アングクトン》の自宅まで夜道を歩いて帰ったというが、その間の行動がはっきりしない。だれひとり会った人がいないというのだよ。で、その点を追及すると、傲慢な態度で、『おれの罪じゃない。いちいちアリバイを作りながら歩かなきゃならんとはな。そんな居心地の悪い世の中だったとは思いもしなかった。何よりもアリバイを作れなかったおれに罪があるのなら、おれにアリバイを提供しなかった世間の人にも罪があるのじゃないか。不幸にも家に帰る間、だれにも会えず、おれのために証言してくれる人はいないけど、それはどこまでも偶然の問題であって、おれの罪なんかじゃない』――実に泰然自若としてるがね。それが嘘か真か、問題はそこなんだ」

「そうですね。話を聞いているだけじゃ……」

　何かそれらしいことを言って父親の意見に賛意を表せばよいのだろうが、劉準《ユジュン》には適切な言葉が浮かばなかった。

「もし安文學《アンムナク》を犯人だと仮定すれば、事件はどうなるか？……本町四丁目でいったん別れた安文學はすぐに近くの店で電話を借りて呉章玉《オチャンオク》を呼び出した。そうしておいて、引き返して秋薔薇《チュチャンミ》を殺したと考えればいい。安文學の写真と額縁が無くなったことだって、自分の犯行を隠そうとした行動だった。ハンドバッグの中のネガフィルムと大型封筒はあわてていたのでそのまま置いていったというわけだ」

　そこでいったん言葉を切って、表情の読めない息子の顔を見つめていたが、

「動機はむろん、秋薔薇の愛情が依然として夫にあること――夫の愛情さえ以前の状態に戻れば、いつだって夫の懐へ戻っていく姿勢を持ちつづけているという点――」

「よくわかります。張検事の説よりも現実味がありますね」

「うむ、そう思うだろう！」

　そこでようやく劉警部は満足そうな顔を見せ、

「以上で事件のおおよその流れがわかったろうが……何かいい意見はないかね？……張検事は崔樂春《チェナッチュン》を、わしは安文學を――そんなふうに見ているんだが、お前はどっちにつくつもりなのかい？」

「そうですね。まだなんとも。いずれ私なりに意見を言わせてもらいますけど、一体被害者秋薔薇はどんな人物なんです？」

　そこで劉警部はまた、書類の束から調査書を一件抜き

出して息子に渡した。

「これを読んでみると、秋薔薇という人物の生い立ちなんかがわかるだろう」


……………………

素行調査復命書

本　籍　平安南道××郡獨狐里《ドッコリ》
現住所　京城府西四軒町《にししけんまち》××番地
金剛映画社専属俳優　秋薔薇――本名　秋乙美《チュウルミ》
（当年二十三歳）

右の者についての素行調査の依頼を受け、調査をした結果は次の通り。

一、性質と素行
本人は子どもの頃から陰気で利己的だったが、大人になっていくに従い明朗になっていった。多少傲慢なところがあるにはあるものの、そのことで反って人々の寵愛を受け、同僚とも争うことはほとんどなく、常に仕事に忠実であるため、映画社の信頼も厚い。最近に至っては同僚の安文學との恋愛行為がいささか行き過ぎるきらいがあり、人々の顰蹙《ひんしゅく》を買っている。

一、来歴
本人は右記本籍地において出生し、十歳までに両親を喪い、その年の秋、京城にいる叔母の家に行き、女学校を三学年まで通って昭和七年に中退。以前から俳優を希望していたこともあり、映画監督崔樂春と恋愛結婚をし、現住所で夫と同居しながら憧れてきた俳優としての暮らしをつづけていた。

――以下省略（作者）――

……………………


「獨狐里《ドッコリ》！　獨狐里を朝鮮固有の言葉で置き換えると、『獨』は『ホル』、『狐』は『ヨウ』、『里』は『コル』！　ホル、ヨウ、コル！」

劉準は最後まで読みつづけられないほど、息づかいが荒くなっていく。ホル、ヨウ、コルとも読めるぞ――それは疑いようもなく耳になじんだ地名じゃないか！

「平安南道××郡獨狐里（ホル、ヨウ、コル）！」

やにわに劉準は感電した人さながらに、つと椅子から立ち上がった。

「父さん、ありがとう。帰ってから、もう一度じっくり書類を読んでみます」

その一言を投げつけるように残して黄昏の街へ飛び出していった。

赤黒い夕焼けが灰色の屋根の連なりの向こうに広がっ

ていた。それは何かしら浪漫的な劇の背景であるかのように甘美な情緒を帯びて、検事代理劉準《ユジュン》の胸に肉迫してくるのであった。

　人間というものは、暴風の最中《さなか》にいるような混乱した心境の中にあってこそ、ときには反ってより鋭敏に詩が理解できるのかもしれない。劉準はその赤黒い夕焼けの背景の上に蒼白な容貌の所有者白秀《ベクス》の姿を描いてみて、ぶるっと身震いした。

（何の因果関係もないものと思っていた白秀と秋薔薇《チュチャンミ》が同郷だったなんて！）

　ホルヨウコルという、一度聞けば忘れられない地名は、白秀の本籍地でもあったのだ。

（だとしたら、事件はいったいどうなる？　――そうだ！　いや、でも同じ郷里で二人は果たして同じ時期に暮らしていたのだろうか？　……）

　秋薔薇、いや秋乙美《チュウルミ》は今年二十三歳、そして十歳まで故郷で暮らした。そして白秀は今年二十六歳、彼は十三歳まで郷里「ホルヨウコル」で暮らしていたのだろうか？　……。

（そうだと仮定すれば、狭い田舎のことなので必然的に二人は互いに見知っているのではないのか！　まして現在、一人は大学まで出た小説家で、もう一人は人気俳優なのだ！）

　劉準は夢遊病者さながら次第に暗闇に溶けていく黄昏の街をとぼとぼ歩きながら、「赤い薔薇病患者」と「赤い薔薇の鉢植」と「薔薇模様の赤い痣」、それに「ホルヨウコル」以外には何も考えることができなかった。

第五章　疑惑の人物

第一節　美男俳優

「さあ、今日は忙しいぞ」

　翌朝、蒲団から起き上がりながら劉準はひとりごちた。まず第一にもう一度白秀と会ってみたかった。薔薇病患者の「赤い薔薇」と殺人現場に置かれた植木鉢に咲いた「赤い薔薇」と被害者秋薔薇の乳房の下に刻印された「薔薇模様の赤い痣」、そして二人の同じ郷里である「ホルヨウコル」――これらすべての状況証拠によって、白秀を犯人とみなすほかなかったからだ。

しかし、その一方で『妻を殺すまで』という映画も観ておきたかったし、この事件の重要関係人物である美男俳優安文學《アンムナク》と映画監督崔樂春《チェナッチュン》、それに彼の弟子呉章玉《オチャンオク》にも会ってみたかった。

そんなこんがらかった思いを抱きながら、いったん検事局に顔を出した後、

(まず父さんが最も疑わしい人物とみる安文學に一度会ってみよう)

安國洞の住宅街を少し歩き、左に折れた路地の入口からさほど離れていない所に安文學の家はあった。

「わたしが安文學ですけれど」

狭い部屋だ。安文學の書斎なのだろう。確かに彼は美男子だった。美男にありがちな冷たい感じもなく、どこか貴族的な気品すら漂わせる、すこぶる知性的な容貌の持ち主である。

劉準がまず自己紹介すると、

「あ、そうなのですか、張検事さんがご病気ですって?　ずいぶん頭の切れる方でしたのに、そりゃ困りましたね」

と言うので、

「どういう意味なんです?」

と訊くと、

「劉警部よりは間違いなく頭のいい方ですね。鋭い感覚も持っていらっしゃいますし」

「劉警部って、劉田奉《ユチョンボン》警部のことですか?」

「そうですとも。わたしのことを疑っているからそう言うわけじゃないですけれど……もちろん、わたしには殺人現場にいなかったという明白な証拠はないですから、疑われるのは当然でしょうがね。でも、だからといって、アリバイというものがそれほど重要とは思えません」

自分の方から事件の核心に触れる美男俳優を、劉準は多少の圧迫感を覚えながら見つめていたが、

「いや、それは違う。客観的なアリバイさえあるのなら、いくら動機が濃厚だとしても……」

「だがそれはアリバイが積極的に効力を発揮する場合の話でしかなく、アリバイが消極的にしか働かない場合には……たとえばわたしの立場みたいに、ある種の偶然によってアリバイのない場合を想定すれば、そんな見方には無理があるんじゃないですか?」

「むろん、そのとおりでしょう。ですから、アリバイがないからといって、ただちに犯人と決めつけるわけじ

ゃありません」

「にもかかわらず劉警部は……腹が立つと言うよりは一種の憐憫の情を感じないわけにはいかないですね」

「それほど、あなたを疑っているのですか？」

劉準《ユジュン》は立場上、いささか気まずさを覚えていた。

「劉警部に較べると張検事はたいしたものです。まず第一にわたしが秋薔薇《チュチャンミ》を殺害した犯人だと仮定したら……そして、怪しい男からの電話なんかを考慮に入れると、それ以上の説明が要らないぐらい計画的犯行であることは明らかなのに……だとしたら、わたしとしてはなんとしてでもアリバイの一つぐらいは用意しておいたはずじゃないですか？　この点が劉警部の頭から抜けているようですね。それに聴取書にも書かれているように、その夜、わたしは秋薔薇と一緒に引き伸ばした私の肖像写真を受け取って奬忠壇《チャンチュンダン》公園の近くまで彼女を送ってから戻ったとはっきり陳述したんですよ。わざわざ陳述内容の証拠を無くすためにその写真を持って逃げる必要がどこにあるんです？……いずれにせよ、少々お頭《つむ》が弱いみたいですな。はっきり言って劉警部は莫迦ですよ」

今さら、わざわざ自分がその莫迦な警部の息子だと切り出すのも気が引けたが、仕方なく、

「わたしがまさしくその莫迦の息子なんですよ」

そう言うと、瞬間、安文學《アンムナク》は面喰ったような表情を見せていたが、

「あっ、それは失礼なことを言いました。……ですが、張検事の方が確実に上をいってますね」

「どんな理由で……？」

安文學はいささか躊躇する素振りを見せながらも、

「……まず第一に、この事件で、はなからわたしを除外して考えているためです。なぜならば、決してわたしは犯人ではないからです」

「それから……？」

「第二に、張検事こそ崔樂春《チェナッチュン》の原作『妻を殺すまで』という映画の真の意図がどこにあるのか、見抜かれた方だからです」

劉準が真っ先にここを訪ねたのは、まさにその点が知りたかったからなのだ。

「ならその映画は、どこかで現実の事件と関連があるというわけですか？」

「今思うに、間違いなくありました。劉検事さんはその映画をご覧になりましたか？」

「まだ観ていません。でも、あらすじだけは知っています」

「撮影当時、そのストーリーがこんなにも現実のものになるなんて、夢にも思いませんでした。ですが、ひどく不愉快だったことだけは確かです」

「もう少しくわしく話してください」

安文學は不快な色を顔に残したまま煙草に火をつけ、

「あの映画の話の筋を初めて読んだとき、秋薔薇とわたしはいたって不愉快でした。それはご存じのとおり、われら三人の間に生じていた微妙な三角関係の雰囲気をそのまま描写していたからでした。秋薔薇と私は何やら不吉な予感にとらわれたのですが、だいじょうぶ、遠廻しの脅迫に過ぎないと、ある種反抗的な感情もあり、ためらう秋薔薇をなかば引っ張るようにして、ストーリー自体にはさも無関心な態度で出演を承諾したんです」

「なるほど、それで」

「あの映画の筋書き通り、秋薔薇がわたしに心を寄せはじめたのは、疑いなく夫崔樂春に飽きられたからなんです。ところが、次第に相手の気持ちがわかるようになると、秋薔薇は本心からわたしを愛しているのじゃなく、わたしを一つの道具として利用していたのでした。夫の愛情がよみがえったなら、いつでも夫の懐に帰っていこうとしていたのはあきらかです。夫である崔監督がわたしと秋薔薇を接近させることで得ようとしていたのと全く同じ効果を、秋薔薇はわたしと接近することによって夫に与えようとしていたのです」

「うむ、実に興味深い心理劇ですね。芸術家の世界は、やはり普通の人々とはずいぶん違いますね」

法律家の常識では、容易に理解しがたい微妙な心理だった。

「ここでしばし考えてみなきゃならない問題は、崔監督があの作品を書きはじめたころの心理状態なのですけど、果たして彼はそのころ、妻とわたしとの関係に対して嫉妬みたいなものを感じていたのか、あるいは感じていないながらも遠からず嫉妬心を抱くようになるという空想の下に筆を取ったのか？ ……私は多分、前者だろうと思いますけど……なぜなら撮影当時、彼の監督としての、あるいは出演者としてのふるまいがどれほど真に迫っていたことか！ それはこの映画をご覧になればわかるでしょう」

「そうなんですか？」

「さらに最後の場面なんかじゃ、演劇という概念を超越する、真に迫った彼の演技は観る者に戦慄を覚えさせるほどだったのです。秋薔薇《チュチャンミ》は夫に首を絞められる瞬間、衆人環視の下での演劇であることも忘れて現実の恐怖にとらわれたかのごとき表情となり、その声は本物の絶叫として聞こえます。劉検事の耳にも何か訴えるものがあるかもしれません。ともあれ、一度観た方がいいでしょう」

「ええ、必ず観ますよ。――つまり、あなたの話を総合すると、秋薔薇殺害事件の犯人は崔樂春《チェナッチュン》と断定してもよいという意味になりますけど……」

「断言する資格なんてわたしにはありませんよ。なぜなら、この目でその場面を見たわけじゃないですから。それに、彼には立派なアリバイがあります」

「では最後にもう一つだけ訊ねます。夫の愛情が再びよみがえったなら、いつでも夫の懐に帰っていくという秋薔薇の心情を崔監督は知っていたのでしょうか？」

「たぶん、そこまでは知らなかったでしょうね」

「ならばもう一つ――ある人の意見によると、崔監督と弟子呉章玉《オチャンオク》とが共謀して秋薔薇を殺害したのじゃないかとも」

「それは劉検事自身の考えじゃないですか？　最も妥当な意見ですね。実はわたしも臭いような気がします。呉章玉という女は死の危険を冒してでも俳優になりたがる型《タイプ》の女です。事実、崔監督の寵愛を受けようと懸命になっていましたからね。俳優の顔さえ見れば、どんな脇役俳優であってもたちまち好きになってしまう、そんな女なんですよ」

そう言うと安文學《アンムナク》は露骨に軽蔑の色を見せながら、

「ほんと、わたしもえらいファンを持ったものです。ひとの顔さえ見れば猛獣のように跳びかからんばかりの勢いでやってくるんですから。自分の容貌にかなりな自信を持ってるらしいんだけど……崔監督も崔監督だな。あの女のどこに俳優としての素質があるのか、顔だけで俳優になれると考えているんだから、たいした監督だよ」

安文學は眉根を寄せて、

「そう。身体のどこかに無理にでも俳優の素質を探すとしたら、寝床で必要な技巧以外にはあるまい」

「どういう意味なんです？」

「呉章玉がある日の夜、わたしのところへやって来て、うわっ、は、はっ……思い出しただけでもむかむかするぐらいだ。一緒に寝るから、枕になるから出世させてほしい、って言うんだからね。——俳優なんて職業人はややもすれば体を壊してしまうんですよ。あの娘《こ》が私の写真を何枚持ってると思います？　あっはっは……なんと三百枚！　……はっはっは……」

聴くべきことはすっかり聴き終えた劉準《ユジュン》だった。劉準は腰を上げた。

「戻られたら父上にこうおっしゃってください。この安文學が必要とあらば、いつでも呼んでください、と。絶対に逃げも隠れもしやしませんから」

劉準を見送りながら、そんな言葉を安文學は漏らした。本心なのか、偽りなのか。神のみぞ知る。劉準は通りを歩きつつ、安文學と会って得た印象をつぶやく。

（もしおれにかわいい恋人がいたのなら、決して安文學には近づけないこと！　そして、もし嫌気がさした恋人にうるさくつきまとわれて我慢がならなくなったとしたら、一刻でも早く彼と会わせること！）

そして少し進んだところで、

（安文學は決して犯人じゃない。なぜならば、おれは彼のことがたまらなく好きになってしまうほどだから——）

また少し歩を進めたところで、

（おれがもし呉章玉なら、彼の写真を三千枚は集めただろう）

第二節　殺人監督

蒸し暑い日だった。

その帰りに劉準は秋薔薇の夫である崔監督に会おうと、奨忠壇《チャンチュンダン》公園へと道を急いだ。

赤い薔薇の鉢植は、まだ書斎にそのままになっていた。その鉢植をじっと眺めて坐っていると、その辺りに何かしら白秀《ベクス》の体臭らしきものを劉準は感じるような気がした。

（神は知っている。白秀のあの骸骨のような痩せた手が、この薔薇のどの茎に触れたのかを……）

安文學のブロマイドを三百枚も持っているという呉章玉が、

「先生は今食事中ですから、少しお待ちくださいませ」

とすぐに部屋の奥に引っ込んでしまうのだった。

安文學の言葉を借りれば莫迦みたいな親父が、目を丸くして呉章玉をうっとり眺めたというのは、いかにもありそうなことだ。

なぜというに、父は皮膚のつやつやした子豚をこの世の何よりも熱を上げて愛撫《あいぶ》するためだ。だから鶴みたいにすらりとした母のことをあまり好きになれないのも無理はなかった。

崔樂春《チェナッチュン》という男、安文學《アンムナク》の言葉を借りれば恐ろしい殺人監督であるこの男も、女の好みという面では父に似た型《タイプ》なのだろう。

しかし、再び呉章玉《オチャンオク》が紅茶をお盆に載せて部屋に入ってきたとき、刹那の感情だったが、劉準《ユジュン》は俳優の職業を選ばなかったことを後悔した。呉章玉はえくぼを作りながら、赤ん坊のようにすべすべした手で紅茶をテーブルの上に置いた。自分も早く結婚をしなくちゃならんな、ふとそんな考えが脳裏をかすめながらも劉準は、

「あ、ちょっと――」

と、すぐに出て行こうとする彼女を呼びとめ、いやに厳粛な口調で訊いた。

「あの日の夜、つまり奥様が亡くなられた日のことだが……怪しい男から電話がかかってきたのは確かなことなんだね？」

呉章玉は、またかといった気持ちを抑えながら、

「ええ、わたしが嘘をついてるとでも思ってらっしゃるのかしら？」

何やら親しい人にでも話しかけるような口調だった。

「とんでもない、そういうわけじゃありませんが……聞いたことのない声だったのは間違いないんですね？」

「そうよ。とんと聞き覚えのない声でしたわ。少ししゃがれているような……」

呉章玉はどこか落ち着きのない素振りを見せていたが、こんな場合にはだれだってそんなものだと劉準は思い、

「そんなに硬くなることはありません。あなたを疑うわけじゃないのですから――」

とやさしい声をかけると、呉章玉はみるみる表情をやわらげ、

「でも、このごろ人が来るたびに、わたしのことを変な目つきで見るようになったんじゃないかしら？」

どこか野性的でありながらも、素朴さのある女だった。

「うむ、そいつはいけませんな」

「でも、絶対に嘘なんてついていませんわ」

妙に誘惑するような声音だった。俳優も好きだけど、この若い司法官も決して嫌ではないらしい。

「ところで一つお訊ねします。奥様があんなことにな

る直前、直前といっても一、二週間の間での、という意味ですけれど、よれよれの服を着て……ぼさぼさの髪をした青年が訪ねてきたことはないですか？ ……顔色は青白く、痩せ型の……」

「どうだったかしら」

と彼女はしばらく思案顔になる。

「帽子はむろんかぶっていなくて、髪の長い……」

「でも、そんな感じの人はいくらも出入りしていますからね。撮影所の関係者が……お名前は？」

「白秀《ベクス》――小説を書いている人だけど……」

そう言って劉準は緊張しながら、じっと呉章玉の唇を見つめていた。

「あ、その人なら……」

今にもそんな玲瓏《れいろう》な声が聞けるような気がした。

だが、呉章玉は口の中で幾度か白秀の名前を繰り返したあと、

「そんな人は知りませんわ」

と言うのだった。劉準はがっかりした。

そのとき、部屋のドアが開き、紅茶のポットを持って出ようとする呉章玉と入れ替わりに、この家の主人崔樂春が入ってきた。毎日のごとく当局の取り調べを受けてきたためか、えらく疲れた顔を見せている。

「お待ちしていました」

互いに挨拶を交わし、

「張検事がご病気ですって？」

「そうなんです。それでわたしが代理で……」

「承知しました。劉検事さんがこの事件を担当されるようになるなんて、嬉しくてたまらないぐらいですよ。張検事はまだ新米ですね。それに較べると、父上の劉警部はどっしり構えていらっしゃる」

想像してきたとおり、どこか親父に似たところのある人となりだった。重厚な人柄が親父の印象をよくしたのも無理はなかった。

これという確実な証拠物がないとき、いくら科学的に、とはいえ捜査官も人間だ。何より大切なものは第一印象である。どこか芸術家らしからぬ鈍重な感じを与える人物だった。そうした印象が張検事の心証を悪くしたのもうなずけよう。

しかし、崔監督に対する劉準の第一印象はすこぶるよかった。白秀のことで頭がいっぱいだったこともあるが、こんな型《タイプ》の人間は精神に異常を来さない限り、人を殺したりなんかできない、劉準は心の中でそうつぶやくのだ

った。虫一匹踏み殺せない者が人を殺した。それは探偵小説での出来事でしかない、劉準《ユジュン》にはそう思えるのである。

「まず一つお訊ねしますが、白秀《ペクス》という人をご存じないでしょうか?」

「白秀? ……白秀!」

崔監督はしばらく思い出そうとする素振りを見せ、

「どういった人ですか? 確かにどこかで聞いたような名前なんですが」

「ご存じなんですか?」

当たり! 劉準は心の中ではたと膝を打った。

……いつも帽子をかぶらない……」

青白い顔で、髪はぼさぼさの
劉準はもどかしそうに崔監督の唇の動きを注視した。

「思い出せませんな。確かに聞いた名前だが」

「小説家ですよ。新進作家……」

そういうと崔監督はようやく思い出したというように、

「あ、そうそう。いつでしたか、何かの雑誌か新聞広告で見たような覚えが……」

「うーむ――」

極度に張りつめていた心が一瞬にして緩み、劉準は心の底で深く呻《うめ》いた。

「あのう、何か個人的な関係はありませんか? あるいは夫人との……?」

「亡くなった妻とはどうなのかわかりませんが、わたしとはなんの関係もない人ですね」

二人の会話はここでしばし途切れてしまい、ややあって劉準は、

「さっき張検事のことを新米と言われましたが……」

と話の矛先を変えると、

「あきらかに新米ですね。ある点から眺めると幾らか鋭いところがなくもないでしょうけど、あまりにも観念的ですから……」

「どんな意味で?」

「むろん、亡くなった妻と私との間の愛情問題についてですけれど」

「映画『妻を殺すまで』という作品に関することですか?」

「そうですとも。あの作品の暗示は確かに自分の家庭から得たものですよ。でも、現実問題としての秋薔薇《チュチャンミ》殺害事件とはなんらの因果関係もありません。ですから私はこの点だけを肯定すればいいわけです。――あの作品の第一のテーマ、すなわち結婚生活の必然的結果として

生じる夫婦間の倦怠、その倦怠から逃れ出ようともがく芸術家的な苦悩、その苦悩はついには美男の友人安文學《アンムナク》の出現によって幾分緩和されたという事実だけを認めればいいですよね。なぜなら、密会から帰ってきた妻の瞳、頬、唇を見ることにより、次第に薄れゆく愛情を再発見したような幻覚が生じはじめたからです。これがまさしくあの作品を解読する重要なポイントでしょう。このまま行けば遠からず、妻に対して結婚当時のような愛情を注げるようになるものと思い、嬉しかったのでした。こんな愛情のカンフル注射により、活気のない結婚生活から蘇生することができるものと、私は固く信じていました」

崔監督はここで自身の考えをまとめようとするかのごとく、窓の外に視線を向けながら、

「私は筆を執《と》りました。そして筆を進めるに従い、空想は無限に飛躍をつづけ、私はすっかりその作品の主人公になってしまった。一時的なカンフル注射ぐらいにしか考えていなかった話の糸口が、ついには飛躍に飛躍を重ねる間、それは単に一つの危険な人生の曲芸だったということに、筆を擱《お》く段になって初めて気づいたのです。こうして私は完全なる空想世界の中で妻秋薔薇を殺してしまった」

崔樂春《チェナッチュン》のあの鈍重な体軀からそのとき初めて、魂の深みから鋭い光を放つ、いかにも芸術家らしい妖白色の閃光を感じ、劉準は思わずぶるっと身震いした。

「それなら、実際には夫人に対するあなたの感情はどうだったのです?」

「それが自分でもなんと言って説明すればよいのか、よくわからないのです。ですが、無理にでも説明をしてみると、作品上のものとは程度に差こそあれ、やはりわたしは潜在的に妻を愛していたことに気づきました。妻の死体を見た瞬間、そのことをよりはっきりと感じたのです。自分でも驚くほど、妻の死が心底悲しかった」

崔監督の目が涙で潤みはじめた。再び言葉をつぎ、

「ところで張検事の意見をどうお考えですか? 一体人間というのは、あそこまであくどく、厚かましくなれるものだと思われますか? いくら人の心を読むのに長けているとしても、張検事のような意見が現実で通用するでしょうか? 映画の中でいったん殺しておいて、実際にも同じ人物を殺すなんてことは、悪人でもよほど強い心臓の持ち主でなければ、とうていやれることじゃないでしょう。それればかりか、わたしには確かなアリバイ

があります」

劉準《ユジュン》はそのとき、別の考えにとらわれていた。

それはほかでもなく、張検事と同様の考えを抱く人を念頭に置いて、ある第三者が秋薔薇《チュチャンミ》を殺害する場合だ。するとそのとたん、ふと劉準の脳裏をかすめたのは、父親の劉警部を莫迦と呼んでいた安文學《アンムナク》の整った容貌だった。

(安文學!)

劉準は心の中で名前の三文字をそっとつぶやいてみた。いつも父は安文學の殺人動機について語ろうとしなかった。そんなことが、ふと思い浮かんだ。

(どんな理由で……)

現実的にみて、それは動機からというよりは、あまりにも飛躍した考えだったためではなかったろうか……。

安文學は秋薔薇が自分を道具として利用していることを知っていた。父は張検事のような意見が出てくることを前もって予見し、一歩先を行く安文學をだれよりも疑惑の目で見ているのではないか?

そんなことを考えながら劉準は書斎に隣接する寝室を調べた結果、検証調書の記述どおりであることを確認し、崔樂春《チェナッチュン》の家を出た。

若い検事代理劉準は荒唐無稽で、さながら雲を摑むような空想にとらわれながら、公園内を足の向くままに歩いていく。

(そうだ。早速白秀《ペクス》に会ってみよう!)

自分がこんな調子でぐずぐずしている間に、白秀はさっさとどこかへ逃げ出してしまうかもしれない、ふとそんな思いがよぎるのであった。

(もう丸一日、白秀と会わないでいる! たまらなく不安だ!)

それにきわめて危険なことでもあった。

劉準はなかば駆けるようにして電車道に出てタクシーを拾った。

「明倫洞! 急いでくれたまえ!」

劉準はにわかに何か得体の知れない不安が兆し、思わずそう叫んだ。車は急発進し、速度を上げていった。

第三節　白秀の母

劉準はタクシーから飛び降りると、夕餉《ゆうげ》の煙が立ちのぼる狭い路地へ折れ、ほどなく明倫洞の白秀の家の門を

跨《また》いだ。薄暗い台所から白秀の母が年齢よりも若く見える、白くて艶やかな顔をぬっと現し、

「だれかと思ったわ。さあ、どうぞ中へおはいんなさい」

愛嬌のある声をかけ、汚れの染みついたエプロンで板敷きの端をさっと拭《ぬぐ》った。

「白君はいませんか?」

と訊くと、白秀の母はにわかに顔を曇らせ、

「それがね。晩御飯も食べずに、どこへだかふいに出かけちゃって……ほんと、あの子のために腹が立って仕方がないわ。一日中部屋の隅っこで寝ころんでいるかと思うと、頭のおかしな人間みたいにふらりとどこかへ出て行ってしまうんだから……それでも自分じゃ優秀だと思ってるんだから……莫迦も休み休みにしないと……」

いつもの口癖だ。それで、劉準はこの母と面と向かうのが嫌なのである。自分たちがこんなに貧しく暮らすのは、ともすると劉準のせいであるともとれる口ぶりだったからだ。二十六歳になっても母親の脛《すね》をかじる息子のことを思えば、前途有望な裕福な若い官吏の幸せそうな顔を見るのは、どうにも面白くなかったのだろう。

劉準は玄関の板間に腰かけ、

「そうですね。早く定職につかないといけないのに。……それでどこへ行ったのでしょう? うちにも来なかったですけれど」

「さあ、どこをほっつき歩いているんだか、さっきは映画を観に行くとか言って、あたしの財布を空っぽにして出て行ったんだけど……」

「へえ、映画を観に? 白君は見ごたえのある映画じゃなければ、行ったりなんかしないのに」

「どうしてか知らないけど、晩御飯も食べないで飛び出したんですよ」

「うむ、よほど面白そうな映画をやってるんでしょうね」

「それに昨夜《ゆうべ》は何だか傑作を書いたとか、それも徹夜で書いたのですって。あんなひどい親不孝のできそこないに傑作なんて書けるものかしら?」

劉準はちらっと部屋の中を覗き見た。

「あれのことですか? 傑作って……」

そう言いながら劉準は手を伸ばし、部屋の低い机の上に置いてある原稿用紙の束を手に取った。

「うむ、――『思想の薔薇』?」

だが、そこには『思想の薔薇』という題名だけで、内

容は一行も書かれてはいなかった。

しかし、そのとき劉準《ユジュン》はとてつもなく異常な感情にとらわれていったのである。

(一体この事件には、なぜこんなにもたびたび薔薇が登場するのだろう?)

秋薔薇《チュチャンミ》という名前からして薔薇だった。白秀《ベクス》は薔薇病患者だった。殺人現場には鉢植の薔薇が置かれていた。被害者の胸には薔薇模様の痣があった。そしてまた、白秀が書いているという作品の題名が『思想の薔薇』ではないか! ……。

劉準は白秀の母親に鋭い視線を向けながら、

「まだ一枚も書かれていませんが」

と訊ねると、

「そんなことはないはずよ……? 夜通しカサカサ音がしていたのに……?」

そう言ったかと思うと、ぷいと嘲《あざけ》るような顔を見せ、

「書けなかったのかもね。あんな出来そこないが何を書くんだい? 煙草代でも稼ぐつもりだったのか、書けもしない文章を書くふりをしていただけなのかもしれないわ」

それでも、劉準はなんだか気になって部屋の中を見廻した。

「こうなったのも、今思えば小学校の先生が悪かったせいよ」

「どうしてです?」

「この子は大きくなったらいっぱしの小説家になるだろうって、わけもなく持ち上げさえしなかったら……」

「そんなことがあったんですか? 小学校って田舎の、ですよね?」

「とても辺鄙なところよ」

「ホルヨウコルっていうところなんでしょ? 白君から聞いたんですが」

「そうなの」

「それなら、ホルヨウコルを離れてからずいぶん経ってますよね?」

劉準は内心、知りたいことがあったので訊いているのだった。

「もう十年余りも前の話だわ。あの子が四年制の普通学校(初等教育機関。朝鮮教育令[大正11年勅令第19号]第五条には、「普通学校ノ修業年限ハ六年トス但シ土地ノ情況ニ依リ五年又ハ四年ト為スコトヲ得」とある)を終えるとすぐ平壌へ行ったから、あれからもう十二、三年になるのね」

「十三年? ――」

母親の話を聞くと、白秀は書堂《ソダン》（漢文を教える私塾）から普通学校へ移って行ったのは十歳のときだというから、四年制の普通学校を出たのは十四歳になる年だったろう。だから白秀と秋薔薇とは同じころ、同じ村で暮らしていたことは、もはや確固不動の事実として表れたのだ。

もう一度確認すると、小さなホルヨウコルの村で秋薔薇とともに育ち、白秀が十三歳、薔薇《チャンミ》が十歳のとき二人は別れた。その年の秋、両親を喪った秋薔薇はホルヨウコルを去り、京城の叔母の家に引き取られていったからだ。これは秋薔薇の素行調査復命書に記されている事実だった。

「それなら秋薔薇という女をご存じのはずですが。やはりホルヨウコルで暮らしていたんです」

それとなく劉準は訊いた。

「秋薔薇？　どんな人かしら？　秋《チュ》の苗字の人は何人もいましたけど……」

「あ、そうなんですか？　秋姓が多いのですか？」

劉準は心の中ではたと膝を打つ。

「ホルヨウコルでは半分以上が秋氏か白氏でしたから。でも、だれのことなんでしょう？　……」

「あっ、秋薔薇といったからわからないのかもしれません。本名は乙美《ウルミ》といいます。秋乙美《チュウルミ》！」

「ならあの子のことなんだね！」

そう言いながら、白秀の母は朧《おぼろ》げな記憶をたどっていた。

「思い出されましたか？　今じゃ一流の俳優になったんですよ」

「乙美が？　……きれいな女の子だったけど……父さんも母さんも早く亡くなり……十歳のときに京城へ行ったのに……まあ、あの子が？」

そうしているうち白秀の母は思い出したように、

「あの子の母さんは井戸に落ちて死んだのだけど、おかしなこともあるもんだね。真っ赤に熟れた石榴《ざくろ》をかじりながら死んでたらしいの」

「石榴を？」

劉準は訊かずにはいられなかった。

だが、白秀の母はそれ以上のことは知らないようだ。

ただ、

「まあ、あの子が……あの子がそんなに立派になったなんて！」

ただその一言を繰り返すばかりだった。それで仕方なく、

「だったら、白君とは一緒に遊んだのでしょうね？　子どものころ……」

「たぶん遊んでいたでしょう。村の子どもたちはみんなうちの家にやってきて遊んでいたもの――」

そう言って白秀《ベクス》の母は暮らしぶりのよかった、かつての日々をぼんやりと回想していて、

「あ、電灯が使えるんだった。ちょっと部屋に上がって待ってたら」

彼女は部屋に入って電灯をともした。

この辺でそろそろ帰ろうと劉準《ユジュン》は腰を伸ばしたのだが、夜を徹して書いたという白秀の作品『思想の薔薇』の原稿が読んでみたくてたまらなくなった。秋薔薇《チュチャンミ》事件の秘密がその原稿の中に記されているようで、劉準の足はなかなか進もうとはしない。それで、

「じゃ、もうちょっと待ってみようかな？」

そう言いながら、部屋に上がって腰をおろした。

「今度書いているのはすごい傑作だって、白君が私に豪語していましたよ」

劉準は室内をざっと見廻しながら、さりげなく話の矛先を変えた。

「どんな傑作だって？　……ともかく昨夜は何か書いていたことは確かだけど……」

そう言いながら白秀の母は机の引出しをがさっと開けてみた。息子の傑作とやらをこれ見よがしに、劉準に見せたかったのだ。

「おや、こんなところに何やら書き込んだものが束になって入ってるけど……」

かなり厚みのある原稿用紙の束を母は引出しから取り出し、劉準に手渡した。

「あっ、これっ……これですよ！」

叫びそうになる声を劉準はかろうじて抑えながら、百枚余りはありそうな原稿をぱらぱらめくってみた。

「思想の薔薇！」

動悸が速くなり、息が荒くなっていく。

「お母さんはどうぞ台所へ行っててください」

声まで震えを帯びている。

「それじゃ、楽にしていてくださいね。そうだ、晩御飯は……」

「すませてます！　どうぞおかまいなく！」

「じゃ、ちょっと失礼して……」

こうして白秀の母は台所へ行って夕餉《ゆうげ》の支度を始め、劉準は弱い光の電灯の下で『思想の薔薇』を読みはじめ

た。

ひどく文字の入り乱れた原稿だった。書いてはさっさと消し、また書き直しては消してしまう、といった極度に不安定な精神状態で書き上げた乱雑な筆跡だった。とはいっても、一種の気高さを失わないでいるところなどは、やはり白秀の文章だった。

『思想の薔薇』はいくつかの節に分かれていた。その第一節の題目が「恋慕少年」であった。

第六章　原稿『思想の薔薇』

第一節　恋慕少年

獨狐《ホルヨウ》の山里に春が来た。

梅の花が咲き、桃の花が咲き、山躑躅《つつじ》が咲き誇っても、山の峰にはまだところどころに白い雪が残っている。三面は山があるばかり。ただ南側だけに平野が広がり、遠くに水平線を望むことができる。

その陽炎の揺れる水平線の上には、この数奇な物語の主人公白秀少年の美しい夢が豊饒《ほうじょう》にこめられていた。天と地が一つになる水平線の彼方には遠く陽徳《ヤンドク》、孟山《メンサン》から流れきたる大同江があるというではないか。楽浪文化が地中深く埋まっているという昔日の王都平壌も、その方角にあるというではないか。

黄金色の太陽が燦然と輝く、広大な南の空こそ、少年白秀の夢の国であり、憧憬の住処《すみか》となっていた。

文明の届かない、この辺鄙な山里から、明るく開けた南に向かって飛び出して行きたい強烈な衝動を抱えた白秀の憂鬱な少年時代は、澄み切った小川の岸辺やら、紅葉で彩られた岩の上から孤独とともに流れ去ってしまった。

百戸余りの草屋《そうおく》が山裾にへばりつくように集落をなしていた。春が来れば枝垂れ柳と桃の花が村全体を覆うのである。

この美しい村落を一望に見渡せる山腹の台地に、青瓦の大きな家が風格のある佇まいを見せていた。

年輪を感じさせる威厳のある柱、ぴかぴかに磨かれた廊下、黒い鉄板で装飾された大門、陽あたりの良い大廳《テチョン》（板間）、古びた道具類が山と積まれた恐ろしげな小部屋、五穀がぎっしり詰まった土窟《どくつ》、鬱蒼と茂った庭の樹木、苔むした敷石……。

そして、それらをぐるりと取り囲む高い壁の内側に大きな石榴の木がぽつんと立っていた。それで村人はこの青瓦の家を「大監宅《テガム》」（身分の高い人の家）とか、「石榴の木の家」と呼んだ。

少年白秀《ペクス》はこの家で生まれ、この家で育った。少年の父が大監（朝鮮時代の正二品以上の官員の尊称）だったわけではない。少年の曾祖父に当たる人が平壌監司《カムサ》（平安道地方長官の俗称）を務めたことがあったからだ。

千人に一人、万人に一人の平安道出身の高官なので、常に失脚の恐れがあった。それで曾祖父は憤然と野《や》に下り、郷里の獨狐里《ホルヨウコル》で風流を愛でながら余生を送ったという。

獨狐里の長となった曾祖父は、南の平壌に向かって広々と開けた田畑の大半を所有していた。それが祖父の代になり父の代になるにつれ、半分になり、またその半分に減らし、少年の父の代には千斗落《とらく》（五穀の種を一斗分播ける程度の広さが一斗落。約百坪ぐらいが一斗落に相当）の土地しか残ってはいなかった。

「両班《ヤンバン》は仕事なんてしない」

少年の父も職業を持たず、すっかり土地を売りつくして死んだ。

ところが、ここで一つ訝しく思われるのは、いくら働かず遊んで暮らしたとしても期米《きまい》（米の先物取引）のような投機に手を染めてもいないのに、千斗落もの莫大な財産を一体何にどう散財したというのか？

だが、そこには世にも悲しくて、えも言われぬ美しい物語が隠されていた。母も知らない謎のような秘密の物語を白秀少年はまさに偶然の機会に知ったのである。

村の書堂から峠を一つ越えた町の四年制普通学校へ移って行ったのは、少年が十歳になる春のことだった。ところで、そのころから少年の両親は嫁を迎え入れようと四方八方へと仲人を立ててはすれども、物足りない相手との話ばかりで、平壌監司の子孫である白秀少年のつれあいとしてふさわしい嫁はなかなか現れなかった。仲人の大半は遠く平壌市内から駆けつけてきた。

白秀少年が十三歳になる春、それはある日の午後の出来事だった。

少年が学校から帰ってくると、父と母が言い争っていた。それで少年が戸の外から聞き耳を立てていると、どうやら嫁を選ぶのに父と母の意見が合わないらしい。

母は自分が平壌生まれなので（母の前身は平壌でも名

の知られた妓生《キーセン》だった)、嫁はどうしても平壌市内から選ぶと言い張り、今ちょうどよさそうな縁談があるからそれに決めようと言うのだ。

「財産もあるし、家柄もいい……それに一人娘だし……歳も十八なら申し分ないわ」

しかし、どういうわけか、父はいっこうに応える気配がない。

「なら別に何かいい話があるとでもおっしゃるの?」

母がたまらず強い口調で問いつめると、それでも父はしばらく口をつぐんでいたが、やむなく、

「別にいい縁談とは思わんが……実を言うと村の下《しも》に住む秋《チュ》氏夫人の娘はどうかとひそかに思っていたんだ」

えらく厳粛な口ぶりだった。

「えっ、だれですって?」

「秋氏夫人に乙美《ウルミ》という名の娘がいるじゃないか?」

「そんな、息子に申し分ない縁談があるのに? ……」

と呆気にとられた母の言葉のつづきを、その場に立ったまま聞いていられないほど白秀少年は顔が火照っていた。恥ずかしさが全身を駆け巡っていく。

少年は大門の外へ飛び出した。目の前に白い霧が立ちこめていくかのようだ。その白い霧の帷《とばり》に向かって飛礫《つぶて》さながらの勢いで少年は足の向くまま当てもなく駆けだした。

「乙美《ウルミ》! ……乙美! ……秋乙美《チュウルミ》!」

猛然と駆けながら少年は乙美の名前を幾度となく呼んでみた。やがて、少年の足が自ずと止まった所は、澄んだ小川が静かに流れる小さな岩の上だった。

「父さんったらどうして……」

父さんはどうして自分の心の中をあれほどはっきり見透かせたんだろうか、少年は恥ずかしくてたまらなかった。秋乙美の草屋は遠く眼下に見える村の入口附近にある。桃の花が咲き誇るころ、屋根まですっかり花で覆われてしまう家だ。

桃の花で埋まったあの小さな草屋に、嗚呼、少年白秀は幾たびとなくこの岩の上に独り坐ってどれほど熱い視線を送ったことか! 白秀の憂鬱な少年時代の美しい夢は、ことごとく乙美と呼ばれる少女の黒く玲瓏な瞳の中に溶け入ってしまったといってもかまわなかった。

——十八歳で十五歳の夫を喪い、固く貞節を守ってきた烈女《れつじょ》(夫の死後も貞節を守って暮らす女)として近隣では知られた秋氏夫人若い後家朱鳳彩《チュボンチェ》の一人娘が秋乙美だった。乙美は白秀よりも三歳年下だから、そのとき乙美は十歳なのである。

石版画からするっと抜け出たような少女の容貌は、いつも豊饒な夢の中に住んでいるかのようにみえる。少年は少女を深く恋慕していた。恋慕という語がそぐわないとしたら、少年は少女の体をそっくり口の中に入れ、何か貴重な玉をころころ転がすようにしてみたかったのだ。

乙美はきれいだし、清らかでかわいいし、愛らしくて、それで少年はある日の夜、父と一緒に寝床に入り、

「父さん、ぼくはなぜ女に生まれなかったの?」

と、女に生まれていたらなんのためらいもなく、自分の好きな乙美と思うさま遊べるのじゃないか、そんなことを思いながら訊いたのだったが、灯《ひ》を消して息子と同じ蒲団で寝ていた父はしばらく黙って聞いたあと、息子の耳にそっと口を寄せ、

「乙美と遊びたいのか?」

と訊いた。

「うっ、父さんったら……?」

白秀《ベクス》はくるりと背を向けてしまう。頬が火照ってきたからだ。灯が消えたのは幸いだった。

(父さんって、どうしてひとの心がぴたりとわかるんだろう?)

いくら考えてみても不思議でならない。それでも父のそのやさしい一言で、少年白秀は一晩を幸せに過ごしたことがあった。

だが、その一方で白秀にとって、この少女の瞳ほど恐ろしい物はなかった。ときに少女の黒い瞳は、世界を震動させるような戦慄を少年の心に植えつけたのである。始めのうちは、その恐ろしさがどこから来るのか少年にはわからなかった。

それはたんに少年自身の針先ほどにもとがった自尊心のせいであるに過ぎない、と知ったのはずいぶん後のことだ。

白秀少年の血管には先祖から受け継いだ貴族的な尊い血が流れていた。その血が少女の冷たい瞳に抗《あらが》い、視線をそらすたびに少年は恐怖を感じたのである。

乙美の瞳はいつも澄んでいていつ見ても美しいのだが、ときにはそのきれいな瞳がつんと澄ました光を放つ瞬間がある。そんなとき、白秀の高貴で尊大な感受性は、あたかも針先で刺されたような痛みを覚えるのだ。少年の自尊心が泣きっ面になる。

白秀少年は乙美のそんな冷ややかな視線と接するたびに、自分の体がこの世に存在している事実をこれっぽっちも認めたくなかった。自分自身をこの地上から完全に

消し去ってしまいたいという強烈な感情にとらわれるからだ。

こうして村の子どもの世界では王者格の少年の地位と名誉は、乙美という小さな女の子の前では一介の塵にも満たない存在に変わってしまう。

乙美を思い焦がれて一夜を過ごした翌日、白秀はわざと先手を取って偉ぶった顔を乙美に見せる。

「だれがおまえさんみたいな子と遊ぶ？」

そんな顔をわざわざ作ってみせるのだ。

ところが、どういうわけか、乙美からは微塵《みじん》も反応がない。そんなとき、わずかでも失望の色を見せてくれたなら、こちらも素直になれるだろうに、乙美にはそんな素振りはない。

「石榴の木の家」の広く手入れのゆきとどいた庭で何人もの子どもたちと一緒に遊ぶときでも、乙美はほかの子どもたちみたいに少年を王とみなすようなふるまいは決してしなかった。少年が乙美を女王とみなすべく陽当たりのよい場所を用意しても、乙美はほかの子どもたちみたいに卑屈な笑みを浮かべたりはしなかった。乙美の黒い瞳は常に少年の一挙一動をじっと監視しているかのようだ。

そのためか、少年は乙美よりも偉そうにふるまうことが多かった。といっても、その高慢さは一種の虚勢であるため、ともすると乙美の発するやさしい一言や、ちょっとした親切なふるまいに接すれば、砂の城さながらに消えていき、われ知らず乙美の仕種がうれしくてそばに寄ろうとすると、黒い瞳がきらめいて再び冷ややかな光を放つのだった。

そんな秋乙美《チュウルミ》と白秀であった。そして、そんな乙美を父は嫁に迎えようというのだ。うれしくて、恥ずかしくて夢中で家を飛び出した自分自身を、少年は岩の上に静かに坐って振り返ってみた。

「でも父さんは何も知っていやしない！」

少年はさびしげにそうつぶやいた。父は息子が乙美を好きなことだけを知っていて、乙美が自分の息子を好きでないことなど夢にも思っていない。そのことが少年をいたく悲しませた。

ところで、そんなことはともかく父と母は嫁選びに関しては、とうとう意見が嚙み合わなかった。そんな状態のまま、その年の春も過ぎ去ろうとするころ、この村で世にも不思議な悲劇がなんと三件も立てつづけに起こったのである。その最初の悲劇はこうして幕を開けた。

第二節　墓の上に植えた石榴

それは七月初旬のある日の夜のことだった。いかなる動機によるものかわからなかったが、乙美の母朱鳳彩《チュボンチェ》は、当年二十七歳の美貌を鋭利な旧式剃刀で自らざくっと切り裂いたというのだ。

命には別状はなかったが、烈婦として近隣に知られ、貧しい生活を苦にすることもなく、一人娘の乙美を育てるため昼も夜も機《はた》を織る手を休めない若い寡婦の容貌が、二目と見られぬほど醜くなってしまったのだ。

それについて人々はああだこうだと想像の翼を広げてみたものの、美貌の寡婦朱鳳彩の自虐的な行動の真相を言い当てる者は一人としていなかった。

そして二番目の悲劇が起こったのは、そんなことがあってから一週間ほどあとのことだった。白秀《ペクス》少年の父が突如、自宅の書斎で多量の阿片を吸引して世を去ったのである。家族が愕いて書斎から引っ張り出したときには、虫の息になっていた。家族といっても別に何人もいるわけではなく、妻と白秀のほかに作男が二人、それに父の乳母だった五十を越えた老婦の五人だけだった。

ところで、この乳母だけは前もってこんな事が起こるのを予見していたかのごとく、父のかたわらにきちんと正座し、父の顔をしげしげと見つめていた。そのとき父はだれよりもこの老いた乳母の手をぎゅっと握り、次のような奇妙な遺言を残したのだ。

「ばあちゃん、わしが死んだらあの壁の脇にある石榴の木を、わしの墓の上に植え替えてくれ。わしの屍《しかばね》は棺に入れずにそのまま埋めてくれ。それで……」

「ええ、ええ、わかりましたとも。そのとおりにしますから、安心してお休みなさって」

そう言うなり乳母はむせび泣いた。

「それで、ばあちゃん、秋になって……石榴が生《な》ったら、一番大きく熟したやつをもいで、あのう、あの……」

父はそこまで言うと息絶えてしまったのだが、子どもの白秀が聞いていても、とてつもなく奇妙な遺言であるにちがいなかった。

父が生前、その一本の石榴の木に格別の愛情を注いでいたのは事実だ。舌先で舐《な》めるように愛するという言い廻しは、そんなありさまを指していうのではないか。さらに初夏に紅色の花が咲きはじめるころから、秋に真っ赤な果実が熟してはじけるまでの父の傾倒ぶりは、なんとも形容しがたいほどの熱の入れようだった。

「別にこれと言ってわけなんかございません。あの方は何よりも石榴が好きでしたから、それで墓の上に植えてほしいって言ったのでしょう」

そう言って、訝る母を老いた乳母は安心させようとしたのだが、母にしてみればそう簡単に納得することもできず、それに父が亡くなったあとで知ったことながら、千斗落もの土地と広々としたこの青瓦の家がことごとく他人の所有になったことを知り、仰天しないわけにはいかなかった。

母は悲しむというよりも途方にくれていた。夫の死を怪しむよりも、同時に降りかかった家運の没落に涙を流さずにはいられなかったのである。そして何より母の胸を痛めたのは、「獨狐里《ホルヨウコル》の長」らしく、「大監宅《テガム》の主」のごとく盛大な葬儀によって夫の屍を飾り立てられなかったことだ。

実際、父の葬儀は粗末なものだった。墓は裏山の陽当たりのよい、狭い丘の上にあった。そこには母の欲望を満たしてくれそうな一本の墓碑すらない。ただ、土を盛った墓の上に移植した木が一本ぽつんと立っていて、夕暮れの風に吹かれて淋しげに揺れているだけではないか！

「あんまりだわ！　ひどすぎる！」

涙声で母はそう叫んだが、葬儀に参列した人々の大半は債権者だと知るなり、そのまま気を失い墓の上に倒れてしまった。

墓の上に移し替えたころには小さな真紅の花を無数に咲かせていた石榴の木。七月が過ぎ、八月が過ぎ、九月になると、その木に握り拳ぐらいの果実がぶらりぶらりと垂れさがりだした。三番目の悲劇が起こったのは、まさしくそのころのことだった。

乙美の母朱鳳彩がある日の夜、裏庭の古井戸に身を投げて自殺してしまったのだ。そして夫人の寝床の中で、だれかが一口齧《かじ》った真っ赤な石榴が一つ薄気味悪く転がっているのが見つかった。

「乙美や、とうとう母さん、負けちゃった！」

死に際に夫人はそう言って娘の体を抱きしめながらむせび泣いたという。

以上に述べた三件の悲劇の底流になった悲しくも数奇な話を、父の乳母の口から聴くことができたのは、そんなことがあってから、一ヶ月後のことだった。天涯孤独となった秋乙美《チュウルミ》が京城にいる親戚を訪ねて愛する故郷獨狐里を去る直前のことだった。

第三節　悲しい恋愛史

「あたしだってもう、いつ死ぬかわからない年寄りだから……」

乳母はそう言いながらある日、父が亡くなった書斎で白秀《ベクス》少年をきちんと坐らせ、母にはしゃべってはならないと重ねて念を押したあと、次のような長い話を語りはじめた。

「どこから話せばいいのやら。ただもう考えただけでも胸が張り裂けるみたいでね。とうから、こんなことが起こりそうな予感がなかったわけじゃないんだけど、こんなにも悲しいことになるなんて思いもしなかった。一日が過ぎ、ひと月が過ぎ、一年が過ぎて行ったら、あの人を想うお父さまのお気持ちも、そのうち冷めてしまうだろうって信じていたんだけど……

若《わか》もそろそろ『恋慕』っていう言葉を習うでしょうけど、それは男と女の間でやりとりする思慕の情をさしていうんです。男と女が、その夫となり妻となる約束を交わし生涯を幸せに暮らそうとすれば、思慕の情をお互いがもっていなけりゃなりません。一方だけがそんな気持ちでいるだけじゃ、だめなんです。なぜですって？……一方で思うだけだったら亡くなった若のお父さまみたいに悲しい人生を送るしかないんだからね。だからこれから若も結婚されるまで、決して心にもない人なんかと夫となり妻となる約束を交わしてはなりません」

乳母はそこでいったん言葉を切り、少年の顔を慈愛に満ちた目で見つめた。その刹那、少年は乙美の瞳を眼前に見て、

（不幸なんだ！　不幸なんだ！）

と心の中で叫んだ。

乳母は話をつづけ、

「さあ、どこから話をしましょうか。お父さまの子どものころまでさかのぼって行かなきゃならないもんでね。——若も聞いているでしょうけども、おばあさまはお父さまを出産されるとすぐにお亡くなりになり、それからずっとあたしがお父さまにお乳を飲ませてきたんだから、今まであたしゃお父さまのそばを離れたことは片時もな

いんだよ。……

小さいころからお父さまはとってもかしこくて、六歳のときから漢詩を作ったばかりか、書道や絵画にも飛び切りの才能があったんですよ。でもおじいさまはどれほど厳しかったことか、お父さまは村の子どもたちとちっとも遊ぶことができず、一日中書斎に閉じこもって中庸だの大学だの論語、孟子、詩伝、書伝なんかの難しい漢字ばっかり読まなくっちゃならなかったから、あたしの顔さえ見ると裏山に連れていってくれってせがむんです。それでお父さまを裏山へ連れていっては明るく広々とした南の空の彼方を眺めながら、あたしが聞かせてあげる昔話をお聞きになるのが何よりの楽しみだったんです。

……

ところが、お父さまが今の若ぐらいの齢になったころ。それは忘れもしない五月の端午の節句の日のことでした。今でもそうだけども、そのときも端午の節句には裏山の松林の大きな松の枝に踏板でつなげた二本の長い縄を吊るし、村中の娘たちが集まって鞦韆《クネ》（ぶらんこ）遊びをしてたのよ。祝日なのでお父さまも新しい服に着替えはしたものの、一緒に遊ぶ子どもがいなくちゃしようがないでしょ？……それであたしの袖をそっと引っ張りながら、裏山へのぼってみようって。ま、しょうがない。娘たちに混じって鞦韆《クネ》をやるわけにもゆかず、横から見物でもしようか――そう考えてあたしはお父さまを連れてそっと裏口を抜け、山へのぼっていったんです。女だけが集まったところなのでお父さまは恥ずかしくて近寄ることもできず、ただ松林の間から遠目に見るだけで満足するしかなかった。赤、黄、青、黄緑、紫――娘たちのぴかぴかの衣裳が松の枝葉の隙間を綺羅星みたいにきらきらと……

嗚呼、どうしてあんなにきれいなのか、ってお父さまは何度も感嘆し、声を上げながら眺めていると、そのとき後ろで人の気配がするじゃないですか。それでふと後ろを振り向いてみたんです。すると二十七、八に見える若い婦人が八、九歳ぐらいの女の子の手を引いて、やはり松林の間から遠くに鞦韆《クネ》の揺れる光景を眺めていたんだね。二人とも、とってもきれいな顔立ちだったけども、身に着けた服は新しい服じゃなく、垢の染みついた汚れた服でした……

二人はお父さまに腰を折ってお辞儀したんです。そのとたん、お父さまの顔が耳の付け根まで真っ赤になった光景が今でもありありと浮かんできますよ。昔のおしえに、男女七歳にして席を同じゅうせず、って言いますけども、お父さまは本当にそれまで女の子と言葉を交わしたことなどいっぺんもなかった。だからそのとき、どれほど心が乱れたのかじゅうぶんに察しがつきましたんですけど……

　お父さまはあたしの裳《チマ》の裾で顔を半分ぐらい隠してましたんですが、お父さまの目はその小さな女の子の顔をじっと見つめたままでした。どうしてあの人たちは新しい服を着てなかったの、帰る道みちお父さまはそう訊いてきました。それであたしは、あの人たちは家が貧しくて新しい衣裳を用意できないんだろうって、たぶんあの女の子が山へ行こうとせがむんで仕方なく出てきたんだろうね。だからあんまりそばには寄れなくて遠くから眺めていたんじゃないんですかね——とお答えすると、お父さまはその話を聞いてずいぶん心が動かされたみたいでしたけど、そのときのその小さな女の子こそ、こないだ井戸に身を投げた秋氏夫人——朱鳳彩《チュボンチェ》その人だったんです」

　老いた乳母はここで言葉を切り、一度大きく呼吸をした。

　少年はそのとき初めて、乙美の母と自分の父との間に生じたある関係みたいなものがおぼろげながら脳裏に浮かび、乙美に向かう身を焦がすような心情をいかに処理しなければならないのか、漠然と考えてみるのだった。

　はっきりとはわからないのだが、自分と乙美の関係も父と朱鳳彩のそれのような何かしら不吉な結末をもたらすようで、少年はわけもなく身悶えした。

「そのころお父さまはもう、平壌のある両班《ヤンバン》宅のお嬢さんとの結婚が決まっていたので、その年の秋にすごく立派な婚礼の宴を用意したのに、お父さまは馬に乗ろうとしなかったんでおじいさまはたいそうお怒りになられました（婚礼の当日、新郎が馬に乗って新婦を迎えに行くという風習があった）。ですけど、いくら厳格なおじいさまでも新郎になる当の本人が死に物狂いで馬に乗るまいとし、また人々がむりやり馬の背中に乗せようもんなら自分から転げ落ち、目にはいっぱい涙をためたまま、ぎゅっと唇を噛むんです。馬にも乗らないし、わけも話さないし、だからかんかんになってお怒りになったおじいさまは、お父さまに笞打《むち》ち三十回の罰をお与えになりましたけども、その翌朝、新婦宅から破談を告げる使者が駆けつけてきました。……

　もう言わなくてもわかるでしょう。そのとき、お父さまの小さな胸の中は、この前端午の節句の日にあたしの裳裾で顔を隠して覗き見た鳳彩《ボンチェ》のかわいい顔でいっぱいになっていたんです。それでも、お父さまが自分の胸のうちを一言も言わないでいたのにはもう一つわけがありました。というのは、そういった胸のうちをおじいさまに打ち明けたとて、どうしようもない事情が鳳彩の側にあったからなんです。そのとき十歳だった鳳彩にはとうから親同士が約束を交わした夫になる人がいて、それは向こうの村に住む秋氏一家の者で齢はそのとき鳳彩より三つ年下の七歳でしたんですがね、今から九年前に亡くなった乙美の父親なのでした……

その年の冬、おじいさまはお亡くなりになり、それからお父さまはこの広い家でそれはそれは淋しい少年時代を送りましたが、あの方を想い慕う気持ちが日増しに強くなっていったのです。ひまさえあれば下へ行こうと、あたしの手を引っぱるんです。垣根の隙間からあの方の姿をちらっとでも見ないと、夜も眠れなかったからでした。あの方の母親の実家は代々伝わる烈女の家門だったもんで、十中八九うまくいくはずがないことはわかっていながらも、お父さまの真剣な気持ちが切なくてたまらず、あたしはある日の夜、こっそりとその家を訪ね、こちらの事情をすっかり話したあと、白氏《ベク》と婚姻できないものかと訊ねると、あの方のお母さんはひざまずいて真顔になって言うことにゃ、鳳彩にはお腹にいるときから許婚《いいなずけ》がいるんです、お金のない賤《いや》しい者の子どもだとあなどらないでほしい、って言うばかりだったんです。

……

それで仕方なく、家に帰ってお父さまに一部始終をお話ししたところ、女に節操があるのなら男にだって節操はある、自分からすすんで許した心なんだから、生涯独身で暮らすとおっしゃった。それ以来、いつも書斎にばかり閉じこもり、詩を作ったりなさいましても淋しい心は晴れず、絵筆をとって鳳凰を一羽上手に書いて赤く彩色したあと、あたしを呼んで、ごらん朱鳳彩だ、朱鳳彩だ、と声を上げながら悲しんでいるのやら、喜んでいるのやら、とんと区別のつかない顔をなさってました。……あっ、若、どうなさいました？……」

と乳母は少年の顔を覗き込むように見た。少年白秀《ベクス》は泣いているのだ。亡くなった父の哀切な悲しみの中に、自分自身の悲しみを少年は見出したのだろう。とめどなく流れ落ちる涙の中に、少年ははっきりと乙美のかわいい姿を見た。

「そうなんです。そりゃもう本当に悲しくてやりきれない愛の物語です。いいえ、これからがいっそう切なく、いっそう美しい話なんです。どうしてお父さまは一本の石榴の木をあんなに狂おしくかわいがられたのか？……若には今からそのことについて話をしてあげることにします。――」

老いた乳母はそこでいったん言葉を切り、涙にくれた白秀《ベクス》少年の玲瓏な姿をしげしげと見つめた。たとえ齢はおさなくても、この少年も父に劣らず心の成長が早いのだろうと、その聡明な感情表現が奥ゆかしく感じられるのであった。

第四節　蛇恋の伝説

老いた乳母の口から語りだされる父の悲しい恋愛史は、再び切実な響きをともなってつづいていく。

「――乙美の母鳳彩《ボンチェ》はそんなわけで十七歳になる年の春、十四歳になった夫のもとへ嫁いだのだけど、不幸にもその翌年、齢のいかない夫は鳳彩の腹に乙美を宿したまま世を去ってしまったんです。そしてさらにその翌年の春、母親まで亡くなると、もうほんとうに十九歳の若い身空で乙美ひとりを相手にひっそりと貧しい暮らしをつづけていく鳳彩なのでした。……

そうして、その年の秋――それはちょうど八月の秋夕《チュソク》（陰暦八月十五日）の日の朝でした。そのときお父さまは二十二歳でしたが、あたしらも墓参りに行こうと夜明け前にお父さまをお連れして裏山の谷間にある鳳凰泉という泉へ行って斎戒沐浴したのです。若も知っておいでのように、年に一度鳳凰が降りてきて水浴びをして昇っていく、という伝説のある鳳凰泉へ、言うなれば絶壁の上から落ちてくる滝の水をふさいで作ったもので、男湯と女湯の間には背の高い屏風そっくりの岩がそそり立っているんですよ。今でもそうなのですけど、昔から山のお墓にお参りに行く前にはかならず鳳凰泉で身を清めて行かなきゃならなかったんです。……

それでお父さまとあたしは夜が明けるのも待たずに鳳凰泉へ行きました。そのとき男湯にはだれもいなかったんですが、女湯にはあたしらよりも先に来て沐浴している婦人が一人いたのです。それはだれか、ですって？　ええ、その人こそ、夫の墓参りに行こうとしていた鳳彩にちがいなかったのです。ところで、鳳彩の裸身は、嗚呼、どうしてあんなにきれいなんでしょうか！　女のあたしでさえ一目惚れしてしまうほど、それはもう美しい肌でした。まだそんな齢でもない若にこんなためにならない話をするのもなんでございますが、このあたりのことを充分にわかっていただけないと、次の話も呑み込むのは難しいですし、それに若もいつか一度はお知りになるでしょうからお話しするのですけど、どうせ女に生まれるからにはあの方みたいにきれいな肌でいられたらどれほど幸せなんだろう、あたしはうらやましくて仕方がないといった目で見惚《みと》れないわけにはいかなかったのでした。……

人々は白雪のような肌だの、絹のような柔肌だのといった言い方をよくしますけど、それはあの方のことを指して言うのじゃないんでしょうか。そのうえ、今ちょうど昇りかけた朝の光を浴びて、嗚呼、なんと申し上げたらよいのやら、黄金色の太陽が水気を帯びたあの方の絹のような柔肌の表面でまるで魚の鱗みたいにきらきらと輝いていたのです。あんなにきれいな体の人を残して亡くなられた旦那さんもほんとうに気の毒な方でした。嗚呼、どうしてあんなにきれいなの、そう思いながらちらっと眺めたあたしの目に、そのとき何か変なものが映ったのです。……

なんとも奇妙なもの——ちょうど右脇腹の腰のあたりに赤ちゃんの拳ぐらいの大きさの真っ赤な痣が一つあるじゃありませんか！　燃えるような赤い痣、どうかすると熟れた石榴にも似た真っ赤な痣——それがまぶしいぐらい白い肌にきざまれているため、その違いはあまりにもくっきりとしていて、一度見た者には永遠に忘れられない印象を与えるのでした。それであたしはそのとき、どうしてそんな痣が出来たんですのって、はしたなくも知りたい気持ちを抑えきれずに訊ねたのです。するとあの人は腰をよじって恥ずかしがって口をつぐんでいたのですが、しきりにたずねるあたしの問いかけにとうとう、次のような世にも不思議な、恐ろしい話を聞かせてくれたのでした。——」

——鳳彩の母方の先祖の中に大蛇に恋慕された一人の美しい娘がいた。大蛇は毎日のように夜になるとその娘の寝室に這い上がってきて、炎のような恋する心情を切々と訴えたが娘はいっこうに耳を貸そうともしなかった。

それでとうとう恋の恨みが積もりに積もった大蛇は白雪のような娘の太腿を噛み、涙を流しながら、

「おまえの体にきざまれた、この恨みのこもったわし

の嚙み痕を見た男はかならずや、天寿をまっとうできずに死んじまうのだ」

と言ったらしいのだ。

ところで、月日が経つにつれ、大蛇の嚙み痕は次第次第に赤く変色し、熟れた果物に似た形になっていった。

後になってその娘は嫁に行き、女の子を一人生んだのだが、その子の背中にもやはり母親にあるような赤い痣——ちょうどいっぱいに花開いた牡丹のようにきれいな痣が印されていた。ところが、その娘の夫は女の子が生まれていくらも経たず、思いもよらない雷に撃たれて不慮の死をとげたという、なんとも神秘的な伝説じみた話なのだった。

「——そして、あの方の話によると、子々孫々《ししそんそん》女の子が生まれると決まって体に一つそんな奇妙な痣があるというのです。それでその形はみな違っていて、あるときには林檎みたいに、またあるときには牡丹みたいに赤くなるというのですが、あの方の腰についた痣はちょうど熟してはじけた石榴の実に見えました。ところで若、ここで不幸なことが起こったのです。それは何かと申しますと、そのとき男湯にいたお父さまが屛風みたいに泉を二つにさえぎっていた平たい岩の隙間からあの方の体の秘密を覗き見たばかりか、あたしとあの方との言葉のやりとりを一言も漏らさず聞いてしまったということなのでございます。見てはならない、あの大蛇の嚙み痕をお父さまは見てしまったのです。……

鳳凰泉でそんなことがあってからというもの、お父さまはたいそうお悩みでした。それまでは、あの方の穢れのない姿と節操の固さに思慕の情を抱いていたお父さまが一夜明けるとがらりと変わってしまい、今度はどんなことがあろうともあの方の体を自分の物にしないではいられないという激しい欲望が、ありありと顔に表れはじめたのです。……

そんなある日の夜、お父さまは長い恋文を書いて、それをこっそりあの方に渡してほしいと、あたしに言うのです。それであたしは言いつけどおり、手紙を持ってあの方を訪ねていきました。すると、あの方は麻布を膝にのせて坐ったまま、ざっと手紙に目を通すと何も言わずに横に置かれていたコンロの火で手紙を燃やしてしまったのです。本当にあたしはそのときのあの方の氷みたいな、あんな冷たい顔は、生まれて初めて目にするものでした。……

そんなことがあったあと、あたしはお父さまの心情を思うとあまりにもかわいそうで、数十回もあの方を訪ねてお父さまの切ない恋情を涙ながらに訴えたのですけども、それこそまあ腹が立って仕方がないぐらいに、あの方の心は石のように固かったのです。……

そのときからのことでした。お父さまがひまさえあれば、庭の片隅にぽつんと立った石榴の木を舐《な》めるように大切にしはじめたのは、ちょうどそのころからだったのです。石榴の木を愛《いと》おしむお父さまの熱の入れようといったら、それこそ涙ぐましいものでした。それがさらに、真っ赤な石榴が鈴なりに実をつけはじめる秋になると、お父さまはひどく興奮なさった顔で石榴の木の周りをぐるぐる廻るのです。……

お母さまが若をお生みになったのは、その四年前の春のことでして、もともと仮りそめの気持ちから嫁に迎えたお母さまに深い愛情をそそげるわけもなく、お父さまの心は再び鳳彩へと戻っていってしまいました。そして今日まで八年もの歳月をかけてお父さまは、ただ一つの望みだけで命をつないできたのです。と申しますのは、どんなことがあろうとも、あの方の心を動かしてみせるという、言うなれば男の固い意志であり、不屈の信念だったのです」

乳母の話はさらにつづく。

「そこでお父さまはそれまでにない方法を思いつかれ、お母さまには内緒にして田畑の三分の一を売ったお金五万円（現在の約五千万円）分の紙幣の束に手紙を一枚添えてあたしに手渡し、あの方のところへ持っていくように言うのでした。……

それはある寒い日の夜のことでした。カチンカチンに凍りついた坂道をくだって、あの方の家に入っていくと、その日もやはりあの方は機織り機に向かって服作りに余念がないのです。そのときあたしは風呂敷に包んだ紙幣と一緒に手紙をあの方の前に差し出しました。あの方はもくもくと手紙を読みおえると、以前と寸分の違いもなく手紙を火鉢の火で燃やしてしまい、こんな大金をいただくどんな謂《いわ》れもわたくしにはございません、そう言いながら顔色ひとつ変えずにお金を包んだ風呂敷包みをあたしの前に押し戻すのです。そして、何事もなかったかのように再び機織りをはじめるのでした。……

あたしは仕方なく家に帰っていったのです。すると、お父さまは戻ってきた紙幣の束をじっと見つめて坐ったままでいたところ、涙をぽとぽとこぼしながら、この愚か者！　なぜこの金をそのまま持って帰ったんだ？　あの人の見ている前でなぜ火鉢に放り込んで燃やしてしまわなかったんだと、それこそ全身をぶるぶる震わせながら恐ろしくお怒りになったのでした。そんな大金をどうして燃やしてしまうことなどできましょうかと、お父さまに口ごたえする勇気もなく、あたしは再びあの方の家を訪ねてもう一度心をこめてお願いしたのですが、まったくの馬耳東風でございまして、ただの一言も聞こえた素振りも見せず、あの方は機織りの手を休めないのです。そこであたしは、えいっ、なんてつれない人なんだろう、かっと腹立ちまぎれに紙幣の束を火鉢に放り込んだのでした。めらめらと燃え上がる五万円の紙幣の束！　でもあの人は布を織る手をちっとも休めず、火鉢にはちらっとも目を向けようとしません。それこそこの世に二人といない烈女なのでした。……

そのあとでも、お父さまはまるっきり同じ手を二度ばかり使ってはみたのですけど、結果はいつも同じです。さあ、ことがこうなってしまった以上、お父さまとしても一度固めた男の初志を貫き通すため、ちょうど去年の春、残っていた田畑をすっかり売り払って得たお金とこの家を抵当に入れて借りたお金を合わせて、少なくとも十万円を最後の手段として持っていったのですが、結果は以前と同じように紙幣の束を燃やしてしまい、帰っていかなきゃならなかった。嗚呼、だのに若、若も知ってのとおり、あの方が剃刀で自分の顔をすっと切り裂いたのは、当のその夜のことだったのです」

そのとき、少年はふーっと大きく溜め息をつかないわけにはいかなかった。父親のあまりにも悲しい恋愛史に涙ぐんでいた少年の顔には、もう涙は消えていた。

「愛」――という語に、こんな恐ろしい一面がひそんでいようとは、愛の甘い側面だけを、それさえわずかに味わっただけの白秀《ベクス》少年はあわてて気を引き締めながら、

「でも、どうしてふたりともそんなに意地を張るんだい！」

と言った。

「そんなことがあってから、いくらも日が経たないうちに、お父さまは書斎で自ら命を絶たれました。自分がいくらあがいてみたとて、竹のように固くまっすぐに節操を守る烈女の心を動かすことはできないと悟ったからでした。ですが若、だからといってお父さまがすっかり希望を捨てたとお考えになってはいけません。お父さまは棺にも入らず埋めさせた自分の墓の上に、来る日も来る日もあの方への想いを募らせながら眺めていた庭の石

榴の木を植え替えさせたのは、その根がそのうち自分の肉を喰らい、血を吸って、石榴の実をたわわにみのらせようという深い一念があったからでした。……

　お父さまはふだんからこうおっしゃっていました。そして秋になって実が熟したら、そのうち一番大きくて立派なやつを一つ丁寧にもいで、あの方に持っていってあげるんだ、って。それであたしはお父さまの遺言どおり、一番大きく生《な》った実を一つもいで持っていき、亡くなられたお父さまの切ない心情をお伝えしたのですけれど、嗚呼、ちょうどその日の夜のことでした。堪《こら》えにこらえてきた朱鳳彩《チュボンチェ》もついに井戸に飛び込んで自ら命を絶ってしまったのです。そして、若。とうとうあの方はお父さまに負けてしまいました。……

　どうしてそんなことが言えるのかといえば、あの方は死ぬ間際、お父さまの血と肉を吸い上げて育った石榴を一口齧《かじ》ったからでした。いえ、石榴を一口齧ったために自ら命を絶ったのだと考える方が正しいのでございます。――」

　老いた乳母の長い話はここで終わった。

第五節　胸に咲いた薔薇

まだ十三歳でしかない少年には、乳母の話のどれ一つとして実感が湧かなかった。そのうえ、鳳凰泉で屏風岩の隙間から覗き見た朱鳳彩の赤い痣から石榴の実を連想し、あたかも舐めるように石榴を愛おしんだという父の心情を充分に理解することはできなかったものの、狂おしいほどの、そして涙ぐましいまでの人生を送った父の悲惨な生活のありさまが、おさない少年の胸にジーンと来るのであった。人を愛することが決して幸福をもたらすばかりではないことについては、すでに乙美に向かう自分の心情から推しはかってみてある程度は合点がいくのだが、乳母から聞いた父の一生はそんな心情に決定的な判決が下されたかのようだ。そして、そのときに得た教訓――

「軽々しく人を好きになってはいけない」

というある種の恐怖を帯びた教訓は、気位の高い白秀少年の性格とあいまって、その後の女性観を形成するのに際し、決定的な影響を与えたのである。

そんなことがあってからしばらく経って、天涯孤独となった乙美が京城に住む叔母について郷里を去る日――その日は裏山に生い茂った紅葉が晩秋の陽射しを浴びていつになく眩《まぶ》しいぐらいに美しかった。

白い麻の衣服を着た十歳の乙美が四十歳ぐらいの叔母に連れられ、みながそう呼ぶ「大監宅《テガム》」へ別れの挨拶をするために来た日、白秀《ベクス》少年は朝湯につかりながら、窓越しに裏山の鮮やかに色づいた紅葉の叢林《そうりん》を茫然と眺めていた。

何も知らない少年の母と少女の叔母は、ただありきたりの言葉で挨拶を交わしているだけだったが、乳母は乙美を憐れんでいるのか、乳母の涙声が一言、二言ぽつりぽつりと湯気のこもる静まり返った風呂場の中まで聞こえてくるのだった。話には聞いてはいたけれども、それまでに実感したこともない感情で胸が締めつけられそうになる。

(乙美が去っていく! 永遠に去っていく!)

露のように一滴《ひとしずく》、ぽろっと伝い落ちた涙が少年の唇に留まった。少年はそろりと舌を出し、舌先でその涙を受けてみた。しょっぱいながらも、甘味のある涙だった。

(おれは泣いているんだな!)

そんなことに気がついてみると、無性に淋しくてたまらない。涙はあとからあとからこぼれ落ちてきた。

(だとしても、この果てしのない悲しみは、このちっぽけな風呂場から一歩も出られやしないじゃないか!)

少年はとめどもなく涙を流した。板戸一枚で隔てただけの板の間に乙美がいる。そこまで少年の悲しみを伝えてくれる者はだれもいない。もし湯気に心というものがあるのなら、この悲しみを伝えておくれ!

「京城まで行かれるんなら、お風呂にでも入っていきなされ」

母の声が聞こえてきた。とたんに、少年はみるみる頬を赤らめ、

(あっ、乙美が風呂場にやってくるんだ!)

と心の中で叫んだ。

少年はあわてて脱衣場へ飛び込み、服を摑んだまま、すぐ横の自分の書斎へ姿を隠した。その直後、老いた乳母の声が風呂場の中から聞こえてくる。

「若、もうおあがりなんですか。まあ、どうしてこんなに早いのでしょう。さあ、乙美や、こっちへきて服を脱がないと。たぶん若は乙美のためにさっさとすまされたんだろうね」

ほどなく脱衣場からぱさっぱさっと乙美が服を脱ぐ重みのない音が聞こえてくる。少年は手早く服を着た。むやみに胸の動悸が激しくなり、わけもなくいらいらがおさまらない。たまらなく、庭へ出ていった。

眩《まばゆ》いばかりの太陽が樹木の上に降りそそいでいた。そんな晴れやかな情景は少年の心情とはあまりにも隔たりがあるからなのだろう、やにわに伸ばした少年の指が草刈りの鎌さながらの勢いで花壇に咲いた菊花を折り取ってしまった。嗚呼、あんなにきれいに咲いていたのに！　そう思う気持ちがいっそう怒りをあおり、花壇に沿って手当たり次第に菊花をむしらせたのである。

花壇は長く裏庭まで延びていた。裏庭の突き当たりまで行き、振り向くと、自分が歩いたあとには、菊花の無残な残骸が点々と散らばっていた。

そのとき少年は、ふと首《こうべ》を横に向けた。裏庭に面した風呂場のガラス窓がはからずも少年の鼻先にあったのだ。薄く立ちこめる湯気の中で、蠟人形のように白くて小さな肉体が静かに動いていた。

「あら？　……」

と、その人影は思わず声を出したような顔で体を隠し、防御の姿勢を取った。少年もまた、相似た顔で、相似た姿勢を取った。

だが次の瞬間、相手の表情が疑いの余地なく少年を一人の罪人とみなしたとき、

（ちがう！　そんなんじゃない！）

と心の底で訴えながら、少年は紅葉が鮮やかに色づいた裏山に向かってがむしゃらに駆けていった。駆けながらも、

「薔薇の花だ！　薔薇の花だ！」

と少年は叫んだ。少年の父が鳳彩《ボンチェ》の腰に見つけた痣が熟れた石榴に似たものだったとすれば、少年が乙美の蠟人形のような白い胸の左側の乳房の真下に見つけたそれは、残り火にも似た赤黒い色をした一輪の薔薇を思わせた。

「薔薇の花！　薔薇の花！」

そう叫びながら、少年はふと蛇恋の伝説を思い出していた。

「おまえの体にきざまれた、この恨みのこもったわしの嚙み痕を見た男はかならずや、天寿をまっとうできずに死んじまうのだ」

そして、その秘密を知った乙美の先祖の一人は雷に撃たれて死んだ。鳳凰泉で乙美の母の体の秘密を知った少

年の父も天寿をまっとうできず、世を去った。

(そして、おれだってそれを見た。乙美の胸に咲いた一輪の薔薇の花をおれは見た！)

村の人々に見送られながら、白い麻の衣服をまとい、お下げ髪の先に白いリボンを結いつけた乙美が、京城の叔母に連れられて獨狐里《ホルヨウコル》を去っていったのは、その日の午後のことだった。

裏山の欅《けやき》の下から小さく消えていく白い人影を遠くから見送った少年は、家に帰ると服を脱いで風呂場に入って台の上に腰を落とした。

その日、陽の翳《かげ》るころまで、少年白秀《ベクス》は風呂場から出なかった。血のような赤い薔薇を胸に咲かせた秋乙美《チュウルミ》の小さな体にまとわりついていた熱い湯気を、舌先でしんみりと味わいながら、少年は思うさま少女の姿を心に浮かべた。

第七章　友人か敵か

第一節　拳銃の魅力

白秀の原稿『思想の薔薇』はそこで中断していた。昨晩、白秀は自分の少年時代の記録だけを完成させたことになる。

これだけでも充分に白秀の犯行動機を推測することは可能だが、秋薔薇《チュチャンミ》を殺害したという犯行の内容が記録されていないことが、劉準《ユジュン》をいささか不安にさせていた。

とはいっても、すでにこうした犯罪動機が明らかになった以上、この殺人事件の解決もそんな先のことではなかろうと、劉準は自信を持ってそう思うのである。

(この原稿『思想の薔薇』の内容がもしもおれをかつぐための手段として書かれたものじゃないのなら……そうだ。秋薔薇を殺したのは疑いの余地もなく白秀にちがいない！)

原稿を再び机の引出しに戻したあと、劉準はしばらくの間、机のそばでぼんやりと坐っていた。

(薔薇の秘密がついに解けた!)

この殺人事件にはいくつもの薔薇が登場する。被害者秋薔薇の薔薇、白秀の薔薇病、殺人現場に置かれた鉢植の薔薇、そして被害者秋薔薇の胸の下に咲く薔薇の花模様の赤い痣等々……。

そう考えてみると、赤い薔薇の花さえ見れば、ある種の性的興奮を感じ、うっとりと眺めては、舌先で舐めてもいた白秀の、あのグロテスクな薔薇病の原因を劉準は初めて知った。そして、秋薔薇の白い体に咲いていた、あの薔薇模様の赤い痣こそ、世にも不思議な宿命的な伝説と相俟《あいま》って人間白秀を悲劇の主人公に仕立て上げているのにちがいない。薔薇の花なんてもう見るのもいやだと、白秀の薔薇病が跡形もなくおさまったころには、もう白秀は秋薔薇の殺害を決心していたのである。

「薔薇趣味——それはもう趣味じゃなく、一つの思想なのかもしれない」

いつだったか、白秀はそんなことをつぶやいたことがある。それが何を意味する言葉なのかはわらないが、この原稿の題名もまた『思想の薔薇』と付けられていることからして、秋薔薇の肉体の花である赤い痣が、人間白秀にとっては人生観の一部を形成しているのかも知れなかった。

「いつまでも待つわけにはいきませんので、もう帰ります」

劉準は縁側を降り、台所に向かって声をかけた。

「遠いところをわざわざいらしたのに……」

エプロンで手をこすりながら、白秀の母は縁側までやって来た。

「それはそうと、先々週の土曜日の夜、白君は家にいましたか?」

と劉準はさりげなく訊いてみた。先々週の土曜日の夜に秋薔薇は殺害されたのだ。

白秀の母は先々週の土曜日を日数に直そうとしているのか、しばらく思案した末、

「先々週の土曜日って何日だったかしら? あたしが新義州《シンウィジュ》の実家へ帰ったのが十五日の夜でしたから」

「あ、ちょうどその日の夜のことです。その日の夜九時半に白君は家にいたんですか?」

平静を装っていたのだが、内心では胸の動悸が高まっていた。この前、白秀にも訊いたことだが、自分は果た

して白秀《ペクス》の友人なのか？　……もし自分が友人なら、こんなにもその夜に白秀が外出していることを望むだろうか？　……劉準《ユジュン》は本当に自分の心をはかりかねていた。

人間なんて、てんでなっちゃいない、それが結局人間の姿なのだとしたら、この世のどこに絶対的な愛情があり、真理があるというのか？　今まで劉準は白秀を親友とみなしてきたし、その思いにわずかでも虚偽があろうなどとは夢にも想像しなかったが、先日明水臺《ミョンスデ》での出来事があってからというもの、自分自身に愛想をつかす劉準であった。

白秀の母は思い出したように、

「出かけていて、家にはいなかった。その日は夕方から出てしまったのでね。あたしが十二時の汽車に乗ろうと家を出たのが十時半ぐらいだったから、そのときまでには帰ってきちゃいなかったわ」

という言葉を聞いたとき、どうして劉準はにんまりせずにはいられなかったのだろうか？　……親友の犯罪を内心望んでいたのは、どう考えても善良な人間ではないように思えて、劉準は自分自身が次第次第に恐ろしくなりはじめた。

「新義州からはいつ戻られたんです？」

「五日間泊まって帰りましたけど……」

そう言いながら、白秀の母は訝しげな顔を見せた。

五日間なら、白秀が明水臺で三日間野宿したことは知らないだろう。

家の門は鍵を掛けていったとのことだった。

だが万一、白秀が本当に秋薔薇《チュチャンミ》を殺害した犯人ならば、あれほど頭の切れる者がどうして母親の口をふさいでおかなかったのか？　……母親に家にいたと答えてもらいさえすれば、問題はなかったのだ。

とはいっても、よくよく考えてみると、安易に母の口をふさいでおいても、そこから漏れる危険を冒すよりは、別に何か確実なアリバイを用意しておいたのかもしれない。

いずれにせよ、あの日の夜、白秀が家にいなかったことを確かめたうえで、劉準は白秀の家をあとにした。

通りはすでに闇に覆われていた。劉準が重い足取りで明倫洞の停車場から泥峴《チンコゲ》行の電車に乗って鍾路《チョンノ》四丁目で降りたときだった。

白秀の姿を見かけたのが、どうしてこんなにうれしいのか？　……。

まだ宵の口なので、夜店見物にやって来た人々で街路は賑やかだ。腰に拳銃を差した騎馬巡査が交差点で交通整理をしていた。

白秀はその十字路の角《かど》にぽつんと立って騎馬巡査を凝視していた。白秀の顔にはいぜんとして卑屈なにやにや笑いが浮かんでいる。どうして白秀が騎馬巡査を見つめているのか、劉準にはどうしてもその理由を推しはかることができなかった。

「白君！」

少々力をこめて劉準は白秀の肩をぽんと叩いた。すると白秀はぎくっとして悲鳴にも似た声で、

「だ、だれなんだ？」

と反射的に防御の姿勢を取り、振り向いた。鋭い目つきだった。

「おれだ。おれだよ。でも、なぜそんなに怖い顔をしてるんだい？」

と、にっこりしながら言うと、

「いやぁ、だれかと思ったぜ……？」

そう言って白秀もにっこり笑い、

「でも、どうしてそんなに驚くんだい。おれの目がそんなに恐ろしく見えるのかな？」

白秀の心理状態はもう平静を取り戻していた。

「白君、どうしてそんなにじっと立って騎馬巡査を眺めているんだい？」

白秀はにっこり笑い、

「西洋じゃ好きに拳銃を買えるというけど……」

「拳銃？……」

劉準は意外な気がした。

「あいつさえ好きに買えたら……」

「ほう、なんだか唐突な感じがするけど、拳銃なんか買えたとしても、どうするつもりなんだ？」

「憎いやつ、見たくもないやつ……そんなやつらをみんな順繰りに撃っちまえばどれほどすっきりするか？」

むろん冗談めかしてはいた。だが、冗談として聞き逃すことのできない部分も白秀の口ぶりから感じ取れるのも事実だ。だから劉準は、白秀の心の中に巣くっている、ある種のはかりがたい殺気をふと感じた。

「どうだい、映画でも観に行かないか？」

白秀はきっと目を向け、

「ふん、どうやらおれの家からの帰りらしいな」

「なぜそんなこと、家に来られちゃまずいのかい？」

そんな言い方をされるような顔をしていたのかな、と
でもいうように白秀はすっと角ばった表情をやわらげ、

「すごい切り返しだな。そんな見方をされるような顔をおれがしていたというのかな？　でなけりゃ、君の並外れた第六感というやつか？」

「第六感だって？　……」

「なぜ、そんな言い方をしてごまかしてしまうんだ？」

実はごまかしてしまったのだと、劉準《ユジュン》は心の中で答える。

二人はほどなく押し黙ったまま、鍾路《チョンノ》通りを歩いていった。

屋台が所狭しと並んでいる。何かもの珍しい出来事を待ちのぞんでいるかのごとく、人々は汗の臭気を漂わせながら波のように舗道の上を揺れている。

「君の顔を見ていると、なんだか、おれの家《うち》に立ち寄って、おれのいない間に、何か非常識な行動でもしてきた人みたいに見えるんだけど……」

自分ならためらいそうな言葉でも、白秀《ベクス》はいつだって遠慮なくちくりちくりと言ってくる。ちくりと言う方は爽快な気分になれるのかもしれないが、言われる方は確かな脅威を感じないわけがない。

「君にやましいところがなけりゃ、何も気にすることはないじゃないか？」

「うん、むろん気にしてなんかいないけど……君の口ぶりから察すると、だ。おれのいない間に何かは知らないが、不愉快な行動をしてきたみたいだな。たとえて言うと、母にあれこれ訊いてみるとか……君は紳士だから、まさか人の机の引出しなんかを開けてみたりはしなかっただろうけど……」

劉準はとたんに、白秀の仕掛けた巧妙な罠の中でひとり合点してぐるぐる廻っているような気がして、頭がくらくらした。

「君の原稿を読んでみたよ」

友人だからこそ、劉準は事実を告げないわけにはいかなかった。

「うん？　……」

白秀の顔に絶望的な憤怒の色が表れた。

「本当か？　……」

「本当さ。でも、おれの手で引出しをかきまわしたわけじゃなく、……君のお母さんが原稿を取り出してくれたので……」

険しい目つきで白秀は劉準を見据えていて、

「全部読んだんだろうな？　……」

「ああ、全部……」

そしてまた、しばらく黙って歩いてから、

「それで、読んでみた感想は？……」

「君と秋薔薇《チュチャンミ》の関係がわかっただけさ」

「だから、犯人は間違いなくこの白秀だと言うんだな？」

「そんなことは、まだ一言も言っていない。ただ、推定の材料だけは得たわけだ。現代の法律では推定だけじゃ嫌疑者に有罪判決を下すことはできないからな」

「それなら、もうちょっと熱心におれのあとをついて廻るのがいい。友人の犯罪事実を確認するのに充分な材料を手に入れるまでは、君はおれの護衛兵としてついて廻らなくちゃならないのさ。検事の旦那を護衛兵にして連れ歩くなんざ、作家白秀には身に余る光栄だがね――」

「どうでもいいさ。ともかく、『思想の薔薇』がおれを陥《おとしい》れるために仕掛けた罠でないとすれば、少年時代の君と秋薔薇の関係だけは明白になったわけだから」

「罠だ！　罠だ！　うは、はっはっは……」

白秀は突然、狂人のように笑いを爆発させ、肩を揺すって笑いはじめた。たまらなく痛快だ、と言うふうに。

第二節　男性の友情

白秀の笑い声が中途でぷっつり止み、二人の会話も途切れてしまった。人混みの中に身を置きながらも、劉準はあたかも周囲が突然凍りついたかのような無気味さを感じた。

「どうかな、映画は観に行かないのか？」

そんな無気味さを振り払ってしまおうとするかのごとく、劉準はまず口を開いた。

「君に会って少々遅くなっちまった」

白秀の顔から、あの薄気味悪い笑いはもう消えていた。仏像を思わせる表情のない顔がそこにあった。

「相当に良さそうな映画をやってるみたいだな……君がそんなに行きたがってるところをみると……」

「まあ、いい映画というよりは何か好奇心みたいなものがあってね……殺害された秋薔薇の顔を一度見ておきたくって……それに彼女の夫の顔も……」

「君はまだ秋薔薇の映画を一度も観ていないのか？」

「ないね。だいたい国産映画で見ごたえのあるものなんてあるのかい？」

「ほう、秋薔薇《チュチャンミ》の映画でどれを観たいのかな？　実はおれもぜひ観ておかなきゃならないものが一つあるんだけど……」

「――『妻を殺すまで』という映画さ。その映画はかなり評判にもなってるけど、そんなことよりも映画に関する興味だな。昨日、ある映画雑誌に目を通していたんだけど、張検事がえらくその映画に着目されるのでね。その方面に関しては君の方がよく知ってるはずだけど……」

「うん、相当疑惑の目で見ていることだけは確かだが」

別に隠す必要もないので、その映画に関して知っていることをかいつまんで話したあと、

「……それで、実はおれも一度観ようとしていたところだったのさ」

「そうかい？　ならちょうどいい。一緒に行こう」

「でも、まだ晩飯を食べてないんだけど……」

「おれだってまださ。金の持ち合わせがあるんなら、晩飯を一緒に食わしてくれ」

ややあって、二人は通りに面した洋食の食堂へ入っていった。

「張検事はなかなか面白そうな人物だね」

食事をしながら白秀《ペクス》は言った。

「そうかい？　……」

「でも、やはりインテリの神経過敏なんだろうな」

「うん、うちの親父もそんな意見なんだ」

「ところで君は秋薔薇の夫の崔樂春《チェナッチュン》に会ってどんな印象を得たんだ？　人を殺すような顔をしてたのか？」

「そんな顔とはほど遠い印象だな。ずいぶん好感の持てる人物だったよ」

「安文學《アンムナク》とかいうやつはどうだ？　かなり美男らしいが……」

「彼だって好人物だね。話に淀みはないし……なぜかしらこの二人を悪人とみなすことはできなかった。むろん、第六感でしかないけども……」

「うむ、わかるような気がする。なら君は犯罪者をすべて悪人と考える類の人間なんだな！」

「そんなわけじゃないが……おれはただ現行法上の語彙を使っただけさ。それが常識なんだから、仕方がなかろう？」

「うむ、そうだろうとも。君は最も健全な常識人なのだから！」

白秀はあからさまに劉準《ユジュン》を皮肉っている。そう思うと、どんな形であれやり返したくなって劉準の会話はいささか飛躍した。

「それはそうと、一つ訊いておきたいことがあるんだがね……先々週の土曜日の夜に家にいなかったのは確かだということなんだけど……」

「先々週の土曜日？……」

ごく自然な声音である。

「つまり十五日の夜、君のお母さんが新義州の実家へ帰っていった日の夜……」

「あっ、そうだったのか！　と同時に秋薔薇が殺害された夜のことじゃないか？」

どこか不自然な素振りじゃないだろうか？……白秀の場合、自然な表情とはにやにや笑いを浮かべていることだった。

「白君、よく知ってるじゃないか？　十五日の夜と聞いてすぐに秋薔薇殺害事件を連想するなんて……たぶん、だれにしろそんな連想は働くまい」

「だよな。だれもそんな連想なんてできやしない！」

「何か特別なわけでも……？」

「よほど何か特別な関係でもない限りはだね」

白秀はいつだって先手を取る。この前、明水臺《ミョンスデ》での出来事があってからは、いっそうその傾向が強い。

「何か個人的な特別な関係があるように聞こえるが……」

「だけど、そんな関係が全くないから困ったな、とおれの口から無理にでも答えなけりゃならないのだから、本当にほとほと弱っているのさ。君のためにも、おれのためにも」

「どういう意味なんだ？」

「第一に、関係があると言えばおれの身辺が危うくなるし、第二に、親友の手首に手錠を嵌《は》めなきゃならない君の立場が具合の悪いものになるだろうからな」

「ご名答！」

「うん、自分でもそう思いながら答えたんだから」

劉準は知らぬ間に目頭が熱くなっていた。あの出来事以来、初めて交わす美しい友情のあふれる対話だった。情と情、理解と理解がついに一つに合わさったわけだ。

二人の若者は食事が終わるまで黙ったままでいた。フォークやナイフを動かす際にも空気の動きが敏感に感じられるほどなのである。

「ああ、なんだか急に泣きたくなった！」

だしぬけに白秀《ペクス》はそんなことを言った。表情には依然として硬さが残ってはいたが、目は涙で潤みを帯びてきていた。

「どうしてなんだい？……」

気弱になっていく心の内を相手に悟られまいと、白秀はすっと顔色の変化を消した。

劉準《ユジュン》は微笑しながら、

「おれだって目頭がやけに熱くなってしようがない！なぜだかわからないが！」

劉準も同様に素直な表現ができなかった。

「たぶん、目に何か入ったんだろう」

なんでもないふうを装って、白秀はぶつぶつ言いながら、珈琲をすすった。

「白君こそ、目に埃《ほこり》でも入ったんだな」

劉準も同じ言葉を返し、

「そうでなくっちゃ、白君の自尊心が涙を許容しないだろうから――」

「そうは言うけど、そんな類の言葉はこっちにも言えることだろ。君の職業意識の前では涙を流すなんてできっこない……どう考えたって何かが入ったものとみえる」

そう言い合って、立場の違う二人は、とうとう自分たちの涙についての明確な説明を避けているのであった。

「……」

「……」

ふたりはぷっつり口をつぐんだ。

第三節　偽善者と偽悪者

しかしながら、二人の涙は粒《つぶ》となり、流れ落ちるほどのものではなかった。目頭が多少熱くなり、少々伏し目がちになったにすぎない。

白秀にしろ劉準にしろ、二人とも長時間感情にひたりきれる性格ではなかったからだ。のみならず、立場の違いが再び二人を正面から向き合わせた。

「なんだか君は少々決まり悪そうな顔に見えるけど……」

珈琲カップを口につけ、白秀はにっこり笑った。相手の中途半端な立場をからかうような態度だった。

「ふむ」

と劉準は微笑を見せ、

「君は、なぜかは知らないが、どこか自暴自棄になっているように見えるのだけど……」

そんな言葉をわざわざ口にすることで、劉準は反抗の意思を表してみる。

「ふん、また逆襲なのか？　とはいっても、図星なのかもしれない！」

白秀は珈琲カップをテーブルに置き、ついと腰を上げ、

「さあ、店を出よう。いい時間だからね――」

「あ、白君、ちょっと待って……もう一つだけ訊いておきたいことがあるんだけど」

劉準も立ち上がり、

「あの日の夜、君はどこにいたんだ？　……」

と、とうとう最後の一言を口に出した。

嗚呼、これが親友に対してなすべき問いかけなのか？

……もう二人は敵同士だ。劉準はそう感じて身震いした。

その瞬間、にこにこ笑っていた白秀の顔にむきだしの敵意と憎悪の色が浮かぶ。テーブルをはさんで勢い劉準も強張《こわば》った顔で白秀と対峙せざるを得なかった。

「それほど知りたけりゃ、言ってやる！」

白秀の目がきらりと光った。

「知りたいね。いろんな意味から……とくに君の立場を配慮すると……」

落ち着いた口調で劉準は応じた。

「おれの立場なんかよりも君自身の名誉のためだろ！　検事代理――ってのは君にとっては天職を意味しているんだから……」

「そんなことを言うよりも、答えてくれよ。本当に君のためを思って言ってるんだから――」

「偽善者！」

そう叫ぶなり白秀は劉準の頬に張り手を飛ばした。

「そのとおり。おれは偽善者なのかもしれぬ。でもな、おれが偽善者なら君は一種の偽悪者だよ。おれが善人になりきれずに偽善者になったように、君は悪魔の弟子になりきれずに偽悪者になったとおれはみてる。その明白な証拠を、おれはさっき君の涙から読み取ったからね！　偽悪の態度を捨て、もっと大粒の涙を見せてくれないか！」

「そんなことを君が望んでいると知れた以上、そんな偽善者の罠にかかるほどおれは莫迦じゃない！」

「どっちだってかまわんさ。ともかくおれはその日の夜、その時刻に君の明白なアリバイがあることを切に願っているだけさ」

「偽善者！　黙ってろ！　おまえの誇らしげな職務上の好奇心は、おれにアリバイがないことをひそかに願っているんだろう。ところが、残念ながらおれには立派なアリバイがあるんだ！」

「ほう、だったらそいつはよかった！　それが何なのか早く聞かせてくれ！　どうかおれを偽善者にならせないでくれ！　実際、おれは友人のために心苦しい思いをしてるんだからね」

白秀《ベクス》は嘲笑いながら、

「フン、どこまでも上っ面だけは美しい偽善者の科白《せりふ》だな。でも、偽善者の苦しみを軽減してやるために言ってやる！　その日の夜、おれは確かに家にはいなかった。だが、その時刻におれは茶房『ヴィーナス』にいた！」

「ありがたい！　君の言葉をそのまま信じるべく努力するよ」

「でもな、君の好奇心が中途で断ち切られてしまって少々物足りないだろ。その誇らしげな好奇心をもう少し満足させるためには、今すぐにでも『ヴィーナス』に駆けつけて、その日の夜、その時刻に果たしておれがそこにいたのか、いなかったのか、確かめてみればすむんじゃないか？」

「裏付け調査は急がなくてもかまわんさ。まず、映画でも観に行こう」

こうして二人の若者の張りつめた意志と意志のぶつかり合いは終わった。ほどなく二人は外に出た。街路にはもうもうと夜霧が立ちこめていた。

もはや友人ではない男と、あたかも知人同士であるような顔をして一緒に歩くのは決して愉快なことではない。だからといって、喧嘩をした子ども同士みたいに口をとんがらせて別れるのも大人げない行動であろう。

本音では一刻でも早く茶房『ヴィーナス』へ駆けつけたいのであり、それが劉準《ユジュン》の職業意識であった。白秀の言うとおり、その日の夜、その時刻に果たして彼は茶房『ヴィーナス』にいたのだろうか？……それさえ確認できたなら、少年時代の秋薔薇《チュチャンミ》との関係はどうであれ、白秀が犯人であることの可能性を劉準は否定することができるのだ。そして、それは友人のために、祝福すべきことでないはずがなかった。

「しかし……」

劉準は肩を並べて黙々と鍾路《チョンノ》の中心街へ向かって歩を進めながら、改めて思案した。白秀の原稿『思想の薔薇』の内容がどうにも気になって仕方がないのである。

「これは秋薔薇殺害事件とは別問題だが……少年のころ、君は秋乙美《チュウルミ》に限りなく想いを募らせていたことだけは事実じゃないのか？」

やさしい声音で劉準は言った。だが、白秀は依然不快な顔つきでちらっと横目に見たあと、

「事実であることを君は切に願っているんだろう。君のその誇らしげな好奇心を満たすためには……だけど不幸にも原稿『思想の薔薇』は単なる作品世界の話なのでね、多少申し訳ないが。君の好奇心を満たすためには『思想の薔薇』が小説家白秀の創作作品じゃなく検事代理劉準の手で作成された殺人事件の嫌疑者の少年時代に関する調査報告書ならよかったんだろ」

劉準は口を挟まなかった。何かしら白秀が仕掛けた巧妙な罠に、再びはまるような気がしたからだ。茶房「ヴィーナス」にいたという友人の立派なアリバイを祝福していた感情は次第次第に薄まっていき、白秀の犯行を認定する心証が再び首をもたげてきた。

（なぜおれは友人のアリバイを聞いたとおり信用せず、再び疑惑の念にとらわれだしたのか？……）

この善良な検事代理劉準にとっては、やるせなくてたまらないことだった。その限りない淋しさの中で劉準は人間の赤裸々な姿を発見したようで、さっと戦慄が駆け抜けた。

（おれはやはり白秀を親友とは思っていなかったみたいだ。彼のことを親友とみなしていたのはもう一人の劉準であって、別のもう一人の劉準は物質的には生活に窮し、精神的には自尊心が傷ついて悩める友人の悲惨な生活を眺め……ふかふかした肘掛け椅子にふんわり体を沈めながら、友人の厭世的で虚無的な人生と対照をなす自分の恵まれた生活環境を、舌先でころころ転がしながら味わっていたのではなかろうか？……）

そんな別のもう一人の劉準の存在を、白秀ははっきりと認識しているのにちがいない。劉準はそれが怖かった。

深い想念からふとわれに返ると、次第に濃さを増してゆく霧をかきわけ、人波の中を黙々と歩いていく白秀の痩せた肩の向こうに、目的地である映画館の原色の看板が高く掲げられているのが見えた。

第四節　映画館で起きたこと

崔樂春《チェナッチュン》の製作映画『妻を殺すまで』はちょうどこれから始まるところだった。ニュースと短い喜劇映画の上映はすでに終わっていた。

二階の真っ暗な廊下を懐中電灯の光をたよりに進み、白秀《ペクス》と劉準《ユジュン》は後方の座席の片隅に並んで腰かけた。

金剛映画社の独特なオープニングロゴが映し出され、つづいてタイトルが大きく映る。世間を騒がせている秋《チュ》薔薇《チャンミ》殺害事件と重要な関係のある映画なので、超満員の観客は、何かしら期待と好奇心の完全な奴隷となってしまったまま、咳払い一つ聞こえないほど場内はしんと静まり返っていた。

つづいてオープニング・クレジットが流れ、配役《キャスト》が紹介されたあと、B（秋薔薇）の夫である小説家A（崔樂春）が二階のバルコニーで椅子に深く背中を沈めて庭園の樹木の向こうに見える芝生の上で犬と戯れている二人の男女の姿を多少の嘲りを含んだ目でじっと眺めながら、

「もう少しだ！　もう少し親密になってくれなきゃ」

という太い声のつぶやきと同時に、見ようによっては悪魔的ともとれる静かな微笑を洩らすシーンから話は始まる。

「あれが崔樂春というやつなのか？」

白秀が静かに訊いた。

「うん――」

劉準も低声《こごえ》で答えた。

「なんだか悪魔的な笑いだな……」

「ストーリーがそんな風に見せるんだろうな」

遠景がズームアップされていき、犬の首を抱くB（秋薔薇）のクローズアップになる。劉準の顔はまっすぐスクリーンに向けられたまま、視線だけがちらっちらっと横に坐った白秀の表情を見逃すまいと観察した。その表情のない顔は、身じろぎもせずスクリーンを凝視していた。この女優とは面識がないとでもいうのか？

「初めて見る顔なのか？」

とさりげなく訊いた。

「うむ、初めて見る顔だ」

えらく重みのある声だった。

だが、秋薔薇の面貌がさまざまに変化していくうち、白秀はだしぬけに、

「待てよ！　やはり少々覚えのある顔だな」

と言った。

「君はあの女の顔を確かに見たことがあるはずだ」

「うん、多少覚えのある顔だが……」

「今から十三年前……君の少年時代に……」

「あ、おれの小説『思想の薔薇』のことを言ってるんだな」

「『思想の薔薇』が君の身辺小説であれ、あるいは一種の虚構小説であれ、そんなことは問題じゃない」

「何が問題なんだ？」

と白秀は訊いた。

「あの女の郷里が獨狐里《ホルヨウコル》だという事実が問題なのだ」

「獨狐里《ホルヨウコル》はおれの故郷ではあるけども……」

「だから、そういった生い立ちの記録を問題にしてるのさ――」

薄暗がりの中で白秀の顔が劉準に向けられた。その見るからに飾り気のない、ごく自然な白秀の表情を、だからといって劉準としては素直に読み取ることはとうていできそうもない。お前の罠なんかに嵌《はま》るおれじゃない！　白秀がそう嘲笑っているかのごとく映るのであった。

「あの女の本名は秋乙《チュウル》美《ミ》だ。『思想の薔薇』の中で頻繁に出てくる名前だよね」

「えっ、あの女がそうなのか？ ……」

白秀は驚きの声を上げる。わざと驚いて見せる、そんな素振りではないのか？ ……

「思い出したみたいだな……」

「うん、思い出したよ！　あの洟《はな》をたらしていた女の子が……？」

「子どもはだれだって洟をたらすさ。でも、そんな話は一言も書かれてはいなかったけども……」

「そりゃ、あれは小説だからな……ほう、あの女がそうなのか？ ……」

「その子が沐浴した風呂場の水を白秀少年は、舌先でそっと舐めてみた。白秀少年のすべての夢とともに去っていった秋乙美であった」

「あれは小説だと言ってるだろ！　あんなふうに書いてみただけなのさ」

「おれはあの少年の泣きたくなる気持ちを充分に理解することができるよ」

「こいつは明らかな誘導尋問だから……引っかかっちまったらおしまいだ！　臭い飯を食わされて、挙句に首を切られちまう……注意しなくちゃ」

あれは果たして演技なのか、真実なのか？……演技と真実の境界線上を白秀《ベクス》は今、さながら曲芸師のごとく綱渡りをしているのだと、劉準《ユジュン》は考えた。

そうしている間にも場面は展開していった。じっと画面に見入っていた白秀が不意に、

「あっ、ありゃ……？」

と声に出して愕くのだった。

「何をそんなに愕いているんだい？」

「あ、いやっ……なんでもないよ」

白秀の声は震えていた。何かにひどく怯《おび》えているのにちがいない。恐怖を感じている声だ。ただびっくりしているだけではなかった。

白秀をこれほど愕かせた場面を劉準は見逃さなかった。それは美男の友人C（安文學《アンムナク》）をクローズアップで映した場面であった。秋薔薇《チュチャンミ》と別れる時間がきたときの、たまらなく淋しげな姿。秋薔薇の瞳の中に溶け入らんばかりの凝視の表情だったのである。

一体、白秀はどんな理由があって安文學の顔を見て、あんなに愕くのだろう？……その場面には安文學の顔と背景の青空と庭園の樹木以外には何も映ってはいなかった。

「安文學の顔を見るのも初めてなのか？」

「うん、初めてだな」

だが、それはあきらかに嘘をついているのにちがいなかった。初めて見る顔ならば、あれほど愕いたりするだろうか？……白秀を驚愕させる何かしらの原因が今夜のあのシーンにおける安文學の顔にあることだけは、はっきりしていた。ということは、白秀は少なくとも過去に安文學の顔をどこかで見ているのにちがいない。

そんなことに思いをめぐらせているうちに、白秀の態度はいつもの姿に戻っていた。呼吸も落ち着いてきたようにみえる。

「最後まで観るつもりなのか？」

映画がほとんど終わりに近づいたころ、だしぬけに白秀はそんなことを言った。

「ああ、最後まで観ていくよ」

「つまらない映画だし。じゃ、おれは先に行くぜ」

なんだか怪しいと劉準は睨んだ。あんなに熱心に観ていた映画じゃないか！

「もう少しで終わるのに、観たらいいじゃないか。結構面白がってたんじゃないのか？」

映画のストーリーはかなり進行していた。秋薔薇と安

文學はたびたび密会を重ねていた。小説家である夫A（崔樂春《チェナッチュン》）は、自分の目論見どおり、二人の恋愛関係が進行していくにつれ、次第次第に嫉妬の炎が勢いを増していくのを感じていたある暴風雨の吹き荒れる夜、甘い密会から帰ってきた妻の濡れそぼった恰好をベッドに横たわったまま凝視していると、にわかに嫉妬の激情に駆られて、興奮した野獣さながら、ついと身を起こすなり妻の首を両手で絞めてしまう。まだ男の唇の痕が生々しく残っているかにみえる、白い妻の首筋を猛然と絞めつける、凄まじいまでの迫力シーンのクライマックスであると同時に最後の場面が、あと五分もすれば画面に現れるというのに、白秀が席を立とうとするのは合点がいかない話ではないか！

「もう少し待って最後の場面を観て行けよ」

「いや、おれは先に出るよ。ちょっと気分が悪くなったのでね……」

白秀はすっと腰を上げると、ゆっくり歩を移しながら廊下へ姿を消した。そんな白秀の後ろ姿を劉準はただぼんやりと眺めるばかりだった。

（どうにもおかしいぞ？……）

第五節　恐怖の電話

おかしいと思いながらも一緒について出て行かなかったことが、じわりじわりと悔やまれてくるのであった。なんなのかはっきりとは指摘できない不安と焦燥感が検事代理劉準の心を掻《か》き乱しはじめた。

（待てよ？……）

理由はない。いわゆる第六感というやつだ。劉準はついと座席から立ち上がった。

劉準は廊下へと急いだ。むろん、もう白秀が廊下にいるわけがなかった。

（逃がしたぞ！）

劉準は映画館を飛び出した。

（逃がしては大変だ！）

何がどう大変なのか、劉準にもわからない。彼はただ無造作に置いていた『思想の薔薇』のために、自分の過去が知られてしまった白秀の立場をおもんばかっていただけだった。思いもしない自分の手落ちのせいで、自分の過去が露わになったことを知った白秀は、果たして今からどうするだろう？　……それが劉準《ユジュン》には気になって仕様がないのである。どんな理由で白秀《ベクス》はクライマックスを五分後に控えて姿を消したのか？　……。

（わけはわからない。でも白秀が一刻でも早くおれから離れたがったことだけは確かだ！　クライマックスの場面でおれを映画館に縛りつけておこうという肚《はら》だったのだ！）

映画館の外にも白秀の姿はない。

街路にはいつしか夜霧が色濃く立ちこめていた。白秀がどの方向へ消えたのかとんと見当もつかない。間近の物さえ判別できない霧の白い帳《とばり》が劉準の視界をすっかりさえぎっていたからだ。

劉準は地団太を踏んだ。今夜この機会を逃すという一事によって、これまで進めてきたあらゆる捜査の努力がふいになるような気がしてならなかった。なぜかはわからない。劉準は幼少のころから第六感がよく働くと、常日頃母親から褒められながら育った。

（そうとも。第六感だ！　インスピレーションというやつだ！）

こう心の中で叫びながら劉準は遮二無二走った。夜店の見物客も大半が帰っていく頃合。除雪機のように霧の中の人並みをかきわけながら走った。逃してはならない。どの顔だ？　……帽子をかぶっていない白秀のぼさぼさ頭はどこにいる？　……

（あれじゃない！　これも違う！　白秀の顔を捜せ！）

なんとも漠然とした興奮だとは思いつつも、きっと何か理由があるのにちがいないと思えてならないのだ。

が、しかし白秀の顔は見出せなかった。どこへ行ったんだ？　……家に帰ったのか？　……鍾路《チョンノ》の十字路へ引き返したのかな？　……

（とにかく捜さなくてはならない！）

自らを鼓舞しながら鍾路三丁目の角を曲がろうとしたそのとき、

（おっ、あれは白秀じゃないか！）

劉準はふと立ち止まり二、三歩後戻りした。白秀は十字路の一方の角にある公衆電話ボックスの中に入っていたのである。

ガラス戸は、むろんぴったり閉まっている。そのガラス戸の向こうでぽつんと立ってどこかへ電話を掛けているのだ。いざ見つけてしまうと、自分の過度な狼狽ぶりが滑稽にすら思えた。

劉準はさらなる好奇心にとらわれ、そろりそろりと電話ボックスの裏へ廻っていった。一方で劉準は友人に対してこんな好奇心を抱く自分がやるせなかった。

白秀は身じろぎもせず送話器に口を寄せ、何事か熱心に話していた。声は少し洩れ聞こえはするが、内容まではわからない。

それで劉準は電話機が付いている面の真後ろの孔に耳をぴったりつけてみた。

(聞こえるぞ!)

白秀のしゃがれ声が一語一語はっきりと劉準の耳に伝わってくる。

「……だからさ。ちょいと具合の悪い立場にあるもんで……ちがう、ちがうよ。別に秘密にするようなことじゃないんだけど。まあ、そのわけは今度会ったときにくわしく話すから、だいたいそんな感じで……これまでちょくちょく頼んだみたいに、今夜あたりその男が訪ねていくかも知れないんで……むろん、おれの友人なんで、それもずっと以前からつき合ってきたずいぶん親しい友人なんだから……うん、そう、そうだ! この前の十五日の夜、九時半ごろだと言えばいいんだ。そうだな。だからその日は土曜日だろ。うん、八時半ぐらいに来て十時半ぐらいに帰ったと言えばいい。そうだな。二時間ほど腰を落ち着けていて帰っていった、と……でもな。その方面じゃ相当敏感だし、洞察力のすぐれた男だから、不審がられないように自然にしゃべりさえすればいい。言葉に力をこめすぎてもいけないし、逆にあいまいな口ぶりでもだめだ……なんでもないことを訊かれたので思い出したという風な……そうか? 心配ないな? ……それでいい! ……むろん、たっぷり礼はさせてもらうよ……もっとも金には縁がないから、プラチナにダイヤというわけにはゆくまいが……なんだって? ……結婚? ……したってかまわないけど、おれのおふくろは、仕事もせずにごろごろしてたらだめじゃないなんて、のべつ幕なし顔さえ合わせば口うるさいし、那那《ナナ》が食うに困ったらどうするのさ? ……『ヴィーナス』の主人に収まってりゃいいって? ……ははは、こいつはいい! いい齢をした男が結婚できるだけでも目出度いことなのに、『ヴィーナス』の主人になって日に三度の米の飯を食えるなんて最高だな。はは……ともかく、くわしい話は会ってすることにして……おれの頼みをちゃんと覚えておいてくれよ。なんだって、今夜会おうと言うのかい? 今夜はちょいと忙しいからだめだ。いいよ、わかった! グッバイ! ……」

恐ろしい話を劉準《ユジュン》はとうとう聞いてしまった。いっそ聞かなかった方が劉準にとっては、よかったのかもしれない。

自分は心の片隅で白秀《ペクス》の犯行を認定し、熱心にそれを立証しようと動き廻った。そして白秀のアリバイが成立しないことを正義のためにこっそり望んでいたのである。

「それなのにどういうわけなんだ？……どうしておれはこんなにぶるぶる震えているんだ？……」

白秀の顔を正面から見つめられないほど、劉準は今、強い恐怖の奴隷になっているのであった。

「人を殺し『ヴィーナス』のマダムに虚偽のアリバイを作らせているのは白秀じゃないか！　にもかかわらず、善人であるおれの方がこれほど恐怖に慄《おのの》いているのはどういうわけなのか？……わからない！」

白秀は電話を切り、ひどく緊張した顔を見せたのもつかの間、再び何事もなかったような顔ですっと電話ボックスから出た。

霧に覆われた街路もいつもどおり白秀を迎えた。だが、劉準はもはや何事もなかったように白秀と接することは、とうていできそうもない。

「ついて行かなけりゃよかった。やはり何も知らない方が幸せだった」

電話の内容を聞いたとたん、劉準は心の平穏を失ってしまった。単なる好奇心の奴隷になっていたときの方がよっぽどよかった、しきりにそう思われてくるのだ。白秀の肩をとんと叩き、

「白君、電話の内容はすっかり聞いたよ！」

どうしてこの一言を軽く口にすることができないのか？……。

悪が善から受ける脅威と善が悪から受ける脅威は、後者が善の世界を背景にしたものであるだけに、その脅威は弱いものであるはずじゃないのか。劉準はなぜ自分がこんな強い恐怖にとらわれるのか、とんと見当もつかなかった。

白秀は鍾路《チョンノ》四丁目へ戻ろうとしていた。家に帰ろうとしているのだろう。霧が深くてぴったりついていかないと逃してしまいそうだ。

「白君じゃないか！」

とうとう劉準は白秀を呼びとめた。

瞬間、白秀の足がびくっとしたかに見えた――しかし白秀はまっすぐ前を向いたまま振り返りもせず、ぴたりと歩を止めた。振り返らなくとも自分を呼んだのがだれ

なのか、白秀は知っていたからだ。振り返る前のわずかな時間の間に、白秀はまず思案する必要があったのかもしれない。

しばしの間をおいてから、依然前を向いたまま白秀はおもむろに口を開いた。

「猟犬みたいにあとを尾《つ》けていたってわけか！」

憎悪に満ちたしゃがれ声だった。そして再びそのまま進みはじめた。

落ち着いた足の運びである。あとを尾けられていたのなら、電話の内容もばれたんじゃないかと、もはやすっかり観念した人の足取りのようでもあった。

第八章　夜霧の公園

第一節　殺人犯の挑戦

ひたひた、ひたひた……。

雨滴が横に流れてゆくかに見える霧の帳《とばり》を突っ切って、殺人犯白秀の骸骨さながらに痩せた肩がぼさぼさの頭髪を乱れるにまかせ、幽霊かと見まがうほどゆるりゆるりと歩を運んでいた。

劉準からはすでに恐怖の念は次第に遠のきつつあった。その代わり、何かしら索漠とした感情にとらわれはじめた。まだ一度も振り返らずに歩きつづける白秀の引き裂かれた感情を想像するのは、劉準にとってたまらないほど切ないことでないはずはなかった。

劉準は歩を速め、白秀と肩を並べて黙々と歩きはじめた。二人はともに相手の顔を見ようともしない。

「気分はどう？　もうよくなったかい？」

沈黙の重苦しさから逃れようと劉準の方からまず言葉をかけた。

「うん、でも君が猟犬みたいなことをやってくれるから……また気分が悪くなっちまった」

煙草を求めてか白秀はポケットに手を入れながら答えた。だが白秀のポケットから出てきたマコー（十本入り五銭の両切紙巻煙草）の箱の中は空っぽだった。

劉準はポケットからピジョン（十本入り十銭の両切紙巻煙草）を取り出し、白秀にすすめながら、

「卑怯なやつだと思ってるんだろ」

劉準《ユジュン》の手から煙草を一本抜き取り、マッチで火をつけ一服喫ってから、

「そんなつまらないことを言うのはよして……もう少し強硬な態度に出ればいいのさ。気の弱いのが君の最大の弱点だな――」

その刹那、劉準は白秀《ペクス》の友情を温かく感じ、心の中で情をこめて白秀の手を握った。白秀もまたそんな心情なのだろうと、劉準は自分の立場がやるせなくなってしまうのだ。

といっても、二人はまだ互いの顔に視線をやってはいない。

夜店は次第に閑散となっていき、霧はなおも流れ……。

「夜霧というのは実にいい！」

正面を向いたまま白秀はぽつんと言う。

「うん、ロマンチックでいいね」

白秀の心情に劉準は同調した。

「同じ夜霧でも人によって違う。おれはだな。今よりもっと濃い夜霧に包まれて……なんて言うか、こんなのがあるじゃないか？　魔法使いが魔法の絨毯に乗って雲の間をすいすい飛んでいくのが……そんなふうに一度あの黒い夜空を思うさま飛び廻ってみたくなった。飛行機だってついて来られないほど速く……そんなだったらいいだろうな！」

「淋しいから、そんなことを考えるんだろ」

「うん、そうかもしれんが……」

それで再び会話はぷっつり途切れてしまった。

沈黙は二人がともに不安と疑惑を覚えるためだ。さりとていけない。なんであれ、話をつづけなければいけない。

て、白秀の方から話しかけてくるまでは、劉準には言うべき言葉がない。

通りに面した時計屋で十時を告げる掛け時計の時報が聞こえてきた。

「どこかでちょっと休んで行こう。疲れたな」

白秀が口を開いた。

「茶房へでも行ってみようか？」

「人の多いところはうるさくていやだ。公園へ行こう」

「公園と言ったって……パゴダ公園はもう通り過ぎたし……奨忠壇《チャンチュンダン》公園は遠すぎるし……」

「行ってみよう。ちょっとぐらい遠くたって……」

一度言いだすと引っ込めることを知らないのが白秀の性格である。

だが、いくら夏の夜だとはいえ、もう十時半ではない

か。あんな人気《ひとけ》のない所は考えただけでも薄気味悪く、多少なごみかけていた劉準の感情が再び強張っていく。

「時間も遅いのに……」

「かまうもんか……」

そうはいっても困るのはそっちじゃなく、こっちの方なのだ。一体白秀はどんな表情をしているのか、それをうかがうつもりで初めて顔を横に向けると、霧だ。霧のベールの中で白秀が言う。

「怖いのか？……」

嘲るような声だった。白秀は露骨に挑戦を表明してきたのである。

「挑戦なのか？……」

相手の声の調子からみて感じたことをとうとう口にしてしまった。

二人はまたもや左右に分かれてしまった。劉準のその一言は、明らかに白秀の挑戦を買おうという意思表示だったからだ。

「うむ、よかろう。そんなふうに強硬な態度で出てくる方が、かえって好都合だ。そう来なくっちゃ、おれの方でいい加減なことを並べ立てるばかりだから。じゃ、行ってみよう」

「行ってどうするつもりなんだ？」

「どうしても君に言っておきたいことがある」

「公園じゃないと、できない話なのか？」

「公園だったらいっそう都合がいいから——」

「どうして？」

「あそこなら秋薔薇《チュチャンミ》が殺害された現場を、じっくり眺めることができるから——」

「どういう意味なんだ……？」

「殺人現場を眺めながら、秋薔薇殺害事件のことを君に話してやろう」

不吉な予感が劉準の胸に兆した。

「こんな霧じゃ、現場が見えるわけはない」

「怖くて行けないのだと、はっきり言えばいいのさ！」

ややっ、相手方はすかさず人の感情を刺激する話術を心得ているのだ。むらむらと対抗意識が頭をもたげてくる。

「そこまで言うなら行こう！」

劉準は結局、公園行きを承知しないわけにはいかなかった。

「でも、前もって一つ紳士的な約束をしておこう……乱暴な行動には出ないだろうね？……」

周りが暗いので白秀《ベクス》の表情をとらえることができない。例のあのにやにや笑いを浮かべているものと思うのは、こちらの失態ではあるまいか？……。

「うむ、乱暴な行動！　するどい指摘だ！」

そして二、三歩寄ってきて、

「といったって、一対一ならやはり君の方に分があるだろうよ。こんな骸骨みたいな体なんだから」

「ともかく、それを誓ってくれるね？」

「誓うとも！」

「なら行ってもかまわない」

こうして殺人犯と検事代理は黄金町《こがねまち》六丁目方面の奬忠壇《チャンチュンダン》公園に向かって黙々と歩を進めていった。

流れる夜霧の白い壁を突き抜けて……。

第二節　おれは犯人を知っている

公園にも小雨混じりの霧が流れていた。

樹木の鬱蒼と茂った公園は静まり返っている。世間から霧の壁で隔絶した物寂しい場所だ。ぽつんぽつんと乳白色の円を描いて外灯がともっていた。神秘に包まれた恐怖の顔が公園一帯を睥睨《へいげい》しているかのようだ。

薄暗い外灯の下にある、使い古しの濡れたベンチに二人は並んで腰かけていた。霧さえなかったなら赤いスレート屋根をかぶせたバンガロー風の秋薔薇《チュチャンミ》の文化住宅が、二人の前に立ち並ぶ樹木の間からはっきりと眺められるのだが……。

「ひどい霧だな！」

白秀はぶるっと身を震わせながら、独り言のようにつぶやいた。

「こんなところで……人をひとり殺してみたとてだれも気づかんさ……」

白秀は今何を考え、あんな物騒なことをぶつぶつ言ってるんだ？……。

「脅迫なのか？……」

劉準《ユジュン》は相手の心理を深読みし、反抗的な気持ちから問いかけた。

「からかわれているとは思わないのか？」

白秀はこっちが言いたい科白を、いつも先手を取って使ってしまう。

「この前の明水臺《ミョンスデ》での出来事があってから、君はやけに人が悪くなったようだね」

はっきりと感じたことを劉準は言った。

すると白秀は淋しげな口調で、

「無理もあるまい。君が考えているようなおれだったら」

「さあ、それはどうかな。おれが考えているような君でないことを願ってはいるけど……」

そう言ったあと、いったん言葉を切ってから、劉準は意を決したかのように、

「すっかり聞いたんだ」

「何を聞いたって?」

「さっき『ヴィーナス』のマダムに君がかけた電話の内容を……」

ところが白秀はさして驚きもせず、

「そんなことだろうと思ったから、君をこんなところまで引っ張ってきたのさ」

その刹那、劉準はぞっとした。予感の的中、そんな気がした劉準はさっと腰を起こして逃げ出したかった。

とはいえ、小さな子どもでもあるまいし、そんな真似ができるわけもなく、

「どんな意味だか、とっくり聞かせてくれないか」

はっきり知っていながら言っているのだ。

だが、白秀は何も答えず、詠嘆するかのような声音でまたつぶやいた。

「ほんとうに神秘的な夜だな!」

劉準は黙っていようとしたものの、

「引っ張ってきてどうするつもりだった? ……」

そのことをはっきり訊かずにはいられないほど焦燥に駆られていたのである。

「いざ来てみたらあまりに神秘的な雰囲気なので、自ずと考えが変わっちまうんだな」

さっき白秀自身も言ったとおり、一対一なら、自分には柔道初段の腕前がある。でも劉準は今、白秀のポケットの中が安心できないのだ。そのポケットに何が入っているのか、わかったものじゃない。

「人をからかうのは、もうよせ」

「うむ、からかいに聞こえないように気をつけるよ」

その一言が、劉準の感情を逆なでしてしまった。

「あの日の夜、君は『ヴィーナス』にはいなかった!」

来るところまで話は来た。

ところが白秀は動揺することもなく、すっと劉準の耳もとに顔を寄せ、低声でささやいた。

「あの日の夜、おれがどこにいたのか、教えてやろう

か？」

薄い外灯の明かりが白秀《ベクス》の顔を照らしていた。笑っているような顔だった。

劉準《ユジュン》は何やら危険を感じ、本能的に身をすくめながら、

「うん、お、おしえてくれ！」

と、呻《うめ》くように言った。

「教えてやらあ！　そんなに知りたがっているんだから、隠したままで教えないのは友人の道理に反するからな」

「さあ……さあ話してみろよ」

「あの夜、つまり十五日の夜。おれははっきり言えるのさ！　あのとき、おれがどこにいたのかを……」

「どこにいたのか、どうかそれを言ってみてくれ！」

そのとき白秀は坐ったまま尻をずらし、劉準の顔をまじまじと見ながらしゃがれた声で、

「君が喜びそうなところさ」

とささやいた。

「誤解しないでくれよ。おれが喜ぶなんて……？」

「嘘をつくな！」

白秀の声音がにわかに高まり、

「君が喜ばずして、だれが喜ぶと言うのだ？　……あの夜、おれが秋薔薇《チュチャンミ》の家にいたと言えば少しはうれしくないか？　……」

霧を突き抜けて路面電車のきしり音が遠く響いてくる。霧はいつまで垂れこめているのだろうか？　……。

「君がそんなふうに決めつけたければ、うれしいといってもかまわない。――それで君は秋薔薇の家で一体何をしていたのか、それをはっきり言ってくれ」

劉準に多少の落ち着きが出てきた。

「劉君、実はな。秋薔薇を殺した犯人がだれなのか、おれは知っている」

そしてベンチの上に置きっぱなしになっていた劉準の煙草の箱から一本取り出して喫い、

「どうだい？　知りたくはないか？　……」

と、自分から返事を催促するかの素振りを見せるので、

「知りたいね。ぜひ、知らないといけない」

そう言うと、白秀は　急に淋しげな声になり、

「だけど……教えてやりたいのはやまやまなんだが……おれの口からはとうていしゃべるわけにはいかない」

煙草のけむりをふーっと吐き出したあと、

「矛盾してるみたいだけど……その一方でよくよく考

えてみると、少しも矛盾しているところはない」

「何が言いたいのかさっぱりわからないけど、どうして言えないんだ?」

「なぜって、秋薔薇を殺した犯人がたまらなくかわいそうで……そいつのことなんだけど。君が想像もつかないぐらい悩んでいるのさ。連日のごとく、蒼白な恐怖の幻想の中でかろうじて命をつなぎとめているといったありさまなんだからね。人間の生命力というやつは実に強靭なものらしい」

霧の中から聞こえる声は震えているようだ。

「自首するつもりはない、ってことなのか?」

「うん、できれば自首させようと努力してはいるんだけど……いや、近いうちにきっと自首させてやる! そいつは監獄で受ける以上の刑罰をもう受けているよ」

しばし口を閉じてから、再び言葉をついで、

「だから君もあまり厳しく追及しないでほしい。今君の前でそいつの名前を言ってやってもかまわんが、そうするとそいつが苦悩する間もなく、君は職務上そいつを真っ暗な監房へ放り込まないわけにはいかないだろうから。だから万事をおれに任せてくれ。強要されず、自分自身の意志で自首するように仕向けてみるから――」

白秀の哀願が強ければ強いほど検事代理の肩書を持つ劉準としては、人生の危機が自分の身に切迫してきたことを改めて悟らないわけにはいかなかった。明水臺《ミョンスデ》での出来事の繰り返しだと、あのときの暗澹とした心境が思い起こされてきたのである。

「君はそいつ、そいつと三人称を使っているけど、そいつって一体だれのことを指しているんだ? そいつが君自身の代名詞なら、初めから隠さずに話す方がよくはないか?」

なぜか、むらむらと相手を責め立てたい心情になり、劉準は知らないうちに口調が荒くなったことに気づき当惑した。

「ずいぶん強硬な態度に出るんだな……」

白秀は驚いて何事かつらつら考えているかとみるや、今度はじっと劉準の様子を窺いはじめた。

「強硬に出るしかないじゃないか? さっき君も指摘したように、気の弱いのがおれの欠点だ。それを重々承知していながら、ああだのこうだのと、おれをからかっているのは君じゃないのか?」

こらえきれない鬱憤がいっときに込み上げてくる。

「そればかりか、君はおれのことを親友とは夢にも思

っていないくせに、あれこれと困った問題を持ち出しておれを困らせているんじゃないか？　――そら見ろ、こんなこともしてやれなくて何が親友なんだと、親友としての充分なふるまいができなくて悩んでいるおれをしきりに苦しめているのは君じゃないか？　君は何かしら意地の悪い悪魔の仮面をかぶっておれをからかっているのにちがいない。一体君は今、冗談を言ってるのか真実を語っているのか、おれにはさっぱりわからない」

自分の言葉に興奮しすぎてはならないと思い、劉準《ユジュン》は滝のようにほとばしる言葉をぷっつり切って口をつぐんでしまった。

「真剣に語ったところで明水臺《ミョンスデ》の繰り返しになるだろう」

「だから冗談を言うのか？」

「冗談でもないさ」

「なら、なんだ？　冗談でもなく、真実でもなけりゃ……」

「そういう類の話は確かにあるにはあるよ。冗談なら君は怒るし、真剣に話せばこの前みたいに君はぶるぶる震えるんだから、仕方がない！」

「ともかく君の言う、そいつについて、もう少し具体的に話してみてはどうなんだ？」

その言葉に白秀《ベクス》は尋常ならざる劉準の顔色をしばらくの間、推しはかるように凝視したあと、ついに意を決したのか、まだ火のついた喫いさしの煙草をぽんと投げ捨て、断固とした口調でいう。

「そんなに聞きたいのなら、くわしく話してやろう！」

そして、怖い顔をして劉準を見つめた。

第三節　鏡に映った犯人の顔

そこで白秀は次のような奇妙な話を始めた。

「この前の夜、鍾路《チョンノ》の裏通りにあるバー『歓楽境』でおれの額にグラスを投げつけたことを忘れていやしまい。実を言うと、今からしようとする話は、あの日の夜、明水臺でするつもりだったんだ。それがあんなふうに脱線しちまって……まず秋薔薇《チュチャンミ》が殺害された日の夜……」

白秀は視線を上げ、じろりと劉準を見たあと、

「あの夜、おれは確かに秋薔薇の家にいた。いや、もう少し正確に言うと寝室近くの庭にいた。――ところで、ここで一つ君の記憶を呼び覚ましてもらわなくっちゃな

らない」

「何のことだ……?」

「君はおれの薔薇狂いを知っているただ一人の人間だと言うことさ。おれはこの奬忠壇《チャンチュンダン》公園が大好きでね。ほとんど毎日、公園内をぶらぶらしてる。──ある日の夕刻、秋薔薇の正門前を通り過ぎようとしていたとき、格子の隙間からふと庭を覗いてみたんだ。庭には真っ赤な花を咲かせた薔薇の鉢植が一つ置かれていた。そのころといや、薔薇の花さえ見りゃ欲しくてたまらなくなるおれだ。なんとしてでもその薔薇を一輪もらっていきたかった。とはいえ全く知らない他人の家なのでそんなわけにもいかず、そのときはそのまま帰っていったんだ」

「それが少年時代に知っていた秋乙美《チュウルミ》の家であることを知らなかったというのか?」

「そういうことさ。表札も掛かっていなかったし。それはともかく、ある日の夜、そう。まさに秋薔薇が殺害された日の夜だった。その家の前を通りがかったおれは、ふと赤い薔薇のことを思い出し、ふらふらとその家の庭に入ってしまった」

「正門を開けて入っていったのか?」

「開ける必要なんてなかった。門は開いていたからね。庭は暗かった。書斎らしき部屋に灯はともっていたけど、ガラス窓にはすっかりカーテンが引かれていたから。ところが、いくら捜してみても、この前目にした薔薇の鉢植は見当たらなかった。ほかの場所に移したんじゃないかと、四方を捜してみてもなかった。仕方なく戻ろうとしていると、眼前に異様な光景が現れたのだ」

「異様な光景……」

「そうなのさ。書斎で二人の男女が激しく争っている人影がカーテンに透けて見えたんだ。おれは本能的に地面に腹這ってしまった。男と女であることは間違いない。女の方がしきりに何事か叫んでいたんだけど、よく見ると男が女の首を両手で絞めているんだ」

「それで……」

劉準は次第に話に惹かれていった。初めのうちは白秀が出まかせにこしらえた作り話だとばかり思っていたところ、話が進むにつれどこか真実味を帯びているようでもあり、神経を集中させはじめた。

「おれはぶるっと身震いした。それでも好奇心に駆られて書斎の窓の下までそろりと忍び寄ってみた。しかし、カーテンでさえぎられ、部屋の中までは見えない。今度は窓をそっと押してみた。窓は中から鍵が掛かっていた。

ところがよく見ると、青い灯りが漏れる隣室の北側にある一番奥の窓が開いたままになっていて、カーテンが引かれているだけだった。おれはその窓まで行き、カーテンをのけて首を覗かせて見た。そこは寝室だったけど、だれもいなかった」

劉準《ユジュン》はほどなく白秀《ベクス》の話が次第に真実味を帯びてきたことに気づいていた。白秀の話は調査書類に記録されている現場の模様といささかの違いもなかったからだ。

「君も検証調書と現場の光景を綿密に調べてみたろうが、書斎と寝室の間をつなぐ中扉が開いていたのさ。ベッドの枕元にあるサイドテーブルに置かれた青い笠をかぶせたスタンドの灯りは弱く、書斎の電灯はきらきらしていたので書斎で激しく争う二つの人影が開いたままの中扉を通して寝室まで長く映るときがあった。でも幅がせいぜい三尺（約九十センチ）しかない扉なので、人影は映ったかとみるや、たちまち消えてしまう」

いかにもありそうな話だと劉準は熱心に耳を傾けていた。

「ところでそのとき、ひょんなことから書斎で争う二人の顔を見ることができた。だから女を殺した犯人の顔を見たというのだ」

「早くそのつづきを聞かせてくれ」

そう言いながら、劉準はいつしか白秀の話に熱中していることにふと気づいた。

「君も知ってるとおり、寝室には廊下に面した壁に大きな丸い鏡が掛かっているんだけど、開いた中扉を通して書斎内の光景がその鏡に映るってことさ。わかるかい？」

「うむ――」

劉準は小さく呻《うめ》いた。

「つまり、向こうの壁にある鏡に映るのは書斎の天井の半分と南側の窓に掛かったカーテンの半分ぐらいなもの――それを背景にしてときどき男の黒い髪の先がちらっと見えるだけなんだ。好奇心に駆られて爪先立ちをしてみたけれど何も変わらず、とうとう勇気を出してひょいと窓框《まどがまち》に足を掛けて立ち上がったのさ」

「見えたのか？……」

劉準は識らず次の言葉をうながしていた。

「うん、窓框に上がってスタンドの上に思いっきり首を伸ばすとよく見えたよ！」

「それで……」

霧でじとじと濡れた顔を劉準はぬぐい、興奮気味の面持ちで白秀を凝視した。自分の話に夢中になって耳を傾ける劉準を、白秀はありがたがっているのか、いっそう厳粛な声音で再び話をつづけた。

「……見える。よく見える。しかし、それは見てはならない、なんとも恐ろしい光景だった！　テーブルの上の花瓶が倒れ……男の両手で首を絞められた女の顔は赤大根みたいに赤く充血し、両目は白眼をむいてわなわな痙攣していた。男は向こうを向いていたため顔は見えなかった。男はさして力の強い方ではないようで、女がもう少し体が丈夫だったなら、ナイフみたいな凶器なしには殺すのは難しかったかもしれない。――そうこうするうちにも女が最後の抵抗を試みたのか、男の体が少し後ろによじれたかと見るや、くるっと男と女の位置が入れ替わったのさ」

「入れ替わったのなら、男の顔が見えるはずだな……」

「見えるとも！　だけど男の位置がくるっと廻ったとたん、男の髪を摑んでいた女の両手が力を失い、すっと虚空に伸びてそばにある鉢植の薔薇に当たってしまった」

「なら、薔薇の茎が折れ、花が落ちたのはその瞬間だったんだな。だけど死体は書斎の真ん中、つまりテーブルのそばに倒れていたんだが……」

「あ、そのことだね。犯人は女の掌に自分の髪の毛を残さないようにするため、明るい電灯の下へ死体を引きずっていき握り拳を開いて見たのさ。だから女が息を引き取ったのは鉢植の薔薇の横だった」

「うむ！　……それなら君は犯人の顔をはっきりと見たと言うのだね？」

「むろん見たさ！」

そしていくらか興奮した声で、

「おれが犯人の顔を見ただけじゃなく、実は犯人もおれの顔を見てるんだ！」

「ほう、犯人が君の顔を……？」

「そういうことさ。そいつが女の掌から自分の髪の毛をきれいに取り除いてついと腰を伸ばした瞬間、そいつは開いた中扉越しに寝室の壁に掛かった鏡に目を向けたのさ。その鏡の中には自分の行動をじっと眺めているおれの顔が映っていた。鏡を媒介にして二人の視線が真正面からぶつかってしまったというわけだ。そいつはおれの顔を見たし、おれはそいつの顔を見た！　……」

そう言いながら白秀はぶるっと身を震わせた。劉準もびくっと身震いし、

「ほう？……」

第四節　思想の対立

鏡の中で白秀《ペクス》は犯人を見て、犯人は白秀を見た！
――ここまで聞いてきた劉準《ユジュン》はなんとも異様な感情の奴隷になっていた。

好きなだけ創作してみろよ、と最初は大した内容もないものと思っていたのであったが、白秀の話がここまで進んでくると、それは決して単にいい加減な弁明ではないことを劉準は感じはじめていた。

「驚愕と当惑と恐怖――鏡の中で見つめ合った二人の顔は、これら三種類の表情が混ざったまま、瞬間、凍りついたように変化しなかった。互いの顔が恐ろしく……そう。ぞっとするような身震いを起こしたのはおれだけじゃなかったろう。おれは庭へ飛び降りた。それからのことは何も知らない。一目散に走って出たからな。向こうは自分の顔をおれに見られたからまごついただろうし、おれの方でも恐ろしい殺人犯の顔を見たから怖かった。どちらが先に逃げ出したのか、そこまでは知らないけど……ともかくおれはあまりの恐ろしさに賑やかな電車道へと先を急いだ」

白秀の話が終わったとき、劉準は荒唐無稽な夢の中をさまよっているかのようだった。ほんの少し前までは、秋薔薇《チュチャンミ》を殺害した犯人は白秀だとみなしていた劉準であった。そんな劉準が今話を聞いて自身の判断に疑いを抱かないわけにはいかないほど、何かしらとらえどころのない朦朧とした疑惑の底なし沼にはまり込んでいくかのようだ。

白秀の話に何か矛盾するところを見つけようと、劉準は耳をそばだてていた。しかしながら白秀の話は理路整然としているばかりか、真実味さえ感じられるのだ。これまでの努力が水泡に帰す、そんな感じを受けたのである。

「その男って一体だれのことなんだ？」

劉準は食ってかかるかのように訊いた。

「それなんだ。さっきも……さっきも言ったようにどうしても口にできなくて……」

そう言って白秀は喉まで出かかった男の名前をごくりと呑み込むのであった。今か今かと劉準は待っているのだが、もう耐えられそうもない。

「ともかく白君、君はそれを口に出す義務があるんだぞ！」

「うん、おれとしてもここまで話した以上、その男の名前ぐらいは言いたいけれど……いざ口に出そうとすると喉のところで引っ掛かってしまうのをどうすりゃいい？」

「ええい、じれったい……哀れんでいるからなのか？……」

「いや、不憫なのはこっちの方さ。この前、明水臺《ミョンスデ》であんなふうに脱線した理由の一つも、実にこの点にあったんだから」

「それでもとにかく、君はそれを明かす義務がある」

「義務だの権利だの、そんな問題じゃなさそうだ。もちろん、おれにはそれを言わなきゃならない義務があるのかもしれないが、一体この世で義務を果たす人間がどれほどいるのかな？」

「卑怯な言い種《ぐさ》だ」

「卑怯なのかもしれないが……卑怯であるのか卑怯でないのか、というのは結局のところ観念の差異からくる問題だとおれは思う。君が犯人の名前を知りたがるのは、結局合法的な刑罰を犯人に与えようとしているに過ぎない。だから単にそんな理由からであるのなら、形式は異なるけれども、すでに犯人はそれ以上の罰を受けているよ。おれはそのことをよく知っている。煉獄の苦しみというのは、そんな場合のことを指す言葉じゃないかと思う。昼となく夜となく、暇さえあれば自身を責め苛んでいる。おれはきっと犯人に自白させてみせるよ」

白秀は苦しそうにそう言うと、やおらベンチから腰を浮かせた。そして劉準の前を行ったり来たりした。

「万一、犯人が自白しなかったらどうするつもりなんだ？」

「自白するまで虐《いじ》めてやるさ」

「私刑《リンチ》じゃないか！」

「つまるところ、同じことさ」

劉準も腰を上げた。

「君は法律というものをはなから無視しているんだな」

「うん、おれは法律を嘲笑いながら生きていきたい。言ってみりゃ君は法律を金科玉条のごとく尊重する類の人間なのかもしれんが、現代の法律はおれにとってはあまりにも程度が低い。従うわけにはいかん」

白秀は劉準を一瞥して、

「少なくともおれは悪くない成績で大学を出たインテ

リゲンチャだ！　そのインテリが、日に三度の飯にもありつけない。『ヴィーナス』のマダムなんかがおれを夫にしたがっている。漢方医の令監《ヨンガム》が端金《はしたがね》を儲けてはおれのお袋を毎晩抱いて寝るし――フン、おれだって自分のお袋の世話ぐらいはしてやれるさ！――」

　そういって白秀《ベクス》は石ころを蹴飛ばすと、霧の中を大通りに向かってのっそりと歩を移しはじめた。

「劉君、このおれを捕まえようというのか？……」

　白秀は歩きながらも、ふいに振り返ってそう言った。黙ってついてくる劉準《ユジュン》を見やり、

「愚かな真似だ！　絶対にその男の名前を言わないからな――」

　その一言を吐き捨てると、再び歩を移していった。

　劉準は口をつぐんだまま、白秀について公園を出た。霧が流れる人気のない道を黄金町六丁目まで黙々と歩いていった。二人とも一言も口をきかずに。

　だが別れしな、劉準は次の言葉を白秀の背につぶやくように投げかけた。

「君は君の道を行き、おれはおれの道を歩むしかない。それ以上どうにも仕様がない二人なんだから。……もう少し考えなくてはならないようだ。思案の末、君に会いたくなったら、また訪ねていくよ。でもそのときは、たぶん拘引状を一枚準備して行くだろうが。――」

第九章　蒼白な脳髄

第一節　蒼白の幻想

最初から五里霧中だった秋薔薇《チュチャンミ》殺害事件だったが、少なくとも劉準ひとりは暗夜行路にあってかすかながらも明星を一つ見つけたものと信じていたのが、もはや水泡に帰してしまった。事件全体が何かしらはかりしれない無気味な様相を呈して、劉準の心を圧迫してきたのである。

　最初から劉準は、白秀との個人的な関係が事件との深い関わりがあるとみなし、そしてその個人的な関係の解明に神経を集中させていたため、安文學《アンムナク》とか崔樂春《チェナッチュン》とかの人物に対する関心はなおざりになっていた。のみならず、この二人の人物をはなから事件とは分離して考え

たがっていた自分自身を強く鞭打たないわけにはいかないときがついにやってきたのだ。

ここで劉準はもう一度、二枚目俳優安文學と殺人監督とも呼ばれる崔樂春をじっくり考えようとした。しかしながら、その考えは中途で力なく途切れてしまう。思考力がついてこないのだ。なぜそうなるのか？ ……。

（魅力がないためだ！）

劉準の思考力を妨害するのは、いつだって白秀のあの蒼白な容貌であり、腫れぼったい瞼《まぶた》であり、にやにや笑いを作る薄い唇だった。

（こんな偏った見方をしてはいけない。おれには探偵の素質はないのかもしれぬ）

まず昨夜《ゆうべ》、奨忠壇《チャンチュンダン》公園での白秀の話を真実だと仮定して、一度考えてみる必要がある。

――劉準が白秀を秋薔薇事件と具体的に結びつけて考えだした最初のきっかけは殺人現場に置かれていた鉢植の薔薇だった。そして薔薇泥棒を白秀とみなしたのは間違いだとしても、その鉢植の薔薇が白秀を誘惑し、現場まで引き寄せたと推測したのは自分の鋭敏な第六感によるものだった。そしてそれは少なくとも白秀の場合には、決して不自然な行動ではなかったのである。


そこで白秀は寝室の鏡を通して犯人の顔を見た。そればかりか、犯人も白秀の顔を見たと言ってるじゃないか！ あれは嘘だったのか？ ……いや。嘘ではない充分な理由があるのだ。

もし白秀が嘘をついたと仮定すると、そこには普通の人間の心理では思いつかないほど大胆な内容が含まれていることの説明がつかない。嘘でないとすれば、犯人が白秀の姿を鏡の中に見て驚いたということまでは言ってもかまわないけど、白秀自身も犯人の顔を見たと言うばかりでなく、その犯人がだれなのかも知っているという。

（こんな不都合な話を持ち出す必要があるのだろうか？）

なぜなら白秀は好むと好まざるにかかわらず、犯人の名前を告げなければならない刑法上の責任があるためだ。顔を見たけれどそれがだれかはわからない、そう言えばよかったんじゃないか！

（あれは事実なんだ！）

あれが事実なら、犯人は明らかに白秀じゃない。

（ならだれが犯人なのか？ ……）

白秀を事件から除外すれば、残るのは安文學と崔樂春だけだ。呉章玉《オチャンオク》は犯人ではないだろう。犯人は男だと白秀《ベクス》は言った。

（それぱかりか、その犯人をだれよりもよく知っている、とまで白秀は言った！）

犯人と白秀とは一体どういった密接な関係があるのだろう？ ……見えない刑罰の鞭の下で夜となく昼となく蒼白な恐怖の幻想に慄《おのの》いているのはだれなんだ？ ……どんなことがあろうとも、白秀は犯人の名前をしゃべらないという。

（それほど白秀にとって大切な人物はだれなのか？……）

と同時に、白秀は公的刑罰から保護してやりながら、自分自身の手で私刑を加えようという。

（それほど白秀に恨まれている人物はだれか？ 犯人は白秀に限りなく同情されている一方で、ひどく憎まれてもいる。同情されるわけは？ ……憎まれるのはなぜ？）

劉準《ユジュン》は結局、自分一人の力では解決の望みのないことを悟った。子どもは父親の力を頼みにするものなのだ。

（何もかも親父に話してみようか？）

だが、そんな劉準の打開策を拒むものがある。白秀との友情だった。

劉準は悩む。父劉警部に話をすれば、父はどんな過酷な手段を使ってでも白秀に自白を強いるだろうし、白秀は白秀なりに頑強にそれを拒み、悲壮な肉体的闘争をつづけるだろう。当然の帰結としてその板挟みになって苦悩するのは劉準自身なのである。

そんなことをあれこれ考えながら一日を無為に過ごす劉準だったが、大局から考えて白秀という一人の怪しい人物のさまざまな行動を秋薔薇《チュチャンミ》事件と関連させてみたとき、白秀をこの事件から完全に除外するのは無理ではないか。何かはわからないけれど、劉準自身に見落としがあるのだろう。

（白君は精神に異常を来したんじゃないのか？ ……）

そう考えるのが最も妥当なようだ。そしてその観点から白秀を眺めると、すべての疑問が氷解するようにも思えた。

昨夜のことにしてもそうだった。精神に異常を来した者ならば、あんな矛盾した不完全な言葉を平然と言ってのけるだろう。

氷のように冷徹な理性の持ち主ではない白秀、それに決して残忍な悪人ではない白秀、言い換えるならば現代の無気力な知識人の一人である白秀が実際に人を殺したと仮定すると、そして当局の手が自分の首筋に伸びてきたとき、まともな精神を喪失したと考えるのは的外れな推測であろうか？ ……。

思想的にそれなりの強い動機があるにせよ、やはり白秀は一人の芸術家として現代に育ち、現代の空気を吸いながら生きてきたインテリだ。のみならず、必死になって生きようともがく一個の生命体の首を自らの手で絞め殺した。それに、被害者というのが決してブルジョアでもない、か弱いひとりの女性であることをみれば、何らかの階級的な動機みたいなものがあるとはとうていみなすことはできない。

そこまで考えを進めてみると、殺害の動機は決して思想的なものではなく、何らかの個人的な動機——愛欲だとか、あるいは何かしらの理由による復讐と考えるのが妥当であろう。そしてまた、貧困を理由とする犯罪でもないことは、被害者のハンドバッグの中身は少ない額とは言え二十円余りの現金が手つかずのままになっていたことから明らかだ。

（連日のように蒼白な恐怖の幻想の中で一日、一日を延命しているというのは、白秀自身を指していう言葉ではないのか？）

論理に矛盾があるとはいえ、そう考えることが劉準の感覚には違和感がないのである。それにその想像には何かしら魅かれるものがある。

この「蒼白な幻想」という雰囲気は、白秀自身を象徴するのに最もふさわしい表現だ。白秀の小説『思想の薔薇』の中に流れる雰囲気もやはり「蒼白な幻想」に近いものだった。秋薔薇殺害事件の直前、白秀に取り憑いた薔薇狂いが、秋薔薇の胸の下に咲く赤い薔薇の花模様の痣から始まったという考えは、決して我田引水的な解釈とばかりは言えまい。白秀は少年時代に秋薔薇の裸身を風呂場の窓越しに見たためだ。

白秀の薔薇狂いは味覚や嗅覚よりもその形と色彩に向けられていた。白秀は薔薇の花を舌先で舐めてみたが、そうするよりも長い間眺めていたり、触っていたりした。部屋の中に薔薇の花をいっぱいに置きならべて、血の海とも見まがう赤い花畑の中でひねもす寝ころんでいた。それは秋薔薇が殺害されるおよそ一ヶ月前のことだった。

（それにあの薄気味悪い笑い）

あの薄笑いは殺人事件の直前からだった。頭に傷を受け、入院した翌日から生じた癖なのだ。あの無気味な薄笑いの原因が何なのかは知らないが、それもやはり「蒼白な幻想」と一脈相通ずるものがある。

父はそれを「白痴の笑い」と言ったけど、昨夜のあの不完全な嘘を除外して、白秀《ベクス》を精神病者などとはとうてい断定できない振舞いはいくらもある。頭部の怪我により精神に異常を来したとみることも可能だが、医者は白秀の薄笑いをおかしいとは思いながらも、白秀の精神状態に異常はないと言う。

そしてその怪我の原因もわからない。コンクリートの壁に転んでぶつけたというが、酒に酔ってもいなかったのではないか。あらゆることが「蒼白な幻想」にふさわしい事件と言うほかない。薔薇狂いはその後すぐに終わってしまったけれども、あの無気味な薄笑いだけは今でもときどき白秀は見せる。それで、その薄笑いの原因さえ突き止められるなら、この事件と白秀との関係は白日の下に晒《さら》されるのにちがいない。

「そうだ。蒼白な幻想にとらわれているのは白秀自身だ！」

黄昏時、劉準《ユジュン》は父と顔を合わせたが、劉警部の捜査はこの前から進展を見せていなかった。母が新聞を読んで当局に対する世間の非難を伝えても、父は馬耳東風で、「フン――」と鼻で笑いはしたものの、肚の中ではずいぶん気にしているようなのだ。白秀の話を聞かせてやれば父が喜ぶことはわかっているのだが、もう少し待ってみよう。夕食を食べ終えた劉準は、目的もなくふらりと家を出た。

「さあて、どこへ行こうか……？」

第二節　母を撲《ぶ》つ息子

「どこへ行くか？……」

行く予定があるわけでもないのに、劉準の足は白秀に会ってみたくて、すでに動いていた。市内電車に乗った。昨夜白秀と奬忠壇《チャンチュンダン》公園で別れてからまだ二十時間余りしか経っていないが、その二十時間の間に何か取り返しのつかない大きな事件が起こったような気がして、白秀の家の門をくぐる瞬間までぎゅっと拳を握りしめて緊張を堪《こら》えていた。

「よお、劉君、拘引状は準備してきたのかい？」

顔を合わせるなりそんな言葉が白秀の口から飛び出しそうで、準備だけはしてくるべきだった、と劉準は門を入ったところでいささか後悔した。

白秀は外出して、家にいなかった。電灯もつけない真っ暗な部屋の中で白秀の母がおいおい泣いていた。

「どうなさったのです?」

縁側に腰かけて劉準は訊いた。白秀の母はしばし部屋の中でごそごそしていたかとみるや、ほどなく電灯をつけ、泣き顔で劉準に向き合った。

「けしからん子だよ。何があるにしたって、自分を生んだ母親を撲《ぶ》つんだからね……」

そう言いながら白秀の母は、憤慨した顔で戸の内側にべったり坐り込んだ。

「撲つ、ですって? ……そんな乱暴な事を白秀君がしますか? ……」

少なくとも大学教育まで受けた者ではないか、劉準は少なからず意外の感にとらわれたが、白秀の母の顔は青いインクで汚れていた。右目の縁に鶏卵ほどの瘤《こぶ》が出ていて、赤い血が糸を引いている。

「インク壺を投げつけたんです」

泣きながら彼女はハンカチで瘤を覆う。そしてハンカチを薬罐《やかん》の水で濡らして顔をぬぐい、また泣いた。

「どういうわけなんです? お母さんを撲つなんて? ……」

「ささいな事なの。あの子はこのごろずいぶん気短になってきたんです。なぜかは知りませんけど……きっと何かあるんでしょう」

「そうなんですか?」

劉準はピンと来た。

「ええ。暮らしはこんな具合なのに理想ばかり高くって……思いどおりにならないもんだから、それでしゃくにさわったんでしょ。それがこのごろひどくなって……始終悶々としていて夜もおちおち眠れないみたい。それも劉準さんみたいに落ち着いた方なら知りませんけど、あの子の場合は子どもの時分から、からっきし気が弱いのに高慢なところがあって……」

この前のときと違って、女の色気は微塵も漂わせてはいない。どこか育ちのよさを思わせる気品が話の中にちらっちらっと垣間見えた。

「……親しい間柄なんですから隠し立てすることもないんですけど……今のあたしの暮らしなんてつまるところ妾みたいなものですわ、でもまあ、なんてけちなおじいさんなんでしょう。なんといっても一人しかいない息子がかわいくて……自分じゃ稼げないんだからあたしが飯代ぐらいは都合してやらないといけないでしょ?」

劉準《ユジュン》は口をつぐんでいるほかなかった。

「思い出しただけでも腹が立つわ。あんなにしてやったのに……あの子の口からとうとう聞いてはいけない言葉を聞いてしまった。でもあの子は今まであたしの暮らしがどんなだか隣の部屋にいて気づいていながらも、絶対に口にすることはなかった。無能といえば無能な子ですけども、あんなに気位の高い子が今までこらえてきたところをみると、どこか立派な面もあるのでしょう。もしやあたしが令監《ヨンガム》のことが好きでああやっているんだと思っているのかも知らないけど……嗚呼、とんでもないわ、こんな齢になって……」

だけど白秀《ペクス》はいつだったかこの母を指して「血の気の多い女」と呼んだところから察するに、やはりそうみなしているのかもしれない。しかし今、この母親の口から「どこか立派な面もある」と聞くところをみると、やはり白秀もこの母親の苦渋をよく知りながらも「血の気の多い女」という表現で本心をごまかしているのじゃないか？　……不良のような白秀ではあるが、その一方でつらつら考えてみればどこか泣かせるところがなくもない。

そんな彼が今日とうとう怒りを爆発させたのだという。話を聞くと、どこをうろうろしていたのやら、昨夜は夜遅く帰ってきて今朝六時まで原稿を書き、白秀は眠りについた。目を覚ましたのは今日の午後五時だったという。母親は息子の自堕落な生活をいつものように愚痴った。

「お前はほんとうに莫迦じゃないか？」

すると白秀は蒲団の中で寝ころんだまま母親の顔をまじまじと見つめながら、

「母さんの顔にずいぶんしわが増えたね」

と言った。そしてまた、しばらくじっと見つめていると大粒の涙をぽとぽと枕に落とし、

「母さん、なぜだか知らないけど、急に泣きたくなったよ」

そう言って痩せた手で涙をぬぐうと、

「母さん、ほんとうにおれは莫迦だな」

と言った。子どものころから気弱だったが涙を見せることなどなかったため、息子に何かあったにちがいないと思われ、そのわけが知りたくて、

「ほんとうに莫迦だったら仕方がないけれど……そうじゃなかったら、亡くなった父さんの墓碑の一つぐらいは建ててあげないといけないわ」

少年のころ、白秀の父は世を去った。だが、そのとき

すでに家運は傾いていて父の墓には墓碑も建てられなかったのだ。獨狐里《ホルヨウコル》の主人だっただけに母は侮辱されたような気になって、将来は立派な墓碑を息子に建てさせることを夫の霊前に涙ながらに約束した。ところが、あれほど信じていた息子は今なお母親の「妾暮らし」に頼ったままなのだ。

「お父さんのことも少しは考えてあげないといけないんじゃないのかい？」

母の声音はあまりにか細く淋しげだった。そんな口調が白秀の神経を逆なでした。

「フン、父さんの墓碑がそんなに母さんの気に懸かっているのかい？」

「気になりますよ、そりゃ……」

「嘘をつくな！」

「まあ？……嘘だって……？」

「そんなに気に懸かるなら漢方医の令監に建ててもらえばいいじゃないか。父さんだってずいぶん喜ぶだろうよ！」

「おや？……とんだ言いがかりをつけるじゃないの……？」

涙ぐんだ白秀の瞳がキラリと光る。

「淫売！」

と叫び、寝床からさっと起き上がりざま、机の上からインク壺を摑んで投げつけたと言うのであった。

「えっ……？」

劉準は白秀の狂的な心象風景を想像し、戦慄を覚えた。制御できなくなって乱暴を働いたのだ。

「顔をさすりながら伏せていると、あの子はぷいとどこかへ行ってしまった。あたしは腹が立つし、なんだか悲しくて涙があとからあとから……」

白秀の母は涙を流しつづけながら、

「いくら腹が立っても、あの子の追いつめられた心の中を思いやるとかわいそうで……」

そう言うと、ふと面《おもて》を上げ、

「もしや、あの子の身に何かおかしな事が起こったんじゃないのでしょうね？」

と訊いてくるので、

「さあ、どうなんですか」

と劉準ははっきりとした答えを避けた。はっきりと答えようとしても、無理な相談だった。

「あの子はこのごろ劉準さんのことをいつも気にしてたみたい。外から帰ってくるたびに、劉君が来なかったかと訊くんです。それで、来なかったと返事をしても、なかなかあたしの言葉を信じない様子でしたの。てっきりあたしは喧嘩でもしたんじゃないかと……」

白秀《ベクス》の母は心配そうな顔を見せた。

「してませんよ。喧嘩なんて……」

ほどなく劉準《ユジュン》は、いたわりの言葉をかけて白秀の家を出た。

（白秀の爆発がついに始まった！）

母親を撲つという荒くれた心象風景を抱いて、果たして白秀は何をしようとしているのかわからない。今夜、何かしらとてつもない事件が京城の街を震撼させるような、そんな気がしてならない。

（白秀はどこへ行ったのか？　白秀を捜さなければならない！　一刻も早く見つけなければならない！　一時間以内に……いや三十分以内に……）

一分一秒が劉準には惜しくてならない。ほんの一分でも遅くなればなるほど、それだけ不幸は大きくなっていくように思えてならないのだ。

（母親を傷つけた心情で、だれをどうやって白秀は傷つけようというのか？……）

劉準はさらに大きな戦慄を今一度感じた。

第十章　奇妙な顔

第一節　おれの顔を忘れたか

（そうだったのか！　やはり白秀はおれを警戒していたんだな！）

白秀の家から飛び出した劉準は電車に乗る考えも浮かばず、暗く長い昌慶苑（昌慶宮内に作られた動植物園）の石塀に沿って苑南洞方面へ歩いていった。理由はわからないがひどく追いつめられた白秀の懊悩に満ちた姿が夜空にくっきりと浮かんでいた。

白秀の胸のうちには、様々な感情がそれぞれの色彩と形態を帯びて渦巻いているのだろう。そこには恐怖と反省が、猛獣さながらの狂暴さと少年のような涙が、そして蒼白な幻想と自暴自棄が凄惨な交響楽を奏でているのだ。

それらのものがいつ、いかなるとき、どんな形で爆発するのか、劉準は考えただけでも全身に戦慄が走るのを禁じ得ないのであった。

（どんなことがあろうとも、秋薔薇《チュチャンミ》を殺害した犯人は白秀であることだけは隠しようのない事実だ）

劉準は全身でそう感じながら苑南洞を通り過ぎ敦化門《トンファムン》（昌徳宮の正門）を経て、ほの暗い安國洞の交差路まで来たときだった。

（あっ、白秀じゃないか！）

劉準はふと歩を止めた。

安國洞の交差路にある交番の前をすーっと人影が動き、真っ暗な住宅街の路地へ折れていくのは、痩せた白秀の後姿であるにちがいない。

（どこへ行くのだろう？……）

母親の顔にインク壺を投げつけ、ぷいとどこへか姿を消してしまったという白秀をこんなところで見かけるなんて意外な気がする。じっと足を止めたまま劉準は急遽、心の準備をしないわけにはいかなかった。

（今までどこを歩き廻っていたのだろう？……）

八時を告げる掛時計の鐘の音が交番の中から聞こえてくる。蒸し暑い夜だった。劉準の足は自ずと白秀のあとを追っていた。冬場なら外套の襟を立てるところだが、仕方なく劉準はパナマ帽を深くかぶり直して真っ暗な路地へ歩を進めた。

住宅街は閑散としていた。夏の夜の散歩客をときおり見かけるが、二人にはさして関心を示さず行き過ぎてしまう。門灯の灯《あか》りが白秀の角ばった肩を照らすたびに劉準は自分でもおかしいとは思うのだが、愉快な気分にはどうていなれそうもない。

白秀の影はそのとき、左側の分かれ道に吸い込まれていった。

（待てよ！　あの小路《こみち》をまっすぐ進むと安文學《アンムナク》の家があるじゃないか！）

だが劉準はまだ、白秀と安文學が互いに顔見知りであるとは聞いたことがないのである。

（目的もない単なる散歩なのかもしれない）

そう思案しながら、劉準も小路へと折れていった。

とたんに劉準は胸がドキリとし、本能的に体を電信柱の影に隠した。

二枚目俳優安文學の門灯の下に立っているのは、まぎれもなく骨ばった白秀の痩身だった。

（白秀と安文學！）

いくら頭をひねってみても彼ら二人の間になんらかの

関係があるとは思えない。そうだ。関係があるとしたら、秋薔薇《チュチャンミ》殺害事件を巡る間接的な関係にほかならない。

白秀《ペクス》は門の前でためらっているような素振りを見せたが、ほどなく一度周りに目を配ったあと、風のごとくさっと門の中に吸い込まれていった。

電信柱の影から劉準《ユジュン》は姿を現し、門の前で白秀同様しばらくためらっていたものの意を決し、半ば開いた門の扉をそろりと押して身を滑り込ませた。奥の玄関前で年輩の女中と二言、三言、言葉を交わしていた白秀の後姿は、やがて家の中へと消えていった。

ややあって応接室に灯がともり、白秀の影が幽霊みたいに室内に入る様子がカーテンに映った。白秀はしばし部屋をぐるりと見廻す仕種をして、応接椅子に腰かけた。

広くはないが安文學《アンムナク》の庭は手入れが行き届いていた。劉準は応接室兼書斎になっている部屋の窓の下へそろりそろりと近づいていった。柾《まさき》の葉叢《はむら》に身をひそめて窓を見ると、幸い窓は開いていたため、引かれたカーテンの端をそっとめくって室内を覗き見た。

丸い小テーブルを前にぼんやり腰かける白秀の顔は、依然にたにた薄笑いを浮かべていた。呆けた無気味な笑みを白秀は今夜も浮かべてやって来たのだ。

ややあって、ドアの外で人の足音が近づいてくる気配を察知するなり、白秀はあわてて薄笑いを引っ込め、厳めしい顔を取り繕おうと努めているみたいだったが、にやにや笑いはなかなか収まりそうもない。主人安文學の整った顔がドアを開けて入ってきたときも、いつもの癖で白秀の顔には、なおもにやにやした感じが残っていた。

安文學は客を目に留めた瞬間、相手を狂人と見て自分の書斎が汚されるかのような不愉快な感情の奴隷になり、落ち着かなげに部屋を見廻したあと、

「私が安文學ですけど」

と訝しげな顔で挨拶する安文學を白秀は椅子に腰かけたまま見つめ、にやにや笑ってばかりいた。

しばし沈黙の中で、形容しようのない異様な雰囲気が流れてゆく。

「どなたでしょう？……忘れてしまっていたのなら赦してください」

そう言いながら、主人は白秀の前をのっしのっしと歩を移した。一方、白秀はただ薄気味悪くにやにや笑っているばかりなのだ。安文學はいささか感情を害し、

「どなたですかな？……あなたのような友人がいたとは、とんと覚えがないのですがね」

安文學の友人という名目で訪問したのだろう。だが、いつまでも白秀は主人の顔を目で追うばかりで一向に答えようとはしない。

「失礼な御仁だな！　あんたは口がきけないのかね？」

主人は憤然と訪問客を睨んだ。

「本当にあんたは口がきけないのかね？　……そうでないなら、自分の無礼さに少しは気づかなきゃならんのじゃないか？　……」

さらに安文學は、

「一体あんたは何がそんなに可笑しくて笑っているんだね？　何が可笑しいのだ？」

そのとき初めて白秀は口を開き、

「可笑しいから笑っているんだろ」

と言った。

「可笑しい？　……」

安文學はひどく侮辱された気がして唇をぶるぶる震わせた。

「だいたい何がそんなに可笑しいというのだ？」

すると白秀は一度、

「フン！」

と鼻で笑い、

「あんたのしらばくれた態度が可笑しいのさ」

「わたしがしらばくれている？　……」

「そうとも。確かにおれはあんたの友人なんかじゃない。だがあんたはおれの顔をよく知っている」

「わたしがあんたの顔を知っている？　……」

「そのとおり」

「こっちには関係ないことだ。あんたみたいな野蛮人がファンになってくれたってちっとも嬉しくなんかないね」

「ファン？　……」

白秀は肩を上下に揺らせて、

「フン、あんたは天下に名の知れた二枚目じゃないか！」

「それがどうしたって？　……」

主人はひどく侮辱された気分になり、

「無礼な人だな！　あんたは人をからかいに来たのかね？　つまらない話はほどほどにして用件があるのならさっさと言ったらどうなんだ？　……」

「むろん用件があるからやって来たのさ。だけどせっかく来たというのに、からかわれているのはこっちじゃないのか」

「むしろ、あんたがからかわれているんだと？　……ほう？　……」

途方もない言いがかりだった。唖然と立ちつくす安文《アンム》學《ナク》の顔を白秀《ベクス》はにやりと見やると、

「あんたは確かにおれを虚仮《こけ》にしている」

そう言うと、またぐるりを見廻した。そのとき、安文學はあきれたように、

「なんだってかまわんさ。どっちがからかわれているのか、そんなことは問題じゃない。——その前に、あんたが私を訪ねてきた用件は何だね？　ぐずぐずせずに話せばいいじゃないか？」

「あんたがぐずぐずしてるから、こっちだって話しづらくなるんじゃないのかな？」

「さあ、もうぐずぐずしないから、はっきり言ってみろよ」

「そんな言い方からしてすでに誤魔化しだからね。あんたはおれの顔を見た瞬間、おれがやって来たわけをはっきり知っているくせに、なぜそんな態度を取るのかな？」

それまで窓外の柾《まさき》の陰で身を隠し、室内の対話を盗み聞きしていた劉準《ユジュン》は、突然心臓が止まるほどの激しい衝撃を受けずにはいられなかった。白秀が今安文學に何を言わんとしているのか、劉準は先読みしてわなわな身を震わせた。

昨晩、霧が立ちこめる奨忠壇《チャンチュンダン》公園で白秀は犯人の顔を見たと言った。犯人も自分の顔を見たとも。そして白秀はどんなことがあろうとも、自らの手で犯人に自白させてみせると自信ありげに言った。

（白秀が寝室の鏡を通して見たのは、安文學の顔だったんだな！）

劉準は二人の態度と対話から、疑問の余地なくそう感じたのである。

（それにもう一つ……）

そうだ。もう一つの事実が劉準のそんな推定を裏づけていた。

それは昨夜、映画館で『妻を殺すまで』という映画を観ているとき、安文學のクローズアップされた顔をスクリーンに見て白秀が驚きの声を上げたことだ。

言い換えるなら、あの瞬間まで白秀は殺人現場で目撃した犯人の顔がだれなのか知らないでいたのである。鏡を通して慄《おのの》きながらちらりと見つめ合った相手の、印象深い顔の持ち主が俳優安文學だったということを、白秀

は昨夜映画館で初めて知り、今その当人を訪ねて脅迫まがいに自白を強要しているのにちがいない。

（なら大体あの事件はどうなるんだ？……）

あらゆる周りの事情からみて白秀が犯人であるのに間違いなかった。しかし、今劉準の目の前で繰り広げられている二人の怪しげな対面から推しはかってみるとき、昨夜奨忠壇公園で聞いた白秀の言葉のように、白秀は犯人の立場から逆に目撃者の立場へと移っているのだ。

こう考えてみると、昨夜の白秀の話は決して一時逃れの嘘の証言ではなかったのである。

劉準はくらっとした。今まで苦心して積み上げてきたすべての努力が、たちまち水の泡になってしまったからだ。天才作家白秀の超人的な言動が、常識人劉準を茫然自失の状態に陥《おちい》らせたのであった。

（そうなのだ。この光景からみて、白秀は今大胆にも、自身の顔を安文學の眼前に晒《さら》すことにより、安文學に秋《チュ》薔薇《チャンミ》殺害事件の真犯人であることを自ら認めさせようとしているのだ）

そんなことをあれこれ考えながら、劉準は再び室内の光景に目を凝らしはじめた。

第二節　犯人と目撃者

安文學は白秀の顔を凝視していた。白秀は白秀で自分の顔を電灯に近づけ、

「おれの顔をじっくり見ろよ。これでも思い出せないというのか？……」

白秀の声は心なしか震えていた。さもあろう、恐ろしい殺人犯の目撃者として自ら名乗りを上げるなんて、考えただけでもぞっとする行為でないはずがなかった。

「まるきり……まるきり見たこともない顔だ！」

叩きつけるような口調で安文學が言った。

「でたらめを言うのはよせ。あんたはきっとこの顔をどこかで見たはずだ。よく考えるのだ。記憶をたどってみるんだな」

問いただしているかに聞こえる白秀のしゃがれ声が、一言ひとこと鮮明に響く。無気味な声音だった。

だが、安文學はどこまでも白秀の念押しに応じようとはしなかった。しばらくの間、安文學は深刻な表情で相手を見据え、口をつぐんでいてから、

「あんたなんて知らんよ！　だからぐずぐずしないで、早く用件を言えばいいじゃないか？」

白秀《ベクス》は舐《な》めるように安文學《アンムナク》の顔を見つめていたが、ほどなくおもむろに口を開く。

「だったら……本当にそうだったら、こっちからまず話してみようか？　……でも、あんたが白状する方が、ことはいたって簡単なんだけど……一体それほどまでに隠す必要がどこにある？　すっかりおれは知っているのに……」

「白状をしろと……一体この私が何を仕出かしたというのかね？」

安文學は明らかに何らかの脅威を感じているのか、白秀の全身を舐めるように見た。

「フン、そんな手に引っ掛かるとでも思っているのか？　そもそもあんたが自白をしたとて、なんだかんだとあんたを煩わせるつもりなんかないんだから、そんなに怖がる必要もないし……なんにせよ、おれはこの目ではっきりと見たんだからな」

「とんでもない。あんたは間違いなく精神に異常を来している。狂った人間の相手なんてできるもんか！　自分の口から言いたくないのなら、とっとと帰ってくれ！　でなけりゃ警察を呼ぶだけだ！　わたしはあんたのような人間に弱みを握られるような下種《げす》な振る舞いをした覚えなんて何もない！」

安文學はどこまでも否定をつづけていたが、劉準《ユジュン》にはそれ以上聞かなくともよいぐらいに事情は明らかだった。

（昨夜《ゆうべ》の白秀の話は嘘じゃなかった！）

劉準はふと父劉警部の顔を眼前に描いてみた。

（安文學を疑ったのは父ひとりだった！）

事件はすぐにでも結末を迎えるのだと思うと、あれほど自分が虐待してきた白秀に対しすまない気持ちでいっぱいになってくる。

「しようがない。あくまでもしらを切るのなら、おれの口から言おう。——この前の七月十五日の夜九時半ごろ、あんたはどこで何をしていたのか覚えているはずだ」

「七月十五日の夜……？」

安文學は驚いたように訊いた。

「そんなに驚くことでもあるまい……あんたの愛人が殺された日の夜のことさ」

安文學はようやく相手の言わんとすることが呑み込めたのか、しばし呆然と立ち尽くした。

「思い出したろ！　最初その顔がだれなのかわからなかった……不幸にしておれは俳優安文學のファンじゃなかったからね。……それが昨夜、張検事の意見で問題とされる映画『妻を殺すまで』を観て初めて、その顔の持ち主が安文學だと知れたわけだ」

　とうに劉準が推定していたことと同じ話が、白秀の口から語られたのだ。

「あんたもかなりあの映画を怪しいと睨んでいる口らしいが……」

　安文學は初めてこの訪問客がやって来た理由を悟った。そして、いざそれが明確になったところでどういうわけか、安文學はかえって落ち着きはじめた。

「そのとおり。あの映画と崔樂春《チェナッチュン》の関係を訝しげに見る者のうちの一人さ」

　安文學の口調が不意に高まった。

「ほう、あんたが崔樂春を疑ってるって？　……ほほう、本当に？　……」

　今度は白秀の方が驚くのである。

「崔樂春を疑うのが悪いとでも？」

「いや、いくら疑ってもかまわんが……ほう、あんたが？　……」

　あたかも何かに憑かれた人のように、白秀はぽかんとした表情を見せていた。

「何がそんなにおかしいのかな？」

　と食ってかかる勢いで問いかけてくる安文學に対し、

「これがおかしくなくってどうする？　あんたが崔樂春を犯人とみなしてる、と？　……」

「何が言いたいのかわからないけど、あんたはわたしの顔をどこで見たんだね？」

「あ、それはおいおい話してやるが……あんたが崔樂春を疑う理由を聞かせてくれないか。やはり張検事と同じ意見からなのかな？　……夫の崔樂春が妻の秋薔薇《チュチャンミ》を殺すため、前もって映画『妻を殺すまで』を世に発表し、そして実際に妻を殺したという……あのことだけど？」

「映画を作る前からそんな計画があったのか、あるいは製作に着手したあとにそんな計画が生まれたのかはよく知らないがね……いずれにせよ、崔樂春は事件の直前になって再び秋薔薇を愛するようになったことだけは確かなことなんだ」

「つまり、あんたに対する嫉妬から事件が起こったという意味なのかな？」

「ともかくわたしはそう見てる」

「嘘だ！」

嘲笑に満ちた一言を白秀《ペクス》は吐いた。そう言われて安文《アンム》學《ナク》は、さも煩わしそうに、

「嘘であれ、なんであれ、それがどうしたと言うんだね？　そもそもあんたはだれなんだ？　何者なんだね？　警察官なのかね？」

怒気を含んだ念押しをした。

だが白秀はいっこうに動じない。くっくっと笑うかと思えば、相手の耳もとにそっと顔を近づけ、一段と声を低めてささやくように、

「そんなに警察が怖いのか？　……だけどあんたは警察よりも、このおれの方こそもっと恐れなきゃならんはずだがな……」

安文學は気分を害し、相手の視線を避けるようにしながら、訪問客の姿をもう一度つらつら眺めた。

「とくとごろうじろ！　この顔をとっくり見たら、なぜ怖がらなきゃならないのか、そのわけが自然にわかるだろうさ」

薄気味悪い表情を白秀は浮かべていた。ぶるっと身震いしながら、安文學が椅子からついと腰を浮かしたとき、カーテンの陰から部屋の中を覗いていた瞳も何かしらの恐怖に襲われ、わなないていた。

「あんたは一体私をどうするつもりなんだ？　幽霊みたいな顔をぶらさげて……」

安文學は本能的に防御の姿勢を取った。

「ようやく思い出したらしいな！」

さっきから背広のポケットに突っ込んでいる白秀の右手が、何やらがさがさ触っているようだ。

「一体何を思い出せと？　幽霊みたいなあんたの顔なんかになんの記憶もあるもんか！」

「嘘もほどほどにしろ！」

白秀はにたりと笑い、

「唇を震わせているところを見ると……」

「脅迫するのか？　……」

「脅迫されるような何かを仕出かしたとみえるな」

「莫迦な！　あんたの顔を見ているだけで厭な気分になっちまう」

「鈍い御仁だな！　あの日の夜、あんたとおれは互いにちらっと横目に睨み合ったのじゃなかったのか、ってことさ。どうだ？　思い出したろ？」

「あの日の夜？　……」

「フン、さすがは名優だけあって、とぼけるのがうま

い！」

「横目に睨み合った？　……」

「うむ、その顔なら満点だな！　だれか第三者があんたの表情を見ていたとしたら、むしろこっちの方が嘘つきになっちまう。俳優の恐ろしさを思い知ったぜ！」

「冗談はいい加減にしろ！」

「それはこっちの科白《せりふ》だがな……」

「どこであんたと睨み合ったって？」

「鏡の中で……」

「鏡の中で？　……」

「フフン、笑わせてくれるじゃないか？」

「大体あんたは何者なんだね？　もっとわかりやすい言葉で話せばいいじゃないか？」

安文學は声を荒らげた。

「おれか？　……おれは、だ。秋薔薇《チュチャンミ》の殺害現場で寝室に掛かっていた丸い鏡を通してあんたと横目に睨み合った者さ。これで思い出したろ？」

「このわたしが殺人現場であんたを見たと？　……」

「ふっふ、――やはり名優は違う！」

白秀の薄笑いは見る者に戦慄を感じさせるほど無気味だった。

「あんたは狂ってる！」

安文學は大声で言った。そして再び互いの顔を横目に睨む姿勢でしばらく口をつぐんでいたが、まず白秀の方から口を開いた。

「じっくり考えてみな。鉢植の赤い薔薇の横で秋薔薇のか細い首をこうやって……こんなふうに両手で絞めつけたのはだれだっけ？　……」

そう言いながら、白秀は両手で首を絞める真似をした。

「薔薇の茎が折れ、花が落ち……テーブルの上から花瓶が転がり落ち……ふっふ、早く思い出すこった。こっちの方がいらいらしちまう。辛抱するにもほどがあるぜ」

「この狂人野郎！　おれが……このおれが秋薔薇を殺したというのか？　……」

安文學は怒り心頭に発し、全身をわなわな震わせていた。

「だれがそんなことを言った？　ただ、とっくり考えてみるとわかると言ったんだぜ」

「出て行け！　とっととこの部屋から失せろ！　でなけりゃ警察を呼ぶぞ！」

安文學は歩を移し、自らドアを開けてやる。

「さあ、早く行かないか？　言いたいことがあるんなら、警察に行ったらいい！」

「うむ、そんな態度を通すなら、今夜はおとなしく引き下がるが……」

白秀《ベクス》はのっそりと腰を伸ばし、ドアに向かって歩きかけたところで何か思ったのか、ふっと振り返り、

「はっきり言っておくが……まあ、今夜は静かに帰るけど……なぜおれがわざわざやって来たのか、その点をじっくり考えないと損するぜ。また今度出直して来るから、それまでに心の準備をしっかりしておいてもらわなくちゃならん。でなけりゃ、いらいらが昂《こう》じて、こっちからまず積極的な行動を起こすものと思っておくんだな」

そう言い残すと風のごとく、すっと白秀はドアの外へ消えてしまった。

安文學《アンムナク》は痛ましげな顔で茫然と部屋の真ん中に突っ立っていたが、突然声を張り上げた。

「卑怯だぞ！　名前ぐらい名乗って行け！」

すると向こうの玄関の方から白秀の声が響いて来た。

「名前か？　知りたいのも無理はなかろう。さあ、ここに名刺を置いていくから、会いたくなったらあんたの方からやって来たってかまわんし……」

白秀が玄関を出たときに初めて、劉準《ユジュン》は気持ちを静めて柾《まさき》の木陰からそろりと抜け出た。白秀の後ろ姿が正門の外へ歩み去るのを眺め、とっさにどう動いていいのかわからずぽつんと立っていたものの、ほどなく心を決め、玄関に向かって歩を進めていった。劉準は呼鈴を押した。

「だれだい？　……」

白秀が出たのを見届け、再び書斎に戻っていた安文學の興奮した声が廊下の奥から聞こえてきた。劉準は呼鈴を繰り返し押した。

「だれだい？　……」

「……」

劉準は返事をしなかった。ややあって、ぶつぶつ言う声が聞こえたかと思うとギシッと扉が開いた。

「だれなんだ？　……」

まだ白秀がそこにいるものとばかり思っている安文學であった。

「検事局の劉準です」

劉準は丁重に名乗った。

「あっ、劉検事……？」

だしぬけに現れた劉準の顔を見て、安文學は白秀の名

詞を手にしたまま、その場に立ち尽くしていた。

「検事局までご同行願わなければなりません」

「えっ？……」

「服を着替えて来てください」

「ええ、ええ――」

安文學は相次ぐ思わぬ事態の展開に、いささか面喰った顔で検事代理劉準の顔を黙って見つめていた。

第十一章　犯人

第一節　犯人はあいつ

「父さん、今から言うことをじっくりと聴いてください。今まで父さんに隠していたことをすっかり話しますから」

安文學を検事局へ連れて行く前に、劉準はまず××警察署へ父親の劉警部を訪ねた。俳優安文學を拘引してきた経緯を、これから劉警部にくわしく説明しようとする劉準であった。

まず白秀と自分との普段の交友関係から話を始め、現実満足主義者である自分とは正反対で極端な理想主義者である白秀に関する話、例の事件直前に突然薔薇への執着が始まったこと、理由不明の頭部の怪我、白痴さながらの奇妙な笑顔、事件が発生した四日後の夜、白秀からの電話を受けて明水臺《ミョンスデ》へ行き、考えただけでもぞっとする恐ろしい試験を受けた話、明水臺での身を切るような告白――あの過度に空想的ながらも痛々しい告白を断片的にであれ真摯に受け止めたものの、その後白秀と接するうち次第に疑惑を抱きはじめたこと、そうこうするうち意外にも白秀と秋薔薇《チュチャンミ》が同じ郷里に住んでいたと知ったこと、鍾路《チョンノ》三丁目の映画館で安文學のクローズアップに愕く白秀、映画館を中途で出て公衆電話で『ヴィーナス』のマダム那那《ナナ》に電話を掛けて偽りのアリバイを作っていたこと、そして偽りのアリバイがばれたことを知った白秀は霧の深くたれこめた奨忠壇《チャンチュンダン》公園で実に意外な告白をした事実、秋薔薇が殺害された日の夜、殺人現場で犯人の顔を鏡の中に見たこと、そして今夜とうとうインク壺を母親に投げつけてぷいとどこかへ姿をくらましたこと、偶然安國洞の四つ角で白秀の姿を見かけて安文學の家まであとを尾《つ》け、ふたりの怪しげな会話を盗み聞きするに至った経過を順序立ててすっかり話した。

父劉警部の強張った顔がみるみる緩み、

「ほう、なんとも意外な話だな！」

と目まぐるしく想念の飛び交う頭を二、三度強くふり、

「うーむ、白秀《ベクス》が鏡の中に見たという犯人が安文學《アンムナク》であることは、もはや疑いの余地はない」

当初から安文學犯人説を主張していただけに、劉警部の顔は大いに満足げだった。

「そのとおりですね。どうして白君が安文學をかばうのか、そこまではわからないけど、ぼくが窓の外からこっそり聞いた話のやりとりからみても、奨忠壇《チャンチュンダン》公園で白秀の言ったことは嘘じゃなかった。――でも、その一方でじっくり考えてみると、辻褄が合わないところもあるんです」

「どういうことだね……？」

「――白君は犯人をだれよりもよく知っているばかりか、犯人とはかなり親密な間柄であるような口ぶりだったのにですよ。さっき見たところじゃ、白君と安文學とは初対面なんです」

「それにはきっと何かわけがあるのだろうが、今すぐそれを知ろうとするのは無理だろう。安文學がそれほど白君を知らない人間とみなして、頑強に知らないと言い張っているのだから。そうするのには必ず何かわけがあるのさ。で、そのわけを探り出すのがわれわれの任務じゃないか」

劉警部は初めから主張していた自分の意見が、今になって現実味を帯びてきたことで少なからず気分をよくしていた。

「いずれにしろ白秀は安文學を現場で見たんだ。鉢植の薔薇の横で、秋薔薇《チュチャンミ》の華奢な首を絞める安文學の顔を目撃したんだ！　それだけで十分だ！　これでわしも――この劉田奉《ユチョンボン》警部も名誉を回復できるのだ。うむ、安文學！」

満足した顔で劉警部は、やおら椅子から腰を浮かせた。

「父さん、それでどうするつもりなんです？……」

劉準《ユジュン》も立ち上がりながら訊いた。

「どうするって？……ならお前はなんのために安文學を連れてきたんだ？」

そう言うなり安文學が拘束されている取調室へ向かいだした劉警部に、困惑のにじんだ目を向けながら劉準が訊く。

「安文學に吐かせるつもりですか?」

「ほかに手がなけりゃ、それしかあるまいて……」

「ですけど、そうやすやすと自白しないでしょう。この前、彼のアリバイを追及したとき、なんて答えたか覚えてますよね。彼は傲慢な態度で、いちいちアリバイを用意したうえで行動しなけりゃならん、そんな不便な世の中だとは思っちゃいない、と豪語した人物ですからね。それだけじゃなく……」

劉準はそこで不意に口を閉ざした。

安文學を拘引して来はしたものの、何かしら釈然としない、もやもやしたものが胸の中に充満してきたからだ。それが何であるかはわからない。父劉警部は白秀と安文學の対話場面をじかに見たわけじゃない。だが、劉準はそれを間近に見ていた。

劉準はさっき柾《まさき》の木陰に隠れて室内の光景を覗き見ていたとき、なんとも表現し難い異様な印象を受けたのだ。白秀が殺人現場で秋薔薇に手をかける安文學の顔を見たことだけは確かだろう。そして、どんな理由からかはわからないが、安文學に犯行の自白をさせようと懸命に骨折っていたのだ。

それはただ白秀自身がそう言ったからではなく、彼の一言ひとことに実感がこもっていたからなのだ。

一方、安文學の態度から推しはかってみると、白秀の言うように俳優ならではの心にもない嘘の振る舞いで白秀に接したとばかりも言えない、真実味が感じられるのである。

「ともかく、一度会ってみますか?」

「むろんだ! 安文學でだめなら、次は白秀だ!」

こうして父と息子は、安文學がぽつねんと坐っている取調室に入っていった。

安文學の顔は幾分蒼ざめていたが、その目は一刻でも早く劉警部の尋問を済ませようとするあせりを帯びていた。

「安《アン》君、こっちから先に言っとくが……」

劉警部が机を挟んで安文學と向き合って、やさしい口調で話しかけた。

「さっき君と白秀という男との間で交わされた会話はすっかりわかっているんでな、それについて君の弁明を聞かせてくれたらいい」

「いいですよ。といっても、身に覚えのないことなのでなんと弁明すればいいのか、とんと見当もつきません」

「嘘はつまらんな」

厳めしい声で劉警部が言った。

「そんなふうに嚇《おど》されたって、記憶にもないことをべらべらしゃべるほど、わたしは莫迦じゃないですよ。白《ペク》秀《ス》とかいうあの男は精神異常者じゃないかと思っているぐらいですからね」

「だが、あの日の夜の君の行動——秋薔薇《チュチャンミ》と奨忠壇《チャンチュンダン》公園で別れてからの君の行動がはっきりしていないことを君は忘れてはいけない。その事実一つだけでも、わしらとしては充分君を疑える立場にあるわけなんだ。そのうえ今夜、君が事件現場で秋薔薇の首を絞めて殺す光景を目撃したという人物が現れた以上、いくら君自身が犯行を否定したところで、もはや法の網の目を逃れることはできんよ。だから、わしらとしたら紳士的な言い方で自白を勧めているのさ」

劉準《ユジュン》は父親が容疑者を取り調べる光景を今日初めて見た。これが世に鬼警部と呼ばれている父の取り調べ態度だったのか？　こんなにゆったりと、やさしい口調で接すれば、たいていの犯罪者は自白する気になるのだろう。

「紳士的に話してもらえるのはありがたいですけども、どうかわたしの立場も少しは考えてもらいたいですね。夢にも見たことのない人物から、お前の犯行をはっきりと目撃したから自白しろと言われたところで、身に覚えのない犯行を自白するなんてできますか？　……わたしの立場はずいぶん不利ですよね。ですけど、いくら不利でも身の潔白には変わりがないのですから」

弁解というよりは哀願に近かった。

「でも、白秀は鏡を通して君と目が合い、睨み合ったと言ってるわけだが、それについて君はどう弁明するのだね？　弁明の余地はちっともなかろう？」

「ともかく、その白秀とかいう狂った男を一刻も早く逮捕してください。逮捕したら、どうか彼の精神状態を鑑定してもらいたいですね。それでもし、彼の精神状態になんの異常もないようなら、その人物こそ秋薔薇を殺した真犯人でしょうから」

安文學《アンムナク》はそこでしばし思案した後、

「さっきはこっちもかなり興奮していたので、そこまで考えられなかったのですけれど、今冷静に思い起こしてみると、その男こそすこぶる怪しいです」

「どうしてそう言えるのか、くわしく話してもらえませんか？」

横に坐っていた劉準が訊いた。

「説明しましょう。――第一に自分が秋薔薇殺しの犯人じゃないことを、あなたがたより自分自身がよく知っています。そんなわたしの立場からみれば、少なくとも事件の範囲はあなた方と較べて至って狭くなることだけは確かじゃないですか？　あなた方の立場からみれば、疑惑の人物である安文學をわたしの立場からなら、いささかのためらいもなく除外してしまうことができますからね」

「なるほど。それで？……」

「そんな立場にいるわたしはあの日の夜、殺人現場にはいませんでした。白秀という人だってどこで何をしている男なのか、面識すらありません。そんな白秀がどんなわけがあるのかは知りませんが、ともかくわたしを犯人に仕立て上げようと懸命に骨折っていることについてどう解釈されます？――いや、それに対する責任の半分は、失礼ながら劉警部にあるとわたしは考えているんです」

「ほう、わしに責任がある？……」

劉警部は余裕のある笑みを見せながら面《おもて》を上げた。

「そのとおりです。崔樂春《チェナッチュン》監督の『妻を殺すまで』という映画を発表し、現実にも映画そのままに秋薔薇を殺したと解釈する張検事の意見から暗示《ヒント》を得て、劉警部はそれを逆に考えたのですね。言い換えるなら、崔監督の巧妙な殺人計画に気づいた第三者であるこの安文學が崔よりも一歩先んじていち早く秋薔薇を殺してしまった、と――劉警部はそう考えたいご様子ですけれど……で、殺人動機としては、秋薔薇が結局わたしよりも夫の方を愛していることがわかったためですよね。おまけに、わたしにはその日の夜のアリバイもありませんし……」

「それで、半分はわしに責任があるというのはどういう意味なんだね？……」

劉警部は訊いた。

「白秀という人物はですね。わたしに対する劉警部の嫌疑が濃厚だと知っていて、無理にでもわたしを犯人に仕立て上げる魂胆だったのですよ。それでなけりゃ、わざわざ訪ねてきてあんなとんでもないことを強いる必要がどこにあるんです？」

「だけど、むしろ白秀が犯人かもしれないというのは、どんな理由からなんです？」

と劉準が静かに訊いた。

「もっとも、はっきりこうだと言えるほどの理由にはなりませんけども。謂わばあの男の風体から受ける印象ですね」

「いわゆる第六感というやつですね？」

「そうです。あくまでも仮説ですよ。わたしが崔監督を疑っていると言ったとき、あの男はえらくぽかんとした顔で『へえっ！　逆にあんたが崔樂春《チェナッチュン》を怪しむって？　……』と言って驚いたぐらいですからね。その一言だけで考えたとしても、事情を知らない人が横から聞けばわたしを犯人と断定するのでしょうけど、自分自身——つまり決して犯人じゃない自分自身の立場からみると、犯人がだれかを知っているその男——言い換えるなら、彼自身が犯人であることを知っているその男が、崔監督を強く疑っているこの安文學《アンムナク》をぽかんとして眺めるしかなかったのです。これはなんの根拠にもなりはしないのでしょうけれど、その男が無理にでもわたしを犯人に仕立て上げようと躍起になっていることだけは確かな事実でしたね。わたしが警察当局から濃厚な嫌疑を受けていることを利用して、無理矢理わたしに自白させようとしているわけです。そうすることが、あの男自身にとって利するところがあるからじゃないでしょうか？」

秋薔薇《チュチャンミ》が殺害された日の夜、安文學は一歩たりとも秋薔薇の家には足を踏み入れなかったと言う。劉準《ユジュン》の第六感は外れることはない。そして、安文學の証言に嘘はないことを劉準は今肌で感じたのである。

のみならず、白秀《ペクス》は書斎の隣にある寝室の窓枠の上から鏡を通して、秋薔薇を殺す安文學の顔を見たと言う。だれかはわからないが、二人のうちどちらか一方が嘘をついていることだけは確実だ。

「白秀だ！　白秀が嘘をついているのだ！　どうして？　……どんな理由で？　……」

それについての説明は思いつかない。第六感というものに説明なんて必要としないから——。

第二節　新しい友情、古い友情

「安《アン》さん、あなたを教養のある立派な紳士と信じて話をします。ですからあなたも、信頼に背くような答え方をしないでください。ほんとうの友情のために誓いを立ててください！」

劉準の温かく美しい言葉に安文學の端整な顔が感激のため、次第に赤みを帯びていく。

「劉さん、ありがとう！　どんなことでも訊いてください。友情の美しさを冒瀆《ぼうとく》せずに生きていくためにも、神に誓って真実を答えます！　万一、劉さんがわたしに犯人としての自白を強要されるなら……そしてそのことを劉さんが本心で望むなら、偽りの自白をしてでも劉さんの望みをかなえてさしあげましょう！」

そう言うと安文學はすっくと立ち上がり、劉準の手をしっかりと両手で摑んだ。

「ありがとう！　なぜかわからないのですけど、わたしは安さんを犯人と考えることが嫌でたまらない。母は子どもの時分からわたしのことを勘のいい子と呼んでいました。この純粋な勘によって手柄を立てさせてください」

「ありがとう！　劉さん！」

安文學は泣いていた。大粒の涙がぽたぽた足もとに落ちていった。

「では誓ってください。――犯行のあった日の夜、安さんは被害者秋薔薇の家には一歩も入らなかったのですね？」

「絶対に入ってなんかいません！」

その言葉を聞き終えた劉準は安文學との握手を解き、父親の劉警部に視線を向けた。

「父さん、もう安さんを疑わないようにしましょう」

「どういう意味なんだ？　……」

「父さんも見たとおり、安さんは目の前で誓いを立てたじゃないですか？」

「フン――」

瞬間、露骨な反発が劉警部の顔に滲《にじ》み出た。

「お前は司法官なんだぞ。詩人じゃないはずだが……？」

司法官としての息子の将来を案じたのだろう、唖然とした顔で息子を見つめた。

「父さん、信じる者同士の間で嘘なんてありません。われら二人は今、互いに信じ合っています。父さんには見えなかったかもしれないですけど、僕は今その信頼の証を見ました。安さんの瞳の中に、心の中に、いや、体全体にはっきりとそれを見たのです」

「もう少し言ってみなさい」

気のない口調で劉警部は言葉の先をうながした。

「僕は安さんのことが気に入っています。もし安さんが許してさえくれるなら将来の友人として、兄と弟として……どんな恐ろしい秘密でも心置きなく話せる『親友』としてつき合いたいんです」

息子のこの美しい言葉を理解しようにも、五十になんなんとする劉警部の波乱万丈の人生経験が容易に耳を貸そうとはしない。ましてや、名高い警察官としての半生が息子の話を首肯するには、あまりにも感覚に差異がありすぎた。

一方、若い司法官劉準《ユジュン》にしても、こうした心境に達するまでには、本質主義者である白秀《ベクス》の絶えざる反抗と身震いするほどの試練を受けてきた御陰なのかもしれない。官吏になろうとする自分自身に、新人らしい嫌悪感を抱いた劉準こそ、真の劉準だったのかもしれない。

三十年余りの間、日帝（日本帝国主義の略）の圧迫により民族の矜持を放棄し、日帝支配の下で今日の名声を得てきた父劉警部を幼いころから劉準は見て育った。そんな環境と習性が、今日の劉準を最も健全な常識家に育て上げたとみるのが妥当だったのだろう。

「劉さん、ありがとう！　あなたがそう望むなら、わたしにとってそれ以上の幸せはどこにあるでしょうか？……私は生涯あなたに背くような行動なんて絶対にしませんとも」

安文學《アンムナク》の感激は絶頂に達していた。涙がぽろぽろ流れ出た。

「父さん！」

劉準は再び、言葉をついで、

「僕は今、すばらしい友人を得ました。――でもその反面、一人のすばらしい友人を永遠に失ったかもしれません。今までの僕は偽善者にちがいなかった。偽善者だからこそ、そのすばらしい友人を痛く悩ませてきました。恐ろしい地獄の中へ友を追いやってしまったんです！」

「準！」

形容し難い苦悩の影が劉準の顔を覆いはじめた。

劉警部はわけがわからない、とでも言うように頭《かぶり》を振ってから、

「わしにはお前の言ってることがさっぱりわからない。一体お前は何が言いたいのかね？　はっきりと話してみなさい」

「はっきりとはわかりませんけど、白君をあれほど悩ませたのはどう考えても僕自身だったようです」

劉準は深刻な懊悩の色を浮かべ、

「父さん、今から白君に会って来ます。白君に会い、これまでの虚偽をはぎ取って真《まこと》の『親友』として話し合います。白君が切に望んでいるのは、俗世の垢《あか》に汚されていない本物の友情でした」

母親にインク壺を投げつけるといった乱暴を白秀に働かせたことがたまらなく悲しくて、劉準はいたたまれない思いでいっぱいなのだ。

「今夜のうちに、秋薔薇《チュチャンミ》事件は解決するかもしれません。どんなことがあろうとも、白君を連れてきます。きっと連れてきます！」

そんな一言を残して部屋を出ようとする劉準の眼前でノックの音がしてドアが開き、警官に連れられた映画監督崔樂春《チェナッチュン》がえらく興奮した面持ちで入ってきた。

「あっ、安君もいたのか？……」

部屋に入った崔監督の顔がぱっと変わった。

「お邪魔なようなら、私は別の部屋へ失礼してもかまいませんですよ」

対抗意識を露わに見せながら椅子から腰を浮かせた。

「そりゃ、まあ少しは……」

いかなる理由なのかはわからないが、なんだか興奮している崔監督は、安文學の存在をかなり気にしてためらう素振りを見せた。

「一体どういうわけなのかね？　かなり興奮しているように見えるが……」

劉警部が口を挟んだ。

「ええ、実は少し前に……」

崔監督は心置きなく話すことはできないとでも言うように、もう一度安文學をちらっと見やりながら、

「安君が聞いていては、いささか面白くない内容があるんです」

そう言われて、

「なら私は失礼しましょう」

と言う安文學を劉準はさえぎって、

「その必要はありません。何かは知りませんが、互いに隠す必要は最早なくなりました。どうぞ話してください」

と崔監督をうながした。

「そうおっしゃるなら話しましょう」

そう言って、崔樂春監督は次のような奇妙な話をした。

第三節　お前は犯人を知っている

ちょうど一時間前のことだったという。客はまだ三十歳にもならない若い男。帽子もかぶらず、髪はぼさぼさでまだ冬服を羽織ったままのみすぼらしい風体の男だっ

た。骸骨さながらの痩せこけた顔には、極度の疲労によるものとみられる自堕落な雰囲気が色濃い影を落としていた。それでも両眼は充血のため光っていて、理由は定かではないが絶えずにやにや笑っていた。狂人のような印象を与える男だった。

だが、いつまで待っても用件を言わないその怪しい男は、ただ、怪訝に満ちた崔監督の顔をにやにやしながら見つめるだけなのである。

「どういったご用件で来られたのです?」

主人崔樂春《チェナッチュン》はしびれを切らして自己紹介もしない怪しげな客に訊いた。すると男は、

「あのう、あのですね……」

と薄気味悪い表情を見せながら声を低めて、

「あのう、あんたはむろん夫人を愛していらっしゃったんでしょうね?」

と訊いた。

あまりにも唐突な問いかけに崔監督は瞬間言葉を失ったが、あたかも夫婦の寝室を覗かれたような不快な思いにとらわれ、

「あんたは一体だれなんだね? そんなことを訊かなきゃならんわけがあるのかね?」

崔樂春監督はある種の義憤のようなものを感じ、訊き返した。

「いや別に、ただ知りたかっただけですよ。夫人が亡くなられた後のあんたの孤独と悲哀——そんなことを考えると涙を誘われちまって……」

何が言いたいのかわからない。おかしなことを言うやつだと、崔監督も最初は気分が悪かったものの、その中身は知らないがこの怪しい男の胸のうちには、秋薔薇《チュチャンミ》殺害事件に関する何か秘密のようなものを隠しているように思われて、できるだけやさしい口調で応じた。

「愛していましたとも。ところで、あなたまでが涙ぐむとは、どういった理由からなんです?」

「いやあ、涙を誘われると言ったのは、少々語弊があったようですね。言ってみたまでですよ。あんたがほんとうに夫人を愛していたのなら、ってことです。一人の夫としての、そして愛人としてのあなたの淋しい心、虚無感、無常感、人生に対して呪詛の言葉を投げつけたい暗澹たる心情——そんなさまざまな感情の坩堝《るつぼ》の中で、すさまじく苦悩する一人の善良な夫の姿なり、霊魂なりが涙を誘うのですよ。おれには限りなく不憫に映るためなんです」

そのときの男の言葉には、一言一言に実感がこもっていた。

「ほう？ ……」

意外な言葉を聞いたとでもいうふうに崔監督は目を丸く見開いた。

「万一、おれが、あんたの立場にいたのならってことです。あんたみたいに平然とした顔ではいられないような気がして言うのです。おれだったらね。愛する妻の後を追って死ぬぐらいの気持ちになりますね。いや、少なくとも自分が犯人じゃないと、興奮して警察当局に文句をつけるような心情にはとうていなれそうもありません。そんなところをみると、あんたも夫人のことをさして深くは愛していないように見えますが……どうなんでしょう？」

「うむ――」

崔樂春は深く呻《うめ》いた。

「……」

この男が一体どんな理由で崔樂春監督夫婦の愛情問題をこれほど深刻に把握しようと骨折っているのかはまるきり見当もつかないが、実のところ、この怪しい男の一言一言が崔監督の胸に突き刺さることだけは隠しようのない事実であった。

「どうなんですか？ 亡くなった夫人に対するあんたの愛情も、つまるところ亡くなった者は早く忘れるに限るといった程度の愛情でしかなかったみたいですがね……」

そう言って、男はまたもやにやにや笑った。

「初めのうち、わしは妻のことをしばらく嫌っていたことだけは事実だった。嫌ったというよりも、ひどい倦怠を感じていたと言った方が正確だろう。だがね、いざ妻が死んでしまうと、やはりわしは妻を愛していたことに改めて気づいたんだよ。かといって、あんたが言うような純情はわしの性格上持ち合わせていないこともまた、隠しようのない事実さ。性格というよりは年齢がそうさせるのかもしれん。張検事さんなんかはわしの映画作品『妻を殺すまで』を拠りどころにして大層わしを疑っているようだが……実際、あの映画の脚本のヒントはむしろ倦怠期に陥った自らの夫婦関係から得たものではあるけれど、だからといってわしが現実にも妻を殺したという理由にはならんだろう。謂わば、世間知らずのお坊っちゃんの考えだな。で、あんたもわしが犯人だとみている者の一人なのかね？ ……」

男はやおら頭《かぶり》を振った。

「違います。あんたが夫人を殺した犯人だなんて、とんでもない。検事だの警部だのといった職業の人たちは、常にだれかを疑っていなけりゃ落ち着きませんからね。いや、落ち着かないというよりは、世間に対して体面が立たないからでしょう。あんたが夫人を愛していたのか、どうかといって訊いたのは、そんな問題じゃなく、もっと重要な……」

男はそこでいささかためらう素振りを見せた。

「もっと重要とは——どんな意味なんです?」

「思っていたとおり、あんたは夫人を愛してなんかいなかった！　これでこっちも多少は肩の荷が軽くなったというもんさ」

「どうしてそうなんです?」

男はしばらくじっとしてにやにや笑っていたかと思うと、何かを決心したかのように声を落としてつぶやいた。

「おれはね。夫人を殺したやつがだれなのか知っているんですよ」

「なんだって?　——あんたが犯人を——?」

「驚くのも無理はないでしょう。あんたがもっと純粋に夫人を愛していたとわかっていりゃ、もう少し早くこの事実をあんたに告げたかもしれませんがね。でも、それほどじゃなかったからよかった。これで多少は肩の荷がおりますよ」

「だれなんだね?　はっきり言ってくれ！　そいつの名前をわしにもわかるように聞かせてくれ！」

崔樂春《チェナッチュン》は摑み掛からんばかりの勢いで訊いた。

「それなんですがね。おれの口からはとうていしゃべるなんてできません」

「どうして言えないのかね?　……ここまで話してくれた親切なあんたなのに……どうかそいつの名前をわしに教えてくれ！」

しかし、その怪しい男はもうそれ以上、何も言わなかった。凄まじい気勢で詰め寄る崔監督の体をそっと両手で押し戻すと、椅子から腰を上げ、ドアに向かってゆうゆうと歩を移していった。

そのとき不意に、崔監督は得体の知れない強烈な恐怖の奴隷となり、両足が凍りついたようにその場から動けなかった。懸命に男を呼びとめようとはするものの、声が喉に引っかかったまま出てこないのだ。

男の姿が廊下に消えたとき、名状しがたい恐怖に慄《おのの》いていた崔樂春は玄関の方から聞こえてくる怪しい男の声をはっきりと耳にした。

「だれがあんたの夫人を殺したのか、安文學《アンムナク》君がよく知ってるさ」

話し終えた崔樂春監督は、警部と安文學の顔を交互に見つめたあと、

「安君、君が犯人を知っているんだって！」

と興奮で上気した顔を安文學に向けた。

「あいつだ！　あいつに決まってる！」

すっくと立ち上がりざま、安文學はすかさず言った。

「犯人はあの白秀《ベクス》というやつに違いない！」

そして劉警部に向かって、

「劉警部、あの狂った男を一刻も早く逮捕してください！」

そのとき、卓上電話がけたたましく鳴り響いた。劉《ユ》準《ジュン》はすぐに受話器を取った。

「こちらは鍾路《チョンノ》四丁目の派出所、金英一《キムヨンイル》巡査です」

「何かね……？」

「緊急の報告があります。不審者が近くを巡察していた野澤騎馬巡査の拳銃を奪って逃げました」

「拳銃だって？　……」

「ええ、拳銃です」

「捕まえたのか？　……」

「今、野澤巡査が先に立って追跡中です」

「捕まえられそうなのか？」

「ええ、それが……」

電話の声がしばしためらっているかとみるや、

「馬に乗って巡察中、いきなり不審者が襲いかかり、腰に提げた拳銃の紐を鋭利な刃物で切り取って、薄暗くて狭い路地へ飛び込んだため馬では追跡できず……で、馬から降りてあとを追いかけて行ったらしく……」

「莫迦なやつだな！　拳銃を奪われるなんて……」

「急報を受けて、現在、派出所勤務の警官も追跡中ではありますが……」

金《キム》巡査は、十中八九望みはないとでも言うふうな悲観的な呻きを洩らした。

「その不審者の風体は？」

「野澤巡査が言うには、帽子をかぶらず、髪はもじゃもじゃの若い男なのだそうなのですが……背は高く、ひょろりとしていて……そいつはこのごろほとんど毎日、四丁目の交差点で野澤騎馬巡査の姿を眺めていたそうです」

劉準はふと白秀を思い浮かべた。いつか鍾路四丁目の

交差点で交通整理をしている騎馬巡査をぼんやり眺めていた白秀《ベクス》、拳銃を持って憎いやつ、見るのも嫌なやつを順に廻りながら撃ちたがっていた白秀を、劉準《ユジュン》は身震いしながら思い浮かべた。

「蒼白い顔をした……何かこう、ちょっと見には画家みたいな印象を与える人物じゃないのか？」

「そのとおりです。野澤巡査の報告もそんなでした」

「わかった！　本署でもすぐに手配するよ――」

電話を切った劉準はいっとき、虚脱したみたいに立ち尽くしていたが、

「どんな事件なんだ？」

と訊く劉警部の声にふとわれに返り、

「鍾路《チョンノ》四丁目で野澤騎馬巡査の拳銃を奪って逃走した者がいます」

「何、拳銃？　……」

劉警部は上司としての責任を即座に感じ、

「それで、ひっ捕らえたのか？」

「それが……」

そこで劉準は電話の内容をくわしく父に伝えたあとで、

「これはただ僕の第六感で言うのですけど……」

劉準はいくぶんためらいを見せ、しばし言葉を休めたあと、

「もしやその不審者というのは白君じゃないのかな、と？　……」

「何だって、白君？　白秀君のことかね？　……」

「ええ、そうなんです！」

「どういうことなんだ？」

「くわしい経緯《いきさつ》は追って話します。まず本署でも緊急手配をしてください。僕は今すぐ白君に会いに行きます！」

その一言を父の前に残しておいて、礫《つぶて》のように劉準は部屋から飛び出した。

走りゆく劉準の背後から、部下を招集する劉警部の呼鈴の音がけたたましく聞こえてきた。

第十二章　火焔の歴史

第一節　深夜の非常線

ややあって、十二時近い深夜の街に非常線が敷かれた。大胆にも巡察中の騎馬巡査の拳銃を強奪していった強力《ごうりき》犯を逮捕すべく、厳重な警戒網が京城府市街地一円に敷かれはじめたころ、劉準はあえて自動車にも乗らず、ひっそりとした夜の街を明倫洞の白秀の家に向かって歩を進めていた。

自動車に乗らず、できるだけ時間の余裕を持って徒歩で行くには二つの理由があった。その一つは、歩いて行きながら白秀の犯行であることの物的証拠を確保しようという欲求であり、その二つ目は、できる限り白秀に時間的余裕を与えて強奪した拳銃で自分自身を始末してしまうことを望んでいたためだ。劉準自身の手ではとうてい白秀の手に手錠を嵌める勇気がなかったからである。

警察署を飛び出したときは体が熱くなるほど興奮していた劉準であったが、いったん外へ出てみると、今ごろはもう自分の命をどうにかして始末してしまったかもしれない白秀のことを思い、底知れぬ暗い感傷の沼にずるりずるりと引き込まれていくのであった。

鍾路四丁目の交差点の中に立ちつづけ、うっとりと拳銃を眺めていた白秀の姿は怪しげというよりも、哀愁を帯びた魂のむせび泣く声をともなって劉準の胸を締めつけていた。一刻でも早く白秀に会いたくて署を飛び出した劉準の切迫した思いも本心だったが、その一方で、つらつら考えるに、父の劉警部を始めとする本庁のほかの警官隊と一緒に白秀の痩せた手首にどうしてこの手で手錠を嵌めるなんてできようか、そんな思いも強かった。白秀に会ってどうかしようという確かな考えがあるわけでもなかった。ただ単に一度だけでも白秀のくたびれ切って、やつれた体をぎゅっと抱きしめて泣きたかったのだ。

だが劉準は、いつまでもこんな感傷にひたりつづける性格の人間ではなかった。謎はまだ無数に残っているのである。

——白秀は一体如何なる理由で、あの薄気味悪いにやにや笑いをやめないでいるのだろう？　頭の怪我は果たして単にうっかり転んだだけのことなのか？　自分で傑作だと豪語する『思想の薔薇』の後半はどんな内容なんだろう？　安文學《アンムナク》を犯人に仕立て上げようとする理由は何なのか？　そして今夜、白秀《ベクス》が崔樂春《チェナッチュン》監督を訪問したわけは？……謎はまだいくらも残っていた。

こんなに数多くの謎に包まれている白秀という一人の人間の正体は、まだ窺い知ることのできない厚い煙幕の彼方にある。安易に感傷にばかりひたっている場合ではないと、劉準《ユジュン》は力をこめて頭を振った。

白秀は今、どの辺をさまよっているのだろう？　騎馬巡査の腰から奪った拳銃の用途は？……劉準自身が想像するように、果たしてそれは白秀自身の命を始末するためのものなのか？……。

（それらのことはさておいて、白秀はこの前の霧の深い夜、奬忠壇《チャンチュンダン》公園で……なぜ寝室の窓枠の上から犯人の顔を見たなどと嘘をつかなきゃならなかったのだろう？……）

あの日の夜、白秀は偽りのアリバイを作ろうと、『ヴィーナス』のマダム那那《ナナ》に電話を掛けていて劉準に見つかってしまった。その瞬間、白秀は心の奥底で絶望の叫びを発していたのだろう。彼はその後、霧が濃く立ちこめる人気のない奬忠壇公園へ劉準を誘っていった。行きたがらない劉準を何ゆえむりやり連れて行ったのか？……。

「こんな淋しい場所で人をひとり殺してみたとて、だれひとり気づかんさ……」

公園に入って行ったとき、白秀は感情のこもった口調でそんな言葉をつぶやいた。劉準はそのとき、表情は平静を装っていても、内心では身震いしていたのである。あのときのつぶやき――あれはあのときの白秀の本心だったのだ！

そして少し過ぎてから、こんなところへ引っ張ってきて一体どうするつもりなんだと訊く劉準に、白秀はなんと答えていたろうか。

「いざ来てみたらあまりに神秘的な雰囲気なので、自ずと考えが変わっちまうんだな」

そんなことを白秀は例の余裕に満ちた口調で言ったのだ。

明水臺《ミョンスデ》でも白秀は絶えず背広のポケットに片手を突っ込んでいたが、あの夜もそうだった。してみると、白秀のあの一言は決して単純なからかい文句や冗談などではなかったことに気づき、劉準は改めて戦慄を覚えるのである。言い換えるなら、白秀は今度の件で二度の殺意を抱いた計算になる。

　こうして夜の公園に広がる乳白色の霧が醸しだす神秘的光景は、それまで白秀の心の一角にひそんでいた恐るべき殺意を容易に放棄させる力を発揮したのだ。殺伐とした殺人とはあまりにも隔たった心を癒す芸術の香気が、白秀の心の深部へとぐんぐん浸透していったのではなかったか？……。

　もしそうだとすれば、大自然はキリストの愛の言葉よりも一層偉大な力を持っていると言うほかはない。

　しかし、その一方でよくよく振り返ってみれば、果たして白秀が言うような神秘の力であったろうか？　あるいは白秀の心に根を下ろしていた意志――善の世界で育ったある種の善意の力であったのか？　そのいずれであるのか劉準は知らない。とにかく、白秀が恐るべき殺人の意思を放棄したことだけは事実だった。

　そのいずれであれ、いったん殺意を放棄してみると、白秀の立場はたちまち混乱におちいったろう。劉準を公園まで連れてきた理由が無くなってしまうからだ。那那に偽りのアリバイを頼んだ自らの工作がばれたことを知った白秀としては、劉準から秋薔薇《チュチャンミ》が殺害された日の夜、どこにいたのだと、厳しく追及され、絶体絶命の自分の立場を考えただろう。何もかもありのままに告白すべきか？　そうしないのなら、相手を殺《あや》めるしかない。相手を殺めることだって恐ろしいことだが、すべてをこの信用の置けない友人に告白することもまた怖かったのだろう。

　告白もできず、さりとて殺すこともできない極度のジレンマの中で白秀の心を占めたのはなんだったのか？　それはただ底知れぬ虚無感――自分自身の破壊であった。努力して維持してきた生存本能の放棄であった。

「あの日の夜、おれは秋薔薇の家にいた！」

白秀はとうとうその一言を口に出してしまった。そうだ。彼にとっては一時しのぎのための方便の限界を意味していたのだ。

　ところが、次の瞬間、再び白秀を襲ったのは強烈な命の絶叫だった。生きていたい。生きていたい。もう少し生きていたい。だが、時すでに遅し。口にしてはならない一言を洩らしてしまったのだ。彼の体の中でうごめく生への欲求がさぞかし地団太を踏んだことだろう。嗚呼、切ない白秀の魂よ！　君の他人を嘲る言葉は、そんな血のにじむ努力と煉獄の苦しみの中から絞り出されていたんだな！

更けゆく都会の夜、悪の華が跳梁跋扈する魔都の夜は、検事代理劉準《ユジュン》の嘆息とともにいよいよ深まっていった。

ところで思うに、白秀《ベクス》は実にうまく非常線をかいくぐって逃げた。秋薔薇《チュチャンミ》の家にいることはいたが、その場所は書斎ではなく庭だという。薔薇の花を摘み取ろうとして入ったのだ、と。寝室の窓枠の上から鏡を通して秋薔薇を殺す犯人を見たという。そしてその犯人の名前を追及されたとき、白秀はなんと答えたのか？　自分の口からはとうてい言えないのだ、と。思えば無理もなかろう。自分自身が犯人である者が、どうしてその名を告げられようか！

（白秀よ、君はその犯人をだれよりもよく知っている、そしてその犯人を自白させると言った。自白するまで君の手で私刑《リンチ》を実行すると言った！）

白秀にとって最も大切で、最も怨むべき人間――それは白秀自身ではなかったか！

最初から疑惑の目で白秀を見ていた劉準ではあったが、こうしていったん白秀を犯人と断定してみると、今までは単に白秀の外見しか知らなかった劉準、そして犯罪者の後を尾《つ》け廻し、単なる好奇心しか持たない一匹の猟犬以外の何者でもない劉準であった。そんな劉準が一歩踏み込んで見た白秀の姿から、まだ一度も想像したこともない、とてつもない恐怖に戦慄しないわけにはいかなった。知覚可能などんな恐怖よりも、より根の深い怖さがあった。魂の血を噴き流す一人の犯罪者の悲痛な呻きと絶叫が聞こえるかのようだ。

第二節　原稿料・五百円

暗い路地の突き当たりに白秀の家はある。劉準は白秀の無気味な姿を思い浮かべ、一度深呼吸した。

弱い電灯の明かりを肩に受け、白秀の母はぽつねんと温突《オンドル》の部屋に坐っていた。どこか落ち着きのない、視点の定まらない目で劉準の目の色を探ろうと骨折っていた。こんな夜更けに、わざわざ訪ねて来なくてはならない劉準の用件が気懸かりなのだろう。

息子が投げつけたインク壺が当たった痕には白い包帯が巻かれ、絆創膏で固定されていた。白秀が帰ってきたのだな、と劉準は思い、

「白君はまだ帰っていませんか?」

といつもの調子で訊いた。

白秀の母の顔色がにわかに曇り、

「きっと何かあったんでしょ? ……」

そして、劉準の顔をまじまじと見つめた。

「お母さん、隠さずに正直に答えてください。白君は帰って来たのですね?」

「ええ、――いえ……」

母親の声はうろたえていた。

「帰ってきたのですか?」

「ええ、あのう……半時間ほど前に帰って来て……すぐにまたどこかへ行ってしまったんです」

「出ていったのですって? ……」

「ええ、すぐに……」

だが、劉準は母親の言葉を信用しなかった。白秀は家にいるものと考え、やさしい口調で言う。

「お母さん、誤解しないでください。今夜来たのは、白君に会いたくてたまらなかったからなんです」

それでも白秀の母は、ずいぶん警戒するような目つきで、

「誤解だなんて……? 本当にもういないのに……」

おおよその事情は察したらしく、なかなか劉準の言葉を素直に聞き入れようとはしない。

「お母さん、今日こんな夜更けに訪ねて来たのは、実は重大なわけがあるからなんです。今夜、この機会を逃せば、僕はもう永遠に白君に会えなくなります。どうか白君に合わせてください」

劉準は頭をさげて懇願した。

「永遠に会えなくなるですって……?」

母親の顔が一層翳りを帯びた。

「そうなんです。僕は今夜、一人の司法官として訪ねて来たんじゃなく――白秀君の親友として来たのです。白君に会わずには、とうていこのまま引き返すわけにはまいりません! 白君に会って、ただ一度ぎゅっと抱きしめて泣きたいのです!」

そして、ふと面《おもて》を上げ、ぐるりと見廻しながら大声で白秀を呼んだ。

「白君! 早く姿を見せて会ってくれ! 君の親友として……君があんなに望んでいた真の意味での親友の立場でやって来たんだから!」

しかし、家の中からは何の返事も聞こえて来はしなかった。

「本当にいないんですよ。さっき出て行ったんだから」

「どこへ行ったのか、どうか教えてください！」

本当に出かけていていないのなら、白秀《ベクス》に会う機会は永遠に逃してしまったことになる。

「さあ、どこへ行ったのやら……幽霊みたいにふらりと……」

「えっ？……」

「まるで魂の抜けた幽霊みたいに……ふらふらして……」

そう言いかけて、ふと顔を上げ、

「本当は何があったのか、ちょっと教えてくださいな。あの子が……あの子が何か……何かよくない事をやったのは確かなんでしょうけど……さっきあの子が帰ってからの素振りを見ても……」

一層不安が募っていく。ちらっ、ちらっと室内を見廻した。そうしているうち、ついに決心したみたいに、すっと腰を上げるなり部屋の奥の敷物の下から、まっさらな十円紙幣の束を取り出し、劉準《ユジュン》の目の前に差し出した。優に五十枚はあるものとみえた。

「これをさっき、あの子が持って来たんです。こんな……こんな大金を一体どうやって用意してきたのか……？　あたしはただもう怖くて……」

劉準は驚いた。少なく見積もって五百円もの大金がどんな経路で白秀の手中に収まったのか、劉準は空恐ろしかった。

母親の話はこうだった。

今夕、母親の顔にインク壺を投げつけて、ぷいと出て行ってしまった白秀が、十一時を少し廻った頃合、風の如くすっと家に入って来たとき、白秀の母は息子の姿を見てずいぶん驚いたのだという。

それはとうてい血が通う人間の顔ではなかった。魂がすっかり抜けてしまった人の皮が張りついているだけで、案山子《かかし》さながらの様子だったという。青白く引きつった唇、紙のように白い頬、ぼんやりとしたまま動かない虚ろな目、土と埃で白っぽく汚れた背広のズボン……。

「白秀や、一体どうしたというの？……」

今にも倒れそうな息子の体を支え、やっとのことで部屋に入れたとき、息子は母親の腕を摑んだまま蒲団の上にすとんと腰を落とした。

「母さん、膏薬……膏薬を買ってきたよ」

白秀は荒く息をしながら、土で汚れた背広のポケットから膏薬と包帯、それに小瓶に入った消毒薬を母に差し出した。

「母さん！」

白秀の目には涙が溜まりはじめた。

「母さん……僕はつい母さんを撲《ぶ》ってしまった！」

「そうだよ。でも母さんはなんとも思っちゃいないわ」

「嘘だ！　母さんは嘘つきだ！」

母親の顔にも涙が光った。

「嘘って、何が嘘なんだい？　母親の髪を摑んで振り廻す息子だっているというのに……そんなことぐらい……」

「母さん、僕が薬を塗ってあげるよ」

白秀は青く腫れあがった瘤《こぶ》を消毒薬で丁寧にこすってやり、膏薬を塗った後、包帯を巻き、絆創膏で固定した。

その間、白秀は泣き通しだった。

「母さん！」

「うん？……」

「母親を撲つ息子！　こんな息子が何人もいたらどうする？……」

「なぜそんなつまらないことばかり言うの？……」

一体何が息子にこれほど深刻な打撃を与えたのだろう？　母親を傷つけたからなのか？　何かはわからないが、この母親は最近とみに言動に荒さの目立つ息子の心情を案じた。

「母さん、今夜一晩だけ甘えさせてほしいんだ！　今夜だけ……」

「おかしな子がいるもんだね！　だしぬけに甘えさせてほしいだなんて……？」

「母さんの懐が一番いいよ！」

「ほんとうにおかしな子だね……お前は四つのころから、もう母さんに引っつくのを嫌っていた子どもなのに……秀《ス》や、何か……何かよくない事でも仕出かしたんじゃないのかい？……」

「違うよ、違うって！　ただ母さんの懐が一番……一番なんだから……」

そう言いながら今年二十六歳になる息子は、涙に濡れた顔を母の懐に埋めた。

昔、むかし、乳を吸っていた幼い白秀を母はふと連想し、息子の頭と肩をなでてやり、

「そんなこと言ったたって、こんなに服が汚れてるのに……何かあるんなら隠したりなんかしないで母さんにおっしゃい！」

「本当に……本当になんでもないよ！」

すると白秀《ベクス》はついと面を起こした。

「あっ、そうだ……」

白秀は背広のポケットから紙幣の束を取り出した。

「これで……親父の墓碑を建ててあげて！　五百円！　五百円あるよ！」

紙幣の束を母の膝に乗せて体をぶるっと震わせると、帰って来たときと同じく足に力が入らないのか、よろよろと立ち上がった。

「まあ？　五百円？　……」

母親もついで腰を浮かせ、

「こんな大金をどこから……？」

と仰天する母親に、

「母さん、それは僕の原稿料さ。暮らしは貧しいのに大学まで行かせてくれた母さんへの贈物なんだ。そして、そして……」

「でも、こんな多額の原稿料をだれが？　……どこの出版社からなの？　……」

原稿用紙一枚につき二十銭とか三十銭しか知らない母親だったし、またそれが普通だった。

白秀は震えている母の肩をやさしく抱いてやった後、

「母さん、これは僕が命を懸けて書いた原稿の報酬なんだ！　死を覚悟して、無知蒙昧な文化事業家の手からせしめた原稿料だからね！」

「だって、こんな大金なのに……？」

「母さん、何も心配しないで！　そうするしかなかった。そうしなけりゃ、自分の手で父さんの墓碑を建てる見込みなんてとうていなかったから」

そしてまた、よろよろと部屋の外へ歩を移していった。

「お待ち、秀や！　こんな時間にどこへ行くの？　……」

駆け寄る母の手を振りほどき、戸外へ飛び出した。去りながらも白秀は狂人のようにわめいた。

「……『思想の薔薇』！　『思想の薔薇』が五百円で売れた！　だれだって？　この無知蒙昧な社会で一枚二円の原稿料をもらった者はだれだって？　……白秀だ！　白秀だ！　うふぁ、は、は、はっ……」

でもそれは得意がっているというよりは、むしろ声を上げて泣いているように聞こえた、と白秀の母は語った。

「あとを追いかけてはみたんだけど、路地を駆け抜け、一気に大通りまで走って行ってしまったの」

「そうだったんですか」

劉準《ユジュン》はつと立ち上がった。

白秀の母は、きっと何か言いにくい事情があるはずだと哀願するように訊いてきたが、それに対する返答を劉準はまだ用意できないでいた。

「くわしいことはまだわからないので、事情がわかり次第、また連絡します。無闇に心配なさらないようにしてください」

こうして白秀の家を出たときには、すでに一時を廻っていた。

（白秀はまだ生きている！）

劉準はそのこと以外には、何も考えるゆとりはなかった。

（彼が命懸けで書いたという『思想の薔薇』の後半は、一体どんな内容なんだろう？）

劉準はふと歩みを止め、空を見上げた。星はあっても月はなかった。

その真っ暗な闇を縫うようにして、一つの巨大な人間の脳髄が鬼火にも似た青白い燐光を発散させながら空高く飛んでいく、そんな幻影を劉準は描いてみた。

第三節　夜明けの情報

白秀の家を後にした劉準は、一路××警察署に向かってタクシーを飛ばした。深夜の街だ。人影など一つとしてなかった。

警察署へ着いてみると、父劉警部は多数の部下を動員して、白秀を逮捕するために出発した後だった。逮捕理由としては秋薔薇《チュチャンミ》殺害事件の嫌疑者として、また現職警察官から拳銃を強奪した強力犯としてだけではなく、東洋新聞社社長を脅迫し、現金五百円を奪っていった強盗犯としてなのである。

劉準はたび重なる意外の事実に茫然自失した。

（とうとう最後のあがきが始まったのだ！）

暗黒の死と直面している一人の犯罪者の苦悩と絶望、そして虚無と孤独の中で最後のあがきを始める凄絶な姿が、若い検事代理の胸をぐいぐい締めつけてきた。かつてあんなに親しかった二人の若者――そんな二人なのにとうとう、追いかけねばならない劉準と追いかけられねばならない白秀とに分かれてしまったのだ。

(嗚呼、どうしてこんなにも悲しいめぐり合わせになってしまったのか!)

劉準《ユジュン》はがらんとした部屋の中で茫然と立ち尽くしていた。ややあって、椅子に力なく腰を落とし、

「母さん、今夜一晩だけ甘えさせて」

幼い子どものように母親の懐に涙に濡れた顔を埋めたという白秀《ベクス》の痛ましい姿が、劉準の瞼《まぶた》に再び浮かんできた。身を切るような凄まじい孤独感は、追われる白秀にだけあるのでは決してなかった。人生無常の空しい諦念に劉準は強くとらわれるのであった。

(父親の墓碑費用としてこしらえてきた、あの五百円も結局は正当な原稿料じゃなかったんだな!)

話を聞いてみると、次のようなことだったらしい。

深夜に怪しげな若い訪問客と接した東洋新聞社の鄭《チョン》社長は世間でも名うての原稿料廃止論者だった。健康な男が朝早くから夜遅くまで肉体労働をして得られる報酬がせいぜい八十銭にしかならないというのに、一枚二厘もしない原稿用紙にいくら貴重な文章が書かれているにしても三十銭なんてあまりにも高い。世の中が進歩すれば、さまざまな芸人が現れだすことを懸念するという人物だった。そんな鄭社長から一枚二円もの原稿料を受け取った白秀は決して平凡な人間ではなかったのである。

「命を懸けて書いた人生の貴重な記録なんです。この原稿を買ってください」

深夜の訪問客はそう言いながら、一束の原稿をポケットから取り出したという。

しかしながら鶴嘴《つるはし》とペンを同等視する、この無知蒙昧な、肝っ魂のすわった人物は、相手がルンペン文学青年であることを一目で見破ると眉根を寄せた。白秀は以前、この東洋新聞に短編小説を二度ばかり発表したことがあったのだ。

鄭社長はあからさまに不愉快な表情を見せ、

「原稿を買えと? ……生意気な文句は聞き流すとして……活字にしたけりゃ、置いて行きゃいい」

眠りをさまたげられた不満も混ざっていた。

「そんなんじゃない。これは僕自身の血の記録なんです! どうか五百円を出してください!」

若い訪問客は悲壮な決意で哀願した。

「五百円? ……あんた、狂ってるんじゃないのか? ……気は確かなのかね? ……」

「真面目に言ってるんだ!」

「ほんとうに血で書いたものなら赤いはずだが、この

文字は青いじゃないか。血書ならいざ知らず、青い血書なんかに五円だって出せるもんか」

「いえいえ。この原稿がひとたび発表されるなら、東洋新聞の発売部数は確実に現在の二倍にはなるでしょう。それを私は命を懸けて保証しましょう！　それにこの原稿は芸術的価値が高いばかりじゃなく、一般大衆に訴える力があります。五百円を出してください！　命懸けの最後のお願いです！」

「いくら君が命を懸けて保証すると言ったって、一枚二円も出して買う莫迦なんているもんか！　失せろ！　ぐずぐず言ってないで、とっとと失せろ！」

帰れ帰らぬ、五百円を出せ、出せないと押し問答の末、白秀はポケットから拳銃を取り出すと鄭社長の胸を狙った。

「死にたいのか？」

「死ぬのはイヤだ！」

「出せ！　出せ！」

こうして一枚につき二円という、この社会では記録的な原稿料が支払われたのだ。ところが白秀は原稿を再びポケットに戻しながら、

「原稿は締めくくりの部分がまだ書けていないので、二、三日後に仕上がり次第、郵便で送ってやる」

そして見る間に消えていったという。

その原稿が『思想の薔薇』であることは言うまでもなかった。で、そうやって手に入れた原稿料は父親の墓碑を建てる費用と化した。

「白君はまだ二、三日は生きているだろう」

劉準は暗い夜空を窓越しにじっと眺めていた。張検事から一件書類を譲り受けた以上、検事局としての迅速な活動を進めなければならない立場にいることも忘れてしまったかのように、空が白むまで坐りつづけていた。

明け方、父劉警部がくたくたになった体を引きずるようにして戻って来たが、白秀の行方は杳《よう》として知れなかった。

だが、ただ一つ知り得た事実は次のとおりだ。

夜中の一時ごろ、白秀は茶房『ヴィーナス』に現れ、マダム那那《ナナ》を伴ってどこかへ姿をくらました。

「だらしのないマダムだぜ」と軽蔑していた女なのに、白秀も追われる身の孤独に勝てず、たまらなく人恋しくなったのだろう。そうなのだ。親友と自称していた劉準よりも、くだらないマダムから人間的な愛情みたいなものを感じているのにちがいなかった。厳重な警戒網を突

破して、那那《ナナ》と手に手を取って遠い所へ永遠に脱出していこうとする白秀《ベクス》の蒼白な魂が悲しくて切なくて、いたたまれなくなる劉準《ユジュン》であった。

ほどなく東の空が赤みを帯びてきた。巨大な魔都が動きはじめる時間だ。有明の月が西の空にかすかに残っている。清清しい朝の風が、淀んだ劉準の頭をさっとかすめてゆく。ほどなく、あの偉大な黄金色の太陽が善と悪をともに呑み込んで、今日も昨日と変わることなくこの街を燦然と照らすだろう。

そのとき、がらんとした部屋の電話がけたたましく鳴った。劉準は受話器を取った。白秀の行方に関する捜索隊の第一報だ。

「劉警部でしょうか?」

「いや、検事局の劉準です。親父は今、宿直室で寝ているんですが」

「あ、そうでしたか。私は漢江一帯を捜索中の第三分隊の朴《バク》です」

「それで……?」

「白秀の行方について報告します」

「うん? 白秀? ……」

劉準は絶望を感じた。那那と手を取り合ってどうか遠くまで逃げのびてくれたらな、と劉準は念じていたからだ。

「そうなんです。昨晩、いえ正確に言いますと今日の午前二時半ごろ、怪しげな若い男女が一組現れたのです。男は三十前後の痩せ型でして、帽子はかぶらず、髪はぼさぼさでくたびれた背広を着ていました。女は二十五、六歳、明るい空色の洋装で、鰐《わに》革のハンドバッグを持っていました。二人はちょうど白秀と那那の人相と合致します」

「それで……?」

「これは船遊倶楽部という貸しボート屋の主人の証言なんですが、彼ら二人はボートを一艘貸してくれとせがんだそうです。主人は営業時間がとっくに過ぎているので一旦は断りました。すると二人は執拗に頼み込み、結局規定以上の料金を払って四人乗りボートを借りて行ったということです」

「それでどうなったんだ!」

「ところが、二人はまだ戻ってきてはいません。水量の多い時期なので、おそらく二人を乗せたボートは漢江の下流までくだっていったんじゃないでしょうか。ボートの色は白で、二十七の番号が記されています。以上で報告は終わりますが、われら第三分隊は万全を期して、もう一度二手に分かれ、漢江人道橋を中心に上流と下流を捜索中であります」

「ご苦労だったね」

劉準は電話を切った。

ややあって、深い眠りから覚めた劉警部に劉準はさきほどの第一報の内容を報告し、第二の報告を待っていた。

午前九時、待っていた第二報が入ってきた。

「漢江人道橋からおよそ四キロ離れたところで、二人の男女を乗せたボート一艘が、月の光を受けながら下流へ向かっていくのを、二隻もの漁船から目撃されています」

「それは何時ごろのことなんだ？」

「午前三時半ごろのことです」

「ご苦労！」

劉準は父親と協議したのち、警察と検事局との合同捜査本部を××警察署に置き、検事局の捜査隊員を電話で呼んで待機させ、第三の報告を待っていた。

「第三分隊の朴です。本官は今、漢江人道橋からおよそ八キロの距離にあるM邑《むら》（郡の下に置かれた行政区分）の駐在所から電話を掛けています。このM邑で河岸から三キロ程度奥にある鴨洞《オリゴル》という漁村で、とある漁師の家で白秀の同伴者那那の身柄を確保しました」

「うーむ、——」

劉警部の呻《うめ》くような声が響く。

「那那は極度の疲労で昏睡状態に陥っているところを見つけて身柄を確保しました。ですが、いくら訊ねてもはっきりした返事を避け、ただ昨夜、船遊倶楽部で白秀と一緒にボートに乗ったことと、途中で自分一人だけがボートから降りたことしか話してくれません。ですから、今どこにいるのか、どんな経緯で那那一人だけがボートから降りたのか、その点については固く口を閉ざしたままです。那那は今、極度の恐怖で震えています。その家の主人姜《カン》さんの話によると、今日の明け方、もの淋しい河原をくたびれた様子でふらついている那那を見つけ、家に連れて来て朝飯を食べさせた後、寝かせてやったというのです。以上で報告は終わりますが、本部隊は白秀を逮捕するため、さらに下流の捜索を続けています。ところで、この那那という女性をすぐに本部へ護送したものか、あるいは本部からこちらへ訊問に来られるのか？……それについてご指示願います」

「わしらがそっちへ行く！　そこで待っていてくれ」

「了解しました」

こうして警察と検事局の合同捜査隊員を乗せた三台の乗用車は、じりじりと陽の照りつけるアスファルト道路を一路漢江方面へと疾走していった。土埃と暑気のせいで、あたかも街全体が湯気で覆われているかのようだ。

だが、市街地を抜け出てから、川沿いの道路は次第に風景の変化が乏しくなった。青い空の彼方に水平線が延びている。低い丘を二つ越えると見渡す限り平原だ。左手に滔々と流れる漢江の川面に陽が射して鱗のように眩しく光る。

右手に青々と広がっているのは牧場だった。詩の情景のようでもあり、一幅の絵を観るようでもある、のどかな牧場に乳牛の群れが白い浮雲さながら、あちらこちらでのんびりと動いていた。さわやかな風がさっと車の中に吹き込んでくる。劉準《ユジュン》の心情にはそぐわない平和な風景だ。実際、犯罪者を追いかける人間には不必要な風景だった。

しかし、詩は詩ではないものと対照するとき、初めてその純粋性を人の心に沁み込ませるのだ。劉準はわれ識らず、果てしなく広がる青空を背景に燦然と輝く黄金色の太陽の下で、鞭を片手に口笛を吹いている白衣の牛追い少年の姿に惹きつけられている。そこには平和があった。争わずに生きる姿がそこにはあったのである。

（白秀《ベクス》は今どこで、何をしているのだろう？……）

この燦然と輝く太陽の恩恵も、あの青々とした牧場ののどかさも、滔々と流れる大河も、そして爽快な風も、牧童の姿も詩も芸術も――嗚呼、殺人犯白秀にとっては見るのもつらい情景であるにちがいない。彼は今、「死」という黒い塊を全世界に向かって爆弾みたいに投げつけたい、恐ろしい衝動にとらわれているのではないのか！

そう考えて劉準は身震いした。

やがて牧場の緑が背後に遠のいていくと、一行の眼前に現れたのは荒涼とした沼沢地だった。葦と雑草が繁茂する河原の上空で一群れの鵲《カササギ》と何百、何千羽もの烏の大群とが争っていた。嘴《くちばし》でくわえたり、むしったり、羽を広げて足の爪で引っかいたりしていたものの、衆寡敵せずを悟ったものか、ほどなく鵲の群れはカチカチと激しく鳴きながら飛び去っていった。

（地上に平和なんてあり得ない！）

牧場で拾い上げた平和を、劉準はこの沼沢地で捨てた。

鴨洞は沼沢地が途切れる辺りにある小さな漁村だった。のどかというよりは、何かしら憂鬱な印象を与える村の佇まいだ。

自動車が村へ入って停まると、真っ黒に日焼けした裸の子どもたちが、不審げな顔で堤防の上に集まってきた。そのだれもが体は痩せているのにお腹だけが膨れていた。そこに待っていた、さっきの朴巡査部長が一行を出迎えた。

「白秀が乗っていたボートが見つかりました」

朴部長は劉警部に報告した。

「そうか!」

車から降りた劉警部は短く答えた。

「ここから一キロ半ほど離れた下流で見つかりました」

「白秀は? ……」

「だれも乗ってはいませんでした。ボートだけです」

瞬間、劉準は、白秀が当局の手で捕まえられることなく、投身自殺でもしてくれたらな、と思った。

劉警部はしばらく黙っていた後、

「それで、その那那《ナナ》とかいう女はまだ吐かないのか?」

「はい、まだなにも。みなさまが到着すれば、何もかも隠さずに話してもらうことになっています」

「うむ――」

自動車から降りた捜査官一行は、村の中へと歩を進めていった。草屋が連なっているところもあれば、ぽつんと建っているところもある。村人は目を丸くしながら、捜査官一行を見守っていた。水甕を頭に乗せた婦人が横目に見ながら通り過ぎていった。低い垣根の内からお下げ髪の赤いリボンが、ちらっと覗いて見えては消えていく。がりがりに痩せた犬が、あちこちで喧嘩を仕掛けるかの如く前足を上げてさかんに吠え立てていた。中には尻尾を巻いて、そろりそろりと逃げ出す犬もいた。

朴部長の先導で一行は那那の待つ、とある草屋へ入っていった。那那は薄暗い部屋の隅っこでおとなしく坐っていた。土間の靴脱石《くつぬぎいし》に載せてあるエナメルの靴にはべったり泥がついていた。空色の洋服の裾がひどく汚れている。茶褐色の薄い絹の靴下が破れて、腓《こむら》が覗けて見えている。その一部に血が乾いてこびりついていた。何かに引っ掛かって傷ついた痕跡だ。

力のない、疲労のにじんだ表情だったが、一行を迎えた緊張のためか、多少は気力を取り戻していた。取り立てて良くもなければ悪くもない明るい顔が、昨夜の光景を思い出すのか、一度顔を引きつらせた。おかっぱの髪を片手でかき上げながら、

「ボートが見つかったのですって? ……」

劉警部と朴部長の話を聞いていた那那《ナナ》が、驚くと同時に淋しげな声を出した。

「きっと……きっとあの人は自殺してるわ！」

そう言うと那那はきつく唇を嚙み、床を見つめたままじっとしていたが、ぽたりぽたりと澄んだ涙を流した。

こうして始まった那那の長い話は次のようなものだった。

第十三章　続・火焰の歴史

第一節　愛の命令

茶房『ヴィーナス』のマダム那那の前身は、退廃主義《デカダンス》がもてはやされた一九三〇年代の文学少女の一人だった。十八歳のとき、黄某《ファン》という青年と同棲生活を始めたが、黄はその五年後に肺病で死んだ。

内縁関係だったにもかかわらず、黄は那那に三千円近い財産を遺してくれたため、那那はあれこれ思案した末、『ヴィーナス』という茶房を始めることにした。運が良かったのか、店は繁盛した。那那は喜んだ。

那那の品行は決して良い方ではない。だが、自分の過去を隠しておいて客に色目を使うような淫らな女ではなかった。文学少女として詩集を出すぐらいだから、男のあしらいにも長けていた。

白秀《ベクス》はけちな客だった。珈琲一杯で四、五時間は当然といった顔でねばるのだ。それでも、女給の目が怖くてコソ泥みたいにこっそり出て行くこともあった。

女給に忘れられたころ、白秀は不意に現れ、珈琲一杯で一日中いたりした。骸骨を連想させる白秀の容貌は、女給にとって魅力のあるものではなかった。それでも、白秀自身はそんなことに気づいていないかのような平然とした顔で椅子に身を沈めていた。

ところが、那那は文学少女的な感性からか、ときにはそんな白秀に無料で珈琲を提供した。話しかけてみると相手は小説家だった。文学的な香気がほのかな興奮を呼び覚ましてくれるのだ。那那にとっては刺激的な人物と映った。

「白秀さんは恋愛欠格者なんですね」

これが那那が放った最初の矢であった。白秀が隠していた性格の秘密が、この一言ですっかり暴露されてしまったのだ。

「恋愛欠格者？……」

白秀は心中少なからぬ驚きを持って訊いた。

「恋愛する資格を欠いた人――わかりやすく言うと、恋愛不能者のことよ」

「ほう？　マダムが恋愛心理学者だとは知らなかった！」

「あたしの豊富な経験からみるとそうとでも言うしか……白秀さんは生涯恋愛らしい恋愛を一度もしないで死ぬのよ。どうかすると高慢な顔に見えるわね！　でも、いいこと。それって白秀さんの弱い性格をカムフラージュする偽《にせ》の高慢さだってことはだれだって知ってるわ」

「さかしらな言葉はほどほどにしろ！　お前さんみたいなだらしのないマダムなんかとは縁もゆかりもない身だ。そんな科白でおれの心を摑もうとするなんざ、それこそ誤算だぜ」

「それそれ！　まさにそれがあなたの弱点なの。あたしの言葉を素直に認めないところに、あなたの永遠の悲劇がひそんでいるのよ」

那那のこの断定はあとから考えてみると驚くほど当を得ていたものだが、その一面、白秀が那那に対してなんの関心も寄せていなかったこともまた事実だった。

一方が高慢にふるまえば、もう一方が惹かれるのが男女間の引力だ。しかも、愛欲の経験が豊富な人々ほどその傾向が強い。

「白秀さんと苦労をともにしてみたいわ」

那那の方から惹かれていった。

「フン！」

白秀は高慢な態度をくずさない。

「フンって何なの……？」

「フンはフンさ、何がどうしたって？」

「柄にもなく高慢にふるまいさえすればいいとでも思ってるの？　三文の値打ちもない小説なんかを書くのがそれほど立派なのかしら？」

「腐った体から屍の臭いがする。それでもいっぱしの女なのかい？……」

「フン！」

「フンって何だ？」

「フンはフンよ、何がどうしたのよ？」

「なぜ他人《ひと》の言葉を真似る？」

「それってあなたの専売特許なの？」

白秀《ベクス》が偽のアリバイを作ろうと電話を掛けたのは、ちょうどそんなやり取りを交わすようになったころだった。といっても、那那《ナナ》はそもそもそれが何を意味しているのか、予測すらできないまま白秀の頼みを聞いてやったのである。

ところで、それはまさしく昨夜のことだった。さらに深夜一時ごろ、閉店直前に忽然と『ヴィーナス』に姿を見せたのだ。

一目見て那那はいたく驚いた。だれかに追われているような不安な素振りを見せていたからだ。服は汚れていたし、髪は乱れが目立っていた。充血した目で那那をまじまじと見つめていたかとみるや発作を起こしたかのごとく、やにわに駆け寄り、那那の体をぎゅっと抱きしめた。

「白秀さん、一体どうしたっていうの?」

そうは言うものの、恋しかった男の懐にいきなり抱かれてしまった那那は、間近に迫る相手の顔を訝しげに見つめながらも、久しく忘れていた男の匂いにうっとりしていた。

「那那、どこだっていい。おれと一緒に歩いてくれ」

「どこを歩くの?」

「どこだってかまわん。散歩しよう」

「遅いわ。もう一時半なのに……」

心の中で那那は二階の寝床へと白秀を誘っていく。

「遅過ぎるわね……散歩もいいんだけど、どこへ行くの?」

「どこへだっていいんだがな。明るい月夜だぜ。歩きながら那那の好きな恋愛をしよう」

「恋愛をするだなんて? ……ほほほ、意志で恋愛なんてできないわ」

「ちがう。意志じゃない! 那那を……那那のことが本当に好きなんだ!」

「さあ、どうかしら? ……」

「嘘じゃない。那那にぞっこん惚れ込んでいるんだから……シャンパンって酒は美味いんだろ? おごってくれよ」

「持って行くの?」

「歩きながら飲もう。そうやって月を見ながら恋愛をするのさ」

「こんな真夜中にだしぬけに散歩だなんて……白秀さん、一体どうしたのかしら?」

「那那、機会を逃しちゃいけない。この機会を逃したら永遠に後悔することになるよ。那那はいつかこんなことを言ってたろ――燃え上がる火焰の中で、ぎゅっと抱きしめ合ってにっこり笑うような恋愛をしてみたいと――さあ、チャンスだ！　早く、早く出よう！」

そう言いながら、白秀は不安そうな目つきでドアをちらっと見やった。

「何をそんなに怖がっているの？」

「怖いだなんて、だれが？　……那那、火山の噴火みたいな愛の炎が怖いんじゃないか？　……」

白秀は那那を抱いていた腕の力をすっと抜くと、物凄い形相で相手を見据えた。そして厳しい口調で訊いた。

「行かないのか？　……」

「行かなきゃならないの？　……」

「愛の命令だ！」

「なら行くわ！」

おかっぱの髪をぶるっと揺すって見せると那那は二階へ上がり、空色のワンピースに着替えて降りてきた。棚からシャンパンを一本手に取って、

「さあ、行きましょう！」

そして当番の女給に向かい、

「戸締りはきちんとしておいてね」

「ええ、心配いりませんわ、マダム！」

厨房にいた女給が顔を出して返事した。

非常警戒網の敷かれた深夜の街は、皓皓《こうこう》と月に照らされ、死んだように静まり返っていた。平和と静寂と安息の巨大な殿堂だ。どこか遠くで犬の吠える声が夜空を揺るがしている。二人の足もとを鼠がこそこそ駆けていく。

「どこへ行くの？」

「地の果てさ！」

「冗談はよして」

「漢江へ行こう！」

何かがある。白秀の胸のうちに何かがある。得体の知れない暴風みたいなものが、白秀の胸のうちで吹き荒れているのだ。

「漢江――漢江へ行ってどうするのよ？」

「那那がやりたがってる恋愛をするのさ」

「漢江でないと、恋愛できないの？」

「舟に乗ろう。舟に乗って、月見をしながら酒を飲もう。李太白（中国唐代の詩人李白）もそうやって恋愛したんだ」

「こんな夜更けに舟なんて貸してくれないわ」

「冒険は愛を成長させる。先が予測できないところでこそ、人間の愛は熟していくのだからね。愛の冒険《アバンチュール》

——甘美な夢の世界がそこにはあるんじゃないか！　黙ってついて来ればいいのさ」

そして、那那《ナナ》は黙々と従った。愛の冒険、その一言が文学少女の夢多かりし時代を那那に思い出させたのである。

「大通りに出て車に乗りましょう」

「愛の行脚があまりに安逸なものなら冷えてしまいやすいもの。苦難に満ちた行脚だけが愛の永遠性を約束するのだからね。歩く方がいい。那那の手をこんなにしっかり握って歩けるなんて、おれはうれしい」

自動車なんかに乗ったりすれば、警戒網に引っ掛かる。だから、白秀《ベクス》は裏通りばかりを選んで足を向けるのだ。

「じゃ、広い道に出ましょうよ」

「大通りに出るのは遠まわりだ。近道を通れば早く行けるだろ？」

「でも暗いし、じめじめしてるし、こんなところは嫌だわ」

「月が出てるじゃないか。李太白が興じていた月なんだ」

「あ、真っ暗になった。月がすっと雲隠れしてしまったじゃない？」

「願ったりだ」

「どうして願ったりなの？」

「恋愛はひそかに愉しむものだ」

こんなのが愛の散歩だったのかしら？

「もう少しゆっくり歩きましょうよ」

「早く行って恋愛しなくっちゃ」

何かに追われているような早足だった。那那はわれ知らず身震いしながら、握られていた手をすっと引き、はたと足を止めた。

「あたし、もう家に帰るわ」

月が再び雲間から姿を見せた。白秀はくるりと向き直り、那那の蒼白な顔をじっと見つめてから、浮かぬ顔でばっさり言った。

「帰ったってかまうもんか！　火山の噴火のごときおれの情熱を受け入れるには、お前さんの心臓は弱すぎるのさ。行け！　さっさと帰れ！」

何かしら絶望的なものが、その沈んだ口調には含まれていた。

「こんな……こんなのが愛の散歩なの？」

「愛はいつだって最初から甘美なわけじゃない。苦難の峠を越えてこそ、醴泉《れいせん》が待っているのだ」

「怖いわ！　白秀さんが……」

「つまらんことは言わずについて来い！」

那那の手首をむんずと摑んで、再び白秀は歩を進めていった。

「酒を飲みながら歩こう」

那那の手からシャンパンを受け取り、ラッパ飲みした。

「ほら、那那も一口どうだ」

手ずから瓶を傾け、那那の口に酒を注いだ。

「さあ、今度は唇を……」

白秀は足を止め、狂ったように那那の唇を吸った。

二つの人影が魔都の裏通りを青白く照らす月光の中で、あたかも凍りついたかのごとく、しばらく微動だにせず立っていた。

さして離れていない大通りを警官隊を乗せたオートバイの警笛が疾風のように通り過ぎていった。

第二節　江上の情熱

どれだけ経ったろう？　……白秀と那那は、ほの暗い漢江の河原を歩いていた。月はまた雲にさえぎられて見えなくなっている。シャンパンはすでに半分も減っていた。酒のせいで、二人の体は少々火照っていた。

河辺の所どころで貸ボート屋の電灯が弱い光を放っている。夜風が那那のおかっぱ頭の髪の毛を弄《なぶ》る。

「那那！」

「うん？　……」

「恋愛をしよう！　那那の好きな恋愛を！」

白秀は突然立ち止まり、那那のか細い体を暗闇の中でひしと抱いた。白秀の荒々しい抱擁と何口か飲んだ酒の酔いとが相俟って、那那の血が騒ぎはじめた。

「うれしいわ！　もう、どうなったっていい！」

白秀の懐に顔を埋めて那那は身悶えした。

「少女みたいに……少女のころに帰ったみたいにうれしいわ」

しかし、白秀は返事をする代わりに手に力をこめるだけだった。

この男の愛し方は普通とは異なっているようだ。那那の経験からではは〔か〕り知れないほどに違う。ちっとも女を大事にしないのに、女を大事にする人以上に情熱的にふるまう男——それが白秀だった。

文学少女らしい那那の欲求が彼女の成熟した肉体的興

奮と相俟って、さながら爆弾のごときこの男の情熱を丸ごと受けとめることに熱中していた。

「幸せな気分だわ。白秀《ペクス》さんもよね？……」

「決まってるじゃないか！　泣きたいぐらい幸せだよ」

呻《うめ》くように白秀は答えた。

「あら、ほんとうに泣いているのね！」

白秀の涙が那那《ナナ》の頬を濡らした。

「おれの愛が一人の女性をこんなにも幸せにできるなんて思いもよらなかった。なんだか奇跡のようでうれしくて、しきりに泣けてきて……」

白砂の川辺に寄せてくる波の音がぴちゃぴちゃと聞こえてくる。川風が那那の髪を乱して吹き過ぎていく。乱れたおかっぱの髪を片手でなでながら、白秀は那那の唇から情熱を吸い上げた。

「白秀さん、以前だれか女の人に恋したことがあるの？」

「恋した女——いるもんか！」

「嘘おっしゃい……」

「ほんとうに那那が初めてさ」

「嘘だわ！」

そう言ってから、ふと考えを変えて、

「そんな高慢ちきな顔ばかり見せているから、近づいて行けないのよ」

「そんなにおれの顔が高慢に映るのか？」

「訊ねるまでもないでしょ！」

「心ははなはだ素朴で純粋なのに……」

「こうして見ると、ほんとうに子どもみたいに天真爛漫なのね」

「この天真爛漫な純情を泥だらけの足で踏みにじった女性が一人いるにはいるが……」

「だれなの……？」

「もういない！」

そして白秀はぶるっと身震いしてから、

「那那、今のおれにとって、那那はまさにおれの命と同じほど大切な存在になってしまった」

「いつまでも……いつまでもあたしを捨てないでね。白秀さんはあたしのものよ」

「おれが……こんな愚かなおれがそんなに好きなのか？」

「うん、好きよ！　好き！　……とっても」

「口先だけじゃないのか？　……」

「あら？　……あんまりだわ！」

「違うね、世間の人たちはだれもが口先だけなんだよな……」

「いいえ、そんなんじゃない、あたしだけは違う！」

那那は心底、自分だけはそうではないと思い込んでいた。

「白秀さんがもしそう望むのなら、すぐにでもこの川にだって飛び込めるわ」

「那那、ありがとう！　ほんとうにありがとう！」

白秀はすっと抱擁を解き、

「ボートに乗ろう」

「貸してくれないわ」

二人は暗い河原を歩いて『船遊倶楽部』という貸ボート屋に行った。主人の親父はなかなか承知してくれなかったけれど、一円紙幣を三枚見せると、

「えっへっへ、楽しんできなされ」

と言った。

月は雲に隠れたり、雲間から姿を見せたりしていた。満潮時のため川は水嵩を増している。風は下流に向かって吹いていた。それで二人の乗った四人乗りボートも川の流れのままに下流へ向かって進んでいった。

「ああ、いい気分ね！」

那那は少女のように手を打った。黙々とオールを漕ぎつづける白秀のうつむき加減の顔を見つめながら、那那は水面上の神秘と静寂に恍惚となっていた。

「ああ、来てよかったわ。ラブシーンの場面に申し分ないわね！」

川縁の白砂の上で燃え上がった情熱が不完全燃焼のまま、那那の単純な肉体の中でくすぶっていた。この男に抱かれたまま死んでしまいたい。そんな恍惚とした情景を那那は夢見ていたのだ。

「もうちょっとお酒を飲みたいわ」

瓶を傾けて那那はまた何口か飲んだ。

「美味しいわ。白秀さんも一杯どう」

だが、返事はない。白秀はオールを漕ぎながら、何事かじっくりと思案しているかのようだ。やがて姿を覗かせた月の青白い光を斜めに受け、顔の半分が濃い影に覆われた白秀は、強張った表情で穴のあくほど那那を見つめるのだった。

「どうして黙ってばかりいるの？」

ボートは下流へ向かって進みつづけていく。『船遊倶楽部』の赤い電灯がちらちらするのが遠くに小さく見える。夜更けの水上には死のような静寂と淡い月光のほか

には何もなかった。

「なぜひとの顔ばかり見るの?」

櫂《かい》の音を縫うように深い川底から水面へと浮き上がってくるような無気味な音が、次第に那那《ナナ》の神経に障《さわ》りはじめた。

「さっき貸ボート屋の親父さんがなんて言ってた? ……今夜は風が強めだからあまり下流へは行かないように、って言わなかったかしら?」

それでも白秀《ベクス》はどういうつもりなのか、頑なに沈黙を守っていた。その理由は知れないがボートに乗ってからというもの、白秀の気分は目に見えて重苦しく沈んでいくのである。

「あら、突然口がきけなくなってしまったというわけ……この舟のことよ!」

那那はふと後ろを見た。『船遊倶楽部』の赤い電灯はとうに見えなくなっていた。人道橋も見えなかった。ボートは山角を廻ろうとしていたからだ。

風は次第に強さを増し、それにつられて波の揺れも大きくなっていく。オールの先端から水の滴が、さながら通り雨のごとく那那の頬に降りかかった。

「白秀さん! 何か言って!」

那那は大声を出した。次第に不安が兆してきたからだ。さっき『ヴィーナス』に駆け込んで来たときの白秀の興奮した姿、落ち着きのない恰好をふと思い出していた。何かがある。白秀のこの重苦しい沈黙の裏面には、何かしら口にできない事情が隠されているのだ。ボートは休むことなく流れに乗って下っていく。もう山角を曲がりきっていた。

「白秀さん、あたし怖い!」

那那はそう叫んで不意に腰を浮かしたため、ボートはぐらっと右に傾《かし》いだ。

「あっ――」

那那の体もぐらりと傾いで、すとんと尻餅をついた。ボートがさらに激しく揺れた。那那は自分が酒に酔っぱらったのだと思った。

「どこまで行くつもりなの? ……」

「……」

「白秀さん!」

「……」

「ああ、怖い!」

石仏と化した男からは返事がない。しかしその一方で、男の目はいつまでも那那の体に射るような目を向けたままなのである。那那はあせりを覚えていた。

那那はふと面を上げ、四方を見廻した。右手に牧場らしきものがぼんやり見えた。その牧場もいつしか通り過ぎ、ボートは再び暗く視界をさえぎる丘陵の麓へと進んでいった。そこは高い崖下だった。

その急峻な断崖が今しも頭上に崩れ落ちてくるような幻覚に那那はとらわれた。

その崖下の強い波にあおられてボートは自由を失い、ぐるりと廻った末、どうにか難所を通り抜けることができた。勢いのある川の流れに乗って、漕がなくともボートはぐんぐん下っていった。高い崖の上から松籟《しょうらい》が聞こえてくる。

「怖いわ！　白秀さん！」

那那は泣きそうな声でそう言うと、白秀のそばへにじり寄る。

「白秀さん、一体どういうこと？」

しがみついて白秀の体を激しく揺さぶった。

「答えてちょうだい！　なぜ急に口のきけない真似なんかするの？　ねえ、白秀さん！」

そのときになって、ようやく白秀は那那の顔をまじまじと見ながら、呻くようにつぶやいた。

「考えていたのさ！」

「考える……何をそんなにながながと……？」

那那は白秀の懐に蝙蝠《こうもり》みたいにべったり張りつき、

「どんなことを……どんなことを考えていたのか話してちょうだい！　そんなに黙ってばかりいたら怖いわ！」

那那は両手で男の胸をとんとん叩いた。

「あんたさ……那那のことを考えていたんだ！」

「あたしのこと――ですって？　……」

「そうなのさ！」

重々しいながらも明確な答えが、白秀の口から語られた。

「あたしを……あたしの何について考えていたの？」

「あんたの……那那の肉体についてだよ」

「あー、そんなこと……そんなことだったら……」

「那那を愛するべきか？　よすべきか？　それを考えていたのさ」

「違うわ！　それ以外に何かまだあるわ！　それを言ってちょうだい！」

「何も……それ以外なんて何もないさ。おれはまだ女を愛したことのない男なんだ！　だから……だからおれはそれについてじっくり思案しなければならなかった。

那那《ナナ》が考えるほど容易に判断できる問題じゃない！」

オールを握っていた白秀《ベクス》の両手が突然自由になり、那那の背中を這ってきた。吐息が熱い。白秀の情熱がついに爆発したのだと那那は感じ、想像を超える厳粛で深刻な出来事に戸惑いを隠しきれないでいた。

オールが水面に浮上したとたん、ボートはひっくり返りそうなほど激しく左右に揺れ、やがて流れに乗ってゆらゆら進みはじめた。淡い月明かりの中で二人の長い抱擁がつづいた。

ボートはひとりでに動いているだけだった。

「カア――カア――」

鳥の鳴き声が聞こえてきたが、どの山の麓からなのかわからない。頭上で鱗状に積み重なった雲の背後で月が少しずつ位置をずらしていく様を、那那は夢のように眺めていた。

第三節　孤独な霊魂

漕ぎ手を失ったボートは、ひとりでに進んでいった。流れに沿って下流へ下流へと押し流されていった。

どのぐらい経ったろう？　……あらゆる視野から完全に隔離されていた二人の姿が再び月光の中に現れたとき、那那が声をかすらせ、つぶやいた。

「いつまでも……いつまでも……」

「那那、つまらない心配はよせ。那那はかわいい！」

白秀の声も乾いていた。

「うれしい！　あたし、うれしいわ！」

「うむ――」

白秀は那那の体を離し、再びオールを摑んで力強く漕ぎはじめた。向こうの川岸でカンテラが光っている。漁船なのだろう。

「もう……もう帰りましょう」

那那は遠く上流を望みながら帰りたがった。

しかし、白秀はオールをあやつる手をいささかなりとも休めようとはしない。ボートはそのままさらに下流へと進んでいった。

「帰りましょう」

もう一度、那那は翻意をうながした。

「黙ってついてくればいい」

「どこまでなの？」

「この川が尽きるまで」

「そんな！」

「びっくりすることはない。おれたちは愛し合っているんだから」

「でも……このまま行けば海に出ちゃうじゃない？」

「そうさ。黄海《ファンヘ》はその先が太平洋に、大西洋に、北氷洋、南氷洋につながっている」

那那は不意に危惧の念が兆した。このままだと本当に黄海に出てしまう。

そのときふと、那那の指先が、かすかな疑念を思い出させた。それはさっき那那が白秀の懐に抱かれていたときのことだった。愛欲による夢うつつの中で、

「ああ、今波がぴちゃぴちゃ船べりを打ってるわ。ぴちゃぴちゃ打ってる！」

そんなことをおぼろげに感じながら、何とはなしに白秀の背広のポケットの上を指が触れていた記憶を、今那那は思い起こしているのだ。——そのポケットの中には匕首に似たものもあったし、拳銃の形をした鉄の塊みたいな物も入っていた。そのときは興奮のあまり訝ることもなくやり過ごしたのだけれど——。

「白秀さん！」

那那は突然、大声を出した。

「騒ぐんじゃない」

白秀の押し殺したような声が無気味に響く。

「でも白秀さん……？」

鍾路《チョンノ》四丁目で騎馬巡査の拳銃を強奪して逃げた者がいるという話を、那那は客の一人から聞いていたのだった。

「まさか白秀さんが……？」

最後まで言葉をつげないまま、那那の舌先が強張ってしまった。

「那那はおれを愛している。今さらじたばたすることなんかない」

人の心とはこんなにも移ろいやすいものなのか？……にわかに働きはじめた自己防衛の本能が那那の全身を駆けめぐっていく。ほんのわずか前に、

「いつまでも、いつまでも捨てないで、ねえ？」

とささやいた那那だった。その場限りの出まかせだっ

たのだ。

「何か……何かを隠しているわ」

怖気《おぞけ》を振り払って、那那《ナナ》は確かめるように訊いた。

「うむ――」

白秀《ベクス》は呻吟し、

「だけどそいつは……そいつはみんな那那に愛されたいがため……」

「でも、そんなの卑怯だわ!」

「那那は本気でそう思ってるのかい?」

白秀の意味深長な一言にふっつり口をつぐんでしまった。

白秀もそれ以上、何も言おうとはしない。恐ろしい瞬間が来た。極度に張りつめた白秀の顔が夜空に向けられたかと見るや、再び視線を落とした。オールは休みなく波をかきわけていた。

「那那!」

しばらく沈黙がつづいたあと、重々しく改まった白秀のしゃがれ声が聞こえてきた。那那は大きく息を吸いながら面を上げた。

「那那!」

「なんです?」

「おれと一緒に逃げてくれ」

「逃げるって……? なぜ逃げなきゃならないの?」

「おれは殺人犯だ!」

「えっ? ――」

那那はうろたえ、一瞬目の前が真っ白になった。驚いてばかりいてはいけない。しっかり考えないと。

「そんな……そんな恐ろしいことをどうして……?」

「わけは訊くな。聞いても聞かなくても同じことさ。――那那、逃げよう! おれと一緒に遠くへ逃げよう!」

「……」

「那那!」

「……」

「答えてくれ!」

「……」

「死のうか? 那那、おれと一緒に死のうか? ……」

「……」

夜ごと赤く灯《とも》る『ヴィーナス』の電気看板《ネオンサイン》が那那の眼前にちらついた。生きていなさいという信号のようだ。白秀でなくとも男なんていくらでもいるじゃないの、と赤い電気看板はささやいていた。

「独りでは……おれひとりでは、どう考えたって死ねない。一緒に死んでくれ！　お願いだ。おれと一緒に抱き合って死んでくれ！」

白秀の震える声が夜風に乗ってきれぎれに聞こえてくる。頼まれて死ぬなんてさらさらお断りだわ。那那はにわかに怖くなった。酒の酔いが醒めてきた那那は悪寒がした。そして無我夢中で叫んだ。

「わけを……わけを聞かせて！」

わけを聞くつもりなんて微塵もなかったものの、那那は恐怖を振りはらうためにも何か言わずにはいられないのである。

「今さらわけを聞いたところでしょうがあるまい。ただ、何も聞かず……愛のために死んでくれ。那那は充分にそれができる性格の持ち主なんだから。那那はいつだって、火焰の中で手をつなぎ、にっこり笑いながら死んでいけるような、そんなかたちの愛を望んでいたんじゃないのか？　火でも水でも同じだろ！」

白秀は苦しそうに息を喘がせながら、那那が腰かけるボートの艫《とも》へにじりよっていく。

やにわに那那は上半身を後ろへそらして叫んだ。

「あっ、やめて！」

那那はボートの底に臀《しり》を乗せるようにした。

「怖がることなんて何もない！　あんなに那那が愛していた男と手をつなぎ合って死ぬんだ。二つの体が一つになり……ひしと抱き合って死のうか？」

「まあ、そんな顔……怖いわ！」

一方の手で船べりを鷲摑みにし、もう一方の手で那那は自分の顔をさえぎった。妖しく光る月明かりの中で泣いているのか、笑っているのか判然としない無気味な表情を白秀は浮かべていた。

（嗚呼、よりによってどうしてこんな男と出会ったのか？　……罰よ。天罰よ！　いくらもいる男たちの中で……）

こんな男のどこを見込んで惚れたのか、那那はほとほと愛想が尽きた。

「独りで死ぬのがどんなに淋しいものか、那那はたぶん知らないだろ。おれは今まで何度も死のうと思ってはみたけど……どうしても死ぬのは難しい。そのたびに思うのは、愛する女との情死ならできるのではないか、ってことだ。さあ、那那、死んでくれ！　おれと一緒に死んでくれ！」

白秀は熱い息を吐きながら、突然那那の手首を強く摑んで引き寄せた。ボートが激しく揺れる。

「いやっ、手を放して！」

突風のような恐怖が那那《ナナ》を襲った。

あたしが死ぬということなの？　この恐ろしい男もろとも、ついにあたしは死ななきゃならないの？　いやよ、いやっ！　いやだわ！

那那の瞼《まぶた》にふっと現れたのは、毎夜灯るなんの変哲もない『ヴィーナス』の電気看板《ネオンサイン》だった。死ぬわけにはいかない。『ヴィーナス』を残したまま、とてもじゃないけどこっちまで死ぬのはごめんだわ。

「さあ、那那！　そばに来てしっかり抱いてくれ。那那の体を抱いてしまったおれは、もはや那那を残したまま独りで死ぬなんてとうていできやしない。それでも……それでも那那と一緒だったら死ねる。ちっとも……ちっとも淋しくなんかないからな。……さあ、抱いてくれよ、そして二人でこの波の中に飛び込もう。……ちっとも苦しくなんかあるもんか！　情死は美の極致だ！　幸福の絶頂なのだから——」

そう言いながら白秀《ベクス》はぐいと那那の腰を引き寄せ、ひしと抱きしめた。

とっさに那那は白秀の胸を夢中で突き放そうとしながら、

「ゆ、ゆるし……ゆるしてちょうだい！　あれっ……あれって愛じゃなかった！　ただ……ただそう見えただけだったのよ！　ゆるしてちょうだい、白秀さん！　もうちょっと……もうちょっと生きていたいの！　……」

涙混じりの声で那那は哀願した。

とたんに那那は白秀によって締めつけられていた腰の圧迫感がすっと消えていく感じがした。と同時に白秀の唇の隙間から洩れ出た一言——。

「嗚呼、そうだったのか！」

重く沈んだ声だった。那那は臀《しり》を後ろへずらしながら、こっぴどく叱られた子どもの表情を白秀の顔に見出した。

「そうだったのか！」

もう一度白秀はつぶやいて、力なくしかめた顔で月影を映した水面をじっと見つめるのだった。

嗚呼、なんと淋しげな顔だこと！　船底から波の音が無気味に響いてくる。月は雲間から出たままで、山裾の木の葉は風に揺れている。夜鳥が二人の頭上をぱたぱたと飛んでいく。

「白秀さん、ゆるしてね。どう考えても生きていたいの」

那那は相手の情に訴えた。すると白秀は突然、

「那那！　那那！」

と大声を出し、那那の膝に顔を埋めて泣いた。

「那那、淋しいんだ！　たまらなく……」

那那の膝をやさしくなで、

「どだい無理だった！　那那に死んでくれと頼むおれがむちゃだった！」

「ゆるしてくれるのね？」

那那は怯えを振り払い、白秀の頭をそっとなでてやる。

「白秀さんが人を殺しただなんて、信じられない。嘘でしょう？　嘘だって、言ってくださるわね？」

風にそよぐ葦《あし》の音が近くで聞こえた。風に流され、ボートが川岸に近づいていったのだ。葦の葉が那那の頬をかすめた。

「これで助かった！」

那那は心の中で安堵を覚えるのだった。

「実は嘘なんでしょ？　あたしを驚かすつもりだったんでしょう？」

白秀の話を無理にでも、嘘にしなければならなかった。

そんな那那の心情を知ってか知らずにか、白秀は涙に濡れた面をやおら起こして、愛おしむように那那の顔をしげしげと見ながら、

「那那、嘘っぱちだ！　言ってみただけさ」

そして、やにわに抱きつき、那那の唇をむさぼった。

「那那、何も気にすることなんかない！　嘘っぱちなんだから――」

そう言うと白秀はついと腰を浮かせ、手近の葦を鷲掴みにして力一杯引っ張った。ボートは川岸に接近した。

「さあ、降りよう！　那那、ぐずぐずせずに早く降りて！」

那那はうれしさのあまり、白秀にうながされるままにまずぴょんと跳び降りた。その弾みでボートは川岸から少し押し戻されていった。

いや、その動力はひとえに那那の体の重みによるものだけではなかった。那那が降りるなり、白秀がオールで力一杯川岸を突いたためなのだ。

「あらっ、白秀さんは降りないの？」

岸の上から那那が大声で言った。葦の茂みをかきわけて、白秀は川の中ほどに向かって懸命にオールを漕いでいた。

那那はしばし茫然自失の態でボートを見やっていたが、われに返るなり一目散に土堤を駆け上がっていった。川

の中ほどに出たボートは船首を返して下流へと矢のように進んでいく。

「白秀《ペクス》さん！」

那那《ナナ》の甲高い声が水上を駆け抜けていった。

「白秀さん！」

返ってくるのは白秀の声ではなく、山びこだけだった。那那は泣きたくなった。ああ、人の心とはどうしてこんなにも移ろいやすいものなのかしら？……あの男のどこがいけなくて、一緒に逃げてあげられなかったのかしら？……。

「ペークースーさーん――」

聞こえないわけはない。だけど白秀はいっこうに応える気配はない。涙が那那の頬を伝って落ちた。

「白秀さん！……一言だけ……たった一言だけでも答えてちょうだい！」

喉がはち切れそうなほど声を張り上げてはみたけれど、白秀からの返事は得られない。黙々と流れる川をかき分けながら、ボートは月影の中を下流へ向かってどこまでも進んでいった。

那那はいたたまれない思いで、泣きながらボートと並行して長い土堤を歩きはじめた。ときに走りもした。那那はおいおい泣いた。

「白秀さん！　一緒に行くわ！　遠くへ逃げましょ！」

最後の言葉はほとんど聞き取れなかった。ボートは強い追い風を背に速度を上げていく。那那は走った。

「白秀さんと一緒に死ねるわ！　船を止めて！」

青白い月明かりの中で、那那は土堤の上をどこまでも駆けていく。

「あたし、もう生きてなんかいたくないわ！……死にたくなったの！……白秀さん！……白秀さん！……」

だが、土堤上をどこまでもボートと並走できるわけがない。漁具の山が那那の行く手をはばんだ。那那は狂ったように漁具を迂回しはじめた。息が苦しい。石塊《いしくれ》につまずいて那那はころんだ。

起き上がってはまた走った。

「ペークースーさーん――」

しかし、漁具の山を廻ったときには、すでに白秀のボートは視野から消えていた。何事もなかったように、川は月明かりの中を滔々と流れている。

どれほど経ったのか？――。

荒涼とした沼沢地の空に夜明けの光が射しはじめた。

那那の頭上で鳥が群れをなしてぐるぐる廻っていた。

那那はくたびれきった体を引きずるようにして薄明のころ、沼沢地をさまよっていたのである。

第四節　エゴイストの亡霊

「白秀さんがまだ生きているのなら、今度こそほんとうに死んであげるのに」

他人の前にもかかわらず、那那はそう言いながらむせび泣いた。

「まだ生きているかもしれない。見つかったのはボートだけなんだから――」

劉準《ユジュン》はやさしい声で那那に、いやむしろ自分自身にそう言った。

（しかし、那那の話の通りなら、白秀は死んでいるだろう）

何かしら大きな力で頭をガツンと殴られたような劉準であった。

白秀のボートが見つかった場所は、ここからおよそ二キロ離れた下流にあたる。ボートの喫水線の跡から推定すると、乗り手はもう少し手前で降りたのだろう。

この沼沢地の周辺一帯は漢江の沿岸でも最も風光明媚なところで、その奇岩絶壁の景観は海金剛《ヘクムガン》（金剛山の海岸部で奇岩怪石が連なる風光明媚な一体を海金剛と呼ぶ）の絶景を彷彿とさせる。枝ぶりの見事な松の老木と洞窟が絶壁のそこかしこに見られる。物寂しい採石場はちょうどその近くにあった。

白秀がボートを乗り捨てて川へ飛び込んだのか、あるいは陸《おか》に上がったのかはわからないが、ボートが乗り手を失ったのは、どう考えてみてもこの採石場の近くであろう。

朴部長が手配した捜査隊がこの付近一帯を隈なく捜してみても、白秀の行方については何一つ確実な情報は得られなかった。採石場の作業員をつかまえてあれこれ聞き込んでみたものの、白秀に似た人物を採石場の近辺で見たという者は一人もいなかった。

「投身自殺なら死体が浮き上がるだろうから、それまで待つしかあるまい」

劉警部はそう言ったあとで、

「白秀は泳げるのか？」

と息子に訊いた。

「かなづちですよ」

「うむ、なら朴君、もうわしらは帰るから、あとを頼むよ」

「はい、われわれは死体が上がるまで捜査をつづけます」

荒涼とした平地に風が吹きはじめ、赤黒い夕焼けが次第に色濃くなっていくころ、那那《ナナ》を伴った一行は再び車に乗って京城の街に向かって疾走していった。

沼沢地を抜けると、夕陽に照らされて広い新設道路がくねくねと延びているのが見える。鎌やシャベルを担いだ農夫たちが車をよけ、訝しげな目で一行をやり過ごした。

劉準《ユジュン》は父と並んで腰かけ、赤く焼けた西の空をぼんやりと眺めながら、白秀《ベクス》の数奇な生涯に思いを馳せる。

どうしても死ぬのは嫌だと、子どもみたいに足踏みを繰り返す白秀の悲愴な姿が瞼に焼きついて離れない。親友に背かれた瞬間、そして恋人那那に背かれた瞬間、嗚呼、無残にもむせび泣いた白秀の霊魂の戦慄！

にわかに目頭が熱くなり、劉準は身震いした。果てしもなく深い感情の沼の中へ、劉準はずるずる引き込まれていった。

そうだ。事件の初め、白秀はあの明水臺《ミョンステ》で秋薔薇《チュチャンミ》を殺害した犯人は自分だと率直に告白したのじゃなかったか！　嗚呼、あのときの肺腑をえぐって語られた言葉のかずかず！

善の世界から永遠に隔離された犯罪者のすさまじいまでの孤独、憂愁、そして恐怖、三日間風に吹かれて彷徨し、野鳥にまで話しかけたという白秀の切ない姿を、劉準は胸が締めつけられながらも回想している。

どんな理由で秋薔薇を殺したのかはわからないが、血を受けた自分の母親にさえ秘密にしている自身の犯罪行為を無二の親友として、白秀は劉準に告白をしたのだ。

「それなのに嗚呼、どうしておれはあんなにもエゴイストの亡霊になっていたのか！　まさに心と体をそっくり注いできた白秀に対し、一体おれは何をもって答えたのか？　愚かな劉準よ、おまえの愚かさが白秀の孤独な霊魂に終わりのない苦痛を投げ与えたのだ。おまえはなぜ、もう少し温かい心で白秀の手を摑んでやれなかったのか？　おまえはなぜ、白秀を怖がって避けたりしないといけなかったのか？」

そうはいっても、たやすくそれができる劉準ではなかった。劉準の血管の中には父親に流れている功利主義の血が多分に混ざっているからだ。

日韓併合（一九一〇年）の政治的変革が進められてからいく

らも経たないころ、澎湃《ほうはい》として起こった反官思想が全国を席巻しているとき、聞こえのよい宿命論を掲げて官職に身を投じた劉準の父親劉田奉《ユチョンボン》はまだ人生経験の少ない若者だった。

劉準の体内にはそんな父親の血が多分に流れていた。だから、つねにその何かに反抗しなくては耐えられない白秀の生理を、劉準はいささか苦々しく思っていたのだ。にもかかわらず、自らの血を白秀という一種の漂白剤で洗浄しようと努力したことも事実なのだが、そう簡単にはいかないところに劉準の宿命的な悲劇がひそんでいるのである。

「劉君、君はおれの親友だろ！　おれの無二の親友だと、その一言だけ言ってくれ！」

だが、劉準の冷ややかな血は、そんな白秀の絶望的な訴えに対してどう答えたのだったか？……「沈黙」していただけだった。考えただけでもぞっとする、暗い断崖の上から上半身を乗り出していたとき、白秀は恐るべき殺意をしっかり抑えてくれた。

「なんと言っても場所が悪い！」

そして、夢中になって明水臺から駆け下りた記憶は一生忘れることはないだろう。

それにしても、白秀は実にうまい具合に難関をかいくぐっていった。あんな恐ろしい出来事を単なる演劇とみなしてしまうことで、おれにグラスを投げさせた。たとえ騙されたとしたところで、果たして白秀にグラスを投げつける資格があったろうか？……。

劉準はじっと閉じていた目をそっと開けた。車はすでに乳白色の街灯が明滅する市街地を走っていた。

「こうして友人に裏切られた白秀が、今度はくだらぬマダムだと蔑視していた那那からさえも裏切られたのだ」

摩天楼の上には幾重にも星が重なってきらめいていた。そんな摩天楼を見上げながら劉準は大きな過ちを犯した自分の人生を汚れた足で踏みにじってみるのだった。

思えば昨夜ボートの中で起こったことと先日の夜の明水臺での出来事は、白秀という人間を推しはかるのに最も適した事例であろう。一つは劉準という友人を相手にした行動であり、もう一つは那那という異性を相手にした行動にほかならなかった。

劉準にしろ那那にしろ、いずれも白秀にとってさして大切な存在ではなかった。それでも、二人ともつねに自分の身辺で生活しており、しかも白秀を友人と呼び、あるいは恋人とみなしてくれるだけに、藁をも摑みたいほどの難関にぶつかったときには、形式はなんであれ助けになるかもしれない。そんな甘い考えが、いつも白秀《ベクス》自身を最後の瞬間において絶望させてきたのであった。白秀の霊魂は子どものように泣きっ面を浮かべて断念しないわけにはいかなかったのだ。

にもかかわらず白秀は、そのたびごとにものの見事に危機を克服した。白秀という人物に備わる狂的な偉大さが働いているのだと、劉準《ユジュン》は自分自身がしきりに恥ずかしくなってくる。

劉準一行が疲れた体を引きずって合同捜査本部である××署へ戻ったのは、夜の九時になろうかという頃合だった。

那那《ナナ》は自殺する危険があるとみて厳重な監視と保護を与えるように、劉警部は部下に命令した。

警察関係者と検察関係者をそれぞれ代表する劉警部と劉準は警部室に入り、まず熱い番茶で喉を潤したあと、夕食の出前を頼んだ。

「万一、白秀が投身自殺をせず陸に戻ったとしたら、危険千万だぞ」

劉警部は番茶をすすりながら、黙々と坐ったままの息子に話しかけた。

「そうだとしても、他人を害するようなことはしないと信じています」

そしてしばらく間を置いてから、

「陸に戻ったとしても、どこかで自分自身にけりをつけるでしょう」

と溜め息まじりに言った。

しかし、いつまでもこの不遇な友人の最期を悼む感傷にひたってはいられない事件が一つ発生した。

それは彼ら親子が夕食を済ませ、煙草を喫っているときのことだった。

捜索隊の朴部長から長距離電話が掛かってきたのだ。劉準はすぐに電話を受けた。

「第三分隊の朴です」

「あ、劉準だが……」

「あ、劉検事さんですか。報告します。――一時間前に採石場の近くをうろつく不審な若者を見たという者が一人見つかりました。ちょうど日が沈んだところだったので顔ははっきりしませんが、着古した黒い背広姿で髪はぼさぼさの不審な若者が、採石場の飯場の近くをうろついていたらしいのです。年輩の石工《いしく》がその男を見とがめたところ、ぎょっとして走りかけたものの、ふと振り向いて、自分は捜索隊の刑事だけど、この近辺で怪しい青年を見かけなかったかと訊いてきたというのです」

「それで？……」

「で、そんなやつは見かけなかったと言ったところ、その若い男が今度は、自分は犯人を捜そうとあちこち廻っているうちに日が昏れて迷ったらしい、捜索隊のいる村へ戻るにはどの道を行けばいいんだ、と訊いてきたので、年輩の石工は夜道をご苦労さまだと言って道を教えてやったというのです。そんな身なりの刑事は捜索隊にはいないことからみて、その男は白秀にちがいないものと思われます」

「うむ、確かに白秀はその採石場の近くに潜伏しているな」

「そのとおりです。それで明朝、日の出を待って付近一帯をもう一度、しらみつぶしに捜す必要があると考えます」

「よくわかった。何かあればまた連絡するように……」

「はい」

「明日の朝、応援要員を率いて現場に行く。それまでに何かわかれば連絡してもらいたい」


劉準は電話の内容を劉警部にくわしく伝えた。

「それなら明日まで待たず、今すぐ応援を派遣しよう」

「その方がいいでしょうね」

そう言いながらも、劉準はできるだけ応援要員の派遣が遅れることを心中で望んでいた。その間に白秀が自分の命を自ら始末してくれることを願っていたためだ。

しかし、劉警部はすぐに部下を呼び集め、三十人の応援要員を現場に向かわせるべく命令した。

翌日、朴部長から連絡が入ったのは、午前五時ごろのことだった。

報告の内容というのは、飯場の炊事場に男が忍び込んで石工らの残飯をあさって逃げたというものだ。

飯炊きの女が驚いて声を上げたときにはすでに採石場の裏山の松林へ姿をくらましたとのことだが、月が明るいので男の人影が松林の中へ入っていくところを見たという。それで今、応援要員を合わせて五十人あまりの捜索隊が採石場の裏山を厳重に包囲し、一歩一歩包囲網をせばめているところだというのであった。

劉警部が早速、車に乗って採石場に向けて××署を出発しようとしたとき、劉準は父親に哀願するように言った。

「父さん、僕はこのまま残ります。一緒に行って白君の手に手錠を嵌めるなんてとうていできそうもないですから。職務怠慢かもしれませんけど父さん、大目に見てください」

息子の生気を失った顔をまじまじと見つめながら、劉警部はこっくりうなずき、

「捜査本部を守っているのに職務怠慢なんぞになるわけがない」

そんな温かい一言を残して劉警部を乗せた車は、風を起こして動きだした。ありがたい父親だった。

車が警察署の正門を出ようとしたところで急ブレーキがかかり、劉警部は、

「ちょっと待った――」

と後戻りする息子を呼び止めた。

「那那《ナナ》は家に帰らせてもかまわんよ。共犯でないことは、はっきりしているんだから。それでも重要な証人だから那那の身辺をしっかり監視するよう刑事を一人つけておく方がよかろう」

「ええ、そうします」

「自殺する憂慮のある局面でもあろうが、そんな御仁でもなさそうだし……」

「自殺はしないでしょう。男女関係には相当経験を積んだ女性ですから」

「ともかく茶房『ヴィーナス』をしっかり監視するように」

「はい」

劉警部を乗せた車は走り去った。

一時間後、劉警部が採石場に到着したころには、すでに白秀《ベクス》が潜伏しているという裏山の断崖一帯は五十人の捜索隊による徹底的な捜索が始まっていた。

「犯人がひそんでいた洞窟を見つけました」

朴部長が劉警部を出迎えるなり、ただちに報告をしにきた。

「して犯人は?」

「逃げ足の速い野郎です。陽が昇る前に暗闇に乗じて逃げたのにちがいありません」

朴部長の案内で劉警部はすぐに、犯人が隠れていた洞窟へ行ってみた。

それは漢江を遠く眼下に見おろす、とある断崖の中ほどに出来た数ある洞窟の中の一つだった。そこには犯人がひそんでいた確実な証拠品がいくつもあった。

食べ残した飯粒が底に付いた瓢《ひさご》があったし、マコー

（煙草）の空箱が落ちていたし、数行書いてはビリビリに破り捨てた原稿用紙が散らばっていた。

「間違いない！」

劉警部はそう断定した。昨日の夜まで丸一日、白秀はこの洞窟にひそんで原稿を書いていたのにちがいない。

「これからどうしましょう？」

朴部長は劉警部の命令を待っているのだ。

「そのまま捜索をつづけろ。隊員の食事は採石場の炊事長に頼んでおくように！」

「了解しました」

こうして劉警部自身が先頭に立って捜索隊の配置その他を自ら指揮することに決めた。

第五節　砂漠の花

劉警部が去ったあと、劉準《ユジュン》は父親に言われたとおり、那那を家に帰してやった。

「もしも犯人から何か連絡があれば、絶対に隠してはいけないよ」

「ええ」

「適切な方法ですぐに本庁まで連絡すること――そうしないと共犯になってしまうからね、そのつもりで」

「よくわかりましたわ」

那那はひどくやつれた恰好で劉準の前から姿を消した。三十前後の敏捷そうな刑事に那那を尾行させたのは言うまでもない。それは午前六時ごろのことだった。

茶房『ヴィーナス』は西大門《ソデムン》の交差路脇にある。那那は署を出ると市内電車に乗り、まっすぐ西大門に向かった。むろん刑事も同じ電車で那那の後を追っていく。

夜になると赤く灯がともる店先の電飾看板《ネオンサイン》は白く埃《ほこり》をかぶっていた。一階はかなり坪数のある茶房で奥に厨房があり、二階には八畳と四畳半の二部屋がある。四畳半には若い女中と花子という女給が寝泊りしていて、今は空色のカーテンが引かれている通りに面した八畳の間が那那の居室だ。店の横に路地があり、板戸を通して厨房へ出入りできるようになっていた。

電車から降りた那那はそそくさと『ヴィーナス』の表戸から入っていった。若い女中が店の中で水を撒いていた。

「まあ、どうなされたんです？」

と、丸一日店を空けて出かけていたマダムが不意に帰

ってきたことに驚きながらも、急に声をひそめ、

「あの人が来ています」

と言った。

「あの人ってだれのこと?」

真剣な顔で那那《ナナ》が訊く。

「白《ペク》さんのことですよ」

「白さん? ……」

にわかに那那の顔から血の気が引いていく。

「いつ……いつ……来たの?」

那那は訊きながらも、ふと振り返ってみた。が、花模様をあしらったデザインのガラス戸は閉まったままだ。

「明け方です……まだ朝になる前でした」

「そうなの。で、何しに来たって?」

「マダムにちょっとだけでも会って行きたいそうなんです。何かしらとても急《せ》いているみたいでした。それであたしが二階にお連れしました」

「花子は? ……花子はどこへ行ったの?」

「花子はゆうべ出て行きました」

「あの人がここに入って来るところを見た人はいないかしら?」

「そうですね。でもだいじょうぶですわ。裏口から入りましたから」

「だれにも言っちゃだめよ」

「マダムったら、初めてでもないですのに……あたし、子どもじゃないですのよ」

茶房の客がときおり、ふらりとやって来ては二階へ上がっていくさまを幾度も見ている女中は、片目をつぶってみせることで同年輩のマダムに好意を高く売りつけておこうという肚だった。

「朝ご飯は?」

「ちょうど用意ができましたわ」

「なら相伴《しょうばん》するわ」

返事をする代わりに女中はにっこり笑って見せ、

「燗酒を用意しましょうか?」

と言った。その一言で一昼夜何も食べていなかった那那の食欲がそそられた。

「女中のままにしておくのは惜しいわね。機会を見つけて店の方に出してあげるわ」

明姫《ミョンヒ》という名のこの女中の唯一の望みが茶房で女給になることであるのを、今那那はうまく利用しているのだ。

「だれかが訪ねて来ても、二階へ上がらせてはだめよ」

「そんなこと、気になさらずに早く二階へ行ってくだ

さい」

那那は厨房に入り、階段下に脱ぎ捨ててある泥まみれの靴をつまみあげると、そそくさと階段を上がっていった。

「まあ？……」

カーテンを引いた暗い八畳間の隅で、白秀《ペクス》は薄紅色のキルト蒲団をかぶって正体もなく眠りこけていた。海老のように体を丸めながら。心身ともに疲労の極に達した白秀は、だれかに担がれても気づかなかったろう。

那那は恐怖が先に立ち、しばらく部屋の中に突っ立ったままだった。

（殺人犯！）

那那はそっと近づき、この殺人犯の顔をしげしげと眺めた。不揃いの髭が汚らしく伸びている。血の気の感じられない白い顔が子どもみたいな小さないびきをかいていた。

（無邪気な顔だこと！）

観念だけが殺人犯なのだ、殺人犯らしきところが一つもない天真爛漫な顔であった。

（つまるところ、このあたしを再び訪ねて来た殺人犯！）

狂犬同様に追われていたこの男が逃げ場を失ってやって来たところがあたしの懐の中だったのかもしれない、そう思うと那那は胸が締めつけられるような気がして涙があふれ出た。その涙の滴が白秀の頬にぽたぽたこぼれ落ちたが、白秀はなかなか目を覚まそうとはしない。

那那は押入れを開け、唐縮緬《モスリン》に鴛鴦《おしどり》の刺繍をした枕を取り出して、腕枕の代わりにそっと差し入れてやる。それでも白秀は死んだように眠りこけていた。

（かわいそうな男！）

那那は口の中でつぶやき、額にかかったほつれ毛をそっとかき上げてやる。

（恐ろしい男！）

しかし、それは言葉だけのこと、そんな思いはもうなかった。

（孤独な男！）

そうだ。身を切るような孤独の中で、すさまじい意志力によって持ちこたえてきた英雄なのだわ。月明かりの下、漢江堤防の上を夢中になって追いかけて、呼べども呼べども一言の返事もなかった男。愛情の背反を認めたとたん、あたし一人を岸辺に降ろし、叱るでもなく恨むでもなく仏様みたいにボートを漕いでくだっていったこの男の心情をおもんばかったとき、那那《ナナ》は初めてこの男が抱く真実の人間愛を眼前に見出すのであった。

「どんな理由で人を殺《あや》めたのかは知らないけれど……」

この男を真に慰労してあげられる人は、この広い世界でただ自分ひとりだけだと那那は考えた。

那那は蒲団を引き上げ、白秀《ベクス》の肩にかぶせてやろうとして、ふと思いつき、白秀の着古した鼠色の背広のポケットに手を入れてみた。

「あらっ？……」

指先が堅い物に触れた瞬間、那那はどきりとした。それは拳銃だった。匕首らしき物も入っていた。

「やはりそうだったのだわ！」

この前の夜、漢江に浮かぶボートの中で空の星を数えながらこの男の愛撫にうっとりしていたとき、ふと那那が指先に感じた異様な感覚の記憶はやはり思い違いではなかったのだ。那那は蒲団の端をそっと引き上げ白秀の細い肩にかぶせてやった。

ほどなく那那は汚れたツーピースを脱ぎ捨て、すがすがしい白いワンピースに着替えたあと、歯磨きと洗面をするために厨房へ降りていった。

女中は朝食の仕度を中断し、珈琲を沸かしていた。

「お客さん？」

「ええ」

「まあ、早いこと！」

モーニング珈琲を飲みに来る客がいないわけではなかったが、まだ七時にもならないこんな時間に客があるなんて珍しい。

「車で来た客なのかもしれない」

歯磨きをしながら那那は戸の隙間から、そっと店内を見廻した。帽子をかぶった三十前後の男が新聞を広げて読みながら坐っていた。

「何か話しかけてきたの？」

「いいえ。ただ、すっと入ってきて珈琲を注文しただけですわ」

「そう？」

とくに気にも留めず顔を洗いおえると、那那は熱いおしぼりを用意してまた二階へ上がっていった。

白秀はまだ眠ったままだ。那那は枕元で静かに正座し、おしぼりで白秀の顔をそっとぬぐってやると、白秀はどきりとして目を覚ました。

「あっ、那那！」

蒲団を撥ねのけ白秀はさっと上半身を起こした。押し殺したような低い声だ。

「さっき帰ったところよ」

「どこへ行ってた？」

「警察で一晩寝てから帰ってきたの」

「警察？」

「そうよ」

「ふむ、なら捜索隊に捕まったんだな」

「ええ。一晩中白秀さんを捜し歩いていて、翌日の明け方に……」

「そうだったのか、で、おれのことは話したのかい？」

「話すしか……」

「すっかり？　……」

「何もかもよ！　ひとつも漏らさなかったわ」

「何もかも……」

そこで那那はこの一昼夜のうちに起こった出来事を、それこそ何一つ省かずに話した。

「なるほど。で、やつらはおれのことをどの程度知っているんだ？」

「ボートが見つかったの」

「それだけなのか？」

「自殺したかもしれないって、そんなことを言ってるのを聞いたわ」

「それから？　……」

「それだけよ。あの人たちだけでどんな話を交わしたのか、それは知りませんけど……」

「うむ――」

白秀は表情の読めない目で那那をじっと見つめ、

「その劉検事という男は、実はおれの友人なんだ。劉警部は彼の親父だし……」

「えっ？　……」

那那は驚いた。

「いつだったか、電話で示し合わせたことがあっただろ、劉検事が『ヴィーナス』を訪ねていくかもしれないと……」

「あ、あの人がそうなの？　……」

「うむ――」

「検事にしては素敵な人だわね……」

「惚れたのか？」

白秀の目がキラリと光った。

「そんなこと言ってないわ……」

「惚れたんなら、おれが仲人になってやろうか？」

「どうしてそんな……？」

那那《ナナ》はあきれてものが言えない。

「かまうもんか。狂犬よろしく追われる殺人犯より、捕縄を持って追いかける検事の旦那の方がよく映るものさ」

「そんな意味なの？……」

那那の文学少女的な自尊心が傷ついた。

「それ以外にどんな意味がある？　検事の旦那だったら那那に一緒に死んでくれなんて戯言《たわごと》は終生口にしないから——」

それでなくても那那には一番痛い傷跡だ。その傷跡を白秀《ベクス》は無慈悲にも突いてくる。

「わかったわ！」

那那はむくれて言った。

「わかったって、何をだね？」

「あたしが愚かだったと言ってるのに、なぜそんなこと訊くの？」

そう言うなり膝を立てた那那の上体が前に倒れていった。同時に両腕が伸びる。その腕が白秀の首を引き寄せ、激しく頰をこすりつけた。

「この殺人犯！　この殺人犯！」

那那の本性がついに表れはじめた。これまで隠してきた妖しい情熱が炎を上げたのだ。

「殺人犯が身のほどもわきまえずに何を勝手なことを言ってるの？」

白秀の顔に那那の唇が這う。

「ああ、那那！　那那！」

白秀は那那のか細い腰をひしと抱きしめ、唇を受け止めた。

「那那！　おまえひとりだ！　おまえだけが真の人間だ！」

「なんだかせつないわ……こんなに愛しい殺人犯なんて……遠からず死刑台に上がって死んでしまう運命なのに何がどうだって言うの？」

「ああ、那那！　那那！」

二人はついに抱き合ったまま、畳の上に転がった。

「那那だけが本物だった！」

「恐ろしい殺人犯なのに……そんなことを言ってる場合なの？」

「みんな偽物だった！」

「まだ、そんなこと言ってるの？　普通の人でもないのに……愚痴なんかこぼしてどうするの？」

唇が唇を覆う。白秀は言葉を失った。

殺人犯の最後のあがきでもある情熱の中で、那那の人生はとうとうすさまじく燃えはじめた。いや、那那が初めて経験する、さながら台風のごとき異様な情熱の爆発の中で、自称天才作家白秀は死刑台が眼前にちらつく一人の殺人犯として最後の生命を燃焼させていた。

「だれもかれもみんな偽物だった！」

「那那だけが本物なのね？」

「そうだ！　那那はあるがままの生命に価値がある。宇宙の価値だ！」

「あたし、一緒に死んであげるわよ！」

「おお、虚妄の砂漠に華麗に花を咲かせる、美しい一輪の情熱の薔薇よ！」

第十四章　激流の街

第一節　童貞の男

若い女中が朝食の膳を持って上がってきたのは、二人が情熱の炎を燃焼させた直後のことだった。

那那は乱れた服の裾をさりげなく伸ばし、白秀と向かい合って膳を受け取った。

女中は事情を察してすぐに表情を消した。

「さっきのお客さん、まだいるの？」

そそくさと戻ろうとする女中を呼びとめて那那が訊いた。

「ええ、いらっしゃいます」

「何か言ってなかった？」

「いいえ」

「何か訊いてきても、うまく言っておいてね」

「わかっていますとも」

「白さんがいらしてるなんて、絶対に言っちゃだめよ。裏通りのごろつきかもしれないから、だれかが来て寝泊まりしたなんて知れたらうるさいわ」

「ええ、それはもう」

那那《ナナ》はそれだけのことを早口で言うと女中をさがらせた。

「さあ、熱燗を一杯いかが――」

まだ燃えつきてはいない情熱の炎が胸元で揺らめいていた。そんな心地よい余韻にひたりながら、目に微笑みを浮かべた那那は酒を勧めた。

白秀《ベクス》は黙って杯を受け取り、那那の顔をまじまじと見つめながら杯を差し出した。

「どう、那那も――最後の一献《いっこん》だ」

白秀のそのぶっきらぼうな一言が那那の心を締めつけた。

「気を落とさないで。まだ希望はあるわ」

杯を受け取り、飲み干してから那那は言った。

「希望――夢物語だな。もはや、おれには希望なんてあるものか。おれはもう那那を所有した。おれは那那の肉体を奪い、那那はおれの童貞を奪った」

「白秀さんの童貞ですって?」

那那は驚いた。

「そういうことさ。おれにとって那那は最初の女であると同時に最後の女になったわけだ」

「まぁ? ――」

那那はほろほろ涙を流した。感謝の涙であった。

「そんなこととも知らないであたしは……」

実のところ、那那としてはたんなる愛欲の戯れとして始めた行動だった。それがここへきて、ひとりの男の童貞を奪うという重大な結果をもたらしたのだ。

「白秀さん!」

那那はにじり寄り、白秀の細い手首をぎゅっと摑んだ。

「ありがとう! 白秀さん!」

「そんなこと……むしろおれの方が那那に感謝しないといけないだろ」

「ちがうわ。あたし、本当にそんなこととは夢にも知らず……なぜもっと早くそう言ってくれなかったの?」

「その必要がなかったからさ」

「どうして? 自分の心を素直に表すのはいいことじゃない。そんなにきれいな体なのに……」

「おれは自分の心のうちを素直に明かせない人間だった。おれの本心から出た言葉に耳を傾けてくれる者なんてだれもいなかったんだからね。そんなおれをかえって愚かだと嘲笑い、侮辱したぐらいなのさ」

「だれがそんなこと?」

「みんながそうだったね」

ぞんざいな口調が次第に丁寧な口ぶりに変わっていった。それは白秀が包み隠さず本心を語りはじめた証《あかし》でもある。

しばし対話が途切れ、酒盃が行き交った。さりとて、二人は酒の味もわからないほど興奮していた。味覚を働かせる余裕はもはやなかった。

「だれもがそんなだったたって……うん、そう言われるとあたしだってそうだったかもしれない」

那那は白秀の両手を引き寄せ、その掌で自分の頰を包んだ。そんな那那の頰をそっとさすりながら、

「この歳でまだ女の体を知らなかったなら世間の人はおれのことをどう見るだろう? そんな男の純潔を果たして彼らは賛美してくれるだろうか? 否だ。かえっておれの愚かさ、未熟さを嘲笑うだろう。おれの純情が嘲《あざけ》りの対象になっているのに、おれはとうてい素直になれなかった」

「嗚呼、白秀さん!」

那那は白秀の両掌を広げ、自らの顔をかぶせるように乗せた。那那は泣いている。白秀がこれほどまでに純情だったとはつゆ知らなかったのだ。那那は泣くこと以外にどうすることもできない悲しい感情にとらえられていた。

「白秀さんをそんなふうに屈折させる因《もと》になった人ってやっぱり女だったんでしょう?」

那那は涙に濡れた面を上げた。

しばらくの間、しげしげと那那を見やってから、こっくりとうなずき、

「ある女の瞳だった」

「瞳? ……」

「そう。その女の冷たい瞳はおれの素直で純真な感情の芽を踏みにじった。だからおれも自分の偽りのない感情を殺し、女の瞳に劣らぬ高慢な目つきを見せないわけにはいかなかった。率直であることは、もはや普通に言われるほど貴重なものではなかったわけだ」

「その女の人ってだれなの?」

「もうこの世にはいないさ」

「死んだの?」

「そうさ」

「その人だれなの？　どんな女だったの？」

「そんなこと、那那《ナナ》が知る必要はないよ」

「あっ、もしかして白秀《ベクス》さんが殺したというのはその人のこと……？」

「……」

白秀は返事をせずに那那を凝視したのち、

「警察ではそう考えている」

「白秀さんにはなんの罪もないのに？」

「そういうことさ」

「ならなぜ堂々と申し開きしないの？」

「それがやるにやれなくなっちまった」

「どういう意味なの……？」

「簡単に言うと、実は偶然におれはその夜、殺人現場にいたためにアリバイがないのさ」

「アリバイってなんのこと？」

「その夜、殺人の現場にいなかったという証明のことだよ」

「あ、それでこの間の夜、電話であたしに……」

「そうさ。おれは殺人の現場にいたことはいたけど、人を殺しはしなかった。そうはいっても、おれの言葉を信じてくれる者なんてこの世に一人だっているもんか。だから仕方なく那那に電話をかけて、おれがその時刻にここにいたことを証明してくれと……でも、それさえ無駄になっちまった」

「どうして？」

「おれが電話しているところを検事代理が盗み聞きしていたんだ」

「本当？　……」

那那は心底驚いた。

「それで仕方なく検事代理に真相を話したのさ。だけど、おれの話を真剣に聴いてはくれなかった。だから、こんなふうにおれは殺人犯として警察に追われる身になっちまったのさ。逮捕されたら死刑は間違いないし……」

「どうにかして……どうにかして申し開きする方法はないのかしら？」

「まるきりないね」

「検事代理が友人なんでしょ……？」

「友人といったって何の足しにもならなかった」

「どうしましょう？　どうしたらいいの？」

「それに殺されたその女というのは、おれの少年時代の恋人だった」

「そんなことって……？」

「その恐ろしく冷たい瞳をした件《くだん》の女だった。そんな関係からおれはとうてい殺人犯の汚名を逃れるわけにはいかなくなったのさ」

「それでも、なんとしてでも逃れないといけないわ」

「無理さ。まるきり手立てがない。どうにかして逃れようと殺人現場でおれが目撃した犯人を訪ねていったんだ」

「あら？　それってだれなの？」

「安文學《アンムナク》という俳優だった」

「えっ、安文學？　……」

那那も何本か安文學の映画を観ていた。

「だったらそれってもしかして『秋薔薇殺害事件《チュチャンミ》』のことじゃないの？」

「そのとおり」

「どうしてそんな……？」

那那は驚きを新たにした。

「それで、訪ねていったら、なんて言ったの？」

「安文學はおれのことなどまったく知らないと言ってた。その時刻には泥峴《チンコゲ》を歩いていたんだとさ。だけど、おれとしては安文學を現場ではっきりと見たんだからね。彼が沈黙を守っている以上、とうていおれは汚名をそそぐことなんてできない」

「どうすればいいの？」

那那はもどかしくてしかたがない。

「那那、頼みが一つある」

「なんなの？　……あたしにできることなら、なんだってするわ」

「遠からずおれは警察に逮捕される身だ」

「だめよ。捕まったりしちゃだめ。身の潔白を証明する手立てを見つけるまでは捕まってはいけないわ」

そう言いながら那那は白秀の首にしがみつき、

「あたし、白秀さんと一緒に遠いところへ、遠いところへ行ってあげる。一緒に死んだってかまわない！　捕まらないで！」

「那那、ありがとう！」

白秀の唇が狂ったように那那の顔を這った。

「那那、この世でおれのことを思ってくれるのはおまえ一人しかいない！　一緒に死んでしまいたいぐらいだ！」

「死んであげる！　死んであげるわよ！」

ひしと抱き合う二人の体が小刻みに震える。

「ありがとう、那那《ナナ》！」

「だから、捕まらないで！」

「でも、水も漏らさぬ厳重な警戒網を考えると、つまるところやつらの手に落ちるさ」

「ここにじっとしてればいいじゃない」

「いや。ここだってそのうちやって来るさ」

「なら捕まる前に二人で死んでしまうしかないわね」

「だめだ」

「どうして？」

那那はつと顔を起こした。そんな那那の濡れた顔を白《ペク》秀《ス》は悲しげな表情を浮かべたままじっと見つめてから、

「那那は生きていかねばならない。一緒に死んでくれなどと言うには、これまでみせたおれの誠意などてんで話にならないよ。おまえはこれからも幸せになれる身だ。おれを忘れることだってできるだろ」

「ちがう、ちがうわ！　そんなつれない言葉なんて聞きたくない！」

「おまえはただ単に一人の文学少女的な趣味からおれについて来ただけさ、おれという人間が好きでついて来たわけじゃない」

「いや、いやよ！　そんなことを言ったりしちゃ、あたしいやだわ！」

那那は白秀の懐に顔を埋めて泣きじゃくった。

「おれみたいな貧乏人をおまえが好きになるなんて万に一つの可能性もあるまい。ここにだってたんまり金を持った客が何人もおまえに会いに来るのに……そんな客の中から一人を選べばいい。それが那那の人生にはふさわしい行動なのさ」

「もうやめて！」

那那は手で白秀の口をふさぎ、

「文学少女趣味からであれなんであれ、結果としてあなたが好きになったのなら同じことでしょ、ちがう？　お金があるから好きになったにしろ、文学趣味から好きになったにしろ、好きになる動機なんてどうだっていいじゃない？」

「おれが小説家でなかったなら、おまえはおれみたいな者に目もくれなかったろう。夏でも冬服をまとったこんな格好《ざま》を見てもおれに惚れるかな？」

「そのとおりかも知れない……でもあたしには、そうじゃない一面だってあるんだから。それを知ってもらえないなんて悲しいわ！」

「その一面とやらが文学趣味なんだろ。おまえは『小

説家白秀』から『小説家』だけを好んだ、『白秀』を好きになったわけじゃない。だから、おまえがおれと一緒に死んでくれたとしても、それは『小説家』と死んでくれるのであって、『白秀』と死んでくれるのではない。わかるかい?」

「わからない! なんだか無性に悲しくなるわ!」

那那はぶるっと身を震わせると、

「ほら、見て」

両手で白秀の顔をしっかり包んでやり、

「一昔前とは違って近ごろの女性は人の一部分だけをみて好きになったりなんかしないわよ。その人の何かを好きになったのに、結局はその人のことが好きじゃないなんて? なんだかややこしい話になるなんて悲しい。そうじゃない?」

白秀は淡々と那那を見つめてから、

「わかったよ!」

と言った。

「でも那那は生きていかなきゃならない。一緒に死んでやろうという気持ちはたまらないほどうれしいけど、那那にはまた別の幸せがいくらでもあるよ。一時の興奮で一生を放棄するなんてもったいない」

「一時の興奮なんかじゃない。あなたの純粋な人間性に限りなく魅かれて死ぬのよ。この前の夜には死ぬのが怖かったあたしだけれど……ボートからあたしを降ろしておいて……いくら呼んでも一言の返事もなく静かに……恐ろしい孤独を胸の奥深く秘めたまま、あなたは泣きながら黙々とオールを漕いで行ってしまった。そんなあなたの深みのある人間性に、死んであげたくなるほど魅かれただけなの。それだけだわ!」

しっかりと包んでくれた那那の手の中で、白秀は幼い子どものように唇を突き出して泣いていた。

「あのとき、あなたはあたしのことをひどく恨んだでしょう?」

白秀はやおらかぶりを振り、

「いいや、そんなことはない」

「だったら?」

「無理強いしてたことに気づいただけさ。那那には別の幸せが待っているのに……おれには何もなかったというだけのこと」

「淋しかったでしょう?」

「うん、でもそれは那那のせいじゃない。世の中が、宇宙が、この空と地の塊が淋しく映っただけだった」

そのときの淋しさをまぎらわしてやろうとでもするかのように、那那《ナナ》はまた唇を寄せていく。

「すまない、那那、こんなていたらくのおれをそれほどまでに思いやってくれるなんて、普通の女にできることじゃないのに……」

二人は再び抱き合って身震いした。

第二節　最後の激情

「さっき頼みがあるって言ってなかった?」

激しい抱擁を解くと、那那はまた酒を酌み交わしながらも気遣わしげに訊いた。

「うん、そうなんだ。重要な頼みだ」

「なんなの? ……」

「頼みというのはこのことなんだが……」

白秀《ベクス》はポケットから原稿用紙の束を取り出した。その量《かさ》からみてかなりの枚数がありそうだった。

何が書かれているのかわからないが、白秀は白紙の原稿用紙で原稿の束を幾重にも包《くる》んだあと、飯粒で厳重に封をしていた。そして万年筆を取り出して、

「東洋新聞社社長、鄭万浩様《チョンマンホ》」

と書きなぐった。

「それ、何?」

「原稿だよ。この前、この新聞社で原稿料五百円を先にもらってる。こんなに厳重な警戒網をかいくぐって那那を訪ねてきたのは……」

白秀はここでしばし言葉を切ってから、

「二つ理由があってやって来たんだ」

「だから、なんなの?」

「一つは最後にもう一度那那に会いたかったこと、もう一つはこの原稿を東洋新聞社社長に渡してもらうためなのさ。郵便で送るか、あるいは直接自分で訪ねていって手渡してくれてもかまわないのだけど……おれ自身が動くのは危険すぎる」

「わかったわ。あたしが持っていってあげる」

那那は原稿の束を受け取った。

「いつ持っていけばいいの?」

「おれが逮捕され死刑になったあとか、あるいはおれが完全に姿をくらまして安全な身になったあとに渡してほしい。ともかく、おれの身の片《かた》がついたあとなら、いつだってかまわない。だから、それまではどんなことが

あっても、この原稿をきちんと預かっておいてほしいんだ。那那、わかってくれるよな?」

「わかったわ」

「なら那那、頼むぜ!」

白秀はついと立ち上がった。

「どこへ行くつもり?」

那那もつられて腰を浮かすと、白秀の行く手に立ちふさがった。

「ゆかねばならない」

「どこへ行くの?」

「どこであれゆかねばなるまい。今にも警察がやって来るかも知れないんだから」

「だめよ。この下に……さっきから店に怪しい男が一人じっとしてるわ」

「えっ? ……」

白秀の目が険しく光る。やにわに白秀の右手がポケットの中へと滑り込む。白秀の手は拳銃を握っているのだ。

「その拳銃、どこで手に入れたの?」

那那はぶるぶる震えながら視線を落として訊いた。

「そんなこと、知る必要はない」

「でも、もしかして……この前の夜、騎馬巡査の……?」

「それ以上、訊かない方がよい!」

「嗚呼!」

那那は倒れ込むように白秀の懐に顔を埋めてむせび泣いた。

那那の背中を両手でさすりながら、白秀は自分の頬を那那の黒髪にこすりつけた。

「どこへだって、あたし……あたし、あなたについて行くわ」

涙で何度も言葉が途切れた。

「嗚呼、ありがたい!」

白秀は長い溜め息をつき、那那の背中と肩を強く愛撫した。

「いいえ、ありがたいのはあたしの方よ!」

「おれの人生の出発点で那那みたいな女と出会えなかったことが不幸の始まりだった。那那のように素直に振る舞える女と出会っていたら……嗚呼、今日のこの不幸はなかったのにな!」

「嗚呼、白秀さん!」

「おれのためにこんなに泣いてくれる女も世の中にいたんだ! それだけでも、おれはうれしくてたまらない！　泣けてくるよ。那那《ナナ》の涙はおれを子どもみたいに泣かせてくれるのだな！」

熱い感謝の涙が白秀《ベクス》の頬を伝って落ちていく。

「あたしはちっとも怖くなんかない。あなたが拳銃を持っているにせよ……ナイフを持っているにせよ……怖くもなんともなくなったの。なぜそんなものを持っているのか、そのわけももう訊かないわ」

すると、白秀は那那の涙に濡れた顔をしげしげと見つめながら、

「那那！」

「なあに？」

「おまえはほんとうにいいやつだ！　おれみたいにいいやつだ！」

と言った。

「そうかしら？」

「そうさ。おれはおまえの良さを見つけたし、おまえはおれの良さを見つけてくれた。しかし……」

「しかしなんだって言うの？」

「しかし、今さら知ったところで遅すぎた」

「そんなことない。遅いだなんて、なんでもないことよ。どこまでもあなたについて行くわ」

「ありがたいけど……」

白秀は那那の赤い唇にしばし視線を注いだあと、

「ありがたいけど……やっぱりおれはおまえの好意を断るよ！」

叫ぶようにそう言うと、突然激情に駆られ、那那の口紅《ルージュ》を狂ったように吸った。二人はしばらくそのままの状態で立っていた。

「さあ、おれは行かねばならない！」

白秀はさっと那那を脇へ押しやり、襖《ふすま》に向かってそろりと歩を移していった。

「だめ！　だめよ！　ちょっと待ってて。あたしが先に降りて、みて来るわ」

リスのごとく那那は前に跳び出し、襖を背にして立ちながら白秀を部屋の奥に押し戻しておいてから、自分ひとりだけで階段を降りていった。

「あの人、まだいるの？」

那那は女中に訊いた。

「少し前に出ましたよ」

茶房の中はがらんとしていた。

那那は再び二階へ戻り、

「出て行ったわ。でも……」

「いなけりゃいい」

「だけど、どこへ行くつもりなのか、教えてちょうだい」

「自分でもよくわからんさ。ただ、おれの勘だけど、いずれにしたってここは危険だ」

「それでも、目的地を決めてから出ないといけないでしょ？」

「おふくろにもう一度だけ会っておきたいけど……そこも危険だろ。あの若い検事代理は第六感が発達していて目聡《めざと》い男だから」

「ならどうするつもり？」

「昨夜《ゆうべ》まで隠れていたあの石切場付近の洞窟へもう一度行こうと思ってる」

「そんなの危険よ」

「いや。捜索隊は今朝あたりおれがひそんでいた洞窟を見つけたはずだ。そして、すでにおれがずらかったとみて別方面へ捜索の手を伸ばしているにちがいない。爆弾は一度落ちた同じ場所には、また落ちたりしないものだ。つまり、そこが一番安全なのだ」

「あたしも行くわ！」

「だめだって！」

白秀は声を荒らげた。

「じゃあたしは……どうしろって言うの？」

「おまえは生きていくのさ」

「いや、いやよ！　あたしはもう生きていくのがいや、いやよ！」

「ええい、うるさい！」

白秀は那那の頬を平手打ちした。

「ああっ――」

那那は両手で張られた頬を覆った。

「おまえなんかの好意を受けるのがいやなんだ！」

「なんてこと？　……」

那那は目を丸くして相手を見た。

「追われる殺人犯がただ単に最後の饗宴のつもりでおまえの肉体をむさぼったまでさ。おまえを愛したわけじゃない！」

「そんな？　……」

那那の唇がとんがり、顔が醜くゆがんでいく。

「うぬぼれるんじゃない！　いくらおれが愛情に飢えた男だとしても、おまえなんかを愛するわけがない」

だが、白秀は心の中で泣きじゃくっていた。毛の先ほども思ってなんかいない言葉を口にしなければならなかったからだ。

那那《ナナ》はしきりにこみあがってくる感情と闘っていた。こらえにこらえていたものの、とうとう、

「うわーん――」

と子どもみたいに声を上げて泣いてしまった。

「泣いたところでどうなるものではない。こんな貧相ななりをしてはいても、心意気だけは王者の矜持を持つ一人前の作家だ。あっちへ引っつき、こっちへ引っつき、その日暮らしのだらしない体を抱いたからとて、そうやすやすと女に愛情を感じる白秀《ベクス》じゃないぜ」

「うわーん、うわーん……母さん、母さん!」

那那はとうとう母親に助けを求めた。それほど激しく泣きじゃくりながらも、やにわに駆け寄り、

「いいわ、いいわよ! あなたがあたしのことを愛していなくったってかまわない! あたしだけがあなたを愛していればいいの、いいの、それでいいのよ!」

そう言いながらまた抱かれようとしなだれかかってくる那那を白秀は冷たく押しやり、

「無茶なことを言うもんじゃない。薄汚い体を差し出したからといっていい気になるなんざ滑稽だぜ。金のあるやつだの、官職の高いやつだの、ハンサム・ボーイだの、男なんていくらでもいるじゃないか? 大体おまえみたいな人間の口から愛やら恋やらなんて言葉が飛び出すこと自体が不愉快だ」

「何がどうだって? ……」

那那の感情の昂ぶりがにわかに静まっていく。その顔は怒った猫さながらに険しくゆがんでいった。

「おまえたちは肉体を提供することで結ばれる関係を愛と呼ぶのかもしれないが、それは高貴な人間の愛情を冒瀆しているのさ」

「あなた、本気で言ってるの?」

那那はもう泣いてはいなかった。頰に涙は残っていたものの、涙は止まっていた。

「おれは嘘がつけないために、こんなありさまになった人間だ。おれだって世間の人並みに嘘がつけて社交ができて、計算ずくで振る舞えば、初恋の実を結ばせて世俗的な幸福を手に入れることもできただろうがな」

「いいわ! 本気でそう言ってるのならいいわ!」

那那は思い切ると同時に憎悪の念が兆しはじめた。つまるところ、那那の人間的な深みはその程度のものでしかなかったのだ。

「気分を害したかもしれんが、仕方がない。あんたは

あんたの道を歩めばいいのさ」

白秀はそう言ってから、

「だけど、一つ頼みがある。これはおれたち二人の愛情問題じゃなく、人間としての信義の問題なのだ。どうかその原稿だけはさっきおれが頼んだ時点で新聞社へ送ってもらいたい」

「……」

「いずれにしろ、最後の饗宴をそれなりにもてなしてくれたことに対して、それなりの感謝の念は抱いて行くぜ。那那、元気でいろや！」

白秀は心では子どもみたいにおいおい泣きながら、そろりと襖《ふすま》を引いて出ていった。

「あっ、白秀さん！」

那那ははっと気を取り直し、あわてて部屋を飛び出して階段の上から白秀の手を摑んだ。

「一言だけ……一言だけ聞かせて行って！」

「ついて来るなよ。いたずらに共犯の嫌疑を受けるなんざ莫迦らしいからな」

「いいえ、あたし絶対についてなんか行かないから、一言だけ聞かせてちょうだい！」

「本当について来ないのか？」

「本当に……本当に……」

「早くはっきり言えよ」

「あなたについてなんか行かないし……あなたの言うとおり、あたしはあたしなりの幸せを探して生きていくから、一言だけ本心を話して行って」

「だからなんのことだ……時間がない」

「さっき言った言葉……さっきのあなたの言葉はみんな嘘っぱちだったって、その一言だけ聞かせて行ってほしいの！」

その刹那、白秀の体が何か強烈な衝動を覚えたかのごとくぶるぶる痙攣を起こした。

「嘘だったと、一言だけ言い残して行ってくれさえしたら……あたしは永遠に幸せでいられるわ」

じっと白秀の目を見つめながら、那那は哀願した。

「那那、那那、那那！」

白秀はくるりと体の向きを変えると那那のか細い首を折れんばかりに引き寄せ、接吻の雨を降らせた。

「那那！　おまえを愛する方法があるのなら教えてくれ！　おれはとっくにそんな手立てを失くしてしまった人間なんだ！」

「これでいいのよ……これでいい！」

那那《ナナ》は眠ったように目を閉じて、寝言みたいにつぶやいた。

「いや、だめだ！　おれはおまえを永遠に愛していたい！　どうすればいい？　どうすれば、おれはおまえを愛することができるんだ？」

「何もしなくても……」

「さあ、これでおしまいだ！　ぐずぐずしてたら、自分の命一つろくすっぽ始末できなくなっちまう」

「えっ？……そんなこと考えてるの？」

那那は目を見開いた。

「いや、たとえて言ったまでさ。原稿は直接持って行かず、郵便で送る方がよい。那那に余計な嫌疑がかかるとつまらないから――じゃあ、あばよ……」

「あ、白秀《ベクス》さん！」

そのときすでに白秀はとんとんと階段をほとんど降りていた。

「ちょっと待って……」

那那は急いで部屋に取って返すと、衣装箱の中から紙幣の束を摑み、階段を駆け降りた。

「これを持って行って……」

靴を履こうとする白秀のポケットに、那那は紙幣の束をねじ込んだ。優に二、三百円はあったろう。

「ありがたい！」

「さようなら……無事でいたら、きっと、きっと連絡してね、いい？」

「うむ、そうしよう！」

白秀は数人の客がいる茶房の戸口をするりと通り抜けた。

白秀はしばし四方に目を走らせてから、手を上げてタクシーを拾った。そして、一路光化門方面へと疾走しはじめた。

そのとき、茶房の向かいにある薬屋から男が一人飛び出してきて、あわてて別のタクシーに乗り込んだ。

「あのタクシーについて行け！」

茶房『ヴィーナス』でねばっていた男だった。

第十五章　恐怖の実験室

第一節　安文學の写真

白秀が乗った青いタクシーと刑事が乗った黒いタクシー——午前十一時近くの混みあった西大門《ソデムン》通りで始まった、この二台のタクシーの追跡劇こそ秋薔薇《チュチャンミ》殺害事件の捜査に終止符を打つ出来事であると刑事に思わせたことだけは確かだった。

しかし、そのころ××警察署合同捜査本部の肘掛け椅子に体を沈めて思案にくれる検事代理劉準《ユジュン》は、白秀を秋薔薇殺害事件の真犯人だと断定しきれない難しい問題にぶち当たっていた。

今父親の劉警部の指揮の下で捜索隊が白秀の行方を追ってはいるが、それはどこまでも秋薔薇事件の容疑者としてよりも、騎馬警官の拳銃を奪い、東洋新聞社社長を脅迫して金銭を奪取したという、より濃厚な嫌疑があったためであったろう。

確かに、原稿『思想の薔薇』の前半で少年白秀と少女秋乙美《チュウルミ》の関係は明らかになった。さりとて、アリバイのない白秀の不利な立場に対しては、白秀の薔薇への執着をよく知る劉準として、犯人安文學《アンムナク》の顔を寝室の窓枠の上から見たという白秀の証言もまた信頼に足るものであったためだ。

「まかり間違えば無実の人間を捕えることになるのではないか！……」

これまで、ただ漠然と白秀を犯人だと思い込んでいた自身の安易な感覚的な考えをぬぐいさろうとしていた。

さらに、安文學を訪ねてすっかり自白する方が得策だと遠まわしに脅迫をした白秀の行動を振り返ってみるとき、親友に裏切られ、警察から手配される身となった白秀の追いつめられた、苦しい立場が思いやられ、にわかに劉準を悩ませはじめるのであった。

白秀と安文學の間には、どうしても口にできない何らかの事情があるのかもしれない、そう思い直して劉準はもう一度安文學を呼び出すことにした。

そんな矢先、署員が部屋へ入ってきて、

「安文學がどうしても話したいことがあって、劉検事さんに連絡してほしいと言ってきています」

「そうかい？　ちょうどいい」

「連れて来ましょうか？」

「そうしてくれ」

ややあって、署員に連れられて安文學《アンムナク》が劉準《ユジュン》の前に姿を見せた。

「そこへ掛けてください」

劉準は丁重に言った。

「ありがとうございます」

安文學は勧められるままに劉準と向かい合って腰をおろした。二日の間にも安文學の顔は目に見えてやつれていた。

「何か急いで話したいことがあるのですか？」

煙草を勧めながら劉準は訊いた。

「そうなんです」

「と言いますと？」

「劉検事さんならわたしの話を信じてくれそうなので……」

安文學は煙草を一服してから、

「繰り返しになりますけど、この安文學が犯人ではないことは、だれよりも自分がよくわかっています。ですから、わたしを救う者は自分自身以外にはないと思いました」

安文學の蒼白な容貌にはその瞬間、何かしら一縷の希望みたいなものがちらりと見えた。

「それでどうなんです」

「ですからわたしは当局では今までさして関心を示していない、ある事実について指摘しておきたいのです。ただし、それが果たして自身に利益をもたらすものか、あるいはむしろ逆の条件になるのかは、どうにも予測がつきません。ただ、わたしとしては当然に論議されなければならない問題がこれまでなおざりにされてきたことに、ふと考えが及んだだけです。——いや、この予感が当たっていたなら、真犯人がだれなのか、論理的に解決できるかもわかりません」

「なんのことなのか、率直に話してください。わたしは安《アン》さんを信頼のおける人だと思っていますから」

「どうも、ありがとうございます」

安文學はぺこりと頭をさげると、

「と言いますのはほかでもありません、殺人の現場から消えてなくなった写真に関する問題なのです」

「あ、写真——等身大に拡大した安さんの肖像写真のことですか?」

「そのとおりです。現場には紙封筒だけが残っていて肝心の写真と額は見当たらなかったのですね。この事実を当局では……いや、劉警部さんなんかは、自分の犯罪を隠蔽するためにわたし自身がどこかへ持っていったものとみているようなのですけれど、それはわたしが犯人ではないことを知らない人たちの考えであって、自分が犯人ではないことを知っている自身の立場からみるとなんとも滑稽な空想でしかないのですね」

「そりゃあそうでしょう。それで……?」

「そこで写真と額の行方に対してだれよりも頭を悩まさなければならなくなったのは、ほかならぬこのわたしなのです」

「よくわかります」

「ですから懸命に考えました。この二日間、監房の中で寝るのも忘れて考えました。そうして今朝、ふとあることに思い至ったのです」

「はっきりと話してください」

劉準の好奇心が頭をもたげてきた。

「いいですとも、これはいわば一種の勘ですから証拠はないですけれど、あの写真はもしかして呉章玉《オチャンオク》が盗っていったんじゃないのかと……」

「呉章玉といや、あの……?」

「そうなんです。崔樂春《チェナッチュン》の若い弟子――いや、今頃はもう夫人の代わりをつとめているかもしれませんが……」

そのとき、熱心に耳を傾けていた劉準は胸にじんと来るものがあった。

人の考えというものはともすればこれほどルーズなものなのかと、安文學のブロマイドを三百枚も持っているという呉章玉の、あの白痴みたいなきれいな容貌が検事代理劉準の脳裏を稲妻のごとくかすめていった。

「よく話してくださいました。何をおっしゃりたかったのか、わかるような気がします。しばらく待っていてくださったら、呉章玉を連れてきます」

劉準はほどなく車に乗って奬忠壇《チャンチュンダン》公園に向かって道を急いだ。

一時間後、劉準はいかにうまく話を持っていったのか、洋装の呉章玉と恋人同士さながらに肩を並べて崔樂春宅の正門を出て車に乗った。

車は途中、孝子洞にある呉章玉の母親の家に立ち寄って大きな風呂敷に包まれた写真用の額を呉章玉に持たせ、再び××警察署へ戻ってきたのは二時間後のことだった。

「あっ、やはりそうだったんだな！」

安文學《アンムナク》はもう一度監房から呼ばれ、呉章玉《オチャンオク》が持っている額を一目見るなり、大声でそう言った。

それは幅が二尺五寸（約七十六センチ）、高さが三尺三寸（約一メートル）からなる安文學の上半身を映した肖像写真で、じっと遠くを眺める表情には緊張感が漂っていた。

「では、あなたがこの写真と額をこっそり持ち出したときの様子をくわしく話してください」

呉章玉を前に坐らせ、劉準《ユジュン》はやさしい口調で言葉をかけた。

厳めしい雰囲気に気圧《けお》されてしくしく泣いていた呉章玉は、その肉感的な美貌を恐る恐るもたげながら、

「ただ欲しかったんです。特別な考えもなく……」

そこでぽつりぽつりと洩らした呉章玉の供述をまとめると次のとおりだ。

あの日の夜、呉章玉は九時五十分の汽車で崔樂春《チェナッチュン》が平壌から帰ってくるから京城駅まで迎えに行くようにという怪しい電話を疑うことなく、戸締りをしたあと駅まで出かけたものの会えずに戻ってきたところ、意外にも崔樂春が書斎で警察に電話を掛けていて、書斎の真ん中で秋薔薇《チュチャンミ》が死体となって横たわっていた。

警察が来るまでは書斎の物には手を触れないようにとの崔監督の言いつけどおり、呉章玉が書斎の横の寝室に入ると、そこに思いがけなく素晴らしい物を見つけたのだった。

隣室の書斎には人がひとり死んで横たわっているというのに、いくら夢にまで見た恋人の写真だとしても、それを見て素晴らしいと感激したというのだから、この女の頭は白痴に近いものであることだけは事実のようだ。

額に収まった等身大の安文學の肖像写真が、ベッドの枕元に近い窓の上の壁にぽつんと掛かっていた。青い笠をかぶせた電気スタンドがベッド脇の小机に置かれていたため、青い光を正面から受けて、あたかも青色のスポットライトを浴びた舞台俳優の顔を眺めているかのようだった、と呉章玉は証言した。

本当に素敵なポーズだと感嘆したとたん、秋薔薇にはもはや口はないという考えも後押しし、開いていた窓枠にこっそり上がって（実は家を出るとき、すべて戸締りしたと思い込んでいたのだった）額を取り外し、廊下へ出て自分の部屋へ入り押入れを開け、蒲団の間に隠して

おいたのだ。

その写真が掛かっていた場所には、半年前までは秋薔薇自身の写真が掛かっていたと言う。何とはなしに少々気が咎めたこともあり、孝子洞の母親の家に写真を移したのは翌日の夜のことだったという。

「ベッドの枕元、つまり小机の真上に当たる窓枠の上だったのは間違いないのだな！」

その声は意外にも劉準のものではなく、安文學の落ち着いた声音だった。しかし、その沈着の中にも心なしか何やら期待と不安がこめられているようにみえた。呉章玉の返答いかんによっては光明と暗黒、そのいずれか正反対の運命が自分の身に降りかかるかもしれない、そんな苛立ちを抑えているのだろう。

劉準には安文學の気持ちが痛いほど伝わってくる。ぞっとするほどに。

「ほんとうですわ。窓枠の上に、以前から釘が一本打たれていたんです。その釘と紐《ひも》を使って壁に額が掛かっていたんです」

「で、その夜、窓の一つは確かに開いたままだったんだね？」

劉準と安文學は、ほとんど同時に同じことを問いかけた。

「ええ、そのとおりでした……でも、きっちり戸締りしたはずなのに。カーテンが引いてあったので、勘違いしたのかもしれませんけれど」

そのとき、劉準は厳《いかめ》しい口調で、

「そうじゃない。あなたは窓を施錠してから外出したのですよ」

と答えた。

「じゃ、だれかが鍵を開けたのかしら？……」

呉章玉はそのことがにわかに気懸かりになった。

「写真を掛けた者が開けたんですよ」

「写真を掛けた者？……」

「窓枠に上がらずに写真を掛けることができるかな？」

「無理ですわ。小机は作りがたよりないですし、小さくて……」

「それもあるけど、小机は窓よりも低いからだめでしょう」

「ええ、おっしゃるとおりですね」

「だれが写真をそこに掛けたと思いますか？」

「夫人じゃないかしら？」

「だと思う。秋薔薇がその窓を開けて窓枠に上がって写真を掛けたのでしょう。それをあなたがこっそり持ち出したものだから、事件の解決が遅れてるのですよ」

「あら、どうしましょう？ ……そんなこと夢にも思わなかったわ。ただ……ただ……」

「わかってる。安さんを恋い慕うあなたのやるせない気持ちはよくわかってるさ」

「ああ――」

とうとう呉章玉《オチャンオク》は両手で顔を覆い、嗚咽《おえつ》を洩らした。

「安さん、呉さんを慰めてあげてください」

そう言われて余計に胸が締めつけられるのか、呉章玉の泣き声はむせび泣きに変わっていった。さりとて安文學《アンムナク》は口をつぐんだまま坐っているだけだったが、ついと腰を伸ばし、

「劉検事もわたしの考えに同調されますか？」

と幾分明るさの戻った顔で訊いてきた。

「ええ、いや……」

と劉準《ユジュン》は明確な答えを避け、壁にもたれさせて机の上に立てかけた安文學の写真を凝視しながら、

「安さん」

「はい」

「安さんはわたしをだますつもりはないでしょうね？」

「そんな言葉はどうか……わたしは今、命懸けで自分を救おうと非常な覚悟でのぞんでいるのですから」

「安さんが今考えているのは、どこまでも安さん自身は犯人ではないという前提から出発していますよね」

「そのとおりです。むろんですとも！ どこまでも自分は犯人ではないという前提のもとでのみ考えられる問題なのです。そんなわけなので、劉検事さんにはこれからわたしが言うことに耳を傾けてくださるようお願いします。劉検事さんならわたしの言葉を信じてくださるでしょうから」

「わかりました。なら安さんは日が昏れてから、わたしと行動をともにしていただきましょう」

「いいですとも」

安文學は劉準の握手を受け、再び署員に連れられて監房へ戻っていった。

第二節　緑色の寝室

日が昏れるのを待っている間に、漢江の下流で捜索隊を指揮していた劉警部が三人の部下を連れて警察署へ帰

ってきた。

白秀《ベクス》の行方は杳として知れないというのだ。

「父さん」

と劉準は机の上に立てかけた額入りの安文學の肖像写真を指さし、横に腰かけている呉章玉がここまで連行されてきた前後の経緯《いきさつ》をくわしく話したあと、

「今夜、面白い実験をやります。父さんも一緒に行ってもらわないといけません」

「実験だって、だしぬけになんの実験をやろうというのだ?」

劉警部はさも疲れたようにどかっと肘掛け椅子に腰を落とし、両脚をだらっと伸ばした。

「この写真と重要な関係がある実験です。今ここで話してもかまいませんけど、もしかして、またつまらないってお叱りを受けるかもしれないので、現場へ行ってからくわしく話しますよ」

劉警部はなんのことだかまるで見当もつかなかったが、あえてそれ以上は訊かず、どれ、息子のするさまをじっくり見てやろうじゃないか、といった態度を取っているらしかった。

すっかり日の沈んだころ、劉警部親子を始めとする捜査官一同は、安文學と呉章玉を伴って殺人の現場である崔樂春《チェナッチュン》の家に向けて車を走らせた。

秋薔薇《チュチャンミ》の夫崔樂春の芸術家らしからぬ、しまりのない顔が現れ、一同を書斎へと案内していった。

書斎は犯行当時とさして変わってはいない。南側と東側の窓の下にテーブルがあって、その横に薔薇の鉢植がそのまま置かれている。電蓄も東側の窓と隣室とを仕切る壁のそばに置かれたままになっていた。

その隣室の寝室にもこれと言えるほどの変化は見られなかった。ベッドも依然、東側の窓寄りを枕側とし、北側の壁際にあり、廊下と接する壁にはこれまでと同じ位置(書斎との間にある中扉から約百八十センチほど離れたところ)に大型の丸い鏡が掛かっている。書斎にも寝室にも電灯が明るくともっていた。劉準は呉章玉に命じ、書斎と寝室のカーテンをすべて閉めさせて、まだわずかに残る薄明を遮蔽させることにより、室内を完全な夜の状態にした。

「この書斎の電灯は犯行当時の明るさと同じですか?」

劉準はそう言いながら、さっきから訝しげに一同の動きを見守っていたこの家の主崔樂春に視線を向けた。

「そうです。同じ六十ワットのままですから。あれ以

来、この書斎は使ってはいませんし」

崔樂春《チェナッチュン》はそう答えたあと、無愛想な顔で安文學《アンムナク》を横目に見た。すると、一見無表情な安文學の顔に何かしら希望を抱いているような明るさを見出し、得体の知れない不安を覚えたものか、今度は崔樂春の顔がにわかに曇ってくるのであった。

「では、みなさんはこの部屋の中ほどに立っていてください。このテーブルの前あたりに……」

そして呉章玉《オチャンオク》を連れて劉準《ユジュン》は寝室へ歩を移しながら、間仕切りの中扉をぴたりと閉めてしまった。

一同は劉準に言われるがまま、書斎の真ん中あたりに立っていた。ぼんやり立っていた彼らも、劉準らが寝室に消えると、緊張した面持ちで中扉に注目しはじめるのだった。

「一体、どうするつもりなんですかね?」

崔樂春は安文學と目を合わせるのを避けながら、劉警部に訊いた。

「わしらもよくわからんのだよ。もうちょっとこのまじっとしているしか……」

崔樂春に対する劉警部の心証は初めからよかったせいか、口調もずいぶんやわらかだった。


ところがその一方で、安文學は閉められた中扉を深刻な顔で食い入るように見守っていた。あたかもそこから何かが飛び出してくるのを待ち構えているかのように。安文學はそれが何であるのか、知っているようだ。そしてそれこそ、彼の運命を左右する何かある重大なことを意味しているであろう。

寝室へ入った劉準は一体そこで何をしているのか、むろん一同は知るよしもない。ただときおり、呉章玉に何事か指示する劉準の低い声が聞こえてくるだけだった。ややあって、劉準の声も聞こえなくなってしまう。

安文學ひとりを除いた一同は、われ知らず次第次第にある種神秘的な好奇心の奴隷になっていく。咳払い一つ、息遣い一つ、聞こえてはこない。一同の視線は凍りついたように閉じられた中扉へと向けられていた。

そのとき、中扉がぎしっと開いた。開けたのは劉準ではなく呉章玉だった。

一同の視線はいっせいに寝室の中へと注がれた。

青い寝室――緑色に近い青い光が寝室一杯に広がっている。青い光だけがその部屋の主人公であるかのごとく、一同の視覚に映るのだった。

「安さん、見えますか?」

劉準の声が礫《つぶて》さながらに飛んでくる。しかし、それは声だけで劉準の姿は見えない。

「見えます！　見えますとも！」

やはり間髪《かんはつ》を容れず、安文學の興奮した声が応じる。

「何が……何が見えるというのかな？」

劉警部はそう言いながら立っている位置から寝室内を熱心に覗き込んではみたものの、青い光の氾濫以外には何も見えるものがなかった。

青い光が氾濫する寝室にある何を見て、安文學があれほど興奮しているのか、ほかの者にはさっぱりわけがわからない。

「何が見えるんだね？」

劉警部はたまらず訊いた。

「鏡を見てください。寝室に掛かっている、あの丸い鏡を……」

安文學が上ずった声で言う。

劉警部は言われたとおり、寝室の西側の壁に掛かっている鏡に目を向けた。

「何も見えやせんな……反対側の青いカーテンが見えるだけだが……」

「安さん、位置が違うからですね。安さんが今立っている場所へ父を立たせてみてください」

劉準の声が寝室から響いてきた。

「あ、そうか……」

安文學はようよう位置の差異に気づき、自分が立っていた場所を劉警部にゆずった。

「あれっ、あれは安君、君じゃないか？」

劉警部は改めて鏡を見るなり、思わず声が出た。

「そのとおりです。いえ、正しくは私の写真です」

「君の写真……？」

ベッドの枕側にある窓の上の壁に掛けておいた安文學の等身大の半身像が、枕元の小机に置かれた青いスタンドの光を下から受けたため、周囲の闇の中から顔だけが、やけにくっきりと浮き出ていた。方向の偶然の一致により、青白い照明を浴びた安文學の緊張した顔が、反対側の壁に掛かった丸い鏡をじっと見つめていたのである。

そのうえ、写真の面積よりも鏡の面積の方がやや小さいため、書斎中央のある地点に立って鏡を見れば、写真の顔だけがくっきりと見え、額の縁は全く見えない。そのある地点というのが、今劉警部が立っている位置だったのだ。

劉準自身も寝室から書斎へ戻ってきて、自ら試してみ

たのち、

「あの夜、呉章玉《オチャンオク》が偽の電話で京城駅まで崔監督を迎えに出たあと、奨忠壇《チャンチュンダン》公園の入口で安さんと別れた被害者秋薔薇《チュチャンミ》は家に帰ると書斎に入っていきました。そしてすぐ秋薔薇は封筒から安さんの写真を取り出し、額に収めたのです。秋薔薇はその額を持って寝室に入り、今掛かっているあの同じ位置に掛けたのですが……ちょうどそのとき、何者かが玄関から家に入り、書斎にまでやって来たのです。で、写真を掛けてから再び書斎に戻った秋薔薇を、その場でその何者かが首を絞めて殺したとする推定が可能です」

劉準《ユジュン》はそこでいったん言葉を切って一同に着席をうながし、とくに父親の劉警部に目を向けながら、

「秋薔薇を殺したとき、犯人はそこで何を見たのでしょうか？……今ここで実験しているのと同じく、開いていた中扉を通して鏡の中に映った安さんの顔に気づいて驚いたのです。自分の犯行を寝室の窓枠に上がってじっと眺めている見知らぬ男の鋭い視線とぶつかった瞬間、犯人がいかに驚愕したのか、みなさん方は容易に想像できるものと思います。犯人はさっと視線を避け、そそくさと書斎から出ていったものにちがいありません」

「うーむ、ありそうな話だ。いかにもありそうだな」

劉警部は重苦しい声で、息子の説明を無条件に肯定した。

「さっきも実験したとおり丸い鏡の面積が写真よりもやや小さいために、犯人が立っていた位置からは写真の額縁は見えず……それにあんなふうに青い光の中に不意に顔が現れたのですから、極度に張りつめた状態にある犯人にしてみれば、よもやそれが等身大の写真であるとは夢にも思わなかったのではないでしょうか。本当にだれかが見ていると思ったとしても無理はないでしょう」

「犯人のそういった錯覚についてはわしも十分に納得できるんだけど、それが一体どうしたというのかね？説明を聞いてみるとわかるような気もするが、なら主客が入れ替わっちまう……」

劉警部の冷静な問いかけだった。

「そのとおりです、父さん。確かに主客が入れ替わっていますね。ですけど、それをくわしく説明しようと思えば、白秀《ベクス》というひとりの人間の心理に深く立ち入っていかないといけないため、少々難しいのですけど……」

「何、白秀？……」

「そうです。秋薔薇を殺害したのはやはり白君でしょ

うね。犯行当時、あの写真があの同じ位置に掛かっていたと言う呉章玉の証言をさっき聞いた瞬間から、ぼくはそう考えました。先日の夜、安さん宅の応接室で白君と安さんとの怪しげな会話を窓の外からすっかり聴いていましたし、そのときの光景も目撃していました。でも、ふたりの言葉のやり取りは水と油みたいに互いに相手をからかっているともとれるちぐはぐなものでした」

　劉準はしばし、話をつづけることをためらっていたが、

「第三者からみれば、白君は執拗に安さんを脅迫しているふうでしたから。――知らないふりをするなよ。あんたはおれの顔をよく知っていながら知らないなんて、そんな言い方はないだろう？　鏡を通して寝室の窓と書斎でおれたち二人は何秒間か互いに目を合わしたじゃないか、ってことさ。ほら、この顔をじっくり見てみろや。そうすりゃおれの顔がどれほど怖いのか理由がわかるだろう、と白君は自分の顔を安さんの鼻先にすっと突き出したのでしたが、そのときの会話内容であれ、二人の態度であれ、第三者からみれば書斎での安さんの犯行を白君が寝室の窓枠の上から目撃していたかのように聞こえたのですけど……今ここでもう一度考え直してみると決してそうじゃなかったんです。その正反対でした」

「正反対？」

「そうです。白君は決して安さんの犯行を脅迫していたのではなかったのです。自分の犯行をじっと見ていた男に自分の顔を試しに見せたのでした。自分の犯行をよく知っているくせにどこまでも白《しら》を切る安さんの魂胆が怖くて仕方がなかったのです。そのとき、何か妙だとわたしが感じたのは逆に見ていたからなんですね」

「うーむ――」

と劉警部は深く呼吸をしたあと、

「ならやはり犯人は白君だな！」

すると安文學《アンムナク》がその言葉に応じ、

「わたしの写真の紛失問題がかなり重要ではないかと思えてきたのは、あのときの奇妙な対話を思い出したからなんです。わたしは殺人事件が起こった日の夜、本当に被害者の家の中には一歩たりとも足を踏み入れた覚えはありません。にもかかわらず、白秀とかいう男は鏡越しに互いに向き合っていたと言うのです。それに、そのときの白秀の態度なり口ぶりなりは、決して無理にでも私を犯人に仕立て上げたくてそうしているのとは違っていました。本当に自分の顔を知らないように見えるわたしのことが、じれったくてたまらないような感じだった

のです。——隠すわけは一体なんなのだ？　あんたが自白をしたところで、おれがあんたをどうこうしようとするのではないのだから隠さずにしゃべるんだと、しきりにせっついてくるんです。わたしは本当に腹が立って、狂った野郎だと怒鳴って追い出してしまったわけですが、そのとき、彼は出て行きながらも次のような捨て台詞を吐きました」

「なんだね、そりゃ……？」

「——先に言っておくぜ。今夜のところはこのまま帰ってやるが、なんのためにわざわざおれがやって来たのか、じっくり考えないと損するぜ。あらためてもう一度訪ねてくるけど、それまで心の準備をしっかりしておくことだ、でなけりゃおれの方から積極的に動くからそのつもりでいろよ、と言うのです。そのときはただあきれ返るばかりでしたけれど、今思うに彼の心情がよくわかるような気がします。犯人と目撃者の立場がひっくり返ったのです」

「うむ——」

第三節　反射角度の誤算

劉準《ユジュン》は安文學《アンムナク》の言葉を受け、

「そのとおり。その夜、白秀《ベクス》は犯人と目撃者の位置に関してはあいまいでした。だれが犯人でだれが目撃者であるのかは、一言も明言しなかったのですから」

「そうなんです」

「ですから、第三者のわたしもそうだったし、安さんだって目撃者が白秀で、犯人が安さんであるかのように聞こえたのです。その点だけは白君も言葉が喉につかえて出てこなかったのでしょう」

「そのとおりです。つまり白秀は本気で言ってたわけじゃなかったのですね。少しでももっともらしい話を交わそうとしたことがかえって徒《あだ》となり、ひそかに聴き耳を立てていた劉検事に逆効果をもたらしたのです」

「わかるような気もするが……」

と劉警部は息子を見やり、

「でも、それだけじゃ、白秀の犯行だと断定する証拠としては物足りんな。心証を得ることは可能かもしれないが、より確実な証拠が要るのじゃないか？」

「父さん、じっとしていてください。今からもう少し正確な証拠を一つお目にかけます」

劉準は椅子からすっくと身を起こし、

「わたしもその点について考えていたのですが、あの写真が掛かっている窓から、あの鏡を通して見えるのは、今父さんが立っている位置――すなわち、この書斎の真ん中だけなのです。では、もう一度実験してみましょう」

そう言いながら劉準は再び寝室へ入り、カーテンを引いて窓を開けた。そして自ら窓枠に上がって写真と同じ位置に自分の顔を近づけていった。

「父さんは、そのまま立っていてくださいよ」

「わかった」

書斎から劉警部の声が聞こえてくる。崔監督は劉準の指示で中扉を一杯に開けたまま押さえていた。

そこで劉準は写真と同じ位置に置いた顔を、中扉が映って見えるようにほどよく傾け、向かい側の壁に掛かった鏡に視線を投げかけた。

「今鏡越しに書斎の中を見ています。この位置から見えるのはテーブルの前、つまり書斎の真ん中に立っている父さんだけです。いくら背伸びをしたり首を斜めに伸ばしてみたりしても、テーブルの横に置かれた鉢植の薔薇は見えません」

「それがどうしたと言うのかね？」

劉警部がまた口を挟んだ。

「白君はですね。先日の霧の夜、奨忠壇《チャンチュンダン》公園でぼくにこう言ったのです。この窓枠の上から鉢植の薔薇を見た、と。鉢植の薔薇の横で秋薔薇《チュチャンミ》が倒れるさまをはっきり見たと言うのです。そのとき、薔薇の枝が折れるのも確かに見たとも言いました。一体彼はいかなる理由で見えもしない位置にある鉢を見えたと言ったのか、おわかりですか？」

「うむ、いかにもありそうな話だ。鉢植の薔薇まで見えるものと錯覚してそんなことを言ったんだろうて」

劉警部が落ち着いて答えた。

「だと思います。自分の犯行のすべてが、つまり書斎の全景が見えるものと錯覚したためでした。この位置にある顔と鏡の反射角度を考慮しなかったのがしくじりでした。しかも白君は寝室へは一歩も足を踏み入れなかったと言っただけでなく、書斎でそんなに分厚いカーテンが引かれていたなら庭からでは部屋の中は見えません。

にもかかわらず、見えもしない鉢植の薔薇を彼はこの窓の上から見たと言ったのです」

「そうか。ならそれは白君が嘘をついたというばかりか、彼は書斎内に何があるのかをすっかり知っているのにちがいない！」

「そのとおりです。はっきり言うと、白君自身が秋薔薇《チュチャンミ》を殺したという事実を如実に物語っているのです。見えもしない鉢植の薔薇の横で秋薔薇が倒れたと言った白君の一言は、実は直接的に自分自身の行動を説明していたのでした」

「うむ、そのとおりだ！」

しかし、劉準《ユジュン》の説明はそれ以上つづけることはできなかった。白秀《ペクス》の行動に関する重要な報告が入ってきたからだ。

書斎の電話がけたたましく鳴ったとき、この家の主人である崔樂春《チェナッチュン》は受話器を取って応じ、

「××署からの電話です」

と劉警部に取り次いだ。

「あ、わしだが……何が？　……那那《ナナ》だって……あの『ヴィーナス』のマダムのことかね？　……重大な話があると？　……わかった。こちらでも実験が終わったから今すぐ署へ戻るよ」

その電話の通話中に劉準も寝室から書斎へと戻ってきていた。

「那那が今重大な話があると署へ訪ねてきて、わしらを待っているらしい」

「那那が……」

劉準には何かしらこみ上げてくるものがあった。

「那那が重大な話を抱えてきたのなら、白秀に関することにちがいないでしょう」

「とにかく署に戻ろう。実験はもう終わったんだろ？」

「ええ、これでおしまいです」

証拠品である写真を手に、安文學《アンムナク》と呉章玉《オチャンオク》を伴って一同が署へ戻ったのは、すでに夜の八時も過ぎた頃合だった。

第四節　那那の出頭

那那は憔悴しきった顔で劉警部らを待っていた。安文學と呉章玉を別の部屋に行かせたあと、劉警部親子は劉警部の部屋で那那と向かい合った。

「重大なお話があって来ましたの」

そう言って那那はうつむき加減の首を上げ、風呂敷に包んでいた原稿の束を大事そうに取り出すと、劉警部の大きな事務机の上に置いた。

「そりゃなんだね？」

劉警部は手を伸ばして原稿用紙の束らしき物を引き寄せた。

「白秀の遺書ですわ」

那那はおもむろに答えた。

「遺書？　……」

劉警部は原稿を包んだ紙に目を凝らす。そこには「東洋新聞社社長様」——と書かれていた。

「これが遺書だとどうしてわかる？」

「読んでみたんです」

つぶさに見ると、包み紙には一旦はがしてから貼り直した形跡がある。

「この遺書がどんな経路であなたの手に渡ったのですか？」

横に坐っていた劉準がおだやかに訊いた。

「遺書」という一言を耳にした瞬間、とうから予測はしていたし、いっときなどはそれを求めていたことすらあったのだが、これほどはっきり白秀の遺書だという物を眼前に置かれると、劉準としては感情の整理がつかないまま、ただ胸の真ん中にぽっかり穴があいたような虚無感にとらわれるばかりだった。

「前後の事情をくわしく聞かせてください」

「いいですとも、それをお話ししようと思って訪ねたのですから」

愛する人の最期でも想像しているのか、しばし遠くを見るような目つきをしたあと、

「実は今日の明け方、白秀さんがあたしを訪ねてきてたんです。今朝家に帰ったら、あの人はあたしの部屋で眠りこけていました」

「ほう？　……」

「捜索隊の目を避けて夜道を歩いてきたんです」

「それで？　……」

「朝ごはんを食べると、あの人はこの原稿をあたしに託して、またどこかへ行ってしまったの」

那那は今朝の出来事を包み隠さず供述したあと、

「実を言いますと、白秀さんが死刑になったあとで、この原稿を東洋新聞社社長に渡してほしいと頼まれていたのですけど。好奇心がふくらんできてたまらず、先に

あたしが読んでしまったんです。すると……遺書でした……題名は『思想の薔薇』後半と書かれていましたけど、まぎれもなく遺書なんです」

「何、『思想の薔薇』の後半だって……？」

劉準《ユジュン》は興奮した声で訊いた。

「ええ、それで一つだけどうしてもきいてほしい頼みがあるんです。白秀《ペクス》さんが自殺する前に捕まえてくださいい。一度だけ……もう一度だけ会いたいんです。そして、できることなら死刑だけは免れるように配慮をお願いします。無期懲役でもかまいませんからあの人を……あんなに善良な人を死刑にだけはしないでください。だからわざわざこれを持ってきたのです。あの人が死刑さえ免れるなら、あたし……百年でも千年でも待ちますわ」

那那《ナナ》は泣いている。両手で顔を覆ってむせび泣いているのだ。

「あなたの気持ちは、よくわかりました」

「劉検事さんはなんにせよ、あの人の友人じゃなかったかしら」

那那は涙ながらに訴えた。

「おっしゃることはよくわかりますよ」

暗澹とした思いがにわかに劉準の胸を覆いはじめた。

劉警部は遺書を読み進んでいったが、劉準にしてみれば、その遺書の中に何が書かれているのか、その内容への好奇心よりも白秀という人間の最期についてつらつら思いを巡らせていた。劉検事もなんにせよあの人の友人ではないか、と言う那那の一言が検事代理劉準の心に痛く響いたのだ。

丸一時間かかって劉警部が遺書を読んでいる間、那那は劉準にも似た切ない心情で白秀の最期を思い描いていた。

「うむ――」

劉警部は長い遺書の最後の頁をぱたりと閉じ、

「小説家ってこれほど自尊心が強いものなのか？……狂人だな！　こんな心理はとうてい理解できんよ。そりゃ、理解できないわしの方が悪いのかもしれんが、いずれにしろ芸術家というやつはどうにも苦手だ。行動力など一つもないくせに気位だけは高いのだから……莫迦なやつ！　小説家なんて要するに愚かな人生を送るやつのことさ」

事件の大半が整理されてきたという安堵感もあってか、劉警部の憤怒は妙なところで爆発していた。

「一体どんな話が書かれていたのです？　かなり長そ

うですね……」

　物思いから醒めた息子が訊いた。

「長けりゃよいというものじゃない。役にも立たない異常な心理の追究によって人を一人殺した動機を明かそうというのだから、莫迦じゃなければ狂人だというのさ。だからわしは小説家が嫌いなんだ！」

　劉準は黙ったまま原稿の束を引き寄せた。

　えらく乱れた筆跡だ。時間の逼迫を感じながら書きなぐったとみえる文字で、判読するのも困難なほどだったのである。書いては消し、消してはまた書くといった具合に……八十枚ぐらいの長い遺書。ミミズが這ったような乱筆で、ざらついた板切れか平らな石の上で書いたものに相違ない。原稿は終わりに近づくにつれ、下敷き代わりの石のごつごつした痕跡が原稿用紙に刻印されていた。

　父親の劉警部から酷評された遺書は、息子に対してはその反対の効果をもたらしているのかもしれない。この父と子の間には二十年以上の齢の差があるためだ。

　白秀が三、四日間にわたって寝食もろくにとらず、暗い洞窟の中で捜索隊の厳しい追跡をかわしながら書いた、この異常な犯罪記録は、犯罪者の躍動する性格がありありと描かれていた。ここには数多くの犯罪記録に見られるような奇想天外な偽計《トリック》はなく、端的にそれと言えそうな明確な動機らしきものもなかった。劉警部が憤慨するごとく、どこまでも芸術家のつまらない自尊心に過ぎないのかもしれない。

　しかし、一旦この犯罪記録を読みはじめた者が、果たして父劉警部のように支離滅裂な印象を受けるだろうか？……否。それとは正反対の効果によって読む者の心をぐいぐい惹き込んでいかずにはいないだろう。だれかがこう言った。

「殺人は芸術だ」

　トマス・ド・クインシー（Thomas De Quincey）の言説は、巧妙な殺人は芸術だと指摘しているのだが、白秀の犯罪記録からもたらされる特殊な芸術的興奮は決して彼の犯罪行為が芸術的であったことを意味してはいない。いや、それとは反対の命題が付与されなければならない（クインシーの評論を谷崎潤一郎が一九三一年に「藝術の一種として見たる殺人に就いて」の題名で『犯罪科学』誌に訳文を連載している）。

「この犯罪の主体が芸術だったのだ」

　そのため、世界犯罪文学史の最初の章でなくともよい。その最終章のどこかの一頁に「朝鮮半島出身の新進作家白秀の、一種狂的な犯罪記録」が収録されないとしたらおかしい。

白秀《ベクス》が盗み食いをしながらも、暗い洞窟の中で執筆した犯罪記録の原文『思想の薔薇』の後半は次のとおりだ。

第十六章　原稿『思想の薔薇』後半

第一節　情欲の薔薇

獨狐里《ホルヨウコル》の白秀少年が十三年もの長い歳月を一足飛びに越え、恐ろしい瞳の持ち主秋乙美《チュウルミ》と偶然に出会ったのは京城の目抜き通り鍾路《チョンノ》十字路の角にある鍾閣《チョンガク》前でのことだった。

それは六月の中旬、街を歩けば背中が汗ばむ時節である。

春爛漫の候が過ぎ、山も野原も陳列棚《ショーウィンドー》も舗道《ペイブメント》も人も心も、何もかもが緑陰芳草勝花時《りょくいんほうそうかじにまされり》の時節、花よりも木陰や草の香りが心地よく、自然は潑剌とし、心は蝶さながらに軽くなる。

「周りのものがうらやましいのか」

と、新進作家白秀は自分の心にからかわれるのであった。うらやまないわけがどこにあるのだと、自分でも思いがけないほど率直な返答に白秀は初めて自分の恰好に目を向けた。

垢の染みついた薄汚い冬服を、白秀はまだ身に着けたままだった。極まりの悪いことには慣れっこになってはいたが、ともかく重くて暑くて耐えられない。家に引きこもっていればよいのだろうけれども、あまりにも空が青過ぎるのだ。

そのうえ、思えばかわいそうな母とはいえ、来る日も来る日も不平不満に満ちた母の顔を見るのはたまらなくいやだった。あの漢方医の令監《ヨンガム》が弾力の衰えを見せた母の乳房をもてあそんでいる姿を隣室で黙って想像していろというのも腹立たしいことではないか。

「おまえを食べさせているのはだれだと思ってるんだい?」

白秀の無気味な沈黙に反抗するかのように、母はいつもそんな類いの表情を息子に見せるのだった。

「ええ、ええ、とても感謝していますとも」

白秀の方でもただそんな顔を母に見せるだけだ。母さん、それでよければ好きなようにすりゃいいさ、そんな顔を母の白いうなじに向けたとき、息子はそこに「女」を見てぽっと頰を赤らめた。息子は泣きたかった。癇癪も起こした。狂って死んでしまっていたら、よかったのだろうが。

「母さん、真っ昼間ですよ。青空が顔を赤らめていますよ。息子が泣きっ面になっていますよ」

白秀は心の中でさながら獅子のごとく泣き喚いていた。白秀がオナニストとして罪を犯す裏面には、そんな家庭の雰囲気にも原因があった。いや、それよりも、しっかりとした生活力を欠いた彼の薄弱な意志が破廉恥な好意を強要したとみるのが妥当な観察であろう。

女の体を買うほどの金もなかったのだが、金で女を買いたい気持ちは微塵もなかった。そしてそれは決して社会的観念からというよりも、自分自身に対する辛辣な侮辱を意味したためだ。かといって、こちらからその気になる女は向こうから嫌な顔を見せるし、向こうからついて来る女を相手にすると、こちらの自尊心が涙を流すのだ。

虚勢を張って非女性賛美者《アンチフェミニスト》と自称している彼の胸の中には常に心と体をかきむしるような淋しさが渦巻いていた。食わずに生きてみせる、などとずけずけと大口を叩く反面、白秀はいつも生活の不安によって脅迫を受けてもいたのである。この無気力で卑劣な生き方には、ただ単にその要因を社会環境にのみ責任転嫁することのできない何かがあるようだ。花柳界で育った母親の血を受け継いだせいなのかもしれないが、かといって、それだけに過ぎなかったのだとしたら、性格に葛藤を抱えることもなく、無気力なりにもう少し一貫性のある生き方ができただろう。ただしかし、そうすることもかなわず、一方に流れる両班《ヤンバン》出身である父親の高貴で尊大な気品が、白秀の遊惰な性格の淵を摑んでいたのが気懸かりだった。

二十六歳の今日に至るまで、白秀は女の肉体というものを知らずに生きてきたのであった。金を使うことも怖かったのだが、女はもっと怖かった。女に対する誘惑を人一倍感じながらも、彼はいつも後ずさりしては虚勢を張った。そして泣くのである。

こうしたことの繰り返しこそ、物心がついてから今日に至るまでの白秀の悲しみの歴史であった。

母のうなじに「女」を見出し、狂おしく身悶えしたときなど、白秀はいつも『ヴィーナス』のマダム那那《ナナ》の幻影を求めるのだった。そうしながらもその一方で、自尊心が傷つくことを恐れてかぶりを振るのである。

薄暗い温突《オンドル》部屋を飛び出し、光のどけき春の街に身をおくことがいつしか白秀《ベクス》の習慣となった。華麗なものを見て目の保養をすることで、自身のみすぼらしい心を押しやろうとするのである。

実に十三年ぶりに秋乙美《チュウルミ》と出会ったのは、そんなころのことだった。

「あらっ？……」

「おっ、あんたは？……」

「白秀さんじゃないの！」

「乙美！　秋乙美なのか！」

「そうよ。あたし、秋乙美だわ。でも今は秋薔薇《チュチャンミ》って言うの」

「チュ・チャンミ？……」

「映画はご覧にならないのね」

「俳優なのか？……」

「おや、まあ……たまには映画も観てちょうだいね」

「そうだったのか！」

「失礼しちゃうわね。秋薔薇をご存じないみたい……ところで白秀さんは今何をなさってるの？　大学に通ってる噂は聞いたことがあるけれど……」

「大学は出たけれど腹を減らしてる類さ。小説を書いているんだ。俳優でもたまには小説を読んでほしいね」

「へえ、それはまた立派におなりなのね？」

「乙美ちゃんの俳優ぐらいかな」

十三年もの長い歳月を一気に飛び越えて、あたかも昨日今日のような感覚で軽く明るい挨拶言葉を交わしたのは、あとから考えてみるとなんとも大きな失敗だった。金と女に関してはかくも用心深い白秀ではなかったのか。

快活な会話が白秀の心をかき乱した。眩《まばゆ》いばかりの華麗な女の顔がどう考えても「他人の花」には見えないのだ。そんなのぼせ上がりの一方で、まだ冬服を羽織ったままの自身の恰好がにわかに恥ずかしくなってくるのだった。白秀にとってそのときほど金に焦がれたことはない。虚勢など張ることもなく、白秀の示した最も積極的な意欲の発現を意味していた。

「遊びにいらして。昔の話でもしましょう。白秀さんてずいぶん気位が高かったわね」

所番地を知らせてから、女は去っていった。華麗なる、あまりにも華麗なる印象《イメージ》を人波の中に残したまま、女は姿を消した。

（そうだ！　おれはとくに乙美にたいしては横柄だった！）

夢うつつの状態で白秀はつぶやき、ふと在りし日の一齣を思い浮かべた瞬間、彼の黒い網膜に突然、赤黒い花が一輪鮮明に像を結びはじめたのだ。それは炎の残骸のごとき赤黒い一輪の薔薇の花だった。

湯気がもうもうと立ちこめる風呂場の中、蠟人形さながらにすべすべした小さな少女の肉体――その裸身の左側の乳房の下に燦然と咲いている一輪の赤い薔薇だ。

とたんに、白秀の全身を猛烈な勢いで襲った戦慄は、恐ろしい気勢で燃え上がる情欲によるものだった。

このなんとも突発的に生じた肉体の衝動を、群衆の中にあって白秀はじっと舌先で味わっていた。あのとき口にした風呂の湯が十三年もの歳月を飛び越え、唾液と化して喉にこみ上がってきたのである。

（嗚呼、どうしておれは今まで秋乙美を忘れてしまっていたのか？……）

いや、全く忘れてしまっていたのではなかった。十三年間の前半、中学時代における白秀の感傷世界の対象は秋乙美と言ってもよかった。

郷里の獨狐里《ホルヨウコル》で普通学校を終えた白秀は、平壌へ行って中学を卒業した。その後すぐ上京し、京城帝国大学予科（大学入学のための予備的教育機関。当初は二年制）に籍を置いたものの、その間の生活苦は言葉で言い表せないほどだった。

大学予科に入り、無産運動に足を突っ込んでからというもの、秋乙美の姿が次第にかすんでいったのだ。しかし、そんな活動が性に合わず、運動からきれいに足を洗ったころ、秋乙美に限定されていた白秀の観念的な愛欲の対象はすでに普遍化されていた。そして、そのころから秋乙美の存在は、いつしか忘却の世界へと消えてしまったのである。

その夜、白秀は一睡もできないまま悶々とした。女に関して常々用心してきた自尊心がわれ知らず押しやられ、のぼせあがろうとする感情をそれでも一旦は抑制できるだけの経験を積んできた白秀であった。

そのうえ、少年時代、乙美のあの黒い瞳がいつも白秀少年の自尊心を踏みにじっていたことを思い出してもいた。それで白秀はただ甘美な衝動の世界で感じる蒼白な幸福だけを味わっていればよいのだと、風呂場での乙美の姿に愛欲の情熱を注ぎながら、母と漢方医令監《ヨンガム》の寝室横の部屋で暁《あかつき》を迎えたのだ。

朝から雨が降りはじめた。重く雲の垂れこめた空を茫然と眺めながら、精神病者になるのはこんな季節でのことだとする、ある犯罪学者の統計に基づく結論を懸念しないわけにはいかないほど、一週間後の白秀《ベクス》の頭は混濁していた。

そんなわけで、悪い癖が頭をもたげ、真昼でも白秀は蟬の幼虫みたいに蒲団の中でもぞもぞしながら過ごすのだった。ときおり母がやって来て、息子の顔から青白い色合いだけを読み取り、じっと見つめるのである。そんな心配そうな顔の裏面には、息子の恰好を見てにこにこ微笑むもう一つの顔が隠れているかのように。

「遊びにいらして。昔の話でもしましょう」

秋乙美《チュウルミ》が残していったその一言に、白秀は無理にでも何かしら重大な意味があるかのように考えたかった。浮ついた心を胸に秘め、ある日、白秀は家を出た。

都会生活十三年は秋乙美から人の心を匕首で刺すような冷たさを洗い流し、愛嬌の良さと寛容さを身につけさせたようだ。

第二節　思想の薔薇

（あんなに親しげに明るく、あけっぴろげで軽快な会話が交わせたじゃないか！）

だから白秀は多少の安心を得て、西四軒町の奨忠壇《チャンチュンダン》公園に隣接した秋乙美のモダンな文化住宅の正門前までやって来た。

庭は狭くもなければ広すぎることもない。樹木も植えられているし、東側に小さな花壇もある。その花壇に真っ赤な薔薇の鉢植があった。そしてその鉢植の薔薇が、白秀の胸中の秘密を覗き見ているかのように咲いているのだ。

邸内は死んだように静まり返っていた。そのあまりにも静寂な雰囲気が、浮ついた白秀の心と均衡が取れず、人通りの少ない正門前を幾度か行きつ戻りつするばかり、中へ入ることもできないまま、とうとう踵を返すのであった。帰っていく白秀の足取りは何かしら犯罪者のごとくあたふたとしていた。

（もっとしっかり！　もっと強く！）

よくよく考えてみれば恐れることなど何一つないのだが、白秀はいたずらに胸がどきどきしてきて耐えられなかった。

帰る途中、白秀は花屋の前を通りがかった。色とりどりの花が咲き誇っている。薔薇の花もあった。赤い薔薇だ。気がつけば白秀の足は花屋の店先へと向かっていた。

鉢植の薔薇を買うお金の持ち合わせがなく、白秀は薔薇の花束を一つ買い、家に帰った。白秀が薔薇に取り憑かれるようになったのは、その日からのことだ。

机の上に挿しておいて眺めたり、蒲団の上に散らばらせておいて眠ったりした。十三年前には石榴を愛撫していた父の心が理解できなくて、ただ哀れな気がしていただけだったのが、今日の白秀はそんな心情が肌で感じ取れるほど近しく思えるのであった。その赤黒い痣を見た男は天命をまっとうできないという、とてつもなく神秘的な伝説が滑稽にも思えたほどだったが、今白秀は自身がそんな主人公になってみたい欲望が、彼の青白い血管の中でのたくっているかのようだ。

そんなことがあってからおよそ十日間、白秀はただ一つの観念と欲望の中で眠り、目を覚ました。二十六年もの長きにわたり、両班《ヤンバン》の気品と尊大な気性によって抑圧してきた血の不満が、とうとうあらゆる仮面と虚勢をかなぐり捨てて鎌首をもたげてきたのだ。

この血の炎はついに人間白秀をして、実に重大な決心をさせてしまった。全てか無か？――当たって砕けろ、と叫ぶものがあった。

世俗的な生き方に馴染めない白秀としては、愛の技巧など無きに等しいばかりか、そもそもそうした見せかけを軽蔑していたため、ただ自らの炎のごとき胸中を率直に言い表せばおしまいだった。

しかし、問題はまさにそこなのだ。自分の胸中を告白するのはさして難しいことではない。問題は愛の告白をし終わったときの相手の顔色にある。その顔色、その表情如何によって、人間白秀は相手を殺すこともできたし、自らを殺すこともできたからだ。

そんな激しさが自分自身の中に宿っていることを知っていたため、

（これまで用心深く行動してきたのだが……今さら……）

と早くも尻込みしようとした。が、しかしその一方で自分自身の欲望を追求するために、あらゆる用心深さを弊履《へいり》を棄《す》つるが如く投げ出してしまいたくもあった。この相反する二項の闘争がついに終局に至ったのは、さらに二週間が経ってからのことだ。

（思想の薔薇だ）

白秀はその瞬間まで、思想と感情を別個のものとみなしていた。

だが、あらゆる思想の根源を形成しているものが感情であることに白秀《ベクス》は初めて気づきはじめた。思想は感情の成長した姿であり、感情は思想の幼児なのだ。秋乙美《チュウルミ》の胸に赤く色鮮やかに咲いている一輪の紅薔薇は、もはや白秀にとっては単なる感情でも情緒でもない、かといって単純に血が騒ぐ対象というのでもなかった。血まみれになって闘ってきたこの三週間の間に、それは育ち、広がりをもち、両者の対立は止揚され、今や完全な一つの思想にまで発展したのである。秋乙美の乳房に咲いている赤黒い薔薇は、思想の対象として白秀には認識されていた。

薔薇趣味だの薔薇狂いだのという単純な語彙では括《くく》りきれない、系統立った観念へと変貌した。それは白秀という一人の男の性的対象ではなく、彼の人格完成のための対象であり、また一切の行動の原則を形成する思想的対象を意味しているのだった。父の生涯もまたそうだった。それはもはや感情だの恋慕だのとは違う。意志力でもない。思想それ自体なのだ。石榴に象徴される朱鳳彩《チュボンチェ》は、父が一生をかけて闘ってきた思想的対象だった。父にとって朱鳳彩は単純な愛欲の対象ではなく、一つの生命体の脅威であり、その脅威を指揮する絶対的権力の所有者だったのである。それは決して悲恋の歴史などではなく、思想的闘争の歴史だ。世俗的な意味で父は敗北したのだが、自らの生命を絶つことによって自分の思想を具現した成功者であった。父は死を賭《と》して闘ってきた思想的革命家だったのだ。

（よし。おれもおれ自身に革命を起こそうではないか）

そしてこの革命に成功しさえすれば、白秀としては自分の行動のすべてに革命を起こすことになる。

理想と現実のはざまにあって、あらゆる優柔不断とためらい、懐疑と自尊心を放棄し、勇敢に自己革命を開始することによってのみ、自身の人生を愛することができると考えたのだ。

（劉準《ユジュン》がどうした？　司法官がどうした？　秋乙美がどうした？　きれいな体がどうした？……そんな世俗的なあらゆる権威を無視し、おれはただ勇敢に突進しないわけにはゆかない）

秋乙美の胸に咲いた一輪の薔薇を所有できるか、できないかによって、人間白秀の人生が決定されると同時に、彼の抱く思想の内容が初めて具体化されるのだ。

その日一日中、白秀は外出した母の部屋へ行き、古びた鏡台の前にぽつねんと坐っていた。鏡台の縁から白粉《おしろい》の匂いが鼻を衝く。それが母の生身を連想させ、その連想はさらに飛躍して秋乙美の乳房に咲いている赤い薔薇を思わせた。

慎重にも慎重を期し、万一愛の告白をしてひじ鉄砲を食わされた瞬間、自分の顔の表情を幾通りかに分けて鏡に映してみた。この世には失恋したときの表情には概して幾通りあるのだろう？……。

たいていは映画や小説でよく見られるように息を喘《あえ》がせ、悲惨な顔になる。そんな気の小さな若者たちの顔を鏡の中で白秀は試してみた。さりとても、だれかさんにはぴったりなそんな顔が、白秀にはてんで似合わない。どう考えてみたところで、自分はその「だれかさん」ではないのだろう。

（あんな芝居の真似事などとうていできるもんじゃない）

白秀はそんな類の役割には自分は不向きであることに思い至った。

次は豪放磊落な身振りで相手方の拒絶の言葉を、何事もないかのごとく受け流してみる。いや、さらに一歩進めて相手を軽蔑する顔になる。そんな表情を無理につくりはしたものの、白秀の身についたある種の虚勢と尊大な性格は、そんな表情を完全に浮かべる前に中途で崩れ、本来の顔がぬっと現れてしまう。不意に現れた本来の顔は、真剣勝負のそれだった。

こうして白秀は一日中、泣いたり笑ったり、怨む目つきをしてみたり、虚勢を張ってもみたり、さまざまな顔を浮かべてみたのだが、鏡に映るそんな顔はどれ一つ心の代弁者とはなり得ず、そのつど中途でむなしく崩れるばかりであった。

（違う、こんなんじゃない！）

白秀はとうとうそれらすべての偽の顔を断念し、いかにも自分らしい冷たい顔を探し求めてみた。そこで白秀は三つの恐ろしい顔を鏡の中に見出した。

その一つは真っ赤な形相で相手に飛びかかってゆかんばかりの顔、次の一つはお釈迦様みたいな無表情な顔、もう一つは卑屈な表情でにやにや笑う顔だった。

この三つの顔が白秀には、どれもみな恐ろしいのである。

いくら考えても白秀自身に忠実な行動は、真っ赤な形相でいきなり飛びかかり、相手のか細い首を両手で絞める以外にはなさそうだ。

そんな過激な自分自身が怖くて、

（そんなことをしちゃだめだ、だめなんだ！）

と心の中で叫び、必死の努力で自分の感情を抑え込もうともがいているのは、お釈迦様の表情を失った顔だった。虚偽も真実も表れない無表情な顔とでも呼ぶしかないものだ。ところが、ほどなくその無表情な顔が次の瞬間、両頬の筋肉が痙攣でも起こしたかのように鏡の中でひとりでに、にやにや笑いはじめた。劣等感に抗う力を失い、自分自身を嘲笑い、軽蔑する卑屈な笑いだった。

(いけない！　こんな卑劣な笑いを相手に見せては絶対にいけない！)

そんなことをするぐらいなら、いっそのこと自分自身をこの地球上から消し去る死の道を選ぶ方が白秀《ベクス》にとっては楽だった。

(亡くなった父さんはそうしたのかもしれないけど、おれは……このおれだけは絶対にそんなことはできない！)

白秀は鏡台の前からすっくと身を起こした。

(相手がおれを嘲笑うのはよい。しかし、だからといって自分で自分を嘲《あざけ》り、軽蔑する、そんな類の卑屈な顔を相手に見せたりしては絶対にいけない！)

いくら高慢な顔を相手が見せたとてかまわない。そして、そんな高慢さを徹底的に踏みにじってしまえるほど、もっと露骨で残忍な傲慢さの浮かんだ顔を見せられないのなら、お釈迦様みたいに無表情でいる方がまだましだ。にやにやと卑屈に笑う顔を見せるよりは、激高した形相で相手の首を絞める方が自分らしい行動だと、白秀は心からそう思った。夜が来た。

秋乙美《チュウルミ》をもう一度訪ねる決心をし、白秀が家を出たのは八時を少し廻った頃合だった。

第三節　愛の告白

夜空の星が針先ほどの光を放っていた。

市内電車から降りた白秀は公園の横を通り、秋乙美の家の玄関までいささかのためらいもなく歩きつづけた。いかなる邪念もなく、これといった表情の変化も見られなかった。こうしてまっすぐに秋乙美のそばまで歩を進めていくのは、何かしら前世から背負ってきた宿命であるかのようだ。

秋乙美の夫が家にいればいたで、いなければいないなりに、この火の玉と化した心と体を一旦は乙美の眼前に投げ出すことが自らに誠実な態度であろう。

玄関の前で呼鈴を押した。音を聞いて出てきたのは、女中でもなければ乙美の夫でもなかった。

「あらっ？……」

少々意外そうな乙美の顔が、薔薇を連想させる薄紅色のブラウスに黒の短いスカート姿で白秀の前に現れたのだ。

「ほんとうに来てくださったのね」

みるみるうれしそうな顔になり、声にも朗らかさがもどった。

白秀は静かに微笑んだ。

「さあ、上がってちょうだい」

乙美のあとについて、白秀は玄関脇にある書斎へと入っていった。

二言、三言挨拶言葉を交わしたのち、乙美はサイダーを取ってこようと椅子から腰を上げ、女中は夕食のあと実家へ出かけていないのだと言い訳のように言い、夫の崔樂春《チェナッチュン》は三日前に映画製作の資本調達のため平壌へ行っていると話した。夫が家にいないという乙美の一言が白秀に安堵感をもたらした。そこで初めて白秀は、乙美が崔樂春という映画監督の妻であることを知ったのだ。白秀はむろん崔監督の顔ぐらいは知っていた。乙美は自ら台所からサイダー二本とグラス二つをお盆に載せて持ってきた。白秀はサイダーの入ったグラスを手に取り、

「きれいな花だな……」

寝室と書斎を隔てる中間の壁と書斎東側の窓によってできる角に大きな電蓄があり、そのすぐ横の窓の下に書斎にはいささか不似合いな大きな鉢植の薔薇が置かれている。赤い薔薇が五つ、ふっくらと咲いていた。

「もともとは庭に置いていたものなんだけど、いたずらっ子たちが勝手に入ってきて花を折っていくの。だから、ちょっぴり大きいけれど中に入れたのよ。薔薇の花がお好きなの？」

「好きなのさ……うん、好きだとも」

話は自ずと薔薇から石榴の花へと移っていき、そこからさらに白秀の父と乙美の母へと飛躍し、ついには二人の口から「恋」という言葉を口にする契機になったばかりか、乙美の母朱鳳彩《チュボンチェ》の身体の秘密までが飛び出した。

「聞くところによると、うちの親父が乙美さんのお母さんを好きになったのは、あの『鳳凰泉』でのことがあってからだって……」

とたんに乙美がくっ、くっ、と二度、三度と笑いを噛み殺し、

「あなたもあたしの身体の秘密を見たんじゃないの？……」

と、暗示のような一種の抗議が、乙美の瞳に表れたかに見えた。

「近ごろの人たちにはなかなか真似のできない、えらく旧式の恋愛だったわけで、親父の一生は物悲しいものだった」

「かわいそうなのはうちの母さんの方よ。白秀《ペクス》さんのお父さんは度が過ぎてたんだわ」

「いずれにせよ、二人とも意地っ張りだったことだけは確かさ」

そんな意地っ張りの血が子どもにも受け継がれ、そんな血と正面から向き合っているとも言える二人の若者であった。

なぜそうなのかと言えば、乙美の面白おかしく朗らかに話す言葉の裏には、決してほぐれることのない何かがひそんでいるかにみえたからだ。

父母のそうした悲恋が乙美の心にどういった影響を与えたろうか？……それを正確に計算したくて、いろいろ昔の話を始めてみたものの、その一方で本《もと》を正せばそんな暇な話をするために訪ねてきたのではない。もっと差し迫った思いにとらわれて夢うつつに勢い込んで、白秀はやって来たのだ。

そんな心情で視線を上げると、真っ赤に潤んだ口紅《ルージュ》が目に飛び込んできた。薄紅色のブラウスと黒いスカートの、色彩豊かな薄い夏服が心に染み込んできて、慎重な心の動きの一切をぬぐい去ってしまった。十三年前に風呂場の中に見た、さながら蠟人形のごとき子どもの裸身とはまるきり異なるふっくらとして艶《つや》のある肉体が、その透けるような夏服の下で誘っているかのように静かな呼吸をつづけているのだ。

これまで白秀はこんな艶《あで》やかな若い女性と間近に接した経験がなく、こんな場合に振る舞うべき愛の技巧などまるきり思いつかないのである。下手に口を開けば喉の奥につかえた味気ない言葉が次から次へと飛び出してきそうで、恐ろしい。

「どうしたの？　急にむっつりしちゃって……」

重苦しくなっていく部屋の雰囲気を振り払おうとでもするかのように、乙美はそう言うと何か面白い遊びはないものかと、部屋の中をぐるりと見廻してみる。

女のそんな軽い口調が、ふと居酒屋に坐っている二人の姿を連想させた。もう少し厚かましく振る舞ってもかまわないと思われ、さっきから身悶えしていた思いつめた感情を抑えつけることなく解き放った。こんなとき、酒でもあればもうちょっと大胆になれるのにと考え、女のなだらかな薄紅色の肩を舐《な》めるように見ることで酒を飲んだつもりになっていた。

どことなくそわそわと落ち着きのない白秀の様子を気にしながら、乙美は言う。

「ゆっくりしていってね。遠慮することなんてないんだから」

もうそんなことが自分の顔に表れていたのかと、そのとき白秀は心の中で驚きながらもその一方で、かまうもんか、もっとあからさまに愛の表示をしてもかまわないのだと、次第に大胆になっていった。

「レコードをかけましょうか？……」

乙美はにこにこしながらも、もどかしそうに腰を浮かせた。

「あたしブルースが大好きよ！」

電蓄の蓋《ふた》を開け、横の収納箱からレコードを一枚選んで蓄音機にかけた。

乙美はカーテンを引きあけて窓枠にちょこんと腰かけ、真っ暗な七月の夜空を見上げながら、レコードに合わせて歌をうたった。

窓を開ければ　港が見える
メリケン波止場の　灯《ひ》が見える
夜風　潮風《しおかぜ》　恋風のせて
今日の出船は　どこへ行く

（「別れのブルース」の一節、藤浦洸作詞　服部良一作曲　淡谷のり子唄、昭和十二年）

音楽にとんと素養のない白秀としては、たいしてうまくもない女の声でも恍惚として聴き入るばかりだ。そんな行動《ジェスチャー》と姿勢《ポーズ》は、夫もいないのだから愛をささやいてみようという、一種の序曲のように思えてならなかった。

「あんたも歌って」

「あんた」と言う語を女は使った。白秀の感情は次第に高ぶってゆく。親密な者同士の間で使う類の言葉を、こんなにあっさり口にするなんて思いもよらなかったのである。

しかし、女の顔は夜空の星に向けられていた。それがいささか気に入らなかったのだが、白秀は寛容の心で理解した。それは俳優生活の中で習得した一種の効果的な恋の仕種《ジェスチャー》だと白秀《ペクス》は受け取った。

「おれは音楽にはまるきり素養がないんだ」

いつしか白秀は立ち上がって女の背後へ近づいていた。すべすべした白いうなじが白秀の眼前でもどかしげに秋波を送ってくる。白秀の血管の中で比類なく美しいものがくねくねと漂いはじめた。白秀は突然目の前が真っ暗になっていくのだった。

「どうしたの、歌ってみてちょうだい！　でなけりゃ場面《シーン》がさまにならないわ」

嗚呼、そうだったのか！　やはり恋心を表す場面《シーン》だったんだな！　その刹那、白秀はわれ知らず口を開けてレコードに合わせ、

むせぶ心よ　はかない恋よ

すると突然、女が噴き出した。

「ほほほっ……ははっ」

と、さも面白そうに笑ったあと、

「せっかくこしらえた場面《シーン》もだいなしだわ！　一小節でもだめなのね！　ははは……ああ、可笑しい！」

実際、白秀の歌は歌ではなく、曲の高低を無視した単なる発音でしかない。

白秀は顔を赤らめずにはいられなかった。ある種言い知れぬ屈辱感を覚えていた。

「まあ、ほんとうに可笑しいわ！　でも小説だったら、恋愛の場面が書けるのでしょう？……」

「あ、恋愛の場面……だけどおれはそんな甘ったるい場面を書くのはあまり好きじゃない」

白秀の顔はかろうじて屈辱感を隠し、無表情に装っていた。

「そうなの……甘い感じのものって、なぜ嫌いなの？……」

乙美はおどけた子どもの顔みたいに大げさに目を丸くした。

それでも白秀の表情はほぐれず、むっつりしたまま突っ立っているので、乙美は瞬時に顔を改め訊いてきた。

「あたし、昔とはずいぶん変わったでしょ？……」

「ああ」

どうとも答える気力を失ったまま、白秀はわずかに口を開くだけだった。

「ああってなんなの？　つまんない返事ね」

そして正面から白秀をまじまじと見つめ、話題が急速

に飛躍していった。

「あたし、当ててみましょうか？……」

「当てるって、何を……？」

「あんたがそんなにむっつりしている理由のことよ」

白秀はどきりとした。そんな気持ちが面にでないように懸命に抑えながら、

「ふむ、別にかまわないけど……？」

「当たってなくてもよくって……？」

「どうだっていいさ」

「でも、ぴったり言い当てるのがあたしの性に合ってるわ。ずいぶん変わったでしょ？」

「そのようだな」

「俳優生活のなせる業なのね。――当てたらおごってくれる？」

「いいとも」

「何をおごってくれるの？」

「なんだって……あんたが好きなものを――」

「あたしの好きなものは……恋愛……」

「ほう？……」

返事もできずに呆然としていると乙美の視線が矢のように飛んできて、

「あんたのその目……どう見たって恋をささやいているわね……？」

「そのとおり！」

喉につかえてもやもやしていた感情を、乙美の方から引っ張り出した恰好になってしまった。

第四節　蛆《うじ》虫

ところが、現実には、ずれが生じていたのだ。確かに、十三年前において秋乙美《チュウルミ》に向けられていた白秀少年の心情は「恋」だった。しかし、今日のそれは「恋」ではなく、ただ単に娼婦に対する情欲があるだけだったからだ。

「どう。当たった？……」

「当たりだ」

「じゃ、今度はその目がだれを愛しているのか、それも一緒に当ててみましょうか？」

「まいったよ！　まるであんたは……」

「娼婦みたい？――」

不意に飛びつきたいやみがたい衝動が襲ってくる。

「……」

「芸術家って娼婦がお好きなの？　あたし、だれかさんからそんな言葉を聞いたわ」

「乙美！」

そう言いながら一歩前に出た白秀《ペクス》は、

「そうさ。おれの目は乙美を愛しているのさ！　死ぬほど好きなのさ。当てたんだから……だからさあ、乙美の好きな恋をおごってやるぜ！」

そう言うなり、礫打《つぶて》ちの手つきさながら白秀の手が乙美の肩に向かって伸びていく。とっさに乙美は窓枠からぴょんと降りて身をかわし、

「だめ、だめ、だめよ……」

と言った。

「乙美！　死ぬほど好きなんだ！　この十三年間、一日たりとも乙美のことを忘れたことはない。普通学校でも、高等学校でも、それに大学時代にも、おれは乙美だけを胸に描いて生きてきた。いつか乙美に会える日が来るものと、ただその一念で今まで生きてきた人間なのさ」

舌先が嘘を並べ立てていることすら気づかないほど、白秀の理性は麻痺していた。

「まあ、この旦那ったら……？」

「白秀さん」が「あんた」になり、今度は「この旦那」になったのだ。

「さあ、乙美！　乙美が好きだという恋愛をしよう。乙美がおれのことをそれほど思っているなんて夢にも思わなかった。昔からおれは気が弱いから、自分の思っていることをなかなか素直に言えなかった。それを乙美が今夜引き出してくれたんだから——おれは……」

白秀はさらに近づき、乙美の手首を摑んで引き寄せた。

「この旦那、本気にしてるの？　……まあ、怖いこと！」

「何を言ってる……おれの胸のうちをよく知ってるくせに……」

「違う、違うのよ！　そんなんじゃないのよ。まるっきり世界が違うわ。ただそう言いながら楽しく時間を過ごしているだけなのに……つまりそれって、謂わば心理的遊戯《ゲーム》とでも呼ぶしか……だのに、そんな深刻に受け取られると困惑するじゃない？」

「うむ——」

本物の呻《うめ》きを白秀は洩らした。

「ああん、どうしたらいいの？　……」

苦しそうな顔を乙美は見せた。

「つまりおれをからかっていたというのか？」

「違うわ。そんな遊びの一つなのに――」

「乙美は遊びだったのかもしれないが、おれは本気だった！　乙美！」

白秀は乙美の肩を引き寄せ、女の唇を求めた。

「いやっ、いやよ！　まあ、怖い顔！」

やにわに白秀は女の肩を突き放し、

（ああ、しくじった！）

と心の中で叫んだものの、時はすでに遅かった。

恐怖に満ちた女の顔が、その怖さと穢《けが》らわしさを一気に振り払ってしまおうとするかのごとく、

「おほほほっ……おほほほっ……」

と雲雀《ヒバリ》が鳴くような朗らかな笑いを爆発させた。艶やかな女の顔が笑いつづけるのだ。

「ほほほっ……ほんと、おかしな旦那がいるものね。あんたみたいに深刻な人は今の世の中じゃ珍しいわ。深刻派の類《たぐい》なのね！　ドストエフスキーの亜流《エピゴーネン》って言うのかしら。ほほほっ……ほんと、ちゃんちゃらおかしいわね！」

　かつて少女時代には言葉を必要としなかった、あの冷たい瞳は、表現主義的な俳優生活により、こんなにも明白な意思表示をするようになったのかもしれない。

　激憤のあまり遮二無二飛び掛かろうとする激烈な性格の一端がとうとう発動しかけた瞬間、それを頑強にふせごうとするもう一人の白秀が白秀の中にいた。

（こらえなければならない！　なんとしてでもこらえなければならない！）

　この瞬間だけは、ともかく無事にやり過ごさなければならないと、もう一人の白秀が必死になって衝動を抑えていた。

「物事を深刻にとらえる性格のようね。深刻派というよりは、純情派と言った方がよさそうだわ！　ほんと、面白い。久しぶりに笑ったわ。お釈迦様みたいな顔ばかりしていないで……ねえ、一緒に笑いましょうよ！　ははは っ……」

　女の言葉に調子を合わせて自分でも気づかないうちに、にやにや笑おうとする自分の口を、

（そんなのはだめだ！　笑ったりしたら最後だぞ！）

と、こっぴどくなじるもう一人の白秀は、さらにつづけて、

（ぐずぐずしてないで早くこの部屋から出なけりゃならない！）

と急《せ》かした。

そうして、そのまま別れる不快感を気に留める余裕もなく、白痴さながらの滑稽な顔を見せながら風のごとく部屋から飛び出す白秀《ベクス》であった。

だれかに追われているように暗い路地を足早に抜けていくと、眼前に静寂に包まれた鬱蒼とした公園の森が広がっていた。

最も恐ろしいもう一つの顔を相手に見せないまま飛び出した自分自身を「知性人」と称賛するのは口先だけであり、通行人に踏みつぶされた路傍の蛙《かえる》みたいに悲惨な屈辱が心の片隅でくっくっと自嘲気味に笑っている。そんな屈辱の笑みがそのまま顔中に広がろうとするのを、

(いけない! いけない!)

と白秀は唇をぎゅっと噛みしめるのであった。

泥峴《チンコゲ》へ出るつもりで並木町の遊郭に通りがかったころ、あちこちの娼家の門口から男女の戯れ合う姿が夢うつつのうちに見えた。

「ちょいと!」

「寄ってらっしゃいな!」

女の声はまごうかたなく白秀を呼んでいた。

「背広の大将! 冬服の大将! 遊んでいってちょうだい!」

それでも知らないふりをして通り過ぎようとすると、後ろから悪態が追っかけてくる。

「ちぇ! 田舎もんが……着たきり雀のくせして……莫迦……頓痴気野郎め……なんだい、その幽霊みたいな頭は……五十銭硬貨の一枚もないくせに厚かましくも××××したいって……ええい、宵の口からついてないよ!」

「まだ塩を撒《ま》いてないんじゃないの?」

向かいの遊女屋の門口に立っていた女が調子を合わせた。

「だからなのね。ええい、ついてないや。やい、若造、冬服なんか捨てちまってからやってきな!」

「ははは……」

「ほほほっ……」

その甲高い娼婦らの笑い声があたかも秋乙美《チュウルミ》の声であるかのごとく、白秀の鼓膜に響いてくる。背筋に汗を流し、ほどなく白秀は賑やかな泥峴《チンコゲ》へ出ることができた。

穴があったら入りたい。なけりゃ掘ってでも入りたい。通行人の数多《あまた》の目が悪意に満ちた嘲笑を白秀の顔に注いでいるかのようだ。

そう思えるたびに白秀の顔が力を失い、ただにやにやと彼らの嘲笑に迎合しようとするのを、白秀はかろうじて抑え込むのであった。ともかくも、そんな屈辱の笑みを自身の顔に浮かべるようなことがあっては一大事であったからだ。

いくら貞操観念が希薄だとされる女優でも、相手は娼婦ではない。少なくとも夫のいる、一人の夫人じゃないか――それも久しく交際があったのならいざ知らず、会って二度目なのに早くも娼婦に対するようなあせった気持ちで接しようとした愚かさ――いや、娼婦と見なすのなら娼婦として最初からそんな態度を取っていれば、拒まれてもさほど痛くもなかったろうに……十三年という長い歳月にわたる恋心として告白をした愚かさ！

ショーウィンドーの前に佇んで、ガラスに映る自分の顔をじろじろ眺めてみた。愚かなやつ、死んじまえ、と白秀の目は言った。そのとき、蒼白な顔がにやにや笑おうとするのが怖くて目を閉じたままショーウィンドーから遠ざかり、暗い曲がり角を右手に折れてそそくさと歩を進めた。

渓谷を思わせる黄金町（現在の乙支路）へと通じるビル街には、十二時近くの夜の帳《とばり》が下りていた。暗闇のおかげで通行人の針の目は避けられたものの、女の笑い声がいつまでも耳について離れない。

「田舎もんが……着たきり雀のくせして……莫迦……頓痴気野郎め……厚かましくも……」

かと思えば、その一方ではまた、

「深刻派……純情派……」

「冬服の着たきり雀が、女だけは人並みに欲しがるんだから……」

泣きっ面を浮かべていた白秀は内心、再びくっくっと洩れて出そうな笑いを噛み殺して、

（かまわない、かまうもんか！　あんなものに神経をとがらす必要がどこにあるんだ！　満洲のゴロツキみたいに図太い神経で豪快に笑ってすませば終わりじゃないか！）

と、そんなふうに笑ってみるつもりで白秀は泰然自若とした姿勢を取り、ことのほか星の多い夜空を見上げた。上半身を反らせて胸を広げた。両手を上に伸ばして深呼吸をし、右手の拳をぐっと握った。その姿勢から礫打ちでもする恰好で夜の空気に拳を振りおろし、

「うわっ、はっ、はっ、はっ……」

と、白秀は思いっきり口を開け、豪傑風に笑ってみた。

ところが、どうしたことか、喉に詰まった空気はとうとう音を出せずじまいで、醜く歪《ゆが》んだ口の隙間からただ、

「へー――」

と言う気の抜けた笑い声が、白痴のそれのようにでたらめに洩れるばかりだ。

「死んじまえ！　くたばっちまえ！　この芥溜《ごみだ》めの蛆虫みたいなやつ！」

そう叫ぶなり、白秀《ベクス》は頭を前に垂らすと両目を閉じたまま、およそ二間（約三メートル六十センチ）先にあるコンクリートの壁に猛獣のごとく突進した。

ほどなく、真っ暗な網膜に青い火花がきらめいた。蛙みたいな恰好で白秀の体は壁の下に伸びてしまった。

第五節　犯罪意識の発芽

翌日の正午頃、白秀は病院のベッドの上で目を覚ました。

若い看護婦が白秀の顔をちらっちらっと眺めては、薄気味悪そうな表情を見せていた。医者も同様だった。なぜならば、白秀の顔は昏睡状態から覚める前から狂人みたいににやにや笑っていたからだ。目を開けてからも同じであった。

その日の午後、白秀は劉準《ユジュン》を呼んで、入院費問題を解決した。劉準は白秀の大学時代の友人で、司法官試補の職に就いている健全な常識家だった。劉準はいつも白秀のことを「親友、親友」と言いながら、経済的にも助けてくれる堅実な青年だ。

頭に受けた傷は完全には治らなかったが、四、五日後には退院し、家に帰るとすぐ花瓶に挿してある赤い薔薇を便所に投げ捨てた。黄色い人糞の上に落ちた薔薇を股の間から眺めていると、無性に可笑しくなって白秀はにやにや笑うのであった。

馬を見ても笑い、犬を見ても笑った。動物はみな例外なく自分を嘲笑っているように思え、白秀もただ動物と同様の心情になり、つられて笑うのである。眠りながらでも笑っていると母は言う。

さながら狂人のごとくにやにや笑うことに幸福を感じる自分という存在を、蛆虫みたいに踏みにじってしまおうとする残忍な悦楽に白秀はとらわれているのだ。

しかし、あの女、秋薔薇《チュチャンミ》が自分と同じこの京城の地で空気を吸い、鍾路《チョンノ》十字路の舗道を歩いていることに思い

至る瞬間にはぞっとした。

鍾路の夜店で匕首を買うとき、店の主は白秀の顔色を訝しげに見ていた。そうして買った匕首を一週間もの間、白秀は背広のポケットの中でなでさすっていた。

頭の怪我がすっかり治癒したので血の染みた包帯をはがした日、白秀は公衆電話ボックスから金剛映画社へ電話をかけた。その夜における秋薔薇夫婦の行動予定を前もって聞いておこうという心積もりからだった。すると、崔樂春《チェナッチュン》はまだ平壌から戻っていないと、ある若者が答えた。

その日、日の昏れるころまで白秀は少し離れたところから、金剛映画社の正門を一時間もの間、眺めながら立っていた。ややあって、秋乙美《チュウルミ》が一人の男と肩を並べて正門を出てきた。

乙美と男は泥峴《チンコゲ》を六丁目方面に向かってゆっくりと歩を運んでいく。途中、二人は太陽写真館と書かれた看板の下へと吸い込まれていった。離れた位置で再び待っていると、ハトロン紙製と思われる大型封筒を一つ手にして二人は現れた。

しばらく歩きつづけた二人はS文房具店へ入り、写真用の額縁をあれこれと触っている様子が見てとれた。時刻は間もなく八時四十分になる頃合だ。

S文房具店の斜め向かいの角近くに公衆電話ボックスがあった。

（あの男がだれだか知らぬが、秋乙美の家までついて行きさえしなけりゃ……）

平壌発で京城着九時五十分の列車があることを、白秀は昼間、金剛映画社へ電話をかけたあと、すぐに調べていたのである。

白秀は電話ボックスに飛び込むと、崔樂春の邸の電話番号を調べて早速かけてみた。ほどなく、若い女の声が聞こえてくる。この前の夜には実家へ帰っていて、顔も合わせなかった女中にちがいない。今夜九時五十分の汽車でご主人の先生が平壌から帰ってこられるから京城駅まで迎えにいくように、と伝えてやった。女中の話を聞くと、予想したとおり、家にはほかにだれもいないようだった。

電話ボックスから出ると、すでに二人は少し先を歩いていくところだった。男は大きな写真用の額縁を手に提げている。顔は見えないが、すらりと背の高い男性だ。

並木町の遊郭通りを経て、二人は奬忠壇《チャンチュンダン》公園沿いの道へと折れていった。そこで二人は向かい合って何やら話を交わし、ほどなく男は額縁を女に渡すと左右に別れた。二人がそのまま女の家に入れば、むろんその夜の計画は中止する予定だった。

引き返して来る男の顔を確認するつもりで、塀の角に体を隠して目を凝らしていたのだが、外灯から離れ過ぎていたため顔かたちまではわからない。

そうこうしているうちに、さっき電話をかけてからゆうに半時間以上は経過していた。女が家に入ったあと、白秀《ペクス》は洒落たつくりの正門前でしばしためらっていたものの、何かに憑かれた人のように正門内に足を踏み入れていった。カーテンの掛かった書斎から鼻歌が聞こえてくる。乙美がブルースを歌っているのだ。そして何をやっているのか、テーブルの上でしばらくごそごそやっていたかとみるや、ややあってから乙美の上半身の影が薄くなり消えてしまった。隣室へと移っていったものとみえる。

隣室では青い電灯の光がともっていた。寝室なのだろう。

そこでしばらく立ち止まっていたが、白秀はとうとう玄関の扉を開けた。ぎしっと扉のきしむ音が家の奥まで響く。

「だあれ……?」

寝室から乙美のにこやかな声が銀鈴のように響いてくる。

白秀は返事をする代わりに靴を脱ぐ。そしてそろりそろりと書斎に入っていくと再び、

「だれなの? ……」

と言うと同時に乙美が書斎にやって来た。

とたんに、乙美の顔がはっと愕き、びくっと身を縮め、

「まあ……? なんて顔……」

白秀の顔には、そんな恐ろしい表情が刻み込まれていたのかもしれない。乙美は窓際に置かれた薔薇の鉢植に一歩、二歩と近づいた。

目をむいて愕く乙美の顔を見た瞬間、白秀は匕首など取り出す余裕もなく、

「おまえを殺しに来た!」

そう言うと同時に飛鳥のごとく飛び掛かった。痛快な感覚が潮《うしお》のごとく押し寄せてくる。そして乙美の生命が——あんなに恐ろしい瞳によって白秀の生存を脅かしていた乙美の生命があまりにも、もろく消え去ることがむなしくもあった。

しばらくの間、激しく争った末、薔薇の鉢植のそばで

乙美は息絶えて横たわった。花は落ち、枝は折れた。乙美の手が白秀の抜けた髪の毛を握っていた。それで白秀は部屋の中央にぶらさがった電灯の下まで死体を引きずっていき、一本も見逃さないように握られた女の手の内から髪の毛をきれいに取り除いてズボンのポケットに入れた。

このときでも白秀には自分が罪を犯しているという意識は微塵《みじん》もなかった。当然の行動を取っているに過ぎないと思っていたのである。そして万一、無事に逃げおおせたとしたら、そのときでも自分が一人の犯罪者という意識はないのかもしれない。

死体の手の内に握られた髪の毛を始末して、さっと腰を起こしたときだった。ふと面を上げ、いっぱいに開いた中扉越しに青い電灯の光に照らされた寝室に視線を投げた刹那――。

「あっ――」

と白秀は声に出して仰天せずにはいられなかった。

寝室の西側の壁に掛かった丸い鏡の中に、白秀の姿をじっと窺う男の顔が映っていたからだ。

男は東に面した窓枠の上にでも立っているのだろうか？ ……むろん鏡の大きさからして下半身まで映す余地はない。上半身といっても肩から顔まで――その顔に脚光のごとく青い光が注がれていた。そして、そんな男の顔が自分の一挙一動を凝視しているではないか！

次の瞬間、白秀はさっと気がつかないふりをしながら、そそくさと玄関に向かい、靴をきっちり履く間も惜しんで一目散に飛び出した。

こうして白秀が一人の殺人犯としての自身を明白に意識し、恐怖の深みに引きずり込まれてしまったのは、実にその見知らぬ男に自分の顔を見られた瞬間からのことだった……。

第十七章　遺書――補充原稿

第一節　真実と虚勢と無意識

劉準《ユジュン》君！

おれはもうこれ以上自分の犯罪行為を『思想の薔薇』という一つの作品に執筆しつづけるに足る強靭な精神力

を維持できなくなった。それほど、おれの心身はくたくたに疲れ、はらわたは飢えで呻いている。おれが今ひそんでいるこの洞窟内は字が見えないほど暗いし、洞窟の外では捜索隊がじわりじわりとこちらへ近づきつつある。心の余裕も時間の余裕も、もはやおれにはない。

だから『思想の薔薇』の一部として執筆しなくてはならない、これからの話を作品の形式を離れて、直接君に宛てた大まかで簡単な報告の形で記録しておこうと思う。

それに、今から記録する大部分は君がすでに知っている事実だから、とうていそれを作品に昇華させる気力も時間もないので、君とおれの間で生じた幾つかの事件において、その背後にひそんでいた偽らざるおれの心象風景を簡潔ながらも記録することで君の疑惑を解いてやろうと思う。

劉準《ユジュン》君！

殺人現場からあたふたと飛び出したあとの大よそはとうに君も見当がついているだろうから、詳細な記録はあえて残さないでおこう。ただ、おれの心理面での変化をもたらした事柄についてのみ、簡潔な記録を残すことで、一見奇妙に映ったおれの行動の心理的背景について補足しておけば事足りるだろうから。

秋薔薇《チュチャンミ》いや、秋乙美《チュウルミ》を殺したあとから今までのおれの行動には、少なくとも次の三つの要素がその根源をなしている。で、その三つの心理的要素というのは「真実」と「虚勢」と「無意識」を指す。

真実を語ろうと努力しても、その真実が君に通用しない場合、臨機応変に機知を用いて虚勢を張り、その結果精根が尽き果て無意識のうちに寝言を言うように振る舞ったのだ。この三つの要素が織りなすおれの行動をここで詳細に記録しようとすれば、それこそ膨大な一遍の心理小説になるだろう。だが、さっきも言ったように、今のおれにはあえてそうするだけの時間も気力もない。

秋乙美を殺し外へ飛び出したおれは、その見知らぬ男の恐ろしい顔が家でおれが帰ってくるのを待ち構えているように思われ、どこでもいいから遠く離れた無人島みたいな所が無性に恋しくなって、暗い裏通りばかりを選んで漢江へ向かっていった。

明水臺《ミョンスデ》の森の中で丸三日間身をひそめていたおれは、無情にも襲ってくる空腹と凄まじいまでの恐怖と空しさのうちに、殺すのじゃなかったと後悔しはじめた。こうした後悔の念は自分の犯行に対する倫理的なものではなく、ただ恐怖と寂寥感によって生じた弱音であるに過ぎない。思想の疲弊であり、敗北だった。

鏡の中に見た青い顔が常におれを監視しているように思えてならないのだ。その監視から逃れるためには、やむなく善を土台にしたこの現実の世界から永遠に隔離されていなければならない。そして、そこで生じる空虚と寂寞の心情は実に死よりも恐ろしいということに、おれは初めて気がついた。

おれは自首しようと決心した。しかし、そう決めたとき、ふとおれの脳裏をかすめたのは、いつもおれのことを「親友」と呼んで付き合ってくれた司法官試補劉準――君の温かみに満ちた顔だった。君の親しみのこもった、一言の慰めの言葉を思い浮かべた。たまらなく君に会いたくて、君の言葉が聞きたくて、おさない子どもが母親の懐に抱かれたくなるような、そんな心情で君を明水臺まで呼び出したのだ。

そうは言っても、君をあそこまで呼び出すまでには、ずいぶん複雑な心理的葛藤のあったあとだった。

何よりもおれは善だの悪だのという、そんな倫理的批判には目を閉ざした。おれにはおれなりの思考方式があったからだ。おれはただ温かみのある友愛に満ちた君の顔を見たかっただけなのである。


でも、いくら親友とはいえ、今つくづく思うに、そんな顔を君に要求したおれは、子どもじみた考えにとらわれていたと言わざるを得ない。だが万一あのとき、君がそんな顔で接してくれていたのなら、おれはあの夜、君と一緒に自首していたにちがいなかった。

しかし、そんな期待はやはり単なる妄想に過ぎず、心の片隅で憂慮していた険悪な雰囲気が二人の間を流れはじめたとたん、おれは本当に大変なことになったと思った。それでおれは必死になって君にすがりついてみたものの、挙句には冷酷な「沈黙」という手段で拒絶されたとき、おれはポケットの中で匕首をぎゅっと握りしめていた。君を殺してしまわない限り、自分が危険だったからだ。

でも危機は去った。君が断崖の上から見おろしながらおれの名前を呼んでいるとき、おれの心の悪魔は君を崖下へ突き落とそうと最後のあがきをみせようとしたが
……しかし危機は去った。

二人が明水臺から駆け降りるころには、すでにおれは沈着さを取り戻していたし、すべてを未来の運命の中へ大胆に投げ込んでしまったのだ。鍾路《チョンノ》の裏通りにある酒場《バー》で、それまでのおれの行動を一幕の芝居だと言って

のけないわけにはいかなかった。君はグラスをおれの額に投げつけた。

あれから数日後、通りで偶然、劉警部に会ったので秋《チュ》薔薇《チャンミ》事件に関する当局の捜査の進み具合を訊いてみた。そしてそれは演技なんかではなく、ラスコーリニコフの心境からだった。

鏡の中で見た青い顔の主がだれであるのかを知りたかっただけだ。

おれが『思想の薔薇』という作品形式で秋乙美《チュウルミ》を中心としたおれの過去を真摯に記録してみようと燃えるような欲望を感じたのは、まさにその翌日——思いもよらなかった検事代理という大層な肩書きをぶらさげて君がおれを訪ねてきたときからだった。

劉準《ユジュン》君、あの日、君とおれとの間で交わされた会話の一言一言についての記憶を思い出してもらいたい。君はしきりにおれの心中を読もうとし、おれはおれなりにそうはさせじと強く反発した。針先のごとき目つきと神経の闘争！

あのぴりぴりした心理の闘争は、それまで枯渇していたおれの創作欲を再燃させはじめた。引き絞った弓弦《ゆづる》のように緊張した人生の局面というものに、そうたやすく直面できるものではないためだ。何かしら生きがいめいたものを感じ、自分の追いつめられた立場を一つの作品として再構成してみたい欲求に駆られた。

無は有に通じる。すべてを放棄するところから生じる大胆さは、そんな種類の心理的遊戯を繰り返すことによってモチーフに油を注《さ》した。そうしておれは『思想の薔薇』を執筆しはじめたのだ。

こうした創作活動は、現実的な恐怖と疲労から救いの手を差しのべてくれるのだった。遠からず一人の殺人犯として刑を受けることになるおれだったから、そのときまでに自分の宿命的な記録を残しておかなければならなくなった。秋乙美の胸に咲く一輪の薔薇の花を見たために、とうとうおれは天寿をまっとうできなくなったのである。おれの親父もそうだった。

だが、君の恐ろしい目つきに追われるおれは、肉体的にも精神的にもくたくたに疲れた。心身が消耗してしまったのだ。注意力が散漫になり、『思想の薔薇』の前半をいい加減に保管していたため、うっかり君に読まれるという事態を招いた。あれはおれとしては致命的な過ちだった。少年時代における秋乙美とおれとの関係を、すっかり君に知られてしまったからだ。

おれは何もかも断念していたのだが、『思想の薔薇』を書き終えるまでは耐えていなければならなかった。それでおれは、真実と虚勢と無意識が混ざり合ったなんとも非論理的な行動をつづけなければならなくなったのだ。君を幻惑させたのはその結果だった。おれの行動が真実なのか、芝居なのか判別がつかないほど君は幻惑されていた。

しかし劉準君、あの夜、君とおれは鍾路《チョンノ》の四つ角で偶然に会うことになった。あのときおれは騎馬警官の拳銃が欲しくてたまらなかったのだ。あの拳銃さえ持っていれば……といったひどく乱暴な気持ちになっていたから。その拳銃で君を傷つけるつもりなんて毛頭なかった。それに、自分を始末するのにわざわざ拳銃の世話になる必要もない。

ただ、そいつを一挺手に入れ、何かどでかいことを仕出かしておれの最後を華麗に飾り立てたかっただけだった。

しかし劉準君、君とおれが映画『妻を殺すまで』を観に行こうとしている途中、食堂で君はとうとう恐ろしいことをおれに訊いた。秋乙美が殺害された日の夜、おれがどこにいたのかと訊いてきたのだ。

何日か前、那那《ナナ》に話を通じておいたからためらいなく『ヴィーナス』にいたと答えることができたのだが、あのときほど君を憎悪したことはなかった。その憎悪には肉体的な痛みさえ伴っていた。敵にも愛すべき敵があるとは言え、あのときの君はただ憎悪と怨恨の対象以外の何ものでもなかった。「親友」になり切れずに悩んでいるらしい君のことを、そもそもおれは親友と感じたことなどただの一度もない。

第二節　狂暴な涙

おれたち二人は映画館へと入っていった。そしてそこで、おれは君よりももっと恐ろしい、一層無気味な敵を見つけて愕いた。

嗚呼、鏡の中に見た、あの青い顔！　そしてそれが安《アン》文學《ムナク》の顔であることを知った瞬間の驚愕を君は充分に想像できるものと信じている。

（あっ、あいつだ！　あの顔だ！）

おれは、そう心の中で叫び、そのままじっとしていられない焦燥と恐怖にとらわれ、何者かに追われてでもいるかのように映画館を飛び出した。

　同じ敵でも君は積極的におれを追いかけてくるため憎悪は増しても、何かしら心の余裕を持って接することができたが、安文學《アンムナク》の場合は決してそうではなかった。どこまでも無気味な沈黙でおれの行動をいちいち監視している彼の態度！　一体彼は如何なる理由でおれを官憲の手に渡そうとしないのか？　……だいたいどんな事情があっていつまでも黙りつづけているのだろう？　……。

　全身を礫《つぶて》と化して夜霧の流れる街路へ飛び出したおれは、鍾路《チョンノ》三丁目十字路の角にある公衆電話ボックスへ大急ぎで入ると『ヴィーナス』のマダム那那《ナナ》を呼び出し、アリバイについての頼みを念押しして通りへ出た。するとそのとき、おれを呼ぶぴりぴりした君の声が後ろから聞こえてくるではないか。まさに青天の霹靂だった。

　その刹那、おれはすべてを断念した。まさか君がかくも冷酷におれのあとを尾《つ》けて廻っているとは夢にも思わなかったからだ。

　そうしてすべてを自白するつもりで君を奨忠壇《チャンチュンダン》公園へ連れていく途中、自分の犯行を腹蔵なくすっかり打ち明けようとする心の片隅で突然、死んではいけないと、血の絶叫が凄まじい抵抗を始めた。おれの細い五本の指がポケットの中でひそかに匕首を触るのだった。

　実際、公園内は人ひとりぶすっと刺してしまったところでだれにも気づかれないほど濃い霧に覆われていた。その静かな夜霧の流れと神秘的な静寂が、荒々しい血の叫びを抑える作用としても働いた。雨のように降りてくる乳白色の霧の中で、いつしかすさんでいたおれの霊魂はむせび泣きを始めた。

　だから再び君がおれのアリバイを強い口調で訊いてきたとき、もはやすべてを断念し、あの夜、おれは秋薔薇《チュチャンミ》の家にいたと率直に答えるほど、おれは偽りのない諦念にとらわれていたのだ。

　しかし次の瞬間、おれはまたもや生理の荒くれた抵抗に直面した。死ぬのは嫌だ。何がなんでも死ぬのは嫌だという、もう一つの叫びが、尻尾を切り落とされる寸前の魚さながらにぴょんぴょん跳ねるのであった。

　おれはまた負けた。一本の生命の紐《ひも》を必死に握りしめ、秋薔薇の家にいることはいたけれども、それは書斎ではなく庭だった。赤い薔薇の花を一輪こっそりもらおうと庭に入ったところ、思いもかけずカーテンに激しく争う男女の人影を認め、寝室の窓枠に上がって向かい側の壁に掛かった鏡越しに書斎内の光景を見た、などと言った。

つまり、自分の立場と安文學の立場を無意識のうちに入れ替えたのだ。殺人犯であるおれが、目撃者の立場に立ったのだった。

ところが、からくも言い逃れた剃刀のような神経が次の瞬間、蠟燭の火が消え入るみたいに鈍ってしまった。それは実際あとから考えてみると矛盾に満ちた論理の展開で、おれの立場をすこぶる不利に導いたのだ。

おれが犯人の顔を見たと言ったのだから、君としては聞き流すわけにはいかなくなった。

その犯人とはだれなんだ？　知らない。だれなんだ？　知らない、といったやり取りを繰り返しているうち、極度に疲労した心の中に自暴自棄の火が熾《おこ》った。

そんなわけで、その犯人がおれであるとははっきり言わず、暗示を与えるかたちであれこれと話したのだ。

だから君は別れ際、次のように言った。

「今度君を訪ねるときは、逮捕状を準備していくよ」

奬忠壇公園で君と別れて帰った日の夜、おれは翌日の明け方まで原稿を書き、それから眠って午後五時ごろに目を覚ましたときには、もはや生きる希望をすっかり放棄していた。それにおれの肉体と精神は作品を執筆しつづけるにはあまりにも疲労していた。

だから、そのころからのおれの行動には虚勢や芝居は微塵もなく、どこまでも生命に執着する人間の犯罪者としての空ろな精神と肉体の最後のあがきがあるに過ぎない。そこには炎のような狂暴さと子どもじみた涙のほかには何もなかった。

おれは皺《しわ》の目立った母の顔にインク壺を投げつけ、家を飛び出した。怒った雄牛さながらの荒くれた感情が全身を駆けめぐっていたのだ。そうした感情を残らず吐き出せるところを求めて夜の街を徘徊した。

さりながら、人間の力などかくも無力なものであることに、そのとき初めて気がついた。いくら自分が狂暴になったとしても、夜空に忽然とそびえる憎々しげなビルディング一つ気ままに倒すことはできないのだ。満員電車一つひっくり返すことができない。変電所を思うさま破壊し、街中を暗黒の世界にしてやれば、嗚呼、どれほど痛快だろう！　嗚呼、嗚呼、嗚呼……。

そのときふと、鍾路四丁目の交差点にいつも立っている騎馬警官の拳銃が思い浮かび、磁力に引き寄せられるかのようにしばらく歩を移していて、

「待てよ。安文學とかいうやつに一度会ってみよう」

そんな大胆な思いつきから方向を変え、苑南洞から安

國洞へと向かいながら、

「まかり間違えば、今夜あたりポケットに忍ばせた匕首に血が付くかもしれない！」

ふとそう思った。

劉準君《ユジュン》！

だが一体どういうことなのか？……あの野郎は最初からおれの顔なんて知らないと言い張るじゃないか！そして逆にやつはおれのことを狂人だと言うのだ。一体なんのためにやつは知らないふりをするのか、実際おれはやつの本心がわからなかった。

なぜ警察の手に渡してしまわないのか？……そこには何か恐ろしい秘密が隠れているのだろう。いや、あいつは恐怖の奴隷となり煩悶しているおれをじっくり眺めながら快楽を感じているのかもしれない。虎の棲む洞窟に入っていく行為にも似た一種の狂的な心情で訪問したおれを、あいつはどこまでも知らないふりをしながら残忍な目で眺めているのだ。やつこそ殺人犯よりも、もっと恐ろしい人間であるのにちがいない。

結局、おれの方でしびれを切らし、今度また来るときにはそれなりの覚悟をしておくからよく考えておくように、と捨て台詞を吐いておれはそこを去ったが、事実そのときの荒くれた心境では今度会ったらやつをこの世から抹殺してしまうつもりだったのだ。

その足で子どもみたいな悲しい気持ちになりながら崔《チェ》樂春《ナッチュン》を訪ねた。そして、いろいろと罪の意識について訊ねてみせ、贖罪の気持ちがあって、その一端として犯人がだれなのか知りたければ安文學《アンムナク》に訊いてみろと言い残してそこをあとにした。

狂暴な涙――こんな言葉が通用するのかどうかは知らないが、白秀《ペクス》という一つの肉体と霊魂を支配しているのは、実にこの狂暴な涙以外には何もなかった。

炎さながらの狂乱状態におちいり、礫が飛ぶがごとくに夜の街を駆けていき、長い昌慶苑（朝鮮時代の宮殿、昌慶宮）の壁に蛭《ひる》みたいにへばりついて涙を流しながら、幾度も幾度も石塀に口づけをした。埃にまみれた石塀がやわらかな舌先にざらついた感触を与える。

そのざらざらした舌先の感触がどうしたことか、それとは正反対の感覚を連想させるのであった。母の乳房をしゃぶるときのやわらかな感覚を思い起こしながら、

（母さん、ごめんなさい！）

とたんにおれはその一念にとらえられ、鍾路《チョンノ》四丁目へと再び駆けだした。

騎馬警官はその夜も近辺を警備していた。薄暗い十字路の角からおれは飛鳥のごとく突っ走り、騎馬警官が腰にぶらさげていた拳銃をケースごとナイフで切り取って、真っ暗な狭い路地へと駆け込んでいった。路地が狭すぎるため、騎馬警官は鵞鳥みたいに大声でわめくばかり、馬で追いかけることができなかったのだ。警官が馬から降りて駆けだすころには、おれはもう、くねくねした裏通りを三丁目方面へと一目散に向かっていた。

その足でおれは東洋新聞社社長のもとへ駆けつけた。いつだったか一度おれの原稿を載せてくれた新聞社だ。そこでおれは、もう君も知っていることと思うが、『思想の薔薇』の原稿料として五百円を無理矢理出させて家に帰っていった。以前から母が心残りにしていた父の墓碑を建てる代金として、その五百円を母に渡すためだ。何かしら人生の大きな負債を一つ返済したような安堵感を抱いて『ヴィーナス』のだらしのないマダム那那《ナナ》の肉体を夜空に幻想し、再び家を出て市内電車に乗って西大《ソデ》門《ムン》交差路の角にある『ヴィーナス』へ行った。

那那を連れて漢江へ行ったわけだが、所詮那那はおれ自身ではなかった。那那の舌先にしても劉準君、君のそれと全く同じ一つの観念の習性として動いていただけであることが、そのときになってようやくわかった。おれと一緒なら漢江の水の中へでも飛び込むと言っていた那那が、本当に飛び込もうとすると尻込みをしたのだから。

そんなふうにして、世間の人たちはだれもがおれを欺《あざむ》いたのだ。おれは絶望した。しかし、汚れた那那の肉体であるとはいえ、おれが女の体を抱いたのは実にあの夜が初めてのことだった。こうして二十六年にわたるおれの童貞は、一つのもの悲しい歴史を残したまま、消えてしまったのだ。

那那を岸に降ろし、おれは漢江を下流へ下流へと漕ぎ進めていった。月光をたよりに川の堤防の上を走りながら、喉が張り裂けんばかりにおれの名を呼ぶ那那の声に沈黙をもって応え、おれはどこまでも漕ぎ進めていった。黄海《ファンヘ》まで下っていくつもりだった。

とどのつまりが魚の餌食になるのなら海へ出て大物の餌食になりたいと、そんな思いにとらわれておれは休みなくオールを漕いだ。いつしか那那の声も途切れてしまっていた。ところが、このS石切場付近で夜明けを迎えた。これでは海へ出て魚の餌食になるのを待たず、厳重な捜査網に掛かってしまうのは明らかだった。

それが嫌さに、小魚の餌になるのはより慈悲深い行動だと思い直し、自殺する決心をして青い水面を凝視した。

おれは泳ぎができないから飛び込みさえすれば生き返る心配など微塵もなかったのだが、そんな絶対性が一瞬おれをためらわせ、その次の瞬間にはすっかり忘れていた『思想の薔薇』の後半がふと脳裏に浮かんだ。

その前半の原稿はまだおれのポケットに入ったままだった。東洋新聞社社長から五百円をせしめるまでは、こんなに急いで自殺しようとは思ってもみなかったから、中断していた原稿の後半を最後まで書いて郵便で送るつもりだったのだ。

その原稿がふと浮かび、これほど急いで死ぬ必要はないではないか、『思想の薔薇』を完成させるつもりで、ボートを捨ててこの洞窟まで這い上がり、一瀉千里にペンを進めた。

幸いにも、洞窟内に平たい石が一つあり、その上に原稿用紙を広げて書いていった。インクが少なくて途中から鉛筆で書いた。岩の隙間から聞き耳を立てると、捜索隊員の声が遠く崖下から聞こえてくる。

その日の正午から作品形式で書きはじめたものの、ついに襲ってきた飢えと疲労によって精神の緊張を喪失し、こうした雑駁《ざっぱく》な記録体で不充分ながらも原稿を残しておこうと思う。

日が沈み、黄昏時になった。闇が忍び寄る前に、一旦この記録を締めくくらなければならない。しかし嗚呼、次第次第に洞窟の中が暗くなっていく。早く書こう！

でも劉準《ユジュン》君！　考えてみたら粗雑な文体ではあるが、書かねばならないことの大半はもう書けただろう。ただ一つ残った行動は、今からどんな方法で自分一人の身をどう始末するかということだけだ。できる限り痛快な方法を採りたい。

嗚呼、目がくるくる廻るぐらい腹が減ったな！　さっさと済ませて石切場の炊事場に忍び込み、食べ残した冷飯の一摑みでもくすねて食わねばなるまい。

この記録は現在のおれの環境が環境だけに甚《はなは》だ雑駁なものであることをまぬがれまいが、おれが自分の生命を始末したあとに、この原稿全部が東洋新聞社社長の手に渡ることを願い、母にはとくに書き置きはしないから、昨夜用意してやった五百円は、この国のひとりの小説家が命を懸けて父に恩返しをするための最後の努力だったと、それだけは母に伝えてくれることを心から願う。

ところで、どうすればこの原稿が東洋新聞社に渡るのかを、今からおれは頭をひねらねばならない。そしてその一つの方法として那那《ナナ》に会わなければならないようだ。いや。この言葉は口実かもしれない。生命を絶つ前に那那の肉体をもう一度所有してみたい欲望の叫びであるのだろう。いずれにせよ、那那はおれにとって異性としての体を提供してくれた最初の女性であると同時に最後の女性でもあるため……嗚呼、もうすっかり暗くなった。これ以上、書こうとしても書くこともできない……。

それじゃあ、劉準君！　これまで君にはずいぶん世話になり、さんざん悩ませてもきた。どうか幸せに……。

白秀《ベクス》より

第十八章　消える焔《ほのお》

第一節　犯人の足取り

「うむ──」

劉警部は原稿の束を劉準から受け取って折りたたみ、深く沈んだ呻《うめ》きを洩らした。

原稿を食い入るように読んだ劉準は椅子に体を埋め、目を閉じてしまう。その閉じた両目から涙がぽろぽろと流れ落ちるのだった。

この父と息子は今、この悲惨な原稿に目を通したことからくる、それぞれ別の感動と衝撃によって身震いしていたのである。

白秀が今日に至るまで童貞を守ってきた話については二人に等しく衝撃を与えはしたが、劉警部にはその言葉がとうてい事実とは思えなかった。

「嘘をついていやがる！」

劉警部はあたかも、わがことのように断言した。

「違います。事実なんです！」

白秀の自尊心の度合いを知っているので、劉準は白秀の記録を真実とみなしているのだ。

「ほんとうですわ」

泣いていた那那が面《おもて》を上げ、劉準の言葉に同調した。

劉警部はわかったようなわからないような顔をしながら、

「ともかく、それが安文學《アンムナク》の写真とは夢にも思わず……」

目撃者が生身の人間じゃないことをつゆ知らず、恐怖に怯えていた白秀《ペクス》の心理状態を想像しながら、劉警部は言葉を呑み込むのであった。

しかし、劉準《ユジュン》はそんなことよりも、白秀の純粋な人間性に言い知れぬ衝撃を受けていた。父劉警部のようにただ単に法律機関の一員になりきることができずにいる自分自身を決して軽蔑することもなかった。

劉準が今度の事件によって、転換期に差しかかったことは確かだ。官吏になろうとする自分自身に対して、詩人らしき心から嫌悪の念を抱いていた学生時代の自分が今つくづく考えてみると真の劉準であるようだ。白秀という一つの漂白剤がこの事件を通じて、劉準の魂にこびり付いていた汚点をぬぐい取ってくれたのだろう。

それなりの人格をもって相手を教化しているものと信じ込んでいた自分が、むしろその反対に白秀から人生を学んでいたのである。なんのためらいもなくそんなことを思える劉準の脳細胞は確実に、そして充分に漂白されていた。それでなくとも、劉準は自分の人生において何か重大な紛失物が一つあるような気がしていたのだ。その紛失物を白秀は死をもって拾ってくれたことになる。

劉準の眼前には今、新しい世界が開けようとしている。一つの人間の現象、一つの人間の行動に直面したとき、真っ先に秩序というものを念頭に置きやすかった彼の眼前に、その秩序だけをもってしては処理することのできないもう一つの世界がその背後に厳然と存在することを思い知るのであった。

(転換期が来たんだ！　新しい人生に！　美しい世界へ！)

再出発の信号ラッパが劉準の鼓膜に麗しく響く。

「ともかくマダム、ありがとう！」

劉準は那那《ナナ》に心から謝辞を述べた。

「劉検事さんに特別なお願いがあるんですけど……」

那那は赤くなった目をしばたたきながら、

「あの方が自分の手で自身の始末をつけるまで、そっとしておいてあげるわけにはいかないのでしょうか？」

と真剣に哀願した。

「マダムの気持ちは充分にお察しできますよ。でも当局がすでにこうした事実を知った以上……」

那那は黙って頭《こうべ》を垂れた。

「さあ、もはやすべて問題は解決した。あとは、いつ犯人を逮捕するかといった時間の問題だけだ！」

劉警部は椅子から腰を浮かせ、伸びをした。室内は電灯がまぶしく、外は暗かった。

「あんたは帰ってもかまわんよ。ただし、白秀から何か連絡が入ったら直ちに当局まで連絡しなきゃならん」

劉警部は命じるように言った。

「はい」

那那は丁寧に腰を折って会釈をすると、しょんぼりした恰好で出ていった。

那那の後姿がドアから消えるよりも前に卓上電話がけたたましく鳴った。劉警部がすかさず電話に出た。

「今朝、那那を尾行して西大門《ソデムン》の茶房『ヴィーナス』まで行っていました金日俊《キムイルジュン》刑事です」

「うむ、それで……」

劉警部の顔にみるみる変化が表れた。

「時間の余裕がありませんので手短に報告します。今朝十一時ごろ、犯人白秀は茶房『ヴィーナス』を出てからタクシーを拾って光化門方面へ向かいました。むろん、そのあとを尾けました。もう少し早く捜査本部へ連絡したかったのですが、なかなか電話をかける間がありません。わずかでも犯人に時間の余裕を与えていては逃がしてしまいますから」

「うむ――」

「犯人は追われていることに気づき、もの凄い速さで明倫洞へと走っていきました。多分、もう一度母親に会うつもりだったのでしょう。ですが時間がないせいか、恵化《ヘファ》洞を通り抜けて鍾路《チョンノ》五丁目まで戻っていったのです。そこから今度は、東大門、京城運動場を経て黄金町五丁目へ……さらにそこから南山へ向かって走り、大神宮（京城神社）前を通り抜け、南大門通へと行きました。南大門から泥峴《チンコゲ》の入口前を通過して鍾路へ戻り、また東大門へと……」

金刑事の報告によると、犯人の車と金刑事の車は一日中、京城市内をぐるぐる廻っていたのであった。ふと、よそ見をしては、一瞬の瞭に犯人を逃したのではないかと、金刑事はあたかも虎の尻尾を踏んづけた人のごとく脂汗をかいたと言う。

「それでどうなったんだ?」

「夕方、陽がほとんど沈んだころ、犯人の車はまた西大門まで戻って漢江に向かいました」

それはこの前捜索隊の一行が車を走らせてS石切場へ駆けつけたときに通った道だった。

「一時間後、ですから今からおよそ一時間前に犯人は石切場付近で車を捨て、険しい岩の間を這うようにして崖の上まで登っていったそうです。これは一日中、拳銃で脅されつづけたタクシー運転手の証言ですが」

「それから……?」

「はい、暗くなりましたので仕方なく町中に戻りまして、今電話をかけているわけであります」

「わかった! 直ちに捜索隊を派遣するから、君はそこで待機して一同を案内しろ!」

「はい。では待っています」

電話は切れた。

「父さん、白君は今どこにいるんです?」

劉準《ユジュン》は気づかわしげに訊いた。

「古里が恋しくて、またもや洞窟の中へすっこんだみたいだ……」

「洞窟ですって? あのS石切場付近のことですか?」

「うむ」

そこで劉警部は報告の内容をかいつまんで息子に伝え、警察と検事局の合同捜査隊員を大量に派遣することを部下に命じた。

時刻は午後九時前後の頃合。

騒々しい警笛を鳴らしながら捜索隊員を満載した装甲車と乗用車十台あまりが夜の京城市内を一路漢江に向かって疾走しはじめた。

こうして一同がS石切場付近で車から降り、包囲網を敷きはじめたのは十時を過ぎてからのことだった。

しかし、真っ暗な夜なので、たとえ要所に人員を配置したとて犯人の動きを容易に探ることはどだい無理な話。せめて空が曇ってさえいなければ月光をたよりにすることもできるのだが、あいにくここ二、三日曇り空がつづいているのだ。

仕方なく劉警部は捜索隊員に空砲を撃たせて、犯人がその小山から逃げられないようにすることを命じた。

タン……タン……タン……

タン……タン……タン……

銃声は夜の空気をつんざいて、黒々とそそり立つ川縁の絶壁周辺に余韻を残した。

「夜が明けるのを待つしかあるまい」

そう言いながら、劉警部は黙々と立っている息子に目を向けた。

しかし、捜査本部を出発したころから、口がきけなくなったみたいに押し黙ったままの検事代理劉準であった。

第二節　最後の絶望

夜が更けていく。午前零時を廻ったところだ。劉警部と劉準は石切場の飯場へ入り、足を休めていた。ときおり、連絡員が出入りする。五十人あまりの捜索隊員が山をぐるりと取り巻いているので、漢江へと崖伝いに降りていかない限り、とうてい犯人は警備の網から逃れることはできない、と自信ありげな報告が届いたばかりだ。ときには銃声も聞こえてきた。

四時になると空が白んできた。劉警部と劉準は飯場を出た。四時半にはすっかり夜が明けた。

「捜索開始！」

劉警部が命令を下した。

高さはかなりなものだが、さして大きくもない岩山だった。一面は漢江と接し、三面は陸につながっている。隊員は武器を手に蟻の子のようにのそのそ這い上がっていった。石切場の広場には石工たちが残らず集まっていた。

「だれか舟を漕げる者はいないかね？」

劉警部は川岸につなぎ停めてある小さな渡し舟を指さした。

「へい、わしが船頭でやすが」

六十を超えるとおぼしき老人が名乗り出た。

「あの舟を漕いでくれないか」

劉警部は息子を連れてすたすたと川岸まで降りていき、舟に乗った。

「川の中ほどまで進めてくれ」

「合点でやす」

老人は懸命に櫓《ろ》を操《あやつ》った。漢江の真ん中へと舟は進んでいく。

「舟を止めてくれ」

「へい」

満ち潮のため、川の流れはすこぶる緩慢だ。

こうして川の真ん中で犯人の脱出路を監視しようというのが、劉警部の目的だった。

断崖は頂上に近づくにつれ次第に幅が狭くなっている。

「ほら、あの右手の方に小さな洞窟が見えるだろ？あそこで白秀《ペクス》が最後の原稿を書いたのさ」

劉警部はその洞窟からなんらかの動きがあるような予感がして、遠くから目を凝らしていた。

「……」

劉準《ユジュン》は依然として返事もできない状態で、父の視線にしたがっていた。

断崖の裏側からときおり銃声が響いてきた。そしてその銃声は、次第に這い上がってくるのであった。

ややあって、断崖の両側から捜索隊員が一人、二人と現れ、漢江に面した側、すなわち劉警部親子が固唾《かたず》を呑んで見守っている崖へと移動してきて岩の隙間をしらみつぶしに捜しはじめた。

だがしかし、目当ての白秀《ベクス》はいっこうに姿を見せないのだ。劉警部は苛立ちを強めていった。ここでまた犯人を逃すようなことがあると、それこそ劉警部の面目は丸つぶれになってしまうからだ。

その一方で、それとは正反対の焦燥が劉準の顔を覆っていた。白秀の姿が現れずじまいになることを心の底で念じていたからだった。

断崖の中腹まで包囲網を狭めて隊員が這い上がっていっても、白秀は死んでいるのか、生きているのか、気配すら感じられないのだ。白秀がひそんでいた洞窟は、そこからさらに登っていった地点にある。隊員の一人がその洞窟の中へ拳銃を手に入っていく姿が小さく見えた。

ところが、ほどなくその隊員は再び外に出てきてしまった。

「いないわけがないんだがな……？」

劉警部の口調には失望の念がにじんでいた。

隊員の布陣がじわりじわりと前進する。包囲網が狭められていくにつれ、劉警部の苛立ちはますます募っていくばかりだ。

「逃がしたんじゃないか？」

口調に自信がなくなっている。

そのとき、明るさの増した東の空から、熟れた桃を思わせる太陽が頭を覗かせた。川の水が赤く染まってゆく。崖の一面が明るく光ってきた。

「あっ、あれはきっと白秀……？」

舳先に坐っていた劉準がそう叫び、すっくと身を起こした。

「あっ、あいつが……？」

劉警部もつづけて叫んだ。

「ウワァー――」

「ウワァー――」

と捜索隊員の喚声が遠くから聞こえた。

見よ！　七、八十メートルはありそうな断崖の頂上に忽然と現れた男がひとり！　遠目に見ても白秀の痩せた体であるに違いなかった。

川風に吹かれて髪は乱れに乱れている。彼は今、昇ったばかりの陽を正面から仰ぎながら万歳を叫んででもいるかのごとく、すっと両手をかかげた。

「あっ、白君！　白君！」

劉準は舟の上で思いっきり手を振りながら友人の名前を呼んだ。するとほどなく、断崖の上から白秀の声が遠く聞こえてきた。

「おお、おれの友人、検事代理の劉準君じゃないか？……」

「そうだ！　白君！　これまで君の親友になれなかった劉準だ。でも……でも白君！　おれは昨夜から君の無二の親友になっているんだよ！」

声を絞って劉準は叫んだ。

「ありがとう！　けど、もう遅いんだよなぁ！」

そんな返事が一呼吸おいて流れてきた。

そうしているうちにも包囲網はじりじり白秀の足もとへと肉迫していった。生捕りにしなくてはならないという劉警部の指示どおり、銃を発射する隊員は一人もいなかった。しかし、発砲の恐れは常にあった。


そのとき、劉警部が雷のような声を上げ、威嚇《いかく》した。

「白君、万一君が拳銃で隊員を撃ったりしたら……わかってるな？　たちまち君の命は危険にさらされるんだぞ！」

その言葉が終わらないうちに、

「おお、尊敬する劉警部の旦那ですね。親父と息子が仲よくお揃いで権力の刃を振りかざしてますな！　ウワッ、ハハハッ……ハハハッ……」

燦燦と輝く朝日を顔に受けながら、白秀は両手を挙げたまま猛り狂った猛獣みたいに笑いだした。

「白秀！」

劉準はもう一度呼んだ。さりとてなんと言えばいいのか、劉準はわからなかった。興奮は喉を詰まらせ、手足はぶるぶる震えた。

「白秀、抵抗するのはよして降りてきてくれ！　君を抱きしめて一ヶ月でも二ヶ月でも声を上げて泣きたいんだ！」

「ずる賢い科白は言わない方がいいぞ！　今度もまたおれを生捕りにしようという魂胆だな！」

「ああ、白君！」

劉準はもう涙声になっていた。

「やめておけ！　もうだまされんぞ！　会う人も、見る人も……だれもがおれをだまそうとする者ばかりだから……」

そうして不意に両手で胸を抱きしめる仕種をし、

「ああ、那那《ナナ》！　那那！　那那に会いたい！　結局のところ、おれをだまそうとしなかったのは那那だけだ！」

「そのとおり！　那那に会いたけりゃ、どうか降りてきてくれ！」

「ずるい手は使うなよ。今度もまた那那を餌にしておれを逮捕するつもりだな！　君も官吏になって多少は経験を積んだとみえ、口が達者になったじゃないか！」

「違う！　那那は本当に君のことが好きなんだ」

「そんなことがどうしてわかる？」

「昨夜《ゆうべ》、君の遺書を持って訪ねてきたんだ。その瞬間からおれは本気で君の親友になりたいと思ったよ」

「那那が？　……」

白秀《ベクス》は自分の胸を抱きしめていた両手の力をすっとゆるめ、絶望的に声を絞り出した。

「那那がまたおれに背いたのか？　……」

「背いたんじゃない！　心から君の身を案じていたのだ！」

「おれが死んだあとに渡してくれるように頼んだ、あの原稿を……？　ああ、那那！」

彼は両手で顔を覆い、むせび泣いているようだった。

しばし、そんな恰好でいたかとみるや両手を離し、つと面《おもて》を上げた。

「ウワッ、ハハハハッ……空と大地だけをおれは信じていなけりゃいけなかった！　白秀！　嗚呼、愚かな純情の持ち主白秀は逝く！」

その一言を最後に残して、白秀はポケットから取り出した拳銃で自分の頭を撃った。

「タン――」

一同がはっと息を呑んだときには、もう七、八十メートルの高い断崖のてっぺんから、すーっとゆるやかな放物線を描いたかとみるや、白秀の痩せた体はついにはまっすぐな姿勢に変わり、漢江の青い水の中へと矢のように突き刺さっていった。

その後、いくらも経たないころ、若い検事代理劉準《ユジュン》はその職を辞した。これという目的があるからではない。ただ、そんな類の肩書きを持ちつづけることは、白秀の霊魂を冒瀆《ぼうとく》するように思われたからだった。

〔祖田律男 訳〕

綺譚・恋文往来

1

幻の影、H子さま！　一面識もない貴嬢《あなた》さまに突然このような書簡を差上げる無礼を御許し下さい。しかしこの以外にどんな手段が僕に残っているのでしょう。面と向っては僕はとても自分の心の中を打明ける勇気を持っていないのです。

幻の影、H子さま！　朝な夕な天使のような貴嬢の容姿を僕は生垣の内から眺めているのです。高からず低からざる背丈、個性美に富んだ素晴しいプロフィル！　琢磨された大理石のような肌！　そしてあの髪を何というのですか、僕はあの結方《ゆいかた》が堪らなく好きなんです。すたすたと歩いて来てすたすたと去って行くあの何十秒かの間——おお、神在《かみおわ》さば神よ！　財も名も命もなくもがな！

幻の影、H子さま！　浅間しいとお叱り下さるな。遂に僕は駆り立てる心を制し切れず、貴嬢の勤務先とお名前と、そして住所をも調べたのです。お許し下さい。お許し下さい。

では——

Kより

2

不良の出来そこないのKさま！　今頃あんな恋文流行《はや》りません。読んだだけでも私頭痛がしてならないのです。もっともっと恋文の書方を練習なさい。あれではどう贔屓眼《ひいきめ》に見てもまずまず四十点そこそこ。字もまずい。もう一年間おダブりなさい。そしてロマンティックなヴェールのかかっていない観察の習慣をおつけなさい。後になって幻滅の悲哀を感じないように——。鼻の低い私に素晴しいプロフィルはちょっと御無理でしょう。大理石どころか、隅田川のように濁った肌です。賞められて喜んだのは昔々その昔の娘達のこと——。

噫々！　せっかくの日曜日の朝を、どこの馬の骨だかも知らない有閑階級のモヤシ息子のために滅茶滅茶にされた。これも搾りの一形態なのかしら！　Kさま！　ここに貴方の大切な恋文を御返ししますから、どうぞ冷汗をかかずに読み直して御覧なさい。

御忠告まで

H子より

3

どこの羊の骨だか知りませんが、貴女はH子さまとやら申しましたね。ではH子さん！　不良の出来そこないとは何です。モヤシ息子とは何です。女なら女らしい物の言方があるはずです。本当は僕、貴女の御忠告に背いて冷汗を一杯かきました。僕が出したというあの恋文の字体と現に僕が今書いているこの文字とを比較して御覧なさい。あの全《まる》で中学校の鼻ったれ小僧が書いたような文体と字体――その差出人が僕だとおっしゃるのですか。失礼も甚しい！

女の出来そこないのH子さん！　ついでだから言っておくが、あの手紙に依るとその青年は純真な人のようです。貴女のような高慢な女にはちょっと勿体ない感じがする。そのことについてはとくと鏡と御相談なさい。貴女御自慢の低鼻《ひくはな》と隅田川のような肌が映るはずですから。高くもない鼻を高くしようたって、貴女を敬愛するその青年でなければ御無理な相談。頑張りようが度を過ぎると相手は離れて行きます。――ああ、せっかくのランデーブーの晩だというのに、無閑階級の、どす黒い大根娘の低鼻自慢で台無しか。とにかく、方角違いの手紙は今後一切お断りします。そしてせっかくですが御手紙を全部御返しします。僕がそんな下手な字と文章を書いたのは小学校六年の時だったと思いますよ。

Kより

4

図々しいのにもほどがないKさま！　なるほど両方の文字は一見相違しておりました。私も最初は吃驚《びっくり》したのです。すると差出人は一体どこの誰なんでしょう？　封筒にも間違いのない貴方の住所と名前――。だが、男らしくもないKさま！　自分の行為に責任と信念をお持ちなさい。射外れた時の逃腰根性、そんな心構えでは恋愛は出来ませぬ。最初のは貴方の左手が書いたもの、今度のは貴方の右手が書いたもの。

Kさま！　今からでも遅くはありませんから正直に告白なさい。悔ゆる者は責むべからず。それを貴方は逆に私を侮辱しました。大根娘の、無閑階級のと――。

永久に済度し難き愚衆なるKさま！　良心の鏡を御磨きなされ。

H子より

5

H子さん！　僕は真面目です。僕は怒っております。僕は本当にあんな下らぬ恋文を書いた覚えがありません。貴女はキッと何かを誤解しているのです。失礼ですが、どこかで逢って頂けないでしょうか。手紙では益々事が縺れ行く一方です。逢って、僕が差出人でないことを実証的に証明します。そして僕の手蹟でなかった場合、僕は決して黙ってはいない積りですから――。

Kより

6

Kさま！

貴方はどこまでも隠し掩《おお》せる積りですね。よろしゅう御座います。お逢い致しましょう。私も毒口を吐いた責任もあることだし、それに私の探偵眼に狂いはないと思いますから――。

明日午後五時三十分――新宿駅待合室まで御来駕を――

H子より

7

H子さん！

昨日あの喫茶店で、僕は自分の両方の手蹟を貴女に御目にかけたはずです。そしてあの恋文との間には何等の共通点もなかったことを貴女も認めて下すったはずです。御自分の行為に責任と信念を持っておられる貴女でもあるはずでした。

H子さん！　僕は貴女に損害賠償を請求します。約一週間、僕は貴女の御手紙に依って莫大なる精神的損傷を受けたのです。僕は直接に貴女の手で、この攪乱された精神を旧態に復してもらいます。そうするには是非とも、僕は貴女と結婚しなければなりません。これ以外の賠償の方法を僕は絶対に認めないのであります。一目で僕は貴女が好きになりました。個性美に富んだ素晴しいプロフィル！　琢磨された大理石のような肌！　あの髪を何というのですか、僕はあの結方が堪らなく好きなんです。すたすたとやって来てすたすたと去り行く君の後姿――いや、あの恋文を書いた人は実に頭のいい人でしたよ。それを隅田川のような肌だとか低鼻だとか言った貴女の心が憎いですね。

幻の影H子さん！　明日逢ったら僕も一つ調べたいことがある。貴女はどうしても僕の眼の前で、あの恋文と同じ文句を貴女の左手で書かねばなりません。いいですか。

明日午後六時――銀座千疋屋まで――

Kより

8

Kさま！

昨晩は私生れて以来の最幸の夜――

私の非常戦術の功を奏した夜――だって私、神に願かけてやった仕事ですもの。でも貴方の探偵眼も相当なもの――。

でもよかったわ。幸い貴方が私を好いて下すって――。

貴方のH子より

私のKさまへ

恋文綺譚

第一課

都会の秋は、いつともなしにビルの谷間で呻吟している街路樹の落葉の音から始まる。いや、舗道《ペイブメント》に響く、悩める乙女たちのハイヒールの音から始まる。

独身主義者として知られた白章珠《ベクチャンジュ》嬢。現在、雑誌「婦人文藝」の記者をしている陽気な詩人白《ベク》嬢はどうしたことか、校正の筆を手に取っては置いている。窓外で呻吟しているプラタナスの揺れに応じて溜め息をつくことおよそ一時間に百二十回だから、一分間に二回、三十秒に一回ずつ「ふうっ……」と深い溜め息をついているという。これは白嬢と机《デスク》をはさんで向かいの席に坐る「サンドイッチマン」のニックネームを持つ黄《ファン》達《ダル》秀《ス》の記録であるだけに、その正確さは信ずるに足るものであろう。

達秀は「ふうっ！」と波紋を起こして机の上を飛んでくる白嬢の吐息が、たとえ、うつむいてはいるものの、ありありと眼前に見えるようだと、そしてそのたびにニコチンで赤く変色しているのが見えるようだと、そのとき同時に原稿用紙の縁に点を一つ打っていると、そしてそれが一時間経てば百二十五個になると、それらの点の数を退勤時に数えれば、八時間でのこととして一八（一×八）が八、二八、十六、五八、四十、きっかり千個になる日もあり、千を少し超える日もあると……。

白嬢は今年二十五歳の「オールドミス」だった。「オールドミス」と聞けば、人はみな常識的にそんな身の上に一抹の哀愁の念を禁じ得ないものだが、陽気な詩人白嬢は実に常識を超越した、それとは正反対の奇特な印象を人々に与えるのであった。

白嬢は実際、雲雀《ヒバリ》みたいにおしゃべりするのが好きで、春山に咲き誇る花のような笑顔をよく見せ、そのうえ二《に》八《はち》の春の恥らう乙女を思わせる表情をしばしば浮かべるのだから、この万年処女白章珠に接するとき、だれが彼女を憂鬱な詩人と呼ぶだろう。

さらに彼女の丸くて平たい顔ととがった鼻、そしてほどよく小さくて分厚い唇と雪のような肌、背丈は高い方ではないにしても、ぽっちゃりした体全体から発する眩しい陽気さは数多くのインテリ男性を女史のそばへ潮のように引き寄せる、偉大な力を持っていた。

「だれなの！　太陽が燦然と輝いているのに、天を仰いで溜め息をついている者は？」

溜め息をつく者を嫌い、欠伸をする者を憎む白嬢は、人々の前でそんな大声を上げるのが口癖なのだ。そして、さも愉快そうに、

「ははは、ははは……」と笑う。

白嬢のこの笑いは、いつも三拍子の「は」のリズムで連発される。

「だれなの！　親切の仮面をかぶって、あたしのハートに秋波を送ってくる者は？」

そしてまた、

「ははは、ははは」をつづける。

その親切の仮面をかぶり、白嬢のハートを狙っている者は、白嬢を天のごとく仰ぎ見て、女神さながらに欽慕しているサンドイッチマン黄達秀その人であることはだれもが知っていることだ。

事実かどうかは断言できないけれども、白嬢が独身主義を看板に、潮のように寄せてくる美男子好男子の思わしげな視線を、「だれなの！　あたしのハートを狙っている者は？」とつっけんどんに撥ねつけるのには次のような興味深いエピソードがあったという。

サンドイッチマン黄達秀が聞き出したところによると、白章珠嬢は十八歳になった年の秋、某専門学校サッカー選手と初恋をささやき合うまではよかったが、以前女高普（女子高等普通学校）の英語の先生に習った“Love is holy（恋愛は神聖）”“Love is best（恋愛は至高）”を人生のモットーとみなす白嬢に対して、恋人のサッカー選手があまりにも良識を欠いた野蛮性《バーバリズム》を発揮したことがそもそもの間違いだったという。

それはある日の午後、デートの場所を××製菓の二階に決め、店内はさして混んではいなかったものの、もともと秘密性を好むのが恋愛なのであるから、白嬢とサッカー選手は他人の視線を避けて片隅のテーブル席に向かい合い、この幸せなひと時をどうやって楽しく過ごそうか……と思いを巡らせていた白嬢はややあって呼鈴を押し、ボーイを呼んだ。

「カルピス！」

「カルピス、お二つでございますか?」

「ノー、一杯! ストロー、二本!」

ボーイは踵を返すなりひひっと笑ったが、知らぬが仏の白嬢は、初恋を象徴するカルピスを二人で分け合って飲むというなんともくすぐったいような想像を浮かべてにやっとしていると、

「お待ちどうさま」

と一杯のカルピスがテーブルに置かれた。

「さあ、飲みましょ」

白嬢はいたって自然にすすめたのに、サッカー選手は後ろが気になって仕方がないらしくちらっと振り返って見たところ、客の視線はかろうじて避けることはできたものの、ボーイたちが一箇所に集まってこっちを見ながらにやにやしていたのが、「笑ってなんかいませんよ」とでもいうようにしゃんと首を伸ばす瞬間を見逃さなかったのである。

しかし、サッカー選手は場合が場合だけにとうてい拒《こば》むこともできず、白嬢と一緒に飲みはじめたのだが、嗚呼、なんたる不幸なのか、ストローを口にくわえ、白嬢の鼻先を見つめながらカルピスを啜《すす》っていたサッカー選手の大きな鼻の穴がぶるぶるっとひくついたかと見るや、とうとう雷みたいに「はくしょん!」の音と同時に平穏だったカルピスのコップの中に一大旋風が巻き起こり、おかげで白嬢は手を使わずにカルピスで顔を洗うという光栄に浴し……。

それ以来、白嬢の「恋愛神聖主義」は一大危機を迎えることになるのであったが、それでもこの紳士らしからぬサッカー選手を恋人にしたわが身を悲観する一方、できることなら彼の野蛮性《バーバリズム》を正し、堂々とした紳士に仕立て上げようという悲愴な覚悟を抱え、とある静かな月夜、とにかく今夜には結婚の約束をしようと考えながら白嬢はサッカー選手と二人で漢江の河原で肩を寄り添わせたことがあったそうな……。

月光は恋人がいなくても、いるかのように人の感情を掻き立てる。ましてや恋人と肩をくっつけ合って甘い夢を見ようとしているのだから、いっそう情が高まるというものであろう。情に厚いお月様、この殺風景の標本みたいなサッカー選手に情熱をお与えになって!

「あの月を眺めていると、なぜかしらわたしは、少し古風なのですけれど李太白《イテベク》(唐の詩人李白)を連想しますわ。わけもなく」

「李太白だって? あの泰《タイ》國人のことかい?」

「泰國人《タイ》ですって？」

と白嬢はとっさに訊き返さないわけにはいかなかったが、次の瞬間、嗚呼、味気ないわね、サッカー選手さん、そう心の中で叫びながらも、

「ええ、そうよ。泰國人のことだわ」

と答えると、サッカー選手はぽかんと丸い月を眺めて、

「どうしてなんだろうか？　僕なんかはあの月を見るたびに一度思いっきり蹴飛ばしてみたくなるんだよね」

ところが、以前の白嬢なら、すかさずサッカー選手らしいと褒め言葉で応じたろうが、そのときはそんな感情になれなかったばかりか、李太白がズボンを引っ張り上げ、袖まくりをし、楽しそうにサッカーの練習をしているユーモラスでアイロニカルな光景を眼前に浮かべ、白嬢は突然ぶるっと全身を震わせた。

ロマンチシズムは恋愛において切り離し得ない一つの特徴なのだから、幻滅の悲哀を感じるとはこんな場合のことを指すものか。白嬢の胸のうちは、さながら晩秋の荒野であった。

しかし、状況はいっそう悪化していった。白嬢がありったけの力を尽くして、ぶち壊されたロマンチシズムを、その二度とないラブシーンによみがえらそうと、あれこれ甘い言葉を口に出した結果、さすがにサッカー選手も陶酔してきて、

「いや、確かに、僕だってあの月を眺めていたら、泰國人のことが想いうかぶよ」

とつぶやいたそのとき、奇貨居《きかお》くべし、そう考えた白嬢は肩をサッカー選手にすり寄せて、

「恋愛って何よりも神聖なものだと思うの。恋愛は真善美の具体化。これ以上に神聖なものってあるかしら？　わたしはあなたのことを……」

そのときだった。サッカー選手は自身の下腹部で、はしなくも生理現象が生じてきたことに気づき、まごつきながらもどうにかして抑えようとしたものの、努力はついに水泡に帰し、場所が砂の上だけに力のない一発の放射音が放たれ、神聖なラブシーンは最も芳《かぐわ》しからざるアクシデントによって永遠に汚されてしまったのだった。そしてそれ以来、白嬢は恋愛神聖主義を永遠に呪っているらしい。

以上が、サンドイッチマン黄達秀《ファンダルス》君の伝えるところだ。真か嘘かはわからないが。

第二課

ところで、陽気な詩人白章珠《ペクチャンジュ》嬢の顔から最近、ぷっつり笑みが消え、窓外の街路樹をぼんやり眺めながら、三十秒ごとに深い溜め息をつくようになり、人々は「心臓《ハート》が虫に食いつかれたんだろ」とからかうのであった。その虫の名前を称して失恋虫だと。

白嬢が失恋したって？　そんなことがあるのだろうか。失恋は恋愛を前提とするものだが、この独身主義者のオールドミスがおちいった恋愛の相手とは一体だれなのか？

ニュースは羽が生えたかのように一人から二人、二人から三人へと……。こうしてジャーナリズムは白嬢のゴシップを誇張して広めることを止めなかった。

サンドイッチマン黄達秀《ファンダルス》はそもそもどんな理由で人一倍過敏になって白嬢に関心を寄せるのかといえば、彼が彼女の心を射止めようとする者のうちの一人であることも排除できないけれども、根がゴシップ好きであるのに加えて彼の家が白嬢の下宿と屋根を並べていることも計算に入れなくてはならないものと筆者は思う。

ある日の夕刻だった。

「章珠《チャンジュ》さんの片思いの相手は一体だれなんです？　章珠さんの幸せのためなら、その相手を説得するのに努力は惜しみませんよ……」

黄達秀は白嬢の下宿の縁側に腰かけ、微笑を浮かべながら訊ねたものの、なぜか白嬢は返事をしない。

「だれなんだ！　青春を眺めて溜め息をついている者は？」

黄達秀が白嬢の口調を真似て、そう大声で言ったときだった。

門の外から、

「白章珠さん、郵便ですよ！」

と郵便配達人が入ってくると、手紙を一通縁側にぽんと置いて出ていく。

「尹世勲《ユンセフン》……？」

達秀は封筒にちらっと目を走らせ、そうつぶやいた。

「あ、章珠さん、尹世勲博士とはいつから知り合ってるの？　へえ！」

と感嘆のあまり目を丸くしていると、

「えっ、尹世勲……？　あの人からの手紙ですって？」

女史はすっくと立ち上がった。

尹世勲博士に関する黄達秀の知識をざっとまとめておこう。博士は今年三十歳、百万長者の一人息子として生まれた彼は子どものころから遠く独逸《ドイツ》に留学し、栄誉ある音楽博士の学位を引っさげて故郷に錦を飾ったのは一昨年の春、サファイアのような青い目をした独逸人女性を連れてきた彼は、三清洞《サムチョンドン》に宏大な洋館を建て、毎日のごとく甘美な愛の生活を享楽していたところ、不幸にもその年の秋、アンゲリカ（独逸人女性）は肺病を患い、異国の地で世を去ってしまった。尹博士は来る日も来る日も「アンゲリカ！　アンゲリカ！」と叫び、愛する妻の霊魂を捜し求めてあちらこちらへとさまよいつづけているのだという。

アンゲリカが亡くなったのち、尹博士のもとへ京城内の淑女から引きも切らず、プロポーズがあったが、聴く耳を持たない尹博士は次のような最後の一言で、彼らをきっぱりと退けてしまったという。

「あなたはアンゲリカですか？」

そんな純情の持ち主である尹博士からオールドミス白章珠嬢に来た手紙とは、一体どんな内容なんだろう？

「その人と以前からつき合いがあったの？」

好奇心が黄達秀を駆り立てる。

「ないわ。まだ一度も……」

「それにしても、ひどい字じゃないか！　普通学校（初等教育機関）四、五年生でもこれよりよっぽどうまく書くぜ！」

「子どものころから独逸で育ったんでしょ。だからよ」

白嬢は何も隠すことなんかない、とでもいうように黄達秀の見ている前で手紙の封を切った。

白章珠さん
たったひと目見て恋をせずにはいられない奇縁がわたしとあなたとの間にひそんでいようとは、夢にも想像できたでしょうか。これを称して人は前世の因縁と呼んできました。
白章珠さん
まだ一度もお会いしたことのないあなたに突然このような手紙を書き、どうか赦してください。
一昨日の朝（日曜日の朝のことです）、バルコニーから望遠鏡で三清洞の公園一帯を見おろしていますと、嗚呼、うちの家の壁の下を天使のように軽やかに歩むあなたの姿態。さして高くもなく、かといって低くもない背丈、丸くて平たい顔、分厚い唇、尖っていながらも形のよい鼻、個性豊かな横顔《プロフィール》、僕は何よりもプロフィールに惹かれます。磨き抜かれた大理石さながらの肌、すんなりとした手の先に覗けるハンカチ……。それはまぎれもなく僕がアンゲリカだけに見出していた、いやそれ以上の理想的なタイプだったのです。しゃなりしゃなりとやって来て、しゃなりしゃなりと去っていく、その何分何秒かの貴重な時間よ！　神様がいるのなら、神様、富も名誉も命さえも惜しくはないのです、ただ一度あの天使を……。

　白衣の天使よ！

　僕の望遠鏡はついに天に向けることを忘れたまま、地上の天使が住んでいる、世にいう地上の楽園を見つけたのです。（筆者注―白嬢の下宿は三清洞に近接する嘉會《カフェ》洞《ドン》の一角）

　そして僕の、高尚さとはほど遠い行為を叱らないでください。燃え上がる胸を抑える術を知らず、天使が住んでいらっしゃる地上の楽園へと駆けていきました。所番地とお名前を知り……。

　天使よ！

　僕は今、中世の騎士のごとき熱情と誠意と勇気をもってあなたに求婚します。どうかこの失礼をおゆるしくださり、返事をくださいませ！

尹世勲《ユンセフン》　拝

　読み終わると、白章珠《ペクチャンジュ》よりも驚いたのはサンドイッチマン黄達秀《ファンダルス》の方だった。

「こりゃ一体、夢か真《まこと》か？　あの依怙地な尹世勲博士がオールドミスにべた惚れだって！　ほう、すんなりとした手の先に覗けるハンカチ？　うわ、うわ、うわぉ！」

　白嬢も相手が尹世勲博士だけにそれなりに興味を引いた様子だったが、やはり煩わしそうに手紙をたたんでテーブルの上にぽんと放り投げて言う。

「ろくでもないわ、からかっているのね！」

「ろくでもないって、なら尹世勲博士じゃ物足りないの？　人柄は申し分ないし、名誉はあるし、そのうえ百万長者の一人息子だぜ……、一体何が足りないって？」

「フン！　尹世勲は尹世勲じゃないの、大体あたしとどういう関係があるの！　世界的音楽家、人気、お金、美男子……。それがどうしたっていうの！」

　白嬢は自分のことを過大に褒め上げているのがかえっ

て不快だといわんばかりに、それに何かしら大きな力に反抗しようとでもいうように、きっと黄達秀を睨み、

「そんなつまらない恋文をもらって胸がときめくような、そんな年頃はとっくに過ぎてるわ。恋愛の条件って名誉、富、美男、それだけなの？」

白嬢はそんなふうに、きっぱりと撥ねつけると苦々しげに口を結んだまま、憂いに満ちた顔でぼんやりと外を眺めるばかりだったのだが、突然ついと立ち上がり、

「オーケイ！　返事を出さなくっては！」

と部屋に飛び込んでいく。机の引き出しから便箋を取り出し、机の上に広げてしばし目を閉じて心を落ち着かせたあと、音楽博士尹世勲に返事を書きはじめた。

第三課

不良紳士　尹世勲さん
わたしは以前からあなたの名声と優れた演奏に陶酔してきたファンの一人です。どれほどあなたを仰ぎ見て、尊敬の念を禁じ得なかったことか。あなたはバイオリニストとして全世界の恋人であると同時にわたしの恋人でした。

そればかりか、遠く異国から連れてきた夫人アンゲリカのために一生を独身で通されるという純情な、あまりにも純情なあなたの性格をあたかも自分のことのようにどれほど喜び、感激したでしょう！　あなたは確かに愛の勇士でしたわ。

だのに、不良紳士　尹世勲さん
あなたはとうとう、わたしの心の中で美しく燃えていた幻影の炎をかき消してしまいました。あなたが送ってきた、この一通のラブレターのために！

尹世勲さん！

今はもう朝鮮じゃ、あなたが送ってきた、こんな幼稚きわまりないバターの臭いが鼻を衝く恋の手紙は流行ってなんかいませんよ。そりゃ、伯林《ベルリン》じゃどうなんだか知りませんけど……。尹博士！　あなたの字を読んでいますと頭痛を禁じ得ないわたしの姿を目を閉じて想像してみてください。そしてもう少し、恋文の書き方を練習なさってくださいね。文字もつたないですし。ある人はあなたの書いた手紙を見て、普通学校三、四年程度だと言ってましたけど、違っていますかしら？

世界的な芸術家である尹博士！　あなたが心をこめて

書いたこの恋文に四十点という落第点をつけることにしましたけど、がっかりなさらず、二、三年、熱心に手紙文の書き方を習ったあとに改めて恋文をお書きになってください。それだけじゃありません、あとになって幻滅の悲哀を感じなくてすむように、もう少しリアリスティックに観察する習慣を身に着けてくださいね。

鼻ぺちゃの横顔《プロフィール》のどこがよくて、東洋人の肌がどうして大理石なんかに喩えられるのでしょう。すんなりとした手の先に覗けるハンカチ、だなんて？　褒められさえすりゃ喜ぶのは昔の若い人たちのことよ！

不良紳士　尹世勲《ユンセフン》さん

あなたが夜も眠らずお書きになったらしい、この貴重な恋文を同封しておきますので、きっちり赤青褓《ポジャギ》（赤と青の二色で作られた風呂敷）に包んで子子孫孫お伝えください。

白章珠《ペクチャンジュ》

「見て、これでどうかしら？」

白嬢は「ははは、ははは」とひとしきり笑った。

「それで、これを送るのかい？」

白嬢の大胆さに黄達秀《ファンダルス》も度肝を抜かれた様子だった。

「送ったらどうだっていうの？」

「いや、こんなにすごい話をきっぱり撥ね返す力と勇気を与えてくれる章珠さんの恋人《リーベ》って、一体どれほどすばらしい人なんだ？」

白嬢はにっこり微笑んで見せたあと、

「大体西洋で育った人ぐらい野暮な人たちはいないわ。うふふ！　この手紙を読んだ尹博士さんの顔が見てみたい。うふふ、はは、はは、はは！」

そんなことがあってから、三日経ったある日。

十二時の合図が「ウォン」と響くなり、白嬢は校正の筆を置き、黄達秀についてくるようにウィンクを送ったあと外に出た。

白嬢と向かい合って同じ机で仕事をしてほぼ三年、黄達秀がその間彼女のハートを狙っていたとはいえ、ただの一度もウィンクなどされたことがなかったので、なんだか胸がときめいた。

勢い込んで外に出たところ、白嬢は通りの向かいに面した喫茶店オレンジの前でつと立ち止まると、

「こっちへ来て！」

と声を掛けてその喫茶店に入っていく。

大理石のテーブルをはさんで向かい合って坐った白嬢は、口をつぐんだまま一通の手紙をテーブルの上に置い

た。封筒に切手が二枚も貼ってあることからみてかなり長い手紙文が入っているのだろう。つまり、ウィンクの目的は別にあったわけなのか！

「尹世勲、ははァ、あの男からまた来たんだな」

「中身を読んでみてよ。嗚呼、鉄面皮、鉄面皮！」

白嬢はいかにも腹立たしそうだ。

「えっ、鉄面皮だなんて……？　それにしてもいやに長そうだね」

「こっちから送った手紙を二通ともそっくり送り返してきたんだから」

「そっくり送り返してきた……？　うむ！　でも、これは尹世勲の筆跡じゃないぜ。なかなかの達筆じゃないか？」

「とにかく読んでみてよ」

封筒から中身を取り出すと、先日、尹博士から送られてきたものと思われた求婚の手紙とそれに対する白嬢の返事のほかに、次のような手紙が入っていた。


書信にて初めて目にしました。

あなたのお名前は白章珠さんというのですね。

では、白章珠さん！


まず、わたしのことを不良紳士とお呼びになったあなたに、少なからぬ不快と怒りを覚えないわけには参りませんので、これに対して何よりもまずあなたはわたしに謝罪する義務があると思っています。

他人を侮辱して楽しむあなたは大体何者なんです、これほどまでに自身を高く評価しようとされるあなたはどんな性格の持ち主で、どんな身分の方なのか、鈍い神経の小生には、そして交際範囲がさして広くもない小生にはとうてい想像もつかない点が多々あります。

あなたの品のない手紙を受け取ったあと、小生はこれらの疑問を解こうと、友人の一人にあなたの名前の三字を見せて訊ねてみたところ、嗚呼、なんという驚きでしょう！　これでもあなたは朝鮮では数少ない詩人なんですね。なんとも申し訳ないことの一つは、あなたが小生の芸術を賞賛したことがおありになるのに、小生は今あなたの芸術を賞賛する術がないことなんですよ。その訳は互いに訊かず、答えない方が洒脱《しゃだつ》だと愚考していますけれど、やっぱり話してほしいと請われるのなら、小生はまだあなたの優れた芸術に接したことがないのです、と答えるしかありません。ええ、とても申し訳ないと思っておりますよ。

えっと、白章珠《ペクチャンジュ》さんとおっしゃいましたよね？　わかっていますとも。

でも白章珠さん！

愚考しますに、詩人なら詩人らしい文章があるでしょうし、女性なら女性らしい口調がなくてはならないのではないでしょうか？　にもかかわらず、不良紳士だの、四十点だの、二、三年、書き方を習えだの、思うに詩人にしてはいささか品のない表現じゃないでしょうか？　ええ、わかっていますとも。聞くところによりますと、あなたは「陽気な詩人」と呼ばれているんですって？　「陽気」は「無知」と一脈を通じていることもよくわかっていますとも。

実は、あなたの忠告どおり赤青袱《ポジャギ》に包んで子子孫孫伝えていく必要までは感じなかったものの、すべてを無視してちり紙代わりに使おうかとも思いましたが、何せ便箋は分厚い紙なので、まかり間違えば体に傷がつくかもしれないと思い直し、そのままうっちゃっておいたところ、ふと人を教える方法は一つじゃないという考えが浮かんだのです。言葉の通じるやつは言葉で諭してやらなきゃならないし、叩かれて言うことを聞くやつは叩かなければならない、と。もっとも、小生は小説や詩なんかの文章を書いて生計を立てているわけではありませんので手本を示すわけにはまいりませんが、この煩わしい手紙をあなたにお返ししますので、一流詩人白章珠さん！　文章の美醜は問わず、内容だけでもとくとご確認いただけたら幸いです。

小生がまだその存在を知らない一流詩人白章珠さん！　今、小生が書いているこの手紙の書体と前に小生が出したものとあなたが信じる、その稚拙な筆跡とを、もしあなたが眠いのなら目蓋に氷の塊でも当てて、じっくり対照してみてください。それでもなお、そのラブレターの差出人を小生だと断言する勇気があなたにあるのか、ないのか？

小生がようやくその存在を知るところとなった一流詩人白章珠さん！　思うに、そのラブレターの差出人はいたって純真な青年のようですね。傲慢きわまりないあなたとは不釣合いではないかとの危惧は、ただ小生の偏った見方なのでしょうか？　平たい横顔《プロフィール》を激賞したのもその青年でなければできない賛辞。その点に関しては、一度鏡と議論しては如何ですかな？　白女史！　このぐらいでやめておきます。いずれにせよ、以後こんな手紙は一切お断りしますから、そのつもりで。

第四課　尹世勲《ユンセフン》

手紙を読み終えた黄達秀《ファンダルス》はひひっと笑うと、

「こりゃ一体どういうことなんだい？」

と白嬢の顔を見つめた。

「どういうことって、何がどういうことなの！」

とぶっきらぼうに白嬢が言う。

「何がどういうことって？　この二通の手紙を較べてみりゃ、筆跡にしろ教養にしろまるで違うじゃないか？」

「じゃ、達秀さんはこのラブレターの差出人はだれだと思います？」

「さあ、それなのさ。それが今、問題になっているわけだよね。うーむ、なんとも奇妙なことがあるもんだ！　はっきり、三清洞××番地尹世勲、と書かれているじゃないか？　ところで、この前の日曜日の朝、三清公園へ散歩に行ったのかい？」

「ええ、確かに行ったわよ」

「そのとき、尹世勲氏宅のバルコニーに、だれかが立っているのを見なかったのか？」

「見てないわ。というよりも、まだわたし、尹博士のお宅がどこにあるのか知らないの」

「ほんとかい。三清洞の森の脇に大きな洋館があるだろ。あれが尹博士の邸なんだけど……」

「知らないって言ってるでしょ！」

白嬢はかっと怒りだすのであった。

「まあ、そう怒らないで……。ふむ、それにしてもおかしなことだよな。だれがこんなつまらない悪戯をしたんだろう？」

「悪戯って、どこが悪戯なの！」

「じゃ、だれがこんな手紙を……？」

そのとき白嬢はハンドバッグの中から、また手紙を一通取り出して、

「これが昨夜《ゆうべ》わたしの書いた返事なの。ちょっと読んでみて」

黄達秀が訝しげな目で白嬢が差し出した手紙の表書きを見ると、「尹世勲殿」と書かれている。

「ならやっぱり尹世勲の悪戯なのか？」

「とにかく読んでみてよ」

厚かましさにも程があります、鉄面皮尹世勲《ユンセフン》さん。今朝、あなたからの書信を見ました。そのジェントルマン式アイロニーはすこぶる文学的価値に満ちていると愚考しますから、今後はバイオリンを捨てて、筆をお執りなさい。バーナード・ショー級の傑作が書けるかもしれませんわね。卑怯きわまりなく、面《つら》の皮も人一倍分厚い尹世勲さん！　実際、わたしだってあなたの手紙を受け取って驚かない訳にはいかなかったとはいえ、それもつかの間のこと、今からその理由を言いますけども。おっしゃるとおり、初めに届いた手紙と今日受け取った手紙を比較対照すると、確かに筆跡は違って見えますわ。

それなら尹博士！　一番最初に送られてきたラブレターの差出人は果たしてだれなのでしょう？　封筒にも紛《まご》う方なきあなたの所番地と氏名！　そんなことは先刻御承知のあなたはすまし顔で、「そんなことをどうして僕に訊くんだね……？　どこかの莫迦なやつがふざけて書いた手紙だろうに……」とかえってわたしをなじってやろうという、あなたの卑怯な胸のうちが、望遠鏡で覗いてでもいるみたいにちらついて見えるようですわね。嗚呼、男らしく振舞えない者よ。自分の仕出かしたことに対してもう少し男らしく紳士らしい責任と信念をお持ちなさい。撃って当たらなければ、三十六計逃げるに如かず、そんな考えが非常時局に対処すべきわれら善良な市民の覚悟なのですか？　そんな了見でいたんじゃ、恋愛なんてできません。恋愛とは女性と男性の間で絡み合う永遠の争い、言うなればフェンシングにおける気合のようなものだから、逃げるに如かずといった気構えで、どうして勝利を予想できるでしょう。

尹《ユン》博士、いや走《チュ》（走って逃げるの意）博士よ！　最初に来た手紙はあなたが左手で書いたもの、今度来た手紙はあなたが右手で書いたもの！

どうなのですか？

でも、尹博士！　今からでも遅くはありません。何もかも正直に告白してはどうですか……？　悔いる者を非難するな、というわけですから。だのにあなたは逆にわたしを侮辱しました。「陽気」は「無知」と一脈を通じている、だなんて……。

嗚呼！　イエスキリストから永久に憎まれる尹世勲博士！

一刻も早く、良心の鏡を磨かれんことを！

白章珠《ペクチャンジュ》

「ほほぉ、これこそユーモア小説以上だな。うん、一つは左手で書き、もう一つは右手で書いた！　そしてそれが、三十六計逃げるに如かずを意味する、だなんて……」

「もちろん！　……不成功時の逃避工作でしょ」

「うむ、さもありなん」

そんなことがあってから二日後、退勤時のことだった。社屋を出ながら黄達秀《ファンダルス》が、

「あれから何か展開があったのかい？」

と白嬢に訊いたところ、

「黙ってついてきて」

と言うので、彼は黙って白嬢のあとについていった。彼女はハイヒールの音も高らかに落ち葉に覆われた舗道をしばらく歩いていき、「オレンジ」のガラス戸を肩で押して入っていく。

「アイスクリーム二つ」

と注文した白嬢は、

「一体、こんなことってどうしたらいいの？　ねえ、達秀さんの考えを聞かせてちょうだい。ほんと……」

「事件はまだ進展中みたいだね」

「事件なのかどうか……。それにしてもおかしなことがあるものね。どこまでも自分が書いた手紙じゃないって突っぱねるのよ」

「それじゃまた手紙が来たというわけだな」

「そうなのよ、これ見てよ。こんなことってどうしたら？　一度会って恥をかかせてやろうか……」

女史は不愉快でたまらないといった顔を露骨に見せながら、尹世勲から来た手紙を差し出す。

白章珠さん
わたしは今怒るべきなのか、笑うべきなのか、判断できかねています。
実際わたしは、あんな面白半分みたいな恋文を書いたことなど夢にでもありません。一体あなたは何を誤解し、何を証拠にわたしが左手で書いた文字だと断言なさるのでしょう？
白章珠さん。少なくともわたしは、撃って当たらなければ、三十六計逃げるに如かずといった、そんな卑怯な恋愛をしたことなどありません。撃って当たらなければ一生を懸けて、いや二生、三生を懸けてでも当たるように撃ってみせるというわたしの恋愛哲学を知っているな

ら、あなたもあんな根拠のない偏見《ドグマ》によって、あえていたずらに他人をからかう勇気を持ち合わせはしないものと信じていますし、少なくともこの世の苦楽を充分に味わったであろう老嬢《オールドミス》にあのような軽薄な態度を取らせたことは実に遺憾千万なことだと思うのです。

白章珠《ペクチャンジュ》さん！

今度はわたしから一つ提案があります。といっても、ほかでもありません。万一、それがわたしの左手による筆跡じゃないことが証明されたなら、大体あなたはどんな覚悟をされているのでしょう……？　こんなふうに手紙でやり取りするばかりでは、事がいっそうこじれるばかりですので、どこか静かな所で会って白黒をつけてはどうですか。わたしはあなたの目の前でそれがわたしの左手による筆跡ではないことを実証してみようと思います。

尹世勲《ユンセフン》

「それで会うつもりなの？」

「それなのよ。それを今達秀さんに相談してるんじゃないの？」

「うむ……、会ってもよし、会わなくてもよし……。どっちをとってもよしだな」

「どうしてそんなことを言うの？　会って恥をかかせてやるのも痛快じゃない？」

「そうかな！　どちらが痛快になり、どちらが恥をかくか、やってみてこそだろ」

「どうしてそんなこというの？」

「そうじゃないかい？」

「あの人が左手で書いたことははっきりしてるのに」

「そんなことがどうしてわかる」

「女の直感よ！」

「なら会ってみなさいよ。真っ赤な恥をかく覚悟をしたうえで」

でも白嬢は便箋を取り出し、次のような簡単な手紙を書いた。

尹世勲さん

あなたはどこまでも自らの責任を回避し、隠しおおすつもりのようですね。ええ、かまいませんわ。お会いしましょう。会ってそれが、あなたの左手で書かれた文字であることをわたしの目の前で証明してみせますから。そして、わたしの探偵眼に狂いのないとき、決して黙ってなんかいませんよ。
では明日の午後五時三十分、鍾路《チョンノ》の「オレンジ」まで来てください。

白章珠

第五課

事件はほぼクライマックスに達したものとみえる。ラブレターは一体だれが送ったのか？　それは読者諸君とともに筆者自身もとんと推測する術がない。ただ事件がどう発展していくかを注目するばかりだ。

翌日の午後五時三十分。

黄《ファン》達秀《ダルス》は白嬢よりも一足先に喫茶「オレンジ」の隅に席を取り、尹博士と白嬢の奇妙な話し合いを見物するつもりで、ぼんやりガラス戸の向こうの舗道を眺めていると、気品のある紳士が一人ステッキでドアを押し開けて入ってきた。

「尹世勲！」

黄達秀は、その紳士が音楽家尹世勲であることをよく知っている。

彼は店内をぐるりと見廻すと、向こうのテーブルに坐り、アイスクリームを注文したあと、腕時計にちらっと目を走らせた。

五分が過ぎていた。尹世勲はアイスクリームをもう一つ注文する。そのときだった。

ドアを開けて入ってきた白章珠はそのままつかつかと歩を運び、隅の席に陣取る黄達秀を見つけてにっこり目で合図を送ったあと、さらにつかつかと進みながら、

「尹世勲さんってどなたですの？」

と、すまし顔で店内の客を見廻した。客の目がいっせいに白嬢に注がれる。

「はい、わたしが尹世勲です」

と椅子から身を起こす彼を目に留めた白嬢は、はたと足を止め、鋭い一瞥《いちべつ》をくれたかとみるや、次の瞬間、淑女らしい礼儀を忘れてはいけないとでもいうように、自らが持てる最も愛嬌のある仕種《ジェスチャー》で微笑みながら靴音も高らかにつかつかと尹世勲の前まで歩いていくのであった。

黄達秀の席と彼らの席はさほど離れてはいなかったので、彼らの交わす会話の内容を聞き取ることができた。

尹世勲が席を勧める。白嬢はためらいなく腰をおろす。

そして初対面の挨拶をする。

「はじめまして。このわたしがラブレターの嫌疑者尹《ユン》世勲《セフン》……」

外国で育った彼の仕種《ジェスチャー》には、多分にユーモアと余裕があった。にこにこ笑っているのである。

尹世勲の余裕のある物腰が白嬢の頭を押さえつけるのか、ぽっと顔を赤らめる白嬢は相手から受ける圧迫感をなかなか払いのけられないような素振りだった。

「ほほほ……」

さも恥ずかしそうに笑ってみせることでカムフラージュするつもりじゃないのか?

「ほほ、わたしが当の陽気な詩人白章珠《ペクチャンジュ》。尹先生がおっしゃるようにいささか下品でございますわ。ご覧のとおり……」

もはや勝負ありだ！　たとえ冗談にしても、白嬢は自分のことを下品だとみなしたじゃないか……？　見ろ！　万物を睥睨《へいげい》する尹世勲の磐石の構えを！　嗚呼、か弱き者よ、おまえたちを名づくるに女と呼んだのは、どうしてシェイクスピアの専売特許なもんか！　黄達秀《ファンダルス》は心の中でそう叫んだ。

しかし、尹世勲はどうしたわけか、なかなか口を開こうとはしない。黙々と坐ったまま、白嬢の顔を穴のあくほど見つめるのだった。白章珠はやけに照れているらしい。唇がわずかに震えているじゃないか。

十秒、二十秒、三十秒！

こうなりゃ、もう意地と意地の張り合いだ。白嬢も負けないぐらい、尹世勲の顔を正面から見つめる。

四十秒、五十秒、六十秒！

そのとき、尹世勲はポケットから万年筆と紙を一枚取り出しテーブルに置くと、白嬢もハンドバッグを開き、問題のラブレターをテーブルの上に広げた。

尹世勲は万年筆を左手に持ち、はなはだぎこちない手つきで手紙文を二行書き写したあと、にこにこしながら、それを白章珠によく見えるように差し出す。

「どうですか？」

瞬間、白嬢の顔が火照った。筆跡はまるで違っていたからだ。

「どうですか？　白さん！」

もう一度訊いたとき、白嬢は、

「何もかもわたしの負けですわ」

と、さばさばと笑顔を見せながら立ち上がる。

「もう帰られますか？　もう少し話しましょう」

「これ以上、腰を落ち着ける必要なんてありませんわ。わたしのつまらない独り合点を赦してください」

尹世勲は白嬢のやるせないような後姿を呆然と眺めるしかなかった。

第六課

こんなことがあってからおよそ一週間後――白嬢は突然、辞職願を出したのだが、尹世勲博士と結婚するというのがその理由だった。

「えっ、こりゃ一体どういうことなんだ?」

辞職願を出し、「女王社」と永遠におさらばする白嬢のあとを、黄達秀はあわてて追いかけながら訊いた。白嬢はしばらくの間、「ははは、ははは、ははは……」を連発する。

「あたしの恋愛非常戦術よ。これを読んでみなさいよ」

と尹世勲から来た手紙を見せたあと、ぽかんと立ち尽くす黄達秀をちらりと見やりながら、

「黄さん、本当にごめんなさい」

の一言を薄ら寒い舗道《ペイブメント》に残して、暮れなずむ黄昏の街角をダンシングステップで軽快に歩いてゆく。

白章珠さん!

昨日の夕刻、「オレンジ」で小生はあなたの目の前で、小生の左手の筆跡をお見せしました。そして、件《くだん》のラブレターとはいかなる共通点もないことをあなたも確かに承認されましたね。そして、自分が仕出かしたことに対して、責任と信念をお持ちのあなたでもあります。

それなら白章珠さん

小生は今あなたに損害賠償を請求します。十日余りも小生はあなたからの煩わしい書簡によって甚大な精神的苦痛を受けました。小生は直接あなたの手で、このかき乱れた精神を癒してもらうことを望んでいるのです。そうするには、万事過ぎたことは問わずに小生はあなたと結婚するほかないわけで、これ以外の賠償の方法を小生は絶対に赦しません。

白章珠さん

昨日、「オレンジ」でたった一度見たあなたをこれほど想わずにはいられない奇縁がわれらの間にからまっていようなどとは、夢にも想像できたでしょうか。このことを称して、人々は前世の因縁と呼んできました。

さして高くもなく、かといって低くもない背丈、丸くて平たい顔、分厚い唇、尖っていながらも形のよい鼻(ところであなたはどうしてぺちゃんこの鼻だなどと卑下されるのでしょう?)、個性豊かな横顔《プロフィール》——僕は何よりも横顔《プロフィール》に惹かれます。磨き抜かれた大理石さながらの肌、すんなりとした手の先に覗けるハンカチが見えないわけがありましょうか。

嗚呼、それはまぎれもなく小生がつとに亡くなった妻アンゲリカにのみ見出していた、そしてそれ以上の理想的なタイプだったのです。しゃなりしゃなりとやって来て、しゃなりしゃなりと去っていく、その何十分かの貴重な瞬間よ!　富も名誉も命さえも惜しくはなくて……。

白章珠《ペクチャンジュ》さん

今度会ったら、僕も一度あなたを試してみようと思うことがあるのですよ、それは小生が見ている前で、問題のラブレターと同じ文面をあなたの左手で書いてもらわなくてはならない、ということです。

ご承知いただけましょうか?

尹世勲《ユンセフン》

「敗北者自身が犯人……!」

とたんに黄達秀《ファンダルス》の口がぽかんと開く。

「小賢しい女《やつ》!　自分が左手で書いた手紙を自分宛に出しておき……」

黄達秀はそのときようやく、三十秒に一度ずつ机の上を飛んできた白章珠嬢の溜め息が何を意味していたのかに思い至り、白嬢の恋愛非常戦術に舌を巻かないわけにはいかなかった。

〔祖田律男 訳〕

評論・随筆篇

作者の言葉

「白粉《おしろい》の香りいとほし夏の宵、人ごみの中にそを嗅ぎにゆく」「誰も彼も殺して見たき此心、噫々！　此心窓越の梅雨」「踏切に命投げんと戯れて、死の誘《いざな》ひにツと歩去り」――ツと歩去った時、人間固有の探（耽？）異慾――耽美と共にあらゆる煩悩から人間を解放する所の――が全身を支配した。筆を執った。「楕円形の鏡」が探偵小説の要素をどれだけ備えているかを作者は知らない。読者の善良な御批評を乞う。

書けるか！

「一年の計が元旦にある」とは思わないから、別に感想も気焔もないのだが――（一）脅し文句を用いずに刺戟的な探偵小説が書きたい。出来るかしら？（二）探偵小説で人間が書きたい。出来るかしら？（三）最初の一字を見たら飛びつくようなものが書きたい。出来るかしら？（四）探偵小説を二度繰返して読んだ覚えがない。だがある。江戸川乱歩氏の初期の諸作である。私にそのような作品が書けるかしら？　書けたら書きたいと思う。書けなかったら？

探偵小説の本質的要件

私は探偵小説の要件を形式的要件と実質的要件に分けて考えてみた。

（一）形式的要件（相対的要件）

探偵小説には一つの契約があって、謎の提出、論理的推理、謎の解決という如き順序を辿らねばならぬ。しかしてかかる順序を追って書かれたる小説をこそ探偵小説と称したいと言うのであって、所謂本格派の主張するところのものがそれに該当する。

本格派の見るところに依ると、探偵小説には探偵的要素と小説的要素とがあって二者混然融合したるものこそ立派な探偵小説である。そして少くとも探偵的要素に欠けているものは絶対に探偵小説とは呼べぬと。

しからば探偵的要素を持ち小説的要素を有するものは探偵小説なりや。甲は机上の万年筆を紛失した。該時該所に出入した者は女中以外に絶対に居ないという結論の下に女中を質してみると、故郷に居る弟が是非万年筆を欲しがっているので、つい失敬したことが判明し、謎は推理を経て解決したのである。

今試みに右のような探偵的要素に小説的要素を加えて一篇の小説を創り上げたと仮定せよ。かくして生れた小説は探偵小説なりや。犯行の動機を強調すれば純文芸的作品になりそうではないか。そこで本格派は、

「それが探偵小説にならないのは、犯罪そのものが些細なものであり、推理の方法が単純であり、犯人が易々として犯行を自白したからいけない」と言いたいであろう。一体、その言いたい理由はどこにあるか。既に探偵的要素と小説的要素を取入れてある以上、それは既に探偵小説でなければならぬではないか。しかも、より以上刺戟的な犯罪、図抜けた推理意外なる解決を欲する彼等の心理は何に原因するか。非凡への憬れであり、奇異を土台とする衝動への渇望に外ならない。

（二）本質的要件（絶対的要件）

しからば探偵小説の実質的要件は何か。その不可欠的要件こそ、実に奇異に原因する衝動なりと言わねばならない。

探偵小説は芸術である。しかして凡ての芸術の使命本質は衝動である。ただ、その依って来るところの原因、その依って立つところの土台がそれぞれ相異っているだけのことに過ぎぬのである。我々は大いなる衝動を与えてくれればくれるほど、作品はそれで本来の使命を果したことになる。しかして探偵小説の使命は、平凡への反抗、奇への憧憬、現実から絶えず飛躍せんとする我々の限りなき浪漫性に対する刺戟であり衝動であるのだ。謎の提供にしろ、推理にしろかつまた解決にしろ、それがまかり真違っても平凡であってはならないとの理由は実にここに存するのである。

（三）本格か変格か

かくして探偵小説の本質は平凡への反抗性を満足させる衝動以外の何者でない以上、この本質的要件を等閑に附して、単に形式的要件に過ぎざる所の条件とか約束——私はその約束の当事者が何人であるかを知らぬ、従っていつ何時既存の約束が破棄されて新なる約束が生れないとも限らぬ——が欠けているからとて、非探偵小説なりと断ずるのは早計である。少くとも探偵小説の形式的要件は、探偵小説の本質的要件以後のものでなければならぬ。振返ってみよう。探偵小説においてかかる形式的要件は何故に生れねばならなかったか。言うまでもなく探偵小説の本質的要素を強調するに有利なる方法であるからに外ならない。重大なる謎の提出に依って疑惑の度を強め、非凡なる推理方法により感動せしめ意外なる犯人または犯行あるいは犯罪動機に対する驚嘆を強い得るのに都合のよい行き方であるからである。

しかし、我々は考えねばならないようになってきた。本質的要件を強調するためにのみ役立つものとして存在価値を有する形式的条件は、その徒らなる墨守に依って実質的要素の減殺を結果する所謂本格探偵小説のいかに多きことか。本質を忘れるほどの形式なら全くのところなくもがな的存在である。本格的書方が変格的書方よりも以上の効果を収め得る場合にだけ許容出来る。一は絶対的要素であり他は相対的要素に過ぎないのであるから、従って探偵小説は俳句や短歌の如く厳格な形式の下にのみ成立するものではない。故に、犯人不明に対する疑惑感に代え犯人の性格動機に対する奇異感を出せばよいし、探偵の可及的推理の非凡さに代え犯人の順行的犯罪計画の非凡さを出せば足りるので、要は探偵小説の本質を強調すればよい。探偵なる名詞は探偵人の推理を指すのではなく非凡への探求探異なる言葉に置き代えて解すべきである。

再び云う。探偵小説の本質は「エッ?」という心持であり「ハッ!」という気持であり「ウーン!」と頷ずく心理作用である。しからば、これらの「エッ?」「ハッ!」「ウーン!」の拠って来るものは何か。現実的雰囲気から浪漫的雰囲気への飛躍的刹那である。

鐘路《しょうろ》の吊鐘

東京で言えば、鐘路通りは何に当るだろう? 銀座か新宿か、恐らくそのどっちであっても構わないが、まあ新宿あたりで我慢しなければなるまい。

鐘路は京城《けいじょう》の心臓で、純朝鮮人街である。観光客などやってくると、まず京城駅前の南大門の雄姿を仰いで朝鮮を感じ、その次にはこの鐘路通りの四辻に立って、白魚のようにうねり歩く白い姿に朝鮮を見るらしい。

しかし、もしこの鐘路通りのペーブ・メントから、白衣の姿をなくしたとしたら、果して異国人達は、そこからどれだけ朝鮮というものを感じ得るであろうか、という疑問を起させるほど、そこには朝鮮の伝統を誇り得る所の、古びた古舗《こほ》の影は次第に薄らいで、どこの国の都会ででも発見し得る煉瓦やコンクリートの、所謂近代的ビルディングが林のよう立ち並んでいる。

片や和信百貨店、片や韓青ビル――だが、もし注意深いお客ならば、この四つ角の、韓青ビルと東一銀行との間の狭い三角地に、それこそ古色蒼然たる、時代おくれの楼閣が一つ立っているのを発見するであろう。

楼閣といえば甚しく仰山《ぎょうさん》に聞えるが、平屋の一棟、朱塗り格子に巡ぐらされた鐘撞《かねつ》き堂である。名付けて普信閣という。

どうしてこんな古風な鐘楼が、所もあろうに華美な鐘路四辻にそのまま残されているのか、ちょっと訝しがる人もあろうが、鐘路という名前が実にこの普信閣の吊鐘から由来したと言えば、思い半ばに過ぎるものがあろう。

この鐘楼の立っている三角地の広さは約二百坪ぐらいで、この普信閣の裏庭から続く、所謂鐘路の裏通りは、そうそう、新宿の裏通りから遊廓だけを取り退けたような、ネオン華かなカフェーとバーと立飲屋《たちのみや》の連続である。

このように前後左右がみな絢爛たる中に、独り鐘楼のみがあまりにも暗い顔をして立っている。真昼でもこの鐘撞堂の中は薄暗い、朱塗りの格子戸の間から中を覗くと、外の騒然さに引きかえて、これはまた何と薄気味悪いほどガランとして静まり返っていることよ。明と暗、騒と静の交流点――そういう所から我々はいつも、ほのぼのと立ち上る怪しげな幽気を感ずるものである。

十畳ほどの広さを持った鐘閣の真中には、白っぽい塵《じん》穢《あい》に蔽われた、とてつもなくでっかい鐘が吊されている。

伝え聞くところに依ると、今から五百十年ばかり前、世宗《せいそう》十三年に朝鮮全道から集められた鉄材で鋳造されたもので、高さ一丈五寸、口径七尺三分、厚さ一尺という、巨鐘である。

この巨鐘が鋳造された目的は、晨昏《しんこん》に撞鐘して市民に営みの開始と休止を告げると共に、他方都城警戒の使命を担っていたというのであるが、その撞鐘の規則が非常に厳格で初更には二十八宿の数に応じて、二十八回撞《つ》き、五更には三十三天に応じて、三十三回撞いたというのである。そして前者を人定《インジョン》といい、後者を罷漏と称したというのであるが、今でもこの吊鐘のことを「インギョン」というのは、前者人定から訛った言葉である。

さて、そんなことはどうでも構わないが、この鐘の音が、当時の市民、ひいては近郊の一般民衆の生活の上に、いかに重大な関係を持っていたかということは、精巧な時計を持っている今の我々の生活でさえ、正午のサイレンの音との間に密接な関係があるのを見れば分る。それのみか、何か異変のあった場合など、この巨鐘の音は一種の警鐘として、市の大空に轟き渡るにおいてをやである。

こんな話がある。

ある田舎の爺さんが、七十を越して始めて京城見物をして帰ったのであるが、爺さんはある時、京城在住のある学生に向って、

「あんたは京城に住んでいるそうじゃが、鐘路の普信閣をよく知っているじゃろう?」

と訊ねた。

「はア、それはもう、毎日のように見ております」

「んなら、あの鐘閣の格子が、みなで何本あるのか、あんた、知っとるんかい?」

学生は唖然とした。

「うん、学生のくせに、そんなことも知らんのか?あれは皆で百五十本ある」

それほど民衆の関心の的となっていた普信閣の鐘も、今は次第に人々の頭から忘却されたただ鐘路通りの名づけ親として、守護神として、あの十字路の一隅に蹲《うずくま》って、変り行く世のはかなき姿を淋しく眺めながら、時たま物好きな観光客の眼を惹くだけの存在となってしまったのである。

私はいつもこの鐘楼の前を通る度毎に、足を止めて、丹青の剥げ落ちた軒を眺め、色褪せた朱塗りの格子の間から中を覗くことを唯一の娯《たのし》みとしている。現代文化の中心地にあって、しかもその文化から独り取り残されたこの鐘閣の蒼然たる姿を見るにつけ、私は回顧趣味に耽るというよりも、むしろ、このガランとした薄暗い鐘撞堂の中から、ほのかに立ち上る無気味な香りと、何か妖怪じみた一種異様な幻影を娯しむ術を知っている。

あの、厚さ一尺という巨鐘の鉄片の中に妙齢の美人の、血と肉と骨とが混ざっているという伝説さえあるのだ……

このことについて、私はいつか、野史《やし》の大家中鼎言《しんていげん》先生に尋ねてみたことがある。すると先生は、

「そんな、探偵小説みたいな話はありませんがね、だが、ちょっと面白い挿話が一つありますよ」

と言って、次のようなことを話してくれた。

前にもちょっと触れておいた通り、この鐘は朝と夕方とそして何か非常なる異変が起った時以外には絶対に撞かれることはなかったが、ただ一度、当時の諷刺客、鄭《てい》万瑞《ばんずい》という人が任意にこの鐘を撞かせたことがあるとい

う。

　ある日、上記の鄭万瑞が、ある大官の屋敷に遊びに行った。すると、そこには所謂科挙（現在の高等文官試験といったようなもの）にすべった地方出の連中たちが大勢集まっていたが、何かのはずみに、話がたまたま鐘路のインギョン（鐘）のことに触れ、すると、その大官が、さあ、誰かこの中で、あのインギョンを鳴らせる勇気のある者はいないかと、居並ぶ人々を見渡したが、寂として応答の声がない。大官は情なさそうに微笑したが、その時、鄭万瑞がツト歩み出て、

「それを鳴らせたご褒美は？」

と尋ねた。

「うん！」と、大官はちょっと考え、

「明年の科挙に通らせてやる」

「でも、こんな大勢の中で、自己一人だけが及第するのは、仲間への顔が立ちませぬが」

「では、全部及第させてやる」

　鄭万瑞は勇んで大官の前をさがった。彼はかねてからの知合いである、宮中の武監某に会い、その人から武監服を借服して、宮殿の前から鐘路に向って走りながら、

「インギョンチョラ！（鐘を打ての意）インギョンチョラ！」

と叫んだのである。

　番人は驚いた。あの宮中武監があぁまで騒ぎ立てるのには、キット何か尋常《ただ》ならぬ異変が起ったのに相違ない。

「ゴーン！」

と、鐘は撞かれた。続いてゴーン、ゴーン、ゴーン……

　やがて捕われの身となった鄭万瑞の弁解はこうであった。

「いや、実はわしは鐘を打てと言ったんじゃない。インギョンチョリというのは、実は儂《わし》の伜の名で、こいつが道楽者で、儂の姿さえ見れば逃げ廻って仕方がないんで、あの時も実は伜の後を追っかけていたんだが、いや、とんでもない間違を起こさせて相済まぬ」

　これは勿論、作り話かも知れない。

探偵小説二十年史　第三回

葛藤美と機智美

　父が『三国志』の話を聞かせてくれたのはこのころのことだ。赤い眼を怒らせ、引っさげていた八十二斤の青龍刀をさっと振り上げて、「やい、曹操の野郎、短い首を長く伸ばしてわしの刀を食らえ」と雷鳴のごとき大音声で怒鳴られ、「助けてくだされ　助けてくだされ。命だけは助けてくだされ。将軍のお命は天命にかかっておられますが、わたくしめの命は将軍様にかかっているのでございます」と曹操が言葉巧みに命乞いをするあまり、関雲長は惻隠の情にかられて瞬時眼をそらす間に、馬も通れぬ小路へと脱兎のごとく逃げ出す曹操と関羽の対照は、おさない私の心をなごませてくれる美しい記憶の一場面だった。それがまさしく、人格と人格の対照《コントラスト》を意味していたのである。さらに、曹操の計略と機智には感服する話が多かった。敵軍に追われつつ、「髭の長い曹操を捕まえろ」と叫んでは、やにわに髭を切り落とし、「髭を切り落とした曹操を捕まえろ」と叫んですぐに髭を付ける曹操の機智こそ、近ごろ言うところの探偵小説における変装術を文字通り意味していた。簡潔に言い換えるなら、わたしは『三国志』の物語によって、闘争記の一つとして、小説作法の述語で表せば、葛藤美の一つとして陶酔していたのだ。この葛藤美は近代のあらゆる戯曲と小説における重要な要素となっているのだが、とくに探偵小説においては、それが一層複雑に表れている。

　この葛藤美に含まれて表れる曹操の機智に対する魅力はその後、十歳前後のころ、それは父ではなく別の大人から聞いた「鳳伊《ボンイ》と金別将」の物語から確固とした機智美を見出すにいたった。金鳳の物語はその大半が男女関係のものなので、ここで例を挙げるのは決まりがわるくてやめておくが、たとえば大同江を売り払う話なんかは一遍の探偵小品《コント》だ。

　鳳伊がある日、大同江の川辺で小銭の入った箱をそばに置いて坐っていると、ゆっくりと小舟で荷を運ぶ人たちがその前を通るたびに一銭ずつ箱に小銭を投げ入れていくのだった。みるみるお金が増えていった。このとき一人の田舎者がこの光景を見ていて、いったいどんなわけで運び屋が銭をくれるのかね、と訊いた。その言葉に鳳伊はびっくりしたような顔をつくって見せ、「いや、この大将、よーく見るんだよ。大同江がだれの物だと思って言ってるのさ？　何某に大金を積んで買い取ったのがあたしだってことを知らないの？」と答えると、その田舎者はしばし思いにふけり、心の中で確かめる。金の生る木じゃないか、と。この世に人のいなくなることがあったとて、大同江の水が干上がることもなかろうてと、「なら、この大同江をいくら出しゃ、わしに売ってくれるかね？」「よくいうわ、ほほほ、こんな金の生る木を売れって？」と一度とぼけて見せたあと、「でも、事と次第によっては売ることだってできますわ」、こうして「もっと、お出しなさい」「これ以上は無理だ」と言い合っていたところ、「えーい、もう知らない、売ってあげる」と売ってしまった。その田舎者は鳳伊が坐っていた場所に腰をおろし、運び屋から一銭ずつ受け取った。ところが、翌日、銭を入れる箱を持って再び出かけて行ったところ、銭を入れる運び屋なんて一人もいない。大同江の主人はわしなのに、どうして銭を出さずに川を通るんだと言うと、いかれた野郎だぜ、莫迦なことを言わんでくれよと、だれもがへらへら笑うばかり。あまりのことに確かめてみると、鳳伊が前もって運び屋たちに小銭を持たせてやり、そうするように仕組んでおいたのだ。

初めて読んだ小説

母はその容貌と同じくきれいな声をしていた。心はやさしく、情にほだされやすくて涙もろかった。秋の夜長に、あるいは牡丹雪がしんしんと降る冬の夜なんかに、そのきれいな声で、しばしば古い物語を読んでくれたものだ。『沈清伝』（朝鮮最古の民話）と『薔花紅蓮伝《チャンファホンリョン》』（怖い昔話）に私は涙を流さないではいられなかった。『春香伝』と『秋風感別曲』からは青春世界での人情の美しさのようなものをおぼろげながらも感じ取り、溜め息をついたことも一度や二度ではなかった。

それは確実に父の世界とは異なる美しさをもった世界なのだ。関羽、張飛に興ずる父のそばで春香と李道令《イドリョン》（李の若様という呼び方）との哀切な情の世界の中でしんみりと溜め息をついていた。父の世界と母の世界――この二つの世界がそれぞれもっている特異な雰囲気の中で、繊細な子どもの生理はそれぞれに影響を受けながら育っていった。その二つはいずれもわたしにとっては貴重な世界だった。わたしの生理はどちらか一方に偏《かたよ》ることを嫌っていたのだろう。そんな幼年時代をわたしは過ごした。そして、それは後年において、わたしの二元論的な文学的情熱が芽生えることを意味していたのである。

書堂《ソダン》（漢文を教える私塾）に通いはじめたのは六歳（本随筆中の年齢はすべて数え年）で、父が丹毒で世を去ったのは十一歳になった年の五月のこと。近隣の村にある江南公立普通学校に入学したのが十二歳で、十八歳の女性と結婚したのが十三歳の秋のことだった。江南公立普通学校（四年制）第一回卒業生として卒業したのが十五歳の春で、平壌へ引っ越しをし、若松公立普通学校第五学年に編入したのが同年の四月。平壌公立高等普通学校に入学したのが十七歳の春で、母が中風で世を去ったのは同年の冬のことで、早婚の弊風を典型的に経験し、離婚したのが中学五年（本随筆中、中学とは高等普通学校を指す。当時の修業年限は五年）の三学期であった。その間における悲惨な生活記録は別の意図から目下構想中でもあるし、それは本稿の目的とは性質を異にするものであるため、今ここで触れる必要はない。それゆえに、ここでは主に探偵小説と関連する題目だけを選んで書くことにする。

わたしが所謂小説というものを初めて読んだのは、普通学校五学年だった十五歳の年の夏休み中でのことだった。そのころわたしは祖母と平壌の岩町に住んでいた。ところで、わたしが最初に読んだ小説というのが、一つは探偵小説『ジゴマ』であり、もう一つは恋愛戯曲『ロミオとジュリエット』だった。だれの抄訳だったのか今はもう思い出せないが、『ジゴマ』は日本語に訳されたもので、『ロミオとジュリエット』はハングルで書かれた薄い本だった。この二冊の本がどういう経路でわが家に入ったのかは知らないが、わたしがその二冊を読み終えて深く感動したことだけは確かだ。

変幻無双の『ジゴマ』の世界と感情の表出においていささかも抑えることを知らない『ロミオとジュリエット』の甘美な世界に、わたしは目を見張った。わたしの潜在意識の中にひそんでいた二つの世界が見事なまでに文字で表されていたことに、わたしは本当に驚かないではいられなかった。そして、その二つの世界は、耳で聞くほかになかった幼年時代における父と母の世界を代替するものであったし、後年におけるわたしの文学的情熱の二つの方向性を同時に象徴するものでもあったのである。

中学時代

中学一年のとき、英語教師が二人いた。一人は英作文の教師である溝口氏であり、もう一人は英文解釈の教師である龍口《たつのくち》直太郎氏だ。ところで、この二人の教師はいずれも授業時間に海外の名作に関する話をよく聞かせてくれたものだ。溝口氏は主にシェイクスピアの作品『オセロ』とか『ハムレット』などの作品をはじめ、ヴィクトル・ユーゴーの『レ・ミゼラブル』についても話してくれた。そして、龍口氏は主にコナン・ドイルの短編探偵小説集『シャーロック・ホームズの冒険』に収録されている『ガチョウと緑玉』（The Adventure of the Blue Carbuncle、邦題「青い紅玉」など）だとか『まだらの紐』とかの作品の話だった。だからこの二人の教師は学生の間で人気があったのだが、わたしは当時の話を回想して一九三八年に『朝光タイムス』紙上に「POEと江戸川乱歩」という小文を書いたことがあるので、そのときの冒頭部分を紹介すると――「わたしがエドガー・アラン・ポーの名前を知ったのは、江戸川乱歩の名前を知ったのと同時のことだった。すなわち、平壌高等普通学校一年のときのことだ。当時英語を教えてくれた龍口直太郎氏（後年、ジョイスの『ユリシーズ』を共訳した一人で、目下法政大学予科英語教授――これは小文発表当時の注）は大阪外国語学校（東京外国語学校の記憶違いだと思われる）を出たばかりの青年教員で、多分にアメリカ的な風貌の持ち主であると同時に正確な発音は、学生の間で大いに歓迎されたし、とりわけ学生から人気を得たのは英語の授業を早目に終え、世界的傑作小説の概要を、ときには黒板に原語を書きながら話してくれたことだ。そのうち今なお、わたしの記憶に新しいのはコナン・ドイルの『Speckled Band』（まだらの紐）で、その作品は数多あるドイルの探偵小説の中でも最もスリルに富み、ミステリー味の濃い傑作短編であることは周知の事実であるが、軟弱でありながらもその一方で奇の世界を夢想するわたしの少年時代の飢《かつ》えた感覚をもそれこそ最大限に刺激したのである。超人探偵シャーロック・ホームズの名前を知ったのもそのときからだった。それはとにかく、龍口氏は「Edgar Allan Poe」というスペルを黒板の真ん中に大きく書いて、彼が米国の生んだ有名な作家であることと、また彼が現代探偵小説の元祖であることを説明したあと、この「ポー」に心酔し、その名前を取って筆名にまでした者がいて、その人物がすなわち江戸川乱歩で日本探偵小説界の大家であることまで言及した。そのとき以来、わたしはコナン・ドイルとともにエドガー・アラン・ポーと江戸川乱歩をひそかに愛好し、名前を見るだけでも心がときめくのであった。後年、乱歩氏に会い、そのころのことを話すと、乱歩氏はさも愉快そうに、「ああ、そんなことがありましたか！」と呵呵大笑した。……（後略）……」

　以上の文章を見ただけでも、中学一年生だったわたしが探偵小説にすこぶる興味を抱いていたことは確かである。そして、そんな事柄が後年、わたしが探偵小説を書くようになる潜在的な動機のようなものになったのかもしれない。

　龍口氏はその二年後、平高普（平壌高等普通学校の略称）を辞職し、東京へ行って法政大学で教鞭を取っていた。東京で学校を卒業して朝鮮に戻るころに杉並区高円寺付近に住む龍口氏を訪問したときには、もう探偵小説への興味はないようで、ロレンスを翻訳出版していた。そのとき、わたしが探偵小説を一、二編発表したと言うと、「へえ、そうかね？」とえらく意外な文学をやっているんだな、そんな表情を見せるのだった。

　中学一、二年のころから、ということは一九二五年ごろから、日本では所謂円本時代が始まり、各出版社から一冊一円の全集が洪水のごとく次々に出た。『世界文学全集』（新潮社）、『長篇小説全集』（当時、新潮社から『現代長篇小説全集』及び『昭和長篇小説全集』が刊行されていた）などを始め、探偵小説としては博文館の『探偵傑作叢書』、春陽堂の『創作探偵小説集』、改造社の『世界大衆文学全集』、平凡社の『ルパン全集』、『小酒井不木《こさかいふぼく》全集』（改造社）、博文館の『世界探偵小説全集』、改造社の『日本探偵小説全集』、春陽堂の『探偵小説全集』、平凡社の『世界探偵小説全集』、『江戸川乱歩全集』、第一書房の『ポオ小説全集』、改造社の『世界文学大全集』（ドイル全集）、新潮社の『新作探偵小説全集』など、これらは一九二〇年ごろから一九三〇年前後までに出版された探偵小説全集だ。

　わたしは世界文学全集から『レ・ミゼラブル』のユーゴー、『罪と罰』のドストエフスキー、『モンテ・クリスト伯』のデュマ、イプセン、モーパッサン、ゲーテ、トルストイ、フローベールの名前を知ったのと同時に、探偵小説の先進国である欧米と日本の探偵作家の名前を知るようになった。

ポーとドイルと江戸川乱歩は一年のときから教わっていたので、もう古くからの友人みたいなものだったし、ルブラン、ウォーレス（Edgar Wallace）、ルキュー（William Le Queux）、オプンハイム（E. Phillips Oppenheim）、チェスタートン（Gilbert Keith Chesterton）、コリンズ（Wilkie Collins）、ドゥーゼ（Samuel August Duse）、ビーストン（Leonard John Beeston）、オルツィー（Baroness Orczy）、クリスティー（Agatha Christie）、ガボリオ（Èmile Gaboriau）、フレッチャー（Joseph Smith Fletcher）、ホルラア（Sydney Horler）、シュー（Eugene Sue）などの名前を知ることができ、日本の作家では江戸川乱歩、小酒井不木、甲賀三郎、大下宇陀児《おおしたうだる》、正木不如丘《まさきふじょきゅう》、松本泰、水谷準、横溝正史、森下雨村などの名前を知った。さらに、その当時の『東京朝日新聞』だったか『大阪毎日新聞』だったかに連載していた谷崎潤一郎の芸術的探偵小説『黒白』にはすこぶる興味を覚え、その後、同作家の探偵小説『呪われた戯曲』、『金と銀』、『途上』など一連の探偵小説をことのほか愛読した（純文学作家が書いた探偵小説は、欧米と日本を通じて少なくないが、その項目については他日、誌面を改めてみなさんに紹介しようと思う）。

一年の三学期に、中風で母が故郷に帰って病の治療に専念するなかで世を去ったのだが、わたしはそのとき二ヶ月の間、学校を欠席し、故郷で母を看護していた。看護をしている間に、わたしは母の枕元で一編の小説を書いた。今思うと滑稽な話だが、『愛の悲鳴』という題名の恋愛小説だった。それを高級ノートブックに熱心に清書し、母の葬儀をすませたあと、平壌の下宿に戻って友だちに見せたところ、彼らは回し読みしながらそれを読み、だれもが称賛してくれた。そんな中でも、文学的素養においてはわたしよりも一段高いとみなしていた同級生の洪《ホン》（彼は後に学校を中退し、電車の運転手になった）という学生の褒め言葉がわたしをいっそう喜ばせたのであった。

二年のとき、学校の学友会で発行していた『大同江』誌に『田園と夕陽』という感想文を載せた。これはわれわれに日本語を教えてくれていた早大出身の渡邊力造氏の推薦によるものだ。渡邊氏には気に入られた方で、作文の時間にわたしの作った文章をよく読んでくれたものだった。

わたしは物理と化学が一番嫌いだった。ある日、物理の教師の加藤という人が、わたしに何かの質問をした。何か電流に関する問題のようだった。しかし、わたしは返答ができず、顔を赤らめるばかりだ。すると、その人は黄色い歯が覗けて見える口をゆがめ、皮肉るように、

「嗚呼、花が咲いた。嗚呼、月が明るい！　ほう、それがどうしたというのかね？　人間は物理を知らなきゃならないんだ！」と言った。これは直接的にわたしを皮肉っているのだが、間接的には渡邊氏に当てつけているのだ。わたしは恥ずかしさと同時に一種の義侠心みたいなものに駆られながら、「物理は知らなくてもかまいません」と言った。すると彼は、濁った目を怒らせ、黄色い歯を覗かせながら、「なんだと？――」と言った。そのあとで、どんな言葉のやり取りがあったのか憶えていない。わたしはその授業時間が終わるのも待たずに中途で退室した。中間試験と学期末試験には、その教師が少しできなかっただけでも落第点をつけるに決まってると考え、そんな不公平な採点をこうむる危険をふせぐために猛烈に物理の勉強に励んだことを憶えている。そのときの記憶を『青春劇場』の冒頭部分で白榮民《ペクヨンミン》が山本先生を攻撃する場面で使用した。

二年のとき、同級生の何人かが、渡邊氏の指導のもとに同人誌『曙光』という小冊子を三号か、四号かまで出した。そのときの同人は朴憙采《パクトクチェ》、崔教鉉《チェギョヒョン》、李永修《イヨンス》、鮮宇《ソンウ》ソン、安敬柱《アンキョンジュ》、筆者――筆者以外の五人は今、北（北朝鮮）で何をしているのかわからない。童謡、詩、創作みたいなものを載せた。『最後の合奏曲』という創作を載せた記憶がある。同人は原稿を投稿するだけで、筆者と朴憙采氏が編集を担当し、夜遅くまで学校の教室で謄写版を刷っていた記憶が昨日のことのように思われる。

平高普からは比較的文筆に従事する者が多く出たものとみえる。わたしの一年上に金南天《キムナムチョン》氏がいて、二年上に蔡廷根《チェジョングン》氏がいたし、四年か五年上に李石薫《イソクフン》氏がいて、すでにそのころ英文学者だった李歇河《イヤンハ》もいたし、さらにもう少し先輩で新聞界の長老である洪鍾仁《ホンチョンイン》氏が出ているし、やはりそのころ延禧《ヨニ》専門学校（延世大学の前身）教授で経済学者だった故盧東奎《ノトンギュ》氏もそうで、前朝鮮日報編集局次長の柳興台《ユフンテ》氏は金南天氏の同級生だった。

わたしより三年後輩に金史良《キムサリャン》氏（「光の中に」で一九三九年下半期芥川賞候補）がいて、ごく最近わかったことだが、呉泳鎮《オヨンジン》氏が金史良氏の同級生で、金聖珉《キムソンミン》氏もやはりそのころではなかったかと思うし、現東亜日報編集部長の林藝《イムイェ》氏は彼らよりも少し後輩に当たるだろう。

処女作時代

早稲田の第二高等学院では文科を選び、同大学では法科を専攻したのだが、「小説家になるかもしれない」との思いは常にあった。生理的に文学の世界を憧憬していたという、素質的な問題はさておくとしても、この世にある、あらゆる職業の中で小説家が一番好ましく見えたからだ。法律家にも一度はなりたかったし、教育者にもなってみたかったが、結局、小説家になりたかった。学部一年のときから本格的に法学の勉強を始めたものの、何かしら創造的な価値がないように思えて嫌気がさしはじめた。創造的な喜びは微塵も感じられず、ひたすら六法全書を記憶し、解釈するという無味乾燥な学問を軽視しはじめた。その論理的な側面には多分に興味を覚えながらも、人間の感情世界の生活面とはあまりにも距離があり過ぎていたのだ。わたしは授業時間をすっかり無視してしまい、下宿部屋にこもり、文学関係の書物を乱読した。文学部の教室にこっそり入り込み、中桐確太郎教授（教育学者、哲学者。一九二三年に『予の恋愛観』を上梓）の恋愛論を聴いたこともある。若い転向文学者林房雄の課外講義にも耳を傾けた。しかし、美濃部達吉教授の憲法講義には欠かさず出席した。

法律の授業では刑法と憲法と国際公法が最も興味をそそられた。民法、家族法、商法なんかは実に退屈だった。牧野英一の刑法を読むときには、その犯罪構成において探偵小説と一脈を通じる点が多かった。探偵小説と関連のある法医学は、学校に正式な授業はなかったが、興味をもって関連書を拾い読みした。小酒井不木の『殺人論』は愛読書中の一つだ。その間に小説の習作も何編かものしてみたが、探偵小説ではむろんなかった。中学時代のようにさほど熱心な読者でなかったとはいえ、面白そうな作品はときどき読みはしたが。

わたしは入学当時から卒業するまで五年の間、同じ下宿にいた。牛込区若松町（現在は新宿区）の第一衛戍《えいじゅ》病院正門の向かい側にある甲陽館という下宿だ。下宿人であるわたしに変わりはなかったが、宿の主人は二度替わった。付き合いが煩わしく、自由の拘束がいやなので、五年の間、ほとんど友だち付き合いをしなかった。しかし、同じ中学から来た早大東洋史科の盧鼎熙《ノジョンヒ》と同じクラスの本田富隆という日本人学生とは親密に過ごした。盧は後年、養正中学で教鞭をとった人物で、わたしとは恋愛観、人生観を論じ合う、それ相応の相手だったし、本田はわたしの唯一の飲み友だちで、新宿や銀座や浅草を始め遊興街の恰好の案内人だった。

学部二年のとき、わたしは酷《ひど》く厭世的な気分に支配され、毎日のように自殺を考えていた。人生の虚無をしみじみと感じ、生命に対する価値を抹殺しようとしたのである。今はその原稿を失くしてしまったが、現世を否定し、屍《しかばね》を賛美する詩句を数多く書いた。

「今日も我　人に三度の笑みを売り　三度の愁ひを買ひにけるかな」とか、「自殺するらしき顔もて　下宿出で　嵐の中をさまよひ行きぬ」といった、そんな類の文だった。

そんな秋の日の午後、校門を出て鶴巻町を通って下宿へ帰る途中の通りに面した、とある古書店で『ぷろふいる』という探偵雑誌を三、四冊見つけた。それを何冊か買い、下宿へ帰ってから読んだ。記事全部が探偵小説に関する専門誌であった。新人の作品も募集をしていて、新人紹介の作品が掲載されてもいた。誰だったか名前は忘れてしまったが、そのとき紹介されていた新人作品を惹かれて読んだことが、わたしが探偵作家になる直接的なきっかけだった。

人生に対するあらゆる情熱を失くし、無気力な生を惰性的につづけていた当時の私は、気晴らしに将棋でもやってみようか、という気持ちで、いやもっと適切な例を挙げるなら、子どもたちが雑誌に出た何かのクロスワードパズルに解答を書いてみるような、まさにそんな心理から『ぷろふいる』誌への作品応募を心に決めた。探偵小説を書くに当たって、だれもがそうするように、わたしはまずトリックを考えた。トリックが優れていればいるほど、作品は優れたものになるからだ。しかし、その優れたトリックというものは、そうやすやすと思いつけるようなものではない。別の文学作品の素材が人生の永遠性とともに永遠に、そして無数に存在し得るということとは若干、意を異にする。

わたしは劇中劇としての戯曲を用いることでトリックを構成することにした。そして、犯人の巧妙な戯曲トリックを台無しにしてしまう唯一の武器として鏡を使用した。こうして、『楕円形の鏡』という百枚（韓国では二百字詰原稿用紙換算が一般的。新人投稿の上限は四百字詰五十枚）の短編を書き上げたのは、それから数日内でのことだった。いざ投稿をし終えると、さっぱりと忘れてしまいたくなり、再び憂鬱な生活がつづいた。

憂鬱になると、わたしはすぐ浅草六区へ行った。若松町の停留場から市電に乗り、飯田橋、水道橋、万世橋、上野を経て雷門で降りる。劇場街の華麗と路地裏の暗黒。その明と暗が交錯する中で浪漫の夢は開く。日本の文壇に浅草礼賛者が二人いて、その一人は谷崎潤一郎氏で、もう一人は江戸川乱歩氏だ。一九三八年『朝光』

誌に、わたしは『浅草劇場街』という随筆を書いたことがあるが、その文章の中で、明と暗が交錯する所に漂う、ある種奇妙な雰囲気を詳細に描いてみた。怪奇と犯罪と神秘の交響楽！　夢と浪漫がどくどくとあふれて流れる奇怪な世界がそこにはあったのだ。（次号につづく）

〔祖田律男 訳〕

（この随筆は韓国のミステリ評論家の朴光奎《パククァンギュ》氏によれば、月刊『希望』一九五二年九月号に掲載されたもので、第一回と二回分は雑誌が見つかっていないため内容は不明だという。第三回分の末尾に「次号につづく」と記載されているが、後続雑誌を捜してみた結果、それ以上連載されなかったものと推定されている――訳者）

訳者あとがき

祖田律男

『思想の薔薇』は自序にも書いてあるとおり、元々は日本語で書いた作品であったが、日本語版の内容を知る人物は当の作者以外にはいない。戦後に自ら自身の日本語作品を韓国語に翻訳して一九五三年五月号から七月号にわたり雑誌『新時代』(釜山の文化新報社が同年五月に創刊した雑誌だが、七月号をもって廃刊したと考えられる)に二章までを三回に分けて掲載したものの中断を余儀なくされたが、一九五四年八月号から雑誌『新太陽』に改めて第一回から連載を再開し、その後一九五六年九月号まで二年余りをかけて最後まで掲載した。連載途中の一九五五年十一月一日にまず前編が単行本化され、後編は一九五七年四月十日に発行されている(発行日の日付はいずれも初版本奥付の記述による)。『思想の薔薇』とは数奇な運命をたどり執筆後およそ二十年にしてようやく全編が公表されるにいたった著者にとっても思い入れの深い作品なのである。そういった事情から本作品集に韓国語版『思想の薔薇』の日本語翻訳版が収録されることになった次第だ。上記の詳細な事情も実を言えばつい最近、『季刊ミステリ』編集長朴光奎《パククァンギュ》氏の好意により雑誌版『思想の薔薇』の複写物を見せていただくことによって明らかになった新事実なのである。

『思想の薔薇』の原形(以下原形とのみ略称)に近づきたいと考えながら訳出を進めていったわけだが、金来成は一九三七年に『仮想犯人』、一九三八年に『殺人芸術家』を、それぞれ日本語で書いた『探偵小説家の殺人』と『楕円形の鏡』を改作して各作品の韓国語版として発表したことから類推すると、『思想の薔薇』にも書き加えられた部分があることは確実だと思われる。本書は単行本から翻訳したものだが、雑誌版との異同の研究については今後の課題とさせていただきます。

そもそも日本語版は朝鮮戦争を経てもなお失われずに戦後も手元にあったのだろうか。その推測の手懸かりは一九五二年一月から『平和日報』に連載を始めた金来成の長編小説『人生画報』にあるように思う。この小説はソウルで酒の醸造業を営む資産家一家が朝鮮戦争の戦乱を逃れるため釜山へ避難に向かう途中、多額の現金の詰まった鞄を失くし、一方やはりソウルに住む教員の家族が釜山への避難途上で偶然、現金の詰まった鞄を拾ってそれを元手に事業を広げていくという展開で話が始まっていくのだが、このストーリーは金来成が風呂敷に包んだ『思想の薔薇』の未発表原稿を大事に抱えながらソウルから釜山へ向かった事実を暗示しているのではなかろうか。この時点ですでに、いずれ韓国語版で発表したい考えがあったのだろう。

まず原形の執筆時期については、自序によると日本語で書いた『思想の薔薇』は一九三六年に、日本語で書いた『楕円形の鏡』と『探偵小説家の殺人』の二作品につづいて執筆した最初の長編小説だとしている。したがって、原形は一九三六年に執筆を開始したとしても、後半部に登場する流行歌「別れのブルース」が『昭和流行歌総覧』（福田俊二、加藤正義編、柘植書房、1994）によると昭和十二年七月発売で、『写真で見る昭和の歌謡史　戦前・戦中編』（福田俊二編著、柘植書房、1991）に「日中戦争が勃発する直前に発売されました。当初は全然売れませんでしたが、前線の将兵たちに唄われ、日本に人気が逆輸入してヒットしました」（一一七頁）と記述されていることからみて、少なくとも後半部の執筆時期は一九三七年の秋以降になるだろうか。その年、『探偵小説家の殺人』を改作した『仮想犯人』を一九三七年二月十三日から同三月二十一日にかけて『朝鮮日報』に連載している。つまり、金来成は同時期に日本語と韓国語とで作品を書き分けていたわけだ。一方で原稿料を得るために『仮想犯人』を書きながらも、当時書かずにはいられなかった『思想の薔薇』を日本語で執筆したのは、日本語の方が表現力を発揮しやすいというよりは、できれば東京で出版し探偵小説論争に一石を投じたいとの希望があったからではないか。しかしながら、日中戦争以降の時代状況が金来成の希望を許さなかったのである。

それにしても、原形はいかなるものだったのだろう。一つ指摘できるのは、韓国語版を読んでいて、明らかに取って付けたような記述が二箇所ある。それは劉準の父親の人物像に関する描写で、戦後の政治状況が強いた文章ではないかと推察できよう。その部分はぎこちない訳になっていて一目瞭然なので、敢えて明示しないでおく。

さらに戦後加筆したと推定できるのは、やはり劉準の父親に関する記述部分で、父親の息子を思いやる描写に年輪が感じられる点が挙げられよう。後半部のメロドラマ的描写に関してもストーリーの追加があったように思えてならないのだが、後半部に出てくる流行歌と短歌（第三章）は原形執筆時の形を窺わせる有力な証拠物だといえよう。

さて、翻訳の補足だが、実は「第六章　原稿『思想の薔薇』」の原文では、原稿の地の文と乳母の話の内容に重大な矛盾があった。むろん、人間の記憶の内容に科学論文的な正確さを求めるべきではないだろう。第六章は劇中劇ともいえる部分なので、本文と劇中劇の登場人物の名前が一致していても、必ずしも全体の物語と原稿『思想の薔薇』での年齢が違ったところで問題視することはない。しかし、劇中劇という虚構の中だけで考えても、乳母の話を前提とすれば主要登場人物二人の年齢差が逆転してしまうのだ。つまり、あとから生まれた者が、実は先に生まれていたのだ、と。その錯誤自体に作品構成上のなんらかの意味があるのなら、原文を尊重すべきだが、一週間悩んだ結果、作者が意図して年齢の矛盾を描く意図が見えず、このままでは単に読者に混乱をもたらすだけだという結論に達した次第だ。作品を単行本化する過程の、どこかの時点で錯誤が生じたのだろう。以上の判断から、時間的な整合性を重視して第六章中の年齢の数字だけを数か所修正したことを報告しておく。

もう一点、第十章「奇妙な顔」のタイトルは雑誌版では「奇妙な対話」となっていることも最近わかったが、本書では単行本のタイトルを採用した。

『思想の薔薇』は金来成を理解するに当たって重要な作品だが韓国語版テキストの入手すら極めて困難であり、運よく韓国の古書市場でテキストの入手に成功したことから読書の幸運に恵まれたのだが、下巻の一部の頁が欠落しており、欠落部分を韓国の推理作家金聖鍾《キムソンジョン》氏に見せていただくことでようよう翻訳にこぎつけたのであった。

金聖鍾氏、そして朴光奎氏には改めてお礼を申し上げます。ありがとうございました。

参考作品として本作品集の付録的位置づけで掲載した『恋文綺譚』の初出は、朝鮮日報社発行の総合雑誌『朝光』一九三八年十二月号にユーモア小説として掲載された作品だ。一九三五年に『モダン日本』(六巻九号)掲載の『綺譚・恋文往来』と題名が似ていることから、韓国のミステリ愛好者の中には同一作品の韓国語版とみなしている人も少なくないようだが、『恋文綺譚』はご覧のとおり『綺譚・恋文往来』の別バージョンで金来成が朝鮮日報社出版部に入社した年に自らの職場経験を活かして執筆した作品だといえよう。当時すでに「初恋の味カルピス」というイメージがあったことなども窺えて面白いし、ミステリとしての側面も併せもつ佳品だと思う。

「探偵小説二十年史　第三回」は朴光奎氏が数年来、韓国ミステリ古文献の発掘作業をつづける中で最近見つかったもので、まだ韓国でもほとんど知られていない随筆だ。金来成の来歴を知るうえで貴重な文献であり、急遽翻訳して本書に収録することになった。この随筆の中で金来成は自作の詩の一部を紹介している。短歌風に訳出しているが、あくまでも試訳であることをお断りしておく。

解題

松川良宏

1　乱歩に私淑し、「韓国の乱歩」となった金来成《キム・ネソン》

本書は一九三五年に日本の探偵雑誌『ぷろふいる』でデビューし、のちに韓国推理小説の父となった金来成（一九〇九～一九五七）の日本語による小説、評論、随筆類を確認されている限りすべて集めたものである。ただし、「楕円形の鏡」（『ぷろふいる』一九三五年三月号）、「探偵小説家の殺人」（同一二月号）に続く三番目の探偵小説として一九三六年ごろに日本語で執筆された『思想の薔薇』は日本語の原稿が残されていないため、金来成自身が翻訳発表した韓国語版からの、翻訳家の祖田律男氏による再翻訳という形で収録されている。『思想の薔薇』は金来成がデビューしたころの日本の探偵小説界を騒がせていた「探偵小説は芸術たり得るか」という問題への彼なりの回答として日本語で執筆されたものだが、日本では発表されず、執筆から約二十年後の一九五〇年代半ばに金来成自身により韓国語に翻訳され、「芸術派探偵小説」と銘打って発表された。本書はそれを日本語に再翻訳して収録している。これにより、戦前の幻の日本語長篇探偵小説が約八十年の時を経て（そして二度の翻訳を経て）、ついに日本でも日の目を見ることとなったのである。

金来成は平壌《ピョンヤン》近郊生まれの韓国人作家である。一九三一年三月から東京で留学生活を送り、早稲田大学在学

中、探偵雑誌『ぷろふいる』一九三五年三月号に日本語作品「楕円形の鏡」が掲載されてデビューした。翌年の春には大学を卒業して朝鮮半島に帰っているので、日本での創作活動期間は一年ほどしかなかったが、その間に江戸川乱歩（一八九四〜一九六五）や光石介太郎（一九一〇〜一九八四）といった探偵作家たちと交流を持っている。乱歩邸を二、三度訪れた金来成は、乱歩によれば「非常な感激屋で、情熱家で、文学青年であつた」（「内外近事一束」『宝石』一九五二年九・一〇月号）。また、光石介太郎の回想によれば、金来成は光石介太郎が中心となって結成した探偵小説創作サークルの会合に、「早大生でありながらちゃんとした背広姿」で、「物凄いバイタリティを秘めた風貌で、参加を求めてやってきた」という（「靴の裏——若き日の交友懺悔」『幻影城』一九七六年二月号）。探偵小説創作への情熱に燃える青年時代の金来成の様子がうかがわれる。

　金来成が日本で発表した探偵小説は「楕円形の鏡」と「探偵小説家の殺人」の二篇にすぎない。前者は発表翌年の一九三六年にぷろふいる社の『新作探偵小説選集』に収録されたのを最後にアンソロジー等への採録はされていないし、後者も『幻影城』一九七五年六月号に再録されたのみである。二〇〇二年にはミステリー文学資料館編『幻の探偵雑誌9／「探偵」傑作選』（光文社文庫）に金来成の評論「探偵小説の本質的要件」（『月刊探偵』一九三六年四月号）が採録されてはいるが、金来成は日本ではほとんど知られていない、といってしまって差し支えないだろう。

　一方韓国では、金来成は韓国推理小説の父としてミステリファンの間で広く知られている。朝鮮半島に帰った金来成は、日本語作品「探偵小説家の殺人」を翻訳改稿した韓国語作品「仮想犯人」で一九三七年に再デビュー。以来、本人の言葉を乱歩の随筆から孫引きすれば、「丁度日本に於ける江戸川師のような立場で創作探偵小説の開拓者として」筆をふるっていく（前掲「内外近事一束」、金来成が戦後に九鬼紫郎に送った手紙のなかの文言とされる）。朝鮮半島において韓国語で探偵小説を発表した人物は金来成以前にもいたのだが、探偵小説専門の作家として活躍したのは金来成が最初だった。中島河太郎と交流のあった韓国の翻訳家・英文学者の黄鍾灝《ファン・ジョンホ》は『日本推理作家協会会報』一九八四年六月号（四二六号）に寄稿した「韓国推理小説の現狀《ママ》」で金来成のことを「韓国の江戸川乱歩」と書いている。

わが国の推理小説は金来成から始まったと言っても過言ではないでしょう。勿論古典小説や特に李朝時代のいわゆる「公案類」小説にも推理的要素の濃い作品がありますが、近代的意味において氏はいわば韓国の江戸川乱歩でした。

　生誕百周年となる二〇〇九年の前後、韓国ではミステリ雑誌で金来成特集が組まれたり、金来成をテーマにした学術大会が開かれたり、代表作の長篇探偵小説『魔人』（一九三九）が三つの出版社から復刊されたりと、金来成をめぐって大きな盛り上がりがあった。

　そして日本ではこのたび、その金来成の日本語作品集成として《論創ミステリ叢書》から本書『金来成探偵小説選』が刊行されることとなった。また《論創海外ミステリ》では金来成が韓国語で創作した探偵小説のうちの代表作である長篇『魔人』が、『思想の薔薇』と同じく祖田律男氏の翻訳で近日刊行の予定である。

　『ぷろふいる』出身の作家といえば当叢書にもすでに収録されている西尾正や蒼井雄の名がまず真っ先に挙がるだろうが、『ぷろふいる』が生んだ探偵作家として今後はもう一人、ぜひ金来成の名前も記憶していただきたい。

2　探偵小説との出会いから作家デビューまで

　金来成《キム・ネソン》は一九〇九年七月十六日（旧暦五月二十九日）、平壌《ピョンヤン》近郊の平安南道大同《ピョンアンナムドテドン》郡南串《ナムゴン》面、月内里《ウォルネリ》に生まれた。地元の学校で学んだのち、一九二三年に平壌に引っ越し、若松《ヤクソン》公立普通学校の五学年に編入する。そして随筆「探偵小説二十年史」（本書収録）によれば、この年の夏に二冊の本に出会ったことが、彼が小説を愛好するきっかけとなった。その二冊とは、『ジゴマ』と『ロミオとジユリエット』である。前者は日本語の書籍、後者は韓国語の書籍だったという。怪盗ジゴマとそれを追う探偵を描いたレオン・サジイの探偵小説『ジゴマ』は当時はまだ小説からの日本語訳は出ていなかったが、一九一一年にフランスで製作された映画が同年に日本でも公開されると大変な反響を呼び、映画を元にしたノベライズ本が複数刊行された（永嶺重敏『怪盗ジゴマと活動写真の時代』新潮新書、二〇〇六による）。その中の一つを金来成は読んだのだろう。

一九二五年に平壌公立高等普通学校に進学する。当時同校では、のちに翻訳家として英米の文学や探偵・冒険小説を多数翻訳する龍口《たつのくち》直太郎（一九〇三～一九七九）が英語教師をしていた。彼は授業の終わりに世界の名作小説の概要を語って聞かせてくれたが、その中でも金来成はコナン・ドイルのシャーロック・ホームズ物に魅了される。また、アメリカの作家エドガー・アラン・ポーが探偵小説の創始者であり、その名をもじった江戸川乱歩という作家が日本にいる、ということも龍口直太郎の授業で知った。これが一年生のときで、以来、金来成はドイルとポーと乱歩を愛読し、さらに日本の出版社が出した探偵小説叢書で欧米や日本の探偵小説を濫読する。なお乱歩のデビューは一九二三年であり、初の著書が出たのが一九二五年なので、金来成は乱歩のことをほぼ最初期から追っていたといっていいだろう。

　また、もう一人の日本人英語教師は授業でシェイクスピアの『オセロー』や『ハムレット』、ユーゴーの『レ・ミゼラブル』など世界の名作文学について語って聞かせてくれ、金来成は探偵小説だけでなく文学にも傾倒する。二年生のときには、金来成の文学趣味の良き理解者だった早稲田大学出身の日本語教師、渡辺力造の指導のもと、同級生数人とともに同人誌『曙光』を創刊し、小説や童謡、詩を発表した。一九二七年に刊行が始まった新潮社の《世界文学全集》ではドストエフスキーの『罪と罰』やデュマの『モンテ・クリスト伯』、イプセンやモーパッサン、ゲーテ、トルストイ、フローベールらの作品を読み、さらに文学趣味を深めていく。こうして金来成は平壌で探偵小説好きの文学青年としての日々を送り、一九三〇年に同校を卒業した。

　金来成が東京で留学生活を送ったのは一九三一（昭和六）年三月から一九三六年三月までの五年間、年齢でいうと二十一歳から二十六歳までの期間である。一九三一年に早稲田第二高等学院文科に入学し、一九三三年には早稲田大学法学部独法科に進学した。学生時代のことはやはり随筆「探偵小説二十年史」に詳しいが、それによればこのころは以前ほどは探偵小説を熱心に読まなくなっていたそうだ。小説家になりたいという気持ちはあり、習作もしていたが、探偵小説は書かなかった。そして金来成は大学二年生のときに極度の「厭世病」にかかり毎日のように自殺を考える日々を送るが、そんなある秋の日、大学帰りの古書店で探偵雑誌『ぷろふいる』を見つけ、数冊買って帰る。『ぷろふいる』は一九三三年に京都で創刊された雑誌で、新人の発掘に力を入れており、原稿用紙五十枚以下の創作探偵小説を随時募集し、優秀作を「新人紹介」として掲載していた。ある新人作品を読んで刺激を受けた金来成は、数日のうちに短篇「楕円形の鏡」を書き上げて投稿する。そしてこれが採用されて一九三五（昭和一〇）年三月号に「新人紹介」として掲載され、金来成は探偵作家デビューを果たすことになったのである。掲載号の編集後記では、探偵作家であり当時編集の手伝いをしていた左頭弦馬が「新人紹介の金来成氏の「楕円形の鏡」亦《ママ》、本誌が太鼓判を押して推薦したい新人中の逸材である」と書いている。

デビュー時の金来成（「楕円形の鏡」初出誌より）

続いて、『ぷろふいる』創刊二周年記念の特別懸賞募集で短篇「探偵小説家の殺人」が入選する。これは原稿用紙五十枚から百枚の作品を募集したもので、一九三五年七月号で入選作が発表されたが、その記事によれば応募総数は一一九篇。当初は一作を入選とする予定だったが、最終候補に残った五作がどれも優秀だったため五作とも入選とされ、各人が賞金五十円を受け取った（当時の物価はたとえば、『ぷろふいる』が三十銭、ぷろふいる社が一九三五年とその翌年に刊行した新人アンソロジーが各八十銭、一九三五年に春秋社から刊行された田中早苗訳の『ルルージュ事件』が一円六十銭）。翌月号から順次掲載されていき、金来成の「探偵小説家の殺人」は一九三五年一二月号に掲載されている。左に入選作の一覧と掲載号を示す。

平塚白銀「セントルイス・ブルース」（八月号）
光石介太郎「空間心中の顛末」（九月号）
宮城哲「龍美《たつみ》夫人事件」（一〇月号）
石沢十郎「鐘楼の怪人」（一一月号）
金来成「探偵小説家の殺人」（一二月号）

光石介太郎の「空間心中の顛末」は彼の代表作なので読んだことがある人も多いだろう。当叢書の『光石介太郎探偵小説選』でも読むことができる。また、平塚白銀の「セントルイス・ブルース」はミステリー文学資料館編『探偵小説の風景／トラフィック・コレクション』下巻（光文社文庫、二〇〇九）で読むことができる。
「探偵小説家の殺人」掲載号の編集後記では、探偵作家であり当時『ぷろふいる』の編集長を務めていた九鬼澹《たん》（一九一〇〜一九九七）、のちの九鬼紫郎が以下のように書いている。

> 金君の入選作は完璧を期するために、金君の手許へ送つて改めて書き直して貰つた。編輯部ではまだ金君の作品としては物足らぬ点もあるのだが、将来有望なライタアであるし、作品も水準には入つてゐると認めて、十二月号に頂いた。常にアプリオリ的角度を剪らうとするかのやうな、金君の創作観点に注目して貰ひたい。

これを読むと、金来成が編集部から期待される新人であったことが分かるが、金来成が日本語で発表した探偵小説はこの「探偵小説家の殺人」が最後である。ほかに東京留学時の作品としては、『モダン日本』一九三五年九月号に載った柳不乱《りゅうふらん》名義のユーモア掌篇「綺譚・恋文往来」がある。これは同誌が随時募集していたショート・ストーリー懸賞募集に入選して掲載されたものである。

『ぷろふいる』は一九三三年五月号から一九三七年四月号まで、全四十八冊が刊行された。その四年間の刊行期間に約四十人の新人を登場させているが、中島河太郎によれば、「その成果は至って乏し」く、「本誌の投稿家から育ったのは、わずかに西尾正と蒼井雄である」（「『ぷろふいる』五年史」『幻影城』一九七五年六月号）。中島河太郎は『ぷろふいる』の新人の中で、「キザな文章だが、特異な視角《ママ》をもっている学生服姿の西嶋亮と、これも当時早稲田大学法科在学中の朝鮮生まれの金来成に惹かれた」（同）というが、西嶋亮は短篇を数篇発表しただけにとどまり、金来成はデビューの一年後には朝鮮半島に帰ってしまっている。金来成はその後、長篇探偵小説『思想の薔薇』を日本語で執筆するわけだが、それは日本では発表されなかった。もしこれが発表の機会を得ていれば、金来成は日本でも名を残す探偵作家になっていたかもしれない。

3　YDNペンサークルへの参加

「楕円形の鏡」が『ぷろふいる』に載ってしばらく経ったころかと思われるが、このころ金来成《キム・ネソン》はYDN（ヤンガー・ディテクティブ・ノーベリスト）ペンサークルに参加している。このサークルについては光石介太郎が四十年後に回想して書いた随筆ぐらいしか文献がないが、それによればこれは、『ぷろふいる』一九三五年二月号に「綺譚六三四一」が掲載された光石介太郎が、同誌の「新人紹介」欄の登場者に声を掛けて結成したものだった。光石介太郎「ＹＤＮ《ヤンガー・ディテクティブ・ノーベリスト》ペンサークルの頃」（『幻影城』一九七五年七月増刊号）から引用する（人名の誤植については分かりづらくなるので訂正した）。

> 「ぷろふいる」の新人紹介欄に「綺譚六三四一」が掲載されてから、私はこの欄の登場者に檄をとばしてＹＤＮペンサークルというのを結成していた。集まる者は、平塚白銀、石沢十郎、前田郁美、中山狂太郎、中村美与、中島親《したし》などで、毎月新宿ウェルテルの三階で例会を開いたばかりか、この連中は殆ど毎日私のアパートに屯《たむ》ろして探偵小説文学を論じ合っていたものだ。のちに金来成、左頭弦馬、舞木一朗などが参加し、高橋鉄もその黒服のグロテスクな服装でしばしば現われた。「ぷろふいる」二周年記念の懸賞小説に、平塚白銀、石沢十郎、金来成、そして斯くいう私などが枕を並べて当選した頃が、ＹＤＮペンサークルの最も華やかだった頃だ。探偵劇の企画などを樹て、大層げな挨拶状を諸方へ出したのもこの頃である。

『ぷろふいる』創刊二周年記念特別懸賞募集の入選作が発表されたのは一九三五年七月号だから、光石介太郎の回想を信じるのならば、その発売以前にはすでに金来成はＹＤＮペンサークルの会合に顔を出していたということになる。

光石介太郎と金来成を除くと、サークルのメンバーとして挙げられている人物のうち、現在でもその名が知られているのは本叢書にも収録されている中村美与（中村美与子）、戦前期を代表する探偵小説評論家の一人である中島親、『ぷろふいる』の編集にも携わっていた左頭弦馬、それからこの後性科学者として有名になる高橋鉄ぐらいだろうか（高橋鉄は『ぷろふいる』への寄稿が確認できないが、『ぷろふいる』の寄稿家・愛読者が一九三四年に東京で結成した探偵作家新人倶楽部の会合にも初期から参加していた）。平塚白銀は先にも触れたように作品がアンソロジーに採られたりもしているが、その他の石沢十郎、前田郁美、中山狂太郎、舞木一朗はいずれも『ぷろ

金来成（1935 年）

ふいる』に短篇を二、三篇発表しただけの作家で、作品がアンソロジーに採られたりすることもなく、現在ではまったく忘れられた作家である。

光石介太郎が続いて発表した回想エッセイ「靴の裏——若き日の交友懺悔」（『幻影城』一九七六年二月号）にもこのサークルについての言及がある。こちらには、先ほど挙げられていた人物のほかに、メンバーとして西嶋亮の名が挙がっている（こちらも人名の誤植については訂正した）。

それから後、私は相変らずの貧乏をしながら、『ぷろふいる』に「綺譚六三四一」を書いて、金五円を貰い、やがて同じ『ぷろふいる』の懸賞に「空間心中の顛末」が当選するという時間的経過の中で、暫次、西嶋亮、平塚白銀、石沢十郎、中島親などと知合い、舞木一朗、中山狂太郎などと語らってYDNペンサークルを結成ということになってゆく（略）

ともあれこのペンサークルも結局は何もかも計画だおれの有名無実に終ってしまったが、結成当時は決してそう評判の悪いものではなかった。毎月一回、新宿の今は懐かしのウェルテルという高級喫茶店の三階で会合を開き、噂を聞いて集まってくる同人も次第に増えていっただけでなく、殆ど毎日私の大塚在のアパートには四五人誰かしらがとぐろを巻きにきた。その頃私は宮仲アパートを出て、すぐ近くの豊島アパートという所に塒《ねぐら》を変えていたが、そこに集まる常連メンバーは、中島親、西嶋亮、平塚白銀、舞木一朗、中村美与といった所だった。（略）

ウェルテルで開く会合には、やがて例の高橋鉄が黒服、白皙の、才人らしい癖に何となくグロテスクな雰囲気を漂わせせながら現われ始めたり、早大生でありながらちゃんとした背広姿の金来成が、物凄いバイタリティを秘めた風貌で、参加を求めてやってきたりするが、何といってもこのサークル会合の最大のヤマ場は、あるときこの会合に、『ぷろふいる』の東京支社長格だった堀場慶三郎老を先頭に、同じ『ぷろふいる』系の、左頭弦馬、九鬼澹などが、大挙して押しかけてきた時だろう。

ウェルテルの三階といっても、たかだか六畳部屋ぐらいの広さしかなかった狭い会場だったから、この夜は椅子を並べる余地もなくなって、壁ぎわに立ったままでいた人が随分あったことを思い出す。

ＹＤＮペンサークルの活動内容について書いているものは以上の二つの随筆ぐらいしか見当たらないが、当時このような名称のサークルが存在していたこと自体は当時の『ぷろふいる』で確認することができる。金来成が朝鮮半島に帰った数か月後に刊行の一九三六年九月号の編集後記に、「夏のコントは東京の新人群、Ｙ・Ｄ・Ｎ・ペンサークル同人を煩はした。ピリピリした感触の、清流を走る若鮎のやうなコント！」との記述があるのである。この号の「夏のコント」コーナーの執筆者は順に宮城哲、中山狂太郎、上村源吉、前田郁美、左頭弦馬の五人。宮城哲と上村源吉は光石介太郎の随筆には名前が出てきていなかったが、これによりこの二人もＹＤＮペンサークルのメンバーだったことが分かる。二人とも短篇数篇と随筆・コメント類を少々残しただけの忘れられた作家である。宮城哲は『ぷろふいる』創刊二周年記念特別懸賞募集に入選してデビューした新人。先に引用した光石介太郎の随筆によれば、この特別懸賞募集では五人の入選者のうち四人がＹＤＮペンサークルのメンバーだったそうだが、残る一人の宮城哲もその後メンバーになっていたということになる。

また、時間的に前後するが、『月刊探偵』一九三六年七月号の編集後記には「本号には、Ｙ・Ｄ・Ｎペンサークル、それから探偵文学同人その他の方達に興味あるそれぞれの随筆を頂いた」との記述がある。これは同号の「すとれえたす」コーナーについての記述で、その寄稿者は順に左頭弦馬、宮城哲、舞木一朗、西嶋亮、中山狂太郎、前田郁美、上村源吉、蘭郁二郎、東風如月、篠田浩、佐々木寛の十一人。このうちどの人物がＹＤＮペンサークルのメンバーなのかは誌面には書かれていないが、最初の七人がそうであることは光石介太郎の随筆や先の『ぷろふいる』の編集後記により明らかである。蘭郁二郎は『探偵文学』同人（後述）であり、おそらく残りの三人が「その他」の人たちだろう。ＹＤＮペンサークルの主宰者であり中心人物だったと自ら書いている光石介太郎がここにも先ほどの「夏のコント」の執筆者にも名を連ねていないのは少々不思議である。

『ぷろふいる』一九三五（昭和一〇）年一〇月号から編集長を務めた探偵小説家の九鬼紫郎は、金来成には一回だけ会ったことがあると随筆で述べている。それが光石介太郎の随筆「靴の裏――若き日の交友懺悔」にあった、サークルの会合に堀場慶三郎、左頭弦馬、そして「九鬼澹などが、大挙して押しかけてきた」ときのことだろうか。九鬼紫郎「「ぷろふいる」編集長時代」（『幻影城』一九七五年六月号）より引用する。

二十三号の発行された十年三月号は、新人紹介として、朝鮮人金来成君の『楕円形の鏡』を載せている。彼は早稲田大学生で、私は上京後に同君と会ったが、激情家らしい気質を持っていた。作品も激情にあふれた文章でつづられ、中村美與子《ママ》に似た印象がある。金君は乱歩さんの弟子の、光石介太郎と親しかったように思うが、私は酒席をいっしょにした一回だけの知己、ということになる。

中村美与子（中村美与）は、九鬼紫郎が『ぷろふいる』で新人原稿の選別を担当して最初に選び出した作家である。新人紹介作として一九三五年一〇月号に掲載した「火祭《ひまつり》」について九鬼紫郎は同じ随筆で、「激情にあふれた犯罪猟奇小説で、文章の強さが私を吸引した」と回想している。

ここで、YDNペンサークルのメンバーとの交流が金来成に与えた影響について考えてみたい。日本の探偵小説界では一九二〇年代半ばから「本格」探偵小説と「変格」探偵小説という用語が使われ始めた。前者は謎と推理、その解決を主眼とするものであり、後者は必ずしもそのような骨格にこだわらず、探偵趣味、猟奇嗜好を持った作品を広く包含するものである。あとで改めて触れるが、一九三五年から一九三六年にかけて日本の探偵小説界では、「変格」物を探偵小説と呼ぶべきか否かというところから始まって、「探偵小説は芸術たり得るか」ということが議論となっていた。光石介太郎は江戸川乱歩から純文学への転向を勧められた作家であり、戦後は実際に純文学の道に進んでいる。そんな光石介太郎が中心となったYDNペンサークルはやはり芸術としての探偵小説を目指す「芸術派」のサークルだったようだ。サークルの名称についても光石介太郎は、「YDN、すなわちヤンガー・ディテクティブ・ノーベリストという名称を私たちのサークルにつけたのも、当然ディテクティブ・ストーリー・ライターというべきだという意見に抗して、探偵小説作家も文学者《ノーベリスト》でなくてはならないという私の主張を通した結果」だったと述べている（前掲「靴の裏——若き日の交友懺悔」）。光石介太郎の探偵小説観は、後年に発表した「私の探偵小説観」（『幻影城』一九七五年九月号）に端的に現れている。それによれば、光石介太郎は創作を始めた当初から「変格探偵小説こそは、無限の開拓余地を持つ原野であり、また同時に、文学的意味という点においても、無限の余地を持つ原野に他ならないという信念」を持っており、「作品の雰囲気と独特のプロット、そして生ける興味ある人物が物語を織りなしてゆかねばなら」ず、「そこに於て発揮される文学性こそ、探偵小説には絶対不可欠だ」という信念を持っていた。また、このサークルに探偵小説評論家の中島親がいたことも注目される。中島親は『ぷろふいる』一九三五年一月号に掲載の探偵小説論「探偵小説の新しき出発——アイデイアリストの独白」で、「探偵小説は芸術である」と述べ、「今後の探偵小説は変格物を芸術にまで昇華さす事に依つて、現在の沈滞を蟬脱《せんだつ》し、更に高度の発展段階に入るべきである」と主張した人物である。

このように、変格探偵小説こそが文学的な可能性を秘めているという意見や、変格探偵小説を芸術にまで昇華させていくべきだという意見を持った人たちがＹＤＮペンサークルに集っていたことは興味深い。というのも金来成は、東京留学時代の作品には「変格派」的な猟奇趣味は見られないが、朝鮮半島に帰ってからは変格作家に転向し、それを芸術にまで高めていくという創作態度をとっているのである。金来成は戦後、創作探偵小説第一集『狂想詩人』（一九四七）、第二集『秘密の門』（一九四九）を刊行しているが、その『秘密の門』の序文を引用する（拙訳）。

「探偵小説は芸術作品たり得ないか？　……」

それに答えるために私は（略）等の一連の作品を書いた。この一連の創作活動で在来の探偵小説をいったいどの程度まで芸術作品に引き上げることができたか？　……という成果の問題についてはなんともいえないが、在来のもっぱら「パズル」の解決だけを目標としてきた安易な作品、または冒険活劇を主とするいわゆる「スリラー」から抜け出そうと努力をしてみたのが、この一連の作品である。
　ここで私は従来の探偵小説のような機械的で人形的な人生観の代わりに、もっと深みのある、血の通った人生観を描くことを企図した。

金来成がYDNペンサークルの会合にどれぐらい顔を出していたのかは定かではないが、その転向にはサークルのメンバーとの交流が影響を与えた可能性がある。なお引用中では省略したが、金来成が「探偵小説は芸術作品たり得ないか?」という問いに答えるために書いた作品としてタイトルを挙げているのは短篇の「狂想詩人」、「屍琉璃」（のちに「悪魔派」に改題）、「白蛇図」、「異端者の愛」、「霧魔」である。これらの作品が今後翻訳紹介されることを期待している。

4　乱歩への憧れ

平壌公立高等普通学校時代から乱歩を愛読していた金来成《キム・ネソン》は、短篇第二作「探偵小説家の殺人」に乱歩作品を登場させてこんなふうに描写している。探偵役の劉不《りゅうふ》乱《らん》が古本屋で乱歩の『黄金仮面』を手にするシーンである（引用は本書より）。

　殊に「黄金仮面」という表題から発散する強烈な妖怪的魅力が、酔中の探偵小説家劉不乱の心臓を怪しきまでに揺《ゆす》って、遂に彼は「黄金仮面」を本棚から抜いて開いた。

もしかすると、金来成が初めて『黄金仮面』というタイトルを見たときの心情はまさにこのようなものだったのかもしれない。そして金来成が「探偵小説家の殺人」の次に発表した探偵小説は同作を韓国語に訳して改稿した「仮想犯人」だが、続いて連載を開始した韓国語での第二作のタイトルが『白仮面』だというのは面白い。世界的に有名な謎の怪盗「白仮面」と劉不乱が対決するというストーリーの少年向け長篇探偵小説だが、「探偵小説家の殺人」の作中で『黄金仮面』を手に取った劉不乱も、まさかその後すぐに自分が「白仮面」と対決することになるとは思っていなかっただろう。
『ぷろふいる』一九三六年一月号に寄稿した「書けるか!」（本書収録）でも、金来成の乱歩への憧れが読みとれる。そして金来成は留学時代、池袋の江戸川乱歩邸を何度か訪れている。趙霊巌《チョ・ヨンアム》『韓国代表作家伝』（修文館、一九五二、韓国語）収録の金来成の伝記によれば、初めて乱歩邸を訪ねていった金来成のことを乱歩は歓待してくれ、十時間以上も会話をしたのだとか。また、先にも引用した乱歩の随筆「内外近事一束」（『宝石』一九五二年九・一〇月号）には以下のようにある（人名の誤植は訂正した）。

> 昭和十年頃に、「ぷろふいる」の寄稿家が、東京で探偵小説新人会というものを作り、その内の数人が同人誌「探偵文学」を発行したが、それらの青年諸君がよく私の家にやつて来た。蘭郁二郎、中島親、大慈宗《だいじそう》一郎《いちろう》など、今の読者にも少しは知られている人々の外に、光石介太郎、左頭弦馬、平塚白銀などという人々がいた。多い時には十数人の青年諸君が集まつたが、その中に早稲田の角帽をかぶつた金来成という朝鮮青年がまじつていた。金君は「ぷろふいる」に探偵小説を投じて、「楕円形の鏡」が入選し、つづいて「探偵小説家の殺人」という作を同誌に発表した関係で、これらの青年諸君のグループに加わつていたのである。
>
> （略）
>
> 私は当時同君と二三度しか会つていない。朝鮮に帰るといつて、暇乞いにやつて来たのは、はじめて会つてから一年もたつていなかつたのではないかと思う。非常な感激屋で、情熱家で、文学青年であつた。

乱歩が書いている「探偵小説新人会」というのは、探偵作家新人倶楽部のことだろう。これは先にも少々触れたが『ぷろふいる』の寄稿家・愛読者の集まりで、一九三四年七月に銀座で発会式が開かれ、同年十月から機関紙『新探偵』を発行した。その後、方針の違いから探偵作家新人倶楽部を離れた一団が一九三五年三月に『探偵文学』を創刊。この『探偵文学』の同人に乱歩が挙げている蘭郁二郎、中島親、大慈宗一郎、平塚白銀らがいた（光石介太郎と左頭弦馬は『探偵文学』の同人にはなっていないが、左頭弦馬は寄稿はしている）。乱歩の書き方だと金来成も彼らとともに『探偵文学』の同人になっていたように読めるが、実際に同誌を確認してみると同人一覧に金来成の名前はなく、寄稿も見当たらない。想像するしかないが、『探偵文学』同人でもありYDNペンサークルのメンバーでもあった中島親や平塚白銀らに誘われて、一緒に乱歩邸を訪れたりしたことがあったのだろうか。少なくとも、光石介太郎の回想によれば、光石介太郎がＹＤＮペンサークルの面々を引き連れて乱歩邸を訪れたことはなかったようである。光石介太郎は先にも引用した随筆「靴の裏――若き日の交友懺悔」で、ある年の正月に平塚白銀と二人で乱歩邸を訪れたというエピソードを語ったあと、「その頃の私たちのグループで乱歩さんに直接会ったことがあるのは、私のほかにこの平塚白銀ただ一人ぐらいなものだったのは奇妙なことだ。（略）左頭弦馬にしても、どうやら御多分に洩れなかったようだ」と書いている。ほかの文献から、このころ金来成や中島親が江戸川乱歩と何度か会っていたのは確かなのだが、光石介太郎はそのことを知らなかったか、あるいは忘れていたようである。

江戸川乱歩の随筆「欧亜二題」（読切小説集臨時増刊号『捕物小説祭り』荒木書房新社、一九五二年十一月、巻号表示なし）によれば、金来成は乱歩に「帰鮮の後にも手紙をよこしていたが、そのうちに日支事変となり、十年以上お互の消息を知らないで過」ごす（引用は『江戸川乱歩推理文庫63／子不語随筆』講談社、一九八八より）。金来成と江戸川乱歩の戦後の交流については後述する。

5　探偵小説芸術論争

金来成《キム・ネソン》は一九三六年三月に早稲田大学を卒業し、五年間の留学生活を終えて朝鮮半島に帰った。ところで、金来成が日本でデビューしたころ、『ぷろふいる』のある連載が探偵小説界に波紋を投げかけていた。一九三五年一月号から一二月号まで連載された甲賀三郎の「探偵小説講話」である。この連載で甲賀三郎は、「本格探偵小説といふものは、要するに犯罪捜査小説であり、それに適当な謎とトリックを配し、読者に推理を楽しませるものであり、一面からいへば、文学としては幼稚で窮屈で、千篇一律的のものであ」り、一方で「変格物は要するに探偵趣味を多分に含んでゐればいゝので、取材自由、トリックの有無は問題にならず、より文学的に表現することが出来る」と述べ、名称の問題として、変格物を「探偵小説」と呼ぶべきではないと主張する（一月号）。そしてまた、本格探偵小説は作家の力次第では芸術に近づけ得るが、約束事に縛られているから芸術にはなり得ない、変格物は本格物よりはより芸術的になり得るが、それでも多少の約束事がある以上、芸術そのものにはなり得ないと主張する（二、三月号）。甲賀三郎は一方で変格物の価値を大いに認め、また芸術味を加えた本格探偵小説がただの本格探偵小説よりも良いものであるとはいっているのだが、甲賀三郎の意見は変格物の排斥、探偵小説における芸術性の否定と受け取られた。そして、甲賀三郎が連載中で使っている用語を使えば、「変格支持派」、「芸術派」からの反論が巻き起こり、探偵小説界全体を巻き込む議論になったのである。江戸川乱歩も『ぷろふいる』の同年一〇月号で「芸術派探偵小説」について自分の見解を述べている（随筆集『鬼の言葉』に「探偵小説と芸術的なるもの」という題で収録）。そして翌年には当時新人作家だった木々高太郎が『ぷろふいる』に「愈々《いよいよ》甲賀三郎氏に論戦」（一九三六年三月号）を寄稿し、そのタイトル通り、甲賀三郎に論戦を挑む。甲賀三郎の「探偵小説講話」に端を発するこの一連の論争は「探偵小説芸術論争」として知られている。

　探偵小説の定義や範囲、その芸術性をめぐる論議はそれまでにもあったが、それが一つのピークを迎えたのが一九三五年前後だった。「探偵小説講話」ではＹＤＮペンサークルのメンバーの光石介太郎、平塚白銀、石沢十郎の作品が批判されており（単に「面白くない」といわれているものも含む）、また平塚白銀が青地流介名義で『ぷろふいる』一九三五年三月号に寄稿した探偵小説論「春閑《はるのどか》毒舌録《きままのよせがき》」（本叢書『水上幻一郎探偵小説選』所収）が大きく紙幅を割いて批判されている。当然、サークルの会合では変格物の位置づけや探偵小説の芸術性について活発な議論が行われたことだろう。金来成が留学時代に発表した最後の文章は『月刊探偵』一九三六年四月号の「探偵小説の本質的要件」だったが、これはまさしく、この論争に反応して書かれたものだった。一九三六年の春に朝鮮半島に帰って以降も、金来成は「探偵小説は芸術たり得るか」という問題意識を持ち続ける。そして、「純文学的な情熱と探偵小説的な情熱をともに手放」さずに、「探偵小説の条件をどこまでも墨守しながら、人間性を描くことを唯一の主題とし」た長篇探偵小説『思想の薔薇』を日本語で執筆し（『思想の薔薇』自序、祖田律男訳）、続いて先にも触れたように、芸術作品を目指した変格短篇群を韓国語で執筆していくのである。

6　朝鮮半島初の探偵小説専門作家として活躍

朝鮮半島に帰った直後の京城（現・ソウル）での暮

らしぶりについては、『思想の薔薇』の自序に詳しい。金来成《キム・ネソン》は一九三六年五月に結婚をするが、就職活動に励むのも気が進まず、借家暮らしをしながら妻と散歩ばかりして過ごす。そして「生活に対する不安と自尊心とのジレンマの中で」、長篇『思想の薔薇』を執筆する。自序の中に遺産への言及があるが、小地主だった金来成の父は一九一九年に亡くなっており、母も一九二六年に亡くなっている。

『思想の薔薇』を書き上げたのがいつなのかは不明だが、このような生活に転機が訪れたのは一九三七年二月のことだった。日本語作品「探偵小説家の殺人」を翻訳改稿した韓国語作品「仮想犯人」が『朝鮮日報』に連載されることになったのである。これによって朝鮮半島において再デビューを果たした金来成は、同年には劉不乱が登場する二つの少年向け探偵小説『白仮面』(完結は翌年)と『黄金窟』を連載し、変格短篇「狂想詩人」を発表する。そして翌年以降、「殺人芸術家」(「楕円形の鏡」の翻訳改稿版)、「屍琉璃」(のちに「悪魔派」に改題)、「白蛇図」、「異端者の愛」、「霧魔」、「復讐鬼」、「第一夕刊」、「秘密の門」などの短篇探偵小説や、ベストセラーとなった劉不乱物の長篇探偵小説『魔人』(一九三九)などを発表する。また同時期にホームズ物やルパン物の翻案を行ったり、《世界傑作探偵小説全集》(一九四〇～四一、全三巻?)の第一巻として『赤毛のレドメイン家』を韓国語訳したり(別の人が訳した『ルルージュ事件』との合本)、ラジオ放送で探偵小説について語ったり、雑誌に探偵小説論を寄稿したりするなど、朝鮮半島に探偵小説を広めるため八面六臂の活躍をする。それは確かに、「韓国の江戸川乱歩」と形容するにふさわしい活躍ぶりだといえるだろう。金来成がイーデン・フィルポッツの『赤毛のレドメイン家』を韓国語訳しているのは注目される。この作品は江戸川乱歩が激賞した探偵小説として知られるが、乱歩がこの作品を原書で読んだのは一九三五年のことで、『ぷろふいる』の同年九月号に熱烈な賛辞を寄せている。同年末からは、雑誌で同作を翻案した『緑衣の鬼』の連載を始めるほどだった。金来成は乱歩の賛辞を当然読んだだろうし、ひょっとしたら直接会ったときにこの作品が話題になったこともあったかもしれない。同作は一九三五年十月に井上良夫訳で『赤毛のレドメイン一家』のタイトルで邦訳出版されている。金来成はおそらくはこれを韓国語に訳したのだろう。

朝鮮半島初の探偵小説専門作家として活躍した金来成

だったが、しかし彼が伸び伸びと探偵小説を書ける時間はあまり長くなかった。探偵劉不乱は『魔人』に続いてさらに二つの長篇探偵小説に登場するが、時局の影響を受け、第二作『台風』（一九四二～四三）、第三作『売国奴』（一九四三～四四）はスパイ物の色合いが濃くなっているそうだ。金来成が終戦までに韓国語で発表した創作探偵小説は長篇三篇、短篇一ダースほど、そして少年向け長篇が二篇である。

なおこの間、金来成は一九三八年から一九四〇年まで朝鮮日報社に、一九四一年から一九四五年まで和信百貨店の文房具売り場に勤めている。盲腸炎で入院することになって急に金が必要になったために『魔人』は著作権を手放してしまったそうで、単行本がベストセラーになったにもかかわらず大きな収入にはならなかった。『台風』は一九四四年に単行本化され、やはりベストセラーとなった。専業作家になったのは一九四五年以降である。

金来成は一九四五年五月に現在の朝鮮民主主義人民共和国の東部、咸鏡南道《ハムギョンナムド》に疎開し、この地で終戦を迎え、ソウルに戻る。戦後、金来成はまずラジオ小説の作家として成功した。一九四六年、少年向けの冒険探偵物『トルトリの冒険』と、『モンテ・クリスト伯』を翻案した『真珠塔』がラジオ放送で人気を博し、前者は同年に、後者は翌年に単行本化される。『トルトリの冒険』は映画化もされ、『真珠塔』の方は単行本がベストセラーとなった。一九四〇年代後半にはこの二冊以外に、創作探偵小説集二冊（『狂想詩人』、『秘密の門』）、ホームズ物の翻案・翻訳短篇集『深夜の恐怖』（一九四七）、ルパン物の『奇巌城』を翻案した『宝窟王』（一九四八）、ガボリオの『ルルージュ事件』を翻案した『魔心仏心』（一九四八）、ボアゴベの『鉄仮面』を少年向けに翻案した『秘密の仮面』（一九四九）などを上梓している。

しかしどうもこのころ、金来成は次第に探偵小説への情熱を失っていったらしい。一九四九年刊行の創作探偵小説第二集『秘密の門』の序文でその率直な感情を吐露している（拙訳。なお序文末尾には「一九四九年四月十二日」と日付けが入っている）。

> これは第一創作集『狂想詩人』に次ぐ、私の二番目の探偵創作集である。そしてこの一冊は、過去十五年間における私の探偵作家としての燃え上がるような情熱が一つに結晶した創作集である。

金来成（1952年）

　今回の上梓にあたって、校正の筆を執りつつじっくり考えてみると、作品ごとに探偵文学への純粋な情熱が炎のように躍動していることを発見して、当時の幸福だった自分自身が回想され、現在の自身を限りなく寂しく思う。なぜならば、現在の私にはこのような熱狂的な作品を執筆する情熱が完全に失われてしまっているからだ。
　歌を忘れたカナリヤは、いつまた歌を歌うのだろう?

　戦後、金来成の創作の情熱は新たな方向に向かっていた。一九四六年以降金来成は、少年向けの冒険探偵物や翻案探偵小説を発表する一方、終戦後の混乱やその中での人々の生活、民族意識などを題材にした純文学的な短篇を少しずつ発表している（一九四七年刊の『幸福の位置』、一九五一年刊の『夫婦日記』にまとめられた）。そして一九四九年には、のちに自身の大衆文学作家としての代表作となる全五部の大河小説『青春劇場』の新聞連載を開始する。これは一九四五年に疎開先で起稿したという作品で、第二次世界大戦末期の東アジアを舞台とし、金来成自身を思わせる人物を主人公に、青春や恋愛、植民地体制の悲劇などを描いた作品である。金来成はしばし探偵小説から離れて、『青春劇場』の執筆に新たな情熱を燃やす。
　この連載の途中、一九五〇年六月二十五日、朝鮮戦争が勃発する。

7　戦後の江戸川乱歩との文通

　一九五二（昭和二七）年、江戸川乱歩のもとに金来成《キム・ネソン》から手紙が届く。乱歩は随筆「内外近事一束」（『宝石』一九五二年九・一〇月号）に以下のように書いている。なお、文脈を分かりやすくするため、先ほどの引用と一部重複して引用していることをお断りしておく。

　七月はじめ、大韓民国釜山市在住の作家金来成君から、飛行便の手紙が着いた。金君はその前に、岩谷書店気附で九鬼澹君に手紙をよこし、私の住所を訊ね、もとの池袋に居ることがわかつたので、今度は直接私の所へ手紙をくれたのである。

今、朝鮮へは、正しいルートでは、日本の本や雑誌は入らないが、闇で入る事があり、「宝石」なども読んでいて、私の随筆や写真を見て、随分お年をおとりになつたなどと書いて来た。金君と東京で会つていた頃から十八年もたつた事を、同君の手紙で気ずい《ママ》たわけである。

（略）

私は当時同君と二三度しか会つていない。朝鮮に帰るといつて、暇乞いにやつて来たのは、はじめて会つてから一年もたつていなかつたのではないかと思う。非常な感激屋で、情熱家で、文学青年であつた。今度来た手紙にも、その性格が充分残つている。しかし、同君も随分おもかげが変つた。四十三四才だが、著書の巻頭に入つている写真を見ても、ちよつと昔の姿は浮かんで来ない。金君の方でも、「宝石」の私の写真を見て、説明文がなければ分らなかつただろうと書いている。その金君の写真は網目銅版なので、うまく出ないかも知れぬが、この頁に掲げておく。【引用者註：右掲写真】

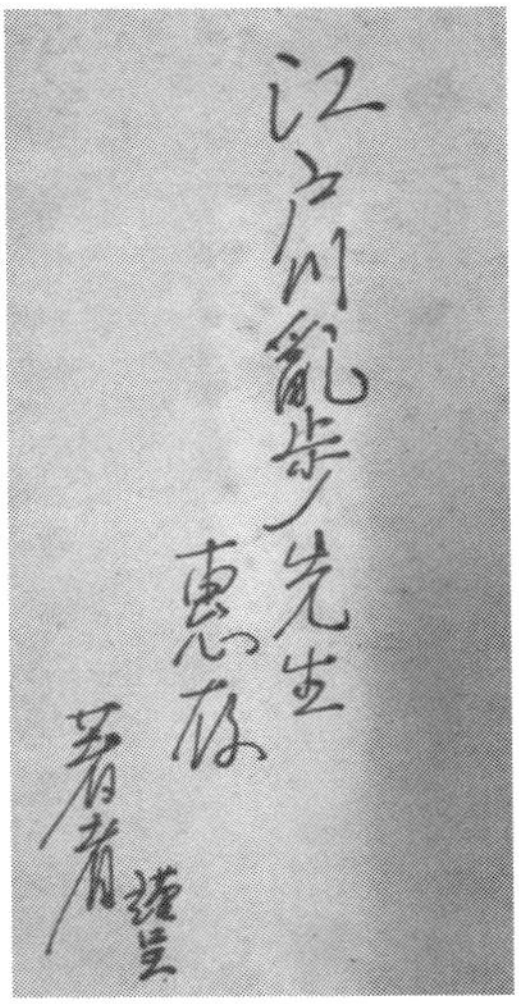

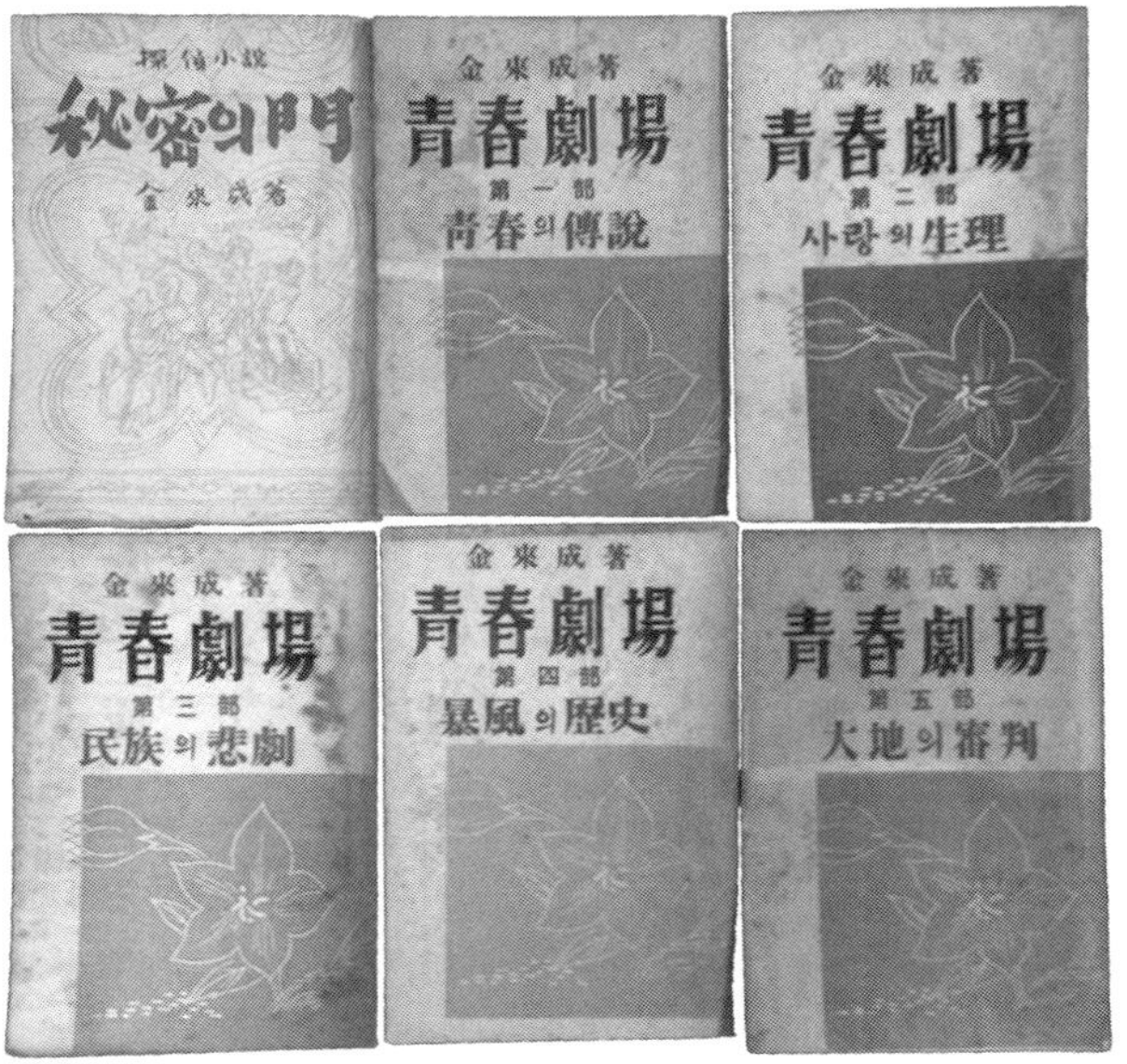

立教大学江戸川乱歩記念大衆文化研究センター蔵

飛行便の手紙から数日後に、船便で送つてくれた同君の著書が着いた。それは「秘密の門」という短篇探偵小説一《ママ》冊と、「青春劇場」という五部作の大著五冊であつた。

金来成は『青春劇場』の執筆を一九五二年一月に終えている。それで少し余裕ができたのだろうか。このころには闇で入ってくる日本の探偵雑誌『宝石』を読んだりもしていたという。このとき船便で届いた『秘密の門』と『青春劇場』五部作は池袋の江戸川乱歩邸に今も所蔵されている（前ページ、二〇一四年五月撮影）。六冊とも金来成の直筆で「江戸川乱歩先生恵存　著者謹呈」と記されている（写真は『青春劇場』第一部のもの）。

続いて乱歩は、朝鮮半島に帰って以降の金来成の状況を紹介する。

金君は昭和十年頃朝鮮に帰つてから、「朝鮮日報で三年間記者生活をやり、その後はずつと探偵小説を書いています。丁度日本に於ける江戸川師のような立場で創作探偵小説の開拓者として云々」（九鬼君への手紙）と書いている。今度の戦争で、京城の家を焼かれ、身を以て釜山にのがれ、今はそこに定住して、作家生活をつづけている。送つて来た五部作の「青春劇場」は普通小説だが、これが最近の南鮮に於けるベストセラーとなり、同君は流行作家になつているらしい。

このとき金来成は、自作の日本語訳を日本の雑誌に載せることや、来日して旧友と会ったり、探偵作家クラブ（現・日本推理作家協会）の様子を見たりすることを希望していた。引き続き、乱歩の「内外近事一束」から引用する。

同君は自作を日本訳にして、こちらの雑誌にのせたい希望のようだし、又久しぶりで東京に来て、旧知に会いたい、東京の作家クラブの様子も見たい意向なのだが、渡航がむずかしいので、探偵作家クラブの名で招待状を送つて下されば、渡航出来るかも知れないと、九鬼君への手紙に書いている。クラブの幹部に相談して、その便宜をはかりたいと思つている。

残念ながらこのころ、金来成の作品が日本の雑誌に載ったことはなかったようだ。乱歩は同年の随筆「欧亜二題」（前掲）では、「金君は自分の諸作品について、詳しい報告をしているが、それは別の機会に、探偵雑誌に紹介したいと思っている」と書いている。しかし、その「別の機会」もどうやら訪れなかったようである（なお「欧亜二題」は朝鮮半島の探偵小説の歴史を金来成の手紙に基づいて紹介する随筆。乱歩がそれについて質問する手紙を送ったらしい）。

来日希望の件については、『探偵作家クラブ会報』一九五二年一一月号（六六号）に続報が載っている。同号の江戸川乱歩「海外近事」内の「金来成君に招請状」を全文引用する（この記事では「金来成」には「キンライセイ」とルビがついている。日本で韓国人の名前を現地読みで呼ぶようになったのはここ十数年のことだ。当然金来成は東京留学中には「キンライセイ」と名乗っていただろうし、乱歩も彼のことをそう呼んでいただろう）。

> 「宝石」九・十月合併号に紹介した南鮮の探偵作家、金来成《キンライセイ》君が一度東京に来て旧知に会いたいし、ＭＷＪの様子も見たいが、渡航が制限されているので、ＭＷＪからの招請状を韓国政府に送つてくれれば、行けるかも知れないと云つて来たので、大下会長その他幹部の諸君に相談して、招請状を飛行便で送つておいた。十一月の記念会に間に合い、金君が会場に姿を見せてくれるといいと思つている。

ＭＷＪというのはMystery Writers of Japanすなわち探偵作家クラブ（現・日本推理作家協会）のことである。当時の会長は大下宇陀児《うだる》であった。「十一月の記念会」というのは、探偵作家クラブ五周年記念祭のこと。金来成の来日を実現させるため、探偵作家クラブは韓国政府に手紙を送ったが、来日は実現しなかった。会報の翌月号を見ると、十一月二十八日に開かれた探偵作家クラブ五周年記念祭に祝辞を寄せた海外の団体・作家の一覧の中に「韓国作家、金来成氏個人祝辞」との記載がある。もしかしたら金来成は、渡航が叶うのならば、『思想の薔薇』（の原形の日本語作品）の原稿を持って来日し、乱歩を通じて日本の出版社に原稿を託そうということを考えていたのかもしれない。日本と韓国の国交が正常化するのはこの十三年後の一九六五年のことであった。

時間は前後するが、乱歩は『探偵作家クラブ会報』一九五二年一〇月号（六五号）でも金来成に関連する記事を書いている。江戸川乱歩「海外消息」内の「金来成君より依頼」を全文引用する。

「宝石」に紹介した南鮮作家、金来成《キンライセイ》君から同君の大著「青春劇場」(普通文学の大長篇)が無断日本訳され発売されているということを伝え聞いたが、どこの本屋から出ているか、若しその本が手に入れば見たいと思うから、探してもらえまいかという手紙が来た。私は気づいていないが、若し会員諸君でお気づきの方があつたら、私まで知らせてほしいと思います。

『青春劇場』の日本語訳の存在は確認できていない。このときの金来成と乱歩の文通がどれぐらい続いたのかは不明である。ただ、乱歩が一九五三年以降に随筆等で金来成に言及していないところを見ると、一九五二年七月に最初の手紙が来て、年内に何通かやり取りをしただけで終わってしまったものかと思われる。なお、乱歩の蔵書や手紙類を管理している立教大学江戸川乱歩記念大衆文化研究センターに問い合わせて調べていただいたが、金来成が江戸川乱歩に送った手紙は残念ながら残っていない。

金来成は戦後、乱歩に手紙を送る前に九鬼紫郎に手紙を送っている。そのときのことについて、九鬼紫郎は「「ぷろふいる」編集長時代」(『幻影城』一九七五年六月号)で以下のように書いている。

金君は第二次「ぷろふいる」が出ると、航空便の手紙を私に三通送ってくれた。私もまた金君に返書を出したが、彼は朝鮮(南)の唯一の探偵作家であること、本も沢山出していることなどを、教えてくれやがて探偵小説本一冊、青春小説本四冊を私に寄贈してくれたが、探偵小説本はアルセーヌ・リュパンものみたいであった。金君の航空便三通は、乱歩先生が貸せというので貸し、そのままであり、本は青春小説の一冊が、私の手許にあるだけとなった。同君は来日を希望し、乱歩さんも助力したようだが微妙な国際時期なので、どうもうまくゆかずじまいである。金君のその後のことはわからない。

第二次『ぷろふいる』は後継誌の『仮面』も含め、一九四六年七月から一九四八年八月にかけて全十二冊刊行されている。編集は九鬼紫郎が務めた。九鬼紫郎に手紙が届いたのがそのころだとすると、金来成から乱歩のもとに手紙が届いたのは一九五二年七月なので、だいぶ間が空いている。あるいは、九鬼紫郎の記憶違いだろうか。

　金来成が送ってきた本の中に「アルセーヌ・リュパンものみたい」なものがあったとのことだが、これは金来成がモーリス・ルブランのルパン物の長篇『奇巌城』を翻案した『宝窟王』（一九四一年に『怪巌城』として連載を開始したが中断、加筆して一九四八年刊行）のことではないかと思う。また「青春小説本四冊」は、乱歩も受け取った『青春劇場』のことだろう。『青春劇場』は全五巻だが、奥付によれば第四巻は一九五一年十一月、第五巻は一九五二年二月に刊行されている。「四冊」というのが第一巻から第四巻だったとすれば、九鬼紫郎のもとに著作が送られてきたのはその間の期間だと推定してもいいかもしれない。ただ、最初に第四巻まで送ったにしても、第五巻が出たらそれも送るのが普通だろう。そうすると、「四冊」というのも記憶違いだろうか。実際のところ、九鬼紫郎と金来成がいつごろ手紙をやり取りしたのか、金来成の本を九鬼紫郎がいつごろ受け取ったのかはよく分からない。

　このように戦後にも文通したことが印象に残っていたということもあるだろうが、九鬼紫郎は一九七五年の著書『探偵小説百科』（金園社）の「ぷろふいる」の項目で同誌が生んだ作家として西尾正、中村美与子、金来成の三人を特に挙げている。

　ところで、江戸川乱歩は金来成の作品をどのように評価していたのだろうか。金来成の友人だった韓国の歴史小説家の鄭飛石《チョン・ビソク》（一九一一～一九九一）は追悼文「来成兄の話」（『新太陽』一九五七年四月号、引用は拙訳）で金来成について、「東京留学時に日本の探偵小説界の大家である江戸川乱歩に私淑し、彼の門下に出入りし、また学生時代すでに日本語で探偵小説を書いて発表したこともあった。そして江戸川氏も来成兄の探偵小説家としての才能を高く評価し」云々と書いているが、実際のところ、江戸川乱歩が金来成の作品をどのように評価していたのかは分からない。乱歩が直接かまたは手紙で金来成の作品を褒めたことがあって、それを金来成本人から聞いて鄭飛石《チョン・ビソク》はこのように書いたのかもしれないが、少なくとも公表された随筆等では、江戸川乱歩は金来成の作品内容について言及していないのである。

8　金来成《キム・ネソン》の晩年とその後

戦火を避けて一九五一年から釜山《プサン》に移っていた金来成だが、一九五三年七月に朝鮮戦争が休戦となり、しばらくしてソウルに戻る。その間、一九四九年から新聞連載していた『青春劇場』を一九五二年に全五部で完結させ、続いて同年には朝鮮戦争を背景とする大衆文学作品『人生画報』の新聞連載を開始している。これらの作品の成功により、一九五〇年代の金来成は大衆文学作家として人気を博していくことになる。この両作品は韓国で複数回映画化・テレビドラマ化されているが、『人生画報』の方は二〇〇二年にも平日朝に放送される連続テレビ小説の枠でドラマ化されているので、日本の韓流ドラマファンにとっては金来成は探偵作家というよりこのドラマの原作者だといった方が通りがいいかもしれない。同系統の長篇にはほかに『白鳥の調べ』、『恋人』、そして絶筆となった『失楽園の星』がある。

一方で金来成は、一九五二年には随筆「探偵小説二十年史」を連載し、一九五三年には長篇探偵小説『思想の薔薇』の連載を開始している。そしてそれ以降、一九五七年に死去するまでに『赤い蝶』や、少年向けの『黒い星』、『黄金蝙蝠《こうもり》』といった長篇探偵小説をやはり雑誌連載の形で発表している。もっとも、『思想の薔薇』は何度も述べたようにもとは一九三〇年代に執筆されたものであり、『赤い蝶』はバロネス・オルツィーの『紅はこべ』の翻案、『黒い星』はジョンストン・マッカレーの*The Black Star*（邦訳は改造社《世界大衆文学全集》第五十三巻『黒星』一九三〇など）の翻案、『黄金蝙蝠』は自身の作品である『トルトリの冒険』を改稿・加筆したものである。探偵小説への情熱を失ったという感情を『秘密の門』の序文で吐露した一九四九年以降、金来成は完全なる新作の創作探偵小説は一作も執筆していない。ただ、過去の自作の改稿にしろ翻案にしろ、一九五三年以降、このように探偵小説の発表を続けていたということには注目するべきだろう。日本の探偵雑誌『宝石』を読んだり江戸川乱歩や九鬼紫郎と文通したりするなかで、金来成は次第に探偵小説への情熱を取り戻していったのかもしれない。当時『宝石』には乱歩の随筆「探偵小説三十年」が連載されていたので、金来成の「探偵小説二十年史」がそれに触発されて書かれたのは間違いないだろう。『思想の薔薇』については、日本側との連絡がどうもうまくいかなくなり、日本での発表をあきらめて韓国で翻訳発表することにしたということもあるだろうか。

『思想の薔薇』は雑誌が廃刊になったようで数回で連載が途絶し、掲載誌を変えて一九五四年から一九五六年まで連載されたが、この間、金来成はほかの雑誌や新聞、少年向け雑誌などでも長篇を連載しており、多いときには同時に四つの長篇連載をかかえている。こうして金来成は人気の絶頂を迎えるが、このような旺盛な執筆活動が彼の命を削ってしまったということもあるだろう。一九五六年から新聞連載していた『失楽園の星』を完結させないまま金来成は脳溢血で倒れ、一九五七年二月十九日、四十七歳で逝去した。臨終の直前に洗礼を受け、カトリック墓地に埋葬されたという。『失楽園の星』は金来成の構想ノートを元に金来成の長女が完結させ、同年に単行本が刊行された。

　金来成の訃報は日本の探偵小説界には伝わらなかった。死去の十八年後、『幻影城』一九七五年六月号で『ぷろふいる』特集が組まれ、金来成の「探偵小説家の殺人」が再録されたが、その特集の扉ページでは金来成について「戦後は韓国で探偵作家として活躍しているとのことである」と書かれている。また同号で中島河太郎は「金はたしか戦後に現代小説の著書があると聞いた。今も健在のはずである」と書いている（「「ぷろふいる」五年史」）。これらは先に引用した江戸川乱歩の随筆に依拠するものだろう。金来成の朝鮮半島における業績が日本で詳しく紹介されるには、さらに約二十年を待つ必要があった。一九九四年、現・関西学院大学社会学部教授の李建志氏が『創元推理5』（一九九四年夏号、一九九四年七月）に「韓国「探偵小説」事始め――韓国ミステリーの創始者・金來成《ママ》と『ぷろふいる』誌」を寄稿する。そして翌年には、『現代思想』一九九五年二月号（特集＝メタ・ミステリー）に「金來成《ママ》という歪んだ鏡」を寄稿する。金来成について日本でまとまった紹介がなされたのはこれが最初である。ただ、その後も金来成の韓国語作品が日本で翻訳紹介される機会はなかった。

　そしてそれからさらに約二十年が経ち、本書の刊行によりまずは金来成の日本語作品が手に取りやすい形でまとまることとなった。続いて《論創海外ミステリ》から金来成が韓国語で執筆した長篇探偵小説『魔人』が翻訳刊行されることが決まっているが、これは本書に収録された長篇『思想の薔薇』とはかなり趣の違う作品である。

ぜひ合わせて手に取っていただきたい。そして金来成の一ファンとして、今後もさらなる翻訳紹介が続くことを願っている。

9　作品解題

以下、本書収録の各篇について、簡単に解題を付す。

〈創作篇〉

創作篇ではまず、金来成《キム・ネソン》が日本語で執筆した探偵小説三篇（「楕円形の鏡」、「探偵小説家の殺人」、『思想の薔薇』）を先に収録した。再三述べたとおり、このうち『思想の薔薇』はもとは日本語で執筆されたが、日本語の原稿は残されておらず、本書では韓国語からの翻訳で収録している。ユーモア掌篇「綺譚・恋文往来」（日本語作品）は発表順では「楕円形の鏡」と「探偵小説家の殺人」の間に来るが、後ろに回した。そのあとに短篇「恋文綺譚」を韓国語からの翻訳で収録している。

「**楕円形の鏡**」は、『ぷろふいる』一九三五年三月号（三巻三号）に掲載され、翌年十月刊行の『新作探偵小説選集』昭和十一年版（ぷろふいる社）に収録された。

舞台となっているのは金来成が青少年時代を過ごした平壌で、韓国の伝統的な衣服であるチマ、チョゴリ（本文での表記はゾゴリ）、伝統的な楽器である長鼓《チャンゴ》や伽耶琴《カヤグム》などの文物が登場している。作中人物の劉光影が発表したという論文「現代朝鮮詩調の再吟味」のなかの詩調《シジョ》というのは韓国の伝統的な定型詩で、正しい漢字表記は時《シ》調《ジョ》。登場人物の一人が世界文学全集でアレクサンドル・デュマ・フィスの『椿姫』を読んでいるが、この全集というのは金来成が高等普通学校時代に愛読したという新潮社の《世界文学全集》だろうか。『椿姫』はその第三十巻に収録されている。

探偵役の劉光影は平壌を流れる大同江《だいどうこう》の中州の一つである綾羅島《りょうらとう》で、事件解決の糸口となる光景を目撃する。それは尾崎紅葉『金色夜叉』の映画撮影の現場だった。「楕円形の鏡」を金来成自身が翻訳改稿した韓国語作品「殺人芸術家」では、『金色夜叉』は趙重恒《チョ・ジュンファン》の『長恨夢《ちょうごんむ》』（一九一三）に置き換えられている。なぜそんなことが可能なのかというと、『長恨夢』というのは『金色夜叉』を翻案した韓国語作品なのである。間寛一は李守一《イ・スイル》、お宮は沈順愛《シム・スネ》という名前になっており、有名な熱海の海岸のシーンは『長恨夢』では大同江の川辺で繰り広げられる。この『長恨夢』は朝鮮半島において相当な人気を博し、李守一《イ・スイル》と沈順愛《シム・スネ》の名前は今でも知らない人がいないぐらいだそうだ。二十世紀初頭の朝鮮半島では日本の小説（翻案小説含む）を翻案（再翻案）した韓国語作品が複数出ていて、ほかにはたとえばユーゴーの『レ・ミゼラブル』を原作とする黒岩涙香の翻案小説『噫《ああ》無情』（一九〇二〜〇三）を再翻案した閔泰瑗《ミン・テウォン》『哀史』（一九一〇）や、デュマの『モンテ・クリスト伯』を原作とする黒岩涙香の翻案小説『巌窟王』（一九〇一〜〇二）を再翻案した李相協《イ・サンヒョプ》『海王星』（一九一六）などがあった。

「楕円形の鏡」を翻訳改稿した韓国語作品「殺人芸術家」は朝鮮日報社出版部の月刊誌『朝光』に一九三八年三月号（四巻三号）から五月号（四巻五号）まで全三回にわたって連載された。また、オリジナル版の「楕円形の鏡」の方は韓国では『季刊推理文学』一九八八年冬号（創刊号）で初めて翻訳紹介され、その後アンソロジーに収録されたりもしている。本書にも収録した『思想の薔薇』の自序では、「楕円形の鏡」が「運命の鏡」とされているが、その理由は不明である。韓国でもこの作品が「運命の鏡」というタイトルで発表されたことはない。

「楕円形の鏡」（一九三五）が「朝鮮人による最初の探偵小説である」（『近代朝鮮文学日本語作品集1901〜1938 評論・随筆篇』第三巻、緑蔭書房、二〇〇四）などと書かれることがあるが、これは誤りである。比較的知られたところでは、早稲田大学英文科を中退した純文学作家の蔡萬植《チェ・マンシク》が一九三四年に『朝鮮日報』で正体を隠して連載した長篇探偵小説『艶魔《えんま》』（韓国語）があるし、それ以前にも韓国語による探偵小説は散発的に発表されていた。ただし、どの作品を朝鮮半島における近代的な探偵小説の嚆矢とするかはいまだに議論がある。最も古いものとしては、一九〇八年から一九〇九年にかけて新聞連載された李海朝《イ・ヘジョ》の『双玉笛《そうぎょくてき》』が朝鮮半島における最初の探偵小説として挙げられることもある。

また、「楕円形の鏡」は少し前までは韓国人（朝鮮人）による最初の日本語探偵小説とされていたのだが、それも実はそうではないことが近年明らかになっている。植民地期韓国の日本語文学を研究している高麗《コリョ》大学校の兪在眞《ユ・ジェジン》副教授の研究により、京城（現・ソウル）で刊行されていた日本語雑誌『朝鮮地方行政』一九二九年一一月号〜一九三〇年一月号に金三圭《キム・サンギュ》という人物による日本語探偵小説「杭に立つたメス」が連載されていたことが知られるようになったのである。作者の金三圭《キム・サンギュ》は経歴等は一切不明なのだが、日本人が韓国人名を名乗って作品を発表した事例は見当たらないことから、韓国人だろうと推定されている。

「探偵小説家の殺人」は、『ぷろふいる』一九三五年一二月号（三巻一二号）に掲載された。のちに『幻影城』一九七五年六月号（一巻五号）に再録されている。

こちらは京城《けいじょう》、現在のソウルが舞台である。この作品で初登場した探偵小説家の劉不乱は、その後金来成の長篇『魔人』、『台風』、『売国奴』、少年向け長篇『白仮面』、『黄金窟』にも登場している。劉不乱が古本屋で『江戸川乱歩全集第十巻／黄金仮面他五篇』という本を手に取るシーンがあるが、これは実在する書籍で、一九三一年に平凡社より刊行されている。その二六九ページを見ると確かに作中で引用されているのと同じ文章が見つけられるが、句読点や助詞等が違っていて、正確な引用にはなっていない。なお、金来成本人が「探偵小説家の殺人」を翻訳改稿した韓国語作品「仮想犯人」では、ここで『黄金仮面』の詳しいあらすじ紹介がある。『黄金仮面』はいまだに韓国語訳はない。江戸川乱歩は韓国では中短篇がすべて訳されているが、長篇は『孤島の鬼』と、少年探偵団シリーズが何作か訳されているだけである。ポーの小説「ゴールド・バッグ」というのは「黄金虫」*The Gold-Bug* のこと。劉不乱は『黄金仮面』に挟まれたしおりに「黄金虫」に出てくるような暗号を見つけるが、それが読者に示されないのは物足りない。劉不乱が自身を映画『曲芸団』のエミール・ヤニングスや『カルメン』の登場人物ドン・ホセに例えるシーンがある。エミール・ヤニングス（Emil Jannings 一八八四～一九五〇）はドイツの俳優。『曲芸団』または『ヴァリエテ』*Varieté* は一九二五年のドイツ映画。『カルメン』はフランスの作家プロスペル・メリメの小説。改造社《世界大衆文学全集》の第四十四巻（一九三〇）に収録されているが、金来成はこれで読んだのだろうか。

掲載翌月号には次のような評が掲載されている（明らかな誤植は訂正した）。

息詰まるやうな――といふ形容がもつとも相応しく思はれる力作である。これは金氏の第二作であるが、書出しからまづ読者を異常な興味へ引ずつてゆくといふ、素人らしくない味は前作『楕円形の鏡』と同様で、なによりもこれは金氏が有望な、作家的タレントを持つた人物である事を物語る。入選作もこれ位なら恥しくないが、更にこれ以上の力作を書いて、堅陣の敷設に務められたい。（洛北笛太郎「作品月評」）

〝探偵小説家の殺人〟前半の力強い迫力を読者《よむひと》に感ぜさせる金来成氏の筆力にぐん〳〵引張られて行つてしまつた。犯人がわかつてゐる様でゐてわからないテクニツクに作者の懸命なる努力にぴしり〳〵と胸を打たれた。作者のねらつた所もよくわかるし、無理のない迷路も取り込んであつて面白い。唯最後《ラスト》の時計の部分が或る不満をいだかせた様です。でも金魚や鏡にうつゝた犯人の顔などのトリツクがあつて引しめてゐた所など用意周到な作者の情熱があふれてゐて、重々しい傑作であつた。昭和十年の最後を美しくしてくれた金来成氏の将来を見守つてゐます。（笛色幡作「ユーモア？」）

以上の二つは非常に好意的である。一方で、具体的な内容への言及はないが、秋野菊作（西田政治《まさじ》）の評はなかなか手厳しい。

夢野久作氏の「二重心臓」と金来成氏の「探偵小説家の殺人」。似てゐるやうな似てゐないやうな。似てゐると云へば探偵劇を取り扱つたところ、似てゐないのは出来栄えの雲泥の相違のところ。勿論、一流大家と新人とでは、相撲になるまいが――この二作を読み較べてみることも、何かの参考には成るまいものでもない。（秋野菊作「毒草園」）

夢野久作「二重心臓」は『オール讀物』一九三五年九月号から一一月号まで三回にわたって連載された作品。「探偵小説家の殺人」を翻訳改稿した韓国語作品「仮想犯人」は『朝鮮日報』に一九三七年二月十三日から三月二十一日まで連載された。これが金来成の韓国語でのデビュー作である。また、オリジナル版の「探偵小説家の殺人」の方は韓国ではジャンル小説誌『ファンタスティーク』二〇号（二〇〇九年春号、金来成百周年特集）で初めて翻訳紹介された。

『思想の薔薇』（原題『思想의 薔薇』）は、韓国の雑誌

庚文出版社版（1964年）

『新太陽』（新太陽社、ソウル）に一九五四年八月号から一九五六年九月号まで二十六回にわたって連載された。それ以前に、雑誌『新時代』一九五三年五月号（創刊号）でも一度連載が始まっているが、三回掲載されたところで雑誌が廃刊となってしまったようで、翌年『新太陽』で再度作品冒頭から連載が始まった。『新太陽』での連載初回のタイトル横には漢字で「藝術派探偵小説」との表示がある。それ以降もこれがもっとも多いが、単に「探偵小説」や「連載小説」とされている場合もある。単行本は第一章から第九章までを収録した「前篇」と第十章から第十八章までを収録した「後篇」の二冊に分けて新太陽社から出版された。奥付によれば、前篇の刊行は一九五五年十一月、後篇の刊行は一九五七年四月である。後篇の方は金来成の死後の刊行ということになる。その後は一九六四年にソウルの庚文出版社からやはり前篇・後篇の二冊に分けて刊行されたのが最後で、その後五十年間、韓国では再刊されていない。韓国でも読むことが難しい作品である。

　この作品が『新太陽』での連載以前に『新時代』でも連載されていたという事実は、本書刊行の直前に韓国のミステリ評論家で雑誌『季刊ミステリ』の編集長でもある朴光奎《バク・クァンギュ》氏にご教示いただいた。朴《バク》氏には『思想の薔薇』連載時の『新太陽』の誌面も見せていただき、それによって、『思想の薔薇』が芸術派探偵小説として連載されていたということを知ることができた。ここに記して御礼申し上げる。

　本書に収録した自序は、一九五五年刊行の前篇に付されたものである。それによれば、『思想の薔薇』はもとは一九三六年に日本語で執筆した作品で、順序からいえば「楕円形の鏡」、「探偵小説家の殺人」に続く三番目の作品であり、金来成にとっての初の長篇小説である。そのように明記されている以上、現在読むことができる

『思想の薔薇』はその当時に書かれた原形をおおむね保っていると考えていいのではないかと思う。ただ気になるのは、一九三九年十二月の雑誌『文章』（一巻一一号）に掲載された随筆「蒼白な脳髄」で金来成が、白秀《ペク・ス》という人物を主人公とする『血柘榴』という未発表長篇があると書いていることだ（『血柘榴』という漢字表記は原文ママ）。これが後の『思想の薔薇』だろうと推察されるが、『血柘榴』というのは現在我々が読むことのできる作品のタイトルとしてはふさわしくない。確かに『思想の薔薇』にも石榴は登場しているが、それは主人公の白秀《ペク・ス》ではなく、その親の世代の因縁にまつわるものである。執筆当初は石榴が全体を貫くモチーフになっており、その一部を後年に薔薇に書き換えたのだろうか。

また、『思想の薔薇』の成立過程にはもう一つの謎がある。作中作部分である第六章の第一節から第三節までが、連載小説『血薔薇』の第一回として韓国の雑誌『文芸』の一九四八年五月号（創刊号）に掲載されているのである。この雑誌に金来成の作品が載っていることは、韓国の国文学者で二〇〇九年に金来成の『真珠塔』の復刊なども手掛けたパク・チニョン（박진영）氏が発見した。この雑誌については詳細が分かっておらず、第二号以降が刊行されたのかどうかも不明だそうである。金来成は未発表長篇『血柘榴』の一部を切り出して短篇として発表しようとしたのだろうか。それとも、当時はこの作中作部分が長篇の冒頭におかれていたのだろうか。

金来成は『思想の薔薇』の自序で、「この作品に探偵小説的な恐怖があり、サスペンスがあるにしても」それは「心理的なものであって、拳銃や覆面、追撃戦などからくるものではない」と述べ、また犯罪者の心理に深く立ち入った作品を書く作家としてジョルジュ・シムノンを挙げている。これを読んで思い起こされるのは、金来成が東京で創作活動をしていた時期の江戸川乱歩のいくつかの評論、随筆類である。当時の乱歩は、日本の探偵小説の目指すべき方向はドストエフスキー流の心理的スリルを用いた心理的探偵小説ではないかとの考えを持っていた。たとえば、『日本探偵小説傑作集』（春秋社、一九三五・九）の序文「日本の探偵小説」では乱歩は以下のように書いている（引用は光文社文庫『江戸川乱歩全集第25巻／鬼の言葉』二〇〇五より）。

探偵小説の将来という題目に接するごとに、私の胸中に先ず浮んで来るものは「心理的方向」という答案である。私が心理的というのは、最も高い例を示せば、ドストエフスキイのあらゆる作品に充満しているあの心理の方向を意味するものであり、もっと近い例で云えば、例えば独逸《ドイツ》のワルタ・ハアリヒの探偵小説「ドレッテ」に見る所の心理である。

ドイツの長篇探偵小説、ワルター・ハーリヒ『妖女ドレッテ』は『新青年』一九三四年春季増刊号に訳載されている。乱歩は『新青年』一九三五年一〇月号の「ハアリヒの方向」でも、「日本の本格探偵小説の（殊に長篇の）行くべき道」はハーリヒの『妖女ドレッテ』の方向ではないか、「あの方向にこそ、まことに豊饒な我々に未開拓の土地が残されているのではないか。無論あの作はドストエフスキイの通俗化であるが、すると我々のあこがれは依然としてドストエフスキイの心理的スリルの方向にあるのではないか」と述べている（引用は光文社文庫『江戸川乱歩全集第25巻／鬼の言葉』二〇〇五より）。当時『ぷろふいる』に連載していた随筆「鬼の言葉」でも乱歩はスリルの種類を説明し、ドストエフスキーの作品を心理的スリルの宝庫と述べ、またシムノンの『男の首』（当時の邦題は『モンパルナスの夜』西東書林、一九三五・一一）を優れた心理的探偵小説として称揚している（「スリルの説」三五・一二〜三六・一、「Simenonを称う」三六・二）。「心理的方向」を目指すべきではないかという当時の乱歩の考え方が、探偵小説芸術論争とともに、初の長篇探偵小説を書こうとする金来成の創作の方向に影響を与えたのは間違いないだろう。

『思想の薔薇』の舞台となっているのは、昭和一×年（西暦一九四〇年前後）の京城《キョンソン》である。原文でも西暦ではなく「昭和」が使われている。主人公の白秀《ペク・ス》の生い立ちや学歴などは金来成本人を思い起こさせるものになっている。一一二ページで白秀《ペク・ス》が口にする石川啄木の短歌「高きより飛びおりるごとき心もてこの一生を終《をは》るすべなきか」は歌集『一握の砂』（一九一〇）の「我を愛する歌」の章に収録されたものである。三〇二ページの「鍾閣《チョンガク》」は、随筆「鐘路の吊鐘」で紹介されている普信《ふしん》閣《かく》と同じ。「鐘閣」とも表記される。

『思想の薔薇』のテキストには大きな矛盾点が二つある。一つは祖田律男氏が訳者あとがきで書いている登場人物の生年の前後関係に関する矛盾である。これに関しては、第六章のいくつかの箇所で数字を変更することで訳文では矛盾を解消している。もう一つの矛盾は、犯人に殺害を決意させるようなある出来事があってから、実際に殺害に及ぶまでの経過日数である。犯人の行動に即して考えるとそれはおよそ二週間なのだが、作中に何度か出てくる日付け等に注目して読むと、一週間ということになってしまう。こちらに関しては、仮に矛盾を解消しようとすると修正するべき箇所が多岐にわたってしまうため、訳文でもそのままにしてある。

「**綺譚・恋文往来**」は、『モダン日本』一九三五年九月号（六巻九号）に柳不乱名義で掲載された。挿絵は高井貞二。同誌が毎月募集していたショート・ストーリー懸賞募集に入選して掲載されたもので、同号には金来成の作品を含め三篇の入選作が載っている。募集要項を見ると賞金は十円、優秀なものは二十円とされているが、金来成が受け取った額は分からない。金来成が柳不乱というペンネームを使用したのはこの作品のみである。初出誌を見てもルビがないが、金来成作品に登場する探偵役の劉不乱と同じく、日本語としては「りゅうふらん」と読むのだろう。劉不乱と柳不乱は韓国語ではどちらも「ユブラン」と読む。漢字そのものとしては「リュブラン」なのだが、韓国語では語頭のRは発音されないため、「ユブラン」となるのである。これはモーリス・ルブランから取ったものだといわれている。

「**恋文綺譚**」（原題「戀文綺譚」）は、朝鮮日報社出版部の月刊誌『朝光』一九三八年一二月号（四巻一二号）に掲載された韓国語作品。掌篇「綺譚・恋文往来」をアイディアの核とする短篇小説である。本書では参考作品として、祖田律男氏による翻訳で収録した。

〈評論・随筆篇〉

「**作者の言葉**」は、『ぷろふいる』一九三五年三月号（三巻三号）にデビュー短篇「楕円形の鏡」とともに掲載されたものである。「白粉《おしろい》の香りいとほし夏の宵、人ごみの中にそを嗅ぎにゆく」は、石川啄木の『一握の砂』所収の短歌「ふるさとの訛《なまり》なつかし停車場の人ごみの中にそを聴きにゆく」をもじったものだろう。『思想の薔薇』でも登場人物が『一握の砂』所収の短歌を口にしていた。あとの二首は、当時『ぷろふいる』その他で夢野久作らが発表していた「猟奇歌」を自分なりに詠んでみたものかと思ったが、「探偵小説二十年史」を読むと、どうも当時の金来成はあまり探偵雑誌に目を通さないままこのようなタイプの詩歌を作っていたようだ。そうするとこれもおそらくは『一握の砂』の影響下の短歌だと考えるのが妥当だろう。この歌集には「猟奇歌」に通ずるような短歌も収録されている。

「書けるか！」は、『ぷろふいる』一九三六年一月号（四巻一号）に掲載された。新人たちの新春の挨拶や抱負を集めた「新人の言葉」（目次では「新春快気焔集」）コーナーに載ったものである。

「探偵小説の本質的要件」は、『月刊探偵』一九三六年四月号（二巻三号）に掲載された。のちにミステリー文学資料館編『幻の探偵雑誌9／「探偵」傑作選』（光文社文庫、二〇〇二）に採録されている。初出誌では末尾に「一九三六・二・二〇」と日付けが入っている。

探偵小説の本質は「謎の提出、論理的推理、謎の解決」という形式ではなく「奇異に原因する衝動」、「平凡への反抗性を満足させる衝動」であるとし、その使命を「平凡への反抗、奇への憧憬、現実から絶えず飛躍せんとする我々の限りなき浪漫性に対する刺戟であり衝動」とすることで、変格物もまた探偵小説であると主張するものである。「探偵小説は芸術である」とも書いており、金来成の「変格支持派」、「芸術派」としての立場を明確に示したものといえる。このような考え方はＹＤＮペンサークルのメンバーとの交流の中で培われてきたものかと思われるが、デビュー時の「作者の言葉」で探異慾（耽異慾）に突き動かされて筆を執ったといっていることを考えると、もともとそのような資質は十分だったといっていいかもしれない。デビューして一年を経た本論考中でも金来成は、探偵小説の「探偵なる名詞は探偵人の推理を指すのではなく非凡への探求探異なる言葉に置き代えて解すべきである」と、その探偵小説観を披露している。

「探偵小説の本質的要件」での金来成の意見は、甲賀三郎の意見との共通点も見出すことができる。金来成は「謎の提出、論理的推理、謎の解決」という形式を無理に守ろうとすることでむしろ探偵小説の「本質」（と金来成が考える要素）が減殺されている本格探偵小説が多く、そのような形式であればない方がいいと主張するが、甲賀三郎も「探偵小説講話」の『ぷろふいる』一九三五年九月号掲載分で、既成作家にしろ新人にしろ「本格がらうとして、反つて失敗してゐる傾向が顕著だと思ふ」と述べ、「強いて本格がつて、面白味を減殺することを戒しめてゐる」のである。甲賀三郎はＹＤＮペンサークルの光石介太郎や平塚白銀の作品を「探偵小説講話」のなかで批判したが、二人の作品に対して、無理に本格物にしようとしなければもっと面白いものになるともいっている。本格物の形式にこだわらない方が面白いものが書ける場合があるということは甲賀三郎も述べていた。ただ、そうして書き上がった作品を甲賀三郎は「探偵小説」と呼ばないというだけである。

以上の評論、随筆類は金来成が東京留学時代に日本語で発表したものである。

「鐘路の吊鐘」は、金来成が朝鮮半島に帰って以降に日本語で発表した唯一の随筆。『モダン日本 朝鮮版』すなわち『モダン日本』十周年記念臨時増刊の朝鮮特集号（一〇巻一二号、一九三九年十一月）に掲載された。さまざまな特集記事で朝鮮半島の文化を紹介し、また日本の作家の朝鮮半島旅行記や小説、朝鮮半島の作家・詩人による小説、詩、随筆等を掲載したこの号は大変な反響を呼び、三十万部以上が売れたという。それを受けて翌年八月にも再度『朝鮮版』が刊行されている。「鐘路の吊鐘」は、京城（現・ソウル）の鐘楼、普信閣《ふしんかく》（ポシンガク）を紹介する随筆である。普信閣の鐘は都城内の通行禁止の始まりと終わりの合図であり、夜十時ごろの通行禁止を告げる鐘を人定《インジョン》といい、朝四時ごろの通行禁止の解除を告げる鐘を罷漏《パル》といった。その鐘は世宗《せいそう》（セジョン）十三年、すなわち西暦一四三一年に鋳造されたと金来成は書いている。これが記憶違いなのかそれとも当時の通説だったのかは分からないが、この鐘が鋳造されたのは世祖《セジョ》十四年、すなわち西暦一四六八年とするのが現在では普通のようである。金来成が描写している当時の鐘は老朽化のため韓国国立中央博物館に移送されて保管されており、現在普信閣で見られる鐘は一九八五年に鋳造されたものである。また普信閣も当時のものは残っておらず、現在の建物は一九七九年に建設されたものである。

「鐘路の吊鐘」の冒頭部は、朝鮮民族の異称の一つに「白衣の民」があったことを知っていると分かりやすい。金来成に普信閣についての逸話を聞かせてくれたという野史の大家申鼎言《しんていげん》（シン・ジョンオン、一九〇二～？）は実在の人物。朝鮮日報社の月刊誌『朝光』の一九三八年七月号に世界の猟奇事件について語った「東西対抗猟奇座談会」という記事が載っているが、これには金来成と申鼎言が参加している（金来成は社員として、申鼎言はその道の専門家として)。中鼎言は同時期に『朝光』によく寄稿しており、おそらくはこの時期に知り合って話を聞いたものだろう。落ちについてはやや説明が必要かと思う。韓国語では人に呼び掛けるときに名前の最後に「ア」をつける。そのため、「インギョンチョラ!」というのは「鐘《インギョン》を打て《チョラ》!」という意味だが、「インギョンチョル」という名前の人物への呼びかけ、「インギョンチョルよ!」という意味にもとれる。そこで鄭万瑞《ていばんずい》は、「インギョンチョラ!」というのは「インギョンチョル」という名の息子を呼んでいただけだと言い訳しているのである。それでは最後のところで鄭万瑞が息子の名前を「インギョンチョル」ではなく「インギョンチョリ」といっているのはなぜか。これは韓国語では語調を整えるために名前の最後に「イ」をつけていうことがあるからで、鄭万瑞は「インギョンチョル」という名前の末尾に「イ」をつけて「インギョンチョリ」と発音しているのである。これが実際にあった話かは不明だが、鄭《てい》万瑞《ばんずい》(チョン・マンソ、一八三六〜一八九六)は実在の諷刺家。この人物を主人公とする口承の滑稽話が複数残されている。

「探偵小説二十年史　第三回」(原題「探偵小説二十年史　第三回」)は、韓国の雑誌『希望』の一九五二年九月号に掲載された韓国語の随筆である。本書出版の直前、朴光奎《パク・クァンギュ》氏に原文を提供していただき、探偵作家としての処女作「楕円形の鏡」を書いた経緯などを語った貴重な資料であることから急遽翻訳収録の運びとなった。朴《パク》氏には重ねて御礼申し上げる。本文のあとにも説明が付されているが、この連載随筆「探偵小説二十年史」は第一回と第二回の掲載号を見つけることができず、また第四回以降は掲載されなかったようだとのことだ。仮に連載が続いていたら日本の探偵作家たちとの交流についても詳しく書かれていただろうと思うと、中断してしまったのが非常に残念である。

この随筆中に、一九三八年の『朝光タイムス』紙に「POEと江戸川乱歩」という随筆を書いたとの記述がある。これを金来成が一部引用してくれているのはありがたい。『朝光タイムス』は韓国国立中央図書館にも所蔵されていないのである。金来成の古い年譜によると同紙には「悪魂」や「貯金通帳」といった金来成の短篇探偵小説も載ったらしいのだが、現在、その作品の内容は知られていない。

円本で知った探偵作家として金来成が列挙している作家のうち、最も耳慣れないのはホルラア（シドニー・ホーラー Sydney Horler）だろう。イギリスの作家で、一九三〇年に改造社《世界大衆文学全集》の第十一巻として『秘密第一号』（「モンテ・カルロにて」併録）が刊行されている。

谷崎潤一郎の未完の長篇探偵小説『黒白《こくびゃく》』は『東京朝日新聞』と『大阪朝日新聞』に一九二八年三月から七月まで連載された。金来成はこれを読んだあとに、谷崎の「金と銀」（一九一八）、「呪われた戯曲」（一九一九）、「途上」（一九二〇）などの一連の探偵小説を愛読したと書いている。この三篇は一九二九年刊行の改造社《日本探偵小説全集》第十五巻『谷崎潤一郎集』に収録されているので、おそらく金来成はこれで読んだのだろう。このうち「金と銀」は『中央公論』一九一八年七月増刊号に「二人の芸術家の話」のタイトルで、「芸術的新探偵小説」として掲載された作品である。

谷崎潤一郎は日本の探偵作家に大きな影響を与えた作家である。江戸川乱歩もまた谷崎の愛読者であり、随筆「一般文壇と探偵小説」（『宝石』一九四七年四月号および五月号）では谷崎の探偵作家としての側面に触れ、その作品を「憑かれたるが如く愛読し」、「私の初期の怪奇小説はやはりその影響を受けている」と述べている（引用は光文社文庫『江戸川乱歩全集第26巻／幻影城』二〇〇三より）。たとえば乱歩の「赤い部屋」（一九二五）は「途上」に触発されて書かれた作品だった。そして金来成の作品からも、谷崎潤一郎の影響が垣間見える。たとえば、谷崎の「呪われた戯曲」は妻を殺害する場面を戯曲に書き、それを妻の前で読み上げながら実際に殺害を実行する劇作家を描いたものである。金来成が「楕円形の鏡」のトリックを着想するに当たっては、「呪われた戯曲」がその起点にあったのではないだろうか。また谷崎の『黒白』は、知人をモデルに「人を殺すまで」というタイトルの小説を発表した小説家が、小説のとおりに殺人事件が発生することを危惧し、それを防ごうとするという発端で始まる作品だが、金来成の『思想の薔薇』では映画「妻を殺すまで」のとおりに殺人事件が起こる。これも谷崎作品を意識したものだったのだろう。それから、この随筆では挙げられていないが、谷崎の短篇探偵小説「白昼鬼語」（一九一八）は、ポーの「黄金虫」の方式で書かれた暗号文を街中で偶然手に入れた男がその暗号を解き、恐ろしい犯罪現場を目撃するという作品である。

これは金来成の「探偵小説家の殺人」の中盤の展開と似通っている。なお金来成は、韓国語雑誌『三千里』一九四〇年六月号の「『作品愛読』年代記」というアンケート記事では、「二十歳前後の若いころに耽読した作家、作品」という質問事項に「島田清次郎《せいじろう》の『地上』、シェイクスピアの『ロミオとジュリエット』、デュマの『モンテ・クリスト伯』、谷崎潤一郎の諸作品、ほかに日本、欧米の探偵小説一般」と回答している（拙訳）。島田清次郎『地上』は一九一九年から一九二二年にかけて刊行された全四部の小説。うち第一部『地に潜むもの』が新潮社《現代長篇小説全集》第二十四巻（一九三〇）に収録されている。

　金来成が大学時代からの愛読書として挙げている小酒井不木『殺人論』は一九二四年、京文社刊。あるいは金来成が読んでいたのは、改造社《小酒井不木全集》第一巻の『殺人論及毒と毒殺』（一九二九）の方かもしれない。こちらは『殺人論』に『毒と毒殺』その他の随筆を併録している。

　末尾の方で触れられている金来成の韓国語の随筆「浅草劇場街」は雑誌『朝光』の一九三八年六月号に掲載された。

それぞれのところでは触れなかったが、本書収録作のうちのいくかは当時の誌面をそのまま収録した緑蔭書房の《近代朝鮮文学日本語作品集》シリーズにも入っているということを最後に附記しておく。「楕円形の鏡」（およびそれに付随する「作者の言葉」）と「探偵小説家の殺人」は「1901～1938 創作篇」の第三巻（二〇〇四）、「書けるか！」は「1901～1938 評論・随筆篇」の第二巻（二〇〇四）、「鐘路の吊鐘」は「1939～1945 評論・随筆篇」の第三巻（二〇〇二）に収録されている。

　金来成の韓国語での創作活動については、韓国の国文学者のパク・チニョン（박진영）氏が作成した金来成の年譜および著書目録（韓国のジャンル小説誌『ファンタスティーク』二〇号［二〇〇九年春号、金来成百周年特集］に掲載）および氏のブログ（http://blog.naver.com/PostList.nhn?blogId=bookgram）の記事を参考にした。

［監修］**横井 司**（よこい つかさ）
1962年、石川県金沢市に生まれる。大東文化大学文学部日本文学科卒業。専修大学大学院文学研究科博士後期課程修了。95年、戦前の探偵小説に関する論考で、博士（文学）学位取得。共著に『本格ミステリ・ベスト100』（東京創元社、1997）、『日本ミステリー事典』（新潮社、2000）、『本格ミステリ・フラッシュバック』（東京創元社、2008）、『本格ミステリ・ディケイド300』（原書房、2012）など。現在、専修大学人文科学研究所特別研究員。日本推理作家協会・本格ミステリ作家クラブ会員。

［解題］**松川良宏**（まつかわ よしひろ）
アジアミステリ研究家。『ハヤカワミステリマガジン』2012年2月号（特集＝アジア・ミステリへの招待）に「東アジア推理小説の日本における受容史」寄稿。
Webサイト「アジアミステリリーグ」http://www36.atwiki.jp/asianmystery/

［翻訳］**祖田律男**（そだ りつお）
1951年、兵庫県神戸市生まれ。2001年、第24回BABEL翻訳賞（韓日部門）最優秀賞受賞。図書館司書を経て韓国語翻訳家となる。訳書に『コリアン・ミステリ　韓国推理小説傑作選』、金聖鍾『ソウル　逃亡の果てに』、同『最後の証人』などがある。

金《キム》来《ネ》成《ソン》探偵《たんてい》小説《しょうせつ》選《せん》　〔論創ミステリ叢書76〕

2014年6月20日　初版第1刷印刷
2014年6月30日　初版第1刷発行

著者　金　来成
監修　横井　司
装訂　栗原裕孝
発行人　森下紀夫
発行所　論創社
〒101-0051　東京都千代田区神田神保町2-23　北井ビル
電話　03-3264-5254　振替口座　00160-1-155266
http://www.ronso.co.jp/

印刷・製本　中央精版印刷

Printed in Japan　ISBN978-4-8460-1333-2

論創ミステリ叢書

①平林初之輔Ⅰ
②平林初之輔Ⅱ
③甲賀三郎
④松本泰Ⅰ
⑤松本泰Ⅱ
⑥浜尾四郎
⑦松本恵子
⑧小酒井不木
⑨久山秀子Ⅰ
⑩久山秀子Ⅱ
⑪橋本五郎Ⅰ
⑫橋本五郎Ⅱ
⑬徳冨蘆花
⑭山本禾太郎Ⅰ
⑮山本禾太郎Ⅱ
⑯久山秀子Ⅲ
⑰久山秀子Ⅳ
⑱黒岩涙香Ⅰ
⑲黒岩涙香Ⅱ
⑳中村美与子
㉑大庭武年Ⅰ
㉒大庭武年Ⅱ
㉓西尾正Ⅰ
㉔西尾正Ⅱ
㉕戸田巽Ⅰ
㉖戸田巽Ⅱ
㉗山下利三郎Ⅰ
㉘山下利三郎Ⅱ
㉙林不忘
㉚牧逸馬
㉛風間光枝探偵日記
㉜延原謙
㉝森下雨村
㉞酒井嘉七
㉟横溝正史Ⅰ
㊱横溝正史Ⅱ
㊲横溝正史Ⅲ
㊳宮野村子Ⅰ
㊴宮野村子Ⅱ
㊵三遊亭円朝
㊶角田喜久雄
㊷瀬下耽
㊸高木彬光
㊹狩久
㊺大阪圭吉
㊻木々高太郎
㊼水谷準
㊽宮原龍雄
㊾大倉燁子
㊿戦前探偵小説四人集
(別)怪盗対名探偵初期翻案集
51守友恒
52大下宇陀児Ⅰ
53大下宇陀児Ⅱ
54蒼井雄
55妹尾アキ夫
56正木不如丘Ⅰ
57正木不如丘Ⅱ
58葛山二郎
59蘭郁二郎Ⅰ
60蘭郁二郎Ⅱ
61岡村雄輔Ⅰ
62岡村雄輔Ⅱ
63菊池幽芳
64水上幻一郎
65吉野賛十
66北洋
67光石介太郎
68坪田宏
69丘美丈二郎Ⅰ
70丘美丈二郎Ⅱ
71新羽精之Ⅰ
72新羽精之Ⅱ
73本田緒生Ⅰ
74本田緒生Ⅱ
75桜田十九郎
76金来成

論創社